Smaki miłości

JACQUELYN MITCHARD

SMAKI MIŁOŚCI

Z angielskiego przełożyła
Joanna Puchalska

Świat Książki

Tytuł oryginału
THE BREAKDOWN LANE

Projekt graficzny serii
Małgorzata Karkowska

Zdjęcie na okładce
Flash Press Media

Redaktor serii
Barbara Miecznicka

Redaktor prowadzący
Elżbieta Kobusińska

Redakcja merytoryczna
Anna Ryder

Redakcja techniczna
Małgorzata Juźwik

Korekta
Marianna Filipkowska
Radomiła Wójcik

Świat Książki
Warszawa 2007
Bertelsmann Media sp. z o.o.
ul. Rosoła 10, 02-786 Warszawa

Skład i łamanie
Joanna Duchnowska

Druk i oprawa
Wrocławska Drukarnia Naukowa

ISBN 978-83-247-0068-4
Nr 5355

*Dla Patty i Patti, matki i dziecka,
oraz Janine, przyjaciółki na zawsze*

Podziękowanie

Opisana tu historia zrodziła się w mojej wyobraźni i to ja ponoszę odpowiedzialność za wszelkie błędy rzeczowe, co nie zmienia faktu, że stwardnienie rozsiane to poważna i groźna choroba, każdego roku zbierająca swe okrutne żniwo, przy czym zapada na nią pięćdziesiąt procent więcej kobiet niż mężczyzn, i to w najlepszych latach życia. Za pomoc w zrozumieniu tych problemów dziękuję Rebece Johnson, Bobowi Engelowi, Sarze Derosa i Sarah Meltzer. Mnóstwo cennych rad otrzymałam od Lindy Lerman, Dan Jackson pomógł mi zrozumieć taniec. Dziękuję fundacji Ragdale w Lake Forrest, w stanie Illinois, bez której nie powstałaby żadna z moich książek i gdzie wiosną 2004 roku napisałam sporą część niniejszej powieści. Robercie, Edowi, Steve'owi i Johnowi dziękuję za szczere podzielenie się własnymi przeżyciami, a trzem miłym paniom za wprowadzenie w ciekawy, choć czasem nieco dziwny świat alternatywnych społeczności. Moja przyjaciółka Kathleen łaskawym okiem spojrzała na wiersze Julieanne. Za to, że ze mną wytrzymali, na Fioletowe Serce zasługują: moja przyjaciółka i redaktorka Marjorie Braman, posiadająca niezwykłe wprost wyczucie słowa, wspaniała Miss Kelly, dzięki której każda książka jest wydarzeniem godnym odnotowania, najlepsze znane mi wydawnictwo, czyli HarperCollins, oraz moja nieoceniona agentka Jane Gelfman – za dwadzieścia dwa lata przywracania mnie do rzeczywistości. Wiele zawdzięczam miłej asystentce Pameli English, która należy do mojej własnej najbliższej społeczności. Pozdrawiam także Franny, Jill, Karen, Kitta, Joyce, Stacy, Gillian, Karen T., Laurie, Bri i Jan, Clarice, Emily, Cathy G., Mary Clarke i Esę. Moi wspaniali synowie i córki, mój kochany mężu Chrisie, jesteście wszyscy w moim sercu.

I specjalne pozdrowienia dla D.C.B.A., mojego własnego „Gabe'a".

Lecz kiedy przeminęły dni złoconych marzeń
I nawet rozpacz siły nie miała już władnej
Nauczyłam się wtedy byt uczuciem darzyć
I wzmacniać go, i karmić bez radości żadnej

Emily Brontë, *Pamięć*

Przeł. Ludmiła Marjańska

I
Genesis

ZBĘDNY BALAST

Pod red. J.A. Gillis

„The Sheboygan News-Clarion"

Droga J.,

w lecie wychodzę za mąż. Mój narzeczony pochodzi z zupełnie innego kręgu kulturowego. Obie rodziny zaakceptowały nasz związek, ale dręczy mnie pewien problem. Wypada, aby podczas ceremonii ślubnej najbliższe krewne męża – liczne ciotki, babki i siostry – usiadły w pierwszym rzędzie. Ponieważ wywodzą się z plemienia Masajów, są wysokiego wzrostu. Natomiast moja rodzina jest pochodzenia japońskiego. Jesteśmy niewysocy i jest nas niewiele osób. Mój ojciec ma zaledwie pięć stóp i cztery cale wzrostu, siostry niecałe pięć stóp. Ślub odbędzie się w sali balowej hotelu, krzesła mają być ustawione w rzędach. Nie chcemy ich dzielić na „stronę panny młodej" i „stronę pana młodego", ponieważ zależy nam, żeby rodziny się poznały. Wiem też, że krewne mego narzeczonego włożą z tej okazji duże, bogato przybrane kapelusze (są to Afroamerykanki od kilku pokoleń, więc nie chodzi tu o plemienne ozdoby, ale, jak mówi mój narzeczony, „kapelusze ślubne", czyli mające rozmiar weselnego tortu). Będą więc jeszcze wyższe i nikt

11

z wyjątkiem moich rodziców nie zobaczy przebiegu ceremonii. Nie chcę prosić ich, żeby usiadły dalej, „bo moja rodzina chce dobrze widzieć". Co zrobić, żeby w tak ważnym dla nas dniu nikogo nie urazić? Biorąc pod uwagę różnicę wzrostu, tańce też mogą okazać się niewypałem.

Niespokojna z Knudson

Droga Niespokojna,

jesteś przewrażliwiona, co wynika z przekonania, że nawet drobne niepowodzenia w dniu ślubu mogą zaważyć na całym przyszłym życiu. Po co się tak zadręczać? Myślę, że masz po prostu tremę, co ma prawo się przytrafić każdej pannie młodej. Potraktuj swój problem jako ciekawe wyzwanie dla pomysłowości, nie dokładaj go do listy ewentualnych powodów do stresu. Podejdź do niego z taką samą radosną odwagą, jaką wykazałaś się, dokonując pięknego i śmiałego wyboru, łączącego dwie odrębne kultury. Poproś obsługę hotelu o ustawienie krzeseł w kręgu. Pierwszy rząd będzie przeznaczony dla najważniejszych osób z obu rodzin, a krzesła w rzędach tylnych radzę ustawić tak, by osoby na nich siedzące miały widok na ceremonię w prześwitach między tymi, którzy są z przodu. W ten sposób wszyscy obecni, bez względu na wzrost, będą doskonale widzieć. Goście niech wchodzą na salę przez te same drzwi, którymi wejdzie pan młody z rodzicami, jeszcze przed pojawieniem się panny młodej ze swoimi. Ołtarz lub niewielkie podwyższenie radzę ustawić pośrodku – podczas składania przysięgi możecie stać zwróceni w jedną stronę, a w trakcie nakładania obrączek – w drugą. Strony zmieńcie przy dźwiękach wybranej przez Was muzyki.

Jeśli zaś chodzi o tańce, to podczas tak radosnego wydarzenia taniec po prostu nie może być niewypałem! Przypomnij sobie nasze babki i prababki, tańczące polkę w grupach po pięć!

J.

Zacznijmy od końca początku, od pierwszej odsłony drugiego aktu naszego życia.

Zdarzyło się to na drugich w tym tygodniu zajęciach z baletu, łączących elementy tańca i ćwiczeń Pilatesa. Leżałam na podłodze, szykując się do wykonania ostatniego ćwiczenia rozciągającego mięśnie. Pamiętam doskonale to cudowne uczucie. Byłam już zmęczona, ale w przyjemny sposób, i udało mi się uniknąć bólu w biodrach, gdyż świadomie skupiłam się na nich uwagę podczas zajęć. Balet oraz ćwiczenia na siłowni stanowiły te miłe chwile w tygodniu, kiedy uwalniałam się od napięcia i czułam się psychicznie oczyszczona.

Wyciągnęłam prawą nogę tak jak zwykle i dumna z siebie, leżąc w prawidłowej pozycji z biodrami wyprostowanymi, starałam się powstrzymać od zerkania dookoła, by sprawdzić, czy inne kobiety, zwłaszcza te młodsze, widzą, jak moje ciało potrafi być jeszcze prężne. Po chwili wychyliłam się do przodu, aby napiąć ścięgno kolanowe.

Wtedy spojrzałam w dół i przeraziłam się tak bardzo, że straciłam głowę, jakby moje własne myśli nagle uciekły ode mnie, oddalając się po jasnej drewnianej podłodze.

Co to?

Zdrętwienie? Stopa wykrzywiona jak ptasi szpon?

Gorzej.... Nic się nie działo.

Dokładnie ten sam widok miałam przed oczami pięć sekund wcześniej, kiedy siadałam na podłodze. Był to widok mojej nogi, mojej własnej nogi obciągniętej idealnie gładką lycrą (srebrnego kombinezonu, który moja młodsza córka nazywała syrenim), cały czas ugiętej w kolanie pod kątem czterdziestu pięciu stopni, z palcami wyprężonymi i skierowanymi w stronę uda.

Wcale nie brzmi to groźnie, prawda?

Macie prawo oczekiwać większego horroru. Ostry, rozpaczliwy krzyk na pustej ulicy. Guzek wielkości ziarnka grochu, wymacany przypadkiem podczas namydlania piersi. Ostry zapach dymu w nieruchomym powietrzu, natrętne kroki o zmierzchu na pustym parkingu. Cień poruszający się na ścianie w pokoju, w którym dotąd byliście sami. Nic z tego! Rzecz wielka, która rozbija świat w drobny mak, potrafi być niewidoczna. To może być zarazek. Zapach. Albo czyjaś nieobecność.

Otóż ja czułam, że moja noga się wyprostowuje, zupełnie jak lekko otwierający się scyzoryk z dobrze działającym mechanizmem. Ale tak naprawdę ona wcale się nie wyprostowała.

Lawina myśli opadła mnie niczym fontanna iskier ze sztucznych ogni: czucie w nieistniejącej kończynie, zapowiedź udaru, paraliż wywołany jakimś tajemniczym wirusem. W pierwszym odruchu chciałam krzyknąć. Jednak, zamiast wydać z siebie krzyk, postąpiłam jak każda osoba przy zdrowych zmysłach i spróbowałam raz jeszcze.

Noga odmówiła posłuszeństwa.

Z porów skóry buchnął zimny, metaliczny pot, który skąpał mi twarz i szyję, malując na lycrze ciemne półksiężyce pod piersiami. Kątem oka dojrzałam moją przyjaciółkę Cathy, która chodziła ze mną na te zajęcia; z rozłożonymi ramionami pochylała się nad wyciągniętą nogą. Jej powieki, zamknięte w skupieniu, zatrzepotały nagle jak zacinające się rolety, jakby usłyszała trzask czy klask, jakbym naprawdę krzyknęła. Spojrzała na mnie pytająco, a jej uniesiona brew dawała sygnał przypominający kiwanie palcem. Uśmiechnęłam się. W tym momencie coś mi przyszło do głowy! Moja noga po prostu zasnęła. Ot co się stało! Zdarza się. Uśmiechnęłam się do Cathy raz jeszcze. Odpowiedziała mi uśmiechem.

Skupiłam się bardziej i po chwili obserwowałam własną nogę, jak prostuje się i wolno pełznie po podłodze. Ale nie była to część mojego ciała. Miałam wrażenie, że jest to ramię robota i że ja posługuję się nim po raz pierwszy, jak niezgrabna nowicjuszka. Po zewnętrznej stronie uda czułam mrowienie, doznanie trochę podobne do tego zapamiętanego z jedynego seansu akupunktury, jaki miałam w życiu. Jakoś dokończyłam rozciąganie i nikt prócz mnie nie zauważył niczego dziwnego.

Posłałam całusa Cath, zrezygnowałam z kawy i wróciłam do domu.

Mój mąż Leo leżał na podłodze, z ortopedyczną podpórką pod plecami, mając laptop ustawiony na brzuchu – lekko wystającym, jako że Leo ostatnio przybrał nieco na wadze. W takich razach, kiedy po zajęciach wracałam do domu zaróżowiona i pełna energii, Leo nigdy nie sprawiał wrażenia specjalnie szczęśliwego. Zapewne odbierał to jak wyrzut.

– Lee – powiedziałam. – Coś dziwnego stało się z moją nogą. Podczas zajęć.

Spuścił niżej lennonki, których używał do czytania.

– Co takiego?

– Nie umiem ci wytłumaczyć, ale to było dziwne.

– Za stara już jesteś na te zajęcia, Julie. Po cholerę ci te wszystkie łamańce? Co chcesz udowodnić... Setki razy ci powtarzałem...

– A właśnie że nie jestem za stara! – zaprotestowałam. – Margot Fonteyn tańczyła zawodowo, będąc już dobrze po pięćdziesiątce, a Leslie Caron...

– Nie jesteś Margot Fonteyn – przerwał Leo. – I nie jesteś Leslie Caron. – Ale nim zdążyłam wybuchnąć i kazać mu się odwalić, całkiem mnie rozbroił, jak to robił przez niemal dwadzieścia lat. – Zawsze byłaś dla mnie raczej typem Cyd Charisse, jeśli chodzi o nogi i zachowanie,

15

wiesz, dziewczyna gangstera ze środkowego wschodu z barwną przeszłością. Czujesz te klimaty?

– Zamknij się – zbeształam go czule, udobruchana.

Spojrzałam ponad jego głową przez okno na nasze schludne, rustykalne podwórko z kamykami i bylinami, gdzie nasz syn, podówczas liczący sobie... ile?... trzynaście lat...? – tak czy owak za duży na to, żeby robić to, co robił – zwisał głową w dół z gałęzi drzewa, kołysząc się leniwie jak jakiś dzienny nietoperz, z tak błogim, że aż nienaturalnym uśmiechem, ale bynajmniej nie głupkowatym. Miał na sobie płócienne spodnie za trzydzieści dolarów, spodnie na specjalną okazję, takie jakie wkładałby do kościoła, gdybyśmy byli rodziną regularnie tam uczęszczającą. Nie było żadnego powodu, żeby je dziś włożyć; w dodatku miał tylko jedną taką parę i było chłodno. Po prostu pewnie jako pierwsze wpadły mu w ręce. Zdzierał je tylko w ten sposób. Huśtał się w przód i w tył, gibki i samotny jak lemur. Patrząc na niego, jak sam jeden, ale wcale nie osamotniony, buja się na drzewie w ogrodzie, nagle dostrzegłam w moim dziecku coś niezwykle dla mnie cennego, a przy tym kruchego.

– Leo – odezwałam się, skamląc niemal, i nagle zrobiło mi się przeraźliwie smutno. – Leo, pomożesz mi się natrzeć, jak znajdę arnikę, dobrze? Nie mogę sięgnąć tam, gdzie mnie najbardziej boli. To nawet nie tyle boli, ile...

Odmówił.

– Nie, Jules. Sama sobie radź. Zachciało ci się udawać dwudziestolatkę, to w końcu naciągnęłaś sobie ścięgno. Sama się nacieraj. Jestem zajęty.

– Leo! – wykrzyknęłam. – Zlituj się! Potrzebna mi twoja pomoc.

– Julie – mruknął mój mąż Leo – raczej powinnaś popracować nad ratowaniem tego, co masz w środku, a nie

16

tego, co na wierzchu. Ludzie są tak cholernie płytcy. Dochodzę do tego wniosku za każdym razem, kiedy czytam jedną z tych – machnął ręką w stronę ekranu – skarg na profesorów, którzy podszczypują magistrantki.

– Mówimy o mnie, Leo! I o moim zdrowiu. I o łagodzeniu stresu. Dlaczego, kurczę, tak się czepiasz moich ćwiczeń? Balet i bieganie to naprawdę niedrogie formy terapii mojego środka – dodałam. – I co? Może uważasz, że moja powierzchowność to sprawa przegrana? Gdybyś naprawdę mnie kochał, zaniósłbyś mnie teraz do sypialni.

– Gdybym cię zaniósł do sypialni, ty musiałabyś mnie zanieść do kręgarza – odparł, zsuwając okulary z powrotem na nos. Później dopiero miałam sobie uświadomić, że nie jeden, lecz dwa dowody zdrady podsunięto mi pod nos jednego dnia, i to na tacy (tak, tu wypadałoby zadać pytanie, czy to w tym momencie mój świat legł w gruzach). Coś nie zagrało w moim systemie nerwowym i w ekosystemie mego małżeństwa. A ja to zignorowałam.

Teraz, będąc osobą obeznaną z angielską literaturą, mogłabym napisać, naśladując styl Nathaniela Hawthorne'a: „Szanowny Czytelniku, oto jest okazja, by wślizgnąć się niepostrzeżenie i stanąć za plecami naszego skądinąd małomównego, owszem, nie bójmy się nawet powiedzieć: nieprzychylnego nam Pana Małżonka Steinera, i rzucić okiem na to, co tak bardzo go absorbowało, odwracając uwagę od nader niemiłego położenia, w jakim znalazła się jego nieszczęsna połowica...". Wiecie już, do czego zmierzam? Przekonalibyśmy się, czy Leo naprawdę czytał skargę w sprawie molestowania seksualnego, czy też raczej „z tajoną, głęboko skrywaną namiętnością" pisał do „bliskiej mu osoby".

Bliska osoba.

Ja użyłabym innego określenia.

Lafirynda nasuwa się samo. Ktoś, przy kim Hester Prynne* byłaby jak zakonnica klauzurowa. Może Szanowny Pan Małżonek Steiner pisał wtedy: „Właśnie wróciła Julie. Załatwiła sobie w końcu nogę na amen na tym głupim balecie i przykro mi, ale jakoś nie umiem zdobyć się na współczucie. Wyrzucać siedemdziesiąt pięć dolarów na jakieś wygibasy?". Odpowiedź przyszła pewnie kilka minut później (prawdziwe czaty nie były wtedy jeszcze tak popularne) i mogła brzmieć następująco: „Ach, Leo, czy ona nie wie, że te pieniądze mogłyby uratować ludzkie życie? A w Rodezji umierają niemowlęta". („Bliska osoba" jest tak bezdennie głupia, że nie wiedziałaby nawet, iż państwo to już się nie nazywa Rodezja. Proszę darować tę ostatnią uwagę, wysoki sądzie. Jest to nie tylko zbyt pochopnie wyciągnięty wniosek, ale też niezbyt to ładnie z mojej strony. Aż tak głupia nie jest. Jest na tyle mądra, żeby... no... żeby postąpić zgodnie z instrukcją na opakowaniu).

Kto to wie, co naprawdę Leo wtedy robił.

A może rzeczywiście czytał skargę o molestowanie seksualne?

Tak czy owak, niezależnie od powodu, zachowywał się dziwnie. Nie był to typ drania, który odmawia pomocy kulawej żonie. Patrząc wstecz, widzę, że jego zachowanie wobec mnie było podobnym sygnałem w sprawach rodzinno-domowych jak mrowienie w udzie w kwestii mego zdrowia. Ryk trąb pod murami miasta, trąb wroga, będący ostrzeżeniem, że w tej walce nie ma pardonu. Ale skąd miałam to, biedna, wiedzieć?

---

* Postać z powieści *Szkarłatna litera* Nathaniela Hawthorne'a, kobieta potępiona przez purytańską społeczność za cudzołóstwo (wszystkie przypisy pochodzą od tłumaczki).

Wiedziałam jedynie, że mój Leo pokiwałby głową, skląłby moją obsesję na punkcie zachowania resztek dawnej sprawności tanecznej, po czym grzecznie powędrowałby do kuchni po arnikę. Natarłby mi nogę, cały czas zrzędząc i bez większego zaangażowania, po czym skupiłby się na topografii muskułów w strategicznych miejscach, a na jego twarzy stopniowo wykwitłby typowy dla niego, pełen skruchy uśmieszek. Może nawet poflirtowałby odrobinę, choć to było dopiero wczesne popołudnie, i szczypnął mnie w pupę kilka razy, a ja bym go pogoniła – ale nie za daleko.

Nawet nie zapytałam: „Leo, co się stało?".

Nie rzuciłam swoich rzeczy na ziemię i nie warknęłam: „Ty draniu. Co, zazdrosny jesteś, że ja robię szpagat, a ty od ciągłego siedzenia już prawie nie możesz zgiąć się w pasie?".

Nie, ja poszłam do sypialni i, utykając, zdjęłam ubranie, wzięłam prysznic, sama natarłam się arniką, a potem położyłam się na łóżku z laptopem i otworzyłam najnowszą porcję listów z prośbą o radę, ponieważ właśnie dawaniem rad zarabiam na życie.

Czy to nie zabawne?

Mówię ludziom, co mają robić w życiu.

Ja. Mistrzyni w oszukiwaniu samej siebie.

Ale jako Julieanne Ambrose Gillis, przedstawicielka rodu Gillisów, już niejako z racji urodzenia miałam pełne prawo do ucieczki w zaprzeczenia.

Moi rodzice mieli zwyczaj upijać się w sobotnie wieczory, a sześć godzin później spokojnie sprawdzać, czy wafle pieczone właśnie na śniadanie mają wystarczająco złotą skórkę, podczas gdy pokojówka cicho i beznamiętnie opróżniała do plastikowego worka wysokie szklanki z napęczniałych od resztek płynów papierosowych petów, i polewała wodą sodową plamy z wina na dywanie.

Pokojówka nie zwracała uwagi ani na wafle, ani na plamy, a my, moja młodsza siostra Jane i ja, nie zwracałyśmy uwagi na pokojówkę – choć niemal przez cały tydzień, gdy wracałyśmy ze szkoły, była naszą jedyną przyjaciółką i powiernicą. Poranek niedzielny jak z opowiadania Cheevera upływał w pełnej namaszczenia ciszy*. Ojciec zachowywał się z godnością, jak przystało na A. Bartletta Gillisa, popularnego i szanowanego (nie bez zazdrości) autora świetnie się sprzedających książek, niegdyś członka jury przyznającego National Books Awards, czemu potrafił poświęcić trzy czwarte rozmów z ludźmi, prawdopodobnie dlatego, że pisał książki historyczne typu powieść rzeka i czuł się trochę głupio z tego powodu. Mama, podobnie jak on, lubiła wieczorami popijać, a od święta strzelić sobie działkę koki. Ale czyż nie wychowali dwóch uroczych i udanych córek? Czyż nie poznali osobiście królowej angielskiej, która zwierzyła się z miłego sercu upodobania do książek taty? Czyż mama, niemal samodzielnie, no może też trochę dzięki rozgłosowi i stosunkom, nie uratowała Malpole Library ze zbiorami rysunków Hoppera? Co tam, wobec takich osiągnięć, kilka wypalonych dziur w dywanie i smród dżinu, którego tak łatwo się pozbyć, otwierając na oścież okno, czy też zdarzający się czasem atak torsji nad ranem. Spokojnie można przejść do śniadania.

Wiele lat później, kiedy Spanikowana z Prairie du Sac napisała do mnie w rozpaczy, że wycieczki rowerowe, na które s i o s t r a Spanikowanej jeździła z m ę ż e m Spanikowanej, okazały się wynikiem nie tyle wspólnych zainteresowań sportem, ile r o m a n s u, zastanawiałam się, jak ta kobieta funkcjonowała, że jej tak odjęło rozum.

---

* John Cheever (1912–1982) – pisarz amerykański opisujący życie amerykańskich przedmieść.

Nie mogłam się wprost nadziwić, jak można nie wiedzieć.

A tymczasem można. Jest to możliwe. Gdy się postanowi, że nie będzie się wiedzieć niczego, czego się nie chce wiedzieć, i jeśli rzeczywiście za wszelką cenę nie chce się wiedzieć. I w sprzyjających okolicznościach. Na przykład, gdy mąż kłamie w żywe oczy.

Dlaczego Leo miał w pewnym momencie dosyć mnie, naszej rodziny, naszego jedzenia, naszego pozbawionego głębi i duchowości życia? Przecież nie dlatego, że wydawałam za dużo na kosmetyki czy balet.

Myślę, że gdy skończył czterdzieści dziewięć lat, dotarło do niego, że kiedyś w końcu umrze, i postanowił potargować się z wszechświatem. Sądzę, że zaczął postrzegać swoją pracę jako prowadzenie innych za rączkę, a nie powołanie i walkę o sprawiedliwość. Zapewne to durnie przysyłający mu literaturę typu „Beneficent Bounty" – kiepskawy magazyn o samowystarczalnym rolnictwie i innych wielkich sprawach, które może robić każdy, by ratować jednocześnie i matkę-ziemię, i własną duszę, a którego egzemplarze wiecznie rozrzucał po całym domu – wpoili w niego przekonanie, że jest bezużytecznym mieszczuchem.

Wiem to, ponieważ patrząc na małżeństwo moich rodziców, nauczyłam się, że bycie razem wymaga ogromnej pracy i że najważniejszą sprawą jest skupienie się na tym, co się kocha, a nie na tym, co doprowadza człowieka do szału; trzeba także nieco idealizować współmałżonka. Może alkohol im w tym pomagał.

Tak też sama robiłam, to znaczy nie piłam, ale bardzo się starałam go idealizować.

Leo też się starał. Co dzień rano przed wyjściem przynosił mi zieloną herbatę (pracowałam wtedy w domu). W piątek wieczór przyrządzał jedyną potrawę, jaką umiał

21

zrobić, ravioli z bekonem, za którymi wszyscy przepadaliśmy. Przez chwilę zobaczcie mnie taką, jaką kiedyś byłam, zanim stałam się zbyt chora, by sama umyć sobie włosy. Zobaczcie nas.

Jeremy, kuzyn Leo, powiedział mu kiedyś: „Julie jest taka ładna, że mogłaby być drugą żoną". (Nigdy nie lubiłam Jeremy'ego. Smutne, ale ta uwaga nadal wiele dla mnie znaczy). Byłam żoną, która zostawia liściki na poduszce. Zabawne kartki. Na naszą dwudziestą rocznicę była nowa obrączka z białego złota z literami „J" i „L" tak przemyślnie splecionymi ze sobą, że nikt, kto o tym nie wiedział, nie zauważyłby, iż nie jest to czysto abstrakcyjny wzór. A Leo, Leo dał mi łosia w baletkach, z przyczepionym do nogi pudełeczkiem, w którym znajdowały się brylantowe kolczyki, pozwoliwszy mi przedtem przez cały dzień trwać w przekonaniu, że zapomniał, i wściekać się. Zawsze kładłam się do łóżka w pięknej koszuli nocnej i ze starannie umytymi zębami. A on zawsze wnosił do domu torby z zakupami. Na piknik organizowany przez rektora wkładałam coś na tyle niezwykłego, żeby wywoływało pochlebne komentarze, a nie pełne wyższości spojrzenia – wszystko w rozmiarze dziesięć, luźne spodnie *à la* Katherine Hepburn, prostą koszulę o męskim kroju. Miałam długie włosy, kiedy moje rówieśniczki, ulegając modzie, nosiły fryzurki przystrzyżone z tyłu jak u łyżwiarek figurowych, i wichrzyłam je co chwila palcami albo splatałam w luźny węzeł na karku jak tancerka. Macie teraz pełen obraz. Matka, która nigdy nie opuściła szkolnego przedstawienia, wycieczki, meczu, turnieju szachowego czy koszmarnie głośnego koncertu rockowego, która czytała *Pajęczynę Szarloty* i każdą z książeczek z serii *Domek na prerii* trzy razy głośno w ciągu ostatnich dziesięciu lat i kupiła dzieciom maszynę do karaoke zamiast Hotboxa, czy jak tam się nazywały te okropne, pełne przemocy gry wideo. Udzielała się w szkole. Miała ciekawą pracę. Planowała wakacje. Pakowała zawczasu prezenty. I wciąż grała z Leo w łóżku w cytaty i rozbieraną scrabble, tak jak to robiliśmy zaraz po ślubie.

A i owszem, byłam zarozumiała. Czy słusznie? Czy aż tak bardzo drażniło to innych? Uważałam siebie za atrakcyjną, interesującą żonę. Lepszą niż przeciętne. Mieszkałam w Wisconsin, ale widać było, że pochodzę z Upper West Side. Moim zdaniem był to wielki dar od losu, świadczący o panowaniu nad sytuacją, że kiedy zegar wybił czterdziestkę, nie dopadł mnie kryzys. Dzięki własnej czujności i zwykłemu głupiemu szczęściu miałam udane dzieci. Owszem, liczył się dla mnie wygląd zewnętrzny. (To sukinsyn. Biorąc pod uwagę późniejsze wydarzenia, mam prawo tak o nim mówić).

Byłam w dobrej formie.

Dobra forma.

Ani jednego funta ponad statystyczną średnią.

Ani jednego siwego włosa. No zgoda, kilka siwych włosów, małe pasemko na skroni, z którego stylistka Teresa z wielkim kunsztem tworzyła mały i idealny w kształcie platynowy wachlarzyk.

Cholesterol – 188.

Owszem, zostałam zażyta z flanki – jak powiedział jeden z przedstawicieli stronnictwa kawalerów z wojny domowej w książce mojego ojca. Wróg od wewnątrz. Wróg z zewnątrz. Podstępni skrytobójcy.

Owszem, byłam idealnym materiałem, doskonale przygotowaną pożywką dla wirusa. Hominidus Gillis Julieannus – umiałam ignorować, jak to mówią, belkę we własnym oku, wypatrując źdźbła u bliźniego. Zaufaj swemu instynktowi – mówiłam ludziom czterdzieści siedem razy w roku. Słuchaj go, choćby nie wiadomo jak był osamotniony w swoich poglądach, lub nawet jeśli twoim zdaniem mógłby wydać krzywdzący osąd.

Ironia tego wszystkiego zabija.

Pali mnie.

A nawet jeszcze nie dotarłam do sedna.

Jak mam o tym pisać?

Przecież tak naprawdę to wcale nie jest o mnie.

To historia porzucenia trojga wspaniałych dzieci. I to z premedytacją.

Trudno mi o tym myśleć.

Nawet teraz.

To dlatego paplę o luźnych spodniach, obrączkach i piknikach.

Ciężko przychodzi mi zmuszenie się do opowiedzenia, jakie piekło musiały znosić. Przez co przeszły, o czym ja wiem i do czego przynajmniej częściowo się przyczyniłam, i co gorsza, o tym, co przeszły, a o czym ja nie wiem. Gabe, Caroline, Aury. Moja opoka, mój utracony anioł i moja dziecinka.

Tak mi przykro.

Wprawdzie to bez znaczenia, ale jest mi przykro.

„Sprawa trwożąca próżność lub sumienie" – Yeats.

„Ale głupek" – Królik Buggs.

Kiedy zastanawiam się nad tym, do jakiej ostateczności moja choroba i odejście Leo doprowadziły nasze starsze dzieci, aż się cała kulę w środku. Kiedy myślę o wykrzywionej od płaczu, zalanej łzami twarzyczce Aury... czuję wstręt do samej siebie.

Co niedziela w moim kąciku porad tłumaczyłam ludziom, że nie wolno mieć poczucia winy za coś, czego nie są przyczyną. Tymczasem moje własne dzieci nie mogły sobie z tym problemem poradzić i ja też nie umiem. Czuję się bardziej winna z powodu tego, co im zrobiłam, w końcu nienaumyślnie, niż z powodu tego, co Leo zrobił nam wszystkim. Byłam w stanie wyobrazić sobie dzieci innych ludzi, cierpiące z powodu poczucia winy, unoszącego się niczym radioaktywny obłok pozostały po podłych lub tragicznych uczynkach rodziców. Ale nie swoje!

A jednak.

Stare przysłowie mówi, że odwrotność każdego policjanta, jak drugą stronę medalu, stanowi wyrzutek społeczny, każdego psychiatry – czubek, a sędziego – łajdak. W takim razie jak wielu z tych, którzy swoją mądrością dzielą się z innymi, posiada ją w wystarczającym stopniu? A może przede wszystkim to im samym by się ona przydała? Jesteśmy tym, co jemy? Chyba tak.

Wszystkie te znaki i ostrzeżenia.

A jednak. Groźnie z pozoru wyglądające pożary okazują się niewyłączonymi tosterami. Większość morderców czających się na parkingach to... zwykli przechodnie.

Ale nie zawsze.

Dwie podobne, a zarazem przeciwne sobie rzeczy mogą zdarzyć się jednocześnie. Można zarabiać na życie, pracując na wysokościach, a złamać sobie czaszkę, potknąwszy się na krawężniku.

Kiedyś, jeszcze nie tak dawno temu, uważałam się za kobietę, której raczej nigdy nie będzie potrzebna duża, gorzka dawka mego własnego lekarstwa, że nie będę musiała pić mikstury, którą serwowałam moim czytelnikom na kilkanaście różnych sposobów kilkanaście razy w roku – co cię nie zabije, to cię wzmocni! – w przekonaniu, że wszyscy ci nieszczęśnicy zasługują przynajmniej na namiastkę tratwy ratunkowej.

Czy naprawdę w to wierzyłam?
No cóż, myliłam się.
Koniec, kropka.
A tak naprawdę początek.
Prawda, że najciekawsze rzeczy dzieją się w środku?

II
Liczby

ZBĘDNY BALAST
Pod red. J.A. Gillis
„The Sheboygan News-Clarion"

Droga J.,
od pierwszego roku w college'u, to jest od 17 lat, spotykałam się z pewnym mężczyzną. Był to układ idealny. Zwierzał mi się ze wszystkich swoich sekretów. Czułam się bosko w jego towarzystwie. Mieliśmy całe mnóstwo przyjaciół. Potem ze względu na klimat i na pracę przeprowadził się do Arizony, ale nasz związek trwał, a ja byłam pewna, że któregoś dnia mój partner mi się oświadczy. Przez jakieś dwa miesiące nie miałam od niego żadnej wiadomości, po czym dostałam list z zapowiedzią przyjazdu i było tak, jakbyśmy się nigdy nie rozstawali. A później, wiosną, napisał do mnie, że się zakochał w koleżance z pracy i że dopiero teraz sobie uświadomił, iż to, co było między nami, to tylko piękna przyjaźń, a nie miłość, którą się wieńczy małżeństwem. Byłam zdruzgotana, ale wybaczyłam mu. Zaprosił mnie na ślub i chętnie pojechałam. Rozmawialiśmy potem kilka razy przez telefon. Jego żona nie jest zadowolona z naszej przyjaźni. On sam mówi, że nie powinnam do niego dzwonić, chyba że jest jakiś ważny powód, i że mam zacząć żyć własnym życiem. Tymczasem mam już 38 lat i wątpię, czy

27

kiedykolwiek poznam kogoś, kto będzie mi tak bliski jak on, zwłaszcza że większość mężczyzn chce mieć dzieci, a ja zbliżam się do wieku, w którym jest to problem, a poza tym jeśli ktoś, kogo kochałam tak mocno, tak łatwo mógł o mnie zapomnieć, to znaczy, że nie jestem warta głębszego uczucia. Czuję straszną pustkę w sercu i nie potrafię sobie sama z tym poradzić. Czy sądzisz, że pomogłaby mi wizyta u psychologa?

Zawiedziona z Rheinville

Droga Zawiedziona,
myślę, że wizyta u psychologa mogłaby pomóc. Bardzo możliwe, że oboje w różny sposób postrzegaliście Wasz związek i podczas gdy Ty oparłaś na nim całe swoje życie, Twój ukochany traktował go marginalnie. Czujesz się zraniona i on ma rację, że powinnaś zacząć żyć własnym życiem. Rzadko się zdarza, by dwoje ludzi, których kiedyś łączyła miłość, pozostawało w przyjaźni, chyba że minie wiele czasu. Powinnaś znaleźć sobie jakieś zajęcie, skupić uwagę na czymś innym. Przecież możesz jeszcze przeżyć wspaniały związek, a ja jako kobieta, która urodziła dziecko w wieku 42 lat, wiem, że jest to możliwe. Rozpamiętywanie przeszłości, nawet jeśli jest dla nas ważna, prowadzi do kręcenia się w kółko i zwątpienia w siebie. To nie była Twoja wina. Znajdź terapeutę specjalizującego się w problemach, jakie kobiety mają ze związkami. Powodzenia.

J.

Na początku był Leo.
Produkt finalny rodziny, która zbudowała swoje dziedzictwo w ciągu czterystu lat ciężkiej pracy, okrutnego fanatyzmu i absolutnej lojalności, miał twardy charakter. Innymi słowy, nie ma dla niego usprawiedliwienia.
W drugim narożniku ja.
O mnie wiecie wszystko.
Leo i Julieanne, skrojeni z materiału pochodzącego

z różnych bel, postanowili, że razem stworzą ubranie zwane małżeństwem.

Nasza zwykła historia zdarzyła się tysiące lat przed ostateczną diagnozą, zanim liczni lekarze wypowiedzieli się, że mam właściwie wszystko, od syndromu chronicznego zmęczenia, poprzez pasożyty, ataksję ruchową spowodowaną krwotokiem mózgowym, do katatonicznej depresji.

Każdej kobiecie może się zdarzyć, że zostanie porzucona, z tym że porzucający ją mężczyzna nie powinien nazywać starannie zaplanowanego posunięcia przypadkowym wydarzeniem, w którym w dodatku „nie ma niczego, czego należałoby się wstydzić".

Nic w tym niezwykłego, gdy kobieta – anioł czy wiedźma, chora czy zdrowa – zostaje porzucona z hukiem. To zbyt banalne nawet na kolejną piosenkę w stylu western and country. Te wielkie już powstały. Dolly Parton ujęła temat wręcz rewelacyjnie w trwającej dwie minuty i trzydzieści sekund „Jolene". A jeśli macie bardziej wyrafinowane gusty literackie, możecie przeczytać wszystko na temat eleganckiej zdrady w *Świecie zabawy**.

Moją historię od tamtych różni to, że od czasu, kiedy one powstały, podobno wiele się zmieniło w układach między mężczyznami a kobietami.

Weźmy na przykład podejście do problemu starzenia się. Od mężczyzn oczekuje się, iż zaakceptują zmiany związane ze starzeniem się kobiety, tak jak godzą się ze zmianami zachodzącymi w ich własnym ciele. Piersi już nie przyciągają uwagi, nie prowokują do najkrótszego choćby zmysłowego spojrzenia, ale cóż, nadal są to piersi. Być może kiedyś karmiły dzieci. Może kołysały głowę

---

* Powieść Edith Wharton z życia wyższych sfer nowojorskich z przełomu XIX i XX wieku.

mężczyzny, który zwierzał się lub wypłakiwał na nich cały swój smutek i ból, czego nie zrobiłby przy żadnej innej istocie na ziemi. Kiedy gorączkowe rozhuśtanie normalnej w początkach każdego związku namiętności zwalnia i staje się lekko kołyszącym się wahadłem, wszystko jest w normie, ponieważ świętość długiego i uczciwego partnerstwa ma trwać dłużej niż rozkoszny szał cielesnych uciech.

Ta zmiana zachowań i wartości to tymczasem jedna wielka bzdura.

Bo nic się nie zmieniło, z wyjątkiem tego, jak pewne rzeczy są nazwane, jak powiedziałaby Alicja po powrocie zza lustra.

Kochaliśmy się jak wariaci, Leo i ja.

Chcieliśmy też postąpić wbrew naszym rodzicom, którzy spodziewali się, że Leo ożeni się z Shainą Frankel. Moi rodzice oczekiwali, że wyjdę za mąż za... kogokolwiek, byle z odpowiedniej sfery.

Zaczęło się jeszcze w college'u.

Matka i ojciec (tak się wtedy mówiło na rodziców) ukończyli uniwersytet nowojorski. Nie widzieli sensu studiowania na uczelni, do której nie dojeżdżałoby się metrem linii A. Zbuntowałam się. Grzeczna córeczka sprzeciwiła się rodzicom. Wybrałam Uniwersytet Colorado w Boulder. „Czy koniecznie musisz pchać się na szczyt jakiejś zapyziałej góry?" – pytał ojciec, malując obraz Boulder jako wysuniętej placówki Pony Express, gdzie zajęcia odbywają się w wigwamach, a nad polną drogą między saloonami wiatr unosi chmury kurzu i nasion. Tłumaczyłam, że chcę zdobywać szczyty, nosić dżinsy i tańczyć w chustce i ocieplaczach na nogach pod okiem Rity Lionelli, legendarnej instruktorki tańca nowoczesnego, która po powrocie z Nowego Jorku do rodzinnego miasta prowadziła szkołę tańca. Człowiek, który latał samolotem do Londynu, jakby to była wycieczka miejskim autobusem, natomiast jazdę samochodem do Provincetown uważał za równą podróży wozem osadniczym przez Cumberland Gap, pozostał głuchy na moje argumenty. Ojciec uważał, że wejście po schodach West Side Y na korty tenisowe to jedyna wspinaczka, jaką normalny człowiek powinien uprawiać.

Wygrałam, choć wiedziałam już, że nie będę „prawdziwą" tancerką. American Ballet Theatre w Met, a nawet Winnipeg Ballet pozostały w sferze marzeń, które porzuciłam, kiedy osiągnęłam wzrost pięciu stóp i ośmiu cali oraz wagę stu trzydziestu funtów. Jako praktyczna z natury dziewczyna, nie miałam ochoty ograniczać diety do papierosów i pieprzówki, byle tylko tańczyć w zespole Houston Ballet przez trzy lata, co mi się zresztą udało przez jedno lato. Chciałam natomiast pewnego dnia spróbować sił w miejscowym teatrze albo też uczyć tańca czy choćby angielskiego w niedużym cellege'u, gdyż literatura angielska to był mój drugi żywioł.

Pewnego dnia zeszłam ze sceny po występie. Wykonywałam solowy piruet w *Popołudniu fauna* – i byłam wściekła, ponieważ byłam dobra. Ja byłam dobra, a moi rodzice wyjechali do Szwajcarii. Przysłali róże, które oddałam dziewczynom, zyskując sławę tej szlachetnej. Włosy miałam jeszcze boleśnie ciasno związane do tyłu, oczy pomalowane tak, że przypominały dwa złote migdały. Wtedy pojawił się chłopak. Był w czarnej skórzanej kurtce, włosy miał czarne, w kolorze tej skóry, i ledwo dostrzegalny, trochę krzywy uśmiech.

– Cześć – zagaił. – Byłaś świetna. – Po chwili, jakby bojąc się, że podziękuję mu za komplement i sobie pójdę, dodał: – Wiesz, że byłem jedynym facetem niebędącym czyimś chłopakiem lub ojcem?

– Lubisz balet? – spytałam, zastanawiając się, czy to cudo jest gejem, czy też moim krajanem – nowojorczykiem.

– Nie, ja tu sprzątam – wyjaśnił. Pomyślałam, że kpi sobie ze mnie, i chciałam odejść. Byłam nieufna.

On to wyczuł.

– Zamiatam podłogę – dodał, ruszając truchtem, żeby za mną nadążyć. – Tu wszędzie. Pod wszystkimi salami prób.

– Obsługujesz też stoliki w żeńskich akademikach? – spytałam. Wiedziałam, że tak robili studenci mający stypendium. Sama myślałam o tym, żeby podjąć jakąś pracę, chociaż miałam mnóstwo zaliczeń. Mieszkałam w mieszkaniu, gdzie panował straszny bałagan, i już zdążyłam się przekonać, że cudowna niezależność tak naprawdę polega na tym, że trzeba zrobić nowy deser, gdy narąbana współlokatorka po powrocie z imprezki zje wszystkie cztery porcje.

– Sto razy wolę zamiatać – odparł.

– Czemu? Przecież kelnerzy dostają darmowe posiłki.

– Nie przepadam za mądrzącymi się krowami. I nie mam najmniejszego zamiaru ich obsługiwać.

Przyjrzałam mu się uważnie.

– Nie chcesz chyba powiedzieć, że jestem mądrzącą się krową? – spytałam niewinnie, a w tym momencie ramiączko zsunęło mi się nieznacznie.

– Nie – zaprzeczył, znowu z tym swoim oszczędnym uśmiechem. – Może i się mądrzysz, ale nie jesteś krową.

– Dlaczego uważasz, że się mądrzę?

– Znam się na ludziach. A ty lubisz rzucać od niechcenia wielkimi nazwiskami. Wiem, że twój tata zaprosił Kurta Vonneguta...

– To dlatego, że są w jednym wieku i że on mieszka...

– A jednak to jest rzucanie nazwiskami.

32

– Niech ci będzie – przyznałam niechętnie. – Fajnie, że przyszedłeś na mój występ i palnąłeś umoralniające kazanie. Miłego... zamiatania.

– Zmiótłbym cały świat do twych stóp – rzekł Leo.

Skrzywiłam się na tę kwestię.

– Aua.

– No dobra, koniec wygłupów. Przyszedłem, ponieważ to jedyna okazja, żeby popatrzeć, jak tańczysz, i nie musieć udawać, że pracuję. Jesteś... tak piękna, że twój widok aż sprawia ból.

– James Jones – ja na to.

– Całkiem blisko.

– No i kto się mądrzy? – rzuciłam zaczepnie.

– Mądrzę się, ale inaczej. Mam wysoki iloraz inteligencji. Moi rodzice są biedni, lecz dumni. Matka uratowała się z holokaustu. Miała wtedy dwa lata i całej rodzinie udało się uciec, ale to i tak się liczy.

– Chcesz powiedzieć, że ani trochę nie jesteś snobem?

– Otóż to. Mam tylko głębokie poczucie moralnej wyższości.

– Jack Lemmon.

– No więc Billy Wilder.

– Co jest twoim głównym przedmiotem?

– Nie taniec.

– Moim też nie. Kocham taniec, ale skończy się pewnie na zmuszaniu dzieci do czytania Nelle Harper.

– Znanej światu jako Harper Lee*.

– Przestań już, dobra? – roześmiałam się. – Nie przywykłam do towarzystwa facetów, których nie da się przegadać.

---

* Nelle Harper Lee (ur. 1926) – pisarka amerykańska, autorka uhonorowanej Nagrodą Pulitzera powieści *Zabić drozda*.

Chciał być poetą. Studiował administrację przedsiębiorstwa.

Udaliśmy się w stronę café Kafka na drożdżówki i herbatę. Nie dotarliśmy jednak do stolika. Wylądowaliśmy w łóżku. Przez tę długą noc na herbacie z mlekiem, kupionej na wynos w papierowych kubkach, wytworzył się lodowaty kożuch. Równie wielką miałam ochotę ulec defloracji, jak i nauczyć się spuszczać na linie z prawdziwej skały. (Skończyło się na tym, że obie te rzeczy zrobiliśmy razem po raz pierwszy. Leo powiedział, że tamtej nocy czuł w sobie wyjątkowe szaleństwo, ale wyznał też, że jeśli chodzi o fantazje, to zatrzymał się w pół drogi). Do tego stopnia próbowaliśmy udzielać sobie wzajemnie korepetycji, że nazajutrz po moim występie oboje nie byliśmy w stanie chodzić, nie odczuwając przy tym bólu. Osobiście na zajęciach z literatury angielskiej (Swift, Pope i Fielding) chciałam wstać i zawołać na cały świat: „Jestem inna!". Tydzień trwało, nim minęło nieprzyjemne podrażnienie skóry (nazwaliśmy to „obcałowana broda").

Po dwóch miesiącach trwania romansu, którego to słowa nigdy nie używaliśmy na określenie tego, co w naszym odczuciu było Wielką Miłością, Leo napisał:

Julieanne jednym zgrabnym ruchem
Odrzuca szarobury szkic mnie samego,
Wymienia sennego chłopca na przesiąkniętego deszczem
mężczyznę,
Dumnego, czystego, w ostrych niebieskich, fioletowych i ru-
mianych barwach,
Nienawykłego do namiętności, pełnego lęku, lecz w pełni
prawdziwego,
Jeden niedbały ruch wykonany przez
Julieanne

Czy ktoś, kto już wyrósł z wieku szkolnego, użyłby kiedykolwiek określenia „rumiane barwy"?

Dobry Boże, i jak ja miałam nie zakochać się w tym chłopaku, który w dodatku miał zapewnioną dobrą pracę i dostatnie życie, a do tego wszystkiego oficjalnie mianował mnie swoją muzą. Administrowanie przedsiębiorstwem, choć samo w sobie tak mało porywające, nie miało przed nim tajemnic. Rozumiał wszystko i uczył się na pamięć rzeczy, które przekraczały możliwości percepcji jego kolegów z kursu. I już wtedy prowadził kwitnący interes, pisząc innym prace semestralne.

Rozgorączkowani, wręcz rozpaleni do białości, doczekaliśmy jesieni, z trudem wytrzymując rozłąkę podczas lata. Wtedy, z przyzwoleniem rozanielonych rodziców, wyszłam za mąż za chłopaka, który mówił o sobie, że jest „jedynym Żydem z Sheboygan w stanie Wisconsin".

Miałam dwadzieścia lat. Leo, który musiał pracować, żeby zarobić na naukę, a więc jego studia trwały dłużej, miał dwadzieścia pięć. Pomyślcie tylko. Dwadzieścia lat. Ledwie co skończone. Gdyby nasze życie potoczyło się normalnym torem, nie wiem, czybym pozwoliła mojemu synowi Gabe'owi pojechać na Florydę autostopem, a tym bardziej ożenić się. No cóż, może autostopem na Florydę tak. A nasi rodzice nam pozwolili. Czy byli szaleni? A może wtedy było niewinniej, a świat nie był aż tak zbrukany?

Oczywiste się wydawało, że wręcz idealnie pasujemy do siebie.

Komedia, jaką było spotkanie naszych rodziców, okazała się nad wyraz udana.

Hannah i Gabe Steiner Senior przybyli na kolację przyodziani żałobnie w czarne wełniane ubrania – w czerwcu. Byli pod tak ogromnym wrażeniem Ambrose'a i Julii Gillis, jak tego wymagało *droit de seigneur* moich rodziców.

Rozglądali się po dziesięciopokojowym mieszkaniu na dziesiątym (najwyższym) piętrze budynku zwanego Venecia, z widokiem na Central Park West, z takim wyrazem twarzy, jakby się bali, że zaraz ich ktoś aresztuje. Po trzech kieliszkach szampana, usłyszawszy historię wywiezienia całej rodziny do piekła Buchenwaldu, ojciec wpadł w histeryczny i patetyczno-łzawy nastrój. Ocalenie za pięć dwunasta, za sprawą bogatej rodziny niemieckiego pastora, który był kolegą ojca Hannah z czasów dzieciństwa, poruszyło go do tego stopnia, że bałam się, iż wstanie i zacznie śpiewać „Sunrise, sunset".

– Zawsze podziwiałem naród wybrany – oznajmił, a my z Leo staraliśmy się wbić jak najgłębiej w róg kanapy.

– Mamy wielką nadzieję, że Bóg podziwia luteran – odparł na to Gabe Senior. Wymienili cygara.

Uwielbienie Steinerów dla ukochanego, genialnego i jedynego syna było przeogromne, a moi rodzice też uważali mnie za bezcenną perłę. Moja siostra Janey była zdania, że Leo jest rozkosznie etniczny, choć tak naprawdę mijało się to z rzeczywistością. Twierdził, że w życiu nie miał jarmułki. Steinerowie, mimo swoich korzeni i przeszłości, byli bardzo liberalnymi Żydami, a moi rodzice – typowymi protestantami, uwielbiającymi cytować ewangelię św. Łukasza podczas Bożego Narodzenia. W dni świąteczne obie rodziny najchętniej jadały potrawy chińskie. Nie było żadnego problemu konfliktu wartości. Krótko mówiąc, najważniejsze były stół i telewizja. Sześć tygodni później, podczas ferii z okazji Święta Dziękczynienia, wyruszyliśmy z mieszkania moich rodziców na sześciodniowy rejs po Seszelach – ślubny prezent od nich – a potem zainstalowaliśmy się w mieszkaniu wprawdzie niezbyt ładnym, za to z dobrej jakości ręcznikami i kieliszkami do wina.

Nie zawiedliśmy naszych rodziców i nie zaniedbaliśmy

nauki. Byliśmy grzecznymi dziećmi. Choć bardzo chcieliśmy się rozstać z prezerwatywami i zmieszać chromosomy, posłusznie wstrzymywaliśmy się. Kiedy wreszcie pojawiła się na rynku pigułka, która nie wywoływała uczulenia i po której nie tyłam, znacznie lepiej szło nam zaspokajanie naszych ciał. Nigdy też nie było problemów z zaspokajaniem potrzeb naszych umysłów. Graliśmy w łóżku w cytaty, a on zawsze potrafił mi trafnie odpowiedzieć. Oszczędzaliśmy każdy grosz i jeździliśmy z plecakami do Grecji, gdzie pływaliśmy nago w Morzu Egejskim. Leo badał moje krągłe, kształtne białe piersi w topografii brązu i jasnej karnacji, jakby odkrywał uran. Czułam się tak bardzo.... wywyższona nad wszystkie małe dziewczynki z naszego campusu. Nie byłam „z chłopakiem". Byłam mężatką.

Pierwszą pracę dostał w wielkiej firmie ubezpieczeniowej w Chicago. Słuchałam, uśmiechając się niewyraźnie, kiedy perorował na temat wykorzystywania młodszych pracowników American Liability Trust. Czyli jego samego.

„Oczywiście mamy tu sześciodniowy tydzień pracy, chłopcze – oświadczył pan Warren, mający, lekko licząc, sto dziesięć lat, kiedy w hierarchii firmy Leo awansował z pisarczyka na ludzką istotę. – I tylko od czasu do czasu pracujemy w niedzielę. Szczycimy się tym, że należymy do bardziej ludzkich instytucji. Szanujemy życie prywatne naszych pracowników. O ósmej w biurze nie ma już nikogo".

Ja dostałam pracę w redakcji „Sun-Timesa", na nocnej zmianie, przeznaczonej dla desperatów, dziennych pijaków i osób o zwichrowanym zegarze biologicznym. I tak Leo pracował czternaście godzin na dzień, a ja czternaście godzin w nocy.

Żadne z nas nie było idealnym współmałżonkiem.

W soboty Leo spał jak zabity do trzeciej po południu, podczas gdy ja siedziałam bezczynnie i wściekałam się, że nigdy nie chodzimy do Art Institute. Zaprosił swoich rodziców na wspólne wakacje do firmowego apartamentu w Disney Worldzie i oddał im główną sypialnię. Przeszliśmy metamorfozę od króliczków zdolnych wyczyniać harce na każdej horyzontalnej powierzchni w Kolorado do pary trwającej w celibacie. Byłam wściekła na Leo, że kocha pieprzone warunki ubezpieczenia bardziej niż pieprzenie się ze mną. Kiedyś wpadł mi w oko jeden redaktor piszący o golfie. Raz, gdy Leo był w delegacji, pozwoliłam mu wsiąść ze mną do samochodu i pocałować się; inne grzechy miały miejsce tylko na górnej połowie ciała i tylko przez bluzkę. Ale przeraziłam się. Był to znak, że Leo i ja możemy posunąć się dalej.

A jednak kochałam mego przesiąkniętego deszczem mężczyznę.

Są takie chwile, do czego nigdy w życiu nie przyznałabym się Gabe'owi, że nadal go kocham.

W każdym razie chciałam od życia czegoś bardziej solidnego i zasadniczego. Sheboygan idealnie się do tego nadawało. Nawet teraz niczego nie żałuję.

Rodzice Leo wciąż prowadzili tani sklepik, Steiner's Sundries, przy Pine Street, kiedy papa Steiner zachorował na raka prostaty. Mimo pomyślnych rokowań babcia Steiner drżała ze strachu. Sklep w ogóle przestał się liczyć. Po leczeniu dziadek był niemal przezroczysty. Nadszedł czas, by Leo niczym rycerz w zbroi pojawił się w nagłówku papieru listowego rodzinnej firmy. Dla rodziców był najlepszą możliwą polisą ubezpieczeniową. Ale najpierw musiał przekonać mnie do Wisconsin, przytaczając takie argumenty, jak poziom nauczania w szkołach, piękno północnych lasów położonych zaledwie kilka godzin jazdy od domu, niskie koszty utrzymania, godzi-

38

we życie, okazja, by jego wykształcenie przynosiło korzyści nam, a nie panu Warrenowi. Steinerowie byli gotowi na wszystko, byle tylko ocalić sklep – dla nich był niczym Tara z *Przeminęło z wiatrem*.

Tuż przed podjęciem ostatecznej decyzji o przeprowadzce spędziliśmy naszą dziesiątą rocznicę ślubu w St. Lucia. Wróciłam do domu z licencją nurka, poparzeniami drugiego stopnia i w potwierdzonej ciąży. To przypieczętowało sprawę. Embrion, na którego zaczęliśmy mówić A. Gabriel Steiner („A" od Ambrose, na cześć mego ojca, czego nigdy nie używaliśmy jako imienia), zyskiwał szansę na bezpieczne i zdrowsze życie w pobliżu tych sympatyczniejszych dziadków. W Chicago czekałaby nas katastrofa, gdyż w tamtych czasach na całym świecie zwalnianie ciężarnej kobiety z pracy uważane było nie za świństwo, ale za działanie podyktowane zdrowym rozsądkiem. W Wisconsin, gdzie żylibyśmy dostatniej za mniejsze pieniądze, mogłabym pomagać w sklepie, z którego Leo wyrzucił sznurki do latawców i pudełka z warcabami, a wprowadził dział oprawy obrazów, eleganckie upominki i dobrej jakości wyroby lokalnego rzemiosła – przekształcając sklepik w „prawdziwy sklep".

Oczekiwany noworodek doskonale pasował do ogólnego schematu. Silniej też czułam tu przynależność do rodziny, niż kiedykolwiek mi się to zdarzyło w domu rodziców. Zawsze lubiłam Hannah i Gabe'a, a teraz ich pokochałam.

Dziadek wyzdrowiał. Interes kwitł. Urodził się Gabe. Steinerowie byli w siódmym niebie.

A mnie padło na rozum.

W przypadku kobiet takich jak ja siedzenie w domu z dziećmi nie było wówczas „w modzie". Oczekiwano ode mnie, że po zapewnieniu dziecku dobrego startu przekażę je w ręce profesjonalnych opiekunek w żłobku o nazwie Red Giraffe czy Little Caboose. Nie wzięto wszakże pod uwagę potężnej erupcji miłości, jaka ogarnęła mnie, gdy Gabe się pojawił: wiotki i szary niczym mokry piżmoszczur, po trzydziestu godzinach lasującego mózg porodu pośladkowego. Na początku lat osiemdziesiątych krzywo patrzono na kobietę, która żądała choćby aspiryny w czasie porodu; lekarze robili rutynowe nacięcie krocza i cześć. Byłam skrajnie wyczerpana, podobnie jak Gabe, który nawet nie miał siły kwilić. Kiedy duża, niesympatyczna pielęgniarka, Szwedka, dość brutalnie przyłożyła maskę tlenową do jego buzi, zareagowałam wrzaskiem, niczym totalne przeciwieństwo Medei, na to niedbałe traktowanie kawałka mnie samej – jedynej istoty na świecie, która potrzebowała tylko mnie. Nie chciałam się od niego na moment oddalać, nie chciałam, żeby kiedykolwiek dorósł. Gdy miał dwa miesiące, na samą myśl, że nie zobaczę go przez osiem godzin, chciało mi się płakać, dlatego też nie poczyniłam żadnych kroków, aby załatwić Little Caboose. Babcia Hannah, choć miała bardzo słaby wzrok, była silna jak mustang. Wkraczała gratis, kiedy ja płodziłam cieszące się zainteresowaniem (czysto teoretyczne) artykuły o powrocie do dawnej formy i figury po ciąży, o znaczeniu zachowania formy przed ciążą oraz o łatwym przebiegu porodu w przypadku... zgadnijcie: czego? Bycia w dobrej formie w czasie ciąży.

Leo się niepokoił i wreszcie zapytał: dlaczego jemy w kółko pilaw w różnych smakach, Jules? Dlaczego nie mamy dwóch źródeł zarobkowania, jak sobie to kiedyś zaplanowaliśmy, tak jak ludzie, których potem stać na kupno domu? A jednak życie na ogół układało się radośnie. Dziadkowie kupili (skromny, ale śliczny) domek w Door County, dokąd jeździliśmy na weekendy, a ponadto „mieliśmy udział" w apartamencie w hrabstwie Sarasota, wspólnie z ich serdecznymi przyjaciółmi, rodzicami chrzestnymi Leo.

Wtedy nagle sklep Steinerów popłynął brzuchem do góry, padając ofiarą podstępnych centrów handlowych. Leo natychmiast wykorzystał doskonałą lokalizację i sprzedał go. Steinerowie przeszli na emeryturę, doznawszy najpierw szoku na wieść o cenie swojej własności. Gabe Senior (nigdy nie siedzący z założonymi rękami) zaczął się trochę bawić na giełdzie. Trzeba im przyznać, że swoje zyski dzielili z nami, byśmy mogli, jak Hannah lubiła powtarzać, „coś niecoś odłożyć".

Leo nadal był geniuszem.

Wpłaciliśmy zaliczkę na zbudowany po wojnie dwuapartamentowy dom, tak wielki, że w zasadzie były to dwa oddzielne domy postawione jeden na drugim. Mieliśmy tam cztery ładne sypialnie i mały kącik, który służył nam obojgu za gabinet. Górę od razu wynajęliśmy duńskiemu małżeństwu, Liesel i Klausowi, naukowcom zatrudnionym na wydziale entomologii Uniwersytetu Stanowego Wisconsin, którzy tak często wyjeżdżali do jakiegoś pełnego robactwa naukowego raju, że praktycznie byli w naszym życiu ulotnymi zjawami, szlachetnie spłacającymi hipotekę domu. Mieli trzy duże sypialnie – z których jednej używali jako laboratorium. Leo często powtarzał, jak to cieszy się, że badają robaki, a nie choroby tropikalne.

Pewnego dnia Leo postanowił mnie zaskoczyć. Oznajmił, że ma zamiar wydać część tego, co „odłożyliśmy", na studia w szkole prawniczej w Marquette. Byłam wtedy bez pracy i w duchu liczyłam na to, że już zawsze tak będzie, więc miałam wielką ochotę kopnąć go mocno, ale on całkiem słusznie argumentował, że z dyplomem prawnika i MBA stanie się jeszcze bardziej atrakcyjny na rynku pracy.

– Jules – dodał. – Musisz znaleźć sobie pracę. Nie będzie nas stać na prywatne badania kontrolne dziecka.

– A czy nie przyszło ci przypadkiem do głowy, że z dwoma dyplomami, które już masz, mógłbyś zostać nawet agentem FBI?

– Jules – odrzekł łagodnie. – Rozumiem, że nie chcesz go zostawiać.

– Nie chcę. Uważam, że mogłabym go karmić co najmniej przez rok i...

– Nawet praca na pół etatu już by nam coś dała. Mielibyśmy choć częściowe ubezpieczenie.

– Możemy chodzić do przychodni studenckiej.

– Jest w Milwaukee, Julie. Trzydzieści mil stąd.

Oczywiście miał rację. Gdyby nie Liesel i Klaus, i stypendium, które dostał Leo, jedlibyśmy wyłącznie suchy chleb.

Znalazłam tymczasową pracę. Nawet mi się nie chce o tym wspominać. Leo rozpoczął kurs podyplomowy i miał zajęte wszystkie wieczory i całe lato.

Wtedy stało się.

Karmiłam, więc uważałam, że jestem zabezpieczona.

Teoretycznie.

Packersi grali dodatkowy mecz. Całe miasto oszalało, my też.

Finalnym golem okazała się mała Hannah Caroline.

Przy dwojgu małych dzieciach bardzo szybko zatęskniłam do jakiejkolwiek dłuższej rozmowy, w której nie padłoby słowo o ruchach robaczkowych jelit. Próbowałam karmić oboje, walcząc zawzięcie o zwiększenie wagi swego ciała za pomocą ogromnych ilości piwa i twarogu, mimo to stale wyglądałam jak niezgrabna, wyraźnie niedożywiona alkoholiczka. I choć Leo w końcu zrobił dyplom (z doskonałym wynikiem, rzecz jasna), zdobycie przeze mnie pracy stało się koniecznością życiową, obracającą wniwecz wszelkie wcześniejsze teorie.

Naszymi dziećmi zajęła się studiująca zaocznie prawo

dziewczyna, którą poznał Leo. Przyprowadzała do nas swojego dwulatka, a ja wtedy mogłam pójść do pracy. W tym czasie Caro miała zaledwie pół roku i jestem przekonana, że właśnie dlatego nie okazywała mi tyle miłości, co Gabe. Wysmażywszy *curriculum vitae*, z uwzględnieniem okresu pracy w „Chicago Sun-Times" (co wyróżniłam tłustym drukiem), udałam się do „News-Clarion". Na rozmowę o pracę Leo kupił mi koralową spódnicę i sweter od Donny Karan, pierwszą nową rzecz od dwóch lat, nie licząc bielizny. (Moi rodzice, praktyczni jak zawsze, dali mi na Gwiazdkę skórzaną kurtkę z kołnierzem z lisa, którą sprzedaliśmy, żeby naprawić nasze subaru).

Zaczęłam pracę w redakcji i stopniowo awansowałam do działu społeczno-kulturalnego, gdzie niejaka Marie Winton od czterdziestu lat prowadziła kącik porad zatytułowany „Winona wszystko zrozumie". Musiała już mieć z osiemdziesiąt pięć lat. Redagowałam tę jej rubrykę i od czasu do czasu, kiedy dla innych było za zimno, pisałam kilka zdań na temat konkursu rzeźbienia w lodzie.

Marie odpowiadała głównie na listy poruszające problemy typu, czy wypada napisać list z podziękowaniem na komputerze, czy też trzeba koniecznie zrobić to ręcznie. Sekretarz redakcji Stella Lorenzo, Gorące Wargi działu wiadomości, i ja zostałyśmy oddelegowane do spisywania numerów telefonów organizacji pomocy, od AA do Wsparcia dla Rodziców, i rozsyłania ich na kartkach z nadrukiem „Wszystkiego dobrego, Winona", w odpowiedzi na każdy list, który nie dotyczył zasad etykiety.

– Coś tu jest nie tak – szepnęłam raz na ucho Stelli – ona ignoruje prawdziwe wołania o pomoc.

– Ty mi to mówisz – odpowiedziała Stella, przewracając ogromnymi jak u Annette Funicello oczami i dźgając ołówkiem poskręcane w świderki loki. – Codziennie otwieram listy, w których matki pytają, czy ich dzieciom nie będzie lepiej bez nich. Matko Święta, Julie, te kobiety myślą o samobójstwie! Nie wiem, co robić.

Zebrawszy się na odwagę, zapytałam Marie, która codziennie do pracy przychodziła w kapeluszu (nim zasiadła do maszyny marki Smith Corona, uroczyście wieszała go na specjalnym wieszaku):

– Czy w wystarczającym stopniu pomagamy ludziom w naprawdę kryzysowych sytuacjach, panno Winton? Wysyłanie numeru telefonu to chyba za mało.

– Nie zajmuję się brudami, moja droga – odparła Marie. – Moi czytelnicy nie są tym w najmniejszym stopniu zainteresowani.

Był to dopiero mój trzeci miesiąc pracy w dziale, ale cichcem zaczęłam udzielać porad w najtrudniejszych przypadkach z korespondencji Winony, konsultując się z Cathy Gleason, moją przyjaciółką, którą poznałam podczas amatorskiego przedstawienia *Oklahomy!*. Listy te stały się moją prawdziwą obsesją. Im więcej ich czytałam, tym więcej spraw się wyłaniało. Doszłam do wniosku, że ludzie są jacyś dziwni. Kasjerzy i murarze. Sekretarki i chirurdzy. Rozpacz mnie ogarniała, gdy przekonywałam się, że dorośli ludzie, mający normalną pracę i prawo jazdy, potrafili wykazywać tak zadziwiający brak poczucia własnej odrębności i samoświadomości. Zaczęłam się zastanawiać, jak ktoś taki może wytrzymać w małżeństwie czy też wychować dziecko albo pracować przez dziesięć lat dla szefów o osobowości wypisz, wymaluj doktora Mengele.

Cały ten fenomen pisania do zupełnie obcej osoby z prośbą o radę wydał mi się na początku dziwny, ale jednocześnie fascynujący. Chociaż, w końcu, czy różni się on tak bardzo od odsłaniania duszy przed osobą przypadkowo spotkaną w samolocie? Taka sytuacja kusi. Nie trzeba potem niczego odkręcać ani odwoływać.

Pewnego dnia panna Winton udała się do toalety i już nie wyszła – przynajmniej nie jako „Winona Rozumie". Godzinę później jedna z reporterek znalazła ją siedzącą z tkliwym uśmiechem na sedesie tuż przy drzwiach. Wezwano karetkę. Panna Winton trafiła do Sheboygan Mercy, a potem do The Oaks. (Pojechałyśmy ze Stellą odwiedzić ją i zawiozłyśmy jej plik listów. Wprawdzie odpowiedziała na nie, lecz nikt nie był w stanie przeczytać, co tam jest napisane. Z uśmiechem zapewniłyśmy ją, że wszystkie wyślemy. Następnym razem przywiozłyśmy kupony do Kmartu i na nie też panna Winton odpowiedziała). O tym, że to ja odpisuję na listy, dowiedział się od Stelli energiczny nowy naczelny Steve Cathcart. Siedziałam właśnie przy moim szarym metalowym biurku, kiedy podszedł i stanął nade mną jak kolos.

– Gillis, wiem, że uprawiasz samowolkę. Przydałoby się trochę upikantnić nasz kącik porad. Zajmiesz się tym? Świetnie. Załatwione. Nazwiemy go „Opowiedz o tym Julie".

– Nie – odparłam, dziwiąc się sama sobie, że stawiam się naczelnemu, i to nowemu naczelnemu, którego ledwo znam. – Tu nie chodzi o mnie, o moją osobę. Proponuję tytuł... „Zbędny Balast". Przecież właśnie o tym są te wszystkie listy. O rzeczach, które ludzie niepotrzebnie ciągną za sobą jak kule u nogi.

Spodobało mu się!

Nie minął rok pracy w gazecie, a już miałam własną rubrykę.

Nie wiedziałam wtedy tego, co wiem teraz, że ten sposób postępowania w pracy jest czymś zupełnie normalnym. Myślałam, że Cathcart docenił mój rozsądek i wrażliwość. Później przyznał, że pomyślał sobie, iż jako kobieta mam naturalne skłonności do empatii, a jako córka mego ojca będę w stanie sklecić poprawne angielskie zdanie. Z wyjątkiem lekarzy udzielaniem porad zajmowały się niemal wyłącznie kobiety. A jednak nie wyobrażam sobie „dobrej cioci" (tak, właśnie tak nazywano nas pięćdziesiąt lat temu i nadal tak się nazywa), która już w wieku dwunastu lat stwierdziłaby: „Wiesz, kim chcę być, jak dorosnę? Chcę być następną Drogą Abby". Droga Abby pewnie nawet tak nie myślała. Większość nas zwracała się w stronę praktyki psychologicznej lub jakiejś formy pisarstwa, a wtedy uderzało nam do głowy to poczucie władzy, że ktoś nas o coś pyta i nam wierzy. Teraz są terapeuci specjalizujący się w poradach dla młodych, dla starych, dla osób o różnych preferencjach uczuciowych, dla politykierów, dla miłośników zwierząt, dla pań robiących kapy na łóżka i dla ogrodników. Ale to myśmy były pramatkami, pocieszającymi po niewiernym kochanku, po niewdzięcznym dziecku. Większość nas miała nie lepsze przygotowanie niż ja. Ale każda miała w zanadrzu, jak asa w rękawie, kieszonkowego psychologa, który pomagał. Moim była moja najlepsza przyjaciółka w Wisconsin, Cathy Gleason, pochodząca ze znanego klanu terapeutów, której najbliższą rodzinę stanowiła jedynie jej przemiła matka Irlandka. Cathy była lesbijką, a ja poznałam ją i jej ówczesną ukochaną Saren, kiedy wszystkie tańczyłyśmy razem w miejscowym przedstawieniu *Oklahomy!* i natychmiast nawiązała się między nami nić sympatii. Cathy była zachwycona, że ze swoimi poglądami na delikatny temat stosunków międzyludzkich może przebić się na szersze forum, skrywając się za moją na wpół poważną fotografią widniejącą u góry strony. Powiedziała raz, że redaktorzy rubryk z poradami powinni mieć numer o podwyższonej opłacie, jak usługi. Kiedy rozstała się ze swoją partnerką – Saren zakochała się w facecie – byłam gorącą linią dla Cath i zbliżyłyśmy się wtedy bardzo, spędzając długie wieczory przy czerwonej lukrecji, czerwonym winie i płycie *Blue* Joni Mitchell, uniwersalnej muzyce na kobiece smutki. W naiwności swojej nie byłam w stanie zrozumieć, jak Cath mogła tak bardzo się załamać, utyć i nie wstawać przez całą sobotę z łóżka, skoro uczyła innych, jak należy dbać o siebie w okresie żałoby. „Nie daj nikomu sobie wmówić – rzekła do mnie pewnego razu – że ten ktoś lepiej wie, jak powinnaś reagować na stratę. Nikomu nic do tego, jak ty reagujesz, kiedy strata dotyczy ciebie".

Leo i Cathy przypadli sobie do gustu i razem z jej mamą Connie tworzyliśmy jedną wielką rodzinę, spędzając wspólnie Święto Dziękczynienia raz u nas, innym razem u nich, i tak dalej. Na początku Leo protestował, kiedy chciałam ustanowić Cathy legalną opiekunką dzieci na wypadek naszej śmierci, ale w końcu przekonał się, że będzie ona o wiele lepszym zastępstwem niż moja siostra Janey i jej mąż Pete, czy też nawet jego właśni rodzice. Kurczę, ona była mi bliższa niż moja własna siostra.

Zaraz po zrobieniu dyplomu Leo otrzymał propozycję pracy na stanowisku radcy prawnego rektora na uniwersytecie stanowym. Z posadą wiązały się spore pieniądze, więc Leo chętnie na to poszedł. Nie minęło wiele czasu, a zajmował się sprawami wcale nie tak różnymi od tych z moich listów. Oboje dostaliśmy podwyżki. Zatrudniłam projektanta do urządzenia ogródka przed domem. Znalazłam szkołę dla Gabe'a, gdzie bezmyślne platynowe blondynki nie sugerowały, że jest autystyczny, ponieważ nie potrafi nazwać kolorów (za to wymyślił, co należy zrobić, żeby zwykła temperówka działała na energię słoneczną). Już wtedy wiedziałam, że Gabe jest inny, tak jak wiedziałam, gdy byłam mała, że ja sama jestem inna, choć nie mieli wtedy jeszcze na to nazwy. Nie byłam „nerwowa" ani „zbyt gadatliwa", cierpiałam raczej na coś, co dzisiaj określa się jako rozkojarzenie i nadpobudliwość.

W przypadku Gabe'a było to jeszcze coś innego. Umiał się precyzyjnie wypowiadać, ale jego litery wyglądały tak, jakby pisał je przedszkolak. Czytał jak szatan, ale nie potrafiłby napisać dopiero co przeczytanego słowa. A przy tym był tak rozkosznie bystry! Zdawało mi się, że potrafię pokonać te jego wszystkie odmienności – w podobny sposób, w jaki dzięki sile woli i kilku lekcjom oboje z Leo z pary przestępującej na boczku z nogi na nogę przedzierzgnęliśmy się w mistrzów swinga i tańca towarzyskiego, brylujących na parkiecie na wszystkich weselach.

Dobrze nam się żyło.

Dziwiono się powszechnie, że tyle czasu jesteśmy dobrym małżeństwem. Sami dziwiliśmy się, że tak długo się nam to udaje i że wciąż frajdę nam sprawia w Door County wymknięcie się chyłkiem – gdy dziadkowie i dzieci już śpią – i pływanie nago. Sąsiadka wyznała mi, że gdy kiedyś przeszła obok naszego domu i zobaczyła nas wszystkich na trawniku, jak usiłujemy nauczyć Caro stania na rękach, to jeszcze tego samego wieczoru powiedziała swemu chłopakowi, że się zgadza. Chciała mieć taką rodzinę jak nasza.

Każdy by chciał. Każdy z wyjątkiem Leo. Leo uważa, że nie jest winny „biegu wypadków", jak to nazywa, jakby pustka między nami powstała wskutek pogody albo nowych przepisów podatkowych. On nigdy siebie za nic nie wini – i tak chyba było zawsze. Teraz, gdy spoglądam w przeszłość, widzę, że Leo był już jedną nogą za drzwiami, jeszcze zanim w ogóle zaczęłam cokolwiek podejrzewać, a jego dziwne zachowanie stanowiło jedynie niewielki fragment większego obrazka, z którego ja dostrzegałam tylko kawałeczek.

Wydawało mi się wtedy, że jego zachowanie świadczy o kryzysie, jaki przeżywał. Źle znosił stres i usiłował mi wmówić, że wszystko to głównie moja wina albo wina

moja i dzieci, albo też że jego wysublimowana ducho-
wość czuje się zbrukana chaosem naszej przyziemności.
Nie wyraził się dosłownie, że jest naszą ofiarą, ale nawet
gdyby wykrzyczał swoje żale przez megafon, nie mogłoby to być bardziej oczywiste.

Zaczęło się od dziwnych i niezrozumiałych pretensji.
Stwierdził, że ekologiczne kurczaki kupowane w spół-
dzielni rolniczej nie są... dość ekologiczne. Musimy się
lepiej odżywiać, powiedział, spożywać bardziej warto-
ściowe produkty. Inaczej zrujnujemy nasz system odpor-
nościowy. Dobijała go też dodatkowa odpowiedzialność
za Aury – jak to dziwnie kiedyś ujął – jeszcze jednego
dziecka, które „przetrwało", a ponadto doszły do tego
wszystkiego napięcia w pracy oraz ogólna szkodliwość
wdychanego przez nas powietrza.

Skończyło się na tym, że jeździliśmy samochodem na
ekologiczną farmę – gdzie prowadzono ubój kurcząt –
poświęcając na to trzy kwadranse, po czym wracaliśmy
z podejrzanie wyglądającymi zakrwawionymi torbami na
tylnym siedzeniu volvo. Leo wkrótce zaczął napomykać,
że powinniśmy sami hodować kury, ale tu już się twardo
postawiłam, będąc święcie przekonana, że dzieci, które
zmusza się do jedzenia przyjaciół, lądują w końcu na kozetce psychoanalityka.

Ale co przyszło najpierw, kurczak czy... no właśnie, ja-
jeczko, które stało się moją najmłodszą córką?

Nigdy się chyba tego nie dowiem.

Leo też do końca tego nie wie.

Jeśli wiecie, napiszcie do mnie. Adres znacie.

III

Sędziowie

ZBĘDNY BALAST
Pod red. J.A. Gillis
„The Sheboygan News-Clarion"

Droga J.,

moich współlokatorów niepokoi fakt, że trzymam u siebie w pokoju boa dusiciela – naprawdę miłego i kochanego. Hercules ma siedem stóp długości, jest czysty i piękny, i nie zdarzyło się, by uciekł z klatki czy w jakikolwiek sposób napastował naszych gości. Wypuszczam go tylko w moim pokoju, przy zamkniętych drzwiach, żeby miał trochę ruchu i żeby się pobawił. Moi współlokatorzy dobrze wiedzą, że Hercules jada tylko żywe myszy, które także trzymam w klatce w swoim pokoju, a mimo to nie zgadzają się na jego obecność. Żądają, bym albo sam się wyprowadził, albo pozbył się Herculesa, ale ponieważ to ja jestem głównym najemcą, a w ogłoszeniu sprecyzowałem wyraźnie, że mam dość niezwykłe, ale całkowicie łagodne i hipoalergiczne zwierzę domowe, nie mogą stawiać żadnych żądań. Grożą, że się wyprowadzą i w ten sposób sam będę musiał płacić cały czynsz, a na to mnie nie stać. Co robić?

Rozżalony z Appleton

Drogi Rozżalony,

najwyraźniej jesteś bardzo przywiązany do Herculesa, ale nie możesz winić swoich współlokatorów za to, że niepokoi ich fakt dzielenia mieszkania z siedmiostopowym wężem dusicielem, który ponadto jada żywe myszy. Popatrz z ich punktu widzenia – odpowiadając na Twoje ogłoszenie, najprawdopodobniej sądzili, że masz fretkę. Dałabym im czas na znalezienie innego lokum, żeby widzieli, że ich traktujesz poważnie, a następnie zamieściłabym kolejne ogłoszenie, precyzując w nim jasno, że Twój pupilek to boa dusiciel. Badania naukowe wykazały, że węże należą do zwierząt najsilniej kojarzonych z niebezpieczeństwem i strachem. Powodzenia.

PS. Czy kiedykolwiek zastanawiałeś się, dlaczego uważasz boa dusiciela za „naprawdę miłego i kochanego" i czy nie brałeś pod uwagę hodowania ciepłokrwistego zwierzątka? Jak na przykład mysz?

J.

Setki razy przychodziło mi do głowy, że zostałam ukarana za protekcjonalne podejście. Do czytelników. Za wywyższanie się nad innych.

Kiedy te listy czytałam głośno Cathy (tak wygląda mit o tajemnicy zawodowej wśród lekarzy, adwokatów i dziennikarzy, choć nigdy sprawy te nie wyszły poza mój dom), od czasu do czasu padałyśmy sobie w ramiona, zanosząc się śmiechem. Był człowiek od węża. I hydraulik, który chciał zająć się strzyżeniem owiec i zastanawiał się, czy da się prowadzić taką działalność w mieście. („W Brisbane" – zawyła Cathy). Była kobieta, która chciała wiedzieć, czy może poprosić swoich dwóch adoratorów o pokazanie deklaracji podatkowych z ostatnich dwóch lat, zanim podejmie decyzję, za którego wyjdzie. Nawet kiedy moje własne życie rozpadało się w drobny mak, ludzie zwracali się do mnie o radę, a ja odpowiadałam pogodnie, z pozycji siły, którą miałam, lub tak mi się przynajmniej wydawało, to zależy od punktu widzenia podczas retrospekcji.

„Zbędny Balast", *c'est moi.*

Caroline była jeszcze w szkole podstawowej, a Gabe w pierwszej klasie gimnazjum, kiedy Leo zaczął trząść się nad swoim zdrowiem. Ten sam Leo, który nie tak dawno łajał mnie za „robienie religii z przysiadów". Zaczęło się od kwestii snu, jego wielkiej obsesji, która narodziła się, gdy doszedł do przekonania, że zaniedbał wiele rzeczy zapewniających długie życie. Bardzo wyraźnie czułam wtedy jego niechęć do mnie i do moich własnych starań w tej dziedzinie. Gdy wracałam do domu po kilkumilowej przebieżce, łypał na mnie złowrogo, tak jak się patrzy na ludzi, którzy przyszli na kolację i przyprowadzili ze sobą śliniące się nowofundlandczyki.

Kilkakrotnie w ciągu dnia przyłapywałam go na sprawdzaniu sobie pulsu. Dawał mi do czytania artykuły o ludziach, którzy dożyli wieku stu pięciu lat wyłącznie dzięki kawie i witaminie C. Zaczął jeździć na drugi koniec miasta, by uprawiać jogę gdzieś w absolutnie ciemnym i pozbawionym okien pokoju. Bardzo przypominał własnego ojca, kiedy mówił: „Spójrz. Biegnę tylko wtedy, gdy ktoś mnie goni. Nie palę. Nie biorę narkotyków. Moi rodzice dożyli osiemdziesiątki. Wszyscy umierają". Myślałam, że jego nowa pasja jest... jak lekkie zatrucie pokarmowe, które musi przetoczyć się przez cały organizm. Najlepszym antidotum będzie lekki żart – myślałam. Pikantna pożywka dla duszy.

Żal mi było biedaka. A nawet doszłam do wniosku, że dobrze, iż ma takie problemy, bo jest to sprawa, którą możemy wspólnie dzielić.

– Bikram, Leo! – zawołałam i zaczęłam klaskać, kiedy, utykając po raz pierwszy, wszedł do domu po godzinie łamańców tak kompletnie spocony, jakby złapała go ulewa. Co kilka lat kupował sobie nowe drogie buty do biegania, pobiegał w nich ze dwa razy po najbliższej okolicy i oddawał je Klausowi. I tyle. Mijały dni. Miesiące. Tym razem natomiast wyglądało to poważnie.

Kiedy gorliwie wcierałam arnikę w jego nogi (pamiętając jednak, że odmówił mi tego samego kilka miesięcy wcześniej), zapytał, czy nie zechciałabym też spróbować.

– Nie wiem jednak, czybyś potrafiła – dodał. – Z powodu tego twojego baletu. Balet usztywnia.

Zesztywniałam wtedy... z oburzenia i zaczęłam wcierać maść mocniej, niż potrzeba. W końcu jednak zdobyłam się na żartobliwy ton.

– Raczej jestem dość gibka, Leo. Myślę, że te dwie dyscypliny mają sporo wspólnego. Więc może przyjdę...

– Jeden działa przeciwko naturze, inny w zgodzie z nią, Julie. Szkoda, że nie widziałaś niektórych osób biorących udział w zajęciach. Kobiety w twoim wieku podnoszą nogę idealnie pionowo w górę, jakby robiły szpagat na stojąco.

– Może ja też umiałabym tak zrobić.

– Nie sądzę. Mnie też by się nie udało. One mają za sobą lata codziennych ćwiczeń.

– W tym rzeczywiście coś jest. Joga staje się coraz bardziej popularna. Nawet gwiazdy filmowe w nią wierzą. Trudno mi tylko pojąć, jak można tak siedzieć godzinami bez ruchu.

– Nie jest to łatwe. Człowiek zaczyna być bardzo blisko samego siebie. Wątpię, czy potrafiłabyś się odpowiednio skoncentrować. Ty wciąż jesteś Julie, moja skacząca pchełka. Pamiętasz, jak próbowałaś hipnozy przy porodzie?

– Pamiętam, że to ty byłeś wtedy jak zahipnotyzowany.

– No bo ja potrafię się skoncentrować.

– Leo, ja też potrafię się skoncentrować, i to lepiej niż ty – rzuciłam wściekle. To kłamstwo. Nigdy nie umiem myśleć o mniej niż czterech rzeczach naraz. – Tyle że na zawołanie nie jestem w stanie pogrążyć się w śpiączce. Pamiętasz, jak to było, zanim poszedłeś na prawo? Jak zaraz po szkole chciałam pójść na prawo, kiedy ty będziesz się zajmował tymi swoimi przedsiębiorstwami? Lepiej mi poszło na egzaminie niż tobie. – Był to bolesny temat i Leo się najeżył.

– Egzamin wstępny to nie szkoła prawnicza. Tak czy owak żaden balet nigdy jeszcze nikogo duchowo nie oświecił!

– Szkoła prawnicza też nie. A ja jak miałam dwadzieścia jeden lat, to już pracowałam w sądzie. Ty miałeś dopiero trzydzieści pięć, kiedy się tam znalazłeś. Wiele religii ma taniec w swych rytuałach, a ile historii można opowiedzieć za pomocą tańca!

– Chodzi o oddech, Jules. Czuję się, jakbym po raz pierwszy w życiu naprawdę porządnie oddychał.

– No tak, mnisi mają wizje właśnie dzięki hiperwentylacji. Zawsze chciałam, żebyśmy poćwiczyli wspólnie. Razem przecież możemy popracować nad mięśniami i duchowym oświeceniem.

– Nie drwij, Jules. Pod tym względem naprawdę zawiedliśmy nasze dzieci. Nie mają pojęcia ani o judaizmie, ani o chrześcijaństwie...

– Ale są dobrymi demokratami – wytknęłam.

– Och, Julie! – westchnął Leo.

To prawda, że fundament moralny naszych dzieci stanowili Mark Twain, Robert Frost i Meredith Wilson. Kościół po prostu wymagał zbyt wiele wysiłku. A jednak kiedy Gabe był w siódmej klasie, a Caro w szóstej, zaczęliśmy uczęszczać do Ogniska Unitariańskiego w Sheboygan. Podobało mi się tam. Uwielbiałam Mozarta, stare pieśni kościelne, takie jak „Proste dary", i płomienne, polityczne kazania. W przypadku Gabe'a, który chwili nie potrafił usiedzieć spokojnie, sprawdziła się szkółka niedzielna, gdzie uczyli, dlaczego człowiek pierwotny czcił ogień i jak ogień rozpalić za pomocą puchu dmuchawca, a także dlaczego sadzenie drzew dla zalesienia, co robili co drugi tydzień, jest święte. Caro w swojej klasie dowiedziała się, że mity, które uważamy za bajki, tak naprawdę stanowiły podstawę religii (Gabe nazywał lekcje Caroline ewangelią według Walta Disneya). Natomiast Leo podczas cichych modlitw wyglądał tak, jakby cierpiał na zatwardzenie. Myślę, że koncentrował się na wszystkich grzechach, których nie żałował przez trzydzieści lat od swojej bar micwy, na wszystkich ludziach z pracy, którym nie przebaczył w tym dniu, w którym co roku Żydzi wybaczają innym. (Odkryłam w końcu, że przeszedł bar micwę i kiedyś nawet, przez jakieś pół roku, m i a ł jarmułkę. Przyznał się, że dostał najkrótszy fragment Tory, odpowiednik najkrótszego cytatu z Biblii: „Jezus zapłakał").

Ale myśl unitariańska z jej P.Z.W.T. (Przyjdź z Własną Teologią, jak nazwała to Cathy) nie wystarczyła. Leo przechodził kolejne metamorfozy. Wybrał się sam na urlop, na całe dziesięć dni, żeby fotografować rysunki naskalne. Niemal nas potem zahipnotyzował trwającym calutką godzinę pokazem slajdów z uwiecznionymi skalnymi rysami i pęknięciami, które miały być jeleniem albo świecącym księżycem, albo nawet ludzką postacią (Gabe nazwał ją *Homo bardzo erectus*) – podobno bożkiem płodności jakichś niebywale starożytnych Indian Hopi czy Zuni. Nagrał je na płytę. Wypożyczył telewizor i odtwarzacz CD, żeby nam je pokazać. Dzieciaki miały miny, jakby sprowadził do domu harleya. A na Gwiazdkę Leo

dał Caro maszynę do szycia oraz kilka wykrojów na port-
felowe spódnice, żeby sobie sama szyła ubrania.

Przyszła do mnie cała we łzach. „Mamo – poskarżyła
się – tata chce, żebym wyglądała jak amiszka".

Gabe'owi, zamiast wymarzonego kabla do podłącze-
nia aparatu do komputera, dał ręczną piłę. Gabe był jednak zadowolony. Zrobili razem stół, który Gabe nadal
ma, zgrabnie – trzeba przyznać – skonstruowany, bez
ani jednego gwoździa. Ja dostałam parę drewnianych
krzeseł ogrodowych (firmy Adirondack w dodatku), żeby je ustawić obok tunelu z pomidorami na miejscu dotychczasowych szezlongów. Najwyraźniej po to, byśmy
mogli przyglądać się rosnącym pomidorom i sąsiadom
piekącym na grillu kiełbaski, podczas gdy my zajadali-
śmy hamburgery wegetariańskie. Cały czas zastanawiałam się, siedząc jak na szpilkach na moim drewnianym
fotelu, co też będzie dalej.

A dalej Leo kupił nożyczki fryzjerskie i podręcznik
strzyżenia włosów i przez całą niedzielę usiłował zająć
strategiczną pozycję w pobliżu głowy Caroline, która
uciekała przed nim, ostrzegając: „Uderzę cię, tato. Nigdy
nie zrobiłam czegoś takiego i nie chcę tego zrobić, ale jeśli
tylko dotkniesz moich włosów, uderzę cię". Stać nas było
na fryzjera dla Caroline, a on doskonale wiedział, ile znaczy dla młodej dziewczyny, żeby mieć włosy jak modelka, a nie topielica. Ale Leo stwierdził, że nie podoba mu
się, kiedy dwunastoletnia dziewczynka wydaje dwadzieścia dwa dolary na strzyżenie. Ludzie mogą sami robić
pewne rzeczy. Gabe dla świętego spokoju zgodził się,
a potem poszedł do szkoły, wyglądając, jakby wpadł pod
kosiarkę. Leo pochwalił go, że pomaga nam stać się „sa-
mowystarczalnymi". (Gabe pocieszył mnie później, mówiąc, że włosy odrosną, a jego koledzy stwierdzili, że
przypomina kogoś tam z zespołu Goo Goo Dolls).

Pomału traciłam cierpliwość.

Dlaczego – myślałam sobie – Leo nie zmieni siebie? Albo niech może zainstaluje jakieś baterie słoneczne czy też porobi inne usprawnienia?

Przyczepił się do mojego makijażu. Przeszkadzało mu, że używam innego kremu na dzień, a innego na noc. Zaapelował do mnie, żebym przestała się malować i zaczęła używać mydła Sloana do mycia włosów, a na szyję i twarz mleczka Kiss My Face (możecie sobie wyobrazić, jak je nazywamy teraz) zamiast Clarins. I miałam przestać robić sobie kreski na powiekach.

– Leo – pokiwałam głową ze smutkiem. – Czy odkąd skończyłeś podstawówkę, zdarzyło ci się widzieć kobietę, która nie jest umalowana, jeśli, oczywiście, akurat nie śpi?

– Nieprawda. Wiele kobiet woli naturalny wygląd. Nie mają nic przeciwko temu, żeby wyglądać tak, jak przystoi w ich wieku. Aha. Czy wiesz, że Caroline maluje rzęsy? – Wymówił to takim tonem, jakby oskarżał ją o branie narkotyków.

– No to co? Maluje się tylko na wieczorki w klubie młodzieżowym.

– Ona nawet nie zalicza się jeszcze do młodzieży! A już wciągnęła ją bez reszty konsumpcja...

– Wcale nie. Jest znacznie bardziej świadoma niż Marissa, Justine czy inne jej przyjaciółki... Zwłaszcza ta dziewczynka, która jest modelką. – Ale zaniepokoiłam się. Nie potrzebowaliśmy pieniędzy, które wydawałam na cholerny krem. Nie zmieniłyby losu narodów Trzeciego Świata.

– Wszystko przez te słoiczki, fikuśne buteleczki, wszystkie te opakowania. Głównie za nie płacisz. A ten sam efekt dałaby witamina C i wazelina.

– Lee, od kiedy jesteś kosmetyczką?

– Świat nie potrzebuje, abyś wydawała trzydzieści pięć dolarów na coś, czego twoja skóra nawet nie wchłania. Nie rozumiesz?

– Wiesz, to śmieszne, żeby świat miał do mnie pretensję o takie głupstwo. A ty dlaczego nie kupisz sobie roweru, tylko jeździsz volvo?

– Bo w godzinach szczytu muszę szybko dojechać do pracy.

– Leo, godziny szczytu trwają tu całe pięć minut...

Odpuściliśmy w końcu temat. A ja zaczęłam kupować krem Yonka – jeszcze droższy niż Clarins – i owszem, robiłam to z perwersyjną radością biernej agresji.

Pewnego dnia Leo oznajmił:

– Ponieważ wiem, że zanosi się na redukcję etatów, pomyślałem, żeby w wieku pięćdziesięciu dwóch lat pójść na wcześniejszą emeryturę. O ile mi wiadomo, każdy, kto się dobrowolnie zgłosi, otrzyma pełen pakiet przywilejów, emeryturę plus dobrą odprawę. Moglibyśmy sprzedać dom. I kupić chatkę. Jedną izbę. Na przykład gdzieś niedaleko Wild Rose albo w innym fajnym miejscu. Jak już dzieci wyjadą do college'u.

– Baw się dobrze i wpadaj czasem. Bo ja nie mam zamiaru mieszkać w jednoizbowej chacie, mój drogi. – Nawet nie spojrzałam na niego znad łat, które przyszywałam do dżinsów Caroline, oczywiście dla ozdoby, nie żeby zakryć dziury. – Dość się namordowałam z pajęczynami w Door County.

– Albo na przykład w stanie Nowy Jork – ciągnął, nie zwracając uwagi na moje słowa. – Myślałem, żeby pojechać tam na weekend i porobić zdjęcia. Przez Internet poznałem bardzo ciekawych ludzi, którzy dokonują cudów w naprawdę malutkich ogródkach.

– Większa wydajność z tunelu? Pomidorowe giganty?

– Nie, moja pani. Chodzi o to, że zrobili ze swoich podwórek, jeśli jeszcze można je tak nazwać, coś pomiędzy prerią a ogrodem. Kapitalne.

– Masz zdjęcie?

– Eee... nie – odparł.

– No to skąd wiesz, że kapitalne?

– No bo... czytałem.

– Leo, Caroline nawet jeszcze nie jest w liceum.

– Ale wkrótce będzie.

– Mówimy o czymś, co będzie za jakieś pięć lat.

– Ale ziemię moglibyśmy już kupić...

– Leo! A co z moją pracą?

– Też mógłabyś przejść na emeryturę.

– A dzieci? Oczekujesz, że będą kończyć szkołę i pracować, a podczas wakacji spać na klepisku?

– Ja sam kończyłem szkołę i pracowałem. A twój ojciec zostawił im fundusze powiernicze, więc mogą wziąć pożyczkę i spłacić ją później.

– To prawda. Kto by pomyślał, że nie zobaczą na własne oczy efektów tej decyzji – powiedziałam, a oczy zapiekły mnie od łez.

Zmiękł nieco.

– No już, już. Przepraszam, Jules.

Rok wcześniej moi rodzice zginęli tragicznie.

Rzadko przyjeżdżali do nas, to my co roku jeździliśmy do Nowego Jorku, żeby się z nimi zobaczyć. Nie byli obecni w naszym codziennym życiu tak jak Steinerowie. Ale kiedy zginęli w katastrofie samolotowej w Szkocji podczas wizyty u jakiegoś szkockiego lorda czy kogoś tam – byłam kompletnie załamana. W hołdzie złożonym pamięci ojca, nierozsądnie, o jedną trzecią, zmniejszyłam przestrzeń w naszej sypialni, wstawiając jego mahoniowe biurko ze zdjęciami zakonserwowanymi przez czas pod szklanym blatem. Zdjęcia ojca jako młodego człowieka, roześmianego, w towarzystwie E.B. White i Trumana Ca-

59

pote'a – wszyscy z koktajlami w ręku. Leo wywiercił dziurę w tylnej ścianie biurka na sznur od komputera i gdy pracowałam, miałam wrażenie, że mój kochający, lekkomyślny, ubrany w tweed ojciec czuwa nade mną. Miałam jeszcze siostrę, Janey, ale ona była inna niż rodzice – razem z mężem architektem urządzali „przyjątka" na pięćdziesiąt osób, a mieszkali w Hamptons, sąsiadując z dziećmi sławnych pisarzy, noszącymi imiona w stylu Bo czy Razzie.

Leo i dzieci byli całym moim światem. Nie miałam zamiaru dać go spod siebie wyciągnąć jak zużyty dywanik.

– Nie jestem jeszcze gotowa, żeby przejść na emeryturę, Leo – oznajmiłam stanowczo. – Nie jestem gotowa, żeby zacząć żyć jak twoi rodzice. I nie będę gotowa przez najbliższe pięć lat. Lubię mieszkać w miejscach o średniej stopie zaludnienia. Potrzebuję ludzkich przyjaciół, a nie towarzystwa cyberprzestrzeni.

– Mogłabyś pracować przez Internet. Na pewno zgodzą się na to, jeśli zaproponujesz. – To akurat była prawda. Dla Steve'a Cathcarta nieważne było, gdzie jestem, kiedy piszę do mojej rubryki. Rzadko chodziłam do biura, właściwie tylko po to, żeby odebrać pocztę.

– Chata z bali ze stałym łączem internetowym? I co będziemy robić? Żyć sobie we dwoje? – Pewnie powinnam była się zachwycić wizją bochenka chleba, dzbanka wina i ukochanego małżonka u swego boku w głuszy Wild Rose; zastanawiam się, dlaczego ta perspektywa wcale mnie nie ucieszyła. Jakoś trudno było mi to wszystko ogarnąć.

– Robilibyśmy to, czego nie mogliśmy robić do tej pory. Żylibyśmy pełnią życia. Myśmy wpadli w głęboką koleinę, Julieanne. I jeszcze w dodatku nazywamy to życiem. Czy w ogóle robimy coś dla innych? Raz do roku bierzemy udział w imprezie charytatywnej. A dla siebie? Żłopiemy wino raz czy dwa razy z Peg i Nate'em. Czy rzeczywiście dajemy coś wartościowego naszym dzieciom? Co z tego, że nie mamy telewizora, skoro oni oglądają telewizję u kolegów? Może gdybyś troszeczkę zwolniła tempo, Jules, znaleźlibyśmy się w tej samej bajce. Wiecznie jesteś zajęta swoimi kulawymi kaczętami, które będą robić dokładnie to samo, co robiły przed przeczytaniem gazety, i... twój balet... i bieganie z przewodnikiem. Co to, do diabła, jest bieganie z przewodnikiem? To brzmi, jakbyś potrzebowała psa-przewodnika... nie widzisz świata wokół siebie, tego, co mu dajesz i co od niego bierzesz. Ciuchy, parki rozrywki, telefony komórkowe... Jules, życie to coś więcej. A w każdym razie powinno być czymś więcej.

Czy trzeba było z nim zawalczyć? Właśnie wtedy? A nużby się udało? Może on próbował, nieświadomie, przekazać sygnał, że nasze wspólne życie wymaga korekty. Myślę, że właśnie w tym czasie przeistoczył się w Nowego Leo, cynicznego idealistę. Zawsze miał takie ciągoty. A ja pomyślałam o *Homo bardzo erectus* i wyobraziłam sobie własną twarz, mimo grubej warstwy wazeliny spaloną słońcem Nowego Meksyku, zmarszczki i odciski, oraz życie *à la* rodzice Laury Ingalls Wilder[*] na kartoflanych nieużytkach i w iglastych lasach środkowego Wisconsin, i wtedy przywołałam na pomoc instynkt macierzyński.

W ciągu trzech miesięcy nastąpił początek tego, co Leo uważał za uciążliwy szczegół psujący przyjemność. Okazało się, dziewięć miesięcy później, że szczegół ów waży siedem funtów i dziewięć uncji.

Gabe miał dwa lata do skończenia liceum, Caroline za-

---

[*] Laura Ingalls (1867–1957) – autorka *Domku na prerii*.

61

czynała zauważać istnienie chłopców, a my byliśmy znów na początku.

Leo osłupiał.

Kompletnie go zatkało.

Tego nie przewidywał jego drugi plan pięcioletni.

Wprawdzie nie spodziewałam się wybuchu dzikiej radości, jednak dreszcz mnie przeszedł, gdy wykazał absolutny brak emocji.

– Zawsze chciałeś mieć jeszcze jedno dziecko – przekonywałam go. Właśnie go zawiadomiłam, że zostanie tatusiem. – To ja wolałam poprzestać na dwójce.

– Ale my nie...

– Myślałam, że masz dość „mieć" i „robić" i chcesz zacząć po prostu „być".

– Sądziłem, że będziemy wolni... a nie że będziemy zajmować się wychowywaniem następnego, do osiemnastego roku życia.

– Jak ma się dzieci, to i tak raz na zawsze koniec z wolnością. Wiesz o tym. A więc nie chcesz tego dziecka.

– Chcę. Naprawdę chcę, Jules – rzekł poważnie, biorąc mnie czule w ramiona. – Może to znak, że mam zacząć na nowo z tym dzieckiem i nie popełniać starych błędów...

– Błędów? Myślę, że Gabe i Caroline mogą służyć za przykład dobrego...

– Nie, mam na myśli to, by pokierować nim lub nią bardziej...

Kilka miesięcy później dał mi na Dzień Matki zdjęcie, na którym leżę na wznak na tratwie na jeziorze Michigan, z brzuchem jak wyrośnięte ciasto nad czerwonym bikini, a napis głosi „M.S. Kochanie".

Jak ktoś, kto zdobył się na tak czuły gest, mógł postąpić później tak podle?

Zaraz po moim obwieszczeniu do naszej sypialni

wszedł Gabe. Drzwi były dla Gabe'a niczym, przepusz-czalną błoną.

– Gabe – wykrzyknął Leo, uwalniając ramię, żeby objąć syna – będziesz ojcem! To znaczy ja będę ojcem! Znowu! To znaczy, zanim znowu będę ojcem, będziesz na tyle duży, że prawie sam mógłbyś być ojcem.

Po raz pierwszy miał rację.

IV
Pamiętnik Gabe'a

Planowałem, że to będzie ćwiczenie z twórczego pisania. Przez mniej więcej pięć minut.

Potem olśniło mnie, że gdyby mama wiedziała, że chciałem – choćby przez nanosekundę – opchnąć Leo/Tatusia za łatwą piątkę, objechałaby mnie zdrowo.

Mama potrafi wywołać poczucie winy. Zaprzecza temu. Mówi: jeśli będziesz nienawidzić Leo, staniesz się taki sam jak on. Schrzanisz swoją karmę – mówi. (Nie twierdzę, że ona nie jest dzielna i silna i że nie stoi murem za nami, że nie jest dowcipna i praktyczna i co tam jeszcze ludzie na jej temat wygadują; ale ona wciąż jeszcze tkwi po uszy w latach siedemdziesiątych, zupełnie jak Leo, i rzuca słowem „karma", jakby to było coś całkiem realnego, tyle że niewidzialnego jak azot).

Chce, żebym cały czas „kochał" Leo „pomimo jego słabości". Bo ona kochałaby mnie, nawet gdybym był w więzieniu. Przepraszam bardzo, ale to coś całkiem innego. Każda matka by wtedy kochała. Gdybym był w więzieniu, to ze słusznego powodu. Na przykład za przyłożenie Leo. Albo z głupiego. Za skręta. A tymczasem w przypadku mojego tak zwanego ojca można by spokojnie pociągnąć za cesną po niebie transparent, i to najlepiej podczas rozgrywek NFL, z napisem: „Leo Steiner ma w dupie żonę i dzieci".

Zawsze czytam listy i pamiętnik mamy.

Długo nie wiedziała o tym, ale w końcu i tak się okazało, że nie ma nic przeciw temu (myślę, że tyrada o naruszaniu prywatności i granic miała charakter czysto formalny). Z jej listów i pamiętnika wiem, że Leo jest stereotypowy. Próbował pozować na nie wiadomo co, ale tak naprawdę to zwykły facecik, który skończył czterdzieści dziewięć lat i nagle przyszło mu do główki, że jest śmiertelny. Zaczął poszukiwać „duchowej autentyczności".

Duchowa autentyczność.

Szanuj ojca swego, nawet jeśli robi głupoty, a to z powodu tych wszystkich rzeczy, które zrobił kiedyś dla ciebie. Na przykład zmieszał z błotem przygłupiastą nauczycielkę, oczywiście eleganckim językiem prawniczym, kiedy zbudowałeś model CN Tower z obracającą się platformą widokową, ale dostałeś trzy z minusem, bo w opisie niewłaściwie użyłeś średnika. Leo to zrobił. Nauczył cię też trzymać prosto kij bejsbolowy, golić się, jeszcze zanim zacząłeś się golić, pilnował, żebyś znał słowa piosenek „Officer Krupke" i „Goodbye Yellow Brick Road". Masz wybaczyć mu nawet, jeśli trochę zbłądzi, chyba że jest przestępcą albo uderzył twoją mamę, albo znieważył ciebie, albo dał ci po tyłku paskiem, ponieważ nie chciałeś być pułkownikiem jak on, czy za coś tam innego.

Ale czy możesz szanować coś, co sam Leo nazwałby „mieniem za nic"? Lekceważenie i pogarda to najgorsze, kurczę, grzechy na jego liście. Jak można nosić nazwisko kogoś, kto zrobił coś znacznie gorszego, niż gdyby uderzył twoją mamę? Kto okazał się samolubnym dupkiem i wypiął się dokładnie na wszystkich?

Ojciec powinien być... jak adres.

Jeśli to prawda, chcę być objęty programem ochrony świadków.

A tak przy okazji, to nie miałbym nic przeciwko piątce z pisania twórczego.

Zamierzałem zacząć od wyśledzenia początków upadku naszej rodziny poprzez analizę imion, jakie nadali nam rodzice. Odbiegłem od tematu.

Moja siostra Caroline i ja otrzymaliśmy imiona, jak Pan Bóg przykazał, po naszych dziadkach. Ona właściwie nazywa się Hannah Caroline, ale mówimy na nią Caro, ponieważ babcia Hannah nadal żyje i jest w świetnej formie. Ja zostałem nazwany – uwaga, uwaga – Ambrose Gabriel, ale zawsze mówiono na mnie Gabe. Ambrose to imię dziadka Gillisa; chyba nikt przy zdrowych zmysłach nie nazwałby tak dziecka – równie dobrze mógłby to być Percival. Kiedy na świecie pojawiła się nasza biedna mała siostrzyczka, nie poumierali jeszcze dziadkowie, na cześć których można by ją było nazwać, ale najwyraźniej rodzicom – tak mi się przynajmniej wydawało – totalnie wtedy odbiło. Wymienili mały stolik i krzesła na tarasie na wielkie skrzynki, w których hodowali pomidory, paprykę i jedną marną kukurydzę. Jeździliśmy na farmę Griswolda i na tylnym siedzeniu volvo przywoziliśmy martwe kurczaki w zakrwawionym worku na śmieci. Myślałem więc, że wspólnie postanowili nazwać ją Aurora Borealis.

Aurora Borealis Steiner. Zwróciłem im uwagę, że brzmi to jak kpinki z innych narodowości. Ojciec najpierw wyzwierzył się na mnie, a potem szybko przybrał swoją zwykłą pozę wyznawcy zen – chodzącej pobłażliwości dla nieszczęsnych ignorantów – i oznajmił: „Wiejący od słońca wiatr omiata Ziemię i przesuwa masy wodoru i tlenu... to, co widzisz, zorze północne, kolory... – Kiwnąłem głową. Miałem to już na lekcjach geografii. – A ponieważ ona jest nowym światłem na ziemi...".

Jezu Chryste. Co za żenada z tym moim starym! Jeśli mnie tak kiedyś odbije na punkcie jakiejś laski, to weźcie trzydziestkęósemkę i mnie zastrzelcie.

Wiedziałem, że ojcu padło na mózg. Jeszcze zanim dotarło to do mamy.

Tak czy owak imię nie byłoby takim problemem dla biedaczki, gdyby nie miała inicjałów identiko jak litery wypisane na gigantycznej tablicy przy ulicy, przy której stał nasz ogromny dwuapartamentowy georgiański dom.

Firma nazywała się Atlas Breeder Services i zajmowała się rasowymi bykami, czy też raczej ich... płodnością. Kilka lat temu zmieniła nazwę na America Bull Semen. Kapujecie już, w czym problem?

Znałem w liceum dziewczynę, która wygrała konkurs na Królową Mlecznej Krainy w Wisconsin (taka firma produkująca mleczne mrożonki). Jednym z obowiązków związanych z królowaniem było noszenie w torebce strzykawki z produktem ABS na wypadek, gdyby natknęła się na krowę w potrzebie. Dziewczyna była nieśmiała, skromna z natury, czego nie można powiedzieć o jej ciele, zwłaszcza w okolicy wymion; ale znowu odbiegłem od tematu. Tak czy owak nieraz się zdarzyło, że musiała grzecznie stać, uśmiechać się i wysłuchiwać głupich komentarzy hodowców krów. Nie mówiąc o tym, jak niektórzy co dowcipniejsi koledzy z liceum Sheboygan LaFolette dokuczali jej na ten temat. (Wyznała mi, że najgorsze było to, że przez całe lato musiała ciągle jeść lody. Zaczęła nawet prowokować wymioty, choć wcale nie była bulimiczką. Pod koniec roku od samego zapachu wanilii dostawała migreny. Dotąd miewa senne koszmary, że otwiera się jej torebka i wysypuje się z niej czterdzieści wielkich strzykawek). Powiedziała mi, że żałuje, iż ABS w ogóle istnieje.

Wszyscy mieli świetny ubaw z tej tablicy. Pracownicy umieszczali na niej różne hasła. Na Boże Narodzenie było: „Byki świąteczne bardziej skuteczne". A na Czwarty Lipca: „Gorącokrwiste amerykańskie byki – po prostu bycze i tyle". I mój ulubiony napis na Wielkanoc: „Nasze fest byki są z jajami!". Pod osłoną ciemności gówniarze podjeżdżali samochodami i przestawiali litery, żeby było jeszcze wulgarniej. Sama farma leżała kawał od drogi i nie mieliśmy pojęcia, dlaczego tablicę ustawiono praktycznie w centrum Sheboygan, które było całkiem sporym miasteczkiem, i to z uniwersytetem, dość przyzwoitym, choć nie wiedzieć czemu każdy się bał, że tam właśnie w końcu wyląduje. Sam tam chodziłem przez rok i było to całkiem niezłe miejsce. Dopiero tu zdecydowałem, że potrzebuję większego dystansu do środkowego zachodu, i wylądowałem na Columbii. A także dlatego, że chciałem zrozumieć, dlaczego mama stała się najdzielniejszą, a jednocześnie najbardziej przemądrzałą kobietą na świecie.

Przyczynił się do tego też gest dziadka, który zostawił nam mnóstwo pieniędzy, ale nie możemy ich dostać, póki nie skończymy dwudziestu jeden lat, a ja jeszcze nie skończyłem. Zaraz potem oboje z babcią rozwalili się, lecąc małym samolotem na turniej British Open. Nigdy dokładnie nie czytałem książek dziadka, ale facet z wojny domowej, który był podobny do Robin Hooda, najwyraźniej „miał jaja", ponieważ w każdej książce z tego cyklu „wiódł do łoża" (jak ujmował to dziadek) więcej „dziewek", niż James Bond mógłby się pochwalić we wszystkich swoich filmach, do tego nie mając wcale zapalniczki, która by zmieniała się w drabinę, armatę lub coś równie przydatnego. I ponieważ książki te przyniosły mu dużo pieniędzy, znalazł się w jury przyznającym National Books Awards. Zdawać by się mogło, że teoretycznie dziadka potrzebuje się bardziej, kiedy się jest małym dzieckiem, ale w moim przypadku było inaczej. Dziadek umarł, gdy miałem dziesięć lat, a już kiedy miałem piętnaście, gdybym odebrał telefon i usłyszał jego głos: „Tu A. Bartlett Gillis", odpowiadałbym bez mrugnięcia okiem: „Tu A. Gabriel Steiner". Było to w okresie, kiedy rodzice, zajęci własnymi sprawami, najwyraźniej stracili zainteresowanie podstawami bytu, jak choćby trzy posiłki dziennie, choć ludzie w ich wieku powinni mieć obowiązki rodzicielskie opanowane do perfekcji.

Dziadzio Steiner nadal lubi zwracać się do mnie, jakbym miał dziesięć lat, ale tamten dziadek (tak go nazywaliśmy) zawsze mówił do mnie, jakbym miał dwadzieścia – nawet kiedy miałem pięć. „Co słychać, kolego?" – pytał. Wysłuchiwał wszystkiego, co miałem do powiedzenia, choć innych rzadko słuchał do końca, nie przerywając. Oboje z babcią chcieli nas zabezpieczyć finansowo na wypadek swojej śmierci, żebyśmy nie zostali na lodzie. Nie przyszło mu do głowy, że to nie przyszłość trzeba nam zabezpieczyć, ale fundusze na codzienne życie. Niemal dosłownie całował ziemię, po której stąpała mama. Chciał ustrzec mnie i Caro przed wyrzucaniem naszych (jego) pieniędzy na chevrolety, póki jesteśmy młodzi i głupi. Moja siostra Caro roztrwoniłaby je wszystkie (każe teraz na siebie mówić „Cat", a osoby, która samą siebie nazywa Cat, nie można traktować poważnie, to chyba oczywiste).

Z drugiej strony dziadzio Steiner, za stary, żeby się na co dzień nami zajmować, okazał się wyjątkowo porządnym i przyzwoitym facetem, kiedy go potrzebowaliśmy. Sprzedał nawet apartament, z którego tak bardzo z babcią się cieszyli. To znaczy pewno dziadek Gillis zrobiłby to samo. Ale znowu odbiegłem od tematu.

Wracając do mojej siostry Aury i jej imienia, to na początku myślałem, że to dziwaczne imię i te świeżo zabite kurczaki, i czasopisma, i biuletyny, które tata dostawał od ludzi mieszkających w wigwamach i mających jedną wspólną ciężarówkę, były po prostu wynikiem jego obsesji na punkcie własnego zdrowia. Myślałem też, że ta obsesja brała się stąd, iż nie mógł spać. Miewał migreny. Był głównym radcą prawnym rektora uniwersytetu stanowego w Sheboygan (to trochę tak jak być kierownikiem McDonalda, ale w Milwaukee, a nie w Evansville) i ta praca doprowadzała go do szału. Musiał brać udział w procesach wytaczanych przez rodziców, bo jacyś kretyni wyskoczyli z drugiego piętra po otrzęsinach w bractwie studenckim, albo przez profesorki z wydziału studiów nad wyspami Pacyfiku, które poczuły się zagrożone, bo szkoła przeznaczyła więcej pieniędzy dla chłopaków ze szkoły biznesu niż dla nich.

Raz tak mi powiedział: „Nagle wszyscy w pracy zaczęli mi się kojarzyć ze zwierzakami. Mówiłem do siebie: Oto członek zarządu szkoły prawniczej Wieprz. A to sekretarz Tchórz. Mam takiego kolegę w biurze. Clarka. Wygląda jak Boston bull terrier. Straszliwie się bałem, że się przejęzyczę w którymś momencie i palnę: Przepraszam, Wieprzu, czy mógłbyś rzucić okiem na ten wniosek? Jest bardzo ciekawy z prawnego punktu widzenia".

Mówił też, że do szału doprowadza go to, jak sprytnie ludzie potrafią sobie spieprzyć udane w zasadzie życie. (Jakby sam nie miał pobić rekordu świata w tej dziedzinie. A mama zyskała sławę dzięki teorii głoszącej, że pieprzenie sobie życia leży w genach i stanowi nieodłączną część osobowości dwunożnego hominida).

Tak czy owak był przypadkiem beznadziejnym. Poszedł na badanie snu, a potem dali mu kasetę wideo z nagraniem, jak elektrody sterczą mu wszędzie z głowy i ciała. Przynajmniej była sto razy ciekawsza niż te jego slajdy o człowieku epoki kamienia, najwyraźniej jeszcze bardziej skoncentrowanym na własnych genitaliach niż mój ojciec. Tata specjalnie po to wypożyczył telewizor, co było jak wypożyczenie barana na święto Paschy czy coś w tym stylu. (Nie mieliśmy telewizora na co dzień jak inne dzieci. Tej rozrywki musieliśmy szukać poza domem, ja zazwyczaj u mojego kumpla Luke'a. To było nienormalne – inne dzieciaki pytały: Jak wy żyjecie? Ale i tak o wiele mniej nienormalne niż to, co się wydarzyło potem). W każdym razie siedzieliśmy w salonie i patrzyliśmy na Leo śpiącego pod wpływem pigułki nasennej w tym małym białym pokoju, takim samym, jakie są w motelach. Co chwila drgały mu ręce i nogi. Nic dziwnego, że nie wchodził nigdy w fazę REM. Od lat nie spał w sensie dosłownym, choć takie odnosiliśmy wrażenie. I pomyśleć, że w dzieciństwie godzinami wysiadywaliśmy tu z grami i rakietkami do badmintona, czekając, aż on się obudzi.

Nie wiem, czy tylko udawał, żeby udowodnić nam, że potrzebuje „urlopu" od pełnego stresów życia, czy tak było naprawdę. Byłem tylko dzieckiem i nie zdawałem sobie wtedy sprawy, że to normalka, taka amerykańska tradycja: rzucić żonę dla jakiejś smarkuli, zanim stuknie pięćdziesiątka. Trudno w końcu udawać skurcze siedemdziesiąt razy na minutę.

Mama dawała mu dobre rady na stres: chodź wieczorami na długie spacery, Lee, idź popływać, ponurkuj. Zamiast tego siedział do późna przed komputerem. Przechodząc obok ich pokoju, widziałem niebieską poświatę jego laptopa, tak jak normalnie dzieci widzą odblask telewizora dochodzący z sypialni rodziców, z tym że myśmy telewizora nie mieli. Ale chyba już o tym mówiłem?

Widzieliśmy, co się z nią dzieje.

Leo też musiał widzieć. Wcale mu to nie przeszkodziło.

Tak czy owak moja mała siostrzyczka Aurora Borealis była ślicznym dzidziusiem z ciemnymi włoskami, niebieskimi oczami i piegowatą buzią, ale podobnie jak Królowa Mleka z mojej klasy zbierała cięgi od innych dzieci zupełnie za niewinność. Tak samo jak mama, bez żadnej winy ze swojej strony, ciągle dostawała po głowie. My zresztą też za niewinność mieliśmy Leo za ojca.

Myślałem, że chronię siostry, trzymając jedną z dala od ulicy, a drugą z dala od rąk mamy. Mama uważała, że chroni nas, kiedy twierdziła z uporem, że czuje się świetnie, a właśnie dostawała zeza z bólu. Najlepsza przyjaciółka mamy, Cathy, uważała, że chroni ją, kiedy mruczy pod nosem groźby o poważnym uszkodzeniu ciała Leo. Dziadkowie uważali, że chronią mamę, robiąc zapiekanki z makaronu, kosząc trawnik i sprzedając apartament na Florydzie. Ojciec uważał, że chroni nas, udając, że do szału doprowadziła go praca, a nie chęć ucieczki od życia – czyli od nas. Wszyscy dookoła nic tylko patrzyli, co by tu zrobić, żeby wszystko wyglądało tak jak zwykle, więc my z Caro mogliśmy spokojnie robić, co chcieliśmy. I w końcu włamaliśmy się do komputera i wyruszyliśmy w drogę pod pierwszym lepszym pretekstem, naiwnym zresztą, na co i tak nikt nie zwrócił uwagi.

Bo w końcu, rzecz jasna, nikt nas nie chronił.

V
Exodus

ZBĘDNY BALAST
Pod red. J.A. Gillis
„The Sheboygan News-Clarion"

Droga J.,
jestem katolikiem. Piętnaście lat temu, kiedy byłem ministrantem, razem z kolegą przed mszą zbezcześciliśmy hostię. Nasiusialiśmy na nią i wysuszyliśmy ją na kaloryferze, to miał być taki dowcip. Nigdy nie myślałem o tym inaczej niż o szczeniackim wygłupie, dopóki nie uświadomiłem sobie, że wszystkie sprawy w moim dorosłym życiu układają się bardzo źle – związki, praca, niepowodzenia w szkole, i tak dalej. Spowiadałem się wiele razy i otrzymałem rozgrzeszenie. Czy myślisz, że jestem przeklęty przez Boga?

Udręczony z Warrenton

Drogi Udręczony,
nie, nie sądzę, byś był przez kogokolwiek przeklęty. Nosisz w sobie poczucie winy. Myślę, że gdybyś porozmawiał z dobrym terapeutą, mógłbyś odkryć inne przyczyny swoich niepowodzeń, niemające nic wspólnego z religią. Wyraźnie upatrujesz powody życiowych klęsk w tym głupim wybryku. A przecież skoro

73

otrzymałeś rozgrzeszenie, to sumienie powinieneś mieć czyste. *Bywa, że ludzie latami całymi cierpią z powodu jakiegoś wydarzenia, o którym nikt nie wie, a które ma o wiele mniejsze znaczenie dla innych niż dla zainteresowanego, i dopiero dzięki terapii mogą ujrzeć przyczynę swoich rozterek we właściwym świetle. Powodzenia.*

J.

– Dziewczynka! – zawołała położna i choć już o tym wiedzieliśmy (czterdziestodwuletnia kobieta musi zrobić badania prenatalne), nie mogliśmy wprost uwierzyć, że nasza maleńka córeczka jest aż tak wspaniała. Nie widziałam nigdy czegoś tak... perfekcyjnego w każdym calu, a zarazem tak maleńkiego. Zapomniałam już, jak to jest. Niczym wyrzut ogarnęła mnie myśl, że powołałam to maleńkie życie do istnienia, by zatrzymać przy sobie męża. Ucałowałam główkę, szepcząc: „Chcę ciebie, dla ciebie. Jesteś moim słoneczkiem".

Oboje trzymaliśmy ją w splecionych ramionach, leżąc na szpitalnym łóżku. Weszli Gabe i Caroline, przerażeni i zażenowani tak wyraźnie oczywistą fizjologią rodziców. Przytrzymywali dziecko niezdarnie, ruchy mieli sztywne i niezręczne, pod wpływem nowego i niezwyczajnego dla nich lęku.

– Fajna, mamo – stwierdził Gabe.

– Jest śliczna – dodała Caro. – Ma włoski.

Nic tylko pstryknąć zdjęcie.

Wtedy Leo oznajmił, jak będzie mieć na imię, a my wszyscy spojrzeliśmy na niego, jakby kompletnie oszalał.

Jeśli zapowiedź zjawienia się Aurory potraktować jak odpowiednik tamtego mrowienia w nodze, jej faktyczne przybycie otworzyło odchodzącemu Leo drzwi. Mój mąż od jakiegoś czasu wymykał się, a powstrzymywała go, być może, jedynie siła woli lub umiejętność panowania

74

nad sobą, którą ćwiczył przez całe życie. W ten jeden wieczór proces ów dobiegł końca. Jak dotąd pogodziłam się z ekologicznymi kurczakami, wyrobiłam w sobie nawet filozoficzne podejście do ogrodowych upraw. Zawsze byliśmy oboje porządnymi, zielonymi liberałami. Nigdy nie przejmowaliśmy się tym, co inni pomyślą sobie o naszych decyzjach. Ale Aurora Borealis Steiner?

Caroline skrzywiła się pierwsza:

– Co to za imię?

– Jest to mitologiczne i naukowe określenie zorzy polarnej, jaką obserwowaliśmy w Door County – wyjaśnił Leo.

– Aha – mruknęła Caroline.

– To z łaciny – dorzucił Gabe. – Jak *Ursus arctos horribilis*.

– Co to znaczy?

– Niedźwiedź grizzly – odparł Gabe.

– Jak będziemy na nią mówić? – spytała Caro.

– Pewnie Rory – odparłam.

– Albo Mała – dodał Gabe.

Wieczór, w który urodziła się Aurora, Leo spędził na szpitalnej kozetce skulony nad laptopem, rozsyłając maile do Bóg wie kogo. Ja kołysałam dziecko, karmiłam je i martwiłam się.

Czym się martwiłam? Leo był wciąż cynicznym, bystrym, uroczym draniem, tyle że bardziej narzekał niż zwykle. Poradzi sobie z następnym dzieckiem, tak jak radził sobie ze wszystkim, podchodząc do rozwiązania problemu ze spokojem i systematycznością. A wariactwa wyparują niczym pot w łaźni parowej. Doszłam do wniosku, że skończywszy czterdzieści dziewięć lat, uświadomił sobie własną śmiertelność i postanowił powykłócać się trochę z wszechświatem. Ludzie często borykają się z taką zatruwającą duszę szarpaniną, zanim oswoją się ze

75

zbliżającą się wielkimi krokami pięćdziesiątką. Była to wygodna dla mnie wersja. I ją właśnie na początku wcisnęłam Gabe'owi. Nie miałam przecież żadnego konkretnego powodu, żeby przypuszczać, iż będzie inaczej. Leo był moim mężem i miłością jeszcze z czasów studenckich. Moim najlepszym przyjacielem przeciwnej płci. Mieliśmy długą wspólną historię. Nie uważałam wcale, że mężowie i żony mają na całe życie pozostawać bratnimi duszami, jakimi byli w wieku lat dwudziestu. Zwłaszcza gdy są dzieci. To nie znaczy wcale, że ich małżeństwo jest złe. Wykoncypowałam sobie, że spokojnie przeczekam trudny okres i będziemy mieć rozkoszną dziecinkę, która, gdy skończy szesnaście lat, zmieni drugie imię na Jane.

Siedemnaście miesięcy po urodzeniu Aurory Leo oznajmił, że idzie na „miniurlop".

– Bierzesz wolny semestr? – spytałam zaskoczona. – Teraz? Po co? Lee, to nie jest najlepszy moment.

Pokazałam gestem pokój, w którym siedzieliśmy. Mimo regularnych interwencji sprzątaczki (Leo nie zgłaszał sprzeciwu) salon nasz wyglądał jak opuszczony obóz-baza na Evereście. Nieposkładane ubrania – czyste od brudnych można było odróżnić jedynie po zapachu. Puste, zgniecione na pół, smętne kartony po sokach. Pionki od gier, chrzęszczące jak kostki lodu pod stopami, kiedy szłam do łazienki, bo poza tym nie chodziłam wiele, jako że od urodzenia Aurory nie wróciłam do sił tak szybko jak po innych dzieciach. Niepokoiłam się trochę, gdyż nie wyglądało to wyłącznie na sprawę wieku. Miałam kłopoty z czytaniem maili, nawet w świeżo zmienionych okularach. Słyszałam dziwne rzeczy, jakby dźwięki fletu, których nikt inny prócz mnie nie słyszał. Coraz trudniej przychodziło mi ignorowanie tych niepokojących zjawisk.

Zaledwie tydzień wcześniej urządziłam niewielkie

przyjęcie na cześć Cathy, które sama zmieniłam w jedną wielką katastrofę.

W rok po rozstaniu z Saren Cathy postanowiła związać się z solidnym życiowym partnerem. Zaadoptowała Abby Sun, czteromiesięczną Chineczkę, tak słodką, że człowiek miał ochotę ją schrupać. Podałam poncz rumowy z pływającymi porcjami sorbetu, pięknie odciśniętymi w foremkach. W sorbet wetknięte były małe parasolki (mój własny pomysł), migdałowe ciasteczka oraz orzeszki i makaroniki. Dziecko podawano sobie z rąk do rąk, a przyjaciele Cathy z teatru i z gazety, którzy jeszcze nie widzieli Aurory, przynieśli prezenty także dla niej, nie tylko dla Abby. Aury, która miała prawie dwa lata, ciągle obcałowywała śpiącego niemowlaka, powtarzając: „Dzidzia Abby". Bawiliśmy się świetnie. Stella Lorenzo oznajmiła, że zaręczyła się z Tomem Downerem z dodatku niedzielnego. Objęłam ją, mówiąc:

– No to przejmiecie teraz złamane serca...

– I kulawe fiutki... – wtrąciła Cathy.

– Z całego Sheboygan! – dokończyłam, a ona zaczerwieniła się. Wszyscyśmy się śmiali.

– Będziesz dobrą żoną, Stello – zapewniłam ją.

– Miałam niezłą praktykę! – odparła.

– I to wcale nie dlatego, że masz wielkie oczy i duży biust, co zresztą wcale nie przeszkadza, ale dlatego, że masz wielkie serce, i wiem, bo pracowałam z tobą w dziale wiadomości, że posiadasz zadziwiającą zdolność znoszenia z wdziękiem durniów i dostrzegania we wszystkim czegoś pozytywnego.

– To mi wygląda na chodzący ideał – wtrąciła Cathy. – Stello, wiem, że zwykle nie wypada pytać o takie rzeczy, ale czy nie masz przypadkiem siostry, która jest lesbijką?

Wybuchnęłyśmy śmiechem, po czym poszłam po tort. To wtedy, wracając z kuchni z wielkim tortem w kształcie słońca, potknęłam się o coś, czego nikt inny poza mną nie widział, upuściłam talerz i wdepnęłam w sam środek odwróconego galaretką do dołu ciasta.

Uklękłam w całym tym bałaganie i rozpłakałam się tak strasznie, że nie mogłam przestać. Jeśli próbowałam się śmiać, wywoływało to natychmiast kolejny spazm płaczu. Jakby na jakiś sygnał kobiety zaczęły pocieszać mnie historiami swoich emocjonalnych wzlotów i upadków, kiedy to były już po czterdziestce, a problemy miały znacznie gorsze niż ja, a poza tym przecież nie musimy jeść tortu, bo zjedliśmy wszystkie orzeszki. Stella na kolanach zmywała wodą sodową żółty lukier z dywanu. Tylko Cathy przed wyjściem odciągnęła mnie na bok i doradziła, żebym koniecznie poszła do lekarza. Powiedziała mi, że nie ma się czym przejmować, że to pewnie nic poważnego, ale że anemia czy nawet infekcja ucha mogą być przyczyną problemów z równowagą.

Dopiero znacznie później przyznała, że od dłuższego czasu ukradkiem przyglądała mi się, gdy szłam lub tańczyłam, i wiedziała, że to nie jest infekcja ucha.

Niezależnie od kryjącej się za tym przyczyny nie byłam w odpowiedniej kondycji fizycznej, by zostać samotną matką, kiedy Leo wziął wolny semestr. Jeszcze bardziej osłupiałam, słysząc, że czas ten zamierza spędzić częściowo poza domem.

– Co takiego?! Ty chyba sobie żartujesz?! – wykrzyknęłam. – I co masz zamiar robić? Gdzie będziesz? Na jak długo wyjeżdżasz? Chyba nie na cały tydzień!

– Na początek na miesiąc, a potem może jeszcze na jakieś dwa tygodnie – odparł Leo, a ja pomyślałam: „Co? Co on powiedział? Zupełnie jak w bajce o Jasiu i Małgosi: najpierw was ugotuję, a potem zjem".

– Uzbierało mi się trochę zaległych wolnych dni – mówił dalej – więc pomyślałem sobie, że rzucę okiem na działki w stanie Nowy Jork. Może warto zastanowić się nad kupnem. Z dala od miasta, a jednocześnie tak, by był dobry dojazd – zachwalał mi kusząco, wyraźnie rozkoszując się swoimi słowami. – Prywatność, odosobnienie... a Broadway blisko! Blisko mojej siostry Janey i Pete'a. Może tylko jako dom na wakacje, a potem może coś więcej. Już umówił się na spotkanie z jakimiś ludźmi, z którymi korespondował. Mogę jechać z nim, jeśli chcę, ale śpiesznie dodał, że powinnam szybko wrócić do pracy i że on już poprosił swoją matkę, żeby przyjechała do nas na jakiś czas.

– Julie, jak mogłaś przeoczyć coś takiego? – spytała znacznie później Cathy. – To zupełnie jak Spanikowana z Praireville czy jak jej tam, której mąż jeździł na wycieczki rowerowe z jej siostrą, ponieważ oboje uwielbiali rowery!

– To nie było tak – upierałam się, doskonale wiedząc, że w gruncie rzeczy wyszłam na Bezrozumną z Sheboygan. – On naprawdę przechodził andropauzę. To się często zdarza i niekoniecznie coś się musi zaraz dziać.

Oczywiście na początku nic się nie działo. Leo pisał do nas i przysłał piękne zdjęcia „wspólnot", gdzie na dwadzieścia osób przypadał jeden pług śnieżny i gdzie kupowano dwadzieścia książek w twardych oprawach rocznie. Były też wspólne kolacje i zajęcia z jogi. „Szkoda, że nie widziałaś, jak medytuję w pozycji psa!" – pisał.

A jednak, kiedy dwadzieścia cztery dni później jego samolot dotknął ziemi w Mitchell Field, to ja poczułam się tak, jakbym wróciła do domu. Wyglądał o wiele lepiej po swoich przygodach. Opalony i tryskający energią, zdawał się mieć dosłownie kilka zmarszczek mniej na czole. Szczęśliwy, że widzi dzieci, co chwila wołał je do naszego pokoju, żeby na nie popatrzeć. Powiedział mi, że gdy trzymam Aury na ręku, przypominam mu obraz Mary Cassatt*. Kochaliśmy się dziko – seks, jakiego normalnie w małżeństwie nie uświadczysz, taki, że w dywanie robią się dziury. Tej nocy, patrząc na śpiącą Aurorę, Leo dosłownie płakał. Zachwycał się, że jej czarne włoski tak pięknie lśnią w ciemnościach, i przyznał, że nic mu nie będzie w stanie wynagrodzić tego straconego miesiąca, kiedy mógł obserwować zachodzące w niej zmiany, ale że nie uświadomiłby sobie tego, gdyby owego miesiąca nie stracił.

– Byłem wykończony, Jules – wyznał, kiedy późno w nocy w kuchni, w nocnej bieliźnie, robiliśmy grzanki i smarowaliśmy je masłem orzechowym. – To wszystko. Miałem już dosyć bycia grzecznym chłopczykiem. Ale, cholera, i tak jestem grzecznym chłopczykiem. Dożywotnio. Musi to być uwarunkowane genetycznie.

– Znacznie gorsze rzeczy mogą się trafić człowiekowi, Lee. Nie każdy musi być Jackiem Kerouakiem**.

– A jednak kiedyś myślałem, że będę – przyznał z rozmarzeniem.

– Wszyscy kiedyś tak sądziliśmy, skarbie – powiedziałam, obejmując go. – Skoro tak bardzo tego chciałeś, to dlaczego nie byłeś?

– Oczekiwano ode mnie, że będę robił to... czego ode mnie oczekiwano – odparł. – Moim jedynym buntem było – uśmiechnął się krzywo – zakochanie się w anglosaskiej chrześcijance w baletowym trykocie.

Czy kiedykolwiek myślałam, żeby spytać go: Leo, czy jest jeszcze coś więcej oprócz zmęczenia? Na przykład zmęczenie mną? Czy przyszło mi kiedyś na myśl, by

---

* Mary Cassatt (1845–1926) – malarka amerykańska, podejmująca często tematy codziennego życia.
** Jack Kerouak (1922–1969) – amerykański powieściopisarz i poeta, przedstawiciel ruchu Beat Generation.

ukradkiem zajrzeć do jego poczty? A przecież znałam
hasło: „Innisfree".

Dwa tygodnie później Leo doszedł do wniosku, że
unitarianie są zbyt konserwatywni, i zaproponował, byśmy w niedzielne popołudnia chodzili do ośrodka tybe-
tańskiego przy Madison.

Zaparłam się. Niedziele były dla mnie święte. Lubiłam
spędzać niedzielne popołudnia nad korektą mojej rubryki i na czytaniu „Timesa". Zaproponowałam, żeby zabrał
ze sobą Aurorę Borealis.

– Padną trupem, gdy usłyszą, jak ma na imię – oświadczyłam. – Może tam poznać miłe szwedzkie dzieci o imionach Tenzig i Sorgay.

Najwyraźniej nie dostrzegł w tym nic zabawnego.

Kupował mi książki o tym, że fizyka kwantowa i ludzka kreatywność mają budowę falową. Ja kupiłam mu
książkę Stephena Jaya Goulda, dlaczego ludzie wierzą
w głupie rzeczy. Dla Aury kupował edukacyjne klocki. Ja
kupiłam szerokoekranowy telewizor, co w naszej rodzinie równało się kupnu broni maszynowej. (Gabe i Caroline z radości uklękli przede mną i dotknęli czołami mojej
ręki).

Kiedy Aury miała pójść do przedszkola (było to takie
„lepsze" przedszkole, które kosztowało drożej, ponieważ
używano kredy rysunkowej zamiast kredek i dwa razy
w tygodniu przychodził specjalny nauczyciel nauczania
początkowego – nasze dziecko miało zaledwie półtora
roku), Leo zasugerował, że powinnam ją raczej uczyć
w domu, zrezygnować z prowadzenia kącika porad i może nawet przyjąć pod opiekę kilkoro innych dzieci. Zaproponowałam, żeby sam uczył w domu Aurorę.

– Jeśli ktoś rzeczywiście potrzebował nauki w domu,
to Gabe – wypomniałam mu. – Wiesz, jakich głupot uczył
się od kolegów i... nauczycieli? Osiem lat tortur, ponie-

waż jest mądrzejszy od innych dzieci, a ma wszelkie możliwe trudności z przyswajaniem wiedzy. Dlaczego nim się tak nie przejmowałeś? Czy dlatego ważne było, żeby dzieci chodziły do państwowej szkoły, bo ty pracowałeś w państwowej instytucji?

– O to właśnie chodzi, Julieanne – odparł Leo. – Nie chcę popełnić tych samych błędów przy Aurorze, jakie popełniłem w przypadku starszych dzieci. – Spojrzał na mnie łagodnie. – Wiedziałem, że będziesz się sprzeciwiać. – Wyciągnął arkusz papieru. – Rozpisałem nasze wkłady w materialną sytuację rodziny. Odkąd urodziła się Aurora, pracujesz na pół etatu, i to siedząc w domu, i to głównie ja dostarczam środki utrzymania. Uważam, że byłoby sprawiedliwie... gdybyś w większym stopniu brała udział w utrzymaniu domu.

– Daj mi spokój! – rzuciłam gniewnie. – Już mam swój udział. Czy używa się zmiękczacza do ręczników?

– Oczywiście – parsknął. – Kto lubi stare, szorstkie ręczniki!

– Błąd! – odparłam z satysfakcją. – Jeśli używasz zmiękczacza do tkanin, ręczniki stają się mniej chłonne, a przecież po to są, żeby chłonąć!

– Kiedy Gabe i Caro chodzili do szkoły... Jules, szkoły nie są już tak nieszkodliwe, jak były kiedyś. To miejsca hamujące rozwój. Inkubatory dla społecznych nieudaczników, wychowanych na trującym jedzeniu z barów szybkiej obsługi i naszych...

Nie mogąc słuchać jego gadaniny, wzięłam rower i pojechałam do Cathy. Spędziłyśmy popołudnie, popijając margaritę. To tylko jego zwykłe, dawne wariactwa – myślałam sobie.

Wariactwa, owszem. Ale szybko stało się jasne, że ani zwykłe, ani dawne.

VI
Eklezjastes

ZBĘDNY BALAST
Pod red. J.A. Gillis
„The Sheboygan News-Clarion"

Droga J.,
doszło do kłótni między mną a mężem na temat jego ciągłych zdrad. Stwierdził, że naszemu małżeństwu wyszłoby na dobre, gdybyśmy oboje miewali innych partnerów seksualnych, że małżeństwo powinno być otwarte. Sugerował, że nadal będziemy parą, ale będziemy mieli swobodę. Nie jestem pewna, czy tego chcę. Jednak mamy dwoje dzieci i chciałabym uratować nasze małżeństwo. O czym tak naprawdę świadczy jego propozycja?

Ostrożna z Lancaster

Droga Ostrożna,
jest to głośny dzwonek ostrzegawczy, że Twój mąż szuka drogi ucieczki z Waszego małżeństwa. Jednak jeśli macie przetrwać, nie wolno Wam eksperymentować z innymi związkami. Najlepiej byłoby znaleźć dobrego terapeutę, który specjalizuje się w takich sprawach. Mamy adresy kilku ośrodków prowadzących małżeńskie terapie (proszę zadzwonić do naszego pisma, podamy namiary). Bardzo istotne jest, byście razem dotarli

do tego, co naprawdę kryje się za postawą męża. Może to być dla Was zaskoczenie. Może mąż czuje się seksualnie zaniedbany lub nieszczęśliwy z powodów, które nie mają nic wspólnego z Tobą. Większość tak zwanych otwartych małżeństw kończy się rozwodem, a nie pojednaniem. Wszelkie ustalenia i zobowiązania podejmujcie dopiero po odbyciu terapii, razem i osobno. I proszę do mnie pisać!

J.

Tuż przed rozpoczęciem jesiennego semestru na uniwersytecie Leo zaprosił mnie na kolację.

Nie zaczęliśmy jeszcze jeść naszych sałatek, kiedy oświadczył:

– Idę na wcześniejszą emeryturę.

– Już o tym mówiliśmy – odparłam, układając krewetki w wianuszek wokół brokułu.

– Mam na myśli to, że już teraz idę na emeryturę – odparł Leo, szturchając widelcem pastę primavera.

– Jak to? Co to znaczy już teraz?

– W tym roku.

– Co? Myślisz.... Leo, ty przecież nie masz jeszcze pięćdziesięciu lat!

– Mówiłem ci, że prędzej czy później nastąpią redukcje i że sami mi to zaproponują. Więc ich uprzedziłem. Mogę w tej chwili przejść na wcześniejszą emeryturę, dostanę kilkuletnią odprawę. Będę mieć przywileje jak wojskowi. Opiekę dentystyczną, psychiatryczną...

– Psychiatra na pewno się przyda. Czy wiesz, ile ja zarabiam? – Właśnie dostałam podwyżkę. – Około dwudziestu dwóch tysięcy rocznie.

– Ale masz ubezpieczenie...

– Tylko od wypadków!

– No tak, ale obejmuje ciebie i dzieci. To dla was wystarczy. Mamy dom i trochę oszczędności. Nie będę siedział z założonymi rękami. Mam zamiar zająć się trochę handlem z tatą. I zrobić coś na rzecz środowiska.

– Zwłaszcza to ostatnie będzie lukratywne.

– Ale wpierw... Wiem, że będziesz się wściekać, ale mimo to mam zamiar zrobić sobie prawdziwy urlop. Tamto to był drobny wypad. Teraz chcę naprawdę oderwać się od wszystkiego. Nie znaczy to oczywiście, że zerwę z wami kontakt. Będę codziennie dzwonił. Ale muszę wziąć porządny urlop. Mam zamiar pomieszkać w stanie Nowy Jork, nad Hudsonem, w tej wspólnocie, z którą koresponduję od lat. Przedtem chciałbym jeszcze odwiedzić inne osoby z Pensylwanii i Massachusetts, z którymi również korespondowałem. Może jakiś czas u nich pobędę. Wszystko już załatwiłem. Hipoteka będzie automatycznie odciągana z konta...

– A rozwód też załatwiłeś? Bo tak naprawdę to ty mnie zostawiasz, Leo.

Wydawało się, że powietrze między nami iskrzy się. Nie mogłam skoncentrować wzroku, oczy rozbiegły mi się na wszystkie strony, co zdarzało mi się w momentach wielkiego stresu lub przerażenia. Potrząsnęłam głową, żeby wróciły na miejsce. Potem jeszcze raz. Między mną a Leo wciąż widniała ściana, która cały czas drżała. Wyraźnie widziałam, jak się porusza. Tak że kelner nie mógłby do nas podejść.

Mój mąż spojrzał na mnie z wielką powagą w ogromnych brązowych oczach.

– Tego właśnie staram się uniknąć, Jules. Nie chcę wypalić się, zobojętnieć na naszą rodzinę, na nasze życie rodzinne. Naprawdę. Ale muszę... odpocząć. Muszę oderwać się od lekcji, od problemów Gabe'a, ryku muzyki i płaczu Aury... na jakiś czas... a wtedy będę mógł na nowo odnaleźć się w naszym związku. Nie zniosę już dłużej presji codziennych spraw.

Śmiech jest odruchową ludzką reakcją. To mechanizm przetrwania. Jest jak głód, pragnienie czy seksualna tęsknota. Śmiałam się. Opis naszej rodziny w wykonaniu Leo brzmiał tak, jakby mieszkał z siedmiorgiem poważnie upośledzonych dzieci i żoną przechodzącą kurację methadonową.

– Musisz się oderwać – powtórzyłam. – Na jak długo?

– Nie dłużej niż pół roku.

– Pół roku?

– Powiedziałem: nie dłużej niż pół roku. Wiesz, jak to było ostatnim razem. Nie mogłem zostać tak długo, jak bym chciał. Tęskniłem za rodziną. Kocham moje dzieci, Julie. – Wcale w to nie wątpiłam. – Kocham ciebie. – W to wątpiłam. – Nawet nie mam nic przeciwko mieszkaniu... tutaj. – Powiedział to takim tonem, jakby jego rodzinne miasto było brudną stacją metra.

– Jesteś kompletnie stuknięty – westchnęłam, odkładając widelec i ściszając głos do szeptu, bo gwar rozmów na sali ucichł. – Mam nadzieję, że nie zwariowałeś... Lee, ty chyba jednak zwariowałeś, odpuść sobie! Naprawdę potrzebujesz pomocy... Może pogadasz z kimś, zanim w ogóle zaczniesz myśleć o tym... kretyńskim wyjeździe.

– Nie jesteśmy jak jeden człowiek, Julie. Nie musimy chcieć tych samych rzeczy w tym samym czasie przez całe nasze życie.

– Nigdy tego nie twierdziłam, choć taka jest istota przysięgi, którą złożyliśmy. Pamiętasz? Nie mówię, że mamy być jak bliźnięta syjamskie, ale to naprawdę przesada. Sam to chyba widzisz. Nie strasz mnie, proszę. Czuję się, jakbym była zamknięta w jednym pokoju z pijakiem.

Leo wciągnął głęboko powietrze i wolno je wypuścił. Często tak teraz robił, a ja czułam się wtedy, jakby zdmuchiwał mnie jak świeczkę. Te przeciągłe westchnienia były dla mnie równie denerwujące jak drapanie widelcem po talerzu. Chciałam uderzyć go w twarz.

– Tego właśnie potrzebuję, Julie. Pomocy. Nie dla siebie. Żeby ułożyć życie, które będzie lepsze dla nas i dla dzieci.

– A czy jest jakaś alternatywa?

– Nie widzę żadnej.

– Nie widzisz żadnej?

Leo przyłożył splecione dłonie do czoła.

– Jedyną alternatywą jest... Nie mogę już tak dłużej, Julieanne. Muszę to wyrwać z siebie. Muszę...

Rzeczywiście musiał.

Nie pozostało mi nic innego, jak tylko wstać i wyjść, ponieważ nie mogłam oddychać i miałam wrażenie, jakby w moim udzie tkwił widelec – objawy, którymi, jak to sobie uświadomiłam, moje ciało wyrażało stres, tak jak w przypadku innych ludzi działał ból głowy – wstałam więc od stołu i przeszłam samiutkim środkiem długiego chodnika. Goście siedzący przy stolikach po obu stronach wyglądali w moich oczach jak zwierzęta w klatce, mruczące i porykujące. Drzwi restauracji znajdowały się na wprost. Otworzyłam je. Kiedy wchodziliśmy, były tu cztery stopnie. Ale gdy wychodziłam, schody rozpłynęły się i pod stopami zobaczyłam litą skałę, z chodnikiem o powierzchni składającej się ze srebrzystych drobinek, lśniących w świetle latarni. Od szczytu skały do chodnika było nie więcej niż pięć stóp. Skoczyłam i upadłam ciężko na oba kolana.

– Julie! – krzyknął Leo. Podniosłam głowę. Stał na szczycie schodów, które teraz widziałam bardzo wyraźnie. Spojrzałam na swoje kolana. Skóra pod rajstopami krwawiła, jakby ją ktoś podrapał piłą. Wyciągnęłam ręce do Leo. Podniósł mnie z ziemi i, choć był niewiele wyższy, zaniósł mnie do samochodu. W samochodzie zapytał, czy ma zawieźć mnie do szpitala. Łkając, pokręciłam przecząco głową. W domu obmył mi kolana i powyjmował wbite okruchy cementu. Posmarował zadrapania polysporinem i nałożył gazowe opatrunki.

Dopiero kiedy zdjęcia rentgenowskie potwierdziły, że żadna kość nie została złamana, zaczął się pakować.

VII

Pamiętnik Gabe'a

Czasami żałuję, że nie wyrzucili mnie ze szkoły średniej.

Sami więc widzicie. Nawet nie umiem się postawić.

Nigdy nie zrobiłem nic złego.

Dobrego też nie.

Podwójne życie naszego szanownego tatusia nie ułatwiało i tak ciężkiego życia w szkole. Ciągle ktoś posyłał teksty typu: „wiem, stary, co przechodzisz... jak się moi starzy rozwodzili...". W końcu Steinerowie nie byli kompletnie nieznani w Sheboygan, no więc w sumie była niezła chryja.

To nie to, żebym nie znosił szkoły. W Sheboygan LaFolette nie było, na szczęście, uzbrojonych gangów, tyle że ogólnie wiało nudą. Przez dwa lata robiłem oświetlenie dla bzdurnych przedstawień kółka teatralnego – mówię wam, człowiek nie zna życia, dopóki nie zobaczy w roli Marii dziewczyny sześć cali wyższej niż gość grający Tony'ego, w dodatku o nordyckiej urodzie, która z buźką niczym koparka śpiewa „There is a place for us somewhere". I wiadomo z góry, że panienka będzie do chrzanu, a potem ona pada na łóżko, sztywna jak drut, jakby ją ktoś podciął siekierą. Nie ma to nic wspólnego z naturalnością, nie mówiąc o sztuce dramatycznej.

Ale prawdą jest, że szkoła i ja nigdy specjalnie nie pasowaliśmy do siebie. Były tam bandy szukających zaczepki młodocianych psycholi – prawdopodobnie przyszłych hodowców świń albo specjalistów od inwestycji bankowych – którzy katowali Caroline za to, że była zuch dziewczyna, nie jak te wypindrzone lalki, i nosiła sportowe stroje jak laski z Nowego Jorku (czarne krótkie spodnie, białe koszule, jak mundur), a nie szmatławe tanie łaszki z lat siedemdziesiątych *à la* mały kurwiszonek, w jakich gustowała ta jej koleżaneczka Justine. Znęcali się też nade mną – mimo że ich olewałem – głównie werbalnie, za to, że jestem inny, i wołali na mnie „Ed" (skrót od Specjalnej Edukacji), albo jeszcze gorzej: „Forrest Gump", który, jakby się mnie kto pytał, wcale nie jest takim wzruszającym filmem.

Tylko dlatego, że dłużej niż inni musiałem siedzieć nad cholerną fizyką.

Po cholerę kazać uczyć się fizyki i historii, skoro ma to być college dla „nietypowych osobowości" (czytaj: dzieci mających trudności z przyswajaniem wiedzy, w mniejszym lub większym stopniu umiejących czytać i pisać, ale niebędących w stanie tego udowodnić). Mam tu się nauczyć twórczego pisania oraz technologii światła i dźwięku. Lepiej rozumiem komputer niż moją własną matkę. Na cholerę mi wiedzieć, na jakiej mianowicie zasadzie kwarc przewodzi prąd elektryczny?

Wracając do mamy. Nie jest dobrze. Nie mówię jej o wielu rzeczach, choć ona myśli inaczej, ale ufam jej. Kocham ją, mimo że jest w psychotyczny sposób nadopiekuńcza, niemal przypadek kliniczny... czasem. Ale dużo przeszła. Trudno ją winić. Jak na bycie samotną matką w jej stanie zdrowia i tak jest cholernie dobra.

„Znam" też Leo. Dobrze wiem, co z niego za ziółko. To ważne, nie? Znam mego ojca. Nawet jeśli widziałem go zaledwie dwa razy... w ciągu ilu? Dwóch lat? Raz do roku odwiedza swoich rodziców, ładnie z jego strony, nie? Ja spotykam się z nim w towarzystwie dziadków, nigdy sam. Idziemy do włoskiej knajpy. Nie stać go na nic lepszego, choć pracuje, i to jako prawnik, bo tam, gdzie teraz mieszka, nie zarabia dużo. A mieszka głównie w Koziej Wólce, gdzie jego ukochana Joy musi mieć absolutnie wszystko, i to koniecznie wyprodukowane we Włoszech lub we Francji czy gdzieś tam. Jemu to oczywiście wcale nie przeszkadza, a pomyśleć tylko, że kiedyś kategorycznie żądał od mamy, żeby używała do twarzy jakiegoś taniego świństwa.

Moja siostra Caroline (obecnie „Cat") pisuje czasem do mnie. O radosnym życiu w Dolinie Szczęścia, gdzie pobierała nauki w domu, ale pewnie tylko do momentu opanowania do perfekcji samodzielnego malowania rzęs. Nie umie nawet pisać poprawnie. Ja nie umiem pisać, ale ona, gdyby chciała, toby mogła. Uważa się za geniusza, ponieważ przeczytała wszystkie książki Danielle Steel, jakie miały w domu Devlinówny. To ich cała biblioteka. Danielle Steel i te jej wszystkie książki, jakie pisała w kółko o tym samym i o takich samych ludziach.

Trudno się dziwić, biorąc pod uwagę kaliber znajomych mojej siostry – łącznie z najlepszą przyjaciółką Mallory Mullis, która, jak wnioskuję z różnych oznak, może i ma mózg, ale najwyraźniej starannie go zapakowała i odłożyła na półkę, i teraz spokojnie uchodzi za największą kretynkę świata. Cat pisze, że Marissa zna wszystkie nazwy części ciała konia, jak „kłąb" czy „pęciny", ale nie umie dodawać i odejmować nawet na poziomie Aury. „Matma i tak jest nie-potrzebna" – pisze moja siostra.

Myślę osobiście, że „Cat" jest nie-potrzebna.

Trudno się dziwić hecom, jakie wyprawiała, kiedy odszedł ojciec.

A ja się, kurczę, dziwiłem.

Nie odpowiadam na jej listy. Ale je czytam. Czasami piszę do niej maile. („Raj" ma kablówkę, choć Cat mówi, że z zasady nie je się niczego, co wymaga potem umycia talerza. Jeśli trzeba potem umyć talerz, jedzenie nie nadaje się dla ludzi). Na wszystkie takie brednie odpowiadam: „Gratuluję". Mama cieszy się, że mam z nią kontakt, choć ja bym tego tak nie nazwał. Mama wybaczyłaby nawet Jeffreyowi Dahmerowi*, gdyby ten ładnie przeprosił. Twierdzi, że Caroline „oprzytomnieje". Według niej powinienem „kochać" Caro, ponieważ pewnego dnia rozum jej wróci. Jakby ona w ogóle miała jakiś rozum, który mógłby wrócić. Ona po prostu jest dzieckiem, skoncentrowanym na sobie dzieckiem – mówi mama. Dlaczego ja nie jestem? Dlaczego malutka Aurora nie jest?

Moja siostra pisze mi wszystko o Dominicu, swojej prawdziwej miłości. (Fajne imię dla faceta, nie? Prawie tak samo jak „Aurora Borealis"). I o tym, jak niesprawiedliwy jestem wobec Leo i Joy (Joy to skrót od Joyous, czyli Radosna: zmieniła sobie, bo przedtem była Joyce). A może bym tak przyjechał z wizytą...

No jasne. Już lecę.

W życiu bym nie uwierzył, że ona jednak tam pojedzie.

Ale, prawdę mówiąc, wisi mi to. Niech ma. Czy nam jest źle? Smutno? Caro była jak próżnia; tylko zużywała tlen i zajmowała miejsce. (Czy tak robi próżnia?).

To nie to, żebym jej nie rozumiał. Odejście ojca było absolutnie chore, upokarzające i podłe, zwłaszcza gdy odkryliśmy z Caroline, że odszedł na dobre.

---

* Seryjny morderca i kanibal.

Chodzi o to, że nigdy poważnie nie zastanawiałem się, jaka jest moja siostra i co tak naprawdę ma w środku. Ale nie przyszłoby mi do głowy, że nie jest głębsza niż opalenizna na skórze. Nie sądziłem, że jak skończy piętnaście lat, to się zatrzyma w rozwoju. Dostała pełny kontyngent genów po Leo, które nie ujawniły się, dopóki wszystkie karty nie były na stole. Nie powinienem mówić o niej w czasie przeszłym. Ale ona jest jak czas przeszły. Dom, do którego dotarliśmy podczas naszej Wielkiej Podróży (więcej na ten temat później), stojący przy końcu ulicy bez nazwy, odchodzącej od wiejskiej drogi numer 161, jest dla mojej siostry Najlepszym Miejscem na Świecie. Idealnie nadaje się dla niej, szlachetnej księżniczki Kretynki, głównej damy dworu Królowej Joy Radosnej w Palantogrodzie.

Czy to brzmi, jakby to pisał jakiś zgorzkniały popapraniec?

Nie jestem żadnym popaprańcem.

Jestem tylko wkurzony, mimo że moje życie potoczyło się lepiej, niż można się było spodziewać. Kiedyś znałem moją siostrę tak dobrze, jak mama znała Leo. Byliśmy ze sobą naprawdę silnie związani. Prawie jak bliźnięta. Dwujajowe. Między nami było niecałe jedenaście miesięcy różnicy. Ona ma sześć lat, ja siedem. Ciągnę ją na siłę do domu, ona ma całą głowę zakrwawioną, a ja wrzeszczę do Leo, ile tchu w płucach, bo wyrżnęła z całej siły łbem o skrzynkę na listy, kiedy próbowała jeździć na jednym kole na swoim dziewczyńskim bmx. Ja mam jakieś dziesięć, ona dziewięć, ja trzymam jej sukienkę, żeby jej nie zarzygała w damskim kiblu w domu pogrzebowym, kiedy zginęli dziadek i babcia Gillis. Ja trzynaście, ona dwanaście, wchodzę do pokoju, a ona w samych majtkach i koszulce majstruje między nogami. Nie mogłem potem patrzeć na nią przez dwa tygodnie (chociaż sam już potrafiłem walić się do utraty tchu), za co ona odwdzięczyła się, rąbiąc mnie z całej siły wiosłem w plecy. Ja czternaście, a ona trzynaście, muszę ściągnąć z niej jednego z tych socjopatów z ósmej klasy, i to w czasie, kiedy bez końca wołali za mną „Ed". Kopnęła faceta w jaja, a on miał nad nią sześć cali i pięćdziesiąt funtów przewagi, ona nawet nie wiedziała, że ja to widzę (on też nie wiedział, a ja miałem nad nim stopę i dwadzieścia funtów przewagi).

Była twarda. Trzeba jej przyznać.

Wyczyniała straszne wariactwa, które nie mogły nie budzić podziwu. Chciała zostać cheerliderką, a że była niebywale zwinna, a także dzięki lekcjom tańca, do których zmuszała ją mama, przeszła przez wszystkie eliminacje, jak się okazało tylko po to, by na szkolnym apelu oznajmić publicznie, że prędzej da sobie wyrwać siekacze bez znieczulenia, niż stanie przed bandą tępych durniów i będzie potrząsać dupą w minispódniczce. Użyła słowa d u p a. W ósmej klasie. Myślałem, że pani Erikson walnie ją w japę. Sam widziałem, jak ręka tej blond suki w gimnastycznych spodenkach, czyli naszej nauczycielki wuefu i opiekunki cheerliderek, unosi się do pozycji backhandu, a potem opada i tylko ściska Caro za łokieć. Wyjaśniło się, gdy zrozumiałem, że niebieskie, czujne oczka Erikson dostrzegły stojącego w pobliżu dyrektora.

Żałowałem, że nie uderzyła mojej siostry. Wygralibyśmy sprawę w sądzie, a forsa bardzo by nam się przydała. Choć na szczęście i tak dostałem stypendium dla młodych, utalentowanych i trochę popieprzonych. No i w końcu okazało się, że nie potrzebuję forsy dziadzia. Mam zamiar ją kiedyś podjąć i zainwestować. Chciałem nawet dać trochę mamie, ale mama już jej nie potrzebuje. Dziwny był ten okres, jeszcze nie tak dawno temu, kiedy waliliśmy głową w mur, walcząc o przetrwanie. Trudno zapomnieć dni masła orzechowego. Dzieci w ogóle nie powinny zauważać takich rzeczy. Ale ja zauważyłem. Podobnie jak fakt, że to głównie Cathy – po wprowadzeniu się do nas, kiedy ojciec zmył się na dobre – płaci za jedzenie. Wiedziałem, że mieszka z nami nie tylko po to, żeby pomóc mamie w ciężkim dla niej okresie. Mieszkała dlatego, że mama nie przetrwałaby Początkowej Fazy Rozstania bez finansowej pomocy Cath, chyba że przeprowadzilibyśmy się do przyczepy.

Ale znów odbiegłem od tematu.

I to ze dwa razy.

Caroline.

Żyje w świecie celebrowanych posiłków i wspólnie podejmowanych decyzji, a także stołów zrobionych z drzwi znalezionych na śmietnikach albo „załatwionych" na placach budowy (u ludzi, którzy, bądź co bądź, wybrali sobie te drzwi i zapłacili za nie). Mieszka wśród pól truskawkowych (dosłownie). Brat jej chłopaka Dominica ma na imię McGuane. Ich siostra Reno. To rodzinna aluzja do czegoś, tylko trudno domyślić się, do czego. (Mówię wam, ta cała ekipa znad rzeki to dopiero trust mózgów). Leo – nasz drogi tatuś – zgadza się, żeby ten cały Dominico sypiał z Caro w ich domu. Pozwolił, kiedy miała zaledwie piętnaście lat.

Prawdę mówiąc, był taki moment, że tego zazdrościłem.

Ale odmawianie sobie też ma swoje przyjemne strony. Przewaga hormonów nad rozumem to najwyraźniej nasza główna rodzinna cecha. To i niewidzenie własnego tyłka, ponieważ stale patrzy się gdzie indziej. Jestem zdecydowany dowieść, że byt kształtuje świadomość. Lubię to poczucie, że nie jestem idiotą.

A jednak. Ta wyprawa autostopem w celu odszukania ojca, kiedy się przestał do nas odzywać, była pomysłem Caro. Jeszcze nim wyjechał, cichcem przerzuciła jego maile do komputera mamy i ułożyła je w odwrotnej kolejności chronologicznej. Tak powstała nasza mapa podróży. To trzeba jej przyznać.

W drodze zdarzały się takie noce, kiedy czułem się z nią tak blisko jak z nikim innym na świecie (nie zrozumcie mnie źle; mam na myśli platoniczną bliskość). Ona czasem wiedziała, co powiem, zanim ja sam to wiedziałem. Była fantastycznie czujna. Potrafiła się niesamowicie sprężyć intelektualnie (Caro jest wyjątkowo utalentowaną kłamczuchą, wprost nadzwyczajną). To ona zapobiegła wysłaniu nas z powrotem do domu, zaopatrzonych w batoniki na drogę i w towarzystwie miłego policjanta do spraw nieletnich.

Nie zapomnę tego nigdy. Myślę też sobie, że ten epizod był równie ważny dla mnie jak i dla niej.

Ale, kurczę, nie tęsknię za nią. Mogła sobie wkurzać panią Erikson do woli, jednak najwyraźniej i tak jej przeznaczeniem było zostanie cheerliderką „genialnych" pomysłów. Zaryczana tak, że smarki spływały jej po twarzy razem ze łzami w jednej spienionej kaskadzie: „Muszę, Gabe. Nie mogę znieść tego, że ona jest chora. Boję się, Gabe...". Jeszcze miałem jej żałować! Kurczę! Sam przecież byłem śmiertelnie wystraszony! Nawet nie przyszło jej do głowy, że może też wolałbym hasanie po lesie, niechodzenie do żadnej szkoły i zadawanie się z jedną z Devlinówien (było ich pięć – może już o tym mówiłem? – Joy była w środku). I co, miałem może pyrgnąć wszystko w kąt i zapomnieć o starej matce, Niedoszłej Samobójczyni z Sheboygan? A ja tymczasem musiałem odpuścić sobie całkiem bycie tym, czym byłem naprawdę, czyli nastoletnim chłopakiem, zbyt młodym na to, żeby być pielęgniarką, żywicielem rodziny, zastępczym synusiem dziadków, najlepszym kumplem i nieporadnym ojcem dla ślicznego, ale skołowanego i przerażonego dzieciaka. Czy nie przyszło jej do głowy, że może całkiem samolubnie chętnie stałbym się Leo Dwa – drugą częścią filmu?

Ale odbiegłem od tematu. Cholera. To jeden z moich problemów. Gdybym nie sprawdził pisowni, byłoby „problemuw". Myślę, że Leo pewnie wolałby mieć syna z normalnie funkcjonującą prawą i lewą półkulą mózgową, a nie takiego cudaka.

Tak całkiem szczerze mówiąc, to chciałbym zobaczyć się z Caroline.

Kiedyś myślałem, że całe to gówno w szkole, z którym miałem do czynienia, jeszcze zanim przyszło prawdziwe gówno, to był mój cały przydział gówna na życie. Ale najwyraźniej nie, ponieważ te inne historie dołożyły mi jeszcze bardziej, co było chwilami nudne, gdyż powtarzało się w kółko to samo, jakby nikt nie umiał, kurczę, z takich rzeczy wyciągnąć wniosków. Może zresztą wtedy ludzie w ogóle przestaliby mieć potomstwo. Pewnie tak. W sumie niezły temat. Na badania. Kurczę, możliwe, że po prostu brakuje genu lojalności w chromosomie Y. Nie mówiąc o brakującym genie rozróżniania zapachu róż od zapachu gówna w chromosomie X. Moja siostra jest idealnym tego przykładem. A mama...

Chyba powinienem pisać wspomnienia. W końcu miałem sławnego dziadka, mama też jest znana, ale mniej.

Napisałbym o piekielnie trudnym dorastaniu młodego człowieka, obarczonego dysfunkcjonalnością umysłową powodującą trudności w nauce.

Nie.

Mama nienawidzi wszelkich wspomnień. Nazywa je wypomnieniami. Pogadajcie z nią, a powie wam, że jest wiele bardziej interesujących rzeczy niż pisanie o sobie. Na wasze argumenty, że w pewnym sensie pisała o sobie w *Miriadach rozstań*, odpowie: „Nie pisałam o sobie. Pisałam o faktach".

Nie ma to nic wspólnego z tym, przez co przeszła. Zawsze taka była. Nie można tak długo jak ona mówić ludziom, co mają robić, jeśli samemu się w to nie wierzy. Wybaczcie ironię.

A mimo to mama powiedziała jedną ciekawą rzecz: że to całe świństwo dopiero wtedy boli, kiedy się o nim pisze, bo wbija się sobie wtedy kołek prosto w serce.

Może właśnie tak zrobię, pisząc długi list. „List do mego Ojca" pióra A. Gabriela Steinera. Na razie pisałem głównie o siostrze. A tu jest o wiele, wiele więcej do opowiedzenia.

No więc, tatuśku, na ciebie kolej.

VIII
Lamentacje

ZBĘDNY BALAST
Pod red. J.A. Gillis
„The Sheboygan News-Clarion"

Droga J.,

moja najlepsza przyjaciółka i sąsiadka spytała mnie, czy nie zechciałabym towarzyszyć jej podczas porodu. Oczywiście byłam dumna i szczęśliwa. Nasze dzieci (sama mam dwójkę) bawią się razem niemal jak rodzeństwo, więc gdy dowiedziałam się, że moja przyjaciółka, którą będę tu nazywać Laureen, ma mieć trzecie dziecko, byłam podniecona, a jednocześnie odrobinę zazdrosna – mój mąż uznał bowiem, że dwójka nam wystarczy. Po dziesięciu godzinach na świat przyszedł drący się wniebogłosy dziewięciofuntowy chłopak, a ja palnęłam bez zastanowienia: „Boże, gdyby to nie było niemożliwe, powiedziałabym, że to Ben!". Ben to mój dwuletni synek. W sali zapadła cisza. I wtedy Laureen wyznała, że ojcem dziecka jest mój mąż i że mieli dwa intymne spotkania, kiedy Ben był niemowlakiem. Oczywiście doszło do zasadniczej rozmowy z mężem, który błagał mnie o przebaczenie. On i mąż Laureen – który uzna dziecko, jeśli będziemy na nie łożyć – chcą zachować dotychczasowe stosunki. Mąż Laureen przebaczył jej. Obawiam się, że jest bardziej wspaniałomyślny niż ja. Wszyscy troje twierdzą, że dawno chcieli mi powiedzieć, ale bali się, że mnie zranią i zniszczą naszą przyjaźń. Laureen nadal jest mi bliska i kocham mego męża, ale nie wiem, czy potrafię żyć, mając dwa domy dalej żywy dowód jego niewierności. On mówi, że wszyscy popełniają błędy. Najchętniej bym stąd wyjechała, ale mąż ma tu pracę, a Laureen mówi, że jeśli wyjedziemy, to stracimy kontakt z dzieckiem. Mam dylemat. Nie chcę niszczyć niczyjego życia.

Co powinnam zrobić?

Nieszczęśliwa z Hartford

Droga Nieszczęśliwa,

też mam dylemat. Od czego zacząć. Nie napisałaś ani słowa o uczuciach gniewu i złości, które na pewno żywisz. Zostałaś zdradzona i w dodatku to Tobie wytarzano nos w dowodzie zdrady Twego męża. Jak to możliwe, że po tym wszystkim Laureen „jest Ci bliska"? Kobieta, która bez większych skrupułów poszła do łóżka z Twoim mężem, która Cię upokorzyła i która teraz domaga się Twego udziału w wychowaniu dziecka będącego wynikiem tej bolesnej podwójnej zdrady? I to Ty masz za to płacić?

Twierdzisz, że chcesz zostać z mężem. W porządku, jesteś wolna i dorosła i wiesz, co robisz. Wszyscy popełniają głupie błędy, to prawda, ale trzeba za nie płacić; mnie z trudem przychodziłoby oddawanie przez osiemnaście lat 17% dochodu mojej rodziny z powodu błędu, którego łatwo dałoby się uniknąć przy odrobinie samokontroli czy choćby dzięki paczce prezerwatyw za trzy dolary. Ale to Twój wybór. Jeśli jednak masz szczery zamiar wytrwać przy mężu, to praca nie praca, musicie zacząć na nowo z dala od „Laureen". Jeśli tego nie widzisz, to powinnaś sobie kupić dobre okulary.

J.

– Ależ, Julieanne – rzekł mój teść – to jakieś nieporozumienie. Rozumiem, co do mnie mówisz, ale nie widzę w tym sensu. Leo, którego znam, Leo, którego wychowałem, nie zrobiłby tego. Żeby nawet nie powiedzieć nic matce? Twierdzisz, że wróci?

– To on twierdzi, że wróci, tato – odparłam.

– Julieanne, a twoje nogi? Czy on cię uderzył?

– Ja... upadłam. Kiedy wychodziliśmy z restauracji... kilka dni przed jego wyjazdem.

– Bo jeśli cię w jakikolwiek sposób skrzywdził...

– Tato, on nie w ten sposób mnie skrzywdził.

– Wiem, że ma przy sobie telefon komórkowy. Daj mi jego numer. Muszę porozmawiać z moim synem. Przemówię mu do rozumu, zanim zabrnie za daleko, zanim zrobi coś...

– ...głupiego. Wiem – dokończyłam, krzywiąc się, a mój syn wstał i wyszedł z pokoju, rzucając ważący siedemdziesiąt pięć funtów plecak (Gabe uważał szkolne szafki za niepotrzebny wymysł i całe swoje życie nosił na grzbiecie, jak żółw skorupę), który upadł na podłogę z taką siłą, że zadrżały szyby w oknach. Caroline, trzymająca Aury na rękach, przystawiła sobie bliżej krzesło, żeby mieć lepszy widok na rozgrywającą się tragikomedię. Wiedziałam, że powinnam wyrzucić je obie z pokoju, ale nie miałam siły.

Rozległo się pukanie do drzwi. To Cathy z Abbey Sun w pięknie haftowanym i bardzo poprawnym politycznie nosidełku (matka Cathy nie wiadomo skąd nauczyła się, jak napisać „Kocham mamę" chińskimi literami).

– Julie – powiedziała ciepło, obejmując mnie. Następnie zdjęła dziecku zrobiony na drutach kapelusik, całkowicie zbędny, jako że Abby miała włoski jak focze futerko, które skutecznie by ją chroniło nawet podczas tutejszych śnieżyc, a był przecież schyłek lata. – Nie jestem w stanie nic ci doradzić, dopóki nie zrozumiem jednego...

– Nie wiem, czy w ogóle potrzebuję rady ani czy mogłabym coś...

– Właśnie staramy się spokojnie zastanowić i dotrzeć do sedna tej całej historii – wtrącił Gabe Senior.

– Jeśli w ogóle jest jakieś sedno – zauważyłam.

– Ojciec się ulotnił – palnęła Caroline. – Babcia Hannah tak powiedziała. Że ulotnił się, dupek żo...

– Caroline! – zawołaliśmy wszyscy.

– Tak powiedziała! – Brązowe oczy Caroline lśniły złośliwością. Lubiła dramatyczne sytuacje. Nie sądzę, by ktoś z nas, w trzy dni po odejściu Leo i po tym, jak Steinerowie przybyli na odsiecz, bo moje napuchnięte kolana zaczęły wyglądać jak dwie fioletowe poduszki, rozumiał cokolwiek z tego, co się naprawdę stało, czy choćby domyślał się, co nas jeszcze czeka.

Hannah położyła Aury spać, a Caro kazała iść do siebie do pokoju i wziąć się do lekcji.

– Nic nie mamy zadane – zaprotestowała Caroline z miną niewiniątka.

– To wymyśl coś – rozkazała babcia niecierpiącym sprzeciwu tonem. – Zrób na zapas. – Ociągając się, Caroline wyszła, ale, jak lada chwila mieliśmy się przekonać, nie dalej niż do sąsiedniego pokoju, gdzie zajęła strategiczną pozycję przy ścianie.

Pozostali w pokoju dorośli w moim odczuciu przypominali coś w rodzaju komisji NATO, usiłującej wydać nakaz ekstradycji.

– Ci ludzie – zaczęła Hannah po powrocie do pokoju – ci hipisi, do których pisał... Wiesz, Julieanne, że kocham cię jak własne dziecko, więc nie gniewaj się, że spytam: czy w grę wchodzi kobieta... no... wiesz, czy on poderwał jakąś laskę? – Hannah była ostatnią osobą na

102

świecie, którą podejrzewałabym o użycie takiego zwrotu. – Co zabrał ze sobą?

– Ubrania, aparat, w sumie nic takiego – odparłam. – Wszystko zmieściło się w jednym worku.

W tym momencie Caro wsunęła głowę przez drzwi.

– W tym worku to on akurat miał mnóstwo rzeczy! Nakupił ubrań w Travelwise, takich, co to je da się zwinąć w kulkę wielkości pięści. Mają tam płaszcze, które można nosić w kieszeni, uprać, wysychają w godzinę i w ogóle się nie gniotą.

– Tencel – stwierdziła Cathy – jedno wielkie oszukaństwo.

Potarłam głowę. Moje oczy znowu poruszały się niezależnie od siebie, jak u morskiego żyjątka, jakby na szypułkach.

– Nie sądzę, by w grę wchodziła panienka – odpowiedziałam teściowej. – Według mnie to on ma kłopoty z podjęciem decyzji, co zrobić ze swoim życiem po odejściu z uniwersytetu. Dlatego tak się zachowuje. Jakby przechodził okres adolescencji.

– To nie tylko to – pokręciła głową Hannah.

– Myślę, że znów chce poczuć się młody. Móc robić, co chce...

– Ma żonę i dzieci – zauważyła Hannah. – Więc ma co robić. A nie to, co się roi po głowie.

– O to właśnie chodzi – odparłam. – Leo przestraszył się, że na zawsze stracił wolność i swobodę. Uważa, że wrobiłam go w dzieci, dom i...

– Julie, mówisz, jakbyś trzymała jego stronę! – przerwała Cathy. – Na miłość boską! Twoja wyrozumiałość przechodzi wszelkie granice mojej wyrozumiałości. Czy próbowałaś chociaż wyperswadować mu to, czy też go zachęcałaś, jak wtedy, kiedy wyjechał... za pierwszym razem?

– Nigdy go nie zachęcałam. Bardzo niechętnie zgodziłam się na jego pierwszy wyjazd. A teraz wręcz tupnęłam nogą. Powiedziałam wprost i wyraźnie, że nie chcę, żeby przechodził na emeryturę, i że nie życzę sobie, żeby gdzieś wyjeżdżał...

– I co? – zapytała Cathy.

– Widzisz go gdzieś tutaj? – spytałam, wyciągając ręce po moją chrześniaczkę Abby, która właśnie... mała mądrala, przyszły geniusz matematyczny... wetknęła kciuk do buzi i zasnęła.

– A więc omawialiście ze sobą wszystko? – ciągnęła temat Cathy.

– Ostatnio nie – przyznałam. – Więcej czasu spędzał przy komputerze i na treningach jogi niż ze mną.

– Właśnie o czymś takim pisałaś do tamtego faceta na temat mailowego związku jego żony z tym jej przyjacielem z Austin. Pisałaś, że proporcje czasowe powinny być odwrotne, że intelektualna niewierność jest równie niebezpieczna jak każda inna, że zwierzenia w intymnej anonimowości sieci mają wielką siłę, może nawet większą niż zwierzenia w pracy...

– Sama mi tak kazałaś napisać. O intelektualnej niewierności – przypomniałam.

– Ł a d n e określenie – westchnęła Cathy. – Kto wie, może właśnie to zaszło tutaj. Wiemy jedynie, że jest to facet...

– ...który skończył czterdzieści dziewięć lat i zajarzył, że w końcu i tak umrze! – wrzasnął Gabe z salonu. – Jak usłyszę to jeszcze raz, to się porzygam. Dlaczego tata Luke'a tego nie zrobił? Albo tata Justine?

– Tata Justine to zwykły menel! – zawołała Caroline.

– A L e o to czyściutki, porządniutki święty, tak?! – odwrzasnął Gabe. – No i co z tego? Skoro tata nie jest menelem, to tym bardziej nie powinien był tego robić.

104

– Myślę, że tata szuka sensu życia – szepnęła Caro.

– Zbyt głębokie poszukiwanie sensu życia nie zawsze ma sens – zauważyła Hannah. – Pewne rzeczy się w życiu robi, o innych tylko się myśli. I lepiej, gdy o pewnych rzeczach tylko się myśli, ale ich nie robi.

– Amen – orzekł Gabe Senior. – Muszę się położyć na godzinkę, Julieanne. Mogę? Trzymaj nogi w górze i cały czas przykładaj lód.

Kiwnęłam głową posłusznie. Jak wszystkich Żydów w pewnym wieku, nawet tych, którym życie upłynęło na sprzedawaniu szklanych kulek i sznurków do latawców, Gabe'a Seniora otaczała aura autorytetu lekarza.

– Będę tutaj, panie Steiner – obiecała Cathy. – Zaopiekuję się nią.

– A ja spróbuję zrobić jakąś kolację – zaproponowała Hannah. – Z tego, co jest w lodówce.

– W spiżarni są grzyby i kilka paczek tofu – dodałam.

– Tofu – powtórzyła ponuro. – Gabe! Potrzebny mi kurczak, najlepiej cztery piersi, rozmaryn, bagietka, zwykły ryż, dwanaście jajek...

– Miałem się zdrzemnąć – przypomniał Gabe Senior.

– Później podrzemiesz, bo teraz ja muszę brać się do garów – zarządziła jego żona. – A ty, Caroline, nie siedź jak malowana lala, choć trzeba przyznać, że ładna jesteś jak malowanie. Rusz się trochę i sprzątnij tu. Zanieś do łazienki brudne rzeczy twoje i twego brata...

Oburzona do żywego Caroline zawołała:

– Co...?! Nie będę sprzątać jego brudów!

– On tymczasem zawiezie Aurorę do parku w koszyku na rowerze, czego ty, o ile mi wiadomo, nie zrobiłabyś za nic na świecie, i zajmie się nią, nim my tu sprzątniemy.

– Abby zasnęła – wtrąciła Cathy. – Ja mogę wstawić pranie, a Caroline niech zetrze kurze i posprząta. I pogadam z Julie.

Cathy nie miała pojęcia, jak minął mi piątkowy wieczór. Pragnęłam jej o tym opowiedzieć, ale wolałam zrobić to w cztery oczy. Cały wieczór błagałam Leo, żeby przynajmniej porozmawiał z Cathy – ja nie muszę być przy tym obecna – zanim zdecyduje się na ten wyjazd. On wyraźnie szykował się do snu, ale obejmował mnie czule i potakiwał, jakby mi mówił w ten sposób, że rozumie moją panikę. Nawet próbował się ze mną kochać, ale nic, co robiłam czy mówiłam, nie miało najmniejszego wpływu na jego decyzję.

– A jeśli sprzedam dom, kiedy cię nie będzie? Jeśli zdecyduję się na przeprowadzkę do Nowego Jorku... do miasta? Nie do jakiejś dziury nad Hudsonem?

– Nie możesz tego zrobić, Jules. To nasza wspólna własność – przypomniał mi.

– Mogę podrobić twój podpis – zagroziłam.

– Skoro musisz, to proszę bardzo – odparł. – Ale nie sądzę, żeby to coś dało.

– Kim ty, do cholery, jesteś? Dalaj Lamą?! – zawołałam, wyskakując z łóżka, jednak ból w poharatanych kolanach natychmiast rzucił mnie z powrotem, jakbym otrzymała silne uderzenie. – Co jest? Znowu te bzdury o zaspokajaniu duchowych potrzeb? Zen? Leo! Czy naprawdę guzik cię obchodzi, co się z nami stanie? Z tym domem? Ze świętymi krzaczkami pomidorów?

– Właściwie to i tak wszystko jest niematerialne – wymądrzył się Leo, opierając się na poduszce ze specjalnej pianki dla kosmonautów. – Materia też jest niematerialna. – Uśmiechnął się. – Żartowałem, Jules. Przecież wiesz, że te sprawy są dla mnie ważne. Wierzę, że świetnie sobie poradzisz. Jesteś bardzo zaradną kobietą. Masz ekipę do trawników. Masz dobrych przyjaciół, na których wsparcie możesz liczyć. Masz moich rodziców. Możesz wyżyć się twórczo. Na krem do twarzy pieniędzy ci wystarczy. Dzieci ci pomogą. Jestem o was spokojny. I będę w stałym kontakcie.

Nie był w stałym kontakcie. Wcale nie był w kontakcie. Nie zdradził nam, dokąd jedzie, tłumacząc się, że będzie odwiedzać ludzi, którzy mieszkają w różnych miejscach. Przysięgał, że w wielkiej szarej kopercie, którą mi zostawia, jest wykaz adresów i numerów telefonów, pod którymi można się z nim kontaktować lub zostawić wiadomość. Nic takiego tam nie było. Tylko kopie testamentów, polisy ubezpieczeniowe i numer pagera, który kupił na wypadek, gdyby telefon komórkowy nie miał zasięgu. I jeszcze śmieszna kartka, rysunek faceta jeżdżącego w kółko w małym samochodziku, a pod spodem zapewnienia o miłości do mnie.

– Mam znajomych w Wyoming, którzy w lecie mieszkają w górach. Nie ma tam kanalizacji, więc zimą wynajmują mieszkania w mieście i robią różne rzeczy, żeby tylko dotrwać do następnego sezonu, a wtedy znów uciekają z miasta i przyjeżdżają tam tylko po to, by sprzedać swoje...

– Leo, skąd ci przyszło do głowy, że mnie to w ogóle może coś obchodzić?

Sprawiał wrażenie szczerze zaskoczonego.

– Naprawdę guzik mnie obchodzi, co robią jacyś stuknięci, zdziecinniali hipisi. Chcesz coś wiedzieć? Dla mnie to jeszcze gorsze niż biwakowanie... – Leo wiedział, że moim zdaniem biwakowanie nie jest zgodne z naturą, ale wymierzone przeciw niej, jako forma prymitywnego stadnego zachowania, niesłusznie uważanego za rekreację. Mężczyźni bębnią w piersi o świcie, a kobiety piętnaście razy dziennie myją piaskiem te same naczynia. – A co byś robił z rzeczami, kursując między dwoma światami? Między miastem a górami? Z ubraniami i książkami?

– Książki zawsze można znaleźć w bibliotekach,

Jules. A większość ludzi nie ma aż takich potrzeb, jeśli chodzi o ubrania, jak my. Czy wiesz, że ludzie, którzy pracują w domu, na ogół nie potrzebują dwudziestu par butów, z czego dziewięć...

– ...jest czarnych. Prawda. Jak dotąd wypomniałeś mi to zaledwie pięćdziesiąt razy. Ale ja także występuję publicznie, działam w teatrze i spotykam się z przyjaciółmi, a więc potrzebuję ubrań. Nie będę dyskutować na ten temat z tobą, jakbym ja była Imeldą Marcos, a ty Gandhim. Żadna z tych rzeczy nie jest prawdą. Czy zdajesz sobie sprawę, że gdybyś nie miał zabezpieczenia w postaci...

– Wielkie mi zabezpieczenie – przerwał Leo sucho.

– ...pracy na uniwersytecie, na którą łożą podatnicy, nie mógłbyś teraz bawić się z nami w chowanego i zgrywać podtatusiałego Ulissesa? Nie jesteś facetem w bandanie, Leo. Może chciałbyś być, ale masz dyplom uniwersytecki, jesteś prawnikiem korporacji, który zgarnia publiczne...

– Wybacz, ale nie mogę tego słuchać, Jules – stwierdził, ziewając. Oczywiście zauważyłam, że było to udawane ziewnięcie. – Ja już się w życiu napracowałem. Zawsze starałem się mieć na względzie dobro innych. Parę razy mi się udało. A dla siebie w końcu nie zrobiłem nic, tylko łykałem garściami tagamet i żyłem bez wielkich uniesień...

– Uniesień?

– Nie to mam na myśli.

– Ja też nie – odparłam. – Nie chodzi mi o to, czy nasze życie seksualne mieści się w średniej krajowej. Pomówmy raczej o trójce noszącej imiona Gabriel, Caroline i Aurora Borealis.

– Właśnie dlatego to robię. Chcę, będąc z nimi, jak najbardziej ubogacać ich życie...

– Zostawiając ich?

– Muszę odkryć moją własną dziecięcość...

– Mylisz płytkość z dziecięcością, Leo. Uważasz, że egoiści są mądrzy. Cholerny z ciebie idiota.

– No, tym argumentem rzeczywiście mnie powaliłaś. A co z „pamiętaj, Julie, zawsze używaj zdań z «ja» w dyskusji"? Jak uczyła cię Cathy, główny guru od związków, co to sama mieszka z mamusią.

– Przestań gadać bzdury!

– A co, może nie mieszka z mamusią? W wieku trzydziestu pięciu lat.

– Myślałam, że jesteś za wielopokoleniową rodziną...

– Mylisz uzależnienie z szacunkiem, Julie. Mylisz zachowania świadczące o aberracji z intymnością.

– A kiedyś byłam z ciebie taka dumna – powiedziałam nagle.

– Hmm – mruknął. – I coś się zmieniło?

– Byłam z ciebie dumna, dopóki ty się nie zmieniłeś.

– Dlaczego w takim razie nawet nie przyjęłaś mojego nazwiska?

Był to niespodziewany strzał, oddany z jakby zupełnie innej galaktyki. Kiedy się pobieraliśmy, Leo kompletnie nie dbał o to, czy będę się nazywać Steiner, czy Steinway. Ważne dla niego było, że żeni się z córką Ambrose'a Gillisa. Nic mądrego nie przychodziło mi do głowy.

– Ano tak – westchnęłam, a po chwili dodałam: – Ale zgodziłam się, żeby dzieci nosiły twoje nazwisko.

– Więc aż taka dumna ze mnie nie byłaś. Ty osobiście. Panienka z wielkiego miasta. Nawet tutaj. Wiecznie zadzierałaś nosa. Czy przyszło ci kiedykolwiek do głowy, że to może boleć?

– Leo, to... – To prawda, pomyślałam. – To śmieszne – powiedziałam.

– A potem zostałaś gwiazdą mediów... Sheboygan i części hrabstwa Milwaukee...

109

– Nie kpij z mojej pracy – szepnęłam drżącym głosem.

– A ty nie kpij z tego, co jest dla mnie ważne.

– Martwi mnie to, co n i e jest dla ciebie ważne. Byłam dumna, że nie jestem żoną jakiegoś tam Marka Sorensona czy Jacka Ellisa...

– W tym tkwi sęk, Julie. Jesteś tak cholernie poukładana, że nie potrafisz zrozumieć, kiedy ktoś pragnie realizować swoje fantazje.

– Chętnie bym zrozumiała, gdyby to nie oznaczało, że nagle mam stać się matką i ojcem dla małego dziecka i dwojga...

– Już i tak praktycznie podejmujesz wszystkie decyzje w ich sprawach...

– No bo zostałam żoną Leo Steinera, któremu właśnie znudziło się nudne życie.

– Nie jestem już księciem z bajki, tylko zwykłym facetem, moja droga – oświadczył Leo, spoglądając na mnie spod swoich długich, gęstych rzęs, po czym odwrócił się i zapadł w sen łatwo, jakby zanurzał się w wodzie.

– Czy kochasz Leo? – spytała Cathy, kiedy zmieniła już opatrunki na moich obecnie zielonożółtych kolanach.

– Oczywiście – odparłam. – Nie wiem. Nie o to chodzi. A ty kochałaś Saren?

– Oczywiście. Nie wiem. Nie o to chodzi – odparła Cathy. – Nie wiedziałam, czy ją kocham, czy nie, ponieważ zatraciłam się w gniewie, jaki do niej czułam, i nic poza tym gniewem dla mnie nie istniało. Tak czy owak nie ma to znaczenia. Najważniejsze jest to, że gniew okazał się pożyteczny, ponieważ jedyną rzeczą, jakiej nie można negocjować, jest koniec związku, jeśli jedna strona go chce, a druga nie. A Saren nie chciała.

– Czy Saren rzeczywiście była lesbijką?

– Nie wiem – odparła Cathy. – Może nie całkiem. Nie

wiem, czy jakakolwiek istota ludzka naprawdę jest. Najbardziej szalejący seksualny ogier, facet z reality show, którego ze dwadzieścia babek błaga na kolanach, żeby za niego wyjść, zazwyczaj albo nienawidzi kobiet, albo sam nie wie, jaką ma orientację.

– Aż tak?

– Nie wiem na pewno. Tego też. Wiem tylko to, co znam z mojej praktyki terapeutycznej. Domyślam się.

– A czy Saren kiedykolwiek chciała wrócić?

– Chce, żebyśmy były „przyjaciółkami".

– Och, Cath.

– Chce widywać Abby i porównywać zdjęcia ultrasonograficzne swego płodu z moją córką.

– Cath.

– Nie mówmy o Saren. Pytałam, czy kochasz Leo i jak wiele jesteś w stanie pomieścić w sobie... mam na myśli gniew... jeżeli on wróci.

– Powiedziałaś „jeżeli", Cathy.

– Bo to rzeczywiście znaczy „jeżeli". Julie, cała ta sprawa to jedno wielkie „jeżeli". Widzisz to równie dobrze jak ja.

To, co widziałam równie dobrze jak ona, to Gabe'a stojącego na progu jadalni. Nie stojącego. Gabe by nie stał. Bujał się na piętach, przytrzymując się framugi dłońmi o niepospolicie długich palcach.

– Gabe! – wykrzyknęłam. – Ty podpisujesz!

Nie zwrócił na to uwagi.

– Aury się zgrzała. Zasnęła w koszu na rowerze po drodze do domu.

– Gdzie ona teraz jest?

– Na dworze.

– Zostawiłeś ją przed domem?

– Tak.

– Nie przyszło ci do głowy, że niebezpiecznie jest tak

zostawiać dwuletnie dziecko? W sam raz okazja dla jakie-goś zboka.

– Mamo, czy naprawdę myślisz, że po Sheboygan chodzą dziś zboki?

– Idź po nią i połóż ją do łóżeczka – poleciłam i odwróciłam się do Cathy. – Przepraszam, że naskoczyłam na ciebie.

Kiedy byłam zajęta rozmową z Gabe'em, Cathy wykorzystała tych kilka minut. Na jednej z kartek z bloku rysunkowego Aury napisała: „Najpierw ugotuj główną pijawkę. Potem zamrocz".

– Co ty wypisujesz za bzdety? – spytałam moją przyjaciółkę.

– Co ja napisałam, Julie? – zapytała spokojnie. – Przeczytaj. – Zrobiłam, o co mnie prosiła. – Julie – odezwała się po chwili. – Tu jest napisane: „Najpierw ugotuj główną przystawkę. Potem zamroź". Co powiedziałaś Gabe'owi przed chwilą? – spytała następnie.

– Powiedziałam mu, żeby poszedł po Aury.

– A przedtem?

– Żeby nie podsłuchiwał.

Cathy usiadła wygodniej, jej zgrabne wąskie ramiona opadły lekko.

– Julieanne, czy oprócz tego upadku z tortem i w restauracji zdarzyły ci się inne? Czy miałaś zaburzenia wzroku? Równowagi? Jakieś bóle? – Bez słowa patrzyłam prosto w jej irlandzkie niebiesko-zielone oczy. W końcu sama spuściłam wzrok.

– To coś znacznie poważniejszego niż ta historia z Leo. Najpierw musimy sprawdzić, co się z tobą dzieje.

– A co ma się dziać?

– Najwyższa pora iść do lekarza, Jules – orzekła Cathy.

IX
Pamiętnik Gabe'a

Nigdy się przy nas nie kłócili.

Już prędzej w wyborach prezydenckich głosowaliby na Rusha Limbaugha, tego niesympatycznego grubasa z radia.

Święta zasada Dobrego Rodzicielstwa. I nie złamali jej. Kilka razy doszło tylko do lekko naruszającej ją wymiany zdań. Raz mama cisnęła puszką lemoniady w proszku o podłogę. Potem nas przeprosili. Dorośli – oznajmili niemal zgodnym chórem – zachowują się czasem śmiesznie, zupełnie jak dzieci. Zapamiętałem to, ponieważ wydarzenie miało miejsce na samym początku okresu największego pyskowania Caro.

– Nie wiem, czy mam się czuć zadowolona, czy urażona – orzekła moja siostra po tych przeprosinach. – Z tego, co czasem widzę, takie porównanie raczej ubliża dzieciom.

Po tym komentarzu Caroline nie pozwolono spędzić wieczoru z koleżankami (który miał polegać nie tyle na oglądaniu szkolnego meczu, ile na wywrzaskiwaniu: „zamknij się!" oraz splataniu i rozplataniu włosów pod ławką).

Tymczasem (*ad hoc*, ale niekoniecznie porządne *hoc*, ja

113

się nie popisuję, tyle że każde dziecko mające ojca prawnika zna przynajmniej trochę łaciny) następnego dnia padł program pocztowy ojca. Jako głównego rodzinnego „komputernika" podejrzewali przede wszystkim mnie. Ale wyjaśniłem, całkiem rozsądnie, że nie dam się w nic wrobić i nie będę ponosić konsekwencji za Caroline, bo przecież to w końcu ona, nie ja, dostała szlaban na wyjście i to ona była wściekła.

Ojciec zabrał się za Caroline.

W sumie maglował ją trzy kwadranse, a ona w trakcie przesłuchania ani razu nie spojrzała w lewo, co byłoby pewną oznaką kłamstwa. Przyjęła dobrą linię obrony, twierdząc, że skoro nie wolno jej używać laptopa mamy, to popieprzenie czegoś w mailu taty miałoby dla niej równie niemiłe skutki jak dla niego, bo w końcu ona też ma kumpli na czacie, i to od Milwaukee do Maui. Nie mając konkretnych dowodów, tata nie mógł wydać wyroku, nawet gdy Caro nieco przeholowała, twierdząc, że pulsująca żyłka na czole ojca nadaje mu wygląd irracjonalnie zachowującego się nastolatka. Powiedział tylko:

– Caroline, jesteś niegrzeczna. I nie rozumiem, czemu tak się rzucasz. Przecież myśmy chcieli tylko przeprosić cię za nasze kłótnie.

– No jasne – wzruszyła ramionami. – Tylko że to nie jest zupełnie normalne, że wy się nigdy nie kłócicie. Więc po co przepraszać?

Tak właśnie było w dawnych dobrych czasach.

Przed Wielką Wojną.

Po powrocie rodziców z restauracji w tamten piątkowy wieczór, na kilka dni przed odejściem Leo, obaj z moim najlepszym kumplem Lukiem staraliśmy się nie słyszeć syków i powarkiwań. Rodzice byli w sypialni, a mój pokój jest tuż obok. Darli się na siebie, nie zważając na to, że mogą obudzić dziecko, nawet nie próbowali się wzajemnie uciszać. Pogłośniłem muzykę, żeby dać im delikatnie do zrozumienia, że nie są sami. Nie było to Evanescence ani nawet U2 czy coś innego normalnego, ale *West Side Story*; nie bez powodu. Pogłośnienie muzyki nie przyniosło żadnego efektu. Spojrzałem na Luke'a i wzruszyłem ramionami. On też wzruszył. Raz, będąc u niego, słyszałem, jak jego rodzice, Peg i Nate, biorą się za łby, ale on powiedział coś w tym stylu, że to ich broszka i żeby się tym w ogóle nie przejmować, bo to dla nich rodzaj sportu. Więc w takich samych okolicznościach u mnie w domu po prostu robiliśmy dalej swoje. Pisaliśmy parodię zatytułowaną *Upper West Side Story*. To była rzecz o bogatych chasydach, których było mnóstwo w dzielnicy, gdzie mieszkał dziadek Gillis i gdzie często chodziliśmy na spacery. Pokazywał mi mężczyzn z pejsami, w kaszmirowych płaszczach, i mówił: „Diamenty". Tylko „diamenty". Nie było w tym nic antysemickiego. Wielu z tych faciów to naprawdę handlarze diamentów.

Pisaliśmy tę parodię, żeby wymigać się od porównania prawdziwego *Romea i Julii* (co to zmuszano mnie do czytania tego rok w rok od siódmej klasy) z filmem z tą śliczną rudą dziewczyną i Leonardem di Caprio. Zamiast porównania można było napisać inną pracę, w grupach dwu- lub czteroosobowych.

W piątek po szkole, przez telefon, przekonałem go, że to świetny pomysł, ponieważ moglibyśmy zrobić rzecz z podtekstem: my też mieszkaliśmy na Upper West Side, ale w Sheboygan.

– To szkoła jest w takim razie po wschodniej stronie? – spytał Luke.

– Nic z tego, Einsteinie. Mamy jeszcze tylko południe i północ. Wschodnia strona byłaby w jeziorze Michigan – odparłem.

– Oj, odwal się! – warknął. Ale zjawił się godzinę póź-

115

niej. – Jezu. No pewnie, że jest wschodnia strona Chicago. Jest też wschodnia strona w Nowym Jorku, tam gdzie ocean.

Luke był moim najlepszym przyjacielem. Nadal chyba jest.

Wtedy był młodzieńcem mało rozgarniętym, ale nadrabiał to karierą piłkarską: niesamowita prędkość, tyle że wzrost mikry. I zero strachu. Więc, innymi słowy, całkiem przyzwoity napastnik jak na poziom Sheboygan.

Powinienem zaznaczyć, że moim przyjacielem był tylko w domu. Od czwartej po południu w piątek do niedzielnej kolacji. Mieszkał jedną przecznicę dalej, ale w szkole zaledwie kiwał mi głową, jakbyśmy się znali tylko z kościoła. Bał się tego, co powiedzą inni, jeśli się przyzna do zadawania się z Edem.

Nie potępiałem go za to wtedy i nie potępiam go teraz. W końcu nie da się podważyć tego niezaprzeczalnego życiowego faktu, jakim jest zrównoważony układ drapieżnik – ofiara, powszechnie nazywany szkołą, o czym doskonale wiedzą wszyscy nauczyciele, nawet jeśli do znudzenia powtarzają: „W naszej szkole nie toleruje się przemocy" i takie tam dyrdymały. Szkoła jest terenem myśliwskim dla lwów i czymś w rodzaju piekła na ziemi dla antylop – przynajmniej przez pierwsze dziesięć lat, zanim antylopy albo przestaną się przejmować, albo zmądrzeją na tyle, żeby się bronić, albo też całkiem ześwirują.

Dostrzegałem swoistą ironię w tym, że Luke potrafił być na tyle dzielny, by uciec jakiemuś durnemu kretynowi – karmionemu przez ojca surową wątrobą i sterydami, odkąd synuś skończył siedem lat – który koniecznie chciał wyrwać Luke'owi nogi z tyłka, a nie miał odwagi pokazać się publicznie z kimś, kto nie stwarzał mu żadnych problemów, z kim wyjeżdżał na weekend, a czasem nawet na Florydę na wakacje. Bawiliśmy się świetnie razem, dopóki nikt nas nie widział.

Gdy tylko na horyzoncie pokazał się ktoś stojący wyżej w łańcuchu pokarmowym, Luke natychmiast przybierał minę typu: „nie znam tego gościa".

Mama znacznie więcej zauważała, niż powinna, jeśli chodzi o moje życie towarzyskie, toteż wkurzyła się, kiedy na swoje przyjęcie urodzinowe, z zostawaniem na noc, grillowaniem na dworze i innymi obowiązującymi przy takiej okazji atrakcjami, Luke zaprosił tylko chłopaków z drużyny futbolowej, którzy łaskawie raczyli się z nim zadawać – a przecież mieszkałem tuż obok. Nie byli to nawet gracze pierwszej ligi, tylko specjalna drużyna rezerwowych, choć z jednym napastnikiem, nawet dość sympatycznym, mimo że był znany. Nie było wśród nich rozgrywających, nawet drugiej kategorii.

Mnie też nie było.

Co zdarzyło się po raz pierwszy.

Luke wyjaśnił – to znaczy słyszałem, jak wyjaśnia to jego matka, czy też raczej słyszałem odpowiedzi mojej mamy na wyjaśnienia jego matki – że „drużyna" to coś w rodzaju kultu. Trener zachęcał ich, żeby podczas sezonu przebywali jak najwięcej ze sobą po to, by stworzyć zgrany zespół, funkcjonujący jak jeden organizm. To była pół prawda, pół bzdura, coś, co w sumie mógł powiedzieć tylko taki trener jak pan Sobiano.

– Jak myślisz, Peg, co on teraz czuje? – usłyszałem pytanie mamy. Leżałem na kanapie za barykadą wszechobecnych poduszek (w każdym pokoju inne kolory), rozdarty między chęcią wyrwania przewodu telefonicznego ze ściany a złapaniem za słuchawkę i powiedzeniem jak elektroniczna automatyczna sekretarka: „Tu mieszkanie państwa Steinerów, nie możemy teraz odebrać...".

Skręcałem się ze wstydu.

A ona nie odpuszczała.

– Źle by się czuł? Mówisz mi, że Gabe źle by się czuł na przyjęciu u kolegi, którego zna, odkąd miał dziesięć lat, który jeździł z nami na wakacje, który setki razy spał tutaj... ponieważ nie gra w meczach? Ale on ogląda mecze... Peg. – Cisza. – Gra w bilard. Szachy. No to nie ma nic do rzeczy... chodzi o to, że Gabe powiedział mi, iż to Luke byłby niezadowolony, gdyby on spotkał się z jego kolegami... Wiem, wiem, jakie są dzieci, Peg. Wiem doskonale. Ale nie wszystkie dzieci są takie same. – Za chwilę pewnie zacznie porównywać mnie z Dzikim Radleyem* i powie, że jestem jak drozd, a ja wstanę i ją chyba zaknebluję. – Jak uważasz, Peg. Ale nadawanie Luke'owi komunikatu, że... Wiem, że nie mogę dyktować mu, z kim ma się spotykać, podobnie jak nie mogę dyktować Gabe'owi...

Po każdym z takich incydentów, na szczęście bardzo nielicznych (ponieważ nawet moja mama nie lubiła aż tak się wtrącać, jak by mogła i chciała), przychodziła do mnie wieczorem i siadała na skraju łóżka. Głaskała mnie po łydce. Doskonale wiedziała, że nie śpię. Rytuał ten był niezmienny, a jednak zawsze jedyny i niepowtarzalny i zawsze w tym momencie miałem ochotę przytulić ją i udusić jednocześnie. „Wiem, że boli, nie zaprzeczaj. Jesteś ten lepszy i mądrzejszy. Podziwiam cię za to, że mu wybaczasz". Najbardziej wścieka mnie to, że ona tak serio. Podziwia mnie. Mówi, że ją zachwycam, bo, jak twierdzi, chronię słabszych, a ja, kurczę, w ogóle nie wiem, o co biega.

Ale miała rację. To upokarzające być publicznie olewanym przez przyjaciela, który lubił cię nawet wtedy, kiedy

---

* Postać z powieści Lee Harper *Zabić drozda*, tajemniczy sąsiad nigdy nie wychodzący z domu.

wreszcie dostałeś wymarzone luźne spodnie w kolorze khaki, ale zapomniałeś włożyć do nich pasek. Jednak szybko się człowiek uczy, że pięćdziesiąt procent czegoś jest lepsze niż sto procent niczego. Nie zamierzałem chodzić na piwne imprezki z bandą cholernych palantów z ilorazem inteligencji wyrażanym dwucyfrową liczbą, ale całkiem inna sprawa, że nie miałbym nic przeciwko temu, by mnie na coś takiego zapraszano. A tak przy okazji, to nie ja wymyśliłem, lecz Satchel Paige, czarna legenda bejsbolu. Mógł sobie być równie dobry jak Sandy Koufax czy kto tam, ale nigdy nie dostał szansy, żeby znaleźć się wśród prawdziwych graczy, i musiał grać w Negro League, aż miał już z górki, coś ze czterdziestkę. Myślę też, że to był najszybszy rzucający, nie tak jak Nolan Ryan, wiecznie stosujący tanie chwyty. To tak na marginesie.

Starałem się nie robić problemu z tego, że Luke mnie unika, bo to była jego broszka, że facet nie ma jaj w tym względzie. Mój problem natomiast polegał na tym, że wprawiałem ludzi w zakłopotanie, co wytwarzało między nami napięcie. Muszę mu przyznać, że naprawdę się starał i nie wymyślał nieprawdopodobnych wymówek, kiedy dzwoniłem do niego, a on czekał na lepszą propozycję. Mówił tylko: „Mam robotę, Gabe". Taki już jest ten świat, kolego – powiedziałby mój dziadek Gillis. Niemal każdy, kto złapie pięciofuntowego okonia, rzuci go w kąt i będzie próbował złapać siedmiofuntowego. Weźmy mego ojca. Świetny przykład.

W końcu ja też nie byłem święty. Widzicie, Specjalny Ed nie lubi innych Edów. Tu obowiązuje pewna gradacja. Tym bardziej że wcale nie wyglądam na przygłupa. Mama uważa, że jestem niebywale przystojny, choć to nieprawda; ale nie jestem też brzydki. Taki jak inni chłopcy, trochę wyższy i krócej ostrzyżony niż większość. Podob-

119

ny trochę do Leo. Inny kolega, z którym się czasem spotykałem, cóż... od razu widać, że coś nie ten tego. Oczy za bardzo spuszczone i za szeroko rozstawione, ale miły był, nie powiem, i w try miga potrafił zreperować każdą zepsutą maszynerię. Wystarczyło postawić przed nim rozłożoną na części pralkę, a on, kurde, nucąc pod nosem nieznaną nikomu melodię, składał wszystko do kupy w ciągu, powiedzmy, dziesięciu minut, co w dobie kryzysu nieraz przydało się nam z mamą. Ed Edowi nierówny. Ci z największym defektem mają przeważnie emocjonalne szambo, zwyrodniałych rodziców i na ogół poszli do adopcji, kiedy ich wykorzystano po raz pierwszy, a oni byli już wtedy na adopcję za starzy. Ja nie miałem ze sobą takiego balastu. Nie miałem problemów behawioralnych. Nie byłem psychicznym odmieńcem. Ani nic w tym stylu. I nie chciałem zadawać się z najniższą warstwą społeczną, uczniami opóźnionymi w rozwoju, którzy alkoholizmowi rodziców, gdy byli jeszcze płodami, zawdzięczali mózgi przypominające owsiankę z rodzynkami, jedna myśl tu, druga tam, a głównie papka, ale którzy jednocześnie potrafili grać Rachmaninowa. Ja nie byłem taki.

Po prostu w pierwszym tygodniu odrabiałem wszystkie lekcje z całego semestru, a potem zapominałem je pokazać nauczycielom, to wszystko. Pierwsze trzy kółka na teście zaznaczałem we właściwym porządku, a potem gubiłem jedno i w końcu cała reszta wychodziła źle, jak krzywo zapięte guziki.

Tak czy owak jednym ze sposobów wynagradzania mi przez Luke'a tej słabej strony jego charakteru, każącej mu odgryzać publicznie łeb najlepszemu koledze, aby nie dawać swoim bardziej męskim kolesiom powodu do dokuczania, że zadaje się ze Steinerem, było wspólne odrabianie domowych zadań. Ślęczeliśmy zatem razem nad pracą z angielskiego, za co mieliśmy też dostać dodatkowy stopień z muzyki, bo pisaliśmy musical. Parodię. Mówiłem to już.

Podobnie jak ja, Luke jest mieszanką rasową. Hybrydą. Oczywiście żartuję.

Nazywa się Luke Witter, co przedtem na Ellis Island brzmiało Horowitz. Jego matka jest Polką i katoliczką. Na imię ma Margaret, mówią na nią Peg. Jego ojciec jest Żydem. Kłócą się o to, w przeciwieństwie do moich rodziców. Jego mama jest p r a w d z i w ą katoliczką, a tata dopiero niedawno dostał chysia na punkcie powrotu do korzeni. Luke ma trzech młodszych braci. Są jak koszulka w paski: Stary Testament, Nowy Testament. Luke, potem Joshua, Johnny i Daniel. Więc pisaliśmy ten musical, a że obaj byliśmy fanami „Weird Ala" Yankovica* i Monty Pythona, szło nam jak po maśle. Mieliśmy jedną piosenkę, na melodię „Marii", która szła następująco: *Jesziwa! Rodzice mnie wzięli do jesziwy! I każdy, każdy tam, na głowie myckę miał, jak ja! Jesziwa! Nie spotkasz dziewczyny w jesziwie! Nieważne, czego chcą, Żydami wszak nie są, o nie!"*. A teraz pracowaliśmy nad melodią „When You're a Jet".

– No dobra, to może: *„Kiedy jesteś Żydem, kiedy jesteś cały czas Żydem, od twojej bar micwy aż do końca twych dni..."* – zanucił Luke, a ja zacząłem zapisywać.

– Czekaj, czekaj, a może: *„Czuję się do dupy, och do dupy...?* – zaproponowałem.

– Nie można używać takich słów – zaoponował. – Ale podoba mi się, może zrobimy z tego CD.

I wtedy usłyszeliśmy.

Leo i Julie. „Cholerny idiotyzm". „Ludzie są ważni, tak? A co z czworgiem najbliższych ci ludzi, do nich nic nie czujesz?"

---

* Amerykański satyryk znany z parodiowania słynnych ludzi.

– Nie bardzo widzę, co to wszystko ma ze sobą wspólnego – rzuciłem, żeby rozładować trochę atmosferę.

– Nie musi mieć. Moi starzy potrafią w niecałe trzy minuty przejść od tego, dlaczego nie powinniśmy jeść pepperoni, do holokaustu – stwierdził Luke. – Twoi i tak się nie kłócą. Tylko: „Bądź tak dobra, Julie, i podaj mi masło. Jak dzisiaj było w pracy, Lee?". Nie są wcale fałszywi. Po prostu uprzejmi.

– Tacie ostatnio odbija.

– Narkotyki?

– Narkotyki? – Omal nie spadłem z krzesła. – Narkotyki? Kurde, to by była dopiero rewelacja! Leo? Na prochach? Nie, chodzi o to jego pieprzenie o zdrowym jedzeniu i o wakacje z aparatem. Mama ma już potąd. Mówiłem ci.

– Osobiście – oznajmił Luke – nie mam zamiaru się żenić. Małżeństwa nic tylko się kłócą. Co najmniej jeden miesiąc w roku schodzi im na awanturach. I to wszyscy. Głośno albo cicho. Rodzice Marka Hunta, na przykład, nie odzywają się do siebie. Kłótnia jest już chyba lepsza. U nas ostatnio poszło o to, że zdaniem mamy nie wpuszczą nas do nieba po śmierci, czy coś tam takiego...

– A dzieci mieć chcesz? Bo to nie będzie wobec nich uczciwe, jeśli się nie ożenisz – zauważyłem.

– A ty chcesz mieć dzieci?

Wzruszyłem ramionami.

– Lubię Aury.

– Ja tam – ciągnął Luke – wcale nie mam zamiaru mieć dzieci. Starczą mi panienki. Dzieci to jedna z tych rzeczy, o które człowiek się kłóci. Chyba najwięcej. A to, że matka cię psuje. A to, że tata daje ci za dużo. Albo jest za skąpy. Albo matka wszystko wszystkim opowiada i dzieci pewnie też tak będą. Wiesz, jak to jest.

– Żałuję czasem, że oni się nie kłócą o takie bzdury –

westchnąłem. – Tata po prostu robi unik i idzie mailować do tych swoich nawiedzonych dupków. To nie fair. To tak, jakby mama nic nie umiała zrobić dobrze.

– Czy Justine jest tu dziś? – spytał Luke. Jak każdy inny normalny facet w Sheboygan LaFolette miał chrapkę na Justine, najlepszą przyjaciółkę mojej siostry obok Mallory. To znaczy każdy facet z wyjątkiem mnie, ponieważ ja ją dobrze znałem. A to jest jak praca w restauracji. Wszyscy uwielbiają podawane tu jedzenie oprócz tych, którzy widzieli, jak się je robi. Nie miałem pojęcia, czy jest u nas. Ona i Caro nie wyobrażały sobie osobnego spędzenia choćby jednej nocy podczas weekendu i zawsze była afera (w zależności od tego, czy rodzice mieli wybyć z domu), gdzie będą spać. Zapukaliśmy do drzwi mojej siostry. Cisza.

– Chodźmy do niej i owińmy dom papierem – zaproponował Luke.

– Cholera, Luke, to kawał drogi – zaprotestowałem. – Odpuść sobie.

– No chodź – zachęcił mnie, szturchając w żebra. Zeszliśmy do pralni po rolki papieru toaletowego. Pewnie uważacie, podobnie zresztą jak ja, że obrzucanie rolkami papieru toaletowego domów panienek, które wam wpadły w oko, to niepotrzebne narażanie się na rodzicielski gniew – w końcu jak już, to lepiej dostać szlaban za coś znacznie fajniejszego, na przykład za jazdę samochodem rodziców bez prawa jazdy, co mam na swoim koncie, bo mimo że brak mi zdolności do koncentracji, całkiem nieźle idzie mi prowadzenie samochodu. Ale jak się jest w dziewiątej klasie, brak entuzjazmu dla owijania papierem toaletowym domu jakiejś ekstralaski to tak, jakby się nie chciało przestawić liter na tablicy ABS: równoznaczne z przyznaniem się, że jest się mięczakiem lub pedałem. Wzięliśmy zatem cztery rolki i wtedy z sypialni wypadła

123

mama, potargana, z wielkimi gazowymi kompresami na kolanach, i powiedziała:

– Caroline? Muszę z tobą porozmawiać. Natychmiast. Cześć, Luke. Kiepsko dziś trafiłeś.

– Przepraszam, ale to ja, Gabe – zauważyłem.

Spojrzała na mnie, jakbym nagle dostał słoniowacizny.

– Co ty bredzisz?

– Powiedziałaś do mnie: Caroline.

– No to co! Po co ci ten papier?

– A po co ci opatrunki?

– Upadłam.

– Jak to upadłaś?

– Spadłam ze schodów w restauracji.

Mama była tancerką i umiała nałożyć rajstopy na stojąco, i to będąc w pełnym bojowym rynsztunku, co nieraz widziałem na własne oczy, jak byłem mały. Trudno jakoś było wyobrazić ją sobie upadającą. Z drugiej strony ostatnio coraz częściej drżały jej ręce i miała rozbiegane oczy, co przypisywałem temu, że ojciec wkurzał ją maksymalnie, ale to też była częściowo jej wina, bo strasznie się przejmowała, kiedy zaczynał wygłaszać te swoje orędzia do narodu o niszczeniu matki-ziemi, co myśmy dokładnie olewali.

– Tata cię popchnął? – spytałem nagle.

– Chyba lepiej pójdę – rzekł niepewnie Luke.

– Zaczekaj – powstrzymałem go. – Mamo, pogadamy później, dobra? – Ale ona sprawiała wrażenie, jakby nie pamiętała, że w ogóle rozmawiała ze mną, bo poszła do salonu, zataczając się jak ktoś, kto stara się uchylić przed kulami. – Dobrze się czujesz? – zapytałem ją. – Nie miałaś wstrząsu mózgu?

– Tylko stłukłam sobie kolana – odparła. Nie widziałem jej w ciemnościach. – Idź już. Daj mi spokój. Pogadamy później.

Zajrzałem do pokoju rodziców. Leo leżał zawinięty w koc, przypominając wielki kokon (mama miała osobny koc, wielki, biały i puchaty, ponieważ on zawsze ściągał całe przykrycie na siebie), i smacznie spał.

– Weźmiemy samochód – zaproponowałem Luke'owi.

– Powiedz lepiej, co chcesz, żeby ci wyryć na nagrobku.

– Przecież Leo śpi.

– A jak się obudzi, gdy usłyszy silnik?

– Nie obudziłby się, nawet gdyby z naszego garażu startował prom kosmiczny.

– A co z Julie?

– Nieobecna duchem.

– No, dobra, stary – zgodził się Luke. – To do wozu.

Okazało się, że była to najpiękniejsza noc mojego życia.

Podjechaliśmy spokojnie i obrzuciliśmy papierem dom Justine, a jej mama wyszła na dwór i sklęła nas. Ale tak naprawdę lubiła korzystać z popularności Justine, będąc rozwiedzioną temperamentną czterdziestką, tak jak matka tej piosenkarki country, co to występowała razem z córką. Zaprosiła nas więc do środka. Była tam Caroline razem z kilkoma kumplami Luke'a, dzikusami o ogolonych głowach i w celowo podartych koszulkach; ale ponieważ przyjechałem samochodem bez zgody i wiedzy rodziców, każdy gotów był poprzyjaźnić się ze mną nad diet dr pepper, który moim zdaniem smakuje jak lekarstwo, ale tylko to mieli. Wsiedliśmy do samochodu, mama Justine była ciut naprana, i pojechaliśmy tam, gdzie budują pole golfowe, więc są drogi, ale nie ma domów i brakuje tylko wielkiego napisu RÓBCIE TO TUTAJ. Wiele samochodów stało już zaparkowanych, z wyłączonymi światłami, zupełnie jak na parkingu Wal-Mart. My podjechaliśmy dalej, tam gdzie tereny dochodziły do pola. Po raz pierwszy byłem z panienką, cudną malutką

Tajką, która od jakichś dwóch miesięcy chodziła do naszej szkoły w ramach wymiany uczniów i którą Caroline bardzo polubiła. Na imię miała Tian, a Caro i cała reszta wołali na nią „Tee". Leżeliśmy w zielonej trawie, znacznie przyjemniejszej niż dywan u nas w domu, a noc była idealna, bez żadnego latającego robactwa, za to gwiazd na niebie od cholery, jakby ktoś otworzył szklaną kulę ze śniegiem w środku i go rozsypał. Rozmawialiśmy o tym, co ona ma zamiar w życiu robić, okazało się, że chce zostać pediatrą. Spytała mnie, kim ja chciałbym być, a ja powiedziałem, że chciałbym pisać piosenki. Usiadła i głosikiem cienkim jak Królewna Śnieżka zaśpiewała „Younger Than Springtime", a potem spytała mnie, czy znam tę piosenkę i wiem, o czym ona jest, a ja znałem i wiedziałem, ponieważ mama ma kompakty ze wszystkimi musicalami, jakie są na świecie.

– To o podziałach rasowych – powiedziała. – Podczas pierwszej czy drugiej wojny światowej. Na wyspie mieszka dziewczyna, która podobno była upadłą dziewczyną w Tonkinie, ale już nie jest, i zakochuje się w amerykańskim żołnierzu. Zdarza się. W Tajlandii też. To znaczy, jeśli ich rodzice nie mają pieniędzy. Sama mam koleżanki, które są prostytutkami.

– Ale nie w twoim wieku.

– W moim wieku. Młodsze. Nic nie ściemniam.

– Takie dzieci?

– Dwanaście lat. Wystarczy. Biali przyjeżdżają do Bangkoku i biorą sobie dziewczynę na tydzień. A potem ona jest w ciąży. Czasami się żenią, jeśli dziewczyna nie jest za młoda. Nie można ożenić się z trzynastolatką. Nawet w Tajlandii.

– Czy zwykłe dziewczyny...

– Takie jak ja? Moi rodzice trzymają mnie pod kluczem. Dosłownie. W domu nigdy nie byłabym tutaj. Z chłopcem. Ojciec by cię zabił, jakbyś mnie pocałował.

Co oczywiście zrobiłem, ona też mnie pocałowała i powiedziała, że to w porządku, bo jesteśmy w Ameryce; a ja pomyślałem, że teraz już mogę umrzeć szczęśliwy. Oto ja, Gabe Steiner, lat ledwo piętnaście, trzymam w ramionach piękną i mądrą dziewczynę, w dodatku chętną, ubraną w bluzkę na ramiączkach bez stanika – nie tam, żeby od razu na całego, ale rozumiecie, było nieźle. Caroline urzędowała na tylnym siedzeniu z jednym z kompletnie zidiociałych znajomków Luke'a w podartej koszulce, a sam Luke pewnie zdziałał dużo więcej z Justine niż reszta z nas tego wieczoru. Justine zawsze była na luzie w tych sprawach.

Leżeliśmy, aż zrobiła się prawie północ, a wtedy musiałem przerwać zabawę, ponieważ tam, gdzie mieszkamy, późno w nocy policja zatrzymuje nieletnich, a ja nie miałem prawa jazdy, za to miałem osiem innych nieletnich osób w volvo, no i jeśli matce wrócił rozum po naszym wyjściu, to miałem jak nic przechlapane, ale i tak było warto. Po drodze przestawiliśmy litery na tablicy ABS, otrzymując z hasła JESIENNA PORA (PO)BUDZI NASZE BYKI średnio złotą myśl BO BEZ(Z) NIEJ PORA I NA SEKS, I NA DUPY. Niezbyt wyrafinowane i niekoniecznie z sensem, ale nie mieliśmy czasu, bo było już naprawdę późno; dziewczyny w każdym razie poczuły się urażone, nawet gdy im wytłumaczyliśmy, że chcemy wkurzyć farmerów, a nie dyskryminować ich płeć. Potem odwiozłem wszystkich oprócz Caro i Luke'a i pojechaliśmy do domu.

Na długi, długi czas była to najpiękniejsza noc w moim życiu.

X
Pamiętnik Gabe'a

Droga J.,
mój syn oszalał na punkcie broni. Naśladuje ojca. Razem jeżdżą na polowania, a Cody zaliczył szkolenie z bezpieczeństwa i strasznie obaj się tym podniecają. Polują na bażanty i gołębniaki, które się nie nadają do gotowania, bo są za małe i wychodzą z nich takie ptasie skwarki. Martwię się, bo Cody wiesza na ścianach plakaty reklamujące broń. Skłamał, że ma osiemnaście lat i wstąpił do NRA*. Ogląda pokazy strzeleckie i kupuje fachowe czasopisma. Strasznie się boję, że w końcu dojdzie do nieszczęścia. Nie jest zbyt dobrym uczniem, a w szkole ma kolegów, którzy palą papierosy i piją piwo. To dobry chłopak i grzeczny. Ale ostatnio zaczął sam chodzić na polowania. Strzela do wiewiórek i gęsi i mimo że twierdzi, iż robi to po to, żeby mi przynieść dziczyznę, bardzo mnie ta jego fascynacja bronią niepokoi. Ojciec uważa, że on jest zupełnie normalny, że niepotrzebnie robię z igły widły. Cody ma dopiero jedenaście lat.

Zatroskana z Callister

---

* National Rifle Association, czyli Krajowe Stowarzyszenie Strzeleckie.

Droga Zatroskana,

z ulgą przyjmuję fakt, że nie mam do czynienia ze „Spokojną z Columbine"*. To prawda, że wiele dzieci w wieku Twojego syna fascynuje się fajerwerkami, petardami – nawet strzelaniem z broni palnej. To kwestia dojrzewania i dojrzałości. Jednak w przypadku Cody'ego sprawa wygląda poważniej. Jeśli tak dalej pójdzie, ma szansę zostania najemnym żołnierzem albo następnym Dylanem Kleboldem. Dziwi mnie, że Twój mąż nie widzi nic niezwykłego w tym, że piątoklasista interesuje się głównie bronią palną. Moim zdaniem powinniście porozmawiać z kimś kompetentnym: duchownym z Waszego kościoła, z psychologiem szkolnym albo wręcz z Charltonem Hestonem, bo nawet on uznałby, że to lekka przesada**. Nie myśl, że Twoja reakcja jest niewspółmierna do problemu. Przestępstwem byłoby raczej niedostrzeganie sprawy, ponieważ prawo stanu Wisconsin nie zezwala jedenastolatkom polować samodzielnie. Kup swemu dziecku deskorolkę i hełm. Zapisz je na lekcje hip-hopu. I porozmawiaj poważnie z mężem. Uświadom mu, że wiele osób nie zginęłoby tragicznie, gdyby ktoś w porę poważnie potraktował problem przemocy.

J.

To właśnie to. Tekst powyżej.

Wyciąłem pierwszą poradę, jaką z Cathy napisaliśmy za mamę.

Pierwszy tydzień po odejściu taty mama przeleżała w łóżku.

Leżała w tym łóżku, jakby to był jej drugi etat.

Pamiętam, że wstała tylko raz, po to, żeby zrobić zapiekankę z makaronu i sera, a potem nie miała siły, żeby

---

* W 1999 roku w Columbine High School w stanie Kolorado dwaj uczniowie: Eric Harris i Dylan Klebold, najpierw podłożyli ładunki wybuchowe, a potem zaczęli strzelać do swoich kolegów. Zginęło 12 osób.
** Znany aktor Charlton Heston jest działaczem NRA.

ją wyjąć z pieca. Cały blat zasmarowany był serem i mlekiem. Dzień i noc nosiła ten sam dres, od poniedziałku do czwartku. Nie biegała, nie gimnastykowała się, nawet nie umyła włosów.

Myślałem, że odpuściła sobie z powodu depresji, więc ja, nie chcąc śmiertelnie przerazić dziadków – którzy natychmiast kazaliby jej porobić wszystkie badania – zadzwoniłem do Cathy. Ona zawsze była świetna na kłopoty. Kilka razy genialnie podpowiedziała mi, co mam mówić nauczycielom i tym debilom ze szkoły. Przyjechała razem z Abby, spytała mnie, dlaczego mama sama nie zadzwoniła, i pokręciła głową, kiedy odparłem, że nie wiem. Zrobiła kolację dla dzieci i zmusiła mnie, żebym pomógł Caro w matematyce, z której oboje byliśmy beznadziejni.

Po obudzeniu się mamy usłyszałem ich rozmowę.

– Kiedy masz to oddać? – spytała Cathy. – Jak im to dostarczasz? Jak długie mają być? Dwa krótkie, jeden długi czy wszystko jedno?

Potem zawołała mnie do kuchni. Miała ze sobą notebook mamy i plik teczek.

– Wiesz, Gabe, że ty masz łeb nie od parady – zaczęła.

– Ty też – odparłem, niepewny, co właściwie jest grane.

– Dzięki, stary – odparła. Z telewizora dobiegał głos księżniczki Jasmine śpiewającej dla Abby i Aury o nowym świecie, jaki się przed nimi otwiera. Miałem uczucie, że sam właśnie wchodzę w taki świat, a biorąc pod uwagę okoliczności, wolałbym nie mieć do niego klucza.

– Wiesz, że z mamą nie jest najlepiej.

– Zachowuje się dziwnie. Czy ma zaburzenia dwubiegunowe?

– Dwubiegunowe? – zdziwiła się Cathy. – Nie, skądże. Na podstawie własnego doświadczenia z pracy z ludźmi mającymi zaburzenia dwubiegunowe mogę z całą od-

130

powiedzialnością stwierdzić, że to nie to. Raczej myślę, że to dolegliwość natury fizycznej. Zawiozłam ją do lekarza, wszystkie badania wyszły dobrze. Nie ma wirusa, nie ma infekcji ani alergii. Najwyraźniej jest w poważnej depresji, ale to nie tłumaczy pewnych symptomów... dlaczego tak dziwnie się zachowuje. Zapisałyśmy się do neurologa, ale wizytę mamy dopiero za trzy tygodnie...

– Do neurologa?

– Odnoszę wrażenie, że mama miewa zaburzenia równowagi. Pomyślałam, że to może być wirus, który zaatakował ucho, albo nawet mózg. Ale najpierw trzeba zrobić rezonans magnetyczny...

– Myślisz, że ma guza w mózgu?

– Nie – odparła Cathy. Od razu wyczułem, że nie jest to kategoryczne „nie", lecz „nie" wyrażające nadzieję.

– No i co? Ładnie to tak? Czekałaś, aż wyjdziemy do szkoły, i dopiero wtedy biegałyście po szpitalach i lekarzach? A nam powiedzieć to nie łaska?

– Jeździłyśmy do Milwaukee. Gabe, zrozum, nie chciałyśmy was niepokoić. Wprawdzie wielki już z ciebie facet, ale jesteś jeszcze dzieckiem.

– Jak ci się udaje to wszystko pogodzić, Cathy, jeśli wolno zapytać? Przecież musisz jeszcze chodzić do pracy, nie? Mama może pracować, siedząc w domu, i ma taty... emeryturę jako zabezpieczenie... ale jak ty sobie radzisz...?

– Udzielam porad telefonicznie...

– Jak sekstelefon?

– Coś w tym stylu. – Dlatego Cathy, chociaż dorosła, była takim ekstrakumplem. Można było przy niej wszystko powiedzieć. Zauważyłem, że homo są z zasady bardziej wyluzowani. Jakby już wszystko słyszeli. – Ludzie nie zawsze mają czas na wysiadywanie godzinami w gabinecie terapeuty. No więc mam grono stałych pacjentów. Wielu psychologów nie lubi udzielać porad przez telefon, więc moi wspólnicy przekazali wszystkie takie sprawy mnie, bo ja nie mam przed tym żadnych oporów. Zawdzięczam to chyba pracy w teatrze, a poza tym wielu rzeczy dowiaduję się ze sposobu, w jaki ludzie do mnie mówią, na przykład od razu wiem, kiedy ktoś wciska kit. Są tacy, którzy źle się czują podczas spotkania twarzą w twarz, choć z kolei znacznie więcej mogę się wtedy o nich dowiedzieć...

– Mowa ciała?

– Sam sposób siadania wiele mówi, a także to, gdzie się siada. Mam teraz w terapii małżeństwo, dziecko i kobietę. Już na podstawie wyglądu doskonale można określić, jaki ludzie mają stosunek do samych siebie...

– Czy brzydcy ludzie są bardziej popaprani?

– Nie, ale na przykład grubi jedzą dlatego, że są źli na kogoś, a czasem na siebie, ale nie zawsze. Mam sporo pacjentów po ósmej wieczorem. Kiedy dzieci już śpią, a mąż gra w softball albo jest u panienki.

– Pewnie masz niezły przegląd.

– Zdarzają się fajne momenty. Ale wiesz, Gabe, w tej pracy dużo dajesz z siebie, a to kosztuje. Od dwóch lat przychodzi do mnie pewna kobieta, której mąż co dwa tygodnie spuszcza lanie, a ona uważa, że to nie jest zły człowiek, bo nigdy nie bije dzieci. Ale ponieważ jej własny ojciec był wyjątkowym sukinsynem, a pierwszy mąż dzieci bił, bywało, że trzonkiem od łopaty, to ona jest zdania, że i tak ma teraz lepsze życie.

– Aż dziwię się, że przy tym wszystkim zawsze jesteś pogodna.

– Muszę dużo biegać, tańczyć i szaleć, żeby zachować pogodę ducha. Gdybym dusiła wszystko w sobie... byłabym jak pożeracz grzechów. To określenie mojej mamy. Pożeracz grzechów to taka osoba, która... ale to niezbyt apetyczne.

– Powiedz.

– Mama spędziła dzieciństwo w Irlandii. Był tam taki zwyczaj, że kiedy ktoś zmarł, krewni, przeważnie biedni ludzie, zapraszali jeszcze biedniejszą osobę na czuwanie przy zwłokach.

– Zawsze wtedy się tak czuwa?

– Daj mi powiedzieć do końca – uśmiechnęła się Cathy, otwierając laptopa. – Przygotowywali dla tej osoby obfity posiłek, który stawiali przy trumnie zmarłego... Jakie jest hasło?

– Atticus. No i co z tym pożeraczem...

– Pożeracz zjadał posiłek i w ten sposób przejmował na siebie wszystkie grzechy zmarłego, a uwolniona od nich dusza wędrowała prosto do nieba.

– A co się działo potem z pożeraczem?

– Żył dłużej niż inni, bo był lepiej odżywiony.

– A nie wariował od tego?

– Jeśli był, na przykład, przesądnym katolikiem, to rzeczywiście mogło się tak zdarzyć. Niektórzy robili to dla zysku i jeszcze żądali kilku szylingów dodatkowo oprócz jedzenia. Ale i tak pożeracz grzechów był obowiązkową instytucją.

– Żeby się zabezpieczyć na wszelki wypadek.

– Tak.

– Więc wracając do lekarzy...

– Po kolei. Jak na razie lekarze nie są zgodni co do stanu Julie. Kącik porad ukazuje się jutro, tymczasem ona kompletnie nie była w stanie przygotować go wcześniej, a już tym bardziej nie da rady zrobić tego teraz. Ja potrafię wymyślić odpowiedź, jeśli znam problem, ale nie umiem dobrze tego napisać. Nie mam zdolności literackich.

– No to zadzwoń do redaktora. Ja też nie mam zdolności literackich.

– Całkiem nieźle piszesz.

– Tyle że nie da się odczytać tego, co napisałem.

– Słyszałeś kiedyś o sprawdzaniu pisowni w komputerze?

– Stale to robię, ale nie potrafię ustawić porządnie tekstu. Zawsze mi gdzieś coś wyłazi.

– Tym ja się zajmę.

– A to nie jest przypadkiem nielegalne?

– Pewnie jest.

– A może mogliby znaleźć zastępstwo dla mamy na jakiś czas?

– Gabe? – Cathy spojrzała na mnie, zaciskając usta, po czym podjęła wątek. – Jeśli twoja mama wyleci teraz z pracy, to straci o wiele więcej niż pieniądze.

– Jak się człowiek czuje beznadziejnie, to ostatnią rzeczą, jakiej mógłby sobie życzyć, jest wysłuchiwanie beznadziejnych problemów innych ludzi, którzy sami są sobie winni.

– Nie zawsze sami są sobie winni. Czasami po prostu znaleźli się w niewłaściwym miejscu w niewłaściwym czasie. A kiedy czujesz się bezużyteczny i masz psychiczny dołek, to dopomagając komuś, możesz poczuć się... silniejszy. Możesz poprawić własną...

– Wiem, samoocenę. Byłbym naprawdę szczęśliwy, gdybym więcej w życiu nie słyszał tego słowa.

– Niestety, tak jest. Gdy czujesz się odrzucony przez kogoś, powinieneś starać się zachować świadomość, że nadal jesteś ważną i wartościową istotą ludzką.

– Czy ty też tak czułaś? – spytałem.

– W przypadku Saren?

– Tak.

– Miałam ochotę tylko jeść lody i gapić się na powtórki Z archiwum X tak długo, dopóki nie umrę na cukrzycę. I twoja mama, tak, właśnie twoja mama zmusiła mnie do wystąpienia z nią razem w tym całym...

– W *Karuzeli*?

– Tak...

– Pamiętam, bo pozwolili mi obsługiwać reflektor na próbie. Ale żenada! Mam na myśli przedstawienie. Nie jestem fanem musicali, ale to było dno. No może nie aż tak beznadziejne jak *Oklahoma!* Tamto to dopiero dno dna.

– I ta kretyńska treść! To znaczy *Karuzeli* – zgodziła się ze mną Cathy. – Uderzenie w twarz może smakować jak pocałunek! Ale gdy pracowałyśmy wtedy... przebywałyśmy dużo razem i coraz bardziej doceniałam ją jako przyjaciółkę... zawsze była moją przyjaciółką, ale wtedy stała się najlepszą... No i wiesz, znów zachciało mi się żyć. Dało mi to odwagę, żeby zaadoptować Abby. Nigdy nie zdołam się jej odwdzięczyć.

– Więc teraz chcesz robić to za nią. Kącik porad. Aż się poczuje lepiej.

– Myślę, że to potrwa góra tydzień. Jak znam twoją mamę, szybko dojdzie do siebie. Jeśli oczywiście nam się uda. Ale myślę, że tak. Wszędzie ktoś coś komuś pisze na murzyna.

– Sam nie wiem – zawahałem się.

– No to dzwoń do tatusia i proś, żeby wrócił.

– A czemu ty nie zadzwonisz?

– Odkąd wyjechał, dzwoniłam pięćdziesiąt razy i zostawiłam pięćdziesiąt wiadomości, a on ani razu nie oddzwonił.

– Przysłał kilka listów...?

– Ma je Caroline. Dała mi adresy, napisałam do niego, ale nie dostałam odpowiedzi.

Wziąłem głęboki oddech.

– Pewnie myśli, że to ona je podrabia.

– Naprawdę dzwoniłam do niego. I wiesz, Gabe, co myślę? Że to po prostu ostatni sukinsyn.

– Ua, Cathy! Mówisz o moim ojcu.

135

– Tak. Mówię o twoim ojcu. I jeśli masz w sobie choć odrobinę uczciwości, a wiem, że masz, to przyznasz sam, że wysłanie kilku listów z Illinois, New Hampshire i Massachusetts w ciągu pięciu miesięcy to trochę mało jak na bycie ojcem...

– Mimo wszystko to jest mój ojciec. – Sam nie wiedziałem, czy przeklinać go, czy udawać ślepego. Czułem się właśnie tak, jak ona przed chwilą powiedziała, a jednocześnie rozpaczliwie chciałem go bronić, bo zdawało mi się, że jak nie będę go bronił, to wtedy jej słowa okażą się prawdą, i to w dodatku przeze mnie. A jednak nie chciałem być pożeraczem grzechów.

– Tak, mimo wszystko to twój ojciec. Ale powinien był oddzwonić do mnie. Powinien zadzwonić do ciebie. Powinien co wieczór dzwonić do małej Aury, a nie przysyłać jej pudełko z jakimś idiotycznym żołędziem! Ile razy do was dzwonił?

Nie odpowiedziałem. Nie pamiętałem, czy trzy razy, czy dwa; raz w tym czasie byłem na randce z Tian, której zostało tylko kilka tygodni do wyjazdu. Szczerze mówiąc, jeśli chciałem z kimś porozmawiać, to z nią, a nie z nim. Leo wkrótce wróci i znów w łazience będzie pachniało pastą miso i anyżowym kadzidełkiem. Może będzie starał się namówić nas wszystkich, żebyśmy się przenieśli do szczęśliwej krainy, hen daleko stąd. A ja wcale nie miałem ochoty się przeprowadzać. Przede wszystkim nie chciałem znaleźć się z dala od dziadków, którzy w tej chwili byli jedynym stałym punktem odniesienia w całej galaktyce. A co ważniejsze, po raz pierwszy w życiu czułem się jak normalny nastolatek. Do tego stopnia, że gdyby mama zauważała mnie teraz, mówiłaby to samo, co inni rodzice mówią o normalnych nastolatkach: „Prawie go nie widuję. Rzadko kiedy bywa w domu". Nie macie pojęcia, jak to jest fajnie poczuć się wreszcie nor-

136

malnym zwykłym chłopakiem, kiedy całe życie tak bardzo chciało się być normalnym zwykłym chłopakiem. Tian przyjmowała całkiem naturalnie fakt, że chodzę na specjalne lekcje; uważała, że to trochę tak jak jej dodatkowy kurs angielskiego dla cudzoziemców. Kiedy po raz pierwszy nie mogłem dobrać odpowiednich słów dla wyrażenia myśli, roześmiała się dźwięcznie, jakby dzwonił mały dzwoneczek, ponieważ ona miała te same problemy. Jakby w moim przypadku angielski też nie był pierwszym językiem. W jej oczach powichrowane połączenia w moim mózgu nie robiły ze mnie przygłupa czy wręcz kompletnego świra. Nie dostrzegała ich.

Wiedziałem, że ją stracę i że moje życie po jej wyjeździe stanie się znów pustym talerzem, w dodatku dziurawym. Ale wtedy jeszcze miałem ją przy sobie. Ja, Gabe Steiner, Specjalny Ed, klasowy głupek, miałem dziewczynę, o której marzył każdy chłopak w szkole, dziewczynę, która wyglądała jak jakaś gwiazda filmowa, która była także mądra i miła, i taka mała, że bez trudu mógłbym ją cały czas nosić na rękach. Byłem zakochany. W tym wieku to się zdarza. I miałem świadomość tego, jak bardzo moja miłość do Tian może zmienić całe moje życie. Że może wreszcie wywalczę dla siebie coś na kształt szacunku i że zawsze będę myślał tylko o niej – o tym, jak idealna była jej skóra, kiedy pozwoliła mi wsunąć rękę prawie aż do piersi, i jaką pokorą napełniło mnie to, że tak niezwykła istota pozwala moim rękom na kontakt ze sobą.

Przestałem żałować, że nie mogę zapaść w śpiączkę i obudzić się, jak będę miał dwadzieścia pięć lat.

Nie był to dla mnie dobry moment w życiu, żeby okazać się mądrym i silnym i wziąć na siebie problemy mamy. Wiem, cholernie paskudnie tak powiedzieć, ale to prawda.

Jednakże wyraz twarzy Cathy przekonał mnie, że nie

mam wyjścia. Wyglądała jak jakaś wojownicza bogini, a jej spojrzenie mówiło wyraźnie, że wepchnie mi nóż pod żebro, jeśli jej nie posłucham. Jasne było, że nie mam najmniejszych szans.

– Mama je skraca – wyjaśniłem Cathy ze znużeniem. – To znaczy listy. Musi. Niektórzy piszą po siedem kartek, po obu stronach maczkiem. Albo maile składające się z trzech części. Musi robić skróty, ale nie zmienia samego tekstu, chyba że są straszne błędy. I trzeba zachować dyskrecję. Więc powiedzmy, jak ktoś pisze, że uczy w średniej szkole, to ona zmienia na przedszkole albo coś takiego, jeśli tego rodzaju informacja jest konieczna. Zazwyczaj wyrzuca tylko szczegóły, po których można by daną osobę rozpoznać, chyba że na przykład mąż kobiety jest gliniarzem, który sprzedaje narkotyki. Robi wtedy z niego sędziego albo że niby mieszka gdzieś daleko, na przykład w Illinois. – Cathy zapisywała to wszystko. – Co tydzień stara się zamieszczać inny temat. Żeby nie było kilka razy z rzędu o seksie w nowym związku albo jak poznać, że partner zdradza. Tematy są różne, przemieszane. Starzejący się rodzice. Awantury z siostrą, która od lat odmawia jakichkolwiek kontaktów. No wiesz.

– Będziemy musieli jej powiedzieć o naszych zamiarach – stwierdziła Cathy, postukując o zęby ołówkiem ze Scooby-Doo, należącym do Aurory. Kiedy tak zrobiliśmy, mama odwróciła się do ściany i owinęła żółtym kocem Leo.

– Jeśli nie chcesz, kochanie, to nie będziemy – rzekła uspokajająco Cathy.

– Ja już nie mogę – odparła mama, a ja usłyszałem, że płacze. – Nie jestem w stanie nic zrobić. Nie chcę stracić pracy. Co będzie, jeśli stracę pracę, a Caro dostanie ostrego zapalenia ślepej kiszki? Kiedy Justine przytrafiło się coś takiego, jej rodzice musieli zwrócić szpitalowi za nie-zapłacone rachunki trzydzieści tysięcy dolarów. Jestem głupia. Nie potrafię myśleć. Zaczynam myśleć o jednym, a wtedy coś innego wtacza mi się do głowy jak pociąg i wypycha tamto...

– Ja mam tak cały czas – wtrąciłem nieśmiało. – Jak-bym słuchał pięćdziesięciu rozmów naraz i nie rozumiał ani słowa, zwłaszcza gdy się nudzę...

– Ja też – wyznała mama. – Ale jeszcze gorzej. Jakby moja głowa do mnie mówiła. Słyszę dziwne, ciche dźwię-ki. Jakby ktoś grał na piszczałce albo gadały jakieś dzie-ci... a niczego takiego nie ma. Aurora prosi mnie o szklan-kę mleka, a ja muszę zastanawiać się, co to jest mleko. Trwa to minutę. Czasem dłużej. A kiedy próbuję mówić, śmiesznie mi ciężko. To znaczy strasznie mi ciężko. Im bardziej się skupiam, tym bardziej jest gorzej.

Wymieniliśmy z Cathy spojrzenia. Wszystko mogło się zdarzyć, oprócz błędów gramatycznych. Nawet Aury wiedziała już, że mówi się „poszłam", ale „poszedłem".

– I co jeszcze? – spytała Cathy.

– Nie chce mi się teraz... gadać – powiedziała mama. – Po prostu weźcie jakiś liść, tylko nie o miłości. – A my wiedzieliśmy, że ma na myśli „list", nie „liść". Poczułem strużkę zimnego potu na piersi.

Zasnęła, jeszcze zanim zdążyliśmy wyjść z pokoju.

Naturalnie wybrałem list, który mnie najbardziej zain-teresował, ponieważ w LaFolette broń jest czymś tak po-wszechnym jak odtwarzacze CD w samochodach. Dyrek-tor niedawno stwierdził, że w szkole nie tylko strażnicy powinni być uzbrojeni, ale i nauczyciele. Co oznaczało, że pani Erikson mogłaby w końcu kropnąć moją siostru-nię podczas pyskówek na apelach.

– Myślisz, że to poważna sprawa z tym chłopakiem? – spytałem Cathy.

– Myślę, że jeśli nic się nie zmieni, za jakieś pięć lat ta rodzina trafi na pierwsze strony gazet.

– Znaczy, że to dobry list.

– Amerykańskie Towarzystwo Pediatryczne twierdzi, że trzymanie nabitej broni w domu, gdzie są dzieci, jest równie niebezpieczne jak... no, jak sama naładowana broń. Nie powiedziałem wtedy Cathy, że sam mam broń, bo jeszcze nie wiedziałem, że ją mam.

Po tej rozmowie przeglądałem szuflady ojca w poszukiwaniu takiej koszulki w paski, na jakie mówi się potocznie „damski bokser", choć mama zawsze nazywała je koszulkami dla mięśniaków, bo chciałem włożyć coś takiego pod prześwitującą koszulę, także własność Leo. I wtedy znalazłem rewolwer. Był w pudełku. Trzydziestkaósemka. Bez naboi. Strasznie się zdenerwowałem.

Ojciec był świadomym przeciwnikiem wojny. Raczej poszedłby do więzienia, niż pojechał do Wietnamu (rodzina oraz szkoła prawnicza i tak go przed tym chroniły). Wiele razy powtarzał mi, że gdyby podeszło do niego małe dziecko z bombą pod ubraniem, prędzej dałby się wysadzić, niż je zastrzelił. Tak mówił, jeszcze zanim zajął się jogą i tymi innymi historiami. Zawsze taki był. Mówił, że ludzie, którzy polują, boją się, że mają za małe fiuty, i to używając właśnie tego słowa.

Wziąłem rewolwer do ręki, jakbym podnosił węża z ziemi. Był cięższy, niż sugerował to wdzięczny kształt z długą lufą. I czysty. Od razu było widać, że nieużywany. Przeszukałem wszystkie szuflady i nie znalazłem niczego ciekawego oprócz paczki starych prezerwatyw oraz kleszczy chirurgicznych, a w tym czasie jeszcze nie wiedziałem, po co mu były, dopiero teraz wiem, że oboje z mamą pewnie od czasu do czasu zapalali jointa. Może jeszcze wtedy, kiedy byliśmy mali.

Ale dlaczego trzymał broń?

Czyżby w duchu obawiał się kłopotów wynikających z przebywania wśród ludzi marginesu? Czy opętała go wariacka idea, że musi nas bronić przed kosmitami? Czy miał myśli samobójcze? Jeżeli tak, to dlaczego go zostawił? Dlaczego zabrał laptopa, a nie zabrał broni?

Pomyślałem wtedy, że Leo naprawdę ześwirował... Schowałem to jak najdalej na najwyższej półce, za butami do smokinga, które wkładał co roku na bal rektorski. Aż mnie ścisnęło w żołądku na myśl, że mogłaby go znaleźć Aury, choć Aury nie sięgała jeszcze do górnej szuflady komody swego ojca.

Potem usiadłem na podłodze w garderobie, próbując zebrać myśli i przypomnieć sobie dokładnie, jak się zachowywał w dniu, w którym odszedł. Co robił. O czym mówił. Wszystko wydawało się zwykłe i normalne, czyli bardzo w stylu Leo, czyli wariackie.

Tamtego dnia poszliśmy później do szkoły, bo jego samolot odlatywał dopiero w południe.

Leo usadził nas na kanapie. Aury wziął na kolana. Mama była w sypialni. Nie chciała wyjść. Zawiadomił nas o „urlopie". Truł o ludziach, dla których życie to tylko wielki wyścig szczurów, o kawałku czystej ziemi, jaki chciał kupić, ze strumieniem i może kawałkiem łąki. Tłumaczył, że serce będzie mu pękać z żalu, bo do końca zimy będzie z dala od nas, ale uważa, że tak właśnie powinien zrobić, a kiedy już będziemy starsi, przypomnimy sobie o tym, że tak zrobił, i gdy ludzie będą odwodzić nas od robienia rzeczy, które będą się wydawać szalone, ale które w naszym odczuciu powinniśmy zrobić, on stanie się dla nas wtedy przykładem, dlaczego ufanie własnemu instynktowi jest zawsze rzeczą słuszną. Wszystko na jednym oddechu.

Potem zaczął płakać. Nie jak facet, który płacze na filmie, ale jak dziecko, które się przewróciło.

– Tak bardzo cię kocham, synu – oświadczył, całując mnie w głowę.

– Ja też cię kocham – odpowiedziałem dzielnie.

– Caroline, jak dziś pamiętam ten moment, kiedy cię pierwszy raz zobaczyłem – kontynuował śpiewkę.

– Ja nie pamiętam – odpaliła Caro z kamienną twarzą.

– Auroro – rzekł wtedy Leo i przytulił Aury do piersi. Kołysał ją i całował. Caroline patrzyła na niego takim wzrokiem, jakby cuchnął.

– A jeśli instynkt każe rzucić szkołę? – spytała nagle.

– Caroline, wiem, do czego...

– Odpowiedz: tak czy nie – nalegała Caroline, a Aury zeszła z kolan ojca i powędrowała do pokoju, który dzieliła z Caro. (Spała w pokoju rodziców, dopóki nie skończyła półtora roku. Tata uparł się, że w „gościnnym" powinna być biblioteka lub gabinet, gdzie mógłby czytać w spokoju. Naturalnie Caro dostawała szału, mając w pokoju szafkę pełną pluszowych misiaczków).

– Jeżeli instynkt każe rzucić szkołę w tradycyjnym sensie, natomiast człowiek w inny sposób stara się zdobyć środki pozwalające utrzymać się w przyszłości, to może tak zrobić – zawyrokował ojciec.

– W ogóle nie rozumiem, o czym mówisz – orzekła Caroline.

– Też nie mam pojęcia, o czym on mówi – powiedziała mama, stając w drzwiach. Miała minę, jakby wypiła pół butelki szampana i zapomniała przebrać się z balowej sukni. Była boso, tylko w satynowej nocnej koszuli. – Tacie chodzi, zdaje się, o to, że możesz zrobić dyplom, ucząc się w domu, zamiast chodzić do normalnej szkoły. Ale doprawdy nie mam pojęcia, co ma na myśli, mówiąc, że to dobrze, jak instynkt mówi mu, że może spokojnie porzucić dzieci na pół roku. No, chyba że ma na przykład umierającego brata, który mieszka w Sakatoon i potrzebuje pomocy, żeby uratować od sprzedaży rodzinną farmę, ale my wiemy, że nic takiego nie wchodzi w grę.

– Julie, to nic nie pomoże – rzekł Leo.

– Nie staram się pomóc. Staram się być racjonalna.

– A gdybym, na przykład, umarł?

– Pytasz, czy miałabym coś przeciwko temu?

– Mamo, to cholerne świństwo, co powiedziałaś – wtrąciłem.

– Tylko bez takich słów, Gabe – ostrzegła.

– Chwileczkę, Julie – zwrócił się do niej błagalnym tonem tata. – A gdybym umarł? Miałabyś wszystko, co masz teraz, i byłoby dokładnie tak samo. Kupiłem najtańsze bilety na samolot. Ludzie, u których będę mieszkać, dadzą mi nocleg i wyżywienie w zamian za pomoc w sprawach natury prawnej. Mam ubezpieczenie zdrowotne, podobnie jak ty. Cała rzecz będzie mnie kosztować jakiś tysiąc dolarów. Tyle wydajesz przez pół roku na ciuchy.

– Nieprawda – warknęła mama.

– Owszem.

– Nie.

– Widziałem rachunki. Tyle wydajesz – powtarzał ojciec cierpliwie, tym swoim tonem prawnika. – Nie zostawiam was na lodzie. Aury chodzi do żłobka, więc masz czas na pracę, jeśli tylko chce ci się pracować, a nie marnować czas na plotkowanie przez telefon z Cathy. – Cathy, siedząca przy kuchennym stole, westchnęła głośno. – Cathy, chciałbym pobyć chwilę sam na sam ze swoją rodziną. Mam nadzieję, że się nie obrazisz! – zawołał Leo.

– Julie poprosiła mnie, żebym przy niej była, więc zostanę. Też mam nadzieję, że się nie obrazisz, Leo – odparła Cathy.

W tym momencie wróciła Aury ze spodniami od starej piżamy ojca, które wyjęła z dolnej szuflady, i z *Wielką księgą wierszy dla dzieci.*

– Doblanoc? – spytała. – Tata cita bajkę?

Myślała, że jak skłoni Leo, by ją położył do łóżeczka, to będzie musiał zostać. To wtedy wrzasnąłem i walnąłem pięścią w ściankę za ławką pod oknem. Szybko zakryłem ją poduszką. Dziura nadal prawdopodobnie tam jest, ponieważ mama zostawiła wszystkie poduszki i porobiła nowe, kiedy się przeprowadziliśmy.

Leo wstał, podszedł do mamy i dotknął jej długich włosów. Stała nieruchomo, opierając ręce na biodrach.

– Najmiększe włosy, jakich kiedykolwiek dotykałem – powiedział. – Julieanne. Moja kochana.

Chwyciła go za nadgarstki.

– Proszę cię, Leo – zaczęła błagać. – Nie jedź. Zaklinam cię. Nigdy cię o nic nie prosiłam. Pomyśl o Aury.

Podniósł duży plecak i zarzucił go sobie na plecy.

– Zrozum, Julie, że jest mi naprawdę ciężko – rzekł z autentycznym zatroskaniem w głosie. – I sam się boję.

– Auu, cholera, Leo, faktycznie z tobą kiepsko – stwierdziła mama, opuszczając ręce. Już więcej nie prosiła.

– Naprawdę jest mi ciężko na sercu.

– Powinieneś raczej wylądować w ładnym dużym szpitalu z wesołą tapetą na ścianach – skomentowała mama. – Bo albo to, albo jesteś najzimniejszym...

– Uważajcie na mamę, dzieci – zwrócił się do nas.

– To ma być zakres obowiązków? – rzuciła kpiąco Caro.

– Caroline, chodź, przytul mnie – poprosił.

– A... sam się przytul – warknęła. Wiedziałem, co naprawdę miała ochotę powiedzieć, ale nasza mała siostrzyczka była w pokoju.

– Tata! – wołała Aury, kiedy Leo szedł w stronę drzwi, za którymi stała już taksówka. Mama nie chciała odwieźć go na lotnisko. Podobnie dziadkowie, którzy nawet nie odebrali telefonu, gdy zadzwonił, żeby się pożegnać. – Tata! Ja teś! Zabieś mnie, tata! Będę gećna! Będę gećna!

144

Upadła na ziemię, zaczęła kopać małymi tłustymi nóżkami, twarzyczka jej zrobiła się najpierw czerwona, potem fioletowa. Leo, cały czas płacząc, otworzył drzwi i zamknął je za sobą.

Wszyscy podbiegliśmy, żeby podnieść Aury, jakbyśmy byli na pikniku, a ona się przewróciła. Aury kopała i zanosiła się płaczem, a mama zaczęła śpiewać taką starą piosenkę, którą Elvis przerobił na „Love Me Tender", tę, którą zawsze śpiewała mojej małej siostrzyczce: „Aura Lee, Aura Lee, złotowłosa panienka...". Odwróciła Aury w drugą stronę, tak żeby mała nie mogła jej kopnąć ani zrobić sobie krzywdy, i trzymała ją mocno. Aury darła się tak strasznie, że Caro zamknęła okna. W końcu biedna malutka opadła z sił i oklapła jak przekłuty balonik.

– Już w porządku – powiedziała mama. – Aż się biedactwo zachłysnęła. Już dobrze. Pewnie się jej zakręciło w główce. – Wstała i oparła obie ręce o okienną szybę. Podeszliśmy do niej. Usłyszeliśmy trzask drzwi samochodu. To byli Liesel i Klaus. Pomachał. Do nich.

Na pewno zdarzy się w życiu, że będę nienawidził innych ludzi bardziej, niż nienawidziłem Leo w tym momencie. Ale od tej chwili naprawdę go znienawidziłem. I prawdą jest, że – przypuszczalnie pod wpływem hormonów – zacząłem w końcu myśleć o tym cholernym pistolecie.

XI
Hiob

ZBĘDNY BALAST
Pod red. J.A. Gillis
„The Sheboygan News-Clarion"

Droga J.,

mam problem, który z pewnością dręczy wielu mężczyzn w moim wieku. Jestem zakochany. Prawdziwie, mocno i głęboko, i chcę się ożenić. Ona odwzajemnia moje uczucia. Gdy ustaliliśmy, że chcemy być razem na zawsze, zrozumiałem, że jeśli mam być wiernym mężem, to zanim wsunę jej obrączkę na palec i przypieczętuję nieodwołalnie swój los, muszę się jeszcze wyszumieć. Nie chodzi mi o żadną inną konkretną kobietę. Moja narzeczona jest piękna, utalentowana i inteligentna. Ale nie chcę niczego później żałować, a ponieważ oboje jesteśmy dość młodzi – mamy po dwadzieścia pięć lat – wiem, że jeśli czegoś nie przeżyję, mogę kiedyś bardzo tego pragnąć. Ona mnie nie rozumie. Twierdzi, że miałem wystarczająco dużo czasu w college'u, a także później, na flirty i romanse. Uważa, że nasze wzajemne uczucie powinno być dla mnie sygnałem, że najwyższa pora porzucić kawalerskie życie. Szczerze pragnę, żeby nasze małżeństwo się udało. Wiem jednak, że wiele związków rozpada się, ponieważ jedno z partnerów czuje się pozba-

wione swobody, jaką mają osoby stanu wolnego. Jak rozwiązać tę patową sytuację, żeby zagwarantować szczęśliwą przyszłość, która przecież nam się należy?

Przygnębiony z Sullivan

Drogi Przygnębiony,
po pierwsze, pragnę pogratulować. Twojej dziewczynie. Jest naprawdę inteligentna. Bo jak dotąd nie związała się z Tobą węzłem małżeńskim i wyraźnie ma wątpliwości, czy powinna to robić. Po drugie, pragnę zadać Ci pytanie: Co masz na myśli, mówiąc o „prawdziwym, mocnym i głębokim" zakochaniu? Jeśli ma to być złoty medal w wyścigu, kto jest najbardziej męski na świecie, to Tobie też gratuluję wysokiej samooceny, która, mam szczerą nadzieję, uchroni Cię przed dalszym przekazywaniem swoich genów. Ty wcale nie chcesz żadnych nowych przeżyć ani doświadczeń. Chcesz zamrozić na jakiś czas tort weselny i spokojnie opychać się świeżymi pączkami. Nie martw się. Widzę przed Tobą dokładnie taką przyszłość, jaka Ci się należy.

J.

Droga J.,
przyznaj mi rację. Podobnie jak w przypadku wielkich kotów i potężnych goryli monogamia nie leży w naturze samca żadnego gatunku. To wymysł kobiet, którym zachciało się dzieci i łatwego życia na utrzymaniu mężczyzn. Skoro mężczyzna ma być tylko z jedną kobietą, dlaczego tak wielu z nas ma dużo dzieci z różnych związków? To się rozumie samo przez się. Musisz mi to przyznać

Macho z Menomonee Falls

Drogi Macho,
masz absolutną rację co do lwów i goryli. Nie tylko zadają się, z kim popadnie, ale kiedy tylko nie śpią i nie jedzą tego, co upolują samice, nieustannie płodzą kolejne dzieci. Wśród ludzi

też zdarzają się osobniki prowadzące takie beztroskie życie – na-
zywamy ich pasożytami. Lwiątka nie noszą reeboków, nie jedzą
makaronu z serem i nie chodzą do college'u. Nie trzeba ich
uczyć czytać, prowadzić samochód, golić się... ani też nie mu-
szą wiedzieć nic o seksualnej odpowiedzialności. Nie chorują
na AIDS, nie palą, nie biorą narkotyków. Jednoroczne lwiątko
umie polować i potrafi samodzielnie przetrwać w buszu. Masz
absolutną rację. Monogamię wymyśliły kobiety! Z rozpaczy.
Mężczyźni woleliby prostszy wariant i lżejsze życie. Wpraw-
dzie oprócz miejsca między nogami ewoluowało u nich również
miejsce między uszami, ale jest tam pusto. A jeśli myślisz, że
kobiety mają łatwo, to spytaj swojej mamy.

J.

A tak się czułam, kiedy mnie nie było.

Dni złożone były ze światła, przypominającego płótno obszyte konturem ciemnej lamówki, i przeplatały się z nocami i porankami z grubej, ciemnej tkaniny, a od czasu do czasu ogarniał mnie ruchomy cień. Albo marzłam na kość, albo leżałam rozpalona w lepiącej się pościeli. Samo wstanie do łazienki nie było zwykłą czynnością polegającą na wykonywaniu pewnych ruchów, ale składało się z tylu elementów, co długa lista zakupów spożywczych na Święto Dziękczynienia – spuszczenie stóp na podłogę, ocena odległości do drzwi, trzymanie się za pęcherz jedną ręką, jak ciężarna kobieta za brzuch, dopóki nie dotarło się do celu; potem jeszcze nie zapomnieć podnieść koszuli i użyć papieru. Poruszanie nogami przypominało ciągnięcie za sobą worków, nierówno wypełnionych kamieniami o ostrych krawędziach. Wlokłam się, przytrzymując się komody, łóżka, umywalki i wreszcie ściany. Bałam się spojrzeć w lustro,

Wreszcie, po wielu ciężkich, pełnych brudu dniach, obudziłam się. I byłam sobą. Nagle i całkowicie.

148

Zobaczyłam brązowego kardynała na gałęzi za oknem, skubiącego kawałek ciasta, które razem z Aury włożyłyśmy do karmnika z połówki tykwy, zrobionego przez nią w przedszkolu. Obserwowałam uważnie ruchy ptaka, dziwnie przypominające węża, widziałam wyraźnie poszczególne piórka na małym beżowym łebku i nagle uświadomiłam sobie, że ja widzę tego ptaka! Mój wzrok nie był zamazany. Nie musiałam walczyć o ostrość widzenia, zamykając jedno oko. Z łatwością podniosłam nogi i spuściłam je z łóżka. W udzie czułam mrowienie, takie miniaturowe sztyleciki, ale udało mi się wstać, przy czym najpierw chwiałam się jak łódka na fali pozostawionej przez duży statek, a potem już stałam coraz bardziej pewnie, spokojnie i stabilnie. Poszłam do łazienki. Weszłam pod prysznic i umyłam dokładnie całe ciało. Robiłam to długo, ze zwierzęcą wprost rozkoszą płucząc włosy. Włożyłam moje własne skarpetki, moje własne dżinsy, białą koszulę pachnącą krochmalem. Sama ją zapięłam.

Poszłam do kuchni i wbiłam brązowe jajka do niebieskiej miski. Dolałam mleka do pływających pomarańczowych wysepek, oprószyłam je rozmarynem, pieprzem i solą i roztrzepałam ze startym serem. Masło już się topiło na grubych kawałkach chleba, kiedy do kuchni, powłócząc nogami, weszła Cathy z Aury na ręku, prowadząc Abby Sun.

– Jezu słodki! – wykrzyknęła, mierzwiąc sobie kasztanowe włosy i cofając się o krok, jakby w mojej kuchni zobaczyła swoją prababkę, która, jak utrzymywała Cathy, zginęła w katastrofie „Titanica". – Aleś mnie nastraszyła! Myślałam, że wybuchł pożar. Już miałam przystąpić do ewakuacji.

Zaraz po niej zjawili się Gabe i Caroline. Gabe jakiś taki... zmieniony, wydoroślały, wręcz obcy w za luźnych spodniach od piżamy, z klatką piersiową, na której pojawiły się nowe mięśnie, i smugą włosów pod pępkiem. Może po prostu dawno go nie widziałam nieubranego.

– Mamo – niemal zaskamlał, zaskoczony, i przeczesał palcami włosy. – Jak to, wstałaś?

– Poczułam się lepiej – wyjaśniłam. – Obudziłam się i stwierdziłam, że znacznie lepiej się czuję. Kto chce jajka? Bo ja umieram z głodu. – Po chwili, siedząc przy stole, pałaszowaliśmy jajka i tosty posmarowane malinowym dżemem od mamy Cathy. – Jak długo tu jesteś, Cathy? Jak długo... mnie nie było?

– Dwa tygodnie – odparła Caroline. – Albo Cath, albo ja spałyśmy przez dwa tygodnie z dziewczynkami, mamo. Nie, nie, ja nie mam żadnych pretensji.

– Och, przepraszam. Bardzo przepraszam, księżniczko Caroline, że ośmieliłam się nie spać na podłodze w przedpokoju – rzuciła ironicznie Cathy. Caroline ściągnęła usta i odrzuciła do tyłu ekstrawaganckie blond włosy (może nawet bardziej blond niż przedtem?). Dziwna atmosfera zapanowała przy naszym stole.

Rozmawiały ze sobą jak... matka z córką.

– Już nie będziesz tyle leżeć, mamo? Minęła ci katatoniczna depresja? – spytała Caro.

– Miałam depresję? Nie sądzę. Ale i tak na pewno Cathy zapisała mnie do lekarza, żeby sprawdzić, co to naprawdę było. – Sięgnęłam ponad Abby i uścisnęłam czule ramię Cathy.

– Caroline! – Cathy spojrzała surowo na moją córkę, a Caro przewróciła oczami, pozując na niewinną ofiarę. – Skąd wiesz, Julie? Jesteś zapisana na czwartek. Miejmy nadzieję, że to depresja. Zapracowałaś sobie na nią, ale przynajmniej dobrze się leczy farmakologicznie... – Cathy kroiła tost dla Aury na małe kawałki, a Gabe przykręcał pokrywkę na kubeczku z księżniczką Jasmine, z którym

150

za nic nie chciała się rozstać. Nie tylko zachowywali się jak rodzina, ale i mówili o mnie tak, jakby mnie nie było, jakbym nie przyrządziła śniadania, które wszyscy właśnie jedliśmy, jakbym była rośliną domową, a oni zastanawiali się, czy nie mam mszyc. A gdybym miała, to co? Umyliby mnie kawą i wystawili na zewnątrz? Zapach kawy był tak obezwładniająco zmysłowy jak doznania, których moja pierś doświadczyła z dzieckiem czy też z mężczyzną. Chciałam nalać ciemnego płynu na ręce, przysunąć go do twarzy, dotykać ziarenek, czuć ich kształty, wąchać każde po kolei. Drżące, przezroczyste kropelki pomarańczowego soku wisiały na ustach siedzących przy stole osób niczym łzy. Rozlegały się odgłosy przeżuwania z otwartymi ustami, szelest, zgrzyt, zgrzyt, cmok. I żadnych piszczałek. Żadnych cichych głosików. Żadnego mokrego wiatru nucącego barytonem w ciemnej jaskini. Zwykły niedzielny poranek.

Nie mówiąc ani słowa, żeby nie wyglądało na to, że proszę o pozwolenie, wstałam od stołu, poszłam do drzwi frontowych i przyniosłam gazetę. Spojrzenie, jakie w tym momencie wymienili Cathy i Gabe, nie było wytworem mojej wyobraźni. Mając za sobą lata praktyki, od razu paznokciem otworzyłam gazetę na dziale Twoje Życie, gdzie mieścił się mój kącik porad. Wzięłam sobie drugą filiżankę kawy – kawa, czułam jej smak! – i przeczytałam całą rubrykę, trzymając gazetę wyciągniętą na długość ramienia, bo bez okularów. Przeczytałam raz. Potem drugi.

– Co to jest? – spytałam.

– Widzisz... przyszło nam do głowy... – zaczęła Cathy.

– Wywalą mnie! – jęknęłam z rozpaczą, a kawa rozlała się po stole. – Nie wolno... obrażać ludzi! Ani używać wulgarnych... Gabe! Przecież doskonale o tym wiesz!

– Wyluzuj, mamo. – Gabe przeciągnął się jak kot,

z wyraźną przesadą. – Cathcartowi to pasi. Twierdzi, że jesteś super. Przysłał już ze cztery maile, że czytelnicy dzwonią i że są zachwyceni nową Gillis...

– Oni... opieprz ich zdrowo, mamo! – zawołała Caroline.

– To przecież nie jestem ja!

– Czy nigdy cię nie korciło, żeby napisać właśnie tak? – spytała Cathy.

– Co?

– No tak... jak jest naprawdę. Tak jak rozmawiamy między sobą o tych listach.

– Nie wiem – wyznałam, patrząc błagalnie na Cathy. Odłożyłam gazetę. – Wiesz, ja już nic nie wiem. Pewnie macie rację, moi drodzy. Powinnam wam podziękować, a nie wydzierać się na was.

– No bo myśmy tak do końca nie wiedzieli, jak to napisać, więc napisaliśmy jak najuczciwiej – przyznał Gabe.

– Myślałam, że jestem dyskretna, obiektywna i grzeczna. I co? Pewnie raczej byłam...

– Nudna – dopowiedział Gabe.

– Dzięki, synku – odparłam z westchnieniem. – Ooo, jak ja nienawidzę tego, że macie rację! – Zaśmiałam się piskliwie, nie będąc w stanie nad tym zapanować. – Po prostu nienawidzę.

– Mamo, nie miej do nas żalu. – Gabe powiedział to dobrze mi znanym, uspokajającym tonem Leo. – Przez dwa tygodnie prawie nie było z tobą kontaktu, to znaczy byłaś taka... nieobecna i... Musieliśmy coś zrobić. – Teraz mówił twardo. – Cathy jest genialna. Wszystko wie o ludziach.

– Dobrze zrobiliście. Zareagowałam tak, ponieważ czuję się zawstydzona.

– Niepotrzebnie – odparła Cathy. – Julie, przecież jesteśmy twoją rodziną.

152

– Wiem, że czujesz się kiepsko, mamo, i to nie tylko z powodu choroby – powiedział Gabe. – Także dlatego, że nie ma żadnej wiadomości od taty...

– Naprawdę? – spytałam, patrząc po kolei w każdą parę wyrażających poczucie winy oczu, aż kolejno pospuszczali wzrok. – Nie dzwonił?

– Psiśłał kaltkę! – zawołała Aury wesoło.

Rozpłakałam się.

– Czuję się taka... zapomniana! Budzę się, a moje dzieci mają nową matkę. Cathy, nie zrozum mnie źle. Jesteś dla nich lepsza niż ja.

– Julie! – zawołała Cathy z przerażeniem. – Przestań! Zostałam, żeby pomóc twoim dzieciom poradzić sobie jakoś ze smutkiem i lękiem oraz żeby wykuć z nimi historię Ameryki. I cieszę się, że mi się udało. Przecież ty dla mnie zrobiłabyś to samo. Jak cię znam, to jeszcze przy okazji odmalowałabyś ze dwa pokoje. Nie ma w ogóle o czym mówić.

– Jest, bo nigdy nie zdołam ci się odwdzięczyć. – Ścisnęłam mocniej filiżankę z zimną już kawą.

– Daj spokój. To normalne, że jest ci wstyd. Ale niepotrzebnie. Sama popatrz, twój mąż, którego ty i cały świat uważaliście za chodzący ideał, coraz bardziej oddalał się od ciebie ostatnimi czasy, a ponieważ ty dawałaś się ludziom wypłakać na swoim ramieniu i okazywałaś współczucie... nie, chwileczkę, nie przerywaj... Pewnie uważasz, że powinnaś była to przewidzieć. Może i mogłaś, ale nie przewidziałaś. Jesteś zwykłym człowiekiem, jak my wszyscy, a jesteśmy tak zaprogramowani, że wierzymy, iż ci, którym ufamy, zawsze będą wobec nas lojalni. Leo zachował się jak ostatni palant, czterdziestoletni gówniarz, i pewnie już jest na Hawajach. Fakt, że odszedł, mimo że jego małe dziecko tak strasznie płakało i prosiło, aż nazbyt wymownie świadczy o tym, że w jego odejściu kryje się coś więcej, niż on twierdzi. Musisz to w końcu przyjąć do wiadomości. Jeśli ktokolwiek...

– Zaczekaj! – Niemal krzyknęłam, i to znacznie ostrzej, niż zamierzałam. Rozpłakałam się. Dziewczynki się wystraszyły. W głowie mi dudniło. Nie chciałam, by moja wiara waliła się w gruzy przy dzieciach, ponieważ a nuż – ale tylko a nuż – nie jest to prawda, co mówi Cathy. Może jeszcze miałam męża, który właśnie wychodzi z kryzysu wieku średniego i niedługo wróci do mnie i do domu. Kurczowo uczepiłam się tej myśli, tak jak naiwnie chwytałam się nadziei, że przez ostatnie dwa tygodnie to był po prostu atak... grypy czy czegoś takiego. – Chwileczkę. – Usiłowałam nadać głosowi zwykłe, żartobliwe brzmienie. – Caroline! Gabe! Nie sprawdzilibyście przypadkiem, czy nie ma was gdzie indziej?

– Kiedy mnie się tu podoba, mamo – odparła Caro. – Tyle się dzieje. I poza tym miło słyszeć, że nie mówisz już do mnie Hannah, Connie ani Janey.

Mama Cathy miała na imię Connie.

– Ależ ty potrafisz być nieznośna, Caroline – powiedziałam. – To przecież nie była moja wina.

– Doskonale o tym wiem – odparła moja córka. – I wiem też, że potrafię być nieznośna.

– Pozwól mi wypowiedzieć się do końca – odezwała się Cathy, dolewając mi kawy. – Nawet jeśli wolałabyś, żebym siedziała cicho. Kiedy zachorowałaś, pomyślałaś, że twoja choroba ma bezpośredni związek z odejściem Leo. Że się tak bardzo tym przejęłaś. To się zdarza. Sama wiesz. A potem ogarnęły cię wątpliwości. Co, jeśli naprawdę jesteś chora, jeśli masz złośliwego guza mózgu... którego zresztą nie masz, bo badania krwi wykazały, że w twoim ciele nie ma komórek rakowych. Ale może to być coś jeszcze innego. I co wtedy będzie z dziećmi? Co z tobą? Nagle budzisz się, po raz pierwszy od tygodni czujesz się dobrze, więc myślisz sobie, że złe minęło. A tu okazuje się, że w tym czasie przyjaciółka i syn przejęli twoją pracę. I co ci pozostaje? Gdzie się podziała dawna Julieanne Gillis, królewna łabędzi ze Szkoły Baletowej przy Siódmej Ulicy, kobieta, której Saren kazała wychodzić naprzód i demonstrować całej grupie nowy układ... a wszędzie rozlegały się szepty: Naprawdę jest po czterdziestce? I ma nastoletnie dzieci? – Poczułam spływające po twarzy łzy, co nawet w tym momencie było odczuciem szczególnie przyjemnym. – Gdzie jest teraz tamta Julie? Gdzie jest? – pytam się.

– Wiesz co, Cathy, odczep się i przestań mnie psychoanalizować – odparłam ze znużeniem.

– Nie, nie, mówcie dalej – zachęcała nas Caroline, przysuwając się bliżej w naszą stronę. – To lepsze niż film na TV Lifetime.

– Gdzie ona jest? – domagała się odpowiedzi Cathy, ignorując Caroline.

– Na dnie studni i...

– I co...?

– Jest ciemno, ściany są śliskie i brudne. Wszędzie jest pełno brudów, a ja nie wiem, czy potrafię wyjść. Jestem za mała...

– Co jeszcze?

– Nie jestem pewna, czy chcę stąd wyjść.

– Dlaczego?

– Ponieważ tu nie ma luster.

– Lustereczko, powiedz przecie...? – podrzuciła Caroline.

– Cicho bądź – powiedziałyśmy z Cathy jednocześnie. Podniosłam wzrok na Gabe'a.

– Cathy ma rację. Chyba mi rozum odjęło. Należą się wam przeprosiny, moi drodzy. – Odwróciłam się do Cathy. – Wybacz mi moją zazdrość o to, że tak doskonale dałaś sobie radę beze mnie. Cieszę się też, że rozumiesz, jakie to dla mnie trudne.

– Nie przepraszaj, Julie – odparła Cathy. – Ja czułabym się tak samo.

– Nigdy nie umiałam przyznawać się do błędu.

– Dotąd nie musiałaś – odparła Cathy. – A teraz witamy w naszym klubie.

– Cóż, najwyraźniej przechodzę jakiś krótki kurs kompletnych katastrof życiowych – orzekłam. – Pewnie wkrótce zdobędę mistrzostwo w Nieposiadaniu Racji! – Przywołałam Caroline, a ona niechętnie siadła przy mnie. Aury wspięła mi się na kolana. – Zawiodłam was. To najgorsze, co może zrobić matka. Rozumiecie? – Caroline wolno, straszliwie wolno, pokiwała głową. Aurora tuliła się do mnie. – No więc jeśli kiedykolwiek sprawicie komuś zawód, ale nie będzie to wasza wina, nie wstydźcie się tego.

Otarłam oczy rękawem. Gabe podał mi kuchenną szmatkę do gorących garnków.

– O, dzięki, kochanie – wzruszyłam się. – To dużo lepsze.

Wtedy zauważyłam, że moja ręka drży lekko.

– A co to za nowe diabelstwo? – zaniepokoiłam się.

– Przecież chyba nie udajesz – rzekł niespokojnie Gabe.

– Nie, na pewno nie udaję – odparłam. – Nigdy czegoś takiego nie miałam.

XII
Pamiętnik Gabe'a

Sukienka Tian miała kolor i połysk... jak by to określić... jak budyń waniliowy. Nie, nie brzmi za dobrze. Ale wierzcie mi, wyglądała jak ciepły budyń, aż miałem ochotę wyciągnąć rękę i jej dotknąć. Connie Gleason, matka Cathy, jakby czytała w moich myślach, bo powiedziała:

– Na tym materiale wyraźnie odznaczy się tłusty ślad twoich palców, Gabrielu. Więc proszę cię, trzymaj ręce od niej z dala. Powinna mieć szal lub płaszcz... Gabrielu, delikatnie i ostrożnie... dobrze?

Nie potrafię napisać dokładnie tak, jak to powiedziała, bo nie mam pojęcia, jak oddać mieszankę akcentu irlandzkiego i sheboygańskiego. Byłem kiedyś cały semestr na Columbii na specjalnym kursie, gdzie dowiedziałem się jednej ważnej rzeczy – że nie powinienem być na Columbii. Ludzie ciągle mi tam mówili, że mam akcent. Nic wcześniej nie wiedziałem. Myślałem, że mówię jak ci, co czytają wiadomości. Na Florydzie nikt nie zauważył u mnie żadnego akcentu. Ale nikt z tamtych ludzi nie pochodzi stąd. Z kolei w Connecticut też nikt niczego nie zauważył, ale oni niczego nie zauważają oprócz siebie.

Ale wróćmy do kuchni pani Gleason i wieczoru przed zimowym balem.

– A jak mamy tańczyć, skoro nie mogę jej dotknąć? – spytałem.

– Dżentelmen nie musi zaraz tarmosić kobiety, żeby z nią zatańczyć – odparła Connie. – Dotykaj jej lekko, o tak. – Wzięła Tian w ramiona, a Tian rozpromieniła się, spoglądając na nią. Była niemal tak maleńka i szczupła jak Aury (Tian dała mojej dwuletniej siostrze jedną ze swoich srebrnych bransoletek i ta pasowała). I znacznie drobniejsza niż Connie, która była jakieś pięć cali niższa od mamy. Wyglądała na tak lekką, że miało się ochotę wziąć ją na ręce i nosić, co czasem robiłem, choć Tian szczerze tego nie znosiła i kopała wtedy jak wściekły kot. Kołysały się razem, a w długich czarnych włosach Tian odbijało się światło kuchennej lampy. Patrzyłem w to długie lustro z włosów i aż mnie mdliło. Czy to z powodu niezdrowej żądzy – no, może nie niezdrowej, ale żądzy, jakiej, słowo daję, nigdy potem w życiu nie czułem – czy też na samą myśl, że nie mogę tańczyć, nie doprowadzając do ruiny sukienki Tian.

– Widzisz, Gabe? Bez dotykania – śmiała się do mnie Tian, poruszając gołymi ramionami.

Connie uszyła sukienkę Tian na zimowy bal, a materiał kupiła mama. Jako pierwszoroczni nie mieliśmy za bardzo prawa na nim być. Ale ponieważ Tian przybyła do nas w ramach wymiany uczniów, miała uczestniczyć we wszystkim, co działo się w szkole podczas semestru. Że nam się uda pójść, dowiedzieliśmy się dopiero na jakieś dziesięć dni przed balem. Nie było już czasu, żeby rodzice Tian przysłali jej pieniądze na sukienkę, a ci z Rotary wysłaliby ją do sklepu dobroczynnego. W dodatku nosiła rozmiar minus jeden. Więc do akcji wkroczyła mama, a Connie umiała uszyć wszystko – faktem jest, że do tej pory noszę uszyte przez nią koszule. Uszyła mi nawet wełnianą kurtkę. Wyobrażacie sobie? Kurtkę. To prawie jak zrobić lodówkę czy coś w tym stylu.

Sukienka Tian wyglądała jak z magazynu „People" czy innego żurnala. Dostaliśmy taką śmieszną kartkę od rodziców Tian, z małymi srebrnymi trąbkami i podziękowaniem dla mamy za „cudowny prezent, który uczyni wspomnienia z Ameryki niezapomnianymi". Kiedy Tian zobaczyła skrojoną sukienkę, zaczęła dosłownie podskakiwać do góry z radości.

– Suknia Kopciuszka. Czy mogę ją zabrać do domu? – zapytała natychmiast. – Czy jest moja na zawsze?

Zupełnie jakby nieważne dla niej było to, że za dwa tygodnie się rozstaniemy i że czas, który całkowicie odmienił moje życie, już się kończy. Nic nie szkodzi, byle tylko mogła zatrzymać sukienkę księżniczki.

– Wszyscy będą mnie brali za bogatą Amerykankę – powiedziała mi całkiem serio.

– Gdzie ją będziesz nosić?

– Na kolacje, do restauracji. Na przyjęcia rodziców. W domu. Oni wydają wiele przyjęć. Jesteśmy chrześcijanami – wyjaśniła Tian, jakby to było niezbędnym warunkiem wydawania przyjęć.

– Zapomni, że mnie w ogóle znała – zwierzyłem się Luke'owi przez telefon.

– A to masz jak w banku – pocieszył mnie najlepszy kumpel. – I tak byłeś bez szans, bracie. Więcej jej nie zobaczysz. W dodatku oni są chrześcijanami, a ty jesteś Żydem, od stóp do głów, od dnia twojej bar micwy aż do momentu, kiedy cię wywiozą... Przecież oni nie odróżniają Rosz Haszana od Rusha Limbaugha. Bez szans, mój drogi.

– Pieprzysz.

– Założę się, że wolałbyś ty pieprzyć, ale ją – skomentował.

159

Sam nie wiedziałem, czy wolałbym, czy nie. Moje, że tak powiem, atomy bardzo chciały przelecieć Tian. Ale ja miałem... piętnaście lat. Dopiero co skończone. Byli tacy, co próbowali seksu już na pierwszym roku college'u, ale umysłowo były to kompletne szczawie. Ja zaś doszedłem do wniosku, że ostatnią rzeczą na świecie, jakiej bym pragnął, jest położenie moich brudnych łap na dwóch idealnych jabłuszkach, które opinała sukienka w kolorze budyniu, bez żadnych ramiączek czy czegoś takiego, po prostu opaska z materiału. Złota skóra bez skazy, i ta sukienka, i te włosy. Wyglądała jak wykwintny deser. Miałbym zniszczyć coś tak pięknego?

– Umiesz tańczyć walca? – spytała Connie.

– Chryste, Connie. Nie umiem nawet chodzić jak należy. I zawsze chciałem cię zapytać, jak to się dzieje, że ma się akcent.

– Ja nie mam.

– Masz akcent irlandzki, a Cathy mówi...

– Wprawdzie nie byłam w Irlandii od ponad trzydziestu lat, ale mam tam rodzinę. Pewnie dlatego. – Tego popołudnia usta bez przerwy miała pełne szpilek. I wszędzie, w całym domu Cathy z wyjątkiem pokoju Abby, pełno było małych talerzyków i solniczek z koniczyną. – Naśladowałam moje cioteczne babki. Bo ten przyjazd do Ameryki...

– Znamy tę historię.

Słyszeliśmy ją ze sto razy.

– Ja nie znam – powiedziała Tian. Jęknąłem, ale cichutko. W końcu Connie szyła dla nas sukienkę i to coś, co miałem sobie okręcić w pasie. Wypadało mężnie po raz setny znieść opowieść o „Titanicu".

– Otóż liniowiec „Titanic" – zaczęła Connie, wyjmując po kolei szpilki z ust, a ja machałem wskazującym palcem, jakbym dyrygował orkiestrą – płynący z Anglii...

– Wiem! – zawołała Tian. – Aaaa. – Podskoczyła, ukłuwszy się szpilką tkwiącą w szwie, który nie został jeszcze do końca zszyty.

– Uważaj, dziecko! – ostrzegła Connie.

– Słyszałam w szkole! To statek, który zatonął na północnym Atlantyku. Woda miała temperaturę poniżej zera...

– W stopniach Celsjusza – wyjaśniłem na użytek Connie.

– I setki ludzi zamarzły na śmierć, i teraz nie żyje już nikt. Jedna kobieta przeżyła i dopiero w zeszłym roku... – ciągnęła Tian.

– Mój pradziadek i moja prababka płynęli tym statkiem, pod pokładem, razem z innymi biedakami – mówiła Connie monotonnym głosem, jakby recytowała wiersz. – On nazywał się Henry Gidlow, a ona Constance Lyte Gidlow.

– Jak coca-cola light? – spytała Tian.

– Tak, ale pisane przez „y", nie przez „i". Razem z nimi byli ich synowie Patrick i Michael, i córki Bridget...

– Zawsze u nich jest jakaś Bridget – mruknąłem pod nosem do Tian.

– Cicho bądź – ofuknęła mnie.

– ...i Maeve – ciągnęła Connie.

– Ale jak pani...? – zaczęła Tian.

– Na statku Maeve poznała młodego człowieka, także nazwiskiem Gidlow, pochodzącego z tego samego hrabstwa, ale z bardzo dalekiej rodziny, kuzyna piątego stopnia czy coś takiego, i, wyobraźcie sobie, podczas rejsu wzięli ślub...

– Kto im dał ślub?

– Ksiądz, który z nimi płynął.

– I nie przeżył?

– Ksiądz?

– Nie... no ten. Oni nie wzięli prawdziwego ślubu,

161

prawda, Connie? – Sam nie wiem, dlaczego tak powiedziałem. Wyczułem jakieś niedomówienie w jej głosie.

– Był to ślub wystarczająco ważny w tych okolicznościach.

– A mąż Maeve...

– Zginął w noc katastrofy z honorem.

– Ona żyła? – dopytywała się Tian. Kiedy tylko zaczynało ją coś interesować, rzucała angielskie słowa jak pojedyncze koraliki.

– Przeżyła. To była moja babcia – ciągnęła Connie. – Maeve Gidlow Gidlow. Lubiła powtarzać, że jest jak Eleanor Roosevelt. Kiedy wyszła za mąż, nie musiała zmieniać monogramów na wyprawie! Co nie znaczy, że miała monogramy na wyprawie. Albo choćby wyprawę do wyszywania monogramów.

Oboje z Tian powiedzieliśmy jednocześnie:

– Co takiego?

– Pytacie o wyprawę?

– Nie, o Eleanor Roosevelt – wyjaśniłem.

– Jej panieńskie nazwisko też brzmiało Roosevelt! No, Eleanor! Nie znacie nazwiska żony wielkiego prezydenta? Toż ona była bardziej prezydentem niż on. Mawiała: „Jestem nogami mego męża". Czego teraz uczą was w szkole? Była daleką kuzynką Franklina Delano...

– Coś się nie zgadza! – zaprotestowała nagle Tian.

– Co?

– To nie było trzydzieści lat temu! Tylko siedemdziesiąt! Albo dziewięćdziesiąt!

– Przecież nie twierdzę, że byłam na „Titanicu". Ani że wtedy byłam w Irlandii.

– A jednak byłaś tam?

– Tak.

– Na wakacjach? – spytała Tian.

162

– Nie, pojechałam po siostry mojej babki. Staruszki. Razem z moim mężem.

– Nazywał się Gleason?

– Tak, i to była jego jedyna zaleta. To i bujna czupryna. To był łajdak. Tak naprawdę kochał tylko butelkę. Powinnam była wrócić do panieńskiego nazwiska...

– A co by na to powiedziała rodzina?

– Na zmianę nazwiska? Grunt, że mnie się bardziej podobało – stwierdziła Connie. – Lepiej mi się kojarzyło. Z lepszymi czasami. Z lepszymi ludźmi niż Gleason. Bóg raczy wiedzieć, gdzie on teraz jest, i niech mu ziemia lekką będzie, jeżeli nie żyje.

– Na pewno jeszcze nie umarł, Connie. Ty też jesteś młoda jak na matkę i o wiele za młoda na babcię.

– Kiedyś zaczynaliśmy wcześniej.

Była to sympatyczna rozmowa i nie było żadnego powodu, żeby ją psuć. Mimo to coś mnie podkusiło.

– Wracając do zatonięcia statku, to kiedy opowiada tę historię Cathy, ma się wrażenie, jakbyś to ty była na „Titanicu". Ostatnia, która przeżyła. I to ciebie twój ojciec trzymał nad lodowatą kipielą... – Zachowałem się chyba trochę niegrzecznie. Ale jak się ma piętnaście lat i jest się chłopakiem, to chyba normalne. A jak piętnastoletni chłopak jest grzeczny, to na pewno coś knuje. A może po prostu zachowałem się jak świnia. Chyba tak. W końcu to jedyne znane mi osoby związane z „Titanikiem". A to jest coś i zasługuje na szacunek.

– Nieładnie tak psuć komuś opowiadanie, Gabrielu – zbeształa mnie.

– Bez przesady, Connie! – wykrzyknąłem. – Tak powstają legendy. Co to ma wspólnego z prawdą.

– No wiesz co! – oburzyła się Connie. – To dzięki takim opowieściom zapamiętujemy samych siebie. Oczywiście są bardziej dramatyczne dzieje. Czy twoi dziadkowie nie opowiadają o obozach śmierci? A dziadek o bitwach morskich?

Byłem totalnie wkurzony bez żadnego powodu. Wcale nie na Connie. Za trzy dni miałem trzymać Tian w ramionach (delikatnie), starając się nie nadepnąć jej na nogę – mama przerobiła ze mną najszybszy kurs tańca w historii świata – kompletnie nieprzytomny od uczuć, jakie do niej żywiłem. A po dziesięciu dniach ona wyjedzie. Bum. „Cześć, Gabe. Wracam do domu, żeby chodzić do eleganckich restauracji i zostać lekarzem". I poślubić jakiegoś durnego palanta, który przyjechał do Yale z Bangkoku. A gdybym się tam u niej zjawił, to znaczy w New Haven, na mój widok pewnie by spytała: „Czy my się skądś znamy?". Nogą wysunąłem krzesło spod stołu i klapnąłem na nie ciężko. I wtedy podniosłem głowę i zobaczyłem je. Stały w drzwiach prowadzących do garażu, mama i Cathy.

Stały obok siebie. Dziwnie milczące.

Twarz mamy miała kolor sukienki Tian. Tian, która zawsze się tak zachowywała, podbiegła i objęła mamę w pasie. A mama, która normalnie przytuliłaby ją i powiedziała coś w stylu: „No, no, z ciebie prawdziwa amerykańska debiutantka", tylko patrzyła nad głową Tian w moim kierunku.

– Gabe... – zaczęła Cathy.

– Ja to zrobię – przerwała jej mama.

– Widzisz, jesteś najstarszy... – dodała Cathy.

Nie potrafię nawet wyrazić, jak cholernie mnie zemdliło, kiedy dotarły do mnie te słowa.

– Ja mu powiem, Cathy – upierała się mama. – Czy możesz odwieźć Tian do domu?

Tian kompletnie nie wiedziała, o co chodzi.

– Biegnij, kochanie, i przebierz się – poleciła jej Connie, głaszcząc ją nerwowo po głowie. Tian chwyciła dżinsy i pobiegła do łazienki, a za chwilę pojawiła się ubrana i zaczęła wkładać buty.

– Chodźmy, Gabe – powiedziała mama. – Musimy jechać do domu. Tian, Connie, Cathy, przepraszamy. Macie przez nas popsuty wieczór...

– Nie rób sobie wyrzutów, Julie, kochanie – rzekła Connie serdecznie. – Twoje sprawy są teraz najważniejsze. Choćby...

– Wiem – uśmiechnęła się mama, wyblakłą wersją uśmiechu z opakowania pasty do zębów.

Wsiedliśmy do samochodu i pojechaliśmy drogą obok lodziarni, gdzie dawniej był sklep dziadka, mijając dalej włoską restaurację i centrum handlowe, w którym kupowałem kiedyś moje modele samolotów.

– Mamusiu? – odezwałem się wreszcie, świadom, że mówię tak do niej tylko wtedy, kiedy mam kłopoty w szkole albo chcę prosić o pieniądze.

– Mam stwardnienie rozsiane, Gabe – powiedziała mi, zatykając pasmo włosów za ucho, zupełnie jak Caro, kiedy próbowała się na czymś skupić.

– A co to takiego? – zapytałem. Przyszedł mi na myśl nocny program Jerry'ego Lewisa, w którym zbierał pieniądze na walkę z tą chorobą.

– To nie jest śmiertelne – wyjaśniła szybko. – Choroba mózgu i rdzenia kręgowego, ale... mhm... bardzo wyniszczająca organizm. Nie wiem jeszcze wszystkiego na ten temat. Ani skąd się u mnie wzięła. Wiem tylko, że to wirus. Jeśli system immunologiczny ma predyspozycje... można się zarazić.

Żołądek tak mi się ścisnął, że o mało nie skończyło się to zejściem śmiertelnym.

– A jak to się leczy? Czy my też zachorujemy? Co się na to bierze? Wyniszczająca? Co to znaczy? Jak alzheimer?

– Nie – zaprzeczyła mama. – Na szczęście nie! Chyba że dojdzie do najgorszego.

– Wtedy co?

– Mogę być... chora... tak jak niedawno – rzekła cicho. – Ale może nie. Może nie będzie aż tak źle. Te wszystkie historie, które miałam przedtem, to właśnie od tej choroby. Od stwardnienia rozsianego. Potykanie się, drętwienie w nodze podczas zajęć z baletu. Drżenie rąk. I ciągła senność. U każdego choroba inaczej przebiega i ujawnia się w innych okolicznościach. Kiedy wiosną się tak dziwnie czułam, to właśnie przez to.

– Ale nie będziesz taka przez cały czas?

– Nie – powiedziała, zaciskając ręce na dziesiątce i na dwójce. To ona uczyła mnie prowadzić. Ciągnęła dalej: – Może być ze mną kiepsko, Gabe, ale miejmy nadzieję, że nie od razu. Muszę podjąć pewne decyzje. Tak jak w przypadku cukrzycy. Możesz przestać jeść czekoladę i schudnąć. Albo możesz od razu zacząć brać zastrzyki z insuliny. Mam takie wybory. Spróbować homeopatii... czy medycyny naturalnej. Dodatkowe witaminy. Albo leczenia farmakologicznego. Valium na drżenie i na nerwy. Antydepresanty...

– Masz depresję?

– Wiesz, jeszcze tak do końca prawda nie dotarła do mnie... ale pewnie jak dotrze, to będę miała. Albo też mogę zacząć od razu z grubej rury. To znaczy, zanim się pogorszy, brać leki... antynowotworowe.

– Antynowotworowe?

– Niektórzy lekarze uważają, że powstrzymują one ataki choroby i hamują jej rozwój. Wiesz, myślałam, że tracę rozum. A ty nie myślałeś tak, Gabe? – Próbowała się zaśmiać. Nie bardzo jej wyszło. – Gabe, tak mi przykro. Lekarz powiedział, że choroba może mieć łagodny przebieg. Wtedy będę taka jak zwykle. Jak teraz, nie jak kilka tygodni temu. Będę pracować i tańczyć...

– Będziesz w stanie zajmować się Aury? Dopóki tata...

– Oczywiście. I tobą, i Caroline.

– A będziesz mieć, no wiesz, kłopoty z pamięcią?

– Nie wiem. Chyba nie. Albo nie za często. Może będę musiała brać zastrzyki.

– Zastrzyki? Przecież nienawidzisz zastrzyków.

– Ale w tej formie bierze się leki antyrakowe, które powstrzymują chorobę. Muszę... mhm... wyluzować i tyle. – Aż mi się zachciało płakać, kiedy usłyszałem, że próbuje mówić tak jak ja.

– A co trzeba robić, żeby zabić tego wirusa czy co tam masz?

– To nieuleczalne, Gabe. Nie da się zabić wirusa. Można go osłabić, jeśli to przeziębienie. Ale tego nie. Będę go już miała do końca życia.

– Jakoś nie mogę w to uwierzyć.

– Nie ma rady. I trzeba powiedzieć Caroline i małej. Zrobimy to razem.

„Czy szybko znów zachorujesz? Czy znów będziesz musiała położyć się do łóżka? – myślałem. – Jak to zorganizujemy? Czy będę musiał siedzieć w domu i opiekować się mamą jak dzieckiem?"

– My... Może chcesz zatrzymać się i napić się kawy albo wody, albo czegoś takiego.

– Nie potrzeba – odparła. – Pojedziemy od razu do domu, załatwimy to... zjemy kolację...

– Zaczekaj – przerwałem. – Więc możesz nigdy się nie rozchorować albo możesz zachorować tak, że się już nie podniesiesz, i to nagle...

– Setki tysięcy ludzi chorują na stwardnienie rozsiane – odparła mama. – Wiele osób całymi latami nie wie

o swojej chorobie. Bardzo często w ogóle nie powiedział-
byś o kimś na pierwszy rzut oka, że jest chory. Są jednak
przypadki całkowitej utraty wzroku albo mowy...
– Jeśli setki tysięcy ludzi na to chorują, dlaczego tak
mało o tym wiadomo?

Mama westchnęła. To było westchnienie pełne rezy-
gnacji. Poczułem się jak ostatni dureń. – Przepraszam,
mamusiu – powiedziałem. Zobaczyłem, że łzy napływają
jej do oczu.
– To ja przepraszam. Wszystko przez to świństwo.
I jeszcze ta historia z ojcem... – Westchnęła i uniosła ramiona, bardzo po gillisowsku. – Posłuchaj, kochanie, coś
wymyślimy. I zadzwonimy do taty...

Jeżeli wściekłość może dostać przyśpieszenia, to z moją
właśnie tak się stało. Od zera w chwili wyjazdu Leo, do
sześćdziesięciu w tej chwili. Pomyślałem sobie: „Ty palancie". Otwarcie przy mnie snuła mrzonki o „dzwonie-
niu do taty". Przecież doskonale wiedziała, że w ciągu
tych wszystkich miesięcy od jego wyjazdu nie udało się
nam z nim skontaktować, nie pomogły nawet listy, które wysłaliśmy na adres skrzynki pocztowej w stanie
Nowy Jork, gdzie, jak obiecał, miał być jego „stały adres" podczas „urlopu". Nie daliśmy rady, ani ja, ani Caroline, ani Cathy. Musiała wiedzieć, że zadzwonił
dokładnie trzy razy w ciągu trzech miesięcy, i na tym
koniec – raz w tydzień po wyjeździe, raz na Boże Narodzenie i raz na urodziny Aury. O tylu telefonach
przynajmniej ja wiedziałem. Może zadzwonił do mamy
w nocy, kiedy spaliśmy, ale nie, powiedziałaby coś. Nawet przed tą całą chorobą od razu było widać, jak bardzo
cały czas się martwi. Robiła rzeczy, jakie się robi raczej
w moim wieku: podnosiła słuchawkę, żeby sprawdzić,
czy linia działa, jak wtedy, gdy się bardzo czeka na telefon.

Pojechaliśmy Pine Street, autostradą obok tablicy ABS i szkoły, zjazdem w lewo do naszej dzielnicy, która nazywała się Gray Harbour, mimo że nie było tam nic szarego, z wyjątkiem jednego domu, ani żadnego portu*. Ojciec mówił mi, że Gray to postać prawdziwa, farmer, do którego należała ta ziemia. Jak się spodziewałem, zamilkła całkiem, choć normalnie mamuśki nie można zatkać, taka jest gadatliwa. Nie odezwała się, dopóki nie wjechaliśmy na podjazd. Zatrzymała samochód.

– Dziecko kochane. Nie chcę, żebyś się smucił. Jak tylko skontaktujemy się z ojcem, zaraz przyjedzie. A ja jestem silna i zdrowa, i... zrobię wszystko, co mi każą, nawet będę brać leki. Nie od razu, ale... – Wzięła mnie za rękę, a ja nie protestowałem. – Nie będę rośliną, Gabe.

– W porządku, mamo – odparłem, choć nic nie było w porządku.

Caro była u Marissy. Zadzwoniłem do niej, powiedziałem, żeby nie zadawała pytań, tylko wzięła tyłek w troki i wracała do domu. Mama pojechała odebrać Aury od opiekunki, swojej dawnej koleżanki z pracy, niejakiej Stelli. Zrobiła makaron z oliwą i sałatkę z ogórka i rukoli.

Zjedliśmy w całkowitym milczeniu.

Dopiero wtedy powiedziała:

– Auroro, pamiętasz, jak mama musiała leżeć cały czas?

– I nie myłaś włosków? – spytała Aurora.

– Tak.

– Mama brzydko pachniała – stwierdziła Aury.

– To dlatego, że byłam chora. Ale ciocia Cathy zabrała mnie do pana doktora, a pan doktor mi pomoże.

– Świetnie, mamusiu – ucieszyła się Aury. Chciało mi się wyć, ponieważ Aury odpowiedziała tak, jak my mó-

---

* Gray Harbour – szary port (ang.).

wiliśmy do niej, kiedy na przykład nauczyła się nazwy nowego koloru. – Możesz teraz jeść jak duża dziewczynka, moja mamusiu.

– Ale jeśli znowu zachoruję, ciocia Cathy i babcia, i dziadziuś pomogą nam, a tata niedługo wróci do domu. – Prawdę mówiąc, myślałem, że po trzech miesiącach Aury zapomniała o Leo. Ale ona uśmiechnęła się, podbiegła i objęła mamę.

– Dobrze, mamusiu. Świetnie – zaszczebiotała. – Gej – zwróciła się do mnie. Nie umiała wymówić Gabe. Nazywała mnie więc „Gej" ku wielkiej uciesze Luke'a. – Tatuś wlaca do domu.

– Tak, mała. Tatuś wróci i będzie dobrze.

– Gabe, proszę, czy mógłbyś położyć ją do łóżka? – Miałem angielski do odrobienia, ale jej martwy głos poruszył mnie do tego stopnia, że postanowiłem darować sobie lekcje. Pani Kimball, moja tak zwana nauczycielka specjalna, i tak się po mnie zbyt wiele nie spodziewała.

Zaprowadziłem Aury do jej pokoju, wciągnąłem jej przez głowę małą piłkarską koszulkę, a potem nałożyłem jej spodnie od piżamy ze stópkami, z których wystawało po jednym paluszku. Musieliśmy wyciąć dziurki w stopkach, żeby mogła wysuwać palce. Strasznie się złościła, jak nie miała tych dziurek. Dopilnowałem, żeby umyła zęby szczoteczką z księżniczką Jasmine. Przeczytaliśmy jeden z tych okropnych komiksów Richarda Scarry'ego z pięćdziesięcioma dwoma świnkami, lisami i wężami, pracującymi na wywrotkach, kierującymi ruchem i gadającymi w małych dymkach. Lektura czegoś takiego na ogół doprowadzała ją do stanu skrajnego znużenia, ale tym razem zażyczyła sobie jeszcze, żebym ją „podskoczył" na łóżeczku. Oboje z Caro tak z nią robiliśmy: mówiliśmy „Hop, hop, hop, buuum", a potem kładliśmy ją. Aury mogłaby się tak bawić całą noc, gdyby tylko jej na to pozwolić. Poprzestałem na pięciu „bumach". Potem, czując twardą kluskę w gardle, pocałowałem małą, spoconą główkę.

Zszedłem na dół, tupiąc głośno po drodze. Nie chciałem zaskoczyć mamy.

Mama i Caroline siedziały przy kuchennym stole. Zapewne odbyły tę samą rozmowę o tym, co to jest stwardnienie rozsiane i jak różne objawy wywołuje u różnych ludzi. Caroline sprawiała wrażenie znudzonej. W końcu spytała:

– Mogę zadzwonić do Justine?

A mama ze znużeniem kiwnęła głową.

– Ale z komórki – dodała. – Stacjonarny będzie mi potrzebny.

Wziąłem słuchawkę i zdjąłem karteczkę z numerem komórki taty, przyczepioną do korkowej tablicy.

– Mam wyjść? – spytałem.

– Nie – odparła mama. – Usiądź.

Wybrała numer.

Wsłuchiwała się.

Potem oddała mi słuchawkę.

Wybrałem numer.

„Tu informacja telefoniczna. Wybrany przez ciebie numer jest nieaktualny lub został odłączony" – rozległ się nagrany na taśmie głos.

– Może nie zapłacił rachunku? – zaryzykowałem.

– Ja zapłaciłam ten rachunek, Gabe – rzekła cicho.

– Pewnie jest poza zasięgiem, na przykład w którymś z tych swoich kanionów.

– Wiesz dobrze, że nie.

Siedziałem nieruchomo.

Bardzo nie chciałem słuchać dalszego ciągu.

– Widać nie chce, żebyśmy się z nim skontaktowali – stwierdziła. – No cóż. Cathy miała rację. Od samego począstku nie chciał, żebyśmy go odnaleźli. Jeśli tak, to trudno. Ale dam mu jeszcze czas, Gabe. Poczekam na wiadomość od niego, bo jeśli w ogóle kogoś znam naprawdę dobrze, to właśnie jego. Znałam go przez całe moje dorosłe życie i wiem, że nigdy, przenigdy nie zawiódłby mego zaufania. To nic, że teraz jest zagubiony, skoncentrowany na sobie i słaby. To dobry człowiek. Dobry człowiek. Twój ojciec jest... dobrym... człowiekiem.

Łzy spływały jej po twarzy i była to jedyna oznaka płaczu. Oddech miała regularny i spokojny. Siedziała nieruchomo, z rękami bezwładnie spoczywającymi na kolanach.

Wstałem.

– Nie będzie ci smutno, jeśli pojadę zobaczyć się z Lukiem?

– Jest ciemno, Gabe. Nie chcę, żebyś jeździł rowerem bez świateł.

– Pójdę na piechotę.

Mama westchnęła.

– Weź samochód – powiedziała. – I tak wiem, że go bierzesz. To tylko kilka przecznic.

Nieźle mną trzepnęło. Nie miałem jeszcze nawet tymczasowego prawa jazdy. Skąd ona wiedziała? Spojrzałem na nią, żeby sprawdzić, czy nie drżą jej ręce. Ale nie drżały. Tylko patrzyła prosto w ścianę, jakby to było lustro.

Moim ulubionym malarzem jest Edward Hopper. No, może nie tyle ulubionym, ile jedynym, którego obrazy widziałem. Lubię je, ponieważ wyglądają jak rzeczywistość, jak fotografie, i to w dodatku bardziej rzeczywiste niż rzeczywistość. Mam wrażenie, że Hopper umiał namalować to, co ludzie czują, jakby widział ich od środka, a nie od zewnątrz. Nawet kiedy malował domy, wyglądały tak, jakby malarz potrafił przekazać, co dom myśli.

Spojrzałem znów na mamę. W ostrym świetle kuchennej lampy jej twarz była bardzo blada. Ręce spoczywały teraz obok siebie na drewnianym stole, włosy miała zatknięte za jedno ucho i wyglądała jak na obrazie Edwarda Hoppera. Jakby nie siedziała w naszej kuchni w Sheboygan, ale w samotnym przydrożnym barze, i miała jeszcze dużo czasu do odejścia autobusu, a stać ją było tylko na kawę. Byłaby dobrym tematem dla Edwarda Hoppera, tylko szkoda, że za cenę spapranego życia.

XIII
Psalm 55

ZBĘDNY BALAST
Pod red. J.A. Gillis
„The Sheboygan News-Clarion"

Droga J.,

mam już powyżej uszu. Mdli mnie od ciągłego wysłuchiwania, jaka to jestem „mądra i silna". Ojciec właśnie miał zawał, ale dzięki Bogu wszystko skończyło się szczęśliwie. Teraz jednak przez kilka miesięcy ktoś musi wozić go na rehabilitację, czego mama nie może robić, choć jest zdrowa, ponieważ niebawem sama będzie mieć operację katarakty. Tymczasem oboje z mężem pomagamy synowi szukać uczelni, a ja mam dość absorbującą pracę. Mój brat i siostra, jedno starsze, drugie młodsze, mieszkają dosłownie po drugiej stronie granicy stanu. W Indianie. Niecałą godzinę drogi od nas. Myślisz, że nam pomagają? Akurat! Mój brat potrafi jedynie jęczeć na temat swojego rozwodu, a siostra narzekać na artretyzm, który wcale nie jest taki zaawansowany. Dlaczego ludzie wiecznie wykorzystują tych, którzy potrafią dbać o swoje zdrowie i prowadzić normalne życie? Gdyby mój mąż nie zachowywał się naprawdę wspaniale, zaczęłabym zaglądać do kieliszka!

Przeciążona z Oleander

Droga Przeciążona,

no dobrze, wyobraźmy sobie, że nagle wszystko się zmienia. Nie jesteś już ta silna. Jesteś słaba. Jesteś w depresji. Masz artretyzm, a Twoje małżeństwo się rozpada. Twoi rodzice nie żyją, więc nie mają problemów ze zdrowiem i nie potrzebują Twojej pomocy. Twój syn nie szuka dobrej szkoły. Przechodzi rehabilitację po wypadku. Zabił przechodnia, prowadząc po pijanemu. Pije, ponieważ Ty popijasz.

Lepiej się czujesz teraz? Ludzie dlatego szukają u Ciebie wsparcia i obciążają Cię swoimi problemami, że TOBIE SIĘ UDAJE. Jesteś zdrowa, masz normalną rodzinę i poukładane życie. To rzadkość. Wiem, że masz więcej na głowie, niżbyś sobie życzyła. Witamy w naszym klubie. Na początek spróbuj być za to wdzięczna.

J.

Powiedzenie dzieciom o diagnozie było chyba najtrudniejszą rzeczą w moim życiu.

Dowiedzenie się o tym samej było nie mniej trudne.

A było to tak.

Najpierw obie z Cathy długo siedziałyśmy w gabinecie, czekając na lekarza. Na zmianę kręciłyśmy się na obrotowym krześle. Oglądałyśmy zawartość szklanych szafek. Raz poszłam do ubikacji. Cathy zajrzała do mojej karty w plastikowej skrzynce na drzwiach.

– Zazdroszczę ci – powiedziała. – Ile schudłaś?

Nie poruszałyśmy tematu, który był równie oczywisty jak nasza przedłużająca się obecność w gabinecie. Zbyt się to wszystko przeciągało. Zabranie się do odczytania rezonansu magnetycznego ma prawo zająć lekarzowi kilka dni, ale kiedy już się do tego weźmie, poinformowanie pacjenta nie powinno trwać aż... czterdzieści siedem minut, w dodatku jeśli pacjent został specjalnie wezwany po odbiór wyników.

– Gdzie on się, do cholery, podział? W golfa poszedł pograć czy co? – zirytowała się Cathy, spoglądając na zegarek, tak lekko licząc, już po raz piętnasty. Jakby w odpowiedzi na te słowa do gabinetu wpadł jak burza doktor Billington, chwycił okulary i usiadł przy biurku, rzucając nam zdjęcia mojej szyi i głowy.

– Hm, w zasadzie, pani Gillis, muszę potwierdzić to, co pani już zapewne wie. Rzadko zdarza się pacjentka, która by nie sprawdziła w Internecie, co wywołuje podobne objawy. Na ogół ma już przygotowaną dla mnie całą listę pytań. Jestem gotów na nie wszystkie odpowiedzieć, najlepiej jak potrafię. Najważniejsze pytanie, jakie na ogół pada na samym początku, brzmi: jak będzie wyglądał przebieg choroby? Niestety, nie jest to jedyne pytanie, na które medycyna nie...

– Chwileczkę – przerwała Cathy. – Wprawdzie potrafimy korzystać z Internetu, ale nie bardzo wiemy, o jakim procesie chorobowym pan doktor mówi. Czy to znaczy, że Julie miała udar, czy łagodny guz...

– Bardzo panie przepraszam. Sądziłem, że dostała pani skierowanie do nas z powodu uzasadnionego podejrzenia stwardnienia rozsianego. Biorąc pod uwagę gwałtowność wystąpienia symptomów, na jakie się pani uskarża, oraz obraz kliniczny otrzymany na zdjęciach...

– Ja mam stwardnienie rozsiane? – spytałam. – Ja mam stwardnienie rozsiane? Mam być kaleką? Jeździć na wózku? Mam przecież dwuletnie dziecko. Tylko nie... I czy to przypadkiem nie jest choroba ludzi starszych? Ja... chwileczkę. Pierwszy lekarz, mój lekarz domowy, powiedział, że najprawdopodobniej jest to...

– ...niezborność ruchów wywołana przez wirusa lub infekcję bakteryjną w uchu bądź w innym miejscu. No cóż, zdarza się, że infekcja wirusowa, w zależności od umiejscowienia, powoduje problemy z równowagą i koordynacją ruchów, a nawet omamy słuchowe, ale jest to przypadek bardzo rzadki... Poza tym, pani Gillis, mieści się pani w przedziale wiekowym zapadalności na tę chorobę.

– A depresja? Syndrom chronicznego zmęczenia? Mój lekarz powiedział, że to możliwe, że... w zasadzie nie do wykrycia! Albo zatrucie pokarmowe. Zatrucie rtęcią. Zatrucie ołowiem...

– Pani Gillis, wszystko, o czym pani tu mówi, mogłoby mieć dla pani o wiele gorsze konsekwencje. Dawniej zdarzało się, że diagnozy SM nie można było postawić na sto procent, ale metody stosowane obecnie pozwalają stwierdzić tę chorobę ponad wszelką wątpliwość. Chwileczkę! Owszem. Nastąpiła pewna poprawa. Mózg to cudowny organ, posiadający niezwykłą zdolność przejmowania przez nieczynne dotąd partie funkcji części uszkodzonych. Trochę na zasadzie objazdu, kiedy po wypadku policja kieruje samochody inną trasą. Zazwyczaj choroba atakuje osoby w przedziale wiekowym między dwadzieścia a czterdzieści lat. A pani nie ma infekcji. Jest to schorzenie, które stopniowo uszkadza otoczkę mielinową nerwów...

– Wiem, co to jest SM! – przerwałam gniewnie. – I dlatego też... chcę zasięgnąć opinii drugiego specjalisty. Skoro teraz... dobrze się czuję. Nawet bardzo dobrze. W zeszłym tygodniu poszłam na zajęcia z baletu. Byłam nieco sztywna, ale przecież... gdybym miała SM, utykałabym i zataczałabym się jak pijana.

– Niekoniecznie. Miejmy nadzieję, że nastąpiła remisja, która może potrwać długo. Często się zdarza, że po wystąpieniu pierwszych objawów pacjenci całkowicie wracają do dawnej formy i czasami nawet... nie zawsze, ale czasami... jest to poprawa trwała. Utrzymująca się latami. Ale zdarza się to rzadko. Widziałem już jednak takie przypadki. Bardzo dobrze – ciągnął doktor Billington – że nie ma już pani trudności z chodzeniem. Oznacza to, że możemy mieć nadzieję na łagodny przebieg choroby...

– Jeśli rzeczywiście mam SM!

– Może to być forma RR, czyli rzutów i remisji – tłumaczył doktor. – Oznacza to, że po trudnym okresie, jaki pani niedawno przeszła, możliwe jest przeżycie tygodni, miesięcy albo nawet jeszcze dłużej bez kolejnego nawrotu. A nawet jeśli objawy wystąpią, mogą mieć łagodny przebieg albo taki sam jak poprzednio. Jednak mogą też być bardziej dokuczliwe. Tu nic się nie da stwierdzić na pewno. Mówiła pani, że niektóre objawy utrzymywały się dłużej?

Drętwienie – pomyślałam.

– Niewielkie drętwienie w ręce i w nodze po zewnętrznej stronie uda – wyjaśniłam. – I mam drobne problemy z równowagą... w pewnym sensie też z myśleniem. To zabrzmi głupio, ale trudno mi zmusić myśli do tego, czego ja chcę. Trudno mi zapanować nad słowami.

– Od jak dawna utrzymują się symptomy zaburzeń intelektualnych? – Lekarz sprawiał wrażenie autentycznie zainteresowanego, ale nie zaskoczonego.

– Głównie chodzi o drętwienie. – Cały czas myślałam o balecie i mojej nodze, sunącej po podłodze, wolno rozprostowującej się. – I problemy z kontrolowaniem... ruchów...

– Od jakiego czasu? Od kilku tygodni?

– Od blisko dwóch lat – wtrąciła się do rozmowy Cathy. – Przynajmniej z tego, co u niej zaobserwowałam. Co najmniej.

– Rozumiem – rzekł doktor Billington. – Pytałem jednak o sprawy związane z procesem myślenia...

– Nie mam żadnych zaburzeń intelektualnych! –

178

krzyknęłam i rozpłakałam się, wściekła, że płaczę. – Mam niewielkie kłopoty z pamięcią. Takie tam premenopauzalne historie. Dość trudno mi przychodzi uczenie się nowych rzeczy. Zawsze tak było i podobne trudności ma mój...

– To możliwe. Ale z tego, co pani mówi, wygląda mi to na objaw choroby...

– Nie! Ja naprawdę czuję się dobrze!

– Uznamy, że czuje się pani dobrze dopiero wtedy, gdy stan ten utrzyma się przez jakiś czas bez nawrotu poważniejszych objawów – odrzekł doktor Billington z westchnieniem. – Trzeba będzie przyjrzeć się temu bardzo uważnie. Najwyraźniej niedawno przeżyła pani jakiś wstrząs. Czy może była to śmierć bliskiej osoby? Jakiś szok? Pytam nie z ciekawości, ale dlatego, że stres często pogarsza stan chorego...

– Tak było – potwierdziła Cathy.

– Mimo to chciałabym zasięgnąć rady innego lekarza, zrobić następne badania... To nie znaczy, że kwestionuję... – zaczęłam.

– Oczywiście, proszę bardzo, pani Gillis. Jednak te zdjęcia nie kłamią – odrzekł lekarz. – Wyraźnie widać uszkodzenia rdzenia kręgowego, charakterystyczne dla SM.

Później Cathy zrelacjonowała mi resztę tego, co doktor Billington nam powiedział. Zrobiła dokładne notatki na temat przebiegu zalecanego przez niego leczenia, jakie zaordynowałby „własnej żonie". Zaproponował wizyty w przychodni, w trakcie których nauczyłabym się robić sobie zastrzyki. Zastrzyki oznaczały nadzieję. Niektóre lekarstwa podawane w małych dawkach – jedyna mówiąca mi coś nazwa to interferon, o którym wiedziałam, że jest chemioterapeutykiem stosowanym w leczeniu raka – podobno spowalniały postęp choroby, pomimo pewnych efektów ubocznych, które, jak określił doktor, „nie są bez znaczenia". To Cathy omówiła możliwość zastosowania leków antydepresyjnych i spytała o grupy wsparcia w najbliższej okolicy. Powiedziała też lekarzowi, że słyszała, iż leki zwiotczające mięśnie czasami pomagają zarówno na sen, jak i na niedowład spastyczny. To Cathy zadała wszystkie te pytania dotyczące tańca, jogi, możliwości korzystania z komputera, o to, jak zniosę upalne i wilgotne lato w Sheboygan.

Ja nie pytałam o nic.

Mój umysł głośno krzyczał, ale z moich ust nie wydobywał się żaden dźwięk.

Lekarz wręczył mi plik broszur i teczkę wypchaną zielonymi, złotymi i różowymi kartkami z numerami telefonów. Zadawał wiele pytań. Karteluszki rozsypały mi się na podłogę.

– Upuściłam je, bo jestem zdenerwowana – wyjaśniłam. – Nie dlatego, że jestem spastyczna. Trudno zachować spokój w takiej sytuacji.

Doktor okazał się naprawdę wyrozumiały.

– Niełatwo jest pogodzić się z taką wiadomością. Musi upłynąć trochę czasu, zanim człowiek oswoi się z tym, co uważa na początku za gorzką niesprawiedliwość, zwłaszcza jeśli się było zdrowym...

– Ja nadal jestem zdrowa! – krzyknęłam.

– Pani Gillis – upomniał mnie doktor łagodnie.

– A jaki jest najgorszy możliwy scenariusz?

– Może lepiej zostawmy na razie ten temat.

– Dlaczego? Mam chyba prawo wiedzieć.

– W najbardziej ostrej postaci SM przebiega szybko i niepowstrzymanie, doprowadzając do całkowitej niewydolności organizmu, głównie układu oddechowego, i w rezultacie do śmierci. Ostry przebieg najczęściej obserwujemy u mężczyzn, choć z kolei dwa razy więcej kobiet niż mężczyzn zapada na SM. Dzieje się tak prawdopodobnie ze względu na inną strukturę hormonalną u obu płci. Innymi słowy, ta najcenniejsza w kobietach zdolność dawania życia...

– Aaa, rozpłodowa klacz – jęknęłam.
– Słucha mnie pani?
– Tak, przepraszam.

– Nauka nie wyjaśniła jak na razie, dlaczego wśród chorych jest więcej kobiet niż mężczyzn, ponieważ badania nad różnym przebiegiem choroby u obu płci przeprowadzane są zaledwie od kilku lat. Za to u kobiet choroba na ogół objawia się łagodniej. Najlepszy możliwy scenariusz jest taki, że stan pani się nie pogorszy i jeśli wystąpią objawy, to nieliczne i niezbyt często.

– Czy będę przykuta do wózka?
– Niekoniecznie.
– Czy umrę młodo? To znaczy młodo jak na to, by umierać? Wiem, że już nie jestem taka młoda.
– Trudno przewidzieć. Widzi pani, my po prostu nie wiemy. Nie można wcześniej określić, jaki będzie przebieg, więc cokolwiek bym pani teraz powiedział... no cóż, byłoby to kłamstwo. To nieprzewidywalna choroba. Wiele osób ze stwardnieniem rozsianym może normalnie chodzić. Jedni nie mają z tym większych problemów, inni muszą korzystać z laski. Bardzo rzadko spotyka się przypadki, kiedy potrzebne są specjalne środki higieny...

– Specjalne środki higieny? Ma pan na myśli pampersy? To znaczy, że mogę mieć też problemy z pęcherzem? Wolałabym umrzeć. Zdecydowanie wolałabym umrzeć.

– Głupstwa mówisz, Jules – powiedziała Cathy poważnie.

– Cathy, przecież wiesz, jak bardzo bym się wstydziła. Wręcz chorobliwie...

– Wiem doskonale. Ale nie umarłabyś. Nie przesadzaj. A co wtedy z dziećmi? Co ze mną? Nawet z Leo?

– Właśnie się dowiedziałam, że mam chorobę, która zrujnuje mi życie.

– Czy ty w ogóle słuchasz, Julie? Doktor właśnie powiedział, że wcale nie musi tak być. Możliwe jest, że nigdy nie wrócą tamte objawy. Mogą wystąpić tylko niewielkie ataki. Nikt nie mówi, że nie będziesz w stanie chodzić, pracować... tańczyć...

– Chciałam pana jeszcze o coś spytać – rzekłam niespokojnie. – Moi czytelnicy piszą mi czasem o swoich krewnych chorych na SM. Stosują oni zioła, a w jednym przypadku nawet apiterapię. Może najpierw powinnam spróbować diety, ćwiczeń i tego rodzaju rzeczy, a dopiero potem przejść do mocniejszych leków, jeśli będzie trzeba...

– Oczywiście, może pani – zgodził się doktor Billington, zdejmując okulary i przecierając oczy. Bez okularów wyglądał na rówieśnika Gabe'a. – Być może nawet poczuje się pani lepiej, lecz choroba i tak będzie robić swoje w organizmie. Niektórzy sądzą, że poważna postać SM... nie ta śmiertelna, ale tak zwana wtórna progresja, zaczynająca się od nawrotów choroby, za każdym razem gorszych... to skutek odwlekania nieuniknionego przyjmowania silnie działających leków. Panuje więc opinia, że najlepiej jest od razu ostro zaatakować chorobę odpowiednimi środkami, zanim stan się pogorszy, ponieważ nie wiemy na pewno, co dzieje się wewnątrz systemu nerwowego. Biorąc pod uwagę fakt, że ma pani... niewiele ponad czterdzieści lat, jest duża szansa, że dożyje pani sędziwego wieku... może z pewnym upośledzeniem niektórych funkcji, postępującym w miarę upływu czasu, ale możliwe jest też, że nikt, poza panią, tego upośledzenia w ogóle nie zauważy. Jestem jednak przekonany, że stosowanie leków, których skuteczność jest udowodniona... może nie w każdym przypadku, ale na ogół tak... mimo pewnej uciążliwości, jest jedyną słuszną metodą. I najlepiej zastosować ją od razu. Trzeba walczyć. Rozumie pani? Może okazać się, że nie będą konieczne żadne... wózki ani nic takiego. W tej chwili przeżyła pani szok po usłyszeniu diagnozy, ale miejmy nadzieję, że pewnego dnia uzna pani samą siebie za jedną z tych chorych, którzy mieli szczęście.

W środku we mnie wszystko krzyczało: „Szczęście! Szczęścieszczęścieszczęście!" i „LeoLeoLeoLeo!". Usiłowałam się uśmiechnąć. Usiłowałam być uprzejma. Cathy pomogła mi wstać.

XIV
Rut

ZBĘDNY BALAST
Pod red. J.A. Gillis
„The Sheboygan News-Clarion"

Droga J.,

wiem, że doktor Kevorkian siedzi w więzieniu, ale są ludzie, którzy go potrzebują. Mam miastenię. Na razie poruszam się normalnie, ale wiem, że przyjdzie czas, kiedy albo będzie się musiał mną zająć któryś z moich synów, albo trafię do domu opieki, co pochłonie oszczędności całego mojego życia. Chcę zakończyć życie, dopóki jestem zdrowa i w pełni sił. Moi synowie mają własne rodziny i mieszkają na północnym zachodzie Stanów. Bogu dzięki nawet nie wiedzą, że jestem chora. To wspaniali chłopcy, mają dobre żony i kochane dzieci. Opieka nade mną jest ostatnią rzeczą, jakiej im potrzeba. Nie chcę być źle zrozumiana. Nie użalam się nad sobą. Chcę odejść w cywilizowany sposób, zanim stanę się kulą u nogi dla moich dzieci. Nie chcę też wydać wszystkich oszczędności na dom opieki. Słyszałam, że są książki o tym, jak nieuleczalnie chorzy mogą zakończyć swoje życie z godnością.

Zdesperowana z Lancaster

Droga Zdesperowana,

całkowicie podzielam Twój lęk przed niepełnosprawnością, ale nie żądaj, bym godziła się na plany samobójcze. W hospicjach pacjenci umierają w sposób godny, kiedy nadchodzi ich czas. Dopóki możesz czytać, śmiać się, cieszyć dobrym jedzeniem, chodzić, Twój czas jeszcze nie nadszedł. Jeśli Twoi synowie są tacy wspaniali, to dlaczego nie chcesz, by Cię wsparli w chorobie? Czy Ty chciałabyś, żeby znalazłszy się w podobnej sytuacji, odebrali sobie życie, zamiast poprosić Cię o pomoc? A co z Twoimi wnukami? Jesteś dla nich znacznie cenniejsza niż laptop czy motocykl. Skończ z cierpiętnictwem. Niech Twoi synowie przejmą pałeczkę i albo sami pomogą, albo znajdą ludzi, którzy się Tobą zajmą. Zwróć się do rodziny. To właśnie Robert Frost rozumiał przez słowo: dom. Jest tam, gdzie Cię przyjmą z otwartymi ramionami.

J.

Droga J.,

jestem zakochana w mężczyźnie dziesięć lat młodszym ode mnie. Oboje jesteśmy zgodni co do tego, żeby mieć dzieci przez adopcję lub dzięki zastępczej matce, jeśli nie będzie można inaczej, natomiast on mi wyznał, że niepokoi się moim wyglądem, bo w przyszłości, kiedy się zestarzeję, uwagi ludzi widzących nas razem mogą być dla mnie przykre. Zasugerował, żebym zrobiła sobie operację plastyczną już teraz, kiedy jestem po czterdziestce. Stać mnie na nią, ale nie wiem, czy jej chcę. Jestem ładna, mam dobrą figurę. Zastanawiam się, dlaczego on bardziej się tym przejmuje niż ja. Jestem wdową, a on nigdy nie był żonaty.

Zakłopotana z Beaver Dam

Droga Zakłopotana,

oto krótka recepta dla Ciebie: rzuć palanta. Jeżeli Twój ukochany boi się opinii innych na temat różnicy wieku między

185

Wami, to wiele mówi o nim samym. Pewnie teraz wygląda jak Mel Gibson, ale spróbuj go tylko spytać, czy pójdzie na odsysanie tłuszczu, jak za parę lat zrobią mu się fałdy na brzuchu. Jest całe mnóstwo sposobów odmłodzenia skóry bez uciekania się do metod chirurgicznych. Jeśli sama chcesz tej operacji, poddaj się jej. Ale dla siebie, nie dla niego. A najlepiej rzuć pana Wrażliwca i przeprowadź się do Włoch, gdzie ceni się dojrzałe, zmysłowe kobiety. I doradź mu, żeby zatrudnił się jako kelner w Hooters.

Powodzenia

J.

Nie do końca czułam się pewnie w skórze nowej, uszczypliwej Julie – tej, która wyłoniła się z mieszanki stylu Gabe'a i Cathy oraz mojego własnego zdrowego rozsądku. W dodatku kilka tygodni później dostałam telefon.

Tego się właśnie obawiałam.

Steve Cathcart, szef gazety, dał mi do zrozumienia, że sprawa jest pilna. Pewna byłam, że oznacza to mój rychły koniec.

Odwlekałam zadzwonienie do niego, bo, przynajmniej w pewnym sensie, sprawy zaczęły się cholernie dobrze układać. Poza niewielkim pieczeniem w udzie, kilkoma potknięciami i budzącymi za każdym razem niepokój skurczami w kolanie, czułam się zdrowa jak ryba. Ponadto obie z Caro weszłyśmy w fazę przedziwnej bliskości, kruchej jak cukrowe jajko. Razem chodziłyśmy na balet, potem „na kawę", mierzyłyśmy buty z odpowiednimi do nich skórzanymi torebkami, na jakie nigdy nie byłoby nas stać. Wyznała mi, że jeszcze „nie robiła tego" z chłopakiem, a Justine już tak. Ja wyznałam jej, że jestem bardzo jej za to wdzięczna i że ma u mnie pięćset dolarów, jeśli dotrwa bez „robienia tego", aż skończy szkołę.

– Pięćset – mruknęła. – No, no.

– To prawie bilet w obie strony do Paryża poza sezonem – zauważyłam.

– Za nierobienie d o k o ń c a, mamo? – spytała. – Czy w ogóle niczego?

Pomyślałam o swojej niezaspokojonej tęsknocie za moim prawdopodobnie dawno utraconym mężem.

– Nierobienie tego nie oznacza w ogóle nierobienia niczego. Zgoda na pocałunek. To jeszcze nic złego. Ale nic, co by mogło się skończyć chorobą albo ciążą.

– Przemyślę to sobie – rzekła całkiem poważnie. – A ty nie czułabyś się głupio, kończąc szkołę średnią jako dziewica?

Co za czasy! – pomyślałam.

– To się wciąż jeszcze zdarza, córeczko – powiedziałam.

Pochłonięty miłością do Tian, Gabe z ulgą porzucił swoją paterfamilialną rolę i wrócił do zachowań wieku cielęcego. Znad jasnego prostokąta ekranu laptopa godzinami podpatrywałam Gabe'a oglądającego Tian oglądającą telewizję. Wszystko ją fascynowało, od najdziwaczniejszych i najostrzejszych reality show do powtórek filmu *Grease*. Od czasu do czasu wyciągał rękę i głaskał kaskadę jej czarnych włosów, jakby były relikwią; ona z roztargnieniem głaskała go po ręce, zbyt przejęta śledzeniem akcji *Policjantów*, żeby zareagować czulej. Dzięki Tian akcje Gabe'a na razie poszły w górę w szkolnej hierarchii, jako że niezaprzeczalnie była z niej superlaseczka. Rzadko Gabe był w stanie się od niej oderwać. Ale to było jednak możliwe. Kiedy z Florydy przyjechał dziadek Steiner – na szczęście czułam się wtedy na tyle dobrze, by nie wzbudzać podejrzeń co do choroby, do której nie byłam jeszcze gotowa się przed nim przyznać – zabrał Gabe'a i Luke'a na wariackiego zimowego golfa i postawił obu chłopcom po kieliszku brandy. Luke zaczął więcej przesiadywać u nas, nawet w ciągu tygodnia. Droczyłam się z jego matką Peg, że ich zainteresowanie podyktowane jest litością i plotkarską ciekawością na temat Leo. Kiedy napomknęła, że Leo długo coś nie ma, powiedziałam jej, że wyruszył śladami Lewisa i Clarka.

Milczenie Leo było jak rapsod żałobny, odgrywany tak długo, że przestaliśmy go słyszeć. Tylko pośród nocnej ciszy, w samotności mego łóżka, słyszałam go dobrze. Jednak odzyskane zdrowie było tak wielkim darem, że nie należało trwonić go na rozpacz. Wróci albo nie wróci. Zobaczę go jeszcze albo nie. Będę go jeszcze kochać albo nie. Postawiłam sobie za cel wyeliminowanie Leo z mojej rekonwalescencji, jak tylko się da. Aby poradzić sobie z jego odepchnięciem nas wszystkich, musiałam zrobić to, co mężczyźni robią niejako w sposób naturalny: odsunąć świadomość tego faktu, jakbym upychała ją do kieszeni starego, nieużywanego płaszcza. Myślałam sobie, że jeśli t o mi się uda, poradzę sobie i z dziećmi, i z sobą samą. SM plus ja plus jedna noga w ekonomicznym grobie, a druga balansująca na piłeczce pingpongowej minus Leo równało się ja. Najlepiej będzie – myślałam – jeśli skoncentruję się tylko na dzieciach, sprawach finansowych i na sobie.

Parę dni później Steve znowu zostawił wiadomość.

Nie dało się już tego dłużej odkładać, więc zadzwoniłam do niego.

– Gillis! – wykrzyknął serdecznie i od razu przeszedł do rzeczy. – Gillis, muszę się z tobą zobaczyć. O trzeciej będzie dobrze?

O pierwszej miałam wystąpienie w klubie kobiet, więc przynajmniej będę ubrana w coś innego niż zazwyczaj – w tej chwili miałam na sobie stare spodenki Leo i koszulę jeszcze z czasów studenckich. Spostrzegłam też, że moja lewa dłoń trzymająca słuchawkę drży jak ryba na żyłce.

Wiedziałam, że stres nie mógł „wywołać" ataku, lecz jedynie pogorszyć stan (być może, ponieważ w przypadku SM wszystko jest „może"). Dobierałam ostrożnie słowa, wyszukując je najpierw w głowie, jakby to były słówka na magnesach na lodówce. Mówiąc słowo „dobra", starałam się, żeby nie wyszło z tego „kobra" ani „bobra". Udało się.

– Dobra, może być. Czyżbyś miał zamiar przerzucić mnie do komiksu?

– Ano – odparł mój szef – wiedziałem, że się domyślisz. Nie, żarty na bok. Musimy porozmawiać. Jeśli nie dzisiaj, to...?

– Dzisiaj może być – odparłam.

W duchu obawiałam się, że ta chęć spotkania się ze mną – osobiście – może oznaczać wiele rzeczy, z których żadna nie wydawała się przyjemna. Próbowałam je kolejno sprecyzować, co w moim stanie było poważnym przedsięwzięciem, znacznie trudniejszym niż, powiedzmy, dobieranie składników zupy. Dobra – powiedziałam sobie. Postanowili obciąć koszty i przekazać kącik porad syndykatowi. Znaleźli młodego zdolnego dziennikarza, który ma nieprawdopodobną sprawność warsztatową. Wpadli na pomysł, żeby na te same pytania odpowiadali facet i baba. Nadal jednak mogłam wyjść z tego obronną ręką z dwudziestoma dwoma tysiącami rocznie, jeślibym tylko umiała znaleźć dla siebie niszę. Pozostawały jeszcze wystąpienia publiczne, działalność w stowarzyszeniach, może recenzje, benefisy teatralne i wystawy kwiatów...

– Ale nie jest wcale powiedziane, że zawsze będę w stanie chodzić na wystawy storczyków – powiedziałam, zapomniawszy, że rozmawiam przez telefon.

– Co? – Steve nie zrozumiał.

– Przepraszam, to do dziecka. – Przypomniałam sobie, że jest dziewiąta rano. Dobry Boże, on pomyśli, że

189

zwariowałam. Nawet Aury jest w przedszkolu. – Jasne. Przyjadę zaraz po wystąpieniu...

– Doskonale.

Odłożyłam słuchawkę.

Osunęłam się wolno na chłodne kafelki podłogi w łazience i pogrążyłam się w zaprzeczeniach.

Terapeutka, do której Cathy mnie zaprowadziła – jak dotąd dwa razy – mówiła o zaletach wymuszonego zaprzeczenia „w tego rodzaju sytuacjach". (Nie wiedziałam, że były sytuacje takie jak moja, więc byłam pewna, że to tylko ja wpadłam na to rozwiązanie). Podobno jedną z najgorszych rzeczy, jak twierdziła Jennet, było: „Nigdy nie zakładaj, że sytuacja się nie pogorszy". Coś nowego – pomyślałam. Przynajmniej nie musiałam wymyślać optymistycznych bzdur o radości budzenia się na nowo każdego ranka i o wszechświecie zamykającym drzwi przed nosem, ale otwierającym okno. Jennet namawiała mnie, bym najpierw pogodziła się z losem, a potem starała się żyć tak, jakbym się nie pogodziła, zakładając, że to okno nie zleci mi na głowę. „Zaprzeczenie jest naprawdę ważne, Julie – mówiła Jennet, tęga kobieta o pogodnym usposobieniu, jedyna znana mi osoba tuż po trzydziestce, która nosiła zdrowotne buty o wyprofilowanej podeszwie. Uwielbiała szale i zdaje się, że wkładała je, wychodząc do pracy, a potem zapominała je zabrać, kiedy wracała do domu, więc jej gabinet przypominał namiot na pustyni zawieszony tkaninami w różnych kolorach. Miała także przedmioty o przyjemnej w dotyku fakturze, jak falliczny tulipan z brązu, spłaszczona rzeźba w granicie, wielkości dłoni, przedstawiająca głowy męską i kobiecą zwrócone ku sobie, czy szklane jajko z pozornym pęknięciem biegnącym przez środek. Krawędzie tego pęknięcia były idealnie gładkie, choć wyglądały na tak ostre, jakby mogły przeciąć skórę. Rzeczy te wprost prosiły się, żeby je wziąć do ręki. Podobne miała w swoim gabinecie Cathy. Dorośli potrzebują zabawek, kiedy muszą stanąć oko w oko z bolesnymi wspomnieniami, druzgocącymi wiadomościami i okrutnymi dylematami. Przeżyłam też moment ulgi, że na drugim końcu kozetki nie kulą się ani Gabe, ani Caro, odrzucający zdecydowanie moje błagania, by wyrzekli się ekstazy po ecstasy.

Dla kogoś unieruchomionego w pułapce, kto nie wie, czy ostatecznym jego przeznaczeniem ma być, mówiąc metaforycznie, tropikalna wyspa, czy federalne więzienie (słowa Jennet), alternatywą zaprzeczenia było albo coraz większe użalanie się nad sobą, albo ciągłe drażnienie psa uwiązanego na krótkim łańcuchu. Oba sposoby prowadziły do emocjonalnego paraliżu nieszczęsnej ofiary. A także jej rodziny. Oba były nie do przyjęcia, zwłaszcza teraz, gdy byłam w stadium tego, co uważałam za „remisję". (Dowiedziałam się już, że „remisja" ma wiele znaczeń – nie tylko stan normalnego samopoczucia, ale też czas, kiedy nie dzieje się nic bardzo strasznego). W tym czasie, przed Bożym Narodzeniem, miałam niemal niespożytą energię i niemal nadnaturalne postrzeganie świata. Zupełnie jakby wszystko było obwiedzione wyraźnym, grubym konturem.

Mnóstwo czasu i starań poświęcałam na perfekcyjne wykonywanie poszczególnych czynności, które dawniej po prostu odwalałam. Teraz stały się dla mnie niemal zmysłową przyjemnością. Rozkoszowałam się każdą chwilą, jak by powiedział Leo. Składałam ręczniki na trzy. Starannie dobierałam parami wszystkie sześćdziesiąt skarpetek Aury. Zachwyt mnie ogarniał, gdy patrzyłam na swoje ręce: spokojne, sprawne i bezpieczne, jak pewnie kroją w kostkę ziemniaki. Gdy wrzucałam pietruszkę i wlewałam mleko. Gdy otwierałam paczkę drożdży. Drożdży pachnących domem. Gdy wrzucałam je do dwudziestoletniej (i nadal genialnej) maszyny do pieczenia chleba, gdy czułam zapach zrumienionego pieczywa. Każda z tych rzeczy była jak znalezienie ulubionego kolczyka, o którym myślało się, że został bezpowrotnie zgubiony. Przypomniałam sobie, jak w dzieciństwie wolno wracałam do zdrowia po przebytej odrze – i to niepewne poczucie odradzania się na nowo. Zawsze lubiłam moje życie, ale nie dostrzegałam w nim żadnej cudowności. Teraz tak. Do diabła z uszkodzeniami mózgu, przecież ich nie widać! I z granatowymi i szarymi swetrami wiszącymi jak wyrzut w jego garderobie.

Spędziliśmy bardzo udane Boże Narodzenie. Uroczysta wieczerza z Connie i Cath, prezenty dla dzieci – mały harley dla Aury, prawdziwa wieża dla Gabe'a i używany, ale świetny laptop dla Caro. Connie zrobiła na drutach swetry dla wszystkich członków mojej rodziny, łącznie z Leo.

Wiem teraz, że okresy te były snem na jawie. Wiem też, że pewnego dnia otworzę oczy i okaże się, że moją kondycję szlag trafił. Utrata sił odbierała mi nadzieję i tamto pierwsze poczucie ulgi. Gdy wracało w miarę normalne funkcjonowanie, wracała też nadzieja. Wtedy jeszcze tego nie wiedziałam, ale nawet gdybym miała tę świadomość, i tak za wszelką cenę starałabym się rozkoszować tym cudownym czasem, jaki nastąpił po ataku choroby, choćby tylko na złość Leo i stwardnieniu rozsianemu. Jennet miała rację. Cath też powiedziała, że ma rację, i to była prawda.

Jedyne, co mi się w Jennet nie podobało, to jej upór i zmuszanie mnie do konfrontowania się z rzeczywistością. Zawsze wolałam prawdę, ale jak powiedział pewien poeta, powinna być lekko podkolorowana i w dawkach nie większych niż łyżka na raz.

– Twoja diagnoza wcale nie jest wyrokiem – stwierdziła podczas mojej pierwszej wizyty. – Może więc tak być, że nigdy nie przydarzy ci się zły dzień, albo możesz mieć dziesięć złych dni w ciągu jednego lata, a potem nic przez dziesięć lat, a potem znowu poważny atak...

– Martwię się głównie o to, że muszę funkcjonować cały czas, teraz jeszcze bardziej niż przedtem – odparłam, obracając w dłoniach bardzo gładkie i zimne marmurowe jajko.

– Co to znaczy „teraz bardziej niż przedtem"? Czy była kiedyś lepsza pora na chorobę? – spytała Jennet. Pochyliła się do przodu.

– No... moje małżeństwo... kiedy mój mąż... zanim wyjechał...

– Jesteście w separacji?

„Separacja. Separacja. Separacja". Słowo toczyło się ciężko przez cały pokój, poszczególne sylaby warczały i odpowiadały echem. Było jak grom z jasnego nieba, jak odległy, budzący strach huk, jak „zdrada". Miałam wrażenie, że powinnam unieść stopy, zanim słowo to przytoczy się bliżej i je zmiażdży.

– Nie – odparłam. – Nie jesteśmy w separacji. Mój mąż... wyjechał w dłuższą podróż...

– Służbowo?

– Nie, coś w rodzaju urlopu...

– Odpoczynkowego? Na jak długo?

– Nie ma ściśle określonego terminu... nie będzie go jeszcze przez kilka miesięcy.

– A jaka była jego reakcja? – spytała Jennet. – Co myśli o twojej niechęci do leczenia?

– Nie wiem.

– No tak, to często się zdarza. Zwłaszcza mężczyźni uciekają od takich spraw. Jak nie umieją czegoś naprawić albo wyleczyć, od razu czują się bezradni.

– On nic nie wie. Nie mówiłam mu – przyznałam,

odkładając jajko i biorąc granitową główkę, która wyglądała jak miniaturka monolitu z Wyspy Wielkanocnej.

– Julie, musisz mu powiedzieć.

Brutalniej, niż zamierzałam, odstawiłam kamienną twarz na marmurowy blat.

– Nie powiedziałam mu tylko dlatego, że nie mogę się z nim skontaktować. – Podniosłam rękę. – Nie, to nie o to chodzi. Nic mu się nie stało. Jest zdrów i cały. – A wtedy pomyślałam, że może jednak się stało, może leży gdzieś w jakiejś szczelinie skalnej i umiera z pragnienia. Pomyślałam, że to nawet fajnie. A potem: „O mój Boże, przecież Leo może mnie potrzebować...". Mieliśmy inne nazwiska, a moi teściowie byli na Florydzie. Czy chociaż załatwili przekierowanie rozmów?

– Julie – przynagliła mnie Jennet.

– Powiedział mi, że chce pobyć trochę w zupełnym odosobnieniu. To niefortunny zbieg okoliczności, że zachorowałam akurat teraz. – Spokój malujący się na twarzy z Wyspy Wielkanocnej wprowadził mnie w stan jakby transu; to pozbawione wyrazu spojrzenie, wzrok ogarniający wszystko i niedbający o nic. Spojrzałam na idealną gładkość jajka i pomyślałam: „Królewskich koni huf i rycerzy..."*.

– Ale mieliście jakiś plan awaryjny, na wypadek gdyby coś się stało?

– Jak dotąd nie był potrzebny – odparłam bezradnie.

– A gdyby coś się stało któremuś z dzieci? Albo z jego rodzicami? – nalegała Jennet. – Wiem, co sama napisałabyś w kąciku porad. A tak przy okazji, to podoba mi się. – Poczułam się, jakby Jennet zdarła ze mnie koszulę. Spodziewałam się, że będziemy „pracować", szanując

---

* Fragment wierszyka Lewisa Carrolla o jajku, które spadło i się stłukło. Ciąg dalszy brzmi: „radźcie, co robić teraz należy". Przekład Ireny Tuwim.

wzajemnie swoje maski i udając, że się nie rozpoznajemy zawodowo. Ale to było małe miasteczko.

– Wyglądało to na załatwienie sprawy w sposób rozsądny i w miarę prosty – przyznałam. – Miałam skontaktować się z nim pod jednym z podanych przez niego numerów. Powiedział, że zostawia mi listę adresów i telefonów na wypadek, gdyby się coś stało.

– Ale nie zostawił.

– Nie.

– Jak myślisz, dlaczego?

– Domyślam się, że nie planował wcale żadnych kontaktów z nami. Wykoncypował sobie, że poradzę sobie ze wszystkim. Zawsze tak było.

– A co w takim razie planował twoim zdaniem?

Zagryzłam usta.

– Muszę chwilę pomyśleć.

Ale ona nie wypuściła mnie tak łatwo.

– Więc problemy małżeńskie pojawiły się, jeszcze zanim wyjechał – podsumowała. – A urlop był po to, żeby oderwać się na jakiś czas, a potem już wszystko będzie dobrze. Zamiast przyjść tutaj czy gdziekolwiek indziej, razem z tobą, i powiedzieć, co mu leży na wątrobie.

Jej słowa były jak pociski wystrzelone do wypchanego manekina. Czułam uderzenie, ale nie było bólu. Kredyt hipoteczny wciąż był odciągany co miesiąc, ale pojawił się pierwszy czek bez pokrycia. Kiedy facet w banku przypomniał mi, że „zamknęliśmy" konto i sprzedaliśmy akcje fabryki przerabiającej surowce wtórne, uśmiechnęłam się niewinnie i powiedziałam: ach tak, rzeczywiście, chyba tracę pamięć na starość. Mike, ten z banku, rzucił kilka głupawych żartów o wymarzonych wakacjach. Zaalarmowana udowodnionym odpływem gotówki z naszych oszczędności, przelałam pieniądze ze wspólnego konta na inne. Leo nie mógł zadzwonić do mnie ani do dzieci, natomiast mógł zadzwonić do banku i okraść mnie z tego, co należało do nas obojga. Od tego faktu nie mogłam już uciec.

Jennet spojrzała na mnie łagodnie, z autentycznym współczuciem w oczach.

– Plan Leo polegał głównie na tym, żeby prysnąć z domu, tak?

Spojrzałam jej prosto w oczy.

– Mniej więcej.

– Cholera. Wszędzie cię pełno, Gillis – powiedział Steve, kiedy stanęłam w drzwiach jego gabinetu, elegancka dama w sukience z szarego jedwabiu, na dwucalowych obcasach i w pończochach ze szwem. Kolana bolały mnie tak, jakbym przebiegła pół trasy maratonu, a nie wjechała windą na trzecie piętro. Stanie na podium podczas godzinnego wystąpienia wcale mi się nie przysłużyło. Cathcart rozwalał się w fotelu, a ja stałam. Bałam się, że jeśli siądę naprzeciwko niego, to już nie wstanę.

Okazało się, że miało to niezły efekt psychologiczny; Steve myślał, że demonstruję pozycję siły.

– Już pewnie wiesz, co ci chcę powiedzieć – zaczął, mierzwiąc starannie wypielęgnowaną brodę. W otoczce niebywale czerwonych ust błysnęły na moment duże, równiutkie zęby. Nigdy przedtem nie przyszło mi do głowy, jak bardzo Steve przypomina wilka z *Czerwonego Kapturka*.

– Domyślam się – odparłam – ale Steve, musisz zrozumieć...

– Rozumiem, Gillis. Nie czuj się winna. To dlatego powiedziałem o tobie Marty'emu z Panorama Media. Zgodził się. Ale to wcale nie świadczy, że od razu jesteś jakąś tam divą – ostrzegł. Chwyciłam się oparcia krzesła i próbowałam kiwnąć głową, a moja lewa noga drżała cichut-

ko pod spódnicą, jak Elvis śpiewający „Jailhouse Rock".
Steve ciągnął dalej: – Mam jednak nadzieję, że od czasu
do czasu zrobisz dla nas coś ekstra, jakiś film, albo pytania i odpowiedzi, tylko dla nas, w ramach rekompensaty
oczywiście. I zachowamy naszą specjalną umowę. Za
kącik porad będziemy ci płacić niezależnie od tego, co ci
zaproponuje Panorama. I puścimy tekst w całości, nawet
jeśli inni cię okroją. Przede wszystkim, Julie, jesteś nasz
człowiek. Marty mówi, że na początek, skoro bliźniaczek
Lederer* już nie ma, pewnie wsadzi cię do małych dzienników. Jest jedno dziewczę w „Post", ostra nawet, ale pisze tylko o randkach. A ty obrabiasz wszystko: rodziny,
rodzeństwo, cały inwentarz. Krew mnie zalewa, że muszę się tobą dzielić, ale powinnaś wykonać ten ruch. Syndykat nie da ci kokosów, ale w końcu masz jeszcze swojego osobistego prawnika, który przynosi pieniądze do
domu. Na pewno ta praca nie zaszkodzi ci w karierze.
Niech więc ci się nie przewróci w głowie, jak usłyszysz,
co zaraz powiem, ale ty za dobra jesteś na małą gazetkę.
    Wręczył mi skrawek papieru z numerem Marty'ego
Brenta i adresem w Panoramie, po czym usiadł na lśniącym blacie swego biurka i okręcił się na pupie, wyko-
nując pełny obrót. Podał mi rękę gestem będącym czymś
pomiędzy mocnym uściskiem a pocałunkiem dżentelmena wyciśniętym na dłoni damy.
    – Wyglądasz ekstra, Gillis – powiedział. – Siłownia?
    – I to ostro – odparłam. – Miło, że zauważyłeś. Na
wygląd trzeba zapracować. – Zaśmiał się i pomachał mi
na pożegnanie.
    Z samochodu zadzwoniłam do Cathy.
    – Nigdy nie zgadniesz!

---

* Bliźniaczki Pauline Phillips i Eppie Lederer przez wiele lat odpowiadały
na pytania czytelników, jedna w „San Francisco Cronicle", druga w „Chicago
Sun-Times".

– Zostałaś redaktorem naczelnym?

– Nie.

– Wylali cię?

– Syndykat mnie przejął! Mój kącik porad! Będę w setkach gazet!

– Będziesz bogata! – wrzasnęła Cathy. – I Leo nie będzie ci już potrzebny!

– Wcale nie... będę bogata, Cathy. – Śnieg topniejący na drodze zamigotał mi przed oczami. – I czego ty chcesz od Leo? Leo jest mi potrzebny.

– Julie, przecież dobrze wiesz, że...

– Cath, muszę teraz pilnie zadzwonić. Umówić się na rozmowę. Przepraszam, kochana. Odezwę się do ciebie później. – Ale rozłączywszy się, wcale nie uruchomiłam samochodu.

Po prostu siedziałam.

Dwóch chłopaków... takich po dwadzieścia parę lat, przejechało obok w kabriolecie. Był ładny dzień, choć może nie cieplej niż 40 stopni*. Dla dorosłych byłoby jeszcze za zimno, żeby zdjąć dach, ale nic tak nie działało na młodych wisconsińczyków jak pierwsze podmuchy wiosny.

– Hej – zawołał jeden z nich – hej, pani ładna!

Oczy mnie zapiekły. Zabrałam z szyby znaczek z oznaczeniem osoby niepełnosprawnej. Czy gdybym wysiadła z samochodu i zataczając się jak pijak, przeszła ulicą, nadal uważaliby mnie za ładną?

A Leo? Jestem dla niego ładna? Czy byłby ze mnie dumny?

A jeśli w końcu będzie potrzebny wózek inwalidzki? Co wtedy?

Będę musiała go sobie załatwić. Sama.

Byłam sama. Teraz.

---

* Fahrenheita, czyli około 5 stopni Celsjusza.

I dlatego też potrzebowałam czegoś konkretnego, żeby jak najdłużej i jak najczęściej móc dobrze się czuć. Odmawiałam dotąd kuracji mocnymi, drogimi lekami zarówno ze względu na koszty, jak i na grozę, którą we mnie budziły. Ale witaminy, zielona herbata i antydepresanty nie powstrzymają choroby. Mój stan mógł wkrótce ulec pogorszeniu. Może tak, może nie. Nie miałam w sobie żyłki do hazardu. Badania wykazywały, że im szybciej pacjenci zaczynają brać zastrzyki, tym dłużej są w dobrej formie. A ja przecież musiałam być silna. To byłaby taka moja osobista polisa. Nie ma rady, trzeba będzie zapłacić, choć w mojej sytuacji było to trudne, ale przynajmniej odpisze się od podatku. Na dzieci Leo będzie łożył, natomiast istniało duże prawdopodobieństwo, że niedługo ja nie będę miała żadnego zabezpieczenia z jego strony. Mogłam sprzedać różne rzeczy – biżuterię mamy, mój stosunkowo nowy samochód. Od dzisiaj zacznę uważniej robić zakupy. Ta jedna sprawa nie mogła czekać. Wzięłam telefon i umówiłam się na wizytę do neurologa.

Zaletą zastrzyków było przede wszystkim to, że zapewniały „dobry okres" pomiędzy. Przynajmniej teoretycznie, bo nie miałam pojęcia, jak bym się czuła bez nich.

Jednak miały swoją cenę. Okres zaraz po zastrzyku był jak zapadnięcie się w czarną dziurę.

Pobyt w czarnej dziurze, zwłaszcza na początku, kiedy ciało dopiero przyzwyczajało się do gwałtownego ataku tego, co de facto było trucizną, mógł trwać nawet tydzień.

Zaczęłam brać zastrzyki raz w miesiącu i już po pierwszym zrozumiałam, że mam jak w banku totalne wyłączenie z życia na jeden tydzień z czterech.

A gdy byłam wyłączona, dzieci robiły, co chciały. Nie

do wiary, jak łatwo można doprowadzić dom do ruiny w ciągu zaledwie kilku dni, jeśli jego głowa jest w stanie podnieść się z łóżka tylko po to, by pójść do łazienki ewentualnie usmażyć hamburgery i zasnąć podczas jedzenia jednego z nich.

Gabe nie broił, tyle że pozbawiony kontroli natychmiast pozwalał, by naturalna inercja brała nad nim górę. Pamiętał, że ma odprowadzić Aury do przedszkola, z tym że czasem zjawiała się tam z godzinnym opóźnieniem. Natomiast Caroline, moja ongiś nowa najlepsza przyjaciółka, zaczęła usilnie pracować nad tym, co – jak podejrzewałam – mogło ją kosztować utratę pięciuset dolarów. W dodatku jej ostatnia cenzura „zagubiła się", tak samo jak listy Leo. Przywykłam do cichego szczęknięcia zamka, zbiegającego się z wybiciem przez zegar godziny czwartej rano. Oznaczało powrót Caro do domu, a ja, Bogu dzięki, nie wiedziałam, skąd. Oficjalnie nie przyjmowałam do wiadomości, że moja czternastoletnia córka spędza noce poza domem.

Cathy odważyła się zbesztać mnie za ten stan rzeczy. Przynajmniej ktoś poruszył tę kwestię.

– Nie słucha nikogo – powiedziała bezradnie, po tym, jak spotkała Caroline na podjeździe o siódmej rano w niedzielę. Przywiozła mi ciepłe bułeczki, a Caroline właśnie wracała do domu. – Ona ci m ó w i w ten sposób, że masz się nią zająć.

– Ciekawe, jak mam to zrobić. – Czułam się dość niewyraźnie, ale miałam w sobie sporo determinacji. Siedziałam na łóżku, skubiąc bułeczkę Connie. Wiedziałam, że na pewno jest pulchna, słodka i przepyszna, ale smakowała jak namoczone pudełko od pizzy. Wszystkie zakończenia moich nerwów poszły spać. – Kiedy jestem w stanie się nią zająć, słucha mnie, ale kiedy nie jestem, natychmiast wykorzystuje sytuację. Zabroniłam jej wy-

chodzić. Robi to za moimi plecami. Nie stać mnie na za-
trudnienie opiekunki.

Załóż jej szlaban – radziła Cathy. Ustal granice, dopóki
jeszcze jest na tyle młoda, że się z tym liczy. Jednak Cath
nie wiedziała, jak krnąbrna i uparta stała się moja córka.
Obserwowałam Caroline, wiecznie siedzącą ze słuchawkami na uszach, poruszającą głową w cichym otępieniu,
pogrążoną w jakimś zapamiętaniu, głęboko we własnym
wnętrzu. Myślę, że był to równie dobry mechanizm
obronny jak inne. Poza tym Caroline zawsze miała poke-
rową twarz, a może nawet pokerowe serce. Już jako zu-
pełny maluch umiała utrzymać sekret dużo dłużej niż
inne dzieci – dłużej nawet niż większość dorosłych. Mogłam sobie zakładać jej szlaban, ale i tak nie było siły czegokolwiek od niej wyegzekwować.

– Przynajmniej Patty Gilmore mówi, że codziennie
jest w szkole – powiedziałam. – To już coś.

Gdyby podczas okresów mego złego samopoczucia Caro wyjeżdżała na weekend ze znacznie starszym od siebie
facetem albo brała narkotyki, jedyną terapeutką, z której
pomocy mogłabym skorzystać, byłaby Cath, a Cath z kolei
była tak bliską osobą dla Caro, niemal trzecim rodzicem,
że należała do grona osób, przeciwko którym należy się
buntować. Na porządną terapię stać by mnie było tylko na
mocy wyroku sądowego. Więc na dłuższą metę lepsze
było pozostawanie w nieświadomości co do poważnych
problemów z Caro – inaczej sprawa mogłaby się zakończyć ustanowieniem rodziny zastępczej.

No i Gabe. Był naprawdę w porządku i bardzo ładnie
zajmował się Aurą, ale w końcu to tylko nastolatek z ty-
powym dla tego wieku podejściem do spraw domowych.
Ubrania może i powinny być czyste, ale jaki jest sens
składać je i chować do szafy? Dopiero gdy wszystkie naczynia, łącznie z „gościnnym" serwisem, były już brudne,

przychodził czas, żeby umyć trzy talerze. Reszta przechowywana była w jak najbardziej logicznym miejscu, czyli w zmywarce. Kiedy czułam się lepiej, ruszaliśmy do boju, odkurzając, zamiatając i szorując. Ledwo doprowadziliśmy dom jako tako do porządku, przychodził czas na następny zastrzyk.

Gdy leżałam osłabiona po zastrzyku, Gabe przejmował część moich obowiązków. Stało się to zwyczajem, bez żadnych ustaleń z naszej strony. Nastawiał budzik na szóstą, zwlekał się z łóżka, budził Caroline – nawet jeśli trzeba było przykładać jej lód do stóp – sadzał Aury na sedesie i kładł ją z powrotem do łóżka, jeśli nie szła do przedszkola. Jeśli szła, dzwonił do Cathy, nim przyjechał jego autobus, i to ona zawoziła Aury. Pewnego dnia pokazał mi (idealnie podrobione) podanie – które ja „wypełniłam" – o tymczasowe prawo jazdy i pozwolenie na pracę. Ze ściśniętym sercem zastanawiałam się, jak wiele zawiadomień o absencji i uwag już „podpisałam". W końcu sama zaczęłam wyrzucać listy zaadresowane „Do Rodziców A. Gabriela Steinera". Jaki to miało sens? Nie stać mnie było na naprawdę dobrego nauczyciela specjalnego. Nie byłam nawet w stanie zadzwonić do jego wychowawczyni, choć maile od niej łypały na mnie ze skrzynki odbiorczej jak groźni wojownicy.

W nocy po zastrzyku budziłam się zlana potem, drżąc cała. Koniecznie musiałam sprawdzić, czy Aury żyje i jest ciepło przykryta, więc zakradałam się do jej pokoju, ale często z powodu ciemności i kłopotów z nogami przechodziłam przez hol na czworakach. Gabe to słyszał, wychodził z pokoju w samych spodniach od piżamy, nawiasem mówiąc: należącej do Leo, bez słowa podnosił mnie i ujmując pod pachy, ciągnął do łóżka – dokładnie tak jak robiłam to ja, kiedy on był mały i chodził we śnie. Rano nigdy o tym nie wspominał.

Czym musiało to dla niego być? Taki wstyd. Co miałam mu powiedzieć? „Dzięki, że mnie zawlokłeś z powrotem do łóżka, skarbie!" To by go tylko jeszcze bardziej żenowało. Jakby tego nie było dosyć, wśród łez i pocałunków dobiegł kresu pobyt Tian w Sheboygan LaFolette i ukochana mego syna wyjechała – smutno jej było rozstawać się z Gabe'em, ale też bardzo już chciała być ze swoją własną rodziną i najwyraźniej była gotowa pochwycić większą rybkę, niż miało do zaoferowania Sheboygan. Więc Gabe włóczył się samochodem pełnym przyjaciół Luke'a – fakt posiadania samochodu, choćby przez kilka dni w miesiącu i tylko po to, by jeździć do szkoły, przywrócił mu status utracony po wyjeździe Tian.

Gabe do niczego nie miał głowy.

Wiedziałam, co czuje.

Ja też nie miałam głowy do odpowiadania na kartki i wiadomości zostawiane na sekretarce przez Hannah i Gabe'a Seniora.

– Julie! – wołała niecierpliwie automatyczna sekretarka. – Julie! Julie! Zadzwoń do nas, proszę!

Wreszcie – chyba w jakieś dwa dni po zastrzyku – moi teściowie bez zapowiedzi zawitali do nas prosto z Florydy, oznajmiając, że postanowili wrócić wcześniej, ponieważ znudzili się „tym całym słońcem i staruszkami". No i mieli na dzień dobry dwudziestocalową pokrywę śnieżną w Sheboygan, zalegającą głównie na chodniku przed naszym domem, ponieważ Liesel i Klaus wyjechali na dłużej, a odgarnianie śniegu było poniżej godności Gabe'a jeszcze bardziej niż domowe porządki.

Gabe, niczym mały dzieciak w gwiazdkowy poranek, wydarł się na całe gardło w przedpokoju:

– Mamo! Babcia i dziadzio przyjechali! – Zupełnie jakby wylądowała piechota morska.

– Woleliśmy przyjechać tu, gdzie jest normalne życie – usłyszałam głos ojca Leo.

Próbowałam zsunąć nogi z łóżka. Odmówiły posłuszeństwa. Ostatnim razem, kiedy poszłam do łazienki, wylałam na siebie pełną szklankę zimnej wody, i to wcale nie niechcący. Wprawdzie widziałam wyraźnie, że moja skóra ani nie jest poparzona, ani nie ma na niej śladów infekcji, ale mój mózg skrzyczał mnie, że zasnęłam na sześć godzin w tropikalnym słońcu. Łóżko wyglądało tak, jakbym się zsiusiała.

Usłyszałam, jak Hannah, psykając, żeby uciszyć Gabe'a, idzie przez hol, i wyobraziłam sobie, jak przeciąga palcem po warstwie kurzu na półkach biegnących wzdłuż ścian. „Julie, Julie, ty wiecznie z głową w książkach... Julie, kochanie, kiedy ostatnim razem była ta dziewczyna, która tu sprząta? Jak ona się nazywa? Sayonara?" Na imię miała Leonora i była filipińską studentką, która przychodziła raz w tygodniu robić „większe porządki". Nie mogłam sobie już na nią pozwolić, odkąd zaczęły się zastrzyki, za które – ponieważ ich skuteczność w leczeniu SM nie została w stu procentach udowodniona – nie zwracało mi pieniędzy ani państwowe ubezpieczenie, ani ta skromna prywatna polisa, którą miałam.

Mogłam sobie wyobrazić, jak wyglądam. I jak pachnę.

– Julie? – Stojąc w progu, Hannah zaglądała w mrok pokoju. Przez kilka ostatnich dni story były cały czas zaciągnięte, ponieważ światło raziło mnie w oczy. Dzięki temu teraz, nawet kiedy się czułam gorzej, oczy miałam w zupełnie niezłym stanie, zwłaszcza prawe. Tylko lewe widziało przedmioty w aureoli tłustej smugi. Rozmyślałam właśnie o butelkach z lekarstwami, kiedy Hannah zawołała znowu: – Julie?!

Kompletnie zapomniałam, że ona tam stoi.

– Julie, co na miłość boską...! – zawołała, odsuwając

zasłony i podnosząc story, objawiając przy tym światu całą armię brudnych naczyń; puste, zgniecione papierowe kubki po chińskich zupkach błyskawicznych, stos koszulek bawełnianych i piżam rzuconych w kącie obok telewizora. A do tego wszystkiego ja – w starych spodniach od dresu Leo i długiej bawełnianej koszulce z plamą po musztardzie na biuście. Zobaczyłam stos gazet, który ku uciesze Aurory sięgał niemal blatu mojej komody, dopóki go nie przewróciła. – Co się tu dzieje?

Wyglądało to jak wspólna sypialnia w akademiku po imprezie.

Nie.

Wyglądało tak, jakby mnie tu więziono miesiącami.

– Gabe! – zawołała. – Chodź tutaj! – A ja wtedy zaczęłam krzyczeć.

Przez całe popołudnie Hannah szorowała powierzchnie nietknięte ludzką ręką, odkąd kupiliśmy ten dom. Weszła nawet na drabinę i umyła gzymsy pod sufitem. Zrobiła ryż z fasolą, ryż z kurczakiem i brokułami, zupę z ryżu i soczewicy, pudding ryżowy. Zrobiła kulki z macy. Ukrochmaliła i wyprasowała moje bluzki, które wisiały ostatnio w garderobie jak stadko sflaczałych Quasimodów. Usiadła na podłodze w salonie i starannie przejrzała zawartość plecaka Gabe'a.

Była niedziela i Gabe przez sześć godzin odrabiał lekcje, nawet te, które – jak uparcie twierdził – były „nieobowiązkowe" i nie trzeba ich było oddawać, żeby dostać stopień.

– No to zrobisz, w ten sposób nauczysz się, a potem możesz je nawet spalić – zapowiedziała Hannah. Gabe posłał mi spojrzenie na wpół mordercze, na wpół nieszczęśliwe. Nie miał pojęcia, jak zrobić matematykę.

– Zadzwoń do Luke'a – zaproponowałam.

– To jeszcze większy głąb niż ja – mruknął.

– No to do kogoś innego – szepnęłam.

– Poza nim nikt w klasie ze mną nie gada – przyznał smętnie. – Nie wiem nawet, jak niektórzy mają na imię.

– Zadzwoń do Klausa – podpowiedział Gabe Senior, który od przyjazdu głównie okupował telefon. Domyśliłam się, w jakim celu: usiłował odnaleźć Leo i dzwonił po jego znajomych.

– Oni wyjechali – powiedziała Caroline z nadzieją w głosie, usiłując bezskutecznie wepchnąć nogą swój plecak do szafy w przedpokoju. – Nieprędko wrócą.

– Jeśli nie ma w Sheboygan innego faceta, który wygląda zupełnie jak Klaus i właśnie odśnieża chodnik, to nigdzie nie wyjechali – zareplikował mój teść, nie podnosząc nawet wzroku. – Coś czuję, że wrócili dawno temu. On jest naukowcem. Powinien znać się na matematyce. Idź, Caroline, i poproś go. Albo ja pójdę.

Dzieci, z nieszczęśliwymi minami, poszły do Klausa, który porzucił odśnieżanie, żeby im pomóc w matematyce. Moi lokatorzy nie byli w dosłownym tego słowa znaczeniu naszymi przyjaciółmi i nigdy się nie narzucali ze swoim towarzystwem. Ale najwyraźniej domyślali się, że coś się u nas niedobrego dzieje; zaczęły się z ich strony miłe, choć niezbyt praktyczne gesty, jak przywiezienie Aury skamieniałych odchodów dinozaura, które razem z zabawną kartką wrzucili do naszej skrzynki pocztowej. Klaus zaproponował też – na piśmie, i to na papierze z nadrukiem – że zawsze może zawieźć gdzieś dzieci, jeśli będę potrzebowała pomocy „z jakichkolwiek powodów". Gabe powiedział mi później, że Liesel zrobiła im podwieczorek; i że bardzo chętnie odrobili z nimi matematykę, mimo że nie zdążyli jeszcze nawet rozpakować walizek, które wciąż stały w holu. Wrócili właśnie z Santa Lucia, Santo Domingo czy skądś tam, i okazało się, że lecieli z Florydy tym samym samolotem co rodzice Leo.

Dzieci spędziły u nich co najmniej godzinę. W tym czasie Hannah ze wzruszającą delikatnością zaproponowała, że zrobi mi kąpiel. Wyszorowała wannę i napełniła ją gorącą, pachnącą wodą. Wsunęła mi do wanny nagą Aury, śliską i obłą jak delfin, z milczącym przesłaniem, że fizyczna obecność mojej energicznej trzylatki jest dla mnie ważniejsza niż moje fizyczne możliwości umycia jej ciemnych loków. Hannah zaczekała za zasłoną, dopóki Aury nie była przynajmniej trochę czystsza. Potem, kiedy mała pobiegła włożyć swoją koszulkę ze Scoobym, Hannah znalazła jedną z moich drogich gąbek i bez pytania zaczęła mi myć plecy i włosy, odwracając skromnie oczy. Rozpłakałam się i w końcu, wbrew moim wszystkim wcześniejszym oporom, ujęłam szeroką dłoń Hannah.

– Czy to z powodu depresji, Julieanne? – spytała cicho. – Czy mój syn bardzo cię skrzywdził?

– Nie – odparłam. – Widzisz... bardzo chciałam uniknąć powiedzenia wam o tym.

– O czym?

– Mam stwardnienie rozsiane. – Jej oddech stał się wyraźnie szybszy. – Nie umieram. Ani nie jest tak przez cały czas. To tylko reakcja na zastrzyki, które muszę brać, żeby mi się nie pogorszyło.

– Jakie masz objawy?

– Kłopoty z nogami. Wzrok. Równowaga. Wracają i mijają. – Hannah spuściła oczy. Mówiłam dalej: – Ja... nie mam pretensji do Leo. Ale go potrzebuję. Tak bardzo mi jest potrzebny, tak chcę, żeby wrócił do domu.

Siedzieliśmy do późna tego wieczoru. Gabe Senior mówił o złożeniu wniosku w sądzie o karne ściganie Leo na podstawie niepoczytalności czy coś w tym stylu. Okazało się przy okazji, że wciągnął się w Internet, odkąd mój mąż dał mu laptopa, i od jakiegoś czasu zawzięcie korespondował z Florydy z Gabe'em oraz kumplami od golfa z Door County. Mój syn słowem o tym nie napomknął. Kiedy zasugerował podjęcie kroków prawnych, westchnęłam i powiedziałam:

– Nie mogę, tato. Przed wyjazdem Leo załatwiliśmy wzajemnie na siebie pełnomocnictwa. Może więc sprzedawać nasze rzeczy bez mojej zgody. Może podejmować pieniądze z naszych kont. Mógłby to zrobić nawet, gdyby nie miał pełnomocnictwa. Może podjąć pieniądze, kiedy tylko mu się spodoba. Prawnie nadal jesteśmy małżeństwem.

Starszy pan skubał w zamyśleniu brwi.

– Przez całe moje życie, przez te wszystkie lata, myślałem czasem, że mój syn może zrobić coś, czego bym nie pochwalał, ale do głowy mi nie przyszło, że mi przyniesie taki wstyd. Kiedy to się zaczęło? Ta historia z hipisami?

– To trwało rok. Wiedzieliście o tym. Ale i tak jego wyjazd był wielkim szokiem. A moja choroba wszystko przewróciła do góry nogami. Oczywiście to, co zrobił Leo, jest niewybaczalne. Ale jakoś bym sobie poradziła, gdybym nie zachorowała.

– Julie, dlaczego nie powiedziałaś nam, jak nieładnie wobec ciebie postąpił? – spytała Hannah.

– Myślałam, że to w związku ze średnim wiekiem... jak się to nazywa?

– Kryzys – podsunął mój teść, zdumiewając się, że nie mogę przypomnieć sobie tak oczywistego słowa.

– Po jego wyjeździe łudziłam się, że szybko wróci – ciągnęłam. – Nie spodziewałam się, że tak długo go nie będzie. Wstydziłam się też powiedzieć komukolwiek, na jak długo wyjechał. I jak mi było źle... Na Boże Narodzenie przysłał dzieciom świeczki i dżem. Z New Jersey. Bez adresu nadawcy.

– Obrzydliwe – stwierdziła Hannah. – Przecież nie wy-

bierałaś sobie tej choroby. Powiedziałaś o wszystkim Cathy... a nam nie. Dlaczego?

– Ona była na miejscu. Zrozumcie. Myślałam, że
wszystko będzie... dobrze. – Byłam bardzo zmęczona
i z trudem przychodziło mi mówienie. Czułam wyraźne
drżenie powiek. – Na początku myślałam, że jestem chora... z rozpaczy. Potem, że to grypa. A potem się dowiedziałam, że mam... i jakoś nie mogłam się zdobyć, żeby
wam powiedzieć. Zostały mi jeszcze resztki dumy.

– Duma nie po to jest, Julieanne. Stworzyłaś wspaniały dom dla naszego syna. Dałaś mu piękne dzieci... –
pokiwała głową Hannah. – A przecież nie rozchorowałaś
się specjalnie po to, żeby wzbudzić w Leo litość.

– To prawda! I w dodatku jeszcze pracujesz! – poparł
żonę Gabe Senior. – Julie, pierwsza rzecz, jaką musisz
zrobić, to zlikwidować wszystkie wasze wspólne konta.
Wyczyścić je. Zmienić bank.

– Zrobię tak, tato – obiecałam. – A co do pracy, to nie
było to nic takiego. Tylko na początku miałam trudności.
Teraz już mogę normalnie pracować. Ale zaraz jak zachorowałam, to Cathy i Gabe pisali teksty do mojego wą-
sika... To znaczy kącika! I wyobraźcie sobie, okazali się
lżejsi... to znaczy lepsi niż ja. Dzięki nim dostałam kon-
trakt w syndykacie. Dzięki Cathy i Gabe'owi, tato... Są super, Cathy i Gabe. Przepraszam... Gabe... tato, wiem, że
nie powinniśmy byli dawać mu twojego imienia, bo ty
jeszcze żyjesz, a Żydzi tak nie robią...

Machnął ręką, zakłopotany moimi skomplikowany-
mi wywodami oraz wyraźnym brakiem spójności wypo-
wiedzi.

– Mój ojciec zmarł, kiedy miałem siedem lat. Zawsze
można uznać, że nazwaliście syna po moim dziadku, także Gabrielu. Co druga osoba u nas ma na imię Gabe. Ale
już dajmy temu spokój. Na razie trzeba znaleźć sposób,

żeby uznano Leo za niepoczytalnego. Hannah, rozumiesz, o czym mówię? Żeby ustanowić kuratora, zanim do reszty oskubie rodzinę...

– Byliście dla mnie tacy dobrzy – mruczałam, układając głowę na ramionach na stole. – Dlatego poruszyłam sprawę imienia. Może Leo by nie wyjechał, gdybym była... nie wiem... bardziej wyrozumiała.

– Nie mów głupstw – obruszyła się Hannah. – I nie przesadzaj z tą wyrozumiałością. Zawsze uważaliśmy cię za bardzo nowoczesną matkę. Uczącą swoje dzieci samodzielności. Ale bez przesady. Caroline właśnie próbowała wyjść z domu... a jest wpół do dziesiątej! Twierdzi, że pozwalasz jej wychodzić o tej porze.

– Nie, ja tylko... nie mam siły, żeby ją zatrzymać. Dopóki się źle czuję. Pewnie jutro stanę na nogi. – Aż się skurczyłam w środku po tym przyznaniu się do rodzicielskiej niemocy.

– Tak też myślałam. Panieneczka wykorzystywała chorobę matki, ale to się zmieni – zapowiedziała Hannah.

– Ona ciągle leży jak zombie – weszła jej w słowo Caroline, która nagle stanęła w drzwiach kuchni z rękami opartymi na biodrach. – Nawet nie próbuje wstać. Tylko... aaa, strasznie spać mi się chce. I tak jest stale!

– To nieprawda, Caro! – zawołałam. – Wstydź się!

– A właśnie że tak! Jak Cathy nie przyjedzie, to jemy płatki kukurydziane. U Marissy przynajmniej dostaję hamburgera...

– A czy mama kiedykolwiek tak robiła, zanim zaczęła się ta choroba, Caroline? Czy coś takiego się jej zdarzyło? Czy nie wyglądała zawsze jak modelka? – Caro prychnęła pogardliwie, ale Hannah ciągnęła dalej: – Albo osoba z wyższych sfer? Czy myślisz, że ona chce taka być?

– Myślę, że mogłaby trochę bardziej się postarać – powiedziała Caroline, podchodząc bliżej. Wyglądała jak te panienki na Broadwayu, z których podśmiewałyśmy się z koleżankami, popatrując na nie z tylnego siedzenia samochodu ojca. Mieniący się złoty cień na powiekach. Kilometry nóg pod spódnicą tak krótką, że Aury mogłaby ją nosić. I złość na cały świat. Wściekłość, która zdawała się napinać każdy muskuł od ramion aż do stóp.

– Powinna brać te leki, o których mówi Cathy, że lekarze każą jej brać. Myślę, że gówno...

– Zamknij buzię, Caroline – powiedział ze znużeniem ojciec Leo. – Zmyj to świństwo z twarzy i marsz do łóżka! – Posłuchała, zszokowana, ponieważ dziadek, najspokojniejszy z jej krewnych, nigdy nie odzywał się do niej w ten sposób. – Aha, Caroline! Rozłóż koce w gościnnym pokoju dla siebie i dla Aury! – zawołał za nią. – My z babcią musimy wyspać się na porządnym materacu.

Z przedpokoju dobiegł gniewny okrzyk:

– Co? Ja mam spać na podłodze?

– O, cholerka! – odpowiedział dziadek z uśmiechem, wzruszając ramionami. – Niestety, ustąpicie nam łóżka. Zostaniemy, dopóki mama nie stanie na nogi.

Obudziłam się nagle i uświadomiłam sobie, że zasnęłam przy stole.

– Kładź się już – powiedziała Hannah, podtrzymując mnie mocno pod łokieć. – Potem omówimy leczenie i domy, i pieniądze, i... tych całych, Gabe, jak im tam?

– Łowcy głów – podpowiedział Gabe Senior.

– Co to szukają zaginionych – wyjaśniła Hannah.

– Nie mam na to pieniędzy – wyznałam później, myjąc zęby.

– Nie musisz mieć pieniędzy na wszystko – odparła Hannah. – Są jeszcze inni, którzy mają pieniądze.

– Nie mogę... brać od nikogo. – Leżąc w łóżku, błogosławiłam bosko czystą pościel.

Hannah przysiadła na skraju łóżka, sztywno wyprostowana, drobniutka, ubrana w spodnie khaki i bluzę. Wciąż czarne włosy miała krótko obcięte i zaczesane do tyłu jak u chłopca.

– Znasz biblijną historię o Rut? – Skinęłam głową. – No więc Rut nie chciała opuścić Naomi. Groziło jej niebezpieczeństwo, ale ona nie chciała odejść. I wyrzekła te niezapomniane słowa, które każdy chyba zna, a mianowicie: „gdzie ty pójdziesz, tam i ja pójdę, gdzie ty zamieszkasz, ja zamieszkam"*. Zdawać by się mogło, że Naomi była matką Rut.

– Tak – powiedziałam.

– A ona była jej teściową.

– Naomi chciała, żeby Rut odeszła – zauważyłam.

– Ale Rut była na to zbyt lojalna. I wszystko skończyło się dobrze – powiedziała Hannah, głaszcząc moje włosy dłonią pachnącą płynem do płukania tkanin.

---

* Cytat za *Biblią Tysiąclecia*, wyd. III poprawione, Wydawnictwo Pallotinum, Poznań–Warszawa 1988.

XV
Pamiętnik Gabe'a

Zaliczając drugi semestr pierwszego roku college'u na trójkach ze wszystkich przedmiotów – były to trójki postawione z litości, wysępione na chorą matkę, nieobecnego ojca i konieczność ciągłego zajmowania się młodszym rodzeństwem – jednocześnie byłem zatrudnionym przez syndykat autorem stałej rubryki, w dodatku niemającym ukończonych szesnastu lat. Ja, Gabe Steiner, szkolny przygłup, który niedługo miał rzucić naukę, byłem czytany przez miliony fanów w całej Ameryce.

No dobra, niech będą tysiące.

Stanowiliśmy z Cathy zgrany zespół. Przychodziła do nas często, ale starała się trzymać z boku – żeby mama nie pomyślała, że uważa ją za bezradną amebę. Dzwoniła codziennie, a kiedy mama się zgodziła, przyjeżdżała na noc z Abby Sun.

Dzięki odrabianiu pracy za mamę miałem absorbujące zajęcie, inaczej po wyjeździe Tian zgłupiałbym do reszty. Gdybym wtedy miał choć minutkę wolną, zaraz grałbym w jakąś kretyńską grę typu Roller Coaster Magnate albo słuchałbym muzyki z mojej nowej wieży, albo na pewno nie myłbym naczyń, albo fantazjowałbym, że się topię

213

(ale nie na śmierć), co zapewniłoby mi wreszcie ogólne współczucie. Wiedziałem, że moje lenistwo martwi mamę. Ale jak miała lepszy okres, to szła do psychologa albo wygłaszała te swoje przemówienia, którymi w końcu też zarabiała na nasze utrzymanie. I próbowała także, bez większego powodzenia, zmusić tę podłą małpę Caroline do zrobienia czegokolwiek w domu, jak już ta wróciła po nocce spędzonej na paleniu (papierosów) z wybitną umysłowością imieniem Marissa, z Justine oraz z równie wybitnym nowym ukochanym Ryanem, najbardziej tępym dwunożnym hominidem zaraz po Marissie. Wyglądał na trzydzieści lat i był bardziej owłosiony niż irlandzki seter (nie tylko na głowie). Szanse na oderwanie Caro na dłużej od telefonu były równe szansom zdobycia przeze mnie stypendium Rhodes.

Pewnego dnia babcia zapytała, czy może „porozmawiać" z Caroline. Na osobności. Dziadkowie nie mieszkali już z nami – zostali wtedy tylko kilka dni – ale przyjeżdżali prawie codziennie. Trafnie przewidziałem temat rozmowy, jaką babcia zamierzała odbyć z Caro – usłyszawszy kilka dni wcześniej krótki, acz treściwy wykład na temat dwóch talerzy z wysuszoną mozzarellą, wepchniętych pod moje łóżko.

Caro weszła do mego pokoju dziesięć minut później, dosłownie chudsza z wściekłości. Moja siostra nie była przyzwyczajona do emocjonalnych wstrząsów. Miała raczej luzackie podejście do życia.

– Dostałam listę codziennych o b o w i ą z k ó w! – wrzasnęła. – Co to, do cholery, ma być? Domek na prerii?

– Nie – odparłem. – Dom wariatów na prerii.

– Mam to gdzieś, Gabe! Nie będę prać... ani dbać o g a r d e r o b ę d z i e c k a. Mam własne życie.

– W tym domu tobie jednej się to udaje – stwierdziłem ponuro.

214

– Zrozum, życie nie kończy się po wyjeździe Miss Saigon.

Ostatni raz przylałem mojej siostrze, kiedy miałem jakieś siedem lat. Teraz walnąłem ją w ramię na tyle silnie, na ile wolno uderzyć dziewczynę. Oddała mi w policzek.

– Podła, samolubna jędza! – wrzasnąłem. – Zgrywasz wielką damę, kiedy wszyscy zajmujemy się mamą. Cholera, nawet jej pracę za nią odwalam.

– No już, już – odrzekła Caroline, grając mi na nosie. – Grzeczny, kochany chłopczyk.

– Nie mogłabyś chociaż raz poczytać Aury? I korona by ci z głowy nie spadła, jakbyś wstawała sama rano, a nie żebym cię wiecznie musiał budzić. Nie jestem twoim tatusiem.

– Do taty to ci jeszcze daleko.

– Pan Bóg łaskaw.

– Gabe, czy ty przypadkiem nie jesteś niesprawiedliwy wobec taty? Przyznasz sam, że do tej pory mama wiecznie... zajmowała się innymi sprawami. Głównie baletem i zbawianiem świata.

Nigdy nie postrzegałem mamy w ten sposób, ale teraz zrozumiałem, jak mogli widzieć ją inni. Nie była taka jak mama Luke'a: ciągle kłócąca się z jego ojcem, wydzierająca się na dzieci, gadająca na okrągło z sąsiadkami i częstująca wszystkich domowym ciastem. Mama miała własną orbitę, to prawda... Nie miałem jednak najmniejszego zamiaru przyznawać racji Caro. Powód? Ten cały czas i energia, jakie przed zachorowaniem mama poświęcała mnie.

Przeważnie nienawidziłem jej za to, że wzięła na siebie rolę poganiacza i popychacza i za uszy przeciągała mnie przez szkołę. Teraz jednak uznałem, że winien jej jestem obronę.

– Nawet jeśli było, jak mówisz, to matka jest tylko jedna. Myślisz, że Mallory nie pomogłaby chorej matce, gdyby jej tata poszedł sobie w cholerę? Biadolisz, że się tobą w ogóle nie zajmowała, tak? A co ze szkolnymi przedstawieniami, kiedy szyła stroje albo uczyła dzieci tańczyć? Za każdym razem, jak się porzygałaś albo zsikałaś w łóżko, albo musiałaś mieć nowy kostium na Halloween uszyty w ciągu jednej nocy, bo się dowiedziałaś, że jakaś dziewczynka przebierze się za Kopciuszka... Wtedy się rozpłakała – gorącymi, gorzkimi łzami.

– Nie jestem z kamienia ani gówniarą bez serca! Ja tylko nie chcę dać się w to wszystko wessać. Kumasz? Mam piętnaście lat! Nie trzydzieści! Nie radzę sobie z odejściem taty, z załamaniem i chorobą mamy.

– Jasne, Caro. Rozumiem. Jak zwykle myślisz tylko o sobie.

– A idź w cholerę, Gabe! I nie licz na to, że cię jeszcze kiedykolwiek będę bronić. W szkole mówią, że kiedy tak się po niej snujesz, to tylko brak ci wózka na zakupy i pieska Chihuahua.

– Ale z ciebie suka!

– Wolę być suką niż niedorozwojem.

To wszystko było bardzo amerykańskie i bardzo konkretne.

Miała rację co do szkoły. Snułem się po niej. Przerastała mnie. Połowę czasu spędzałem na zastanawianiu się, po jaką cholerę ja tu jestem. Na głowie miałem kupę obowiązków i ten cały syf związany z życiem dorosłych, a musiałem wysiadywać w oślej ławce, przyskrzyniony przez panią Kimball za nieodrobienie do końca lekcji z biologii. A tak naprawdę moją pracą domową z biologii była mama. Gdyby Kimball okazała choć cień współczucia, mogło być inaczej. Ale pani Kimball, specjalistka od nauczania specjalnego i profesjonalna sadystka, uważała, że robiłem jej na złość. Zdążyłem się już do tego przyzwyczaić, jednak teraz spoczywający na moich wątłych barkach ciężar zajmowania się cholerną rodzinką przywalił mnie na tyle, że te wszystkie bzdury wkurzały mnie do kwadratu. Mama była do sensu mniej więcej trzy czwarte czasu, a przez jedną czwartą musiałem się tłumaczyć, jak to się stało, że zapomniałem zrobić zadanie z matematyki, na co tak naprawdę miałem czas między końcem dziewiątej lekcji a półgodzinną jazdą do domu. Klaus mi pomógł raz czy dwa, ale nie można było bez końca wykorzystywać sąsiadów. Pani Kimball napisała do mamy list – którego mama oczywiście nigdy nie zobaczyła – że jej zdaniem zdradzam objawy zachowania biernie-agresywnego i że może powinien „rzucić na mnie okiem" specjalista od zaburzeń emocjonalnych. Mogłem spróbować jej wytłumaczyć, o co naprawdę chodzi, ale wiedziałem, że jedyne, na co Kimball stać, to kwaśny uśmieszek.

Sam nie do końca rozumiałem, co się ze mną dzieje, a nikomu nigdy jakoś nie przyszło do głowy, żeby spytać, dlaczego. Nie wiedziałem wtedy – dowiedziałem się wiele lat później – że oprócz innych historii miałem zaburzenia rozumienia i procesów mowy. Rozumiałem doskonale, co nauczycielka w danej chwili mówi, ale kiedy próbowałem później to odtworzyć, był to jeden wielki bełkot. No bo przecież nie mówiła: „Jeżeli szukaną liczbą jest X, to Y musi być czynnikiem na prawo od Księżyca, tuż poniżej jednego z pierścieni Saturna...".

Tak czy owak na pewno nie byłem biernie-agresywny w stosunku do pani Kimball.

Byłem agresywny.

Nie przeklinałem ani nic takiego, jak moi wytatuowani koledzy.

Siedziałem grzecznie, za to robiłem różne rzeczy, które doprowadzały ją do szału, na przykład przysysanie skuwki od długopisu do języka. Tak szczerze nie znosiłem tej baby, że dokuczanie jej było dla mnie ważniejsze niż skończenie na czas wyznaczonego zadania.

Kimball wyglądała jak nauczycielka z dowcipu rysunkowego, od pięt aż po sztywną fryzurę. Może miała jakąś brzydką bliznę na ramionach czy szyi, bo chowała się od brody po kolana pod ubraniami zupełnie jak ze starych filmów z Sally Fields. Choćby w klasie było nie wiadomo jak gorąco, zawsze miała na sobie golf oraz spódnicę lub spodnie w kratę. Codziennie po przyjściu do domu pierwsze, co robiłem, to dobierałem się do laptopa mamy i usuwałem codzienne raporty pani Kimball, które zazwyczaj wyglądały następująco: „Pan Molinari nie mógł dzisiaj stwierdzić, czy Gabe śpi, czy nie, ale ponieważ ukończył wypracowanie na pięć sekund przed dzwonkiem...". Albo mój ulubiony: „Niektórzy uczniowie pierwszej klasy podejdą do PSAT wiosną, ale testy te przeznaczone są dla osób pragnących kontynuować naukę w college'u. Pani syn i tak wymaga zaświadczenia od lekarza psychiatry, że potrzebuje więcej czasu na zrobienie testu, a wyniki testu oraz indywidualnego toku nauczania zostaną przesłane do...".

Pani Kimball wyraźnie uważała, że mama nie wie, co to SAT*, albo po prostu chciała zademonstrować swój wredny charakter. „Gabe z trudem dostał czwórkę z wuefu..." Kiedy mowa była o mnie, w jej ustach nawet pochwały brzmiały jak najgorsze gówno.

Zauważyłem, że nauczycielami specjalnymi zostają ci, którzy najbardziej nie lubią dzieci. Może uważają, że tacy jak ja i tak nic nie wyniosą z lekcji historii czy pisania, albo też są przekonani, że i tak nie mogą bardziej nam za-

---

* PSAT – Preliminary Scholastic Aptitude Test. SAT – Scholastic Aptitude Test. SAT jest warunkiem przyjęcia na studia.

szkodzić swoim sadyzmem, bo uczniowie specjalni to przecież wrzód na zdrowym ciele społeczeństwa. Byli w klasie tacy, którzy uwielbiali panią Kimball i pannę Nick, równie głupią, ale odrobinę milszą jej młodszą koleżankę. Do tego stopnia, że jedna dziewczyna, z uszkodzeniem mózgu, która skończyła szkołę w wieku dwudziestu dwóch lat, przyszła nas potem odwiedzić. Karmiła psy w Towarzystwie Opieki nad Zwierzętami. Tak wyglądało to wielkie szczęście, które dała jej pani Kimball razem ze swoim zakichanym dyplomem. Pięć lat, kurczę, trwało, zanim otrząsnąłem się jakoś po pani Kimball. Dyrektor przepadał za nią, pewnie kochałby ją, nawet gdyby była Saddamem Husajnem. Panie Kimball tego świata zabierają uczniów specjalnej troski z normalnych lekcji, gdzie popełniają oni potworne występki, takie jak gryzmolenie na marginesach książek i zeszytów, co oczywiście może zburzyć porządek znanego wszechświata. Sadzają nas potem w oddzielnej zagrodzie i stojąc nam nad głową, załatwiają nas na amen stwierdzeniami typu: „Nie licz na to, że zdasz egzamin, Gabe, skoro nawet nie pamiętasz, że trzeba oddać pracę". Nigdy nie zadają sobie pytania, dlaczego nie potrafisz zapamiętać tych bzdur. Raz powiedziałem chudej, nawiedzonej psycholożce, która kursowała między szkołami na motocyklu, że przez większą część mego życia czuję się tak jak w jednym z tych filmów, gdzie facet ma kamerę przyczepioną do czoła kolejki górskiej. Powiedziała: „O, to... ciekawe, Gabe", a następnym razem, kiedy mama przyszła na wywiadówkę, w mojej teczce znalazła się notatka: „Zdiagnozować pod względem możliwości psychozy".

Zgoda, nie jestem Einsteinem, ale wychowałem się w domu, gdzie ludzie porozumiewali się ze sobą w bardziej wyrafinowany sposób niż za pomocą mlasków i pochrząkiwań. Umiem opisywać rzeczy. Wiem, co znaczy

„ad hoc, ergo proper hoc". Kiedyś nie umiałem tego napisać. Teraz już umiem. Po to Pan Bóg stworzył sprawdzanie pisowni w komputerze. Umiem pisać. Ale wtedy oni mieli w nosie, co się myśli, ważne było tylko, jak się to napisało. Pewnego razu jedna genialna nauczycielka angielskiego wpadła na pomysł, że da mi listę wyrazów do napisania, opracowaną specjalnie dla mnie. Kot. Ma. Mleko.

Niezły kopniak wymierzony prosto w ego.

Nie powinienem był nic mówić mamie.

Dostała szału. Bez porozumienia ze mną wpadła jak burza do gabinetu dyrektora, wymachując egzemplarzem *Odysei*, i wrzasnęła: „Żeby nikt nie ośmielił się dawać mojemu dziecku do napisania słów typu „kot" czy „oko". Rozumie pan? Mój syn przeczytał Homera. Czytał pan Homera? To nie jest wcale imię pańskiego brata ciotecznego...". Miałem ochotę ją wtedy zamordować, ale teraz, jak o tym myślę, rozumiem, że ona walczyła o mnie jak lew. Nie zawsze mądrze, ale zawsze z poświęceniem.

Naprawdę fajne, chociaż też smutne jest to, że ten jej talent do upokarzania mnie swoją nadopiekuńczością jest jednym z najlepszych wspomnień, jakie mam z epoki przed chorobą.

Pamiętam, jak raz wstałem z łóżka około pierwszej w nocy, bo zgłodniałem. Siedziała przy stole, opierając wyciągniętą nogę na dwóch krzesłach, i robiła za mnie makietę, którą miałem oddać następnego dnia. Nie zastanawiałem się wtedy, dlaczego trzyma nogę w górze. Głowę dam sobie teraz uciąć, że ją bolała. Pewnie już miała to świństwo. Jej włosy pokryte były pyłem cukru pudru, z którego ulepiła igloo, i akurat usiłowała z kożuszka ze starych rękawiczek Aury zrobić skórę polarnego niedźwiedzia i zawiesić ją, tak jak wieszali skóry Innuici, żeby wyschły. Popatrzyła na mnie i uśmiechnęła się.

– Wracaj do łóżka, skarbie – powiedziała.

– Mamo, odpuść sobie. Masz już igloo i kilka ludzików...

– Jak już będziesz w college'u, poradzisz sobie świetnie, Gabe. – Mówiła to jakby do siebie, nie do mnie. – To nie będzie mieć już znaczenia. Są tam osoby, które pomagają robić notatki studentom takim jak ty. Masz do tego prawo. Pełne prawo. Jesteś naprawdę inteligentny. Tylko ta banda durniów, ci szkolni psycholodzy są na to za głupi... – Wydawała się taka drobna, biała i... miękka jak roztopiony ogarek świecy na spodeczku. Byłem wtedy chyba w siódmej klasie. Strasznie chciało mi się płakać. Słowo daję, że dopiero tego dnia znalazłem w kieszeni kurtki, razem z kilkoma wiśniami w czekoladzie, kartkę sprzed trzech tygodni z opisem makiety. Przypomniało mi się, że muszę ją zrobić na następny dzień i że mam też test, więc mama chwyciła blachę do ciastek i sama zaczęła robić model ilustrujący życie pierwotnych ludów Ameryki, żebym w tym czasie, przed pójściem spać, zdążył przeczytać zadany rozdział. Wziąłem sobie kawałek chleba. A wtedy ona zapytała:

– Gabe, z czego mogłabym zrobić foki?

Pomyliło mi się z masztami, więc powiedziałem:

– Może z zapałek?

– Mam na myśli zwierzęta, które jedzą Eskimosi. A wieloryby...

– To foki są chyba niepotrzebne, mamo. Poluje się na nie dla futra. Daruj już sobie.

– Czy myślisz, że mogłabym je zrobić z sardynek? – spytała mnie, a oczy miała czerwone i podkrążone. Zrobiła foki z sardynek. Upiekła je i posmarowała bezbarwnym lakierem do paznokci, żeby nie pachniały, i potem wszyscy dziwnie na mnie popatrywali, oglądając makietę. Mama była obsesyjnie uparta. I miała wszystkich w nosie. Zawsze miała wszystkich w nosie.

Sęk w tym, że Aury nigdy nie będzie wiedziała, jaka ona była kiedyś. Tylko ja to pamiętam i kiedyś jej opowiem. Aury nie może pamiętać, a „Cat" nie chce. Aury ma swoją własną wersję mamy. Dobrą. Ale moim zdaniem nie jest to wersja prawdziwa.

Oczywiście, kiedy było naprawdę ciężko, przestawałem się z nią wykłócać o wszystko, od odrabiania lekcji po naukę gry na pianinie (od Bożego Narodzenia nie oglądaliśmy nauczycielki muzyki). Mam następującą teorię: kiedy wszystko może ci się upiec, to w końcu nic ci się nie upiecze.

Chyba że się jest moją durnowatą siostrzyczką Caroline.

Usiłowała wymykać się chyłkiem z domu z Ryanem Włochatym na randki w jego samochodzie, zrobionym niemal w całości z kitu, tak był poobijany i przerdzewiały, i wściekła była, kiedy dziadek, który miał słuch jak nietoperz, wyrastał przy drzwiach w chwili, gdy właśnie miała się wymknąć na bosaka, trzymając w ręku buty na czterocalowych koturnach. Obawiam się, że to właśnie dziadzio, usiłując wtrącać się do życia księżniczki Caroline, przekręcił ten klucz, który sprawił, że to, co na początku było dla niej przygodą i dreszczem emocji, stało się potem sposobem na życie.

Pewnego razu przeglądałem pliki mamy, szukając czegoś na temat seksualnego dojrzewania młodzieży, i natrafiłem na coś ciekawego. Otworzyłem, bo plik oznaczony był tytułem „Różności".

W środku były wiersze. Przeczytałem tylko jeden, ale przepisałem go. Ponieważ później czytałem inne jej wiersze, domyślam się, że był to rodzaj debiutu, taka wczesna Julieanne Gillis, pierwsza próba poetycka.

Właśnie wtedy zrozumiałem, jak ona strasznie cierpi,

i to nie tylko fizycznie. I jak wiele wie. Wygodniej jest przyjąć, że chory nie wie, jak bardzo jest chory, bo można mu wtedy powtarzać w kółko to samo.

LUSTERECZKO POWIEDZ PRZECIE...

Pożegnanie z dziewczynką
Jest jak rodzenie dziecka
Boleć nie przestaje pożegnanie z dziewczynką
Spełniała przyszłej kobiety sny
A była przy tym la femme tres jolie.
Pożegnanie z dziewczynką jest jak naciągnięcie oparzonej
skóry
Miała wzlecieć do nieba
A znalazła się na czubku szpilki.
Pożegnanie z dziewczynką jest jak trzask kości, własnej,
Zostawia blizny, które tylko ja widzę.
Okazało się, że kobieta nie jest tym,
Czym miała stać się, gdy dorośnie.
Jest tylko jabłkiem, które od drzewa zbyt daleko padło.
Bycie kobietą boli
Kim była dziewczynka,
Która była mną?

Są takie trzy zdjęcia z występu mamy w Houston Ballet, kiedy była na drugim roku Uniwersytetu Colorado. Profesjonalne, pewnie zrobione przez faceta, który chciał się z nią przespać, bo była tylko w *corps de ballet;* ojciec je oprawił i zawiesił podświetlone w przedpokoju. Taki tryptyk.

Pewnego dnia babcia zdjęła je ze ściany i umieściła po jednym w naszych pokojach. Babcię raczej trudno uznać za osobę subtelną i taktowną.

Na zdjęciu w pokoju Aury mama wygląda jak mała, wdzięcznie wygięta laleczka, nawet palce ma wydłużone, jakby one też tańczyły; jest na puentach i w pozycji baletowej. Na moim jest zamazana, ale specjalnie; właśnie wykonywała serię piruetów. Nie pamiętam, jak wyglądało zdjęcie w pokoju Caro. Zdjęła je i zabrała ze sobą. Jest sentymentalna.

XVI
Pamiętnik Gabe'a

Kiedy Caro obudziła mnie koło drugiej nad ranem,
w pierwszej chwili pomyślałem, że mama zachorowała
albo że babcia, która zawsze chwytała się za serce przy
okazji jakiegoś straszliwego szoku (jak wtedy, kiedy Caro
wyjęła jej z torebki dziesięć dolarów), w końcu naprawdę
dostała zawału. Tymczasem Caro oznajmiła:

– Gabe, zawieramy pakt o nieagresji. Przepraszam, że
wydarłam się na ciebie. Serio. Masz pieniądze?

Miałem. Między innymi z ostatnich urodzin, razem
około dwustu dolarów.

– Nie pożyczę ci, poproś Ryana – powiedziałem jej. –
Niech sprzeda te swoje kretyńskie gadżety samochodowe.

– Nie, to na... Mam pewien pomysł. Musimy wkroczyć do akcji. – Zatknęła pasmo blond włosów za uchem,
jak robiła zawsze, kiedy była poważna. Pomyślałem
o zdjęciach mamy w przedpokoju. Kiedy Caro tańczyła,
wyglądała prawie jak mama.

– Chodzisz jeszcze na balet? – spytałem.

– Nie – odparła.

– Dlaczego?

– Semestr przerwy.

– Za dużo nauki?

– Nie – przyznała uczciwie. – Boję się, że mamy nie stać. Właśnie dlatego musimy wkroczyć do akcji. Trzeba odnaleźć tatę.

– Znaleźć tatę? Pan Livingstone, jak sądzę? – jęknąłem. Poprawiłem poduszkę, zamierzając spać dalej. – Wiesz co? Spadaj. Idź sobie z Justine albo Marissą do Taco Bell.

– Nie bądź taki. – Potrząsała mną, dopóki znowu nie usiadłem. – Posłuchaj. Możemy sprowadzić tatę do domu. Ja mogę. Jeśli tylko uda się go odnaleźć. Nie rozumiesz? Pewnie od kogoś dowiedział się o mamie, może od jakiegoś kolegi. I zwyczajnie się spietrał. Jak się ma kryzys wieku średniego, to chciałoby się być znowu dzieckiem. Człowiek ma dosyć odpowiedzialności. Mówili tak na wychowaniu do życia w rodzinie. Więc na cholerę wtedy żona z chroniczną chorobą, syn wymagający specjalnej szkoły... i trudna nastolatka, czyli ja – przyznała uczciwie. – Ale jak już tu się zjawi... a na pewno tęskni za domem... przekona się, że z nią nie jest tak źle... i znasz tatę... zawsze chce naprawiać świat. I wszystko wróci do normy.

Pokręciłem głową.

– Tyle razy próbowaliśmy do niego dzwonić.

Spojrzała na mnie.

– Wiem, też próbowałam.

– Więc jeśli dotarła do niego choć jedna z zostawianych przez nas wiadomości, to wie, co się tu dzieje.

– Lub jeśli dostał któryś z moich maili.

Caro przygryzła usta. Wyglądała jak mały, przestraszony dzieciak.

– Przykro mi, mała. – Dość niezgrabnie objąłem ją.

– Dlatego musimy go sprowadzić, Gabe – szepnęła. Wyrwała się z moich objęć i podciągnęła kolana, obejmując je ramionami. – Do niego nie dotarło, że to na-

226

prawdę poważne. Babcia i dziadek chcą złożyć pozew przeciwko niemu. Za porzucenie nas. Wejść mu na konto...

– Chciałbym wejść mu na konto – zacytowałem dokładnie słowa dziadka.

– Sprzedają dom – dodała moja siostra.

Wyprostowałem się natychmiast i sięgnąłem po bluzę.

– Co?

– Klausowi i Liesel. Chcą sprzedać dom i... podsłuchałam wszystko. Mamy wynajmować od nich mieszkanie, ale Klaus chce zbudować wielką szklarnię, czy też raczej robaczarnię, w naszym ogródku. W naszym ogródku...

– Kiedy o tym słyszałaś?

– Kilka dni temu. Podsłuchałam, jak mama mówiła o tym Cathy i babci. Przyszły, kiedy my byliśmy w szkole. Wróciłam wtedy wcześniej. Trzeba działać szybko.

– Nie możemy zabronić jej sprzedania domu – zauważyłem. – Słyszałem, jak dziadzio mówił, że skoro on mógł zabrać nasze pieniądze, to ona może sprzedać bez niego dom...

– Tak, ale jeśli go szybko znajdziemy i powiemy... Wiesz, Gabe, że do wszystkiego można go namówić...

Więc słuchałem dalej.

Okazało się, że nie był to wcale pomysł z ostatniej chwili. Wszystko miała w folderze zatytułowanym „Program ferii wiosennych". Moja siostra! Była całkiem bystra, gdy trzeba było logicznie pomyśleć, choć raczej nie należała do tych, co to starannie sobie wszystko planują, chyba że sobotnie zakupy. W gruncie rzeczy to ona ma naprawdę niezły łeb. I ten gen po Leo, że dokładnie wie, czego chce.

W folderze, który mi pokazała, były maile. Wszystkie maile taty, a ich lektura okazała się fascynująca.

Zanim tato odszedł, Caro przerzuciła jego wszystkie maile do laptopa mamy, sprytnie zatytułowawszy je „Pamiętnik Caroline", gdyż wiedziała doskonale, że mama, chorobliwie wręcz przewrażliwiona na punkcie szanowania naszej prywatności, nigdy w życiu do nich nie zajrzy. Potem, kiedy dostała własnego laptopa, przerzuciła cały ten kram z mamy laptopa na swój.

Zaczęło się przed kilku laty od korespondencji z facetem imieniem Aimen i jego żoną Mary Carol, którzy w New Hampshire założyli coś, co nazwali świadomą społecznością. Pierwszym ich lokum był pustostan Kmartu, który został podzielony przez członków komuny na indywidualne „przestrzenie mieszkalne", ale ponieważ zainteresowanych było bardzo wielu, ciasnota i życie na kupie okazały się nie do wytrzymania. Od razu rzucało się w oczy, że wszyscy jak jeden mąż wierzyli w te same bzdury, jak powszechne ubezpieczenie zdrowotne, nieposyłanie dzieci do normalnych szkół, kupowanie ekologicznego jedzenia w wielkich ilościach prosto od farmerów i dzielenie się nim między rodzinami. Obecnie rodziny te mieszkały na tym samym osiedlu w New Hampshire, ale już we własnych domach. Oszczędzali mnóstwo pieniędzy, ponieważ cała ich społeczność – według Caroline z maili wynikało, że było tam osiem czy dziewięć rodzin – posiadała na spółkę tylko trzy pojazdy: dwie furgonetki i jedną ciężarówkę oraz jeden pług śnieżny i jeden telewizor, w którym oglądali tylko filmy i wydarzenia o wielkim znaczeniu, jak olimpiada czy *Fahrenheit 9/11*. Co tydzień mieli zebrania, „dość burzliwe" – jak pisał Aimen, który był w piechocie morskiej i którego żona Mary Carol miała mistrzostwo stanu New Hampshire w strzelaniu do rzutków. Caroline spytała mnie, co to są te rzutki. Nie miałem pojęcia, ale przypomniałem sobie o broni w szufladzie taty.

Aimen tak pisał: „Wspólnie podejmujemy decyzje dotyczące programu nauczania, a jeśli jedni chcą, żeby ich dzieci czytały tylko powieści przedstawiające współczesne problemy społeczne, inni, żeby ich dzieci uczyły się na pamięć Szekspira, a jeszcze inni, żeby każdy powyżej piętnastego roku życia miał prawo głosu, rozpoczynają się prawdziwie dyplomatyczne negocjacje. Mamy więc po trochu wszystkiego". „Rytuały – napisał innym razem – to jeden ze sposobów na trwanie naszej komuny. Bardzo ważny jest rytuał przyjęcia do społeczności dorosłych w wieku trzynastu lat. Nie ma to żadnego związku z religią. Nie »praktykujemy« tu religii; ci, którzy wyznają jakąś wiarę, praktykują na własną rękę. W każdym razie uważamy, że osiągnięcie dojrzałości to poważna sprawa, podobnie jak to ma miejsce w wielu kulturach. Urządzamy z tej okazji ucztę z prezentami i specjalną Księgą Życia dla danej osoby, by mogła zapisywać swoje wspomnienia..."

Była to wyraźnie woda na młyn Leo, zwłaszcza jak się poczytało imiona, z których część brzmiała normalnie, a część najwyraźniej wybrana została przez rodziców, którzy pragnęli żyć jak najbliżej matki-natury, i takie tam głupoty. Dzieci nosiły imiona typu Willow, Muir czy Diego. A może to wcale nie były dzieci?

Były też inne listy, w tym kilka od antypatycznych, najwyraźniej świrniętych fanatyków szkoły przetrwania. Z nimi tata nie korespondował długo. Następna wielka porcja pochodziła z dwóch adresów. Jeden korespondent mieszkał gdzieś w stanie Nowy Jork – wspomniana była rzeka Hudson – drugi w Vermont.

Ten z Vermont miał adres zwrotny crystalgrove@popper.net i należał do społeczności podobnej do tamtej, tylko jeszcze bardziej cudacznej. Każdy z jej członków miał trzy ubrania na własność i na tym koniec. Mieszkali dosłownie w psich budach, które nazywali małymi domkami (w załączniku było zdjęcie jednego), a które nadawałyby się w sam raz do zabawy dla Aurory. Miały prawdziwe pokoje, tyle że mikroskopijnych rozmiarów, i wszystko wbudowane w ściany. Łóżko się składało. Biurko się składało. Nawet, kurczę, stół kuchenny się składał. Miało to skłaniać do tego, by jak najwięcej przebywać na dworze i w Domu Rady (dla mnie było to jak film grozy o ludziach, którzy myśleli, że trafili do raju, a zostali zamienieni w klony), gdzie stał stół dłuższy niż ten z Ostatniej Wieczerzy i mnóstwo małych stolików – zapewne dla dzieci – i gdzie wszyscy razem jadali posiłki, przyrządzane naturalnie z własnych produktów; nawet mięso było ze zwierząt własnego chowu. Dzieci chodziły regularnie do szkoły, ale w soboty musiały pracować i odrabiać „dziesięcinę" (sprawdziłem to słowo, oznacza dziesiątą część czegoś tam). Dorośli mieli normalną pracę, ale – i to mnie powaliło! – wrzucali zarobione pieniądze do jednego wora! To znaczy ktoś pracował w warsztacie, ktoś inny był ortodontą, a potem wszystko składali do kupy i wspólnie płacili rachunki. I tak przez całe życie! Jeszcze inni zajmowali się pracami na miejscu, to znaczy siali, zbierali, hodowali, robili przetwory i tak dalej. Na zdjęciach okolica wyglądała pięknie. Magiczne wręcz miejsce z wodospadem, w którym bawiły się dzieci. Wodospad był pewnie połączony z sadzawką z gorącym źródłem. Nie słyszałem nigdy o gorących źródłach w Vermont, ale czemu nie? Mają je nawet na Alasce. Było też zdjęcie uczniów kończących szkołę i informacja, do jakich college'ów idą potem, a także zdjęcie dzieciaków ze szkoły średniej wybierających się na obóz wspinaczkowy – trzymali wielki transparent z napisem W ZDROWYM CIELE ZDROWY DUCH – wśród których była jedna naprawdę ekstrapanienka imieniem Jessica Godin. Starsza pani, która stamtąd pisała do taty – przynajmniej twierdziła, że jest starszą panią – wydawała się całkiem miła. Na imię miała India. Napisała, że to jej prawdziwe imię, ponieważ jej rodzice byli nauczycielami, a ona wychowała się w Delhi.

„Nie każdy nadaje się do życia, jakie tu prowadzimy – pisała w jednym z pierwszych maili. – Więc przed podjęciem ostatecznej decyzji radziłabym ci porozmawiać poważnie z żoną i może przyjechać do nas na miesiąc czy dwa. Bardzo niewielu członków od nas odeszło, ale tym kilku rodzinom, które nas opuściły (głównie ze względu na rozpad małżeństwa albo konieczność opieki nad starszymi krewnymi), bardzo trudno było przywyknąć do innego świata..." Tata odpisał, że właśnie ten inny świat bardzo chcieliby wraz z żoną porzucić. Napisał także o sobie wiele rzeczy, które niekoniecznie były prawdą, jak to, że biegał w maratonie. Nie wiem, czemu to napisał, może chciał wyglądać jak ci macho na zdjęciach, co to wyrobili sobie klatę od rąbania drzewa, budowania małych domków czy zarzynania wołów. Korespondencja z Indią trwała, dopóki ona sama jej nie przerwała, delikatnie sugerując, że najlepiej by było, gdyby Leo przyjechał i sam zobaczył Crystal Grove, ponieważ wszystko już mu na ten temat powiedziała.

Pod adresem w stanie Nowy Jork tata korespondował z kobietą, która podpisywała się „J." Jej adres – Jdevlin@devlingoodjams.com.

„J." była bardzo współczującą osobą. Współczuła, że Julie jest tak wielką egoistką, podobnie jak „trójka dzieci", które wiecznie żądają od niego, by zapracowywał się na śmierć, tylko po to, żeby mogły jeść więcej niezdrowej żywności i mieć elektroniczne gadżety.

„Tak już jest urządzony ten świat, Leonie – napisała (kurczę, co za Leon?). – Większość ludzi nie ma odwagi go zmienić. Jak mawia moja matka, większość ludzi żyje w cichej rozpaczy".

Jej matka i Henry David Thoreau.

Nie mogłem w to uwierzyć. Elektroniczne gadżety? Dopóki nie poszedłem do gimnazjum, w domu nie było ani telewizora, ani odtwarzacza DVD. Rodzice mieli swoje laptopy. Nam nie chcieli kupić nawet używanego, dopiero Caro go dostała dzięki poczuciu winy obojga. Tak było. Nie miałem nawet gameboya, musiałem pożyczać od Luke'a. A nie tylko Luke miał swojego własnego, także wszyscy jego bracia. Caroline musiała przez rok oszczędzać, żeby kupić sobie odtwarzacz CD i słuchawki. Musieliśmy kupować płyty kompaktowe z naszych własnych pieniędzy, między innymi z tych, które dostawaliśmy na urodziny. „J." pisała: „Mama przywiozła nas tutaj, Leonie (Leon?), ponieważ mój ojciec niszczył nasze życie dokładnie w ten sam sposób. Do tego jeszcze zdradzał mamę z kelnerką. I wyobraź sobie, że zabrała pięć córek i przeniosła się do małego miasteczka w dolinie Hudsonu. Była jak jedna z tych kobiet-pionierów. Jak Sojourner Truth*. („J." nie sprawiała wrażenia specjalnie mądrej). I tak cała nasza wspólnota w Słonecznej Dolinie zaczęła się od niej, od mojej mamy. Kochała ojca, ale zdecydowała się go opuścić, ponieważ nie chciał wyrzec się świata...". Taka sama jest Julie – odpisał ojciec. Żadnego wewnętrznego życia. Tylko skorupa.

A to drań! – pomyślałem. Skorupa? Chyba to właśnie Leo miał zamiast serca.

W którymś momencie Caro wyszła z pokoju i wróci-

---

* Amerykańska abolicjonistka, urodzona jeszcze jako niewolnica (1797–1883).

ła do łóżka, a ja wciąż otwierałem kolejne maile do „J.",
które stawały się coraz bardziej... chore. Ojciec pisał coś
o swoim ciele przyciśniętym do pleców „J." i że po raz
pierwszy w życiu czuje się naprawdę czysto i bezpiecznie.
Z jednej strony (jakaś równie chora część mojej natury)
chciałem czytać dalej, ale z drugiej strony są to wszystko
rzeczy, których woli się nie wiedzieć o swoim ojcu. Aż
niedobrze mi się zrobiło. Czysto i bezpiecznie? To czym
my byliśmy? Kliniką odwykową? Jak mógł być takim
cholernym dupkiem, żeby nazwać Julie „snobką" mającą
„trywialnych" znajomych, a dzieci określić jako „całkowicie pochłonięte swoimi sprawami" i „strasznie mate-
rialistyczne"? A przecież od piątej klasy miałem ten sam
plecak.

Następnego ranka w samochodzie Caro spytała mnie
cicho:

– Jak ci się podobał ten kawałek o elektronicznych ga-
dżetach?

– Ty rozumiesz coś z tego?

– Bajerował ją, wiesz, jak to panienkę. – Caro zachowała pełen spokój. – A z siebie usiłował zrobić nieszczęs-
ną ofiarę.

– Przecież jest żonaty!

– Mówię ci, faceci tacy są! Straszny kit potrafią wcis-
kać przez Internet. Ale tak czy owak trzeba go poszukać.
Jest u tej swojej laski. Mam przeczucie. Ta cała India smę-
dzi tak samo jak on przed wyjazdem. Więc tam musimy
zacząć.

– A co będzie, jak mama zauważy brak samochodu...?

– Żaden samochód, idioto – warknęła. – Pojedziemy
autobusem. A potem...

– Mama zauważy, że wyjechaliśmy...

– Już to sobie przemyślałam. Powiedziałam babci
i dziadkowi, że jesteśmy tym wszystkim totalnie wykoń-

czeni i że ciocia Jane zaprosiła nas do swojego domku letniego na ferie wiosenne. Dziadkowie i tak nie mają namiarów Jane, a poza tym jutro wyjeżdżają na Florydę. Napisałam też do Jane, że jesteśmy totalnie wykończeni, a ona przysłała nam sześćset dolarów na bilety samolotowe, żebyśmy pojechali do dziadków na Florydę, i poprosiłam, żeby nie martwiła mamy naszym stanem. Więc teraz mamy już na dwoje gdzieś tak około tysiąca dolarów i...

– Myślisz, że go znajdziemy, jeżdżąc autobusami i śpiąc w hotelach...

– Nie, Gabe. W każdym mieście na całym świecie mają takie schroniska dla młodzieży, gdzie nawet można dostać pieniądze na telefon do domu i autobusowy bilet powrotny...

– Ale dzwonią na policję, jak jesteś nieletnia...

– My nie jesteśmy nieletni. – Sięgnęła do plecaka i wyjęła dwa piękne prawa jazdy, jedno na nazwisko Elaine Drogan, wiek osiemnaście lat, drugie na Kevina Drogana, wiek dziewiętnaście lat.

– W żaden sposób nie wyglądam na dziewiętnaście! – zaprotestowałem.

– Owszem. Jesteś wysoki. Spójrz tylko na Cathy. Wygląda mniej więcej na dwadzieścia pięć lat, a ma przecież trzydzieści pięć!

– Skąd to masz?

– Ryan skołował.

· – Kto to jest Elaine Drogan?

– Nie żyje – wyjaśniła Caro, znowu z tą swoją niezwykłą nonszalancją. Badawczo skontrolowała w bocznym lusterku stan makijażu. – Podobnie jak Kevin. Tak zawsze się robi. Zdobywasz metrykę zmarłej osoby i pod jej nazwiskiem wyrabiasz sobie dokumenty. Oboje zginęli w pożarze.

– A to nie jest wbrew prawu?

– Jest. Ale my nie będziemy obrabiać banków, posługując się fałszywymi prawkami. My tylko chcemy znaleźć tatusia, bo nasza mamusia jest bardzo chora. – Złożyła dłonie pod brodą jak śpiewaczka w chórze i zamknęła oczy.

Zrozumiałem, jak Bóg stworzył Leo.

XVII
Pamiętnik Gabe'a

Oczywiście, gdy zostały zaledwie dwa dni do wyjazdu, rozchorowałem się. W przeddzień rozpoczęcia wiosennych ferii leżałem w łóżku, rozpalony, wstrząsany dreszczami. Mama ugotowała dla mnie rosół z kury z makaronem, własnej roboty makaronem, a mnie chciało się rzygać i miałem straszną ochotę przyznać się do wszystkiego.

Caroline ciągle zaglądała do mnie i ostrzegała:

– Tylko ani słowa! Wszystko schrzanisz...

Ale ja wiedziałem, że musimy powiedzieć komuś dorosłemu.

Musieliśmy.

A co będzie, jeśli nas zaaresztują albo ktoś nas napadnie? Będziemy leżeć gdzieś nieprzytomni lub nawet martwi, a ponieważ będziemy martwymi Droganami, którzy i tak są martwi, więc nikogo to nie wzruszy. Skończymy w anonimowym grobie w zakichanym New Hampshire, a mama dowie się dopiero, kiedy dzikie zwierzęta wygrzebią nasze kości, i zidentyfikuje nas po zębach. I popełni samobójstwo.

Więc w trakcie pakowania, któremu towarzyszyło podżeranie orzeszków, rodzynek i chipsów, zadzwoniłem do Cathy z pytaniem, czy mogę do niej przyjechać. Od razu nabrała podejrzeń. Nie zdążyłem dokończyć drugiego zdania, kiedy pokręciła głową. Jak na osobę dorosłą przystało, zakwestionowała całe przedsięwzięcie, uznając je za nieodpowiedzialne i wariackie.

– No to ty pojedź – zaproponowałem w rozpaczy. – Jesteś jej najlepszą przyjaciółką. Ktoś musi go znaleźć. Dziadek zatrudnił prywatnego detektywa i zapłacił mu tysiąc dolarów, a ten przez dwa tygodnie tylko grzebał w bankowych wyciągach taty, bo miał szlaban na zadawanie pytań mamie, żeby jej nie denerwować...

– Nie mogę jej teraz zostawić, Gabe. Wiesz, jak źle znosi te zastrzyki. Chociaż może rzeczywiście... Gdyby twoi dziadkowie mogli przyjechać, poleciałabym...

– Ale dokąd? Trzeba przeszukać całe wschodnie wybrzeże...

– Nie mogę urwać się z pracy aż na tak długo, Gabe! I tak wzięłam już sporo wolnych dni ze względu na...

– Ze względu na mamę – dopowiedziałem. – No właśnie. A dziadków też raczej nie można wysłać.

– Masz rację. Lepiej nie.

Wymieniliśmy porozumiewawcze spojrzenia. Oboje dobrze wiedzieliśmy, dlaczego. Nasze odkrycie może by ich nie zabiło, ale prawie. Na wszelki wypadek podałem neutralnie brzmiące uzasadnienie.

– Nie mogliby pojechać, bo jadą po swoje rzeczy na Florydę. Sprzedali udział w apartamencie. A poza tym... Leo ich nie posłucha. Już prędzej my mamy jakąś szansę. Nawet napisałem na zapas kilka porad... – Chyba zostanę prawdziwym dziennikarzem. Napisać na zapas. Mama czasem używała tego określenia.

– O czym pisałeś? – spytała.

– Jakaś kobieta chciała wiedzieć, czy urodzenie dziecka pomogłoby zbudować w jej małżeństwie płaszczyznę porozumienia...

– I co napisałeś?

– Że na pewno z b u d o w a ł o b y wspólną płaszczyznę, ale szczerze wątpię, czy porozumienia, więc jeśli nie chce mieć dziecka z powodów innych niż problemy małżeńskie...

– Ty chyba naprawdę zostaniesz terapeutą, Gabe.

– Raczej nie – odparłem. – Ile razy czytam te listy, zawsze czuję się jak ten twój pożeracz grzechów.

– To znaczy?

– No, ta historia, którą mi opowiedziałaś. Jak krewni zatrudniali głodnego biedaka, aby zjadł grzechy zmarłego, a wtedy czysta, bezgrzeszna dusza mogła spokojnie ulecieć do nieba.

– Chyba prędzej ja tak robię. I twoja mama.

– Myślę, że ty bardziej. Jeśli wychodząc od ciebie, ludzie czują się lepiej...

– Tego właśnie bym chciała – westchnęła Cathy.

– A nie masz potem wrażenia, jakby uszło z ciebie całe powietrze?

– Trochę za dużo powiedziane, ale może...

– Tak czy siak, pisząc porady, czuję się pożeraczem. Bo w gruncie rzeczy wcale nie mam ochoty wiedzieć o problemach innych ludzi. Poza tym są to w kółko te same problemy. Ludzie nie popełniają tylko raz tego samego błędu.

– Moja mama zawsze to powtarza.

– Od niej to usłyszałem.

– A czemu przygotowałeś więcej porad?

– Na wypadek gdyby się jej pogorszyło, a namawianie tatusia na powrót się przedłużało.

– Może czujesz się pożeraczem... bo jesteś jej synem – rzekła Cathy w zamyśleniu i dotknęła mojego policzka. –

238

To znaczy bardziej jej synem, nie Leo. Nie każde dziecko zrobiłoby coś takiego. Nadal uważam, że nie powinieneś tego robić. Ale może się udać. – Przeczesała włoski Abby Sun palcami. – Wiesz co? Weź ze sobą telefon komórkowy. Kupię jeszcze dzisiaj, na swoje nazwisko. – Uniosła dłoń. – Nie, nie, lepiej dam ci swój, a dla siebie wezmę nowy. Znasz mój numer. I ja znam. Mama też ma komórkę, jakby co. Nie dyskutuj ze mną. Masz dzwonić do mnie codziennie. O tej samej porze. Czasu wschodniego. I dam ci jeszcze pieniądze na samolot, na wypadek gdyby coś się stało. Oddasz mi potem. A pomyślałeś, że mama będzie chciała porozmawiać z wami, kiedy będziecie u Jane...?

– Postanowiliśmy powiedzieć jej, że bardzo nie lubimy dzwonić i chcemy mieć spokój.

– Brzmi kulawo. Ja bym zrobiła co innego. Zadzwoniłabym kilka razy do niej sama. Powiesz: W porządku, mamo. Świetnie, mamo. Tak, poznałem dziewczynę, mamo. I tak połowa z tego do niej dotrze, zwłaszcza gdy będzie po zastrzyku, więc nie sądzę, żeby dużo zapamiętała.

– Sądzisz, że on wróci z nami do domu?

– Sądzę, że tak, Gabe – odrzekła poważnie, biorąc moją wielką łapę w swoje nieduże dłonie. U każdego prócz niej uznałbym ten gest za sztuczny i afektowany. – Ale obawiam się, że nie zostanie z wami długo.

– Odpisałem też na inny list. Mąż miał romans, a żona waha się, czy ratować małżeństwo ze względu na dzieci...

Cathy odchyliła się do tyłu, chcąc wciągnąć Abby na kolana, ale Abby miała inne plany i pobiegła po bębenek ze złotą rybką.

– Napisałeś, żeby poszli na terapię? I bardzo się starali? Ale....

– I tak nie pomoże. Na ogół nie pomaga.

– To prawda. Jednak daje trochę więcej czasu dzieciom – westchnęła. – Wiesz, właściwie nie powinnam się zgodzić na wasz wyjazd. Ale Leo koniecznie powinien wrócić. Niech ponosi odpowiedzialność. A przynajmniej zadba o was. I o nią. Jest jej to winien.

– Ona i tak będzie czuła się fatalnie. Lokatorka u siebie. Niemająca niczego.

Przez chwilę słowa te wisiały nad nami niczym chmura.

– Sama może wziąć lokatorkę – zauważyła Cathy.

– Wziąć jeszcze lokatorów? To... niemożliwe.

– Myślałam o sobie, Gabe. Twoja mama zauważyła niedawno, że teraz, kiedy sama mam dziecko, jestem za stara, żeby mieszkać z własną matką. A Connie uważa, że dom jest dla niej za duży. Wolałaby małe mieszkanko. Już rozmawiałyśmy o tym z Julie. Mogłybyśmy sobie wzajemnie pomagać.

– Ty jej na pewno pomagasz, ale jak ona pomagałaby tobie?

– Nie chodzi o pieniądze. Raczej o obecność kogoś życzliwego. Pomaga mi tym, że jest przy mnie i że mam z kim pogadać. – Uderzyła mnie lekko w ramię. – Pomyśl tylko. Założyłybyśmy własną, prywatną komunę. Mamy do dyspozycji święty pokój Leo, z którego nikt nie korzysta.

– Właśnie takie komuny chodziły tacie po głowie – westchnąłem. – Szkoda, że nie czytałaś o tamtych miejscach, do których jeździł. Caro włamała się do jego skrzynki. Można przeczytać wszystko, co napisał.

– Odgadła jego hasło?

– Tak.

– Imię któregoś z was?

– Tak. „Aurora".

– Aha. A jeśli chodzi o takie miejsca... Nie wszyscy są nawiedzeni, Gabe. Takich osób jest coraz więcej. Nieko-

240

niecznie zaraz to musi być... rodzina Mansona. Często są to zwykli ludzie, dla których bardziej liczy się czas niż pieniądz. Dziś młode małżeństwa bardzo często żyją z jednej pensji albo decydują się na znacznie mniejszy dom...

– Za nic bym tak nie chciał. Dom bez prywatności. Psie budy, gdzie całe umeblowanie to łóżko i krzesło, a jedyny pokój, który ma ściany, to sypialnia rodziców...

– Słyszałam o czymś takim. Raz nawet z Saren zastanawiałyśmy się...

– Jezu, Cathy, myślałem, że chociaż wy byłyście normalne.

– To było Big Sur*, Gabe. Nie w Nebrasce. Daj spokój. Aż tak stuknięta to ja nie jestem. Ale są też duże plusy... znacznie mniej kłopotów i obowiązków, a poza tym wspólna koncepcja świata z ludźmi, z którymi się mieszka po sąsiedzku.

– Zdecydowanie to ty powinnaś pojechać – odparłem zniesmaczony. – Dogadałabyś się z Leo.

– Sam powiedz: czy nie doprowadza cię do szału procent idiotów przypadających na metr kwadratowy w twojej szkole? A gdybyś chodził do szkoły z takimi, co może nie są dokładnie tacy jak ty, ale zachowują się w porządku w stosunku do ciebie... Myślałyśmy, że tak będzie lepiej dla Abby. To znaczy nie dla tej Abby. Gdyby pojawiła się jakaś Abby; w tym momencie ona istniała tylko w teorii. Wtedy pewna byłam, że będziemy żyć razem i wychowywać dziecko, że adoptujemy dziecko. I nikogo nie porzuciłybyśmy, żeby ułożyć sobie życie.

– A jednak się cieszę, że tego nie zrobiłaś.

– Tak, ja też. Z wielu powodów.

Wyciągnęła z torebki komórkę i ładowarkę.

---

* Big Sur – skalisty odcinek wybrzeża Kalifornii, gdzie mieszkają ludzie bez udogodnień cywilizacyjnych, typu światło czy telefon.

– Proszę. Ma roaming ze względu na konferencje, na które jeżdżę. Raz na tysiąc lat. Ja kupię sobie nową. Dzwoń do mnie na swój domowy numer... – Urwała. – Kiepsko wyglądasz, Gabe.

– Chyba mam grypę czy coś w tym rodzaju.

– Powinniście w takim razie odczekać kilka dni.

– Musimy jechać, póki ma to sens, póki jest czas. Muszę przekonać mamę, wmówić jej, że już jest mi lepiej... inaczej nici z wyjazdu, a dziadkowie będą na Florydzie góra kilka tygodni. Wyjeżdżają już jutro. Mówili coś też o sprzedaży domku w Door County.

– Szkoda – westchnęła Cathy. – To dwoje z trzydziestu siedmiu szlachetnych.

– Co to za szlachetni?

– Jesteś Żydem, więc dziwne, że nie wiesz. To taka żydowska tradycja. Wierzą, że w danej chwili na całej ziemi jest dokładnie trzydziestu siedmiu szlachetnych ludzi. Hannah i Gabe na pewno należą do nich.

Pojechałem do domu i dość chaotycznie spakowałem ciuchy: dżinsy, spodnie khaki, spodnie nieprzemakalne, pelerynę od deszczu, koszulki bawełniane, jedną jedwabną koszulę ze smokiem, w której się strasznie pociłem, ze sześć par grubych wełnianych skarpetek, spodenki gimnastyczne i kąpielówki, na wypadek gdybym musiał wziąć prysznic u jakichś świrusów, i to przy nich. Jednorazowy nożyk do golenia (różowy, jedyny nadprogramowy, jaki miała Caro) i mydło, którym można było też myć włosy. Dwie szczoteczki do zębów (jestem dość zasadniczy, jeśli chodzi o zęby). Zabrałem *White Album* Beatlesów i muzykę z filmu *Hell Hath No Fury*, a potem już zabrakło miejsca w plecaku, więc pomyślałem, że pewnie będziemy się z Caro bić o jej odtwarzacz kompaktowy.

Zadzwoniłem do Luke'a.

– Cześć, stary – zagaiłem.

– Cześć, głąbie – odparł.

– Jadę na wschód. Do Jane.

– Do cioci? – spytał.

– Do cioci.

– Wiesz, jesteś świnia. Tylko ty masz prawo jazdy. Są ferie. Moglibyśmy pojechać nad... jezioro Geneva!

– A ty, kurde, co? Przez cztery miesiące nie ma dla ciebie na świecie nikogo, oprócz tych twoich bezmózgich mięśniaków, i nagle chcesz, żebym robił za twojego kierowcę? Sam musiałem skończyć musical. I zapłacić całe piętnaście dolców Kelly Patricii za odśpiewanie piosenek...

– Ty skończyłeś? Ty...?

– Zrobiłem okładkę. I oddałem.

– Mój ty bohaterze. Zawdzięczam ci życie.

– Przywiozę ci breloczek z cholernego Nantucket, czy gdzie tam będę. Ostatni raz widziałem ciotkę, jak miałem dwanaście lat.

– Ty chyba chory jesteś – stwierdził spokojnie. Raczej nie mógł się domyślić przez telefon, że to prawda.

– Nie jestem.

– No to ci do reszty odbiło.

W ręku trzymałem rewolwer. Komórkę i ładowarkę zostawiłem w pokoju Caro. Rewolwer poszedł na dno plecaka, zapakowany w papierowy worek, w jakich mama trzymała w szafie torebki. Wcześniej sprawdziłem broń w Internecie i okazało się, że jest stara: policyjny rewolwer Colta z 1937 roku, kaliber 38. Nie miałem naboi, ale nawet gdybym miał, nie wiedziałbym, gdzie i jak je wsadzić. Byłem świadom, że jeśli trzeba będzie lecieć samolotem, to będę musiał wyrzucić go do kosza. Nie miałem pojęcia, po co go tata trzymał. Jedyny trop stanowiła tamta babka strzelająca do rzutków. Może chciał nauczyć się strzelać, taka sztuka dla sztuki? Może dla obrony, bo sobie ubzdurał, że chcemy go zamordować? Może planował pozabijać nas wszystkich we śnie?

Nie miałem właściwie pojęcia, po jaką cholerę zabieram go ze sobą. Największa krzywda, jaką mógłbym nim wyrządzić, to najwyżej cisnąć nim w kogoś. Ciężar spoczywający w moim ręku był śliski i martwy.

– Wszystko pod kontrolą – oznajmiłem Luke'owi. – Hasta la vista.

– Głąbie... – zaczął Luke.

– Tak?

– Mama mówi, że Julieanne jest poważnie chora. Kiepsko, stary. Współczuję.

– Dzięki, stary – odparłem.

– Julieanne to w porządku babka.

– Tak.

– Nawet tata mówi, że ten wasz cholerny Leo powinien wrócić.

– Nic nie wie. Jest poza zasięgiem...

– O, kurde. To niedobrze.

– No tak. Ale zawsze mamy Cathy.

– Ja... no wiesz... skoszę trawnik, czy coś w tym stylu, jak ciebie nie będzie. Masz to u mnie za tę pracę z anglika.

– Jest kwiecień. Właśnie stopniał śnieg. Nie ma co kosić.

– No dobra, to wyzbieram śmieci z podwórka. Wezmę Aury do centrum handlowego z moimi braciszkami. Mama nas zawiezie. Skoro ty, kurde, wyjeżdżasz, a tylko ty w szkole prowadzisz...

– W porzo – odpowiedziałem. Gardło mnie bolało, nie wiem, czy od choroby, czy od kłamstw. Odłożyłem słuchawkę i napisałem do niego list: *Luke, jeśli nie wrócę, zawiadom Tian i poślij kolczyki, które kupiłem jej na urodziny. Ma w lipcu. Są w szafce przy moim łóżku w złotym pudełecz-*

ku. Możesz wziąć moją hawajską koszulkę i mojego boomboksa. Jest tylko trochę zjechany. Głąb. Brzmiało kulawo, ale nie chciałem, żeby Luke pomyślał sobie, że go bardzo lubiłem, nawet gdybym umarł. Mimo to dopisałem: *Równy z Ciebie gość. Cześć. Gabe.* Zostawiłem list przyklejony w kalendarzu pod stroną z majem, licząc na to, że ktoś ją zauważy, zrywając kwiecień. Dopiero parę dni później dotarło do mnie, że gdybyśmy naprawdę umarli lub coś nam się stało, nikt nie zawracałby sobie głowy zdzieraniem kartek z kalendarza w moim pokoju.

Wyszło na to, że ja sam nie zdzierałem kartek aż do czerwca.

XVIII
Przysłowia 24

ZBĘDNY BALAST
Pod red. J.A. Gillis
„The Sheboygan News-Clarion"

Droga J.,
w ciągu ostatnich paru miesięcy w moim małżeństwie coś się wypaliło. Zaczynam podejrzewać, że mąż się mną znudził. Ciągle wygłasza krytyczne uwagi pod moim adresem, porównuje moją kuchnię z tym, jak gotowała jego matka, a w piątkowe wieczory wychodzi z kolegami. Może powinniśmy mieć dziecko, bo wtedy stalibyśmy się prawdziwą rodziną. Dziecko dałoby nam nową wspólną płaszczyznę porozumienia, a ja poczułabym się bardziej dorosła. Oboje mamy po dziewiętnaście lat.

Samotna z La Burton

Droga Samotna,
owszem, posiadanie dziecka teraz dałoby Wam wspólną płaszczyznę, ale nie wiem, czy porozumienia. Facet, który wieczorami nie potrafi usiedzieć w domu, wyraźnie mówi wielkimi drukowanymi literami: PA! PA! NIE CHCĘ BYĆ ODPOWIE-

DZIALNY! A Ty chcesz go uszczęśliwić następną istotą ludzką. Jeśli nigdy nie marzyłaś o tym, żeby zostać samotną matką, to lepiej wymyśl sobie jakieś hobby, zamiast zachodzić w ciążę. Biegaj w maratonach. Maluj akty. Smutne, lecz prawdziwe w naturze ludzkiej jest to, że ludzie więcej uwagi zwracają na tych, którzy za bardzo nie zwracają uwagi na to, że się na nich nie zwraca uwagi. Pytanie brzmi: czy rzeczywiście warto zwracać na siebie jego uwagę?

J.

Droga J.,
mam dopiero 14 lat, a największa miłość mego życia ma 19. Powiesz pewnie, że to spora różnica, ale my czujemy się tak, jakbyśmy byli dokładnie w tym samym wieku. Kiedy jesteśmy razem, dokazujemy jak dwoje małych dzieci bawiących się na plaży. Kochamy te same rzeczy, od zachodów słońca po oliwki z anchois! Problem polega na tym, że on chce ze mną współżyć, ja też chcę, ale boję się, że jeśli moi rodzice się dowiedzą, to do końca życia założą mi szlaban i więcej go już nie zobaczę. Pomóż mi, J. Jest to absolutnie doskonały związek, a mój ukochany twierdzi, że poprzez seks stanie się jeszcze bardziej doskonały.

Romantyczka z Delavan

Droga Romantyczko,
jeśli Twoje obawy w kwestii rozpoczęcia współżycia dotyczą głównie tego, czy rodzice założą Ci szlaban, jeśli je rozpoczniesz, to znaczy, że nie jesteś jeszcze dość dorosła, żeby zastanawiać się, czy jesteś wystarczająco dorosła, by rozpocząć współżycie. Poza tym, jeśli Twój chłopak nie jest opóźniony w rozwoju – a niech Bóg ma Cię w swojej opiece, jeśli jest – to nie ma takiej możliwości, żeby dziewiętnastolatek „kochał te same rzeczy" co osoba z ósmej klasy. I to właśnie Twój ukochany – „największa miłość

247

Twego życia" – powinien Ci ten fakt uświadomić. Za dziesięć lat taka różnica wieku nie będzie mieć znaczenia. Ale wierz mi, że Wasz związek nie dotrwa do tego czasu.

J.

– No i kiedy podpisanie aktu notarialnego? – spytała mnie Cathy jakiś czas później. Właśnie byłam po kolejnym zastrzyku interferonu. Na szczęście drgawki i nudności, które po nim następowały, za każdym razem były coraz słabsze. Nauczyłam się sama robić zastrzyki, ćwicząc na pomarańczy, co dało mi niespodziewane poczucie pewności siebie i kompetencji. Skoro już muszę je brać, przynajmniej zrobię to sama. Zastrzyki zwalały mnie z nóg, byłam niczym taka lalka wańka-wstańka, jakie miałyśmy jako dzieci. Brałam zastrzyk, padałam, a potem się podnosiłam. Chciałam porozmawiać z Cathy o poprawie, jaka u mnie nastąpiła, ale ona zachowywała się dość dziwnie. Była sztucznie ożywiona i ciągle miała coś do roboty. Przygotowując herbatę mrożoną, przeskakiwała z tematu na temat – i unikała przy tym kontaktu wzrokowego, a Cathy zawsze przywiązywała wielką wagę do kontaktu wzrokowego. Byłam zbyt skołowana po zastrzyku, żeby zacząć coś podejrzewać.

– Jak myślisz, co dzieci będą robić z Jane przez osiem dni? – spytałam ją. – Moja siostra nie wiedziałaby, co robić z dzieckiem przez osiem godzin.

– Pewnie wykupi bilety na wszystko, co leci na Broadwayu. I obkupi ich w letnie ciuchy, no i... to bardzo dobrze... – stwierdziła enigmatycznie. Nie była to zbyt wnikliwa analiza.

– Mam nadzieję, że się za bardzo nie wynudzą.

– Na pewno ten wyjazd dobrze im zrobi. Tobie też –

248

orzekła. Robiła mi właśnie porządki w garderobie, wieszając bluzki kolorami. – Będziesz miała więcej czasu dla Aury. Zabierzemy dziewczynki do zoo. Wiesz, Jules, niestety muszę lecieć. Na pewno dobrze się czujesz? Zadzwonię później.

– Jasne – odparłam zaskoczona, bo Cathy na ogół starała się zostawać dłużej podczas pierwszych, najgorszych dni.

Wyjątkowo kiepsko wychodziło jej kłamanie.

Tamtego wieczoru, kiedy ogarnęła mnie nieunikniona mgła snu i majaków, dzieci były świetne. Wprost niesamowite. Przyniosły mi piwo imbirowe. Siedziały ze mną w pokoju, a ja leżałam nieruchomo na łóżku, otulona szczelnie kocem, zbyt słaba, żeby utrzymać książkę w ręku. Gabe poszedł wykąpać Aury i poczytać jej.

– Co chciałabyś robić, mamo? – spytała Caro. – Pooglądać telewizję? Może przyniesiemy ci jakiś film? Na co masz ochotę?

– Nie byłabym w stanie skupić uwagi na filmie – przyznałam. – Wszystko mi jedno... I tak mieliście dziś ciężki dzień. Może wolicie gdzieś wyjść...?

– Nie zostawimy cię samej w tym stanie – oświadczyła Caro, a ja w tym momencie nawet jej uwierzyłam. – Zagrajmy... w coś.

Niemal usiadłam z wrażenia.

Dostali pozwolenie na wyjście, i to bez narzucania im ograniczeń co do pory powrotu, a Caro woli... zagrać w coś?

– Pamiętasz to, w co graliśmy w samochodzie? – ciągnęła moja córka. – Jak jeździliśmy do Door County?

– Doooobrze – zgodziłam się potulnie, zastanawiając się, co tak naprawdę kryje się za tą bombą. Wrócił Gabe i oświadczył, że Aury już smacznie chrapie.

– No to, Gabe, zaczynaj. Troszkę się zmęczysz, mamo, ale wtedy szybciej zaśniesz – powiedziała Caroline i położyła się obok mnie na wielkim łóżku.

Teraz, patrząc wstecz, głęboko wierzę, że rzeczywiście smutno jej było tamtego wieczoru. Jestem przekonana, że rozumiała, jak niebezpieczne było to, co zamierzali zrobić, i chciała schronić się pod skrzydełka mamusi. Chciała znowu być po prostu dzieckiem, choćby przez parę godzin. Może się mylę. Ale przytulona do mnie, tak uroczo rozsmarowywała mi po ramieniu swój złoty cień z powiek.

– No dobra. Najlepszy piłkarz – rzucił Gabe.

– To nieuczciwe – zaprotestowałam, starając się jak najwyraźniej wymawiać słowa. – Tego nie oglądam.

– Żyjący, grający czy w ogóle? – spytała Caroline. Gabe natychmiast zapowiedział, że „Brett Favre" się nie liczy, a było to jedyne nazwisko piłkarza, jakie znała. I wtedy olśniło mnie.

– Johnny Unitas – powiedziałam. Zawsze uważałam, że brzmi jak imię bohatera komiksu. Aż trudno było wierzyć, że należy do autentycznej osoby.

– Nie przebiję – westchnął Gabe. – Twoja kolej.

– Prezydenci, którzy rządzili dłużej niż jedną kadencję – wymamrotałam, pewna, że nie będą znali ani jednego.

– Jefferson, Clinton, Johnson, Reagan – zaczęła Caroline. Zatkało nas.

Odzyskałam głos.

– A Roosevelt?

– Myślałam, że masz na myśli dwie, nie cztery – powiedziała moja córka.

– On był przez trzy – odparłam.

– Właśnie że cztery – rzekła spokojnie Caroline. – Zmarł podczas czwartej kadencji.

250

– Twoja kolej – przyznałam.

– Największy zwycięzca Triple Crown* – powiedziała Caro. – Koń, który wygrał Kentucky Derby, The Preakness...

– Wiem, co to zwycięzca Triple Crown – prychnął Gabe poirytowany. Spod zmrużonych powiek zmierzyłam go badawczym spojrzeniem. Najwyraźniej zastanawiał się, jak by tu wymknąć się do kuchni, gdzie był mój komputer, i szybko sprawdzić.

– Secretariat – pośpieszyła z odpowiedzią Caro.

– Był najszybszy – przyznałam. – I nadal pewnie jest. Ale nie powiedziałabym, że był najlepszy.

– War Admiral – rzekł Gabe.

– Man O'War – rzuciła Caroline.

– Dobra, znowu ty – zarządziłam.

– Największa sztuka teatralna?

– Obecnie czy w ogóle? – spytałam.

– W ogóle.

Myślałam tak długo, że aż mi się zdawało, że zasnęłam i że śnią mi się tytuły przesuwające się w mojej głowie: *Nagle zeszłego lata*, *Sen nocy letniej*, *Rodzynek w słońcu*, ale najwyraźniej w końcu powiedziałam: *Zabić drozda*.

– *Mieć i nie mieć* – podsunął Gabe.

– To film – wymamrotałam.

Caro przebiła nas *Tramwajem zwanym pożądaniem*.

– Najlepsza piosenka, która zdobyła Oscara – rzuciła Caro i zagłosowała na „Under the Sea". To była wciąż jej konstelacja. *Mała syrenka*. Nadal uważała *Królewnę Śnieżkę* za romans wszech czasów. W panice pomyślałam: „Nie mogę jej tego robić. Jest za młoda. Nie mogę wpuszczać sobie trucizny do organizmu i zostawiać jej samej na całe

* Triple Crown – potrójny wyścig obejmujący biegi Kentucky Derby, Preakness Stakes i Belmont Stakes.

dni". Niemal uwierzyłam, że jest już prawie dorosła. A ona wcale nie jest. „O, Leo – westchnęłam w myślach. – O, Leo, twoja córeczka tak bardzo potrzebuje tatusia". Tymczasem gra toczyła się dalej. Jedyne, co mi przyszło do głowy, to słowa mojej mamy, która przy każdej okazji powtarzała, że to „The Man That Got Away" powinien był dostać Oscara, a nie „Three Coins in the Fountain".

– „Maria" – zagłosował Gabe.

Podniosłam rękę i kiwnęłam palcem wskazującym na znak zgody.

Zauważyłam, że bacznie mi się przyglądają. Pewnie pomyśleli, że matka wreszcie zasnęła. Ciekawa byłam, co teraz zrobią. Caro okryła mi ramiona i pocałowała mnie w policzek. Łza wymknęła mi się spod powieki, ale ona nie dostrzegła jej, zajęta gaszeniem lampy przy łóżku. Ból w plecach i karku wielkim głosem domagał się proszka, a ja, leżąc bez ruchu, nasłuchiwałam, jak wychodzą z pokoju.

– Skąd wiedziałaś to wszystko? – spytał Gabe.

– Wiedziałam i już – odparła.

– Nie sądziłem, że interesują cię prezydenci, co rządzili dłużej niż jedną kadencję.

– Bo uważasz, że jestem ciemna masa z kupą sieczki zamiast mózgu – odparowała Caro, nie dając się zbić z tropu. – Nic z tego. Ja naprawdę jestem niebezpieczna.

Nie przypomniałam im o kremie na trądzik ani o napisaniu kartek z podziękowaniem za prezenty urodzinowe. Nie pocałowałam ich na dobranoc – nawet jeślibym pocałowała, i tak nie wiedziałabym, że jest to pożegnanie. Nie spytałam nawet, co mają zamiar robić z Janey. Ani nie kazałam im wziąć ze sobą jakichś innych ubrań oprócz dżinsów. Ale cokolwiek by tam robili, na pewno będzie lepsze niż to tutaj. Choćby ocean przy letnim domku był cały czas szary i wzburzony, a powietrze na

Manhattanie lepkie i brudne, muszą wyrwać się na trochę z domu. Miałam wrażenie, że widzę falę wznoszącą się wysoko, wielką, szarą i lodowatą. Zanurzyłam się w nią i zasnęłam. Kiedy się obudziłam, już ich nie było. Ujrzałam ich dopiero wtedy, kiedy Leo wprowadził ich przez te same drzwi.

XIX
Pamiętnik Gabe'a

Przez pierwsze dwa dni w autobusie praktycznie spałem. Kiedy obudziłem się, wjeżdżaliśmy właśnie do miasta Pitt w stanie Vermont. Do autobusu wsiadałem w fatalnym stanie, ledwo trzymając się na nogach i z plastikową torebką w ręku, na wypadek gdybym w końcu rzygnął.

Caro nawciskała kitu Cathy, kiedy ta przyjechała po nas o szóstej, że „on zawsze jest taki rano". Ale posiedziawszy przez następne trzydzieści godzin obok żywego tostera, nawet Caroline zaczęła myśleć o tym, żeby zatrzymać się w jakimś dużym mieście, jak na przykład Manchester, gdzie mógłbym pójść do szpitala.

Jednak gdy w końcu się obudziłem, poczułem się naprawdę dobrze. Taki jakby oczyszczony. Strasznie zachciało mi się jeść, więc wyżarłem wszystko, co mieliśmy w plecakach. Kiedy kierowca się zatrzymał, w toalecie hotelu Holiday Inn pobieżnie umyłem się płynnym mydłem i wytarłem papierowymi ręcznikami. Potem kupiłem w automacie sześć butelek soku pomarańczowego i trzy bajgle zapakowane w plastikową folię, starając się nie słyszeć dźwięczącego mi w uszach głosu babci, pełnego oburzenia z powodu ich sflaczałego wyglądu („Oj, gewałt!").

Okazało się, że spałem tak długo, że moja siostra zdążyła w tym czasie przeczytać całe *Andersonville* („N i e n a w i-d z ę takiej literatury"– oznajmiła z pogardą). Natychmiast rzuciła się na bajgle i sok.

– Jesteśmy prawie na miejscu! Zżarłeś praktycznie wszystko oprócz skarpetek! – powiedziała oskarżyciel-sko. – A czy pomyślałeś już, co powiemy tym ludziom? O nas?

– Owszem – odparłem spokojnie. – Jeśli ojciec tam jest, to wyjdzie do nas, zaprowadzi nas do swojej małej chatki i wtedy już coś wymyślimy.

– A myślałeś już, jak dostaniemy się do tego Crystal Grove czy Cave, czy czegoś tam z... – zajrzała do spisu miejscowości; to była druga rzecz oprócz telefonu ko-mórkowego, do której zabrania zmusiła nas Cathy – ...z Marshfield?

– Owszem. Pojedziemy autostopem.

– To samobójstwo – stwierdziła. – Znajdą nas zgwał-conych w rowie.

– Tak jest tylko w Kalifornii. W Vermont nie wolno za-bijać autostopowiczów. Tak mówi prawo stanowe. – Po-myślałem o rewolwerze zawiniętym w bluzę. W razie cze-go jest czym postraszyć napastnika. Nikt nas nie zwiąże i nie zostawi w rowie.

Jak się wkrótce przekonaliśmy, nikt też nie miał za-miaru nas podwozić.

Przez następnych kilka godzin siedzieliśmy w milcze-niu, patrząc na mijające nas furgonetki i kierowców za-chowujących się tak, jak się często zachowują ludzie na widok kaleki: koniecznie chcą zademonstrować, że go nie widzą. Byłem coraz bardziej spocony i spragniony po ataku wirusa, czy czegoś, co tam miałem. Marząc o go-rącym prysznicu i czystym ubraniu, jeszcze szczelniej na-ciągnąłem kaptur kurtki na twarz. Pewnie wyglądałem na opóźnionego w rozwoju albo na niebezpiecznego typa, albo na jedno i drugie. Usiłowałem czytać Michaela Crichtona, jedną z książek, jakie przed wyjazdem zabrałem z pudła z książkami, które zbierała od ludzi mama, ale nie mogłem się skupić. Szczerze mówiąc, nie miałem pojęcia, jak zareaguje tata na naszą obecność ani co mu powiemy. Normalnie nie ma potrzeby układania sobie wcześniej tego, co się powie własnemu ojcu, ale okoliczności naszej wizyty nie były zwykłe. Starałem się konstruować zdania tak, by były jak najbardziej przekonywające, tak jak to robił on, kiedy wytaczał swoje argumenty. Jak właściwie błaga się własnego ojca, żeby wrócił do domu i zajął się tobą? W końcu to jego psi obowiązek. To on powinien jeździć i szukać nas. Rzygać mi się chciało, jak myślałem o tym wszystkim. Tym razem z nerwów, nie z choroby. Nie miałem pojęcia, jak będę się czuł, rozmawiając z Leo po tak długim czasie, ale podejrzewałem, że niezbyt przyjemnie. Wciąż miałem przed oczami mamę leżącą na łóżku, z trudem poruszającą ustami, kiedy wymawiała słowa „Zabić... drozda...". Miałem gorącą nadzieję, że te cholerne zastrzyki cholernego lekarstwa przeciwrakowego pomogą jej, skoro tak bardzo po nich cierpi.

Po jakimś czasie zdecydowaliśmy się przejść kawałek na piechotę.

W Marshfield trafiliśmy do sklepu, który wyglądał jak sklepy na starych filmach. Mieli tam płatki śniadaniowe w dwóch rodzajach: otręby z rodzynkami i otręby bez rodzynek. Płatki owsiane w beczce. Sześć skrzynek detergentu.

Caroline poprosiła o pitę. Miałem ochotę ją walnąć.

Spytałem grzecznie:

– Przepraszam bardzo. Czy mógłby nam pan powiedzieć, jak dojechać do Crystal Grove?

Prowadzący sklep staruszek wyraźnie nie załapał, o co chodzi.

– Dokąd?

– To jest... takie miejsce, gdzie wszyscy mieszkają razem i mają małe domki.

– A, masz na myśli komunę hipisów? Tak w ogóle to mili ludzie, ma się rozumieć. Tyle że ostatnio nasprowadzali różnych wykolejeńców. Zdaje się, że chcą ich naprawiać. Ja tam nie wiem. Może i każdy zasługuje na drugą szansę, ale właściwie po co ryzykować tam, gdzie są małe dzieci? Ci ludzie wychowali się w Nowym Jorku, w Chicago. Nie są stąd. Chyba nie umieją się przystosować...

Caro zaczęła stukać stopą.

– Musimy koniecznie się tam dostać – wtrąciła. – I to jak najszybciej.

– No, to będzie około siedmiu mil do krzyżówki. Na rozwidleniu w lewo, a potem jeszcze jakieś siedem, osiem mil. Jest tablica, wprawdzie nieduża, ale zauważycie jabłoń... Może to nie jest Granny Smith czy Golden Delicious, ale zawsze to Garland...

– Można tu wziąć taksówkę? – spytała Caro.

– Taksówkę?

– Czy ktoś może nas... podwieźć? Raczej nie dojdziemy na piechotę. Mój brat jest chory, a właśnie przyjechaliśmy aż z Wisconsin.

– Nie mamy tu taksówek.

– O! – wyraziła rozczarowanie Caro.

– Ale jest Ned Godin. Będzie niedługo. Właśnie tam mieszka, jest stolarzem. Zbudował mi werandę. Nawet ładną. Dobry fachowiec.

– No i? – spytałem. Chciałem powiedzieć: „Pomoże nam?".

– Może was zabierze. Przyjeżdża tu po gwoździe

i różne takie – odparł staruszek. – Gwoździ nie hodują sami. Zresztą nikt nie hoduje gwoździ.

„Aha – pomyślałem – jeszcze tu fajniej niż w Sheboygan".

– A on przyjedzie... kiedy? – spytałem.

– Niech pomyślę. Teraz jest dziesiąta. Najpóźniej o dwunastej. Dzwonił. Mają tam tylko jeden telefon. Nie rozumiem, dlaczego. Pewnie nawet nie można spokojnie porozmawiać na osobności...

– Danielu! – rozległ się głos z zaplecza, zza niedużej zasłony. – Nie zagadaj na śmierć tych biednych dzieci. – Pojawiła się starsza wysoka kobieta. Miała znakomitą figurę, niemal taką jak mama. – Możecie tu zaczekać. Przy oknie są dwa krzesła. O tam, obok szachownicy.

Uznaliśmy, że skoro mamy tu jakiś czas posiedzieć, powinniśmy coś kupić, więc zdecydowaliśmy się na pączki i rozegraliśmy najdłuższy chyba w życiu turniej w warcaby. Wreszcie zadzwonił dzwonek przy drzwiach i do środka wkroczył zamaszyście, niczym jakiś Paul Bunyan*, potężny, gruby mężczyzna z brodą. Pod każdą pachą miał sporą kwadratową skrzynkę.

– Spadnie śnieg, jak myślisz, Danielu? – spytał.

– Może. Ale taki tam i śnieg. Nie poleży długo.

– Potrzebuję piętnaście funtów gwoździ.

– Ma się rozumieć – powiedział tak samo jak przedtem o hipisach staruszek, co zabrzmiało sztucznie, a w ogóle to wyglądał, jakby grał w starym filmie rolę faceta, który był właścicielem sklepu.

– I trzydziestofuntowy worek mąki pszennej, dwa worki kartofli – ciągnął mężczyzna. Wszystko było jak w kinie, jak na filmie pokazującym życie w prowincjonalnym miasteczku w ubiegłym wieku. Facet będzie w koń-

---

* Legendarny amerykański drwal.

cu potrzebował wózka. Niemal pewien byłem, że zaraz zaczną się długie gadki na temat syropu i klonowych liści. Wreszcie klient zaczął przenosić zakupione towary do samochodu – razem około siedemdziesięciu funtów – a stary Daniel zapisywał coś na kartce i nikt nie zwracał na nas uwagi. Caroline kopnęła mnie w łydkę.

– Może panu pomóc? – zaproponowałem, wstając.

– Aa, Ned. Ci młodzi ludzie tutaj chcą się zabrać tam do was. Znajdzie się dla nich miejsce?

– A co za interes macie w Crystal Grove? – spytał mnie wielki facet, jakbym był z CIA.

– Przypuszczamy, że jest tam nasz ojciec, a przynajmniej był – powiedziała Caroline. – Nazywa się Leo Steiner. Słyszał pan coś?

– Nie znam żadnego Leo Steinera.

– Korespondował z Indią Holloway. Na pewno. Przyjaźnili się.

– A próbowaliście napisać do niego lub zadzwonić?

– Oczywiście. Bezskutecznie i dlatego tu jesteśmy.

– No dobra – zgodził się Ned Godin. – Wskakujcie. Coś mi się widzi, że przydałoby się wam trochę snu i porządny posiłek.

Ludzie zwykle rozmawiają w samochodzie, ale Ned Godin nie wyrzekł ani jednego słowa przez całe dwadzieścia minut, jakie zajęło nam przejechanie drogi od miasta do tablicy z napisem „Crystal Grove" (rzeczywiście niedużej), umieszczonej nad wielką drewnianą skrzynką pocztową. Były także napisy „Polowanie wzbronione" i „Obcym wstęp surowo wzbroniony", co brzmiało o wiele groźniej i miało znacznie ostrzejszy wydźwięk niż zwykłe: „Wstęp wzbroniony".

– No dobra – powiedział w końcu Ned. – Zaczekajcie chwilę w samochodzie, a ja poszukam Indii. Pogada z wami.

Siedzieliśmy dość długo, patrząc, jak na przedniej szybie osiada śnieg.

W końcu drzwi szoferki otworzyły się i ukazała się w nich drobna starsza pani o wesołych oczach, cała ubrana na fioletowo, nawet w fioletowych butach ze sztucznego zamszu.

– Biegnijcie do tego wielkiego domu – poleciła. – Wyglądacie na zmęczonych.

Nie dała nam nic powiedzieć. Najpierw mieliśmy wziąć prysznic, przebrać się i coś zjeść. Inna pani, o siwych, zwiniętych w kok włosach i dość młodej różowej twarzy, dała nam płaszcze, wysokie buty, swetry i dżinsy. Spytała, czy mamy jakieś rzeczy do prania.

– Nie chcemy robić kłopotu, proszę pani – powiedziałem.

– I tak piorę – odparła. – Wszystko mi jedno, ile mam par skarpetek. – Kazała mówić do siebie Janet. Ta Janet postawiła przed nami ogromne porcje zupy z soczewicą – to było coś, na widok czego Caroline tylko by jęknęła, gdyby mama nam to podała, ale teraz zajadała ze smakiem, po dwóch dniach niejedzenia niczego oprócz dwóch bajgli. Zjedliśmy zupę i trochę przecieru z jabłek własnej roboty. Dopiero wtedy Janet pozwoliła nam iść.

– India czeka na was w gabinecie. To na górze.

Schody były wielkości całej fasady naszego domu i prowadziły na balkon, czy raczej galerię szerokości około dziesięciu stóp, z drewnianymi słupami, wielkimi jak całe drzewo, podtrzymującymi dach, wokół którego latały ptaki. Z galerii wchodziło się do klasy, gdzie były małe dzieci; minęliśmy kilkoro zamkniętych drzwi, aż w końcu natrafiliśmy na masywne podwójne drzwi, otwarte, których skrzydła zdobiły wizerunki żelaznej sowy. W środku zastaliśmy Indię siedzącą przy biurku, tak wielkim jak nasza weranda. Widziałem już w życiu dziwne pomieszczenia, ale gabinet Indii należał bez wątpienia do najdziwniejszych z nich. W miejscach na przykład, gdzie zwykle stoją wazony lub rzeźby, ona trzymała ptasie gniazda. Około trzydziestu. I wypchaną sowę śnieżną, tak dużą, że nie na żarty się jej wystraszyłem, mimo że było widać, iż jest martwa. Szybko wyjaśniła nam, że jej nie zabiła; sowa zmarła śmiercią naturalną – jeden z jej synów, Pryor, znalazł ją w lesie, kiedy był mały. Wszędzie leżały kamienie przyciskające stosy papierów, na parapecie stały małe słoiczki z kolorową wodą i najprawdziwsza brzoza w doniczce, lecz najdziwniejszy ze wszystkiego był wiszący na haku szkielet ludzki, o którym od razu pomyślałem, że nie może to być plastikowy model. Na pożółkłej czaszce miał fioletowy kapelusz Indii.

– Mój mąż – oznajmiła, wskazując szkielet trzymanym w ręku piórem. – Doktor Hamilton Holloway. Jego życzeniem było pozostać tutaj, a ja pomyślałam: po co rozrzucać popioły, skoro najlepszym sposobem nauczenia... zarówno dzieci, jak i dorosłych... nazw kości jest zademonstrowanie prawdziwego szkieletu. – Siedziałem cicho, żywiąc nadzieję, że nie wda się w szczegółowy opis przerabiania nieboszczyka Hamiltona Hollowaya na szkielet. – Zmarł sześć lat temu, w wieku osiemdziesięciu pięciu lat, i uważam, że budowa jego kości wiele mówi o aktywnym życiu, jakie prowadził. Co wy na to? – Pokiwaliśmy głowami. Nie bardzo wiedziałem, co odpowiedzieć. Dla mnie żaden szkielet nie wyglądał szczególnie atrakcyjnie. Caroline szturchnęła mnie porozumiewawczo w plecy. – Poza tym lubię go mieć blisko przy sobie.

Pan Holloway nie był jedynym szkieletem w pokoju. Znajdowało się w nim też kilka czaszek: jelenia, jak się domyśliłem, czegoś małego, może wiewiórki, a cały pokój pachniał jak skorupa orzecha w środku.

– No tak, podobno przyjechaliście z powodu ojca – powiedziała India, wskazując nam w miarę normalne krzesła. Sama siedziała na wielkiej niebieskiej piłce do ćwiczeń i pracowała na komputerze. – Mieszkał tu u nas przez miesiąc jakiś czas temu. Podobało mu się, sam też był sympatyczny. Ale musieliśmy poprosić go, żeby wyjechał.

– Dlaczego? – spytała Caro.

– Nie, nie zrobił nic złego. Choć mamy tu własny kodeks dobrych i złych postępków i taka sytuacja zdarza się czasem. Leo musiał wyjechać, ponieważ zdaniem naszej Rady jego motywacja do zamieszkania z nami nie była zgodna z naszą filozofią. Trzeba wam bowiem wiedzieć, iż tę naszą, jak my to nazywamy, świadomą społeczność założył mój mąż. Na początku byliśmy my, nasze córki i synowie oraz jeszcze jedna rodzina, Godinowie. Nadal wszyscy tu jesteśmy, ale doszło około dwudziestu innych rodzin, kilka samotnych osób oraz kilku gości mego syna Pryora. Jeśli spędziliście jakiś czas w sklepie Daniela Barta, to na pewno naopowiadał wam o przebywających u nas niebezpiecznych przestępcach. To troszkę nie tak. Są to młodzi ludzie, którym parę razy w życiu powinęła się noga, jeśli chodzi o narkotyki i zabór mienia. – Nie słyszałem przedtem, żeby ktoś używał takiego określenia: „zabór mienia". – To Pryor wpadł na pomysł, że praca i mieszkanie z nami może naprawić zło, z jakim spotkali się w swoim dawnym życiu oraz w czasie pobytu w więzieniu. Na pewno jest to jakieś wyzwanie.

– Ale wracając do taty... – wtrąciła Caroline.

– Tak, tak, oczywiście – speszyła się India. – Kontynuuję dzieło mego męża, czyli badania nad ewolucją tego rodzaju zamkniętej społeczności, jej ideałów, przystosowywania się nowych członków oraz nieuchronności konfliktów powstających w wyniku życia poza tak zwanym

262

normalnym światem, a także osobistych stresów i sukcesów. Leo był szczerze tym zainteresowany i trzeba mu uczciwie przyznać, że bardzo mi pomógł zrozumieć, jak można ustanowić prawne...

– Przepraszam, że przerywam – wtrąciła ponownie Caroline – ale mamy mało czasu. Nasza mama jest chora, a my musimy znaleźć ojca. Dlaczego musiał stąd wyjechać?

– No cóż, prosta sprawa – odparła India, a w tym momencie weszła pani Janet i przyniosła nam dzbanek z herbatą i ciasteczka. – Nie przyjmujemy kandydatów, którzy przed czymś uciekają, lecz jedynie ludzi, którzy do czegoś dążą. Leo zostawił rodzinę, a z rozmowy z nim jednoznacznie wynikało, że nie było to pokojowe rozstanie za obopólną zgodą. Nie znaczy to wcale, że odrzucamy osoby rozwiedzione. Jednak nie uznaliśmy powodów opuszczenia rodziny za wystarczające i nie uważamy, że zanim podjął krok ostateczny, rzeczywiście zrobił wszystko, co w jego mocy, by ratować swoje małżeństwo.

– Krok ostateczny... – pokiwałem głową.

– Bardzo chciał tu zostać – ciągnęła India. – Twierdził, że ma ze sobą wszystko, czego mu potrzeba, i zamierzał wstąpić do naszej wspólnoty po ustawowym trzymiesięcznym okresie próbnym, razem ze swoją znajomą ze stanu Nowy Jork, której w końcu nie poznaliśmy. Wpłacił nawet znaczną kwotę. Nie mogę powiedzieć, żeby ktoś go nie lubił – poza moim synem Pryorem, który jest typem samca alfa i zapewne poczuł się zagrożony z powodu wykształcenia i statusu społecznego waszego ojca. Jednak nie chcieliśmy przyjmować go na okres próbny, skoro i tak nie mieliśmy zamiaru przyjąć go na stałe. Więc po miesiącu wyjechał, a jak pisał do mnie w zeszłym tygodniu...

– Napisał do pani w zeszłym tygodniu?! – wykrzyk-

nęła Caroline. – Od czterech miesięcy próbujemy go odnaleźć. Przeszliśmy piekło. Naprawdę. Nic nie zmyślam.
Nasza mama jest bardzo chora, trzeba sprzedać dom...

– Na tym właśnie polegał jego problem – przyznała
India. – Uznaliśmy, że nie potrafił odpowiedzialnie rozli-
czyć się ze swoją przeszłością.

Jego przeszłość – pomyślałem. – To my stanowiliśmy
pięćdziesiąt procent tej jego przeszłości i zero procent jego przyszłości.

– Dziękujemy pani bardzo – powiedziałem głośno. –
Chyba na nas już czas...

– Pada śnieg – uśmiechnęła się India. – Nie zauważy-
liście? Byłoby to nieodpowiedzialne z mojej strony, gdybym puściła was w taką pogodę i po takim wstrząsie.

– Co napisał? – spytała Caro.

– O ile dobrze pamiętam, że wszystko w porządku, że
znalazł miejsce dla siebie i że będzie nas ciepło wspominał... Mam dwóch wnuków, Muira i Paula, którzy są
mniej więcej w waszym wieku. Poza tym jest Jessica Godin, Willow Sweeny, Maggie i Evan Menzies, chłopcy Cal-
derów i Liliana, córka Ramirezów... Wszyscy mniej więcej
w waszym wieku. Możecie zostać z nami przez kilka dni,
a potem odstawimy was do autobusu. Może nie macie
pieniędzy? Jeśli tak, to zapłacimy za wasz przejazd do
doliny Hudsonu.

– Nie, w porządku. Mamy pieniądze – rzekła cicho
Caroline.

– No to poproszę Janet, żeby zaprowadziła was do
domku gościnnego, chyba że wolicie zostać tutaj, w Domu Rady. Mam nadzieję, że nie przeszkadza wam nocowanie w jednym domku. Są tam osobne kąciki sy-
pialne...

– Oczywiście, że nie – odparłem. – Poza tym nie chcie-
libyśmy sprawiać kłopotu.

264

W przydzielonym domku usiedliśmy po dwóch stronach rozkładanego stolika, kompletnie nie wiedząc, co powiedzieć, niepewni, czy w ogóle warto mówić cokolwiek. Wreszcie Caro pierwsza podniosła głowę.

– Co ona tam wie? Może miał na myśli to, że znalazł miejsce na resztę urlopu, a nie na resztę życia. Ale przynajmniej teraz wiemy, gdzie jest...

– Uważam, że powinniśmy wracać.

– O nie, Gabe. Nic z tego. Dotarliśmy za daleko.

– Muszę się z tym wszystkim przespać.

Rozłożyłem łóżko i jak przez sen słyszałem Caro rozmawiającą przez telefon z Cathy. Słyszałem, że wychodzi i wraca, jeszcze wcześniej próbowała obudzić mnie na kolację. Później w pokoju zrobiło się ciemno, a ja nagle poczułem na ramieniu czyjąś rękę i od razu wiedziałem, że to nie moja siostra. Podskoczyłem tak, że omal nie wyrwałem łóżka ze ściany.

– Nie bój się! – zaśmiała się jakaś dziewczyna. Majaczyła niewyraźnie w ciemnościach, ale ją poznałem. Była to ta superlaska ze zdjęcia w komputerze. Jessica o kasztanowych włosach. – Przyszłam tu, bo twoja siostra ogląda film z innymi, a ja pomyślałam, że może chciałbyś zobaczyć nasz wodospad. Jest na co popatrzeć.

Gdyby nie była taka ekstra, pewnie naciągnąłbym koc na głowę i spałbym dalej. A tak już po chwili ubierałem się, podczas gdy ona czekała na mnie na dworze. Poszedłem za nią wąską, krętą ścieżką, którą nazywała szlakiem jeleni. W końcu usłyszeliśmy szum wody.

– Ciii! – szepnęła, zatrzymując mnie i przykładając dłoń do mojej piersi. Nieopodal stał jeleń i kilka łań. Zwierzęta piły wodę tak wzburzoną, że wydawało się, jakby tryskała z ziemi w górę. Wszystko było kompletnie nierealne. Stałem w śniegu gdzieś, gdzie diabeł mówi dobranoc, i patrzyłem na pijące jelenie. – Widzisz, one wcale nie piją z sadzawki. Tylko z wodospadu. – Podeszła do polanki. – Cześć, jelonki – powiedziała, a jelenie spojrzały na nią ciemnozłotymi oczami. – A teraz zmykajcie stąd, bo będziemy się kąpać.

Jelenie bez pośpiechu odeszły.

Ładne rzeczy – pomyślałem. Ci ludzie pewnie do tego stopnia zaadaptowali się do życia w głuszy, że są niewrażliwi na zimno.

– Chodź – zachęciła mnie. Zdjęła płaszcz i czapkę, a potem sweter. Pod spodem miała sportowy kombinezon ze streczu. Miałem taki wzwód, że chciałem przywalić sobie w brzuch.

– Ja, chyba nie... Nie myśl, że pękam, ale... nie lubię lodowatej wody.

– Ja też nie – roześmiała się, wskakując w kostiumie do wody, a wtedy na jej powitanie uniósł się strumień pary. – Chodź. Zdziwisz się. – Poczułem zapach siarki i zrozumiałem, że gdzieś wyżej musi być gorące źródło, z którego wypływa wodospad. Ściągnąłem z siebie wszystko oprócz spodenek gimnastycznych i wskoczyłem. Było jeszcze lepiej niż w normalnej gorącej kąpieli. Czułem, jak spływa ze mnie całe napięcie.

– No proszę – ucieszyła się Jessica. – Tak się bałeś. A ja myślałam, że chłopaki z Wisconsin nie pękają.

Nie było innego wyjścia. Pocałowałem ją. Czułem się podle, ale nie wskakuje się na wpół nago do wody z facetem, jeśli się nie chce z nim całować. I choć przemknęła mi przez myśl Tian i moje prywatne ślubowanie, że nigdy nie pocałuję żadnej innej dziewczyny, Jessica okazała się zbyt piękna, a w dodatku najwyraźniej nie byłem pierwszym chłopakiem, z którym to robiła. Kiedy przesunąłem ręką po jej żebrach, wciągnęła brzuch, tak że mogłem dostać się pod stanik. Nabrała znowu powietrza i delikatnie wyjęła moją rękę.

– Lubię cię. Ale nie jestem gotowa na więcej. Tak uzgodniliśmy z rodzicami.

– Wiedzą, że tu ze mną jesteś?

– No pewnie.

Pomyślałem o posturze jej ojca i o swojej i poczułem się jak patyk od lizaka. Nagle pomysł, żeby być lojalnym wobec Tian, i wizja składanego łóżka w domku wydały mi się bardzo pociągające.

– Muszę wracać – powiedziałem jej.

– Nie ma sprawy – zgodziła się. – Świetnie tu jest, nie?

– Owszem. Tylko jak ty możesz wytrzymać cały czas z tymi samymi ludźmi?

– A ty jesteś co dzień z innymi?

– Nie – odparłem. – No, ale... Wiesz, w tym jest jakiś sens. I tak ciągle się jest z tymi samymi osobami.

– Sam widzisz. – Zaczęła wychodzić z wody. – Odwróć się – poleciła. – Nie mogę nałożyć ubrania na mokry kostium.

Myśl o tym, że ona zdejmuje kostium za moimi plecami, była torturą. Kiedy się odwróciłem, miała już na sobie czapkę, buty i płaszcz. Też poprosiłem ją, żeby się odwróciła. Była naprawdę fajna. Żałowałem, że nie mieszka w Sheboygan. Jej mieszkanie znajdowało się w głębi lasu, więc tylko wskazała mi drogę powrotną do gościnnego domku. Wracając, zauważyłem, że zostawiłem zapalone światło.

Kiedy zbliżyłem się do domku, usłyszałem głosy, stłumione, ale najwyraźniej pełne gniewu. Dobiegały stamtąd, gdzie ścieżka odchodziła w lewo od wodospadu. Zaciekawiony poszedłem w tamtą stronę. Znalazłem się na małej polanie. Śnieg przestał padać i wokół wielkiego dębu widniał szeroki krąg ubitej trawy. Była tam jakaś para... albo flirtująca, albo wręcz przeciwnie. Osoba na dole była znacznie mniejsza. Nagle usłyszałem:

– Puszczaj, draniu! Naprawdę! Bo będę krzyczeć!

– A krzycz sobie! I tak cię nikt nie usłyszy! – odpowiedział grubszy głos.

Ten pierwszy to był głos Caroline. Która rzeczywiście krzyczała. Ale krzyk był stłumiony, jakby ktoś wepchnął jej coś do ust. Usłyszałem trzask rozdzieranego materiału. W pierwszym odruchu chciałem podbiec tam i ściągnąć go z niej. Ale facet miał ze sześć stóp dwanaście cali wzrostu, a ja nie miałem w ręku nic oprócz mokrych spodenek. Na palcach biegiem wróciłem do domku i wygrzebałem broń z plecaka. Modliłem się, żeby nie można było poznać po ciemku i z daleka, że nie jest naładowana. Serce waliło mi w piersi jak młotem. Zatrzymałem się na skraju polanki i zawołałem cicho:

– Zostaw ją!

Bydlak odsunął się na bok, więc Caro zaczęła kopać i wyrywać się, ale ten przytrzymał ją bez trudu jedną ręką.

– A ty kto, kurwa, jesteś? Wynocha stąd! – wrzasnął.

Zrobiłem krok naprzód, przypominając sobie różne filmy z Melem Gibsonem, i stanąłem w pozycji będącej w moim pojęciu postawą gliniarza szykującego się do strzału. – Puść ją, albo ci odstrzelę jaja!

– Nie z tej odległości – odrzekł nonszalancko.

– Założymy się? – dyszałem ciężko. – Ty mnie ledwo widzisz, ale ja ciebie doskonale. To moja siostra, ty sukinsynu. I ma czternaście lat.

– Powiedziałaś, że masz osiemnaście – zakpił, ale nie puścił jej.

– Gabe, on podarł mi bluzkę, mam rozwaloną wargę!

– Ty bydlaku! – zawołałem. Co my tu, do cholery, wyprawiamy? Najpierw kąpiel po nocy, a teraz pacyfikowanie szalonych gwałcicieli w spokojnym raju Vermont? – Wielki mi bohater, co rozkwasza wargę małej dziewczynce! Wstawaj! – warknąłem, wymachując bronią specjalnie po to, żeby błysnęła w świetle księżyca.

– W porzo, koleś, spoko – powiedział, podnosząc się wolno. Caroline, w jednym bucie, potykając się, podbiegła do mnie. – Odłóż broń – poprosił.

– Chyba ci całkiem odbiło. Nie ze mną te numery, dupku. Widziałem więcej powtórek *Prawa i porządku* niż ty. To trzydziestkaósemka. Zbliż się tylko, a zrobię ci w kałdunie taką dziurę, że przejdzie przez nią piłka softballowa. A teraz pójdziesz grzecznie przed nami... do szopy, gdzie są samochody. – Wykonał szybki ruch w moją stronę, ale Caroline podstawiła mu nogę i upadł ciężko, uderzając udem o pień.

– Kurwa! – wrzasnął. – Wiesz, że to wszystko należy do mego ojca? Jestem Muir Holloway!

– A bądź sobie nawet Muhammadem Alim, ale to ja mam broń! – ja na to.

Mrucząc coś pod nosem, zaczął iść, a raczej kuśtykać przed nami, aż w końcu doszliśmy do długiego blaszanego budynku.

– W czerwonym są kluczyki – warknął, odwracając głowę.

– Stój! – Kolana miałem jak z waty. – Caro, idź i sprawdź, czy nie łże.

Caroline pobiegła, tańcząc i podskakując na jednej nodze.

– Są! – zawołała.

– Wsiadaj!

– Gabe, nasze rzeczy zostały w domku. Mój but jest na polanie...

– Masz jeszcze tenisówki...

– A pieniądze? A komórka Cathy?

– No to przynieś. Tylko biegiem... To tak wygląda spokojne życie w komunie, ty palancie? – zwróciłem się do pleców faceta. Widziałem, jak jego muskuły napinają się pod koszulą. Pewnie nawet nie potrzebował płaszcza, bo miał własne futro. – Wiesz, że nosisz imię jednego z największych przyrodników w historii i...

Oczywiście odwrócił się i sprzedał mi kopniaka. A kiedy się podnosiłem, wciąż trzymając nienaładowany rewolwer, zaczął się przybliżać.

Ani przedtem, ani nigdy potem nie uderzyłem człowieka. Zamachnąłem się trzymanym w ręku rewolwerem i przygrzmociłem mu w szczękę, a kiedy podniósł rękę do bolącego miejsca, poprawiłem w tył głowy. Osunął się na ziemię. Ukląkłem i sprawdziłem puls. Był mocny i regularny.

– Mój Boże! Gabe! Zastrzeliłeś go?! – zawołała Caroline, wrzucając nasz dobytek do samochodu. – Skąd masz broń?

– Wskakuj, i to już – kazałem jej, bo Muir właśnie zaczął jęczeć i ruszać się. Wyjechaliśmy stamtąd w pędzie na czwórce, potem przez las i na południe, i minęło dobre pół godziny, zanim któreś z nas się odezwało.

– Skąd się tam wzięłaś?

– Miał mi pokazać gorące źródło – wyjaśniła. To chyba był jakiś specjalny wieczór na te rzeczy.

– Nie widziałaś, że to palant? – spytałem i przypomniałem sobie, że rozmawiam z dziewczyną, która za bohatera wszech czasów uważa tego bubla genetycznego, Ryana, mówiącego „każden" i „poszłem".

– Skąd miałeś broń?

– Coś ci zrobił? Zgwałcił cię?

– Nie – odparła dumnie Caroline. – Cały czas się broniłam. Skąd masz broń?

– Z domu – przyznałem. – Z szuflady taty.

– Tata miał broń? – szepnęła.

– Caroline, my chyba w ogóle nie znamy własnego

270

ojca – zauważyłem, a ona najpierw zaczęła strasznie płakać, a potem usnęła.

Wystarczy przełamać schemat trzymający w kręgu tych samych codziennych spraw, a człowiek zaczyna dowiadywać się coraz więcej i coraz szybciej. W naszym przypadku było tego więcej, niż chcieliśmy wiedzieć, i stało się to szybciej, niż się spodziewaliśmy, a i tak jeszcze nie wiedzieliśmy niczego na pewno. Zadzwoniłem do Cathy i powiedziałem jej, że jesteśmy w autobusie jadącym do stanu Nowy Jork. Dała na chwilę słuchawkę mamie, powiedziałem „Cześć", ale mama i tak od dwóch dni non stop spała. To dobrze. Nie dowie się o naszej wyprawie.

Siedząc za kierownicą, czułem się tak spięty i zdenerwowany, że nawet nie byłbym w stanie zasnąć, zupełnie jakby moje ciało pełne było cieniutkich drucików. W głowie ciągle rozbrzmiewał mi odgłos uderzenia kolby o szczękę tamtego. Był okropny, ale jednocześnie dawał jakąś dziką satysfakcję. Bardzo chciałem być już w domu, choć wiedziałem, że dom nigdy już nie będzie taki sam, jeśli rzeczywiście dom jest czymś, co nosi się w sobie, jak wspomnienie czy ideę.

Jechałem do rana, aż światło zaczęło mnie razić w oczy. Zatrzymałem się na odpoczynek pod miasteczkiem West Springfield Massachusetts i zamknąwszy starannie wszystkie drzwi, zapadłem w otchłań snu.

Obudził nas policjant pukający w przednią szybę.

XX
Pamiętnik Gabe'a

To, że do tej pory nie jesteśmy w rodzinie zastępczej w Massachusetts, zawdzięczamy Caro: gdyby istniały mistrzostwa świata w kłamaniu, moja siostra zdobyłaby z pewnością złoty medal.

Trochę przesadzam.

Ale przez chwilę było naprawdę gorąco.

Pierwsze, o co spytał gliniarz, to oczywiście dowód rejestracyjny furgonetki. Niestety, w furgonetce nie było dowodu rejestracyjnego ani w schowku, ani nigdzie indziej. Był natomiast rewolwer na tylnym siedzeniu, i to na widoku. Facet poprosił o moje prawo jazdy, które mu dałem, po czym kazał mi wysiąść i otworzyć drzwi z tyłu.

– Nie może pan tego zrobić – oświadczyłem spokojnie, stojąc nieruchomo obok samochodu, i dodałem: – proszę pana.

– A to niby dlaczego? – Był wczesny ranek, pewnie jeszcze grubo przed siódmą, facet wyglądał jak wypluty, czyli albo właśnie kończył wyjątkowo wredną służbę, albo dopiero ją zaczął. Oczy miał czerwone, spojrzenie złe i wyraźnie szukał ofiary.

– Nie mam nic złego na myśli, tyle tylko, że to nielegalne. Nie ma pan powodu, żeby przeszukiwać nasz samochód, w którym nie ma nic prócz naszych ubrań. Byłoby to pogwałceniem moich praw obywatelskich. Poza tym nie jestem niepełnoletni. To moja siostra. Jedziemy do ojca. Jak złapiemy autobus...

– Po co wam autobus, skoro macie samochód? A jeśli oskarżę was o stawianie oporu przy aresztowaniu?

– Musiałby mnie pan najpierw zaaresztować... nie, nie, proszę, tak mi się wyrwało... mój ojciec jest prawnikiem – wyznałem ze smutkiem.

Z samochodu wyskoczyła Caro z telefonem komórkowym w ręku.

– Samochód nie ma dowodu rejestracyjnego, bo mieliśmy go zostawić tutaj. Pożyczyła go nam pani India Holloway z Pitt w stanie Vermont. Umówiliśmy się, że jej wnuk Muir przyjedzie po niego. Proszę do niej zadzwonić. Ona to potwierdzi. – Ciekawe, skąd jej przyszedł do głowy taki bajer. Caro, która znacznie więcej przeskrobała w życiu niż przeciętna osoba w jej wieku, miała po prostu cholerne szczęście. Wielokrotnie sprawdziło się to już w przeszłości. Uśmiechnęła się ujmująco i przetarła oczy. Nawet ja nabrałbym się na tę chodzącą niewinność.

– Mam własny telefon, panienko – burknął policjant, ale nie próbował już otwierać drzwi ciężarówki. W końcu byliśmy w Massachusetts, gdzie zaczęło się to całe zawracanie głowy z prawami człowieka. Wrócił do swego samochodu i widziałem, jak najpierw rozmawia przez radio, a potem przez telefon. Później nasunął czapkę na oczy, jakby zasnął, a ja stałem jak ten kołek, ledwo ośmielając się oddychać, i strasznie, wręcz nienormalnie, chciało mi się siusiu. Myślę, że policjanci są specjalnie przeszkoleni w wywieraniu psychicznej presji, żeby ludzie głupieli i przyznawali się do największych bzdur, nawet do czegoś, czego nie popełnili. Musiałem sprawić mu tę satysfakcję i cierpliwie zaczekać, a on świetnie o tym wie-

273

dział. Ojciec powiedział kiedyś, że policjanci nie muszą tak naprawdę nosić czarnych skórzanych rękawiczek. Sami je sobie kupują, bo tak lubią. Pewnie gdybym się ruszył, toby do mnie strzelił. A jego broń w przeciwieństwie do mojej miała naboje.

W końcu chyba się obudził, bo przypomniał sobie o nas, i wrócił do naszego samochodu.

– Rozmawiałem z wnukiem pani Holloway. Macie dzikie szczęście, że się wasza historyjka potwierdziła. Ale nie możecie zostawić auta tutaj, gdyż potrwa to cały dzień, zanim ktoś się po nie zjawi. Pojedziecie za mną do miasta i zostawimy je na parkingu obok stacji.

– Przepraszam bardzo. Czy mógłbym tu skorzystać z toalety? – spytałem jak najgrzeczniej.

– Nie – padła krótka odpowiedź.

Więc pojechaliśmy do miasta, co zajęło około dziesięciu minut, a w tym czasie pęcherz omal mi nie pękł. Gliniarz obserwował nas, jak zbieraliśmy rzeczy z tylnego siedzenia i upychaliśmy do plecaków. Okazało się, że broń zsunęła się z siedzenia i leżała na podłodze. Wkładając do plecaka skarpetki, książki i suche już spodenki, kątem oka widziałem kant kolby. Zastanawiałem się, czy ją zabrać. Wewnętrzny głos mówił mi: zostaw. Muir będzie miał jeszcze większe kłopoty i dobrze mu tak. Gliniarz zaprowadził nas do jadłodajni, zaczekał, aż zaopatrzyliśmy się w kanapki z szynką, a potem zawiózł nas na dworzec autobusowy, gdzie kupiliśmy bilety w jedną stronę do Peekskill w stanie Nowy Jork – jedyna nazwa miasta w stanie Nowy Jork, poza Manhattanem, jaka nam przyszła do głowy.

Pierwsze, o co spytałem Caroline, to:

– Co ci strzeliło do głowy z tym pożyczaniem samochodu?

– Wiesz, nie myślałam, że to przejdzie! – odparła z peł-

274

nymi ustami. – Teoretycznie Muir powinien był nakablować, że go pobiłeś, a potem ukradliśmy samochód. Zaryzykowałam, ponieważ ta jego babcia wcale nie jest taka durna. Kiedy wychodziliśmy tamtego wieczoru, pilnie się nam przyglądała. Pewnie tak mu potem truła, że aż w końcu przyznał się do wszystkiego, albo przynajmniej do części...

– I dlatego sądziłaś, że ten gliniarz ci uwierzy?!

– Tego nie powiedziałam. Aż tak dokładnie sobie tego nie przemyślałam. Po prostu musiałam coś zrobić! Smędziłeś coś tam o nielegalnych przeszukaniach. Jak na ciebie to i tak nieźle. Po raz pierwszy pokazałeś, że jednak masz jaja... – Podniosła rękę, jakby chciała zaprzeczyć. – No, może pierwszy raz był tam w lesie. Oczywiście jestem ci wdzięczna. Boże, nie muszę ci chyba tego mówić! I ta broń. Choć to właściwie okaz muzealny, skoro nie ma naboi... bo nie ma, prawda?

– Nie. Ale obawiam się, że i tak by nam to nie pomogło.

– Jakby co, tatuś jest prawnikiem. Przestań dramatyzować. Mieliśmy szczęście. I już.

Głowa pękała mi z bólu tak wielkiego jak balon Goodyear.

– Niech ci będzie – zgodziłem się. – A teraz cicho bądź i daj mi pospać.

Dojechaliśmy do Peekskill i znaleźliśmy pensjonat. Zaszaleliśmy i wzięliśmy dwa pokoje. Spałem dwanaście godzin, w którym to czasie Caroline zjadła dwa śniadania, ale właścicielka była bardzo miła i zostawiła dla mnie trochę jedzenia.

Problem polegał na tym, że wprawdzie dotarliśmy do doliny Hudsonu, ale dolina Hudsonu jest wielka, a my nie wiedzieliśmy, gdzie dokładnie przebywa Leo. Wieczorem zadzwoniliśmy do Cathy, która zauważyła, że mamy bardzo zmęczone głosy. Natomiast mama, już w lepszej formie, siedziała i jadła zupę miso, a umysł miała całkiem sprawny.

– Coś mi się wydaje, że nie bawicie się zbyt dobrze. Daj mi Jane do telefonu – powiedziała na wstępie.

– Wyszła po zakupy. Zaprosiła na kolację ludzi, którzy mają dzieci w naszym wieku. – Jeszcze parę dni, a osiągnę biegłość Caroline. – Głównie tutaj śpimy...

– To dobrze – ucieszyła się mama. – Jesteście jeszcze tacy młodzi, a już tyle przeszliście... Cieszę się. Ucałuj Janey ode mnie.

– Niedługo... wrócimy do domu – głos zaczął mi się łamać, jakbym miał, kurde, dwanaście lat. – My... kochamy cię, mamo.

Następnego ranka zapytaliśmy właścicielkę pensjonatu, gdzie jest dworzec autobusowy. Okazało się, że dwanaście przecznic dalej. Zaproponowała, że nas podwiezie.

– Mam nadzieję, że nie weźmiecie mi tego za złe – dodała – ale domyślam się, że nie macie dziewiętnastu lat. Zapewne musicie mieć poważne kłopoty, skoro przejechaliście sami taki szmat drogi. Takie dzieci.

– My... – zaczęła Caroline niepewnie, a wargi jej drżały. – Ja... jestem mała na swój wiek. Mam... anoreksję.

– Akurat – pokręciła głową właścicielka pensjonatu. – Czy powiedziałam, że pisnę komuś słówko na wasz temat?

Caroline zaczęła płakać.

– Nawet pani nie wie, ile przeszliśmy.

Kobieta nie poruszyła się, nie starała się jej przytulić ani nic takiego, czym zyskała sobie Caro.

– Wyobrażam sobie – rzekła łagodnie. – A dokąd jedziecie?

Caroline wciąż płakała. Włosy opadły jej na twarz, wyglądała dziecinnie i bezradnie.

– Jedziemy do kogoś i nie wiemy, gdzie on jest – wyjaśniłem. – Kompletnie. Tyle tylko, że gdzieś blisko rzeki, ponieważ pisał tak w mailach. Jesteśmy gotowi na wszystko, bo koniecznie musimy go odnaleźć. Naprawdę. Wspominał o jakimś Słonecznym... Wzgórzu? Słonecznej Polanie?

– A, czyli u tkaczy – domyśliła się od razu. – I tej dziewoi od dżemu.

– Pierwsze słyszę o jakichś tkaczach.

– Oni tam wszyscy tkają. Potem sprzedają swoje wyroby... szaliki, dywany i tego typu rzeczy... na targu rękodzielniczym. I smażą dżemy. Doskonałe zresztą. Zaraz, zaraz. Słoneczna... Dolina. Czy tak?

– O tak! Właśnie.

– Jak tam można dojechać? – spytała Caro.

– Autobusem do Irvington, a potem... Nie, nie możecie jechać sami. Wezmę tylko dokumenty i...

– Czy to bardzo daleko?

– Dobre dwie godziny.

– Możemy pani zapłacić – zaproponowała Caro. – Zapłacimy... Ile to będzie? Za benzynę? Ja... nie wiem, bo sama nie prowadzę. Mam czternaście lat.

– W to gotowa jestem uwierzyć – stwierdziła pogodnie kobieta. – Mam na imię Virginia. Mnie możecie zaufać. Ale na waszym miejscu nikomu innemu bym nie ufała.

– My naprawdę mamy pieniądze – rzekłem nieśmiało.

– Aż tak bardzo ich nie potrzebuję. Powiedzmy, że wliczymy to w cenę pokoju ze śniadaniem. – Zapakowała dla nas kilka grubych kanapek z masłem orzechowym i dżemem i zawołała do męża na górze: – Warren, będę w Irvington. Chcesz coś?

– O drugiej przyjeżdżają goście. Do pokoju różanego. Trzeba się nimi zająć! – odkrzyknął schrypnięty głos.

– To się nimi zajmij, kochanie! – zawołała Virginia. Wyszliśmy tylnymi drzwiami i wsiedliśmy do jej dodge'a durango.

Jechaliśmy przez najpiękniejsze okolice, jakie widziałem w życiu. Brzozy nad rzeką zaczynały wypuszczać listki, a w nasłonecznionych miejscach rosły kępki małych fioletowych kwiatków, mimo że tuż obok jeszcze leżał śnieg. Była to kraina klonów cukrowych; parę osób pomachało do Virginii sprzed małych domków, które wyglądały jak domki z bajki – całe pokryte malowanymi drewnianymi ornamentami, bez najmniejszego śladu brudu, wręcz lśniąco białe, ze ślimakowatymi podjazdami od frontu. Przyjemnie było wyobrazić sobie życie w czymś takim. Pewnie nawet stare swetry pachniały tam czystością. Aż miało się ochotę schronić we wnętrzu takiego domku. Pomyślałem o naszym domu, który stale śmierdział czymś, co przypominało zapach moczu.

W Irvington Virginia zatrzymała się w Central Perk na kawę i zamówiła też po filiżance dla nas. Dla mnie czekoladową z toffi i z bitą śmietaną.

– Wyglądasz na takiego, co lubi toffi – powiedziała.

– Tak, proszę pani – odparłem. – Dziękuję. – Kiedy zobaczyła, że pożeram wzrokiem ciasto cytrynowe, też nam kupiła.

Pojechaliśmy wśród wzgórz i pól, na których pasły się konie i długonogie źrebaki, a potem wydłużoną doliną między dwoma wzgórzami, której środkiem płynął potok.

Wreszcie zatrzymaliśmy się pod wielkim kwadratowym żółtym znakiem.

– Co to? – spytałem Virginię.

– Nie wiem, jak to się u was nazywa... to miejsce, gdzie się można zatrzymać, jak są problemy z samochodem...

– Pobocze.

– Po prostu pobocze – powtórzyła. – Nigdy nie byłam na zachodzie. My mówimy „pas awaryjny".

Siedząca z tyłu Caroline wychyliła się do przodu.

– Myślisz, Gabe, że nie będzie zły, że przyjechaliśmy?

– Na pewno nie.

– A może powinniśmy zadzwonić do Cathy?

– Nie.

– Gabe! – nudziła dalej Caro, a ja nie miałem pojęcia, czego chce ode mnie. Dałem jej swoją czapkę, a ona włożyła ją na głowę, upychając jasne włosy tak, że wystawały jej z tyłu. Potem już siedziała cicho i tylko gryzła paznokcie.

Zaraz poniżej znaku „Pas awaryjny" znajdowało się kilka tabliczek sterczących w różnych kierunkach, jak gałęzie na pozbawionej ozdób choince. Jedna z nich wskazywała żużlową drogę z lewej strony i było na niej napisane kolejno: Słoneczna Dolina, Czarodziejska Przędza i Magiczne Warsztaty.

– Ona jest instruktorką. Gimnastyki czy czegoś tam. I robi bardzo dobry dżem, który chętnie sama jem na śniadanie. Ma na imię Jane? Czy Jeanine? Nie pamiętam. Ta od dżemu. Znałam trochę jej matkę, panią Devlin, Claire Devlin. Kupiłam od niej kilka szali i kołder. Na prezent dla córek w Bostonie. Ma pięć córek, dwie czy trzy wyszły już za mąż i mają dzieci. Mieszkają tu też inne rodziny. Prowadzą wspólne gospodarstwo. Zbudowali sobie salę ćwiczeń i nazwali ją „kiva", tak jak Indianie. To zwykła szopa z drewnianą podłogą i krzywymi ścianami. Wiele osób do nich przyjeżdża... ale jak na mój gust to żadna specjalna atrakcja.

Cienie pod klonami stawały się coraz głębsze, niektóre drzewa uginały się jeszcze pod śniegiem. Virginia zatrzymała samochód przy skrzynce na listy i wysiadła. Na-

279

tychmiast z domu wyszła kobieta w jej wieku, tyle że szczuplejsza i ładniejsza.

– Virginia Lawrence! Co za niespodzianka!

– Przywiozłam znajomych do kogoś, kto... podobno... mieszka u was.

– Tak? – zainteresowała się kobieta, patrząc na nas. – Te dzieci?

Wysiadłem. Nie byłem wcale taki wysoki, jak się na pierwszy rzut oka wydawało, ale i tak miałem blisko sześć stóp. Zauważyłem, że kobieta zmierzyła mnie wzrokiem. Odpowiedziałem jej spojrzeniem, które wyrażać miało przesłanie, że przybywamy w pokoju – jakbyśmy byli kosmitami z odległej galaktyki. Przez całą drogę Caroline i ja kryliśmy się przed ludzkim wzrokiem, jak stworzenia uciekające przed światłem, a teraz wreszcie nasza podróż dobiegła końca. Jednak dotrzeć do celu to jedna sprawa. Teraz czekało nas nowe wyzwanie. Spojrzałem na Caroline i na myśl przyszły mi spędzone wspólnie lata, te wszystkie wyzwiska, którymi wzajemnie obrzucaliśmy się jak kulami zbitego papieru, te pełne wściekłości trzaśnięcia drzwiami. Wszystko to teraz wydało mi się bzdurną dziecinadą. Już nie byliśmy dziećmi. Pomogłem Caro wysiąść z samochodu i objąłem ją.

– Nie ma tu żadnego Leo Steinera – oznajmiła Virginia po chwili rozmowy z tą kobietą. – Ale w domu Joyous Devlin mieszka mężczyzna nazwiskiem Leon Stern.

Leon.

Ruszyliśmy we wskazanym kierunku. Caroline ślizgała się w tenisówkach na mokrych liściach. Virginia szła za nami.

– Nie musi pani nas odprowadzać – zwróciłem się do niej. – Już i tak wiele pani dla nas zrobiła.

– Należy kończyć to, co się zaczęło – odparła. – A jeśli to nie on? Nie wasz ojciec?

– Nie mówiliśmy wcale, że to nasz ojciec – mruknęła Caro.

Virginia uśmiechnęła się blado.

– No to zgadłam.

Dziewczyna, która otworzyła nam drzwi, była starsza niż Caroline, miała jakieś dwadzieścia lat. Zawołała inną dziewczynę, odrobinę starszą, może miała... trudno czasem określić wiek kobiety. Dwadzieścia pięć?

– Cześć. Czy... mogę w czymś pomóc?

– Dzień dobry – odparła spokojnie Virginia. – Ci młodzi ludzie chcą zobaczyć się z Leonem Sternem. Czy jest w domu?

Z głębi dobiegł głos:

– Czy to Jim? Powiedz mu, że jeszcze nie skończyłem. Nie od razu Rzym zbudowano. – Po chwili wszedł z werandy do środka, ubrany w te swoje idiotyczne kąpielówki, które zawsze nosił rano, i koszulę z kraciastymi wstawkami z wełny, nałożoną na biały podkoszulek. Był chudszy i miał zarost. Mój ojciec. Na ręku trzymał dziecko, które wyglądało jak Aury niedługo po urodzeniu. Caroline zawołała: „Tatusiu!" i chciała wbiec do domu, ale starsza dziewczyna stanęła jej na drodze.

– Chwileczkę – zwróciła się do nas bez cienia wrogości. – Momencik. To mój dom. To mój synek. O co chodzi? Leonie? Kim oni są?

– Cześć, Leon – powiedziałem.

XXI
Drugi Samuel

ZBĘDNY BALAST
Pod red. J.A. Gillis
Rozpowszechnianie: Panorama Media

Droga J.,
aż nie chce mi się już dłużej żyć. Byliśmy na przyjęciu u znajomych, kiedy nagle moja najlepsza przyjaciółka ni stąd, ni zowąd zaczęła wszystkim na głos opowiadać o różnych okropnych i naprawdę żenujących rzeczach, które robiłyśmy, mając po dwanaście lat. Śmiała się przy tym histerycznie, a wszyscy siedzieli cicho i tylko gapili się na mnie! A teraz, gdziekolwiek pójdę, wszyscy zachowują się tak, jakby doskonale wiedzieli. Ja zresztą jestem pewna, że wiedzą. Było tam z pięćdziesiąt osób. I pomyśleć, że jej kiedyś bezgranicznie ufałam. Poza tym ona wtedy robiła dokładnie to samo! Nie wiem, co pomyślą o mnie moje dzieci, jak się dowiedzą. Mimo to nie chciałabym stracić jej przyjaźni! Moja przyjaciółka i ja mamy po 37 lat.

Przerażona z Oregon

Droga Przerażona,
widzę, że trafił Ci się niezły pasztet. Absolutnie masz prawo czuć się urażona, nawet zraniona, i zachowywać się jak uczen-

nica dziewiątej klasy – co, tak przy okazji, właśnie robisz. Z pewnością też zasługujesz na wyjaśnienie, dlaczego po tylu latach przyjaźni Twoja najlepsza przyjaciółka zachowała się tak otwarcie wrogo wobec Ciebie – nie ma się co oszukiwać, tak właśnie było. Może ma do Ciebie o coś pretensję czy zadawniony żal. Może powinnyście szczerze porozmawiać. Ale jeśli stwierdzi, że to był tylko taki żart, to koniec przyjaźni. Bo nawet jak przeprosi, czego bym się nie spodziewała, to pamiętaj, że będą to przeprosiny węża, który Cię ukąsił. Są ludzie, którym nie należy się druga szansa.

J.

Droga J.,
moja matka narusza moją prywatność, czyta moje maile, a jak gdziekolwiek wychodzę, każe mi zostawiać numer telefonu albo dzwonić stamtąd do siebie, i w ogóle cały czas wtyka nos w moje sprawy. Myślę, żeby uciec z domu.

Inwigilowana z Plankinton

Droga Inwigilowana,
spokojnie poproś mamę, żeby respektowała Twoje prawo do prywatności w sprawach takich jak korespondencja i telefony. Powiedz jej, że jeśli chce zadawać pytania – co w końcu robią wszyscy rodzice, których choć trochę obchodzą ich własne dzieci – niech postara się przy tym Ciebie nie pouczać i nie oceniać. W zamian obiecaj, że będziesz wobec niej szczera i uczciwa. To musi być pakt dwustronny. Natomiast jeśli koniecznie chcesz ją ukarać, to ucieknij. Oczywiście spaprzesz wtedy życie także sobie i kiedy przez następne dwadzieścia lat będziesz się z nim borykać sama, zrozumiesz, co czuje człowiek, gdy nikt na całym świecie nie dba o to, czy zostawia numer telefonu, czy nie. A mamę naprawdę unieszczęśliwisz.

J.

W sobotę przed niedzielą wielkanocną po obudzeniu się poczułam się wyjątkowo dziwnie, jakby w nocy ktoś wypożyczył sobie moje ciało. Dopiero po dłuższej chwili zdałam sobie sprawę, na czym polegała różnica.

Nie kręciło mi się w głowie.

Wstałam z łóżka. Nadal nie kręciło mi się w głowie.

Przeszłam się po pokoju. Nie kręciło mi się w głowie.

Stanęłam w pozycji baletowej, wyciągnęłam szyję. Zrobiłam *cabriole**, spodziewając się wszystkiego najgorszego. Nie upadłam. No to jeszcze raz. Wybiegłam z pokoju, żeby obudzić Cathy, zbyt samolubna w mojej niespodziewanej radości, by pamiętać, że od blisko tygodnia była jedyną opiekunką przedszkolaka, malucha i inwalidki i zasługiwała na to, żeby pospać dłużej niż do siódmej. Czułam się dobrze, a nie tylko lepiej. Nie to, że mijała mi reakcja na lek, ale naprawdę dobrze. D o b r z e. Jak dawniej. Cathy padnie z wrażenia. Już nie spała. Aury siedziała u niej w łóżku i splatała jej włosy w warkocz.

– Cath! – szepnęłam. – Patrz.

Znowu zrobiłam. W przedpokoju. *Cabriole*.

– Julie! – zawołała z oczywistym w tej sytuacji zaskoczeniem i radością.

– Och, Cathy, błagam, chodźmy na balet. Proszę! Przecież możemy zostawić dziewczynki z Connie na godzinkę... Udało się, możesz w to uwierzyć? Czuję się... jak normalna osoba. Jak dawna ja!

Uśmiechnęła się i ziewnęła.

– Świetnie, Jules. Naprawdę się cieszę.

Wzięłam prysznic, zachwycając się pięknym widokiem płatków owsianych zatopionych w mydle, i tym, że mogę, stojąc na jednej nodze, namydlić drugą, a potem

---

* Jedna z najtrudniejszych form skoku w balecie.

obciąć paznokcie i wrzucić je do sedesu, nie wpadając do środka razem z nimi, naciągnąć kostium z lycry i zawiązać buty. Sama! Grzeczna mamusia! Pobiegłam do kuchni, chwyciłam na ręce Aury i okręciłam się z nią. Wydawało się, że waży z siedemdziesiąt funtów – może i ważyła siedemdziesiąt funtów – ale mimo to potrafiłam okręcić się z nią, nie robiąc przy tym krzywdy mojej córeczce. Kupiłyśmy dziewczynkom biszkopty śniadaniowe i pojechałyśmy do Connie.

– Ja je zaprowadzę – oznajmiłam. – Spójrz, Cathy. Tam jest przebiśnieg. A tam żonkil. O, Connie! Patrz! – Zrobiłam piruet na podjeździe.

– Julie, co się stało? – spytała z niedowierzaniem.

– Nie wiem. Ale chyba właśnie to, na co wszyscy mieliśmy nadzieję!

– Tylko się nie sforsuj – upomniała mnie Connie, zabierając dziewczynki. – Żebyś sobie nie zaszkodziła.

– Ale ja chcę się sforsować! To zresztą nigdy nie było forsowanie, Connie. Tylko przyjemność.

– Wiem – pokiwała głową – ale teraz jesteś chora.

– Nie teraz. Nie w tej chwili.

Z wyjątkiem Leah, która rzuciła: „Cześć, Julieanne", reszta grupy zachowała się tak, jakby przez salę przeszedł duch. Bez słowa przesunęły się przy poręczy, robiąc mi miejsce.

Piekielny był to wysiłek. Nie ćwiczyłam od kilku miesięcy, a dokładnie odkąd przychodziłyśmy tu razem z Caroline. Ramiona miałam jakby otulone workami z piasku, bolały mnie nogi i czułam, jak wszystkie mięśnie buntują się, a potem wręcz odmawiają posłuszeństwa. Po piętnastu minutach byłam zlana potem. Po półgodzinie musiałam odejść na bok, usiąść na macie i wlać w siebie całą butelkę wody.

Nadszedł czas na ćwiczenia bez poręczy i Leah, z niezrozumiałych dla mnie powodów, zarządziła serię *glissade* zakończonych *ballotté*[*]·

– Proszę, niech Julieanne nam pokaże – poleciła, a ja spojrzałam na nią z przerażeniem.

Nie mogłam wstać.

Chciałam podeprzeć się na rękach, ale pozostały sztywne, a dłoń cały czas zaciskała się na butelce z wodą. Leah patrzyła na mnie, jedna z nastolatek zaczęła niecierpliwie postukiwać stopą w podłogę. W końcu Cathy podeszła do mnie i pomogła mi się podnieść, a ja, jakbym była nakręcaną zabawką wprawioną w ruch, przeszłam na drugi koniec sali i zaczęłam pokaz. Teraz *grand jeté*[**] – zarządziła instruktorka, ja zrobiłam... trzy, a poczucie lotu przeszło w poczucie wyciągania wielkiego zwierzęcia z wciągającego je błota.

– A teraz rozciąganie – zakomenderowała. Kiedy wróciwszy na miejsca, zaczęłyśmy wykonywać polecenie, jedna drobna ruda babka, którą od razu rozpoznałam, bo mieszkała niedaleko nas i miała z pół tuzina równie rudych dzieci, co to je zawsze ciągała ze sobą albo nosiła na barana, kiedy szła biegać, zaczęła lekko i nieśmiało klaskać. Cathy ją energicznie wsparła i wkrótce wszystkie klaskały. Instruktorka podeszła i dotknęła mego ramienia.

– Brawo, Julieanne – pochwaliła mnie. Nikt więcej nie powiedział ani słowa. Przystąpiłyśmy do rozciągania.

Mój drugi prysznic tego dnia brałam, siedząc na gumowym stołeczku w kabinie.

To nie była słabość wynikająca z choroby. Byłam po prostu wymęczona. Zdrowo wymęczona. Dawno już się tyle nie ruszałam, co tego ranka. I byłam szczęśliwa, że

---

[*] *Glissade* – niewielki skok z V pozycji. *Ballotté* – skok w przód lub w tył, kiedy nogi są w V pozycji.
[**] Wyrzut nogi na maksymalną wysokość.

tak się czuję. Że jeszcze potrafię czuć się w ten sposób. Cathy pojechała do matki na obiad, a potem, korzystając z ładnej pogody, miała zabrać dziewczynki do parku.

Więc przespałam pięć godzin, choć bałam się, że nie usłyszę telefonu, jak zadzwonią dzieci. Następnego dnia miały wrócić od mojej siostry, a w poniedziałek czekało nas podpisanie aktu sprzedaży domu. Dziwne to uczucie – zapamiętałam je dobrze z dzieciństwa – takie spanie po południu. Wstaje się w innym świecie niż ten, w którym się położyło. Cienie układają się inaczej. Człowiek odczuwa wtedy łagodny smutek, jakby coś zostało przegapione. Podobne doznania miałam, kiedy wychodziłam w biały dzień z porannego seansu z kina. Ciekawe, jak aktorzy występujący na Broadwayu radzą sobie z tym dziwnym i nienaturalnym poczuciem wymykającego się chyłkiem czasu. Zaraz po obudzeniu zobaczyłam cienie skrzydeł wentylatora na suficie. W pokoju zrobiło się ciemniej, zbliżał się już zachód słońca.

Pomyślałam, że śnię, ponieważ usłyszałam coś dziwnego. Płacz. Nie Abby czy Aury. Usłyszałam płacz niemowlęcia.

XXII
Pamiętnik Gabe'a

Ojciec najwyraźniej nie wpadał tak łatwo w panikę, inaczej pewnie umknąłby przez najbliższe okno na nasz widok. Szybko doszedł do siebie, choć widziałem, że przełyka ciężko ślinę, jakby mu w gardle utkwiła kulka chleba. Wzruszająca doprawdy była ta radość, że widzi swoje ukochane i wymęczone drogą dzieci po upływie, kurczę, pół roku.

Spojrzał na nas takim wzrokiem, jakbyśmy mu przynieśli wezwanie sądowe.

– Hm, Joy – powiedział po długiej chwili milczenia, bardziej wymownej niż jakiekolwiek słowa. – Poznaj moje dzieci. Tamte dzieci. To Caroline, a to Gabe. – Czułem się okropnie, ale mimo to chciało mi się śmiać. No i wyszło na to, że jesteśmy jak ci ludzie, o których nieraz mówiła Cathy. Zepchnięci na pozycję „tamtych".

Starsza dziewczyna podała nam rękę. Miała duże, pokryte piegami ręce i pachniała słodko jak brzoskwinia.

– Jestem Joy. Pewnie domyśliliście się, że to jest Amos.

Na pewno nie domyśliliśmy się, że to jest Amos· ani kim jest Amos. Ale szybko się wyjaśniło.

– Amos jest synem Joy i moim – rzekł ojciec, który okazał się nie tyle odrodzonym Leo, ile całkiem na nowo narodzonym Leonem.

– Gratulacje, drogi tato. – Pewnie gdybym siedział, tobym spadł z krzesła z wrażenia.

– Skąd się tu... wzięliście? – spytał ojciec.

– My też bardzo się cieszymy, że cię widzimy – odparłem bezczelnie.

Virginia stała w drzwiach, groźna niczym chmura gradowa.

– Ja ich tu przywiozłam, proszę pana. I może zainteresuje pana fakt, że całą drogę z Wisconsin przebyli autobusem. Sami.

– Musieliśmy cię odnaleźć – rzekła przepraszająco Caroline, przysuwając się do taty. Ojciec podał Joy chłopca. Było to śliczne dziecko. Mimo wszystko. Ale Aury też była ślicznym dzieckiem.

– Pewnie tata chciałby, żebyś poznała jego drugą córkę Aurorę Borealis Steiner – wtrąciłem się do rozmowy. – Ma dwa lata i jest jeszcze za mała, żeby jeździć po Stanach autobusem.

Joy, ubrana w obcisłe czarne rajtuzy i długi sweter, zrobiła zdziwioną minę. Miałem się potem przekonać, że często robiła zdziwioną minę.

– Jestem bardzo pani wdzięczny – powiedział ojciec do Virginii. – Że dzięki pani dotarli tu bezpiecznie.

– Mnie zawdzięczają bezpieczeństwo tylko przez ostatnie dwie godziny – odparła sucho Virginia. Zwróciła się do mnie i do Caro: – Powodzenia. I pamiętajcie, jeśli trzeba was będzie odwieźć, zadzwońcie do mnie.

Podziękowaliśmy jej. Wyszła, gniewnie podzwaniając wyjętymi z kieszeni kluczykami.

– Do widzenia, pani Lawrence! – zawołała za nią Joy. –

Coś takiego, żeby ze wszystkich ludzi na świecie spotkać akurat panią Lawrence. To niemal cud, choć moja mama jest osobą dość znaną...

– Oszczędziła nam dwugodzinnej jazdy autobusem i około dwóch godzin na piechotę – przerwałem jej potok słów.

Chwilę wszyscy staliśmy w milczeniu.

– Chyba powinniśmy coś sobie wyjaśnić – odezwał się w końcu Leo z westchnieniem. Spojrzałem wymownie na Joy i... Amosa (nazwanego tak prawdopodobnie na cześć Tori Amos, sądząc z wyglądu tego miejsca). Charakter domu określić można na podstawie znajdujących się w nim książek. Na półce Joy było ich osiem, z czego trzy o zupach z kurczaka. Reszta półki przypominała gabinet Indii Holloway: leżały tu ptasie gniazda i pęki zasuszonej trawy. India miała przynajmniej ze trzy jardy książek, a wszystkie poważne. Ale odbiegłem od tematu. – A to jest siostra Joy, Easter – dodał ojciec.

– Terry – przedstawiła się druga dziewczyna, czy też młoda kobieta, zależy jak na to patrzeć. Też była ładna i całkiem zgrabna, i gdybym nie miał ochoty rzucić się Leo do gardła, to może gapiłbym się na nią dłużej. Po chwili wymówiła się, że musi po coś pójść „do mamy", i zmyła się.

Oparłem się o drzwi wejściowe.

– Spokojnie, tatusiu. Wyluzuj. Jeszcze nie wyjeżdżamy. Nie rób sobie kłopotu.

– Może chcielibyście coś zjeść? – spytała Joy. – Wprawdzie nie spodziewaliśmy się gości... Napijecie się mrożonej herbaty? Robię świetną zieloną herbatę z ziołami i z lodem. Prawda, skarbie?

Ojciec skrzywił się.

– To nie jest tak, jak myślisz, Gabe. Właściwie to był taki cichy układ między waszą mamą i mną...

– Teraz to ona naprawdę zrobiła się cicha, tato – odparłem. – Ma stwardnienie rozsiane.

Na jego twarzy odmalowała się cała gama uczuć: zaskoczenie, współczucie, ulga, a potem było przewracanie oczami, wyrażające coś w stylu: „no i ciekawe, co jeszcze". W końcu zajarzył.

– Co? Jak to? Czy to pewne? – spytał i westchnął.

– Właśnie przejechałem pięćset mil głównie po to, żeby z tobą o tym pogadać.

– Mieliśmy fałszywe prawa jazdy... – zaczęła Caro.

– Ktoś tu chyba jest głodny – wtrąciła się Joy, kołysząc dziecko, które zaczęło marudzić. Wyszła z nim na werandę. Bogu dzięki, że nie wyciągnęła cyca przy nas. – Na oknie jest mięta, jeśli chcecie do herbaty.

Musiałem wypić herbatę przyrządzoną jej rękami, ponieważ tak mi zaschło w ustach, że język kleił mi się do podniebienia. Caroline chodziła po pokoju, brała różne rzeczy do ręki i oglądała je. Między innymi była tam mała drewniana figurka grubego faceta z wielkim fiutem.

– Wygląda zupełnie jak Muir – zauważyła.

– Poznaliście Muira? – spytał ojciec. Na razie nie poprosił nas jeszcze, żebyśmy usiedli.

– Mam lepsze pytanie. Z serii „a dlaczego". Skąd Amos wziął się na tym świecie?

– No dobrze – westchnął Leo. – Chodźmy się przejść.

– Ani nam się śni, Leonie – odparłem. – Przemoczyłem buty, a Caroline jest w zeszłorocznych tenisówkach. Musieliśmy zacisnąć pasa i ograniczyć elektroniczne gadżety. Inne sprawy też. Na przykład ubrania. Więc może po prostu posiedzimy spokojnie u ciebie w domu.

– Wiecie, że oboje was bardzo kocham – powiedział nagle.

– Wiemy, wiemy! – odparłem, parodiując babcię Steiner. – Ciekaw jestem w takim razie, jak wygląda w twoim wykonaniu nienawiść.

– Chodźmy do mojego pokoju. Stamtąd jest piękny widok na las...

W tym momencie straciłem cierpliwość.

– Słuchaj, palancie jeden, za przeproszeniem oczywiście. Potraktuj to jak charakterystykę postaci, a nie bluzg. Twoja córka, ta, która stoi przed tobą, o mało co po drodze nie została zgwałcona. Mnie omal nie aresztowano. Mam, kurczę, dopiero piętnaście lat, a już ukradłem samochód i dałem facetowi w łeb kolbą rewolweru. Udzielam za mamę porad, a jej zdarza się mówić „placyk", kiedy ma na myśli „plecak". Znaleźliśmy broń w twojej szufladzie! Dociera coś do ciebie? Mam w dupie twój piękny widok na las! Mam w dupie, że znalazłeś spokój i harmonię! Musisz nam coś wyjaśnić, tato! Czy może raczej Leonie! Powiedz, jakim prawem nas olałeś i nawet nie raczyłeś odpowiedzieć na nasze telefony, tak że w końcu musieliśmy cię szukać jak jakiegoś zbiega...

– Bo jestem zbiegiem, Gabe – odrzekł spokojnie. – Albo raczej byłem. Aż odnalazłem swój dom. Pewnego dnia zrozumiesz. Dom to nie jest konkretne miejsce. Dom jest w tobie w środku...

– Posłuchaj! – wrzasnąłem, a z sąsiedniego pokoju dobiegł szept Joy: „Ciii". Zamknęła cicho drzwi.

Kompletny odlot – pomyślałem. Stoję tu i gadam do jakiegoś obcego pomyleńca, który kiedyś podrzucał mnie nad głową, uczył mnie czytać na nagłówkach *Rolling Stone*, dał mi połowę materiału genetycznego, a teraz okazało się, że najwyraźniej był tak przywiązany do mnie jak do jakiegoś upierdliwego wirusa. Uświadomiłem sobie, że gdzieś głęboko, głęboko w duszy, aż do chwili, kiedy przekroczyliśmy próg tego domu, miałem nadzieję, że Leo będzie nas chciał, że nadal będzie naszym ojcem. Pewnie wtedy jeszcze miałem jakieś resztki wiary w to, że większość dorosłych to w gruncie rzeczy porządni ludzie. Lub przynajmniej większość dorosłych, których ja znam. A tymczasem on siedział wyraźnie przygaszony. Jakby się nudził i męczył, jakbyśmy swoim przyjazdem zepsuli mu dzień. W końcu powiedziałem:

– Jesteś szczęśliwy. To super. Ale przez to twoje szczęście nasza mama, a twoja legalna żona, jest potwornie nieszczęśliwa, nie mówiąc o tym, że bardzo cierpi fizycznie. I jesteśmy my, a poza tym masz jeszcze jedno małe dziecko. Może już nie pamiętasz? Chodzi o Aurorę Borealis Steiner. I musimy sprzedać dom...

To go wreszcie ruszyło. W dziesięć sekund znaleźliśmy się w jego pokoju. Naprawdę był stamtąd piękny widok na góry porośnięte drzewami.

– Gabe – zaczął Leo. – Nie jesteś jeszcze na tyle dorosły, żeby to zrozumieć. Ale chcę porozmawiać z tobą jak mężczyzna z mężczyzną.

– Porozmawiaj też z Caro jak mężczyzna z mężczyzną – zasugerowałem. – To ona wpadła na pomysł, jak cię odnaleźć.

– Moja krew – rozpromienił się ojciec. – Masz głowę na karku, Caroline. Może zostaniesz kiedyś prawnikiem.

– A tam – wzruszyła ramionami Caroline, skubiąc tapicerkę na swoim krześle.

– Otóż jest to kwestia pasji i radości życia – zaczął. – Czułem, jak cała radość z wolna wycieka z mego życia. Julieanne to wspaniała osoba. Cudowna matka...

– Daruj sobie – stwierdziłem ironicznie, po raz pierwszy zauważając, że jestem od niego wyższy.

– Ale jej życiem byliście w y. Ty, Caro i Aurora. I pozory. Robienie tego, co wypada. Romberg mówi na to „małżeństwo pozorów, a nie pokrewieństwo dusz". Z pozoru byliśmy szczęśliwi. Z pozoru realizowaliśmy ame-

293

rykański wielki sen. Ale, Gabe, ja już przed narodzeniem Aurory byłem nieszczęśliwy. Czułem się jak w więzieniu. Praca przestała być moją pasją, a moje osobiste życie, życie jako mężczyzny, praktycznie nie istniało. Omal nie wpadłem w psychozę. Tak strasznie chciałem odczepić się nareszcie od wydziału prawa. Pewnie niektórzy zarzuciliby mi, że nie byłem wtedy z wami bardziej szczery, ale tak czy inaczej...

– Mnóstwo osób by tak powiedziało. Łącznie z twoimi własnymi rodzicami.

– Cóż, rozumiem, że jesteś na mnie zły. Szanuję to.

– Czy zaczniesz w końcu mówić jak człowiek? – poprosiłem z rozpaczą.

– Kiedy dowiedziałem się, że Joy jest w ciąży... – zaczął.

– W wyniku...? – przerwałem.

– Mojej ostatniej wizyty. Wtedy, w zeszłym roku. No i musiałem dokonać wyboru. To szlachetna istota, Gabe. Pełna życia, energii, poszukująca. Pogodna i z natury szczęśliwa. Nie próbuje naprawiać świata. I nie zburzyłaby niczego między waszą matką a mną, dopóki nie otrzymałaby ode mnie zapewnienia, że tamten związek nieodwracalnie przestał istnieć... więc czekaliśmy.

– Czekaliście? – parsknąłem, pokazując głową w kierunku, w którym Joy poszła z Amosem. – Dlaczego z tym nie zaczekaliście, dopóki nie zapewniłeś mamy, że związek między wami nieodwracalnie przestał istnieć?

– Sama powinna była się domyślić! – wybuchnął Leo. Wstał i zaczął przemierzać pokój w tę i z powrotem jak na sali sądowej. – Próbowałem powiedzieć jej to wiele razy, ale nie chciała przyjąć tego do wiadomości. Nie zamierzałem być okrutny i mówić: „To już nie ma dla mnie sensu, Julie". Poza tym ona całe życie tylko by tańczyła.

– Nie bój się. Już nie wyrzuca pieniędzy na balet.

294

W pokoju było gorąco jak w szklarni, może dlatego że wszędzie, gdzie dało się coś postawić albo powiesić, znajdowały się rośliny. Zdjąłem płaszcz.

– Jedyne, czego chcemy od ciebie, to po pierwsze, żebyś odwiózł nas do domu, a po drugie, sam mamie wszystko powiedział. Nie będziemy załatwiać za ciebie twoich spraw, tato.

– Ja naprawdę zamierzałem przyjechać. Myślałem tylko, że na razie lepiej nie mówić...

– Lepiej dla kogo?

– Dla Julie.

– Akurat cię to obchodzi. Jak powiedziałem, że ma stwardnienie rozsiane, to zachowałeś się tak, jakbym złośliwie próbował ci zepsuć dobrą zabawę.

– A co z nami? – zapytała nagle Caroline. – To my mamy się opiekować mamą, skoro ty mieszkasz tutaj? A masz zamiar jakoś pomóc nam finansowo?

– Macie swoje fundusze. Mogę załatwić, że ze względu na niepełnosprawność matki będzie można z nich korzystać wcześniej. Czy ona może pracować?

– Może pracować. A jej rubryka została nawet przejęta przez syndykat – odparła Caro, zadzierając brodę.

– To już coś. Jak dojdą do tego jeszcze pieniądze z waszych funduszy...

– Przecież nie możemy ich podjąć, dopóki nie skończymy dwudziestu pięciu lat, a mama i tak nie pozwoli niczego naruszyć z jej powodu – powiedziałem.

– To nierozsądne, Gabe. Właśnie po to są fundusze.

– Tak, tato, ale ona ma psychiczne opory.

– To znaczy?

– Jest przyzwoitą osobą.

– Widzę, że nie przekonam was – podsumował Leo. – Nie spodziewałem się tego zresztą. Chcę jednak, żebyście zostali tutaj tak długo, jak tylko macie ochotę...

– Za trzy dni musimy być w szkole – przypomniała Caroline.

– No to odwiozę was do domu, choć to nieco skomplikowane, bo oboje z Joy jesteśmy właśnie w trakcie zatwierdzania projektu architektonicznego...

– Budujesz dom? – spytałem. Facet był, kurczę, nie z tej ziemi.

– No bo Joy... jest znowu w ciąży – wyjaśnił nasz tatuś. – Nie sądziliśmy, że to możliwe, biorąc pod uwagę fakt, że Amos ma dopiero cztery miesiące, a Joy karmi piersią. Ale jak powiedziała...

– ... cuda się zdarzają – dokończyłem za niego.

– Miałem też nadzieję, że będziecie przyjeżdżać do mnie w odwiedziny, ty i Aury, i Caro. Musimy więc mieć co najmniej cztery sypialnie. Nigdy nie chciałem wykluczać was z mojego życia. Spójrzcie. – Pokazał plik niewysłanych listów do Caroline i do mnie, a potem nasze zdjęcia stojące na półce. – Próbowałem wam wyjaśnić, ale doszedłem do wniosku, że najlepiej będzie, jeśli sam przyjadę, więc czekałem na stosowny moment, a potem dowiedzieliśmy się o ciąży...

– No to czeka cię tu niezły zasuw, tato.

– Owszem, ale jest pewna istotna różnica. Joy jest wdzięczna za każdą pomoc z mojej strony i absolutnie samowystarczalna. Wielokrotnie mi powtarzała, że jest w stanie wychować nasze dzieci tutaj, w tej naszej społeczności, i nie musi mieć formalnego ślubu. Nie chce mi niczego narzucać. Mogę robić, co chcę, studiować, co chcę, pracować, kiedy chcę.

— To świetnie, tatuśku – powiedziałem znużonym głosem. – Nie wiem, czy mówię też w imieniu Caroline, ale wolałbym chyba spać pod płotem niż w tym domu, więc jeśli mógłbyś łaskawie wskazać mi jakiś nocleg, to chętnie sobie pójdę.

– Ja zostaję – zdecydowała Caroline słabym głosem. – Za bardzo jestem zmęczona, żeby gdziekolwiek iść.

– Gabe, choćbyś nie wiem jak czuł się rozgoryczony, jestem twoim ojcem.

– Nie moja wina – odparłem, wstając.

– Zawiozę cię do Amory's Inn. Są tam wolne pokoje. Turyści przyjeżdżają dopiero w maju. Ale wolałbym, żebyś został.

– Nic od ciebie nie chcę. Złapię okazję. Caroline, daj mi komórkę. – Podała mi ją. – O jedno tylko chcę cię spytać. Po co ci była broń? Ten rewolwer w szufladzie?

– Nie jest mój – odparł. – Znalazłem go w schowku podczas remontu w łazience. Wyglądał na stary, trochę taki antyk, więc go zachowałem. Nie wiem nawet, jak się nim posługiwać.

– Poznaliśmy też inną twoją znajomą, Indię Holloway. Babcię niedoszłego gwałciciela mojej siostry.

– India to niezwykła osoba – rzekł z podziwem.

– Czy ty, do cholery, słyszałeś, co właśnie powiedziałem? – syknąłem.

– Daj spokój, Gabe – uciszyła mnie Caroline.

– Cóż, podziwiam waszą samodzielność, moi drodzy, ale nie było to zbyt rozsądne.

– Musiałeś się dowiedzieć o mamie. Mogę już iść?

W końcu pojechaliśmy samochodem. Twarz Caro majaczyła za szybą jak mały biały krążek.

Z dziesięć razy tej nocy wybierałem numer domowy i dziesięć razy nie nacisnąłem zielonej słuchawki. Co miałem powiedzieć? Jak zawiadomić mamę? Jak tu ją, kurczę, przygotować na taki szok (w końcu przecież nie mogła być aż taka nieświadoma niczego i nie domyślać się, że on nie wróci, skoro my to wiedzieliśmy, przynajmniej podświadomie)?

Dlaczego akurat na mnie to spadło?

Nie zachwycała mnie perspektywa bycia opiekunem młodszej siostry. Nie zachwycała mnie też perspektywa... rzucenia szkoły i pójścia do pracy w ABS czy gdziekolwiek indziej, żeby pomóc mamie związać koniec z końcem. To jak stary film z Jimem Cagneyem, który wzrusza, a jednocześnie odrzuca. Aż miałem ochotę mocno mamą potrząsnąć. Odkąd zaczęła się ta cała historia, nie żywiłem wobec niej żadnej pretensji, może dlatego, że Caro tyle ich miała. Ale w tym momencie zazdrościłem staremu Leonowi, którego dusza wyfrunęła przez otwarte drzwi klatki. Płacąc za pokój czy nie, Cathy była jedynie przyjaciółką mamy. Nie miałem prawa wymagać od niej pomocy za każdym razem, kiedy nastąpi atak lub pogorszenie. I choć nigdy nie poruszaliśmy z mamą tego tematu, doskonale wiedziałem, że nie tknie pieniędzy zapisanych nam przez dziadka Gillisa. Prędzej by chyba umarła.

Nie zostawało zatem nic innego, jak na razie zakończyć naukę. Nie byłem pewien, kiedy dokładnie to zrobię, ale uznałem, że szkoła się dla mnie skończyła.

Właściwie to dzieciństwo też się skończyło.

Zupełnie jak w jakiejś idiotycznej piosence. Rzucił szkołę, pracował fizycznie i jeździł szybkim samochodem. Postanowiłem, że tak właśnie zrobię po ukończeniu szesnastu lat. Zdam GED[*] i wrócę do nauki, kiedy będę już mógł korzystać z funduszu dziadka. Chyba żeby mieli specjalne stypendium dla czubków, którzy prowadzą kąciki porad. Nie będzie specjalnie wyboru, jeśli Leo uprze się przy swoim. Jedyną pociechą w nieszczęściu było to, że nie zobaczę więcej tych durnych palantów z Sheboygan LaFolette. A myśl, że za parę miesięcy nie będę

---

[*] GED – General Equivalency Diploma, eksternistyczny egzamin zaliczający szkołę średnią.

już musiał więcej oglądać pani Kimball, niemal przyprawiła mnie o erekcję. Leżałem na rozkosznie miękkim materacu pani Amory, bez powodzenia próbując zasnąć. Czerwone cyferki zmieniały się na pierwszą, pierwszą trzydzieści, drugą. Chciałem zadzwonić do Tian albo choćby do Luke'a z tekstem zaczynającym się od: „Posłuchaj tylko".

Tak naprawdę nawet nie miałem do kogo zadzwonić. Niemal żałowałem, że nie zostałem z Caro w całej tej zakichanej Słonecznej Dolinie. Przynajmniej pogadalibyśmy. Zastanawiałem się, o czym rozmawiają w tym momencie Joy, Leon i moja siostra przy kolacji złożonej z sałaty i wody.

W końcu wstałem o szóstej i wyszedłem, wysuszywszy przez noc buty przy piecu tak skutecznie, że zrobiły się numer mniejsze. Znalazłem jadłodajnię.

Kelnerką była ładna dziewczyna z kasztanowymi włosami, siostra Joy. Nie poznałem jej na początku, ponieważ upięła włosy.

– Cześć – przywitała się, kiedy usiadłem. – Ty jesteś syn Leona.

– Ma na imię Leo – odparłem. – Naprawdę nazywa się Leo Steiner i jest zwykłym gnojem, co cichcem zostawił mamę i związał się z twoją siostrą... która pewnie jest fajna...

– Tak podejrzewałam – rzekła. – Chcesz kawy? – Przytaknąłem, postukując w filiżankę. – Coś zjeść?

– Tak, i to dużo. – Przyniosła mi jajecznicę i grzanki, które zamówiłem, a także wafle, których nie zamawiałem, i usiadła obok mnie na chwilę.

– Wiesz, Joy naprawdę jest fajna – powiedziała. Przypomniało mi się wtedy, jak ma na imię: Terry, skrót od Easter. Jak w Krainie Oz. – Tylko że za bardzo wierzy ludziom. Leon jest dużo starszy od niej. Ona ma dwadzieścia osiem lat, jest najstarsza z nas i przedtem nie była z nikim związana na dłużej.

– A ty ile masz lat?

– Dwadzieścia jeden. Kocham moje siostry i moją mamę. Jest nas jeszcze trzy. Najmłodsza ma osiemnaście lat. Liat. To imię z jakiegoś musicalu.

– *Południowy Pacyfik*. Dziewczyna była z Tonkinu. – Pomyślałem o Tian.

– Widzę, że dobry jesteś z historii!

– Musicale to jeszcze nie historia.

– Są jeszcze Kieron i Grace, obie starsze ode mnie. Mają po trójce dzieci. Wszyscy tu mieszkamy. Ale ja mam zamiar się stąd wyrwać. I to niedługo.

– Tak?

– Mam już tego dosyć, wiecznie wszyscy siedzą ci na głowie. Chcę mieć swoje własne życie, mieszkać w Nowym Jorku, chodzić do szkoły i wreszcie przestać tkać jak sierotka z bajki...

– A gdyby, na przykład, twoja mama ciężko zachorowała, wyjechałabyś?

– Znalazłabym kogoś do opieki nad nią. Żeby z nią zamieszkał i zajmował się nią, a w zamian za to nie płaciłby czynszu. A ja bym też się nią opiekowała, kiedy bym mogła. – Spojrzała mi prosto w oczy. – Nie rezygnowałabym z własnego życia.

– A gdyby ona wcześniej zrezygnowała ze swojego... dla ciebie?

– Co? Byłeś chory na raka, a ona dała ci swój szpik?

Pomyślałem sobie: „A co mi tam. I tak jej nigdy więcej nie zobaczę".

– Tak.

– To w takim razie jesteś jej coś winien. A to mianowicie, żeby mieć jeszcze więcej życia dla siebie. Z moją mamą też nie jest łatwo. Jest świetna, ale święcie przeko-

300

nana, że słońce wschodzi nad tą doliną tylko dzięki temu, że ona tu przyjechała. A Joy to kupuje. Nasz ojciec dał jej imię po swojej matce, Joyce. Zmieniła je na Joyous. Joyous Devlin. A ja zostałam Easter. – Wskazała plakietkę z imieniem. – To mama tak mnie urządziła, kiedy miałam osiem lat. Ale już niedługo koniec z Easter. Jak tylko stąd wyjadę, będę Terry.

– Bardziej do ciebie pasuje.

– No cóż.

– A ja wyjeżdżam zaraz, w każdym razie na pewno dzisiaj.

– Powodzenia. Wiesz co? On wcale nie chciał drugiego dziecka, pierwszego zresztą też nie.

– Kto?

– Leon. Leo. Ten twój cały tatuś. Słyszałam ich. Nocowałam czasem u nich. I słyszałam ich. Ciągle powtarzał, że nie nadaje się do dzieci.

– Pewnie dalej tak będzie.

– Więc i tak masz szczęście, kolego. Na dwoje rodziców przynajmniej jedno normalne. Nawet jeśli chore.

– A co się stało z twoim tatą?

– Umarł. Po tym, jak mama go zostawiła. – Spojrzała w górę na dźwiękoszczelną wykładzinę. Nie chciałem pytać o szczegóły. – Niewiele go pamiętam. Tylko tyle, że dawał mi bekon ze swego talerza, kiedy rano wracał z pracy. Z cmentarza.

– Skąd?

– Z cmentarza – powtórzyła. – Mówię poważnie. Był nocnym stróżem.

– Za jakie grzechy dostaje się t a k ą pracę?

– To nie był wcale zły człowiek. Wprawdzie pamiętam niewiele, ale wiem jedno. Jak się nie chce mieszkać w lesie, to wcale nie znaczy, że człowiek jest podły. – Położyłem pieniądze na stoliku i aż mnie przytkało, kiedy wsunęła je za stanik. – Każdy grosz się przyda. Już niedługo mnie tu nie będzie.

Myśląc o tej rozmowie, pomaszerowałem drogą do tablicy wskazującej skręt w lewo, w stronę „Pasa awaryjnego". Caro znów wyglądała przez okno, jak czekający wiernie pies. Na mój widok rzuciła się otworzyć drzwi.

– Dziś odwiezie nas do domu. Musi zabrać Amosa. Mówi, że Joy źle się czuje. Fajnie, nie? Tym, że mama się źle czuje, w ogóle się nie przejął.

– No bo ona rzeczywiście czuje się źle. Ta cała Joyous.

– Pewnie dlatego, że karmi małego królewicza piętnaście razy dziennie.

– Nie rozmawialiście o tym?

– O czym?

– Dlaczego Joy źle się czuje?

– Dla mnie to ona może mieć nawet chorobę Lou Gehriga – stwierdziła mściwie Caro.

– Nie jest aż taka zła, żeby na to zasługiwać.

– No jasne!

– To nie był tylko jej pomysł. Nasz kochany tatuś też maczał w tym palce.

– Ale dlaczego tata musi zabierać dziecko? Do tego wszystkiego? A co z jej matką i tuzinem identycznych sióstr? Nie mogą się zająć?

Wzruszyłem ramionami. Nie miałem ochoty jej wyjaśniać. Aż podskoczyłem, kiedy ojciec wyszedł ze swego pokoju. W cienkim golfie i w kurtce wyglądał zupełnie normalnie, jak dawniej. Na ramieniu miał swój worek, a pod pachą torbę pieluch, wielką jak dawniej nasze worki ze śmieciami. Dziecko niósł w nosidełku umocowanym z przodu. Spało. Wyglądało jak bomba, która ma zaraz wybuchnąć.

– Chodźmy – zakomenderował. Spojrzał na mnie. –

302

Gdzie twoje rzeczy? Jeszcze w gospodzie? Zabierzemy je po drodze.

Joy nawet nie wyszła z sypialni.

– Jest zmęczona – wyjaśnił Leo. – Pierwsze miesiące ciąży są bardzo trudne.

Ze względu na Caro wolałbym, żeby miał na myśli pierwsze miesiące opieki nad małym dzieckiem. Bałem się też, że za chwilę powie coś równie bolesnego. W tym momencie usłyszałem, że Caro gwałtownie wciąga powietrze. Więc palnąłem:

– Myślałem, że jeden z powabów Joyous Devlin... bo tak podobno brzmi jej pełne imię... polega na tym, że do niczego cię nie zmusza. Słyszałem też – ciągnąłem dalej – że jest ona w stanie wychować to dziecko i następne w waszej społeczności bez konieczności zawierania formalnego związku.

– Wsiadaj do samochodu, Gabe – powiedział.

XXIII
Amos

ZBĘDNY BALAST
Pod red. J.A. Gillis
Rozpowszechnianie: Panorama Media

Droga J.,
pół roku temu siostra pożyczyła ode mnie dziesięć tysięcy dolarów. Rozumiem to, bo jej mąż stracił pracę, a ona nie miała za co kupić nowego samochodu, którym musi wozić dwóch starszych synów i malutkie dziecko, ani prezentów gwiazdkowych. Nie powiedziałam mężowi o pożyczce. Wzięłam tę sumę z własnych pieniędzy, które dostałam za ukończenie college'u. Ostatnio wyznała mi, że mąż kupił jej futro, ponieważ tak bardzo mu było przykro, że go zwolnili tuż przed Bożym Narodzeniem, i teraz nie jest w stanie go spłacić. Poprosiła mnie o następne dziesięć tysięcy, tylko dopóki „nie staną jakoś na nogi". Odmówiłam, a ona zaczęła płakać, krzyczeć i zarzucać mi, że jestem niedobra i mściwa i że ona z obrzydzeniem bierze ode mnie pieniądze. Odpowiedziałam jej na to: „No to oddaj mi te dziesięć tysięcy, skoro to dla ciebie takie obrzydliwe". Rzuciła we mnie plastikowym pojemnikiem, który mi przyszła oddać, i omal mnie nie trafiła w głowę. Co mam robić? To moja jedyna rodzina.

Załamana z Bostonu

Droga Załamana,
czasami sama nie wiem, za co mi płacą w tej pracy. A teraz
zgaduj-zgadula. Jedna osoba opisana w Twoim liście wykorzy-
stuje innych, a druga daje się wykorzystywać. Jedna z pewno-
ścią może się zmienić, zamykając kasę na cztery spusty i wy-
łączając telefon. Druga raczej nigdy się nie zmieni. Zgadnij,
kto jest kto.

J.

Usłyszałam kwilenie dziecka i usiadłam.

Właśnie wtedy, zanim zdążyłam wsunąć stopy w klapki, w drzwiach stanął Leo. Leo!

– Lee! To ty? Naprawdę?

– We własnej osobie – westchnął. – Aż tak długo mnie nie było, Julie?

– Strasznie. Nie był to dla mnie najlepszy czas. Zachorowałam...

– Wiem.

– Skąd wiesz? Zniknąłeś bez śladu.

– Mam swoje źródła.

– Kiedy się dowiedziałeś?

– Wczoraj.

– I od razu przyjechałeś? – wysapałam, a słodka jak miód wdzięczność wypełniła mi gardło.

Wyciągnęłam rękę i dotknęłam jego policzka, nie zważając na unik, który był niczym drgnięcie pisaka w wykrywaczu kłamstwa.

– Muszę przypomnieć sobie twoją twarz.

– Tak szybko zapomniałaś! – zażartował.

Mój mąż pochylił się nade mną i położywszy dłoń na moim brzuchu, pocałował mnie tak, że nasze rozchylone wargi dotknęły się. O nie, nie czułam pożądania, tylko odkupienie, opłatek na języku. Pachniał jak Leo, kawą, kamforą i mydłem Ivory. Jego ramiona, umięśnione, ale

305

nie przesadnie, były wystarczająco silne, aby mnie objąć i unieść w górę jak dziecko.

– Czy tam, gdzie byłeś, nie ma zasięgu ani normalnego telefonu? Czy... coś się stało?

– Nic nie wiesz?

– Nie wiem czego? Zachorowałeś? Byłeś w szpitalu? Bo ja...

– Dzieci mnie odnalazły, Julie. Caroline i Gabe.

– Kotku, dzieci były u mojej siostry. Przez całe ferie. Nie mów mi, że byłeś w Hamptons.

– Nie były u twojej siostry.

– Chwileczkę... – Usiadłam na łóżku.

– Tobie powiedzieli, że jadą do Janey, Janey powiedzieli, że jadą z moimi rodzicami, a sami wsiedli do autobusu i przyjechali do Nowej Anglii...

– Autobusem? Sami?

Leo zachichotał.

– Dzielne dzieciaki.

– Dzielne? Nawet nie chcę tego słuchać. Wiedziałeś o tym i pozwoliłeś im na to?

– Nic nie wiedziałem. Zdaje się, że tylko Cathy wiedziała.

– Cathy!

Wtedy dziecko znowu zapłakało. A więc wcześniej to nie był sen. W jednej chwili spadły wszystkie miecze wiszące nad moją głową.

– Co to jest? – spytałam.

– No... Amos.

– Amos?

– Mój syn. Mam dziecko w stanie Nowy Jork, z kobietą, którą bardzo kocham. Może nie tak, jak my kochaliśmy się kiedyś, jak kocha się po raz pierwszy, ale nie każda miłość musi...

– Ty masz dziecko! Ty masz dziecko! I przywiozłeś to dziecko do nas do domu!

– Ono potrzebuje ojca, Julie. Zrozum. Joy nie czuje się dobrze i...

Próbowałam jakoś przełknąć tę nieludzko gorzką pigułkę. Odsunęłam się i plunęłam na niego.

– Jezu! – krzyknął, podskakując jak oparzony i uciekając ode mnie.

Wtedy do pokoju wsunęły się cicho starsze dzieci. Caroline trzymała na ręku małe ciemnowłose niemowlę, a oczy miała tak wielkie jak dziecko na kiczowatym obrazku. Gabe od razu wbił wzrok w okno, wpatrując się w huśtawkę, na której wszyscy się kiedyś bawili.

– Możesz go nakarmić, Caro? – poprosił Leo. – Weź trochę... masz wodę mineralną...?

– I sok – dopowiedział Gabe – i świeże powietrze. I okna, które w kółko trzeba zamykać albo otwierać.

– Podgrzej troszeczkę. Joy lubi, żeby jedzenie miało temperaturę pokojową.

– Daj mi telefon, Gabe. – Wstałam z łóżka, wdzięczna, że nie chwieję się ani nie zataczam. – Muszę mieć świadka. To nie do wiary. – Zaczęłam wybierać numer Cathy, czując, że zaraz wyjdę z siebie i go zamorduję. Miałam wielką ochotę trzasnąć go w łeb słuchawką telefoniczną, może zszedłby mu wtedy ten uśmieszek z twarzy. Uświadomiłam sobie nagle, że mogę najwyżej zadzwonić do Connie. Cathy zgubiła swoją komórkę.

– Byliście u ciotki?

Gabe pokręcił głową skruszony, wyraźnie żałując swego nieposłuszeństwa.

– Więc wcale nie pojechaliście do ciotki. Okłamaliście mnie, korzystając z tego, że jestem ledwo żywa po zastrzyku. Wiedzieliście, że was nie przypilnuję w tym stanie. Pojechaliście do... niego. – Złajałam się w myślach za to, że wyznaczam im pozycję między sobą a Leo, robiąc z nich nagrodę albo ochłap. – I jeszcze wciągnęliście Cathy do spisku.

– Pojechaliśmy p o niego – sprostował Gabe.

– No i przywieźliście go. A co dalej?

– Przecież sama tego chciałaś, mamo?! – fuknął na mnie zrozpaczony. – Możliwości porozmawiania z tatą. W kółko tak jęczałaś, jak leżałaś chora.

– Akurat! Do głowy by mi to nie przyszło. Nie chcę tu jego... pomiotu.

– Zawsze może pojechać z powrotem.

– Nie kpij sobie! – Głowa mi pękała. – Musimy ustalić pewne sprawy, zanim Cathy przyjedzie tu z Aury. Nie chcę żadnych scen przy dziecku. Zachowaliście się wyjątkowo głupio. Mogliście zginąć albo...

– Co wieczór dzwoniliśmy do Cathy. Była na bieżąco.

– W takim razie ona też postąpiła głupio. – Poszłam do łazienki i sięgnęłam do szafki po aspirynę. Ale nie dałam rady odkręcić zakrętki słoiczka i Leo musiał to zrobić za mnie. Woda przeciekała mi przez palce, kiedy starałam się nabrać jej w garść i popić rozpuszczającą się pigułkę. Nagle poczułam się skrępowana, że jestem tylko we flanelowej koszuli, więc poprosiłam, żeby wszyscy wyszli, a sama wróciłam do sypialni i ubrałam się. Starannie i z wyjątkową powolnością.

Wciągając spodnie i dwukrotnie okręcając pasek wokół talii – dawniej wystarczyło tylko raz – myślałam sobie, że Leo raczył przyjechać do domu, dopiero gdy został przyparty do muru w swojej kryjówce. Żeby teraz dorobić szumną teorię do swego łajdactwa. Wsuwając koszulę za pasek, poprawiając kołnierzyk i podmalowując się trochę różem, by zamaskować nieco obwisłą skórę, myślałam o tym, że on teraz ma inne dziecko i inne mał-

żeństwo. Nie małżeństwo, coś lepszego niż małżeństwo. Był zakochany. Aż bałam się zagłębiać we własne
uczucia. Konkretne działanie. Będę myśleć tylko o tym,
co mogę zrobić konkretnego dla siebie w zaistniałej sytuacji. Rozczesałam włosy i wtarłam w nie trochę pianki.
W Wisconsin dawano rozwody bez orzekania winy.
Na pewno mogą zrobić wyjątek. Jeśli to nie jego wina,
to już sama nie wiem, co to jest.
Nie.
Dobrze.
Myślałam, jak by tu wykorzystać przeciwko niemu to,
co w nim jeszcze zostało. Ale chyba nie zostało wiele. Był
teraz taki nonszalancki, zniecierpliwiony naszą powszed-
niością, naszym bałaganem. Prawdopodobnie wszystko
sobie zawczasu starannie zaplanował. A ja wciąż kochałam... „przesiąkniętego deszczem mężczyznę"...
Nie. Facet, który potrafi pocałować żonę i niemal na
tym samym oddechu wyznać, że jest zakochany w...
Nie.
Są ludzie, którzy nie zasługują na drugą szansę.
Ale on wcale nie chce drugiej szansy – prześladowała
mnie uporczywa myśl. Gdyby tylko Leo potrzebował ode
mnie czegoś, czego mogłabym mu odmówić!
Tego dnia mieli przyjechać jego rodzice.
Ostatnie spojrzenie w lustro i wkroczyłam – miałam
nadzieję, że z dumą i godnością – do salonu. Caroline
karmiła dziecko, siedząc w bujanym fotelu.
– Nie masz przypadkiem jakiejś kołyski? – spytał Leo.
– Nie – odparłam. – Przypadkiem nie mam kołyski.
Przeszłam przez pokój i wzięłam jedną z lasek ojca, lasek, których używał dla zgrywu. Nie potrzebowałam jej
akurat tego dnia, ale przewrotnie chciałam, żeby Leo widział, że jej używam.
– Potrzebujesz laski? – spytał.

– Czasami – odparłam. Chwilę przyglądałam się jego twarzy, zmieniającej się jak w kalejdoskopie, i dostrzegałam w niej rysy moich dzieci, to pojawiające się, to znikające. – Chętnie rozwaliłabym ci nią czaszkę, ale nie chcę iść do więzienia. Wolałabym, żebyś to t y poszedł do więzienia. Niestety, to, co zrobiłeś, nie jest niezgodne z prawem, z wyjątkiem tych praw, które mają coś wspólnego z moralnością. Praw obowiązujących w Biblii. Zanim wyjedziesz, pewnie twoi rodzice będą chcieli zobaczyć się z tobą...

– Miałem zamiar zostać kilka dni...

– Gdzie miałeś zamiar zostać?

– W hotelu. U przyjaciół.

– Leo, przecież ty nie masz przyjaciół – zauważyłam spokojnie, uświadamiając sobie, że to rzeczywiście jest prawda.

– Mam przyjaciół w Słonecznej Dolinie.

– Czy to możliwe, że ty... – zaczęłam śmiać się mimo mego poniżenia – ...mieszkasz w miejscu, które nazywa się Słoneczna Dolina?

– Czy to możliwe, że ty mieszkasz w miejscu, które nazywa się Sheboygan? Przy Tecumseh Street? Miastowa panienka Julieanne Gillis? – parsknął Leo.

– Idźcie do siebie, dzieci.

– Nie mamy żadnego „u siebie" – wymądrzyła się Caro. – Mieszkamy u ciebie.

– Wiesz, co mam na myśli, kochanie. – Mimo że trzymała na ramieniu śpiącego Amosa, pocałowałam ją. – Tęskniłam za wami. Byliście bardzo dzielni. Ale też mieliście dziki fart.

Caro uśmiechnęła się smutno.

– Uważaj na jego główkę i niech mu się odbije kilka razy, inaczej mu się uleje...! – zawołał Leo za Caroline.

– Zmienił sobie imię – rzucił Gabe przez ramię.

– Tam nazywam się Leon – wyjaśnił Leo po wyjściu Gabe'a.

– I tak jesteś zwykłym łajdakiem – sarknęłam. – I tu, i tam.

– Julieanne, nie oczekuję od ciebie zrozumienia ani tym bardziej wybaczenia. Ja sam kiedyś bym nie zrozumiał. Wiele się jednak ostatnio nauczyłem. Związki mają swój okres przydatności do spożycia. Mam na myśli związki ludzi dorosłych. Okres naszego przeminął. Co nie znaczy, że nie był to związek prawdziwy.

– Ach, to tak się sprawy mają z... jak jej na imię...

– Joyous.

– Joyous? Na imię ma Joyous? – Mimo że miałam wrażenie, jakby mnie żywcem patroszono, to jednak rozbawiło mnie to szczerze. – Twoja... wybranka ma na imię Joyous?

– No tak. Joy. Takie imię sobie wybrała.

– Jak ty Leon. Założę się, że ona... nie mów mi...

– Robi dżemy.

– Rany boskie! Leo! – Usiadłam przy oknie. – Ależ ty jesteś żałosny. I co, spodziewasz się, że to spotkanie dwóch dusz będzie trwało wiecznie?

– A także jest instruktorką ćwiczeń Pilatesa.

– Ach, to tłumaczy wszystko. Przypominała ci mnie.

– Skoro chcesz wiedzieć, to żyjemy dniem dzisiejszym. Joy tak właśnie funkcjonuje. Nasz związek potrwa tak długo, jak długo oboje...

– Ty chyba kompletnie zidiociałeś. W pokoju obok jest twoje dziecko. Czy to też w ramach życia dniem dzisiejszym? Zniszczyłeś już jedną rodzinę, masz zamiar zniszczyć drugą?

– Nie, teraz będzie inaczej.

– Lee, będzie inaczej, ponieważ ona jest inna. Ma inne cycki. Opanuj się. Czujesz się przy niej jak dwudziesto-

311

pięciolatek. Myślisz, że to długo potrwa? A zresztą co mnie to, cholera, obchodzi. Poza tym, że nadal jesteś ojcem moich dzieci.

– Nigdy nie miałem nic przeciwko dzieciom.

– Ależ twierdziłeś co innego. Podobno miałeś wszystkiego potąd. Tymczasem wcale nie pojechałeś do Kolorado robić zdjęcia...

– Właśnie że tak, a ona pojechała ze mną. Chciała się przekonać, czy jestem wolny...

– Od czego? Od rodziny, którą porzuciłeś jak zużyty sprzęt?

– Nie planowałem dziecka – szepnął Leo. – Nie planowałem, że odejdę od ciebie. Samo jakoś tak wyszło. To był ciąg wydarzeń, których naprawdę się nie spodziewałem. Ale kiedy już się stało, pomyślałem, że nic nie dzieje się bez powodu...

– Niekoniecznie słusznego, jak by powiedział Gabe.

– Przemyślałem to i uświadomiłem sobie, że być może to moja ostatnia szansa...

– Na jakąś smarkulę? Że niby zakochała się w staruchu, co to ma już z górki?

– Na życie pełnią życia. Nareszcie.

Machnęłam laską w stronę przedpokoju.

– No to ciesz się tą swoją pełnią życia. Masz czwórkę dzieci, Leo. Troje z nich mieszka ze mną. Rozumiem, że po rozwodzie będziesz na nie płacił dwadzieścia kilka procent... mam rację?... swoich dochodów.

– Jules, prawdopodobnie nie zarabiam teraz nawet połowy tego, co ty. Dużo pracuję pro publico bono i dla społeczności, w której mieszkam.

– I tak możesz płacić dwadzieścia procent tego, co zarabiasz. Nie na mnie. Na dzieci.

– Powinniśmy coś ustalić, żeby postąpić sprawiedliwie wobec wszystkich dzieci – powiedział Leo. – Kocham

312

moje dzieci, Julie. Jeśli nie będziesz mogła się nimi zajmować, chętnie wezmę je do siebie. Wszystkie. Myślę, że najuczciwiej będzie, jeśli pieniądze, które twój ojciec zostawił na naukę naszych dzieci, zużyjesz na swoje potrzeby. Powinnaś naruszyć fundusz. Mogę zainwestować za ciebie. Albo niech ktoś inny zainwestuje, jeśli mi nie ufasz.

– Zastanowię się.

– Naprawdę?

A niech sobie myśli, co chce! Może jeszcze mam się nie zajmować sobą teraz, kiedy wiem, że kości zostały nieodwołalnie rzucone? Miałam na głowie całkiem prozaiczne sprawy, skąd wziąć pieniądze na interferon, bo przecież nie na Ivy League[*].

– Cieszę się, że mówisz rozsądnie. Biorąc pod uwagę twój stan i jego niestabilność. Przed wyjazdem zajrzałem do Internetu i przeczytałem sporo na temat SM. To wyjątkowo podstępna choroba. Wiem.

– Wczoraj przed lekcją baletu zrobiłam *cabriole*, a podczas zajęć *ballotté*.

– Więc możesz je zrobić?

– Tak. Czasami.

– Bo z tego, co Gabe mówił, wynikało, że właściwie jesteś przykuta do łóżka.

– Zdarza się i tak.

Staliśmy jak dwaj bokserzy, nasłuchując wzajemnie swojego oddechu.

– O której mają tu być rodzice? – spytał w końcu Leo.

– O szóstej. Około szóstej. Najpierw pojadą do swego mieszkania, a potem pewnie przyjdą tutaj. Ich samolot ląduje o czwartej. Sprzedali apartament na Florydzie. Swój udział.

---

[*] Ivy League – grupa ośmiu prestiżowych uczelni Wschodniego Wybrzeża.

– Jak to? Obiecałem...

– Wybij to sobie z głowy, Leo! Twoi rodzice nie wpuszczą Joy za próg.

– Zdziwiłabyś się, czego potrafi dokonać małe dziecko.

– A ja myślałam, że ten okres w twoim życiu już się skończył, Lee. Po urodzeniu naszej córki. Naszej dwuletniej córki.

– Mówisz, jakby to była zbrodnia.

– Zbrodnia? To grzech, Leo. I te wszystkie opowieści o emeryturze i życiu pełnią życia. Coś czuję, że mały Amos skutecznie cię z tego wyleczy.

Leo westchnął.

– Powinnaś o czymś wiedzieć. Prędzej czy później i tak byś się dowiedziała. Joy jest znowu w ciąży.

– No to jeszcze lepiej – westchnęłam, dziwiąc się własnemu opanowaniu i temu, że tak łatwo przychodzi mi mówienie z kamieniem w gardle. – Nie jesteś naiwnym facetem, który popełnił błąd i miał idiotyczną wpadkę. Jesteś światowej klasy kretynem. Teraz będziesz miał piątkę dzieci na utrzymaniu. Wiesz, aż mam wielką ochotę wziąć prysznic po tej rozmowie. I pomyśleć, że to podobno Aurora doprowadzała cię do stanu skrajnego wyczerpania. Winiłeś mnie, winiłeś małą Aurorę. A ja się dałam nabrać.

– A ona... gdzie jest? W przedszkolu?

– Powinna niedługo wrócić.

– Mam nadzieję, że wybrałaś dla niej jakieś przyzwoite miejsce?

– Owszem, Leo. U Connie. Dwa razy w tygodniu. Przez resztę czasu ja jestem jej przedszkolem. Tak jak zawsze tego chciałeś.

– Daj spokój, Julie. A teraz gdzie jest?

– Razem z Cathy i z Abby. Cathy i Abby mieszkają teraz z nami. Wynajmują ode mnie pokój. Potrzebuję pie-

314

niędzy i towarzystwa, a czasem nawet pomocy. Wiesz już, że sprzedaję dom Liesel i Klausowi?

– Słyszałem od Gabe'a.

– No właśnie. Dopiero od niego. Nikt nie był w stanie cię odnaleźć. Nawet twoja rodzina.

– Brak kontaktu był błędem, przyznaję. Widzę teraz, jaki to miało szkodliwy wpływ na dzieci. Ale byłem w tragicznym stanie, Julie. Można nawet powiedzieć, że w pewnym sensie byłem chory, tak jak ty.

– Ty draniu – jęknęłam. – Wiesz, Leo, kiedy tak patrzę na ciebie, różne rzeczy przychodzą mi do głowy. Na przykład widzę węża. Ale aż tak durny to chyba nie jesteś. Nawet nie ma porównania między twoim, jak to ująłeś, tragicznym stanem a moim zdrowiem. Po prostu nie ma takiej możliwości, żebyś przed ucieczką czuł się tak, jak ja się teraz czuję.

Uśmiechnął się słabo.

– Nie spodziewam się, byś to zrozumiała. Gniew nie pozwala ci dokonać trzeźwej oceny sytuacji. I duma.

– Owszem. Ale wiesz co? Słyszałeś pewnie o czymś takim jak badania opinii publicznej. Weź sto kobiet i zadaj im pytanie, czy odczują gniew, jeśli zostaną same z trójką dzieci, chore, a pieniądze z konta będą znikać w tajemniczy sposób, podbierane przez własnego męża, który nie raczył nawet... może ze zwykłego tchórzostwa... bąknąć choćby słówka na ten temat, i sam się przekonaj, jaki procent badanej grupy odpowie, że tak.

Drzwi wejściowe otworzyły się i usłyszałam najpierw śmiech Cathy, a potem jej pokrzykiwania na dziewczynki:

– Chwileczkę! Proszę od razu zdjąć buty.

– Tutaj! – zawołałam. – Jesteśmy tutaj.

– Tata! – wykrzyknęła Aury, jakby zobaczyła jakieś egzotyczne zwierzę.

Twarz Leo aż się zmarszczyła, tyle było w niej nagle tęsknoty i bólu.

– Słoneczko! Aleś ty urosła! – Wyciągnął ręce i pocałował Aury w główkę, patrząc przy tym na mnie błagalnie. Rzeczywiście cierpiał, ale u mnie nie miał co liczyć nawet na odrobinę współczucia. Aury delikatnie uwolniła się z jego objęć i cofnęła się zawstydzona.

– Proszę, proszę, nasz marnotrawny palant – skomentowała Cathy, odwijając szal. Stanęła w rozkroku na progu. Miała na sobie żółty płaszcz i zrobiony na drutach kapelusz, strój niezwykle praktyczny i funkcjonalny.

– Cześć, Cathy – odzyskał rezon Leo. – Czy Connie nie nauczyła cię, że jak nie możesz powiedzieć nic miłego, to lepiej w ogóle nic nie mówić?

– Nie ma tu nikogo, kto by na to zasługiwał, oczywiście z wyjątkiem Julieanne. – Aury podbiegła i usiadła przy mnie. Wsunąwszy paluszek do buzi, usiłowała się za mną schować. – Oraz twojej córki.

– Usłyszała w twoim głosie niechęć do mnie. Dlatego uciekła.

– Może po prostu zna się na ludziach.

– Przestańcie – wtrąciłam. – To... obrzydliwe.

Dziecko zaczęło kwilić i Leo poderwał się.

– No n i e! – zawołała Cathy. – A to co?

– Amos – wyjaśniłam. – Amos Stern. Nasz Leo pod przybranym nazwiskiem przeżywa przygody swego życia. Amos jest jedną z nich. Czekaj, czekaj, to nie wszystko. Amos nie jest jedynym członkiem klanu. Nasz Leo zakłada nową dynastię ze swoją najdroższą.

– Powiedz mi, że to żart – jęknęła Cathy. – Leo, chyba nie jesteś aż takim gnojem?

– Skończył mi się pokarm – rozległ się głos Caroline. Oczy Cathy zrobiły się okrągłe jak spodki.

– Ma na myśli mieszankę – wyjaśniłam śpiesznie. – To

nie jest dziecko Caroline. Aż tak źle nie jest. Po prostu przyjacióleczka Leo ze stanu Nowy Jork ma z nim dziecko. I będzie miała jeszcze jedno...

– W twoich ustach to brzmi strasznie... – zaczął Leo.

Cathy usiadła ciężko na ławce w przedpokoju.

– O nie, Leo. To dużo gorzej, niż mówi Julie...

– Dziecko?! – zawołała Aury. – Tatuś przywiózł mi dziecko? Prawdziwe dziecko?

Wtedy przestało być zabawnie. I to całkiem.

– Aury... – posadziłam sobie córeczkę na kolanach. – Aury, posłuchaj... – Do pokoju weszła Caro. Amos wił się i wyrywał z jej objęć.

– Tato, pomóż! – zawołała i Leo skoczył na pomoc.

– Tato, pomóż – powtórzyłyśmy z Cathy ironicznie. Łzy napłynęły mi do oczu, cały czas ściskałam rączkę Aury.

– Tatusiu? – spytała Aury nieśmiało. – Czy dziecko zostanie u nas?

– Mój Boże, Leo! – wykrzyknęłam. – Idź już stąd, na miłość boską! Spróbuję jej wytłumaczyć...

– Chcę z nią trochę pobyć, Julie – zaprotestował. – Stęskniłem się za moją córeczką.

– Trzeba było myśleć o tym... ile?... jakieś szesnaście miesięcy temu – stwierdziła gorzko Cathy.

– Nie... proszę – zmitygowałam ją. – Nie przy dzieciach. Daj spokój, Cathy. Wiem, że chcesz pomóc, ale to tylko pogarsza sprawę.

– Julie, czy pozwolisz mi ją zabrać do hotelu? – spytał Leo. – Później, po spotkaniu z rodzicami. Popływamy w basenie i zaprzyjaźnimy się na nowo.

– Chcesz iść do hotelu z tatą, Aury? – odwróciłam ją delikatnie do siebie, lekko przytrzymując za drobne jak u kurczaczka ramionka. „Nie" – poruszyła ustami bezdźwięcznie. – Ona nie chce iść, Leo. Długo cię nie widziała... a jest nieśmiała. Nie gniewaj się. Puściłabym ją, naprawdę.

Wtedy odezwała się Caroline.

– Aury... Nie bój się. Dziadzio i babcia tam będą – mówiła łagodnym, kojącym głosem. – Razem z tobą. Będzie fajnie. Pobawisz się z dzieckiem. – Oboje z Gabe'em spojrzeliśmy na Caroline takim wzrokiem, że aż dziwne, że nie zamieniła się w słup soli. – Będzie ekstra. Babcia i dziadek też przyjdą!

Babcia i dziadek wprawdzie przyszli, ale nie od razu.

Najpierw przyszli do mnie.

Cathy, jak zawsze dyskretna, udała się z wizytą do matki. Obiecałam, że zadzwonię, jeśli nie będę panować nad sytuacją. Caroline oddała Cathy telefon komórkowy i, jak to słyszałam, w kuchni zrelacjonowała dokładnie całą wyprawę. Dopiero teraz Cathy dowiedziała się różnych rzeczy.

Potem przyszli moi teściowie. A ja, podając złagodzoną wersję wydarzeń, wyjaśniłam im, co naprawdę działo się z dziećmi pod ich nieobecność. Hannah trzymała się za serce. Leo stał na ganku, bez kapelusza, bez płaszcza i gapił się w ciemność.

Potem wszedł do środka i gestem kapłana składającego dziecko w ofierze bogini podał matce Amosa. Aż skurczył się, gdy powiedziała:

– Jest słodki, Leo. Niech Bóg ci wybaczy. Co ty zrobiłeś najlepszego?

– Tato? – Leo zwrócił się do ojca. Gabe Senior potrząsnął głową i ukrył twarz w dłoniach. Usiadł ciężko na kanapie. – Tato, posłuchaj. Nie ja pierwszy na świecie odszedłem z domu. Nie ja pierwszy chcę mieć coś z życia dla siebie. Nawet nie wyobrażasz sobie, jaką radość czuję, kiedy...

– Jeśli nie szanujesz siebie, Leo, to przynajmniej usza-
nuj swoje córki i synów. I nie mów nic więcej. – Wstał. –
Wiele potrafię zrozumieć. Ale to przechodzi ludzkie poję-
cie, co ty wyprawiasz. Zdradziłeś żonę. Oszukujesz sam
siebie. I nawet się tego nie wstydzisz.

– Nie, nie wstydzę się. Nie wstydzę się tego, że mam
serce, że po prostu odczuwam potrzebę kochania! Wszystkie dzieci kocham jednakowo! Biorę za nie pełną odpowiedzialność.

– Troje z nich porzuciłeś. To ma być odpowiedzialność? Z twojego powodu dwoje z nich naraziło się na poważne niebezpieczeństwo – wtrąciła matka.

Spojrzałam na Leo, ciekawa, czy pełne wyrzutu słowa
matki robią na nim jakieś wrażenie. Nie robiły.

– To była ich decyzja – bronił się. – Poza tym mają
matkę. Ja... nie wiedziałem, że Julie jest chora. To znaczy
taka chora, jak twierdzi. Nie miałem zamiaru zostawiać
ich na tak długo. Ale urodziło się dziecko...

– Mówisz, jakby dzieci spadały z drzewa, Leo – zauważyła Hannah.

– Czy to znaczy, że nie ma być kochany? Także przez
swoich dziadków? Ponieważ nie był częścią tego układu
tutaj?

– Nikt tak nie mówi – odparła Hannah.

– Ale tak się zachowujecie!

– A jak ty się zachowujesz? – zagrzmiał nagle Gabe
Senior. – Sam jesteś jak duże dziecko. Chyba już pójdziemy, Julieanne.

– Dobrze, tato – odparłam.

– No właśnie – wtrącił pośpiesznie Leo. – Patrzycie
tylko z jej punktu widzenia! A może tak pobylibyście
trochę ze mną? Z Amosem? Przyjdźcie chociaż do hotelu.

– Leo – powiedział łagodnie jego ojciec. – Przyjdzie-
my. Najpierw jednak musimy się rozpakować. I trochę

oswoić z sytuacją. Kochamy cię. Jesteś naszym synem. I tyle razy w życiu byliśmy z ciebie dumni. Ale w ciągu ostatnich kilku miesięcy parę razy baliśmy się, że Julieanne może umrzeć. Ciebie nic w ogóle nie obchodziło, przecież nie życzyłeś sobie, żeby ci czymkolwiek zawracać głowę.

– Teraz Julie wygląda nieźle – zauważył spokojnym głosem Leo.

– Wygląda wręcz cudownie – odparła Hannah. – Ale nie dzięki tobie. – Zwróciła się do mnie: – Naprawdę, Julie. Jesteś ładnie ubrana i taka promienna. Zupełnie jak dawniej.

– No może nie aż tak, ale miałam dobry dzień. Pomimo...

– To dobrze, kochanie – powiedziała Hannah. – Może weźmiemy Aurorę do nas, a potem do hotelu? Pojedziesz z babcią i dziadkiem, maleńka? Aury pomoże babci znaleźć różne niespodzianki! – Aury pobiegła po swój mały plecaczek. – Art i Patty pozwolili nam korzystać z apartamentu na Florydzie, kiedy ich tam nie ma! Miło z ich strony, prawda? Możesz pojechać tam z dziećmi, zrobisz zresztą, jak zechcesz.

– Nie mogę. Upał... nie jest wskazany.

– No to my z nimi pojedziemy.

– Dzięki, Hannah.

– Weź swoje rzeczy i... rzeczy Amosa. Dokończymy rozmowę w hotelu – zwrócił się Gabe Senior do syna. – A Julieanne niech odpocznie.

– Nie jestem pewien, czy mam na to ochotę – nachmurzył się Leo.

– Ja też nie jestem pewien – przyznał jego ojciec. – Ale cały ten galimatias należy jednak jakoś rozwikłać. Trzeba z kimś pogadać. Mam mediatora. Znajomy znajomego. Prawnik.

– Nie będę się poniżał i wchodził w żadne układy – oznajmił zdecydowanie Leo, pokazując jednocześnie gestem Caro, żeby podała mu płaszcz i pomogła obwiesić się torbami.

– Cały czas się poniżasz, i to bez cienia wstydu. To my się za ciebie wstydzimy, synu. My.

XXIV
Pamiętnik Gabe'a

Był taki wiersz Johna Ciardiego, który czytałem na drugim roku. Jego fragment stale za mną chodzi. „Ślimaku błyszczący, prowadź / Bądź ze mną, robaku/ Ciężki dla mnie czas". Tyle zapamiętałem.

Pewnie myślicie, że najgorsze mieliśmy już za sobą. Otóż nie.

Pewnie się wam wydaje, że nie może być nic gorszego, niż kiedy po półrocznej nieobecności odnajduje się własnego ojca, schowanego jak robak pod kamieniem, z ni mniej, ni więcej tylko nieślubnym dzieckiem.

Bardzo światowe życie jak na Sheboygan.

Ale, jak mawia terapeutka mamy, do której sam poszedłem kilka razy, błędne jest przekonanie, że nie może być gorzej.

Telefon dzwonił przez cały weekend. Leo chciał widzieć się z Aury. Dziadkowie chcieli, żeby Leo zobaczył się z prawnikiem w sprawie ugody. Chcieli, żeby mama namówiła go do tego. Mama chciała wiedzieć, czy Leo przyjdzie na podpisanie aktu notarialnego, i miał przyjść, ale osobno w innym terminie. Zgodził się pójść do notariusza przed Klausem i Liesel i podpisać papiery. Zdaje się, że nie chciał spotkać się z Klausem i Liesel. Na jego miejscu też bym nie chciał. Klaus później pomógł mi wynieść do garażu część naszych rzeczy przeznaczonych na sprzedaż. Mama oddała tacie wszystkie jego porządniejsze ubrania. Wysłał jedną paczkę z rzeczami do Joyous, a resztę kazał mamie sprzedać. Spytała mnie, czy chcę którąś z jego kurtek. Zupełnie jakby nie zauważyła, że jestem cztery cale wyższy od niego. Powiedziałem, że daruję sobie.

Klaus i Liesel przynieśli kugel z kluskami. Sam zjadłem całą blachę, za jednym posiedzeniem, wydzieliwszy najpierw mamie i Aury mikroskopijne porcje, których się domagały i których nie dokończyły. Odsiedzieli obowiązkowe smętne dziesięć minut przy stole z mamą. Liesel powiedziała:

– Naszym zdaniem życie jest za krótkie, żeby się bawić w towarzyskie rozmówki, a więc przejdźmy do rzeczy. Chcemy powiększyć dom. Zrobić nad garażem gabinet dla Klausa, takie małe laboratorium. Ale pamiętaj, że jak długo tego potrzebujesz, jest to twój dom i będziesz nam płacić tyle, ile możesz.

Mama zaczęła protestować, ale Liesel powiedziała:

– Nie ma mowy. Oszczędzaliśmy całe życie i dom jest już spłacony. Nie potrzebujemy brać od ciebie więcej pieniędzy. Pomyśl o sumie uczciwej, ale niewygórowanej, i przygotujemy umowę.

Potem wrócili do siebie. Caro i jej myszowate koleżaneczki zareagowały piskiem i udawanym przerażeniem na opowieść o Gwałcicielu z Gorących Źródeł Vermont. („A chociaż przystojny był?" – spytała z nadzieją Justine. Nic nie zmyślam). W niedzielę wieczorem dostałem długi mail od Jessiki Godin, w którym wyrażała nadzieję, że znaleźliśmy ojca, i proponowała, żebyśmy ze sobą korespondowali. Wiedziała już o Muirze, a przy okazji wyszły na jaw jego różne ciemne sprawki popełnione do spółki ze zbłąkanymi owieczkami, które przygarnął jego ojciec. Odpisywałem chyba przez kilka godzin. Myślałem, że ręka mi odpadnie. Napisałem jej o mamie. O moim rozdarciu, że z jednej strony chciałem pozwolić niegodziwemu tatusiowi naruszyć nasze fundusze, żeby móc uciec i stać się samodzielnym nieletnim (sprawdziłem ten termin w kodeksie), a z drugiej gorąco pragnąłem, aby ten podły egoista poszedł do pracy i tyrał jak dziki osioł w tym swoim wymarzonym raju na nasze utrzymanie. Później, nie mogąc zasnąć, napisałem do Tian, ale odpowiedzi mogłem spodziewać się dopiero za kilka dni, gdyż korespondencja elektroniczna z Tajlandią zawsze się strasznie ślimaczyła. Cathy rozpakowywała pudła ze swoimi rzeczami, a Aury i Abby, przemieszczając się z prędkością światła, porywały wszystko, co im wpadło w łapki, czy był to szalik, czy łopatka do naleśników, aż skutecznie zaśmieciły cały dom. Kiedy dobrały się do kosmetyków w mamy pokoju, a potem Aury wycięła Abby Sun kogutka na głowie, Connie przyszła ich popilnować. Nikt inny nie miał siły.

Luke Witter dwukrotnie zajrzał do nas w ten weekend i był pod wrażeniem pobojowiska.

– Głąbie – powiedział za pierwszym razem, wchodząc do mojego pokoju, gdzie udawałem, że czytam. – Toż to piekło z szatanami.

– Tak. Tata jest w mieście.

– Słyszałem. Trąbią o tym w całym Tombstone. Strzelanina w OK Corral. Podobno są... komplikacje?

– A i owszem, można to nazwać komplikacjami. Okazało się, że ma panienkę, która mogłaby być moją siostrą, a także dziecko. Trudno, jakoś to przeżyjemy.

– Grunt to spokój, stary.

– Na szczęście nie mam rozterek moralnych, czy chcę mieszkać z tatusiem, czy z mamusią.

– A moja matka jest w ciąży – oznajmił nagle. – Koniecznie chcą mieć dziewczynkę.

– A jak to się ma do tego, co właśnie powiedziałem? Bo ja podobno nie potrafię wyciągać logicznych wniosków.

– To tak ogólnie, że moim starym też się narobiło nieźle w głowie.

– Ale twoi starzy są małżeństwem.

– Chłopie, toż to żenada. Najmłodszy z nas ma dziewięć lat.

– Rzecz względna. A poza tym chyba do końca nie wiesz, co to jest żenada. Ani jak wygląda prawdziwy syf. Bez urazy.

– Nie ma sprawy.

– Ja nawet nie wiem, co, kurczę, z nami będzie. Zanim tatuś się opamięta, możemy wylądować w przyczepie kempingowej.

– Przesada. Na pewno się ułoży. Wiesz, pograbiłem wam liście.

– Dzięks – kiwnąłem głową.

– Podobno cały czas zasuwaliście autobusem.

– Skąd wiesz?

– Od panny Caroline.

– Jakby było się czym chwalić. W dodatku mało jej nie dopadł jeden ekodzikus i musiałem mu przywalić w łeb spluwą. – Luke ryknął ze śmiechu i wyrzuciwszy w górę swoje stópki numer czternasty, rozwalił się oparty o zagłówek łóżka.

– Jaką znowu spluwą, co? – zachichotał.

Spojrzałem na niego, wahając się, czy mówić dalej i co mówić. Luke był moim najlepszym przyjacielem. No, powiedzmy. W dobre dni. Ale też straszna była z niego papla. Z drugiej zaś strony historia z rewolwerem na pewno nie zaszkodziłaby mojej reputacji, i to zarówno wśród normalnych, jak i wśród specjalnych.

– Nie był nabity – wyjaśniłem.

– Kit wciskasz – uśmiechnął się.

– Policyjny colt z tysiąc dziewięćset trzydziestego siódmego roku.

Aż usiadł z wrażenia.

– Kurde moll! Naprawdę dałeś mu w łeb spluwą?

– Tak.

– A gdzie ona teraz jest?

– Została pod siedzeniem samochodu w stanie Nowy Jork. Albo i nie.

– Ja pierdzielę. Myślałem, że tak sobie chrzanisz. A skąd ją miałeś?

– Znalazłem. Dłuższa opowieść.

– No, no – mruknął. – Nieźle, stary.

– Mieliśmy też spotkanko z policją stanu Massachusetts, a nasze fałszywe prawa jazdy...

– No, no – powtórzył, kręcąc głową. – Wiesz, nie myślałem, że z ciebie taki numer. Bez urazy.

– Tak? – spytałem. – Bo nie dostaję erekcji na myśl o bieganiu pod górkę z tymi twoimi kujonami? Myślisz, że każdy, kto nie gra w nogę, to zaraz jest gamoniem?

– Nie – przyznał szczerze. – Wyluzuj, Gabe. Wcale tak nie myślę. Ty tylko... no wiesz. Nie wyglądasz na takiego, co potrafi walnąć gościa na odlew, i to spluwą. To dopiero! Podoba mi się.

Wreszcie wywalczyłem swoje. Przestałem być klasowym głupkiem.

Okazało się, że nie ma to dla mnie większego znaczenia.

Patrzyłem na mamę, fizycznie będącą ostatnio w znacznie lepszym stanie, jak nieustannie się kręci. Robi zakupy. Sporządza listy rzeczy do zrobienia. W soboty gotowała gulasz z kluskami i zabierała Aury tam, gdzie małe dzieci skaczą z trampoliny do wielkich dołów wypełnionych gąbką – szły tylko we dwie. Jakby musiała dowieść, że należy do świata żyjących. Myślę, że to przy dole z gąbką wyjaśniła jej, że tata, choć kocha Aury bardzo, bardzo, musi opiekować się malutkim Amosem. Mama opiekuje się Aury, a Aury będzie jeździć do tatusia, jak troszeczkę podrośnie. Pewnie jakoś tak to ujęła. Nie schowaliśmy nawet wielkanocnych jajek dla Aury. Zapomnieliśmy o Wielkanocy, nawet katoliczka Cathy. Dopiero w sobotę rano dziadek pobiegł do sklepu Dolarowa Bonanza i kupił dziewczynkom wielkanocne koszyki wielkości Trump Towers i schował je pod krzakiem od frontu. My rozłożyliśmy dookoła domu rysunkowe wskazówki, gdzie mają szukać. Były naprawdę słodkie, jak ich z zapałem szukały. Potem Cathy zabrała je na turniej toczenia jajek w Laurel Tavern, miejscu niewiele mającym wspólnego z nazwą. To taka smażalnia ryb, gdzie na tyłach, na niewielkim skwerku, co roku robią wielkanocne imprezy dla dzieci.

Zastanawiałem się, czy tata pociągnie wątek: „synu, musimy porozmawiać". Zrobił to w poniedziałek, kiedy mama była u notariusza.

Przyszedł z Amosem w nosidełku. Dzieciak klapnięty był jak szmaciana lalka. Widziałem ojca, jak idzie ulicą, rozmawiając przez telefon komórkowy i gestykulując, jakby osoba na drugim końcu – myślę, że to była ta jego Joyous – mogła go widzieć. Od razu w progu powiedział:

– Na miłość boską, Gabe, weź go na chwilę i połóż gdzieś. Muszę iść do łazienki i zmyć rzygi z ręki. – Kiedy się ociągałem, dodał: – Daj spokój. To w końcu twój brat.

No tak, to rzeczywiście był mój brat, biedne małe

stworzonko. Położyłem go na kanapie między dwiema poduszkami, tak jak robiłem z Aury, kiedy była mała, i za chwilę zaczął spokojnie pochrapywać.

– Wiem, synu – zaczął Leo, wróciwszy z łazienki – że pewnie nie możesz na mnie patrzeć.

– Coś w tym stylu.

– Nie mam do ciebie żalu, że jesteś na mnie zły...

– To super.

– Nienawiść jest potężną rzeczą, Gabe. Nie wiem, czy więcej złego robi mnie, czy tobie. – Co do tego miał rację. Flaki mi się dosłownie skręcały, że aż nie mogłem się na dłużej oddalić od toalety. Przebywać w pobliżu Leo to jak mieć grypę, która łazi za tobą z pokoju do pokoju. Usiadł w nogach mojego łóżka. – Przyznaj, Gabe, że były też dobre czasy. Pamiętasz, jak oglądaliśmy wyścigi samochodowe w Pinewood? I... – Tu jęknąłem. – A jak w szkole?

Udawałem, że się śmieję, ale zabrzmiało to jak śmiech w wydaniu takiego starego faceta w smokingu na czarno-białym filmie.

– Albo nijak, albo kompletny syf, zależy od dnia.

– Musisz wytrwać, Gabe. W college'u będzie ci łatwiej. Na uniwersytecie Wisconsin mają program dla zdolnych uczniów, którzy są zapóźnieni w nauce...

– Nie jestem zapóźniony w nauce. Mam trudności z przyswajaniem materiału.

– Wiesz, o co mi chodzi.

– Owszem, wiem. Całe życie co dzień to słyszę.

– Przydałaby się jakaś pomoc, jeśli chodzi o trudności z mową. Pomogłoby ci to też w pisaniu. Bierzesz leki na zaburzenia koncentracji?

– Nie.

– A mógłbyś brać.

– Dobra.

– Mama mówiła, że są specjalne kursy.

– Sto czterdzieści za godzinę. Fundujesz?

– Wiesz, że nie mam za co. Ale mogę pomóc mamie uruchomić wasz fundusz, żebyś miał wszelką pomoc, jaka ci jest potrzebna...

– Żeby jej dzieci dostały pieniądze jej ojca, zamiast zawracać głowę własnemu ojcu?

– Pewnie można zwrócić się o jakąś zapomogę.

– Chryste, tato, czy myślisz, że ona przyjmie coś takiego jak zapomoga? Robi to w przypadku swoich leków, bo nie może inaczej ich sfinansować, ale ogólnie to ona nie jest typem korzystającym z zapomóg.

– A właśnie po to są.

– Wiesz, tatuśku, nie myślałem, że jeszcze kiedyś mnie czymś zaskoczysz. I tu się myliłem. Prędzej byś się zgodził, żebyśmy z Caro korzystali z państwowej zapomogi, niż sam poszedł do normalnej pracy.

Odwrócił wzrok.

– Pamiętasz, jak budowaliśmy domek na drzewie? Jak myślałeś, że muszą to być deski idealnie dopasowane do pnia?

– Dajmy sobie spokój ze wspominkami. – Spojrzałem na zegarek. – Wiesz, chyba będę musiał poszukać pracy.

– Gabe, pewnego dnia zrozumiesz, dlaczego to zrobiłem. Nie wiem, czy mi wybaczysz, ale pewnego dnia sam czegoś zapragniesz dla siebie tak mocno, że będziesz gotów ryzykować wszystko.

– Taaak? A co ty takiego ryzykowałeś?

– Szacunek mego syna, na początek.

– Dobra. Punkt dla ciebie.

– Jeszcze kiedyś pogadamy. Kiedy dziecko... kiedy dzieci będą trochę starsze... przyjedziesz do mnie. Jak poznasz Joy lepiej...

– Nie licz na to. Sto razy wolałbym pojechać i wykąpać się w jeziorze Michigan. Podobno przy brzegu woda ma temperaturę pięćdziesiąt stopni*. – Wstałem. – Ty chyba zwariowałeś, tato. Nie chcę rozmawiać w ten sposób, ale mnie zmuszasz. Po co miałbym przyjeżdżać do ciebie? Po co mam poznawać lepiej Joy? Myślę, że te dwie godziny, które u was spędziłem, całkowicie zaspokajają moje zapotrzebowanie na tę rozrywkę. Nawet jej rodzona siostra nie może się doczekać, kiedy się wreszcie wyrwie z tego waszego zakichanego raju.

– Jeszcze zmienisz zdanie.

– Nie zakładałbym się na twoim miejscu. Jak tylko znajdę sposób... w ogóle nie powinienem tego mówić... żeby mama miała... jakąś pomoc, a Cathy będzie na miejscu, to spadam stąd. Zostawiam w cholerę to całe Sheboygan.

– Nie winię cię, że tak to odbierasz.

– Bardzo szlachetnie z twojej strony.

– A jak byś się czuł, gdybyś był mną, a ja bym był twoim synem? – spytał, a ja musiałem przytrzymać jedno ramię, jakby było złamane i na temblaku, żeby się na niego nie rzucić. – Gdyby to ciebie traktowano jak coś, co chce się strząsnąć z buta?

– Czułbym się jak gówno, Leonie – powiedziałem. – Uczciwie, czułbym się jak gówno.

– Chcesz kanapkę?! – zawołała Cathy z kuchni.

– Tak! – krzyknąłem w odpowiedzi. – Z wołowiną i indykiem, i...

– ...sosem rosyjskim. Wiem! – odkrzyknęła Cathy.

– Wprawdzie mnie nie znosi – rzekł Leo – ale trzeba jej przyznać, że dla was jest bardzo dobra.

---

* Stopni Fahrenheita, czyli około 19 stopni Celsjusza.

– Jest dla mnie jak ojciec, jakiego nigdy nie miałem, Leonie. Miło się z tobą gawędzi, ale ja naprawdę mam co robić.

Więc wyszedł. Walnąłem pięścią i zrobiłem dziurę w zagłówku – to był gówniany zagłówek. Rozpłakałem się jak kompletny osioł, a potem zasnąłem.

XXV
Pamiętnik Gabe'a

W soboty mama jeździła na rehabilitację. Jeśli była w stanie się ruszać po podnoszeniu nóg z obciążeniem i po wykręcaniu kostek na wszystkie strony przez rehabilitantkę, to jeszcze szła na balet. Czasem razem z Caro. Jednego razu wszystko szło gładko, kiedy indziej wstrzymywaliśmy oddech. W sumie jednak jej stan się polepszał, nie pogarszał.

Ojciec – tym razem bez Amosa – miał przyjechać na sprawę rozwodową. Spodziewałem się, że w związku z rozwodem będzie mi smutno i nieprzyjemnie, że będę tym wszystkim zmęczony, że będę tęsknił za Leo, za dzieciństwem i tak dalej. Tymczasem moją jedyną reakcją był kompletny brak czucia, jak w nierównej bliźnie, która mi została po rozcięciu kolana do kości złamaną kierownicą od roweru.

Czucie już nie wróciło.

Nadal go nie mam.

Teraz rozwód wydawał się czymś zwyczajnym. Na pewno nie takim wydarzeniem, z okazji którego trzeba zdjąć trampki i włożyć eleganckie buty. A była to rzecz, którą jeszcze rok wcześniej uznałbym za równie nieprawdopodobną jak budowa marsjańskiej konstrukcji w cieplarni Klausa. Ostatnie sześć miesięcy było najdłuższym okresem mojego życia.

Chciałem jednego: żeby mama jak najlepiej wypadła w sądzie. I żeby nie była taka słaba i wychudzona, choć, z drugiej strony, może to pomogłoby jej u sędziego. Wiedzieliśmy już, że tata i tak będzie musiał jej płacić co miesiąc jakieś pieniądze, ponieważ nie mogła pracować w normalnym wymiarze godzin – chyba że wyszłaby powtórnie za mąż, ale raczej było oczywiste, że nie wyjdzie.

Ona zachowywała się tak, jakby miała dokładnie gdzieś i Leo, i Amosa, i całą resztę. Przy nas przynajmniej. Chyba wiem, dlaczego. Czasami, późno w nocy, słyszałem przez ścianę, jak śpiewa samotnie do jakiejś muzyki, ale coraz częściej słyszałem też, że rozmawia przez telefon. Było w tym dla mnie coś kojącego, nawet jeśli płakała podczas rozmowy. Przypominały mi się czasy, kiedy byliśmy mali i słyszeliśmy naszych rodziców, jak – tak sądzę – robili te rzeczy, bo mama wydawała z siebie cichutkie jęki, a tata dyszał: „Julie, Julie". Ciekaw byłem, z kim teraz rozmawia. Nie z Cathy, bo Cathy mieszkała z nami i akurat wyjechała na konferencję, a potem miała odwiedzić brata w Denver. Nie była to Stella, ponieważ mama i Stella nie rozmawiały przez telefon, chyba że chciały umówić się gdzieś na kawę. Pozostawała ciocia Jane. Ale też nikt przy zdrowych zmysłach nie rozmawiałby dłużej niż pięć minut z Jane, babcia z kolei zawsze kładła się spać około wpół do dziewiątej, a po wyprowadzce Leo wszystkie dawne koleżanki ze studiów i żony profesorów traktowały mamę jak powietrze.

Pewnego wieczoru mama poszła z Aury na przedstawienie dla dzieci, a ja, siedząc przy jej biurku, usiłowałem dociec, kim był tajemniczy rozmówca. W ogóle nie przyszło mi do głowy, że naruszam jej prywatność, grzebiąc w jej rzeczach. Nie myślałem o niej jak o osobie mającej swoje własne, odrębne życie. Była naszą mamą. Należała do nas.

Tamtego wieczoru znalazłem dwa niezmiernie interesujące ślady. Jednym było czasopismo „Pen, Inc." Mama nie była fanką czasopism, a nas wiecznie zmuszała do czytania książek tak grubych, że nie dało się ich utrzymać w jednym ręku, jak na przykład *Anna Karenina*, więc je przekartkowywałem.

I znalazłem wiersz. Nie ten, który widziałem przedtem, zanim wyruszyliśmy na poszukiwanie taty. Inny. Nie wiem, czy był lepszy. Niezbyt znam się na poezji, oprócz wierszy Roberta Frosta, których kazała się nam nauczyć na pamięć, kiedy byliśmy mali. Dowiedziałem się wtedy też, że wszystkie wiersze Emily Dickinson można zaśpiewać na melodię „Yellow Rose of Texas". Ale musiał być całkiem przyzwoity, skoro zamieścili go w czasopiśmie.

Oto on:

REMISJA

Słono zapłacę za tę remisję,
Śliną w ust kącikach witając świt otępiale
Zdana na łaskę bliskich, nierozumiejących wcale,
Zapłacę gniewem i strachem i smutkiem i żalem.
Sińce, spuchnięte usta, nudności, to całe
Ostrzeżenie, że ciągle szydzi ze mnie ta choroba,
Nie dla mnie zatem, czy mi się to podoba
Czy nie, łaska zdrowia. Tańczę i śpiewam samotnie, lecz nie
Zapominam, że to tylko remisja,
Że czas swego dokona i upomni się o mnie.
A więc to nie radość, ledwo intermisja.

Pomyślałem, że brzmi to cholernie gorzko. Za grosz nie pasowało do ożywionego głosu, dobiegającego zza ściany. „Naprawdę? I co? No tak, może to nie koniec świata, ale jednak spora odpowiedzialność. Wszystkie wypadki są poważne. No. Wcale nie musi być śmiertelny". Brzmiało to jak bardziej rozgarnięta wersja rozmów Caroline z Marissą.

Ale naprawdę ciekawa okazała się złożona kartka szarego papieru. List od mężczyzny.

Pisze do Ciebie Matthew MacDougall. Pewnie mnie nie pamiętasz, Julieanne, ale ja pamiętam Ciebie. Siedziałem za Tobą na lekcjach rysunku i byłem w Tobie po uszy zakochany. Tańczyłaś ze mną dokładnie trzy razy na szkolnym wieczorku przy „God Only Knows". Podobno była to Twoja ulubiona piosenka. Była to też ulubiona piosenka Paula McCartneya; doprowadzał swoje dzieci do szału, puszczając ją w kółko w samochodzie. Sam mam osiemnastoletnią córkę i ona też dostaje szału, kiedy w samochodzie słucham tej piosenki. Od czasu do czasu czytam Twoją rubrykę w „Heraldzie", a kiedy zobaczyłem Twój wiersz w „Pen, Inc.", postanowiłem napisać. Nie wiem, czy mój list dotrze do Ciebie, ale jeśli tak, to zadzwoń. Chętnie bym z Tobą pogadał. Serdeczności. Matt.

Numer telefonu był w nagłówku papieru listowego, a przed nazwiskiem widniało jak byk „dr n. med". Lekarz. Pewnie klasowy brzydal. I wtedy pomyślałem sobie: a co by było, gdyby mama kiedykolwiek poszła na randkę, czy na co tam się w jej wieku chodzi...

Może to właśnie z nim rozmawiała wtedy przez telefon.

Ale jeśli przeczytał wiersz, to wie, że ma SM.

I mimo to z nią flirtuje?

Wiele się dowiedziałem na temat SM, między innymi tego, że mężczyźni przeważnie uciekają od kobiet chorych na to, nawet jeśli przedtem je kochali. Odchodzą, ponieważ nie mogą znieść ich niesprawności, złych humorów i tego wszystkiego, co trzeba przy nich robić, chociaż to wcale nie jest wina tych kobiet. W najcięższych przypadkach już samo zapewnienie najbardziej podstawowej opieki w zakresie fizycznych potrzeb potrafi doprowadzić opiekunów do skrajnego wyczerpania. Jak na razie przypadek mamy wyglądał raczej łagodnie, ale nigdy nic nie wiadomo. Włożyłem szarą kartkę z powrotem do czasopisma, na tej samej stronie, gdzie ją znalazłem, i nożem do papieru otworzyłem listy. Zawsze byłem dobry w podrabianiu podpisu mamy. Odpowiadanie na zawiadomienia ze szkoły weszło mi już w krew. Odpowiedzi drukowałem, a potem je podpisywałem. Udzielałem w nich zgody, oświadczałem, że wiem o zachowaniu Caro, i tak dalej.

Nazajutrz po tym, jak grzebałem w rzeczach mamy, nastąpiło pogorszenie.

Trwało krótko i od tamtej pory się nie powtórzyło, ale było naprawdę straszne.

Nigdy bardziej niż wtedy nie pragnąłem, żeby Cathy była w domu.

Zaczęło się od niewielkich problemów ze wzrokiem. Pisząc, niemal przyciskała zdrowe oko do ekranu komputera i w ogóle nie patrzyła na poruszające się palce. Przypominała mi Anne Sullivane i Helen Keller*. Szczerze mówiąc, aż mnie ciarki przeszły. Od jakiegoś czasu musiałem wozić ją niemal wszędzie, a był to czas przemówień, kiedy wszyscy mieli bankiety na koniec roku.

Tydzień przed przyjazdem ojca miała zacząć kolejną kurację interferonem. Jak zwykle poszła zrobić sobie za-

---

* Bohaterki sztuki *Cudotwórczyni* o głuchej i ślepej dziewczynce oraz jej nauczycielce.

strzyk. Tym razem jednak usłyszałem jej głos z łazienki: „Cholera jasna". Spytałem, czy mogę pomóc.

– Nie – odparła. – Cholera, w strzykawce pojawiła się krew. Musiałam trafić w żyłę. Odejdź.

To było zupełnie do niej niepodobne. W końcu, po zrobieniu zastrzyku, wyszła i dosłownie urządziła piekło Aury i mnie (Caroline akurat nie było, bo poszła na jakąś nocną imprezkę).

– Nienawidzę jajek – grymasiła Aury, patrząc na żółte oko trzęsące się na siekanym kotlecie.

Świetnie ją rozumiałem. Sam jadam jajka na twardo i jajecznicę, ale jajko sadzone jest dla mnie obrzydliwe. Taka jedna wielka komórka.

– Nie ma sprawy – odparła mama, wyrzucając porcję Aury do śmieci. – To nie jedz.

Aury zaczęła płakać.

– Gej – poprosiła, pociągając nosem. – Zlób mi kanapkę z masłem oziechowym i galaletką.

– Ani mi się waż, Gabe! – ostrzegła mama. – Dosyć mam jej grymasów. To była dobra wołowina i kartofle, Aury.

– Ale tam było jajo – rozpłakała się rzewnie Aury, zaczynając swój zwykły występ, kiedy to z nosa leciało jej ciurkiem, a wszyscy dookoła dostawali szału.

– Wstawaj i marsz do pokoju! – krzyknęła mama, chwytając Aury za ramię. – Ani mi się waż wychodzić! – Odwróciła się do mnie. – No co? Tobie też nie smakuje kolacyjka? Mam wyrzucić?

– Ja tylko jestem zaskoczony całą tą szopką – usprawiedliwiłem się, podnosząc ręce do góry na znak, że się poddaję.

Mama pohamowała się, ale przez ułamek sekundy myślałem, że uderzy mnie w twarz. Aż nie mogłem w to uwierzyć.

– Do cholery! – wrzasnąłem, zrywając się. – Najpierw znęcasz się nad małym dzieckiem...

– Nie znęcam się! Wysłałam ją do pokoju! Nawet Spock tak zaleca! Dałam jej zwykłe, normalne, wręcz banalne jedzenie, a ona go nawet nie tknęła. Bez przerwy kaprysi. Bez końca. – Wstawiłem talerz do zlewozmywaka. Mama z satysfakcją podniosła go i rąbnęła nim o zlew, aż pękł na pół. – Jak tak, to sami sobie gotujcie – oznajmiła.

– Chciałabyś, co? Czułabyś się jeszcze większą męczennicą.

– Zamknij się i marsz do pokoju!

– Z przyjemnością.

Leżałem, cierpiąc w milczeniu i przeczekując obowiązkowe pół godziny, aż mama przyjdzie i powie: „Gabe. Jestem naprawdę zmęczona. Przepraszam. Strasznie tęsknię za twoim tatą i za naszym dawnym życiem".

Nie przyszła.

Wiedziałem, że boi się tego, co miał przynieść następny dzień: nudności, napadów zimna, zawrotów głowy. Nie trwały długo, tylko kilka dni, ale bała się ich. Mimo to nie mogłem jej darować. Zachowała się okropnie. I zamiast przeprosić, przez następną godzinę tłukła się po domu, trzaskała drzwiami, zbierała porozrzucane zabawki i wrzucała je do kosza na śmieci, krzycząc na Aury, że jeśli nie chce zabawek, to dobrze, mama nie ma zamiaru się o nie potykać i da je dziecku, które będzie o nie dbało. Wyszedłem z pokoju, zabrałem Aury i położyłem ją do swojego łóżka. U siebie tak bardzo płakała, że aż zwymiotowała i musiałem zmienić jej pościel. Niewdzięcznica – pomyślałem o mamie. A ona wciąż szalała.

– Patrzcie, obrońca się znalazł – szydziła. – Też uważasz, że jestem fatalną matką, co? Jak on? Pewnie myślisz, że mi totalnie odbiło?

– W tej chwili tak – odparłem szczerze. – Normalnie nie.

– Pieprzę jego i pieprzę ciebie – odpowiedziała. Moja mama! Moja mama, która nigdy przy nas nie przeklinała i dla której cichutka „cholera" dopuszczalna była jedynie podczas wypadku drogowego albo na wieść, że zbliża się tornado. – Jutro rano będziecie mogli jeść, co wam się żywnie podoba, jak ja będę leżeć sztywna w łóżku. Wesołej zabawy!

– Mamo, powinnaś się położyć.

– Nic nie powinnam! – wrzasnęła. – Pół roku leżałam odłogiem! Mąż zostawił mnie dla producentki dżemików, mój syn nawet sobie nie zadaje trudu, żeby choćby udawać, że odrabia lekcje, a córka jest prawdopodobnie miejscową dziwką.

– Zapomniałaś o Aury.

– O tak, ukochana córunia tatusia. Pewnie już sobie zrobił nową! Nie stój tak i nie gap się. Wyjdź! Idź sobie, jak te wszystkie śmierdzące szczury...

– Szczury są albo śmierdzące, albo uciekają z tonącego okrętu. Nie może być i jedno, i drugie.

– Nie pyskuj! – wrzasnęła, ruszając groźnie w moją stronę. Złapałem ją za nadgarstki. – Nienawidzę was – załkała.

– Teraz to ja też ciebie nienawidzę – odparłem gorzko.

– Nienawidzę tego, co mnie czeka w życiu.

– Mam zadzwonić do telefonu zaufania dla samobójców?

– Żeby mi powiedzieli, że samobójstwo to trwałe rozwiązanie nietrwałego problemu? A co z trwałym problemem? Igra z tobą jak kot z myszą. Jednego dnia jest to noga. Następnego dnia oko. Lewa ręka we wtorek. Prawa ręka w środę. Kark tak sztywny, że nie można odwrócić głowy. No i jak? Podoba ci się taka perspektywa? A mnie właśnie to czeka. – Złączyła pięści razem. – Gabe! Żałuję, że nie mogę obiecać, że ci to wszystko wynagrodzę. Nie wiem, co czujesz, ale wyobrażam sobie. Jakbym to ja była dzieckiem, a ty moim rodzicem. Żałuję, że nie mogę powiedzieć, że mi się poprawi albo że dostanę jakieś pieniądze i odkupię wam wasze dzieciństwo. Niestety, dzieciństwo jest tylko jedno. A ja wasze zmarnowałam. Gabe, ty po prostu nie możesz wiedzieć, jak to jest. Ze wszystkich stron coś podgryza mnie i moje życie...

– Wiem, że jest do bani – przyznałem i naprawdę tak myślałem. Miała prawo się wściekać.

Nie miała jednak prawa traktować nas jak byle co, ponieważ byliśmy jedynymi istotami na świecie, od których zależała. Z drugiej strony domyślałem się, jak bardzo można to znienawidzić – tę zależność od ludzi, którzy powinni być zależni od ciebie. Wtedy rzeczywiście chce się ich traktować jak śmieci.

W końcu przestała tłuc zastawę i wyrzucać zabawki Aury – oczywiście wyjąłem je z kosza – i poszła się położyć. Zastanawiałem się, czy skończy się to tym, że znienawidzę ich oboje, ją i Leo.

Miałem schowany ostatni list od Tian. I pomyślałem sobie, iż to dobry moment, żeby go przeczytać. Potrzebowałem tego.

Znaczki pokrywały niemal całą kopertę, a sam list był krótki. Tak, widać było, że angielski nie jest jej pierwszym językiem, ale umiała być miła, a jednocześnie trzymać dystans, co było trudne do zniesienia. Miała „tak wiele smutku" z powodu moich „mamy i taty".

Jestem bez słów, żeby to powiedzieć. Oni byli tacy dobrzy dla mnie. Pochodzę ze stabilnej rodziny i trudno mi wyobrazić sobie, żeby mój tata tak się opisywał. Może on ma chorobę umysłową i obecnie będzie się polepszy. A więc, Gabe, musisz być bardzo dzielny, bo to Ci się opłaci. Jestem teraz na trzecim roku w szkole z powodu przyspieszenia. Chodziłam do szkoły przez całe wakacje. Było tak, że w przyszłym roku będę się starała dostać do Yale. I pojadę tam rok później. Chciałabym zobaczyć znów Stany Zjednoczone i zjeść lody. Pamiętam moje dni tam, jak marzenia, które dziewczęta mają w legendzie. Czy Yale jest daleko od Sheboygan? „Jak Księżyc – pomyślałem. – Równie daleko jak Księżyc". *Mam nadzieję, że przyjedziesz mnie zobaczyć. Twoja przyjaciółka Tian.*

Nawet ta „twoja przyjaciółka" nic a nic mi nie pomogła.

Nie znaczy wcale, że nie próbowałem o niej zapomnieć. Przez jakiś czas spotykałem się, ale tylko spotykałem, z dziewczyną imieniem Rebecca. Nic specjalnego. Nawet była niezła, trochę w typie Easter, siostry Joyous, długie nogi, fioletowo-rude włosy i niemal tak wysoka jak ja. Ale przyszedł list od Tian. I jej pismo, i korzenny zapach papieru listowego przyprawiły mnie o słabość, zupełnie jakbym miał grypę. Mdłości. Nocne poty. Przez dwa tygodnie z rzędu udawałem, że muszę się uczyć albo opiekować się mamą, żeby wykręcić się od randek z Rebeccą, póki mi nie przejdzie. Wymyśliłem nawet, że gdybym nie był Żydem, to mógłbym zostać księdzem, ponieważ jasne było, że nigdy nie będę mieć Tian, która – jak przewidywał Luke – w pięć minut po rozpoczęciu stażu wyjdzie za jakiegoś doktorka z Yale. Po jakimś czasie Rebecca dała mi delikatnie do zrozumienia, że zamierza spotykać się z innymi. Trochę protestowałem, by zachować jakieś pozory przyzwoitości. Ale przyjąłem to z ulgą. Naprawdę. Cel został i tak osiągnięty. Jakiś czas spotykałem się z normalną dziewczyną z cholernej LaFolette. I nie miałem ochoty na nic więcej.

Tamtego wieczoru, kiedy mamie odbiło, zadzwoniłem

do Tian. Kosztowało to pewnie z osiemdziesiąt dolarów, poza tym tam oczywiście była czwarta nad ranem. Jej stary wściekł się, ale mu powiedziała, że to Gabe z Sheboygan w Stanach, a wtedy zrobił się całkiem miły.

– Dlaczego? – spytała Tian.

– Dlaczego dzwonię? Ja... tęsknię za tobą. Nadal tęsknię za tobą, tak jak ty pewnie nie tęsknisz za mną.

– Jak to nie? – zaprotestowała Tian. – Tęsknię. Nie mam chłopaka. Ale jestem praktyczna. Jeśli będę cały czas tęsknić, to wpadnę w depresję i nie będę się mogła uczyć ani być dobra dla moich przyjaciół.

– Moja mama jest bardzo chora.

– Wiem. To okropne, że piękna pani Julie jest chora i słaba.

– A mój ojciec to sukinsyn.

– Nie mów tak, Gabe. To znacznie gorsze dla niego niż dla ciebie.

– Tak właśnie mówi mama. Mówi, że muszę myśleć o mojej własnej karmie.

– Ma rację. Bo jeśli on postanowił być draniem, to nienawidząc go, ty też będziesz draniem.

– A co nowego u ciebie? – No i było sporo nowego. Mnóstwo balang i bardzo dużo nauki, nie tak jak w Sheboygan, i wyjazd do Włoch z chórem... Tyle fajnych rzeczy działo się właśnie w jej życiu. Aż chciałem, kurczę, cisnąć słuchawką.

– Gabe, wiem, że jesteś smutny – rzekła w końcu. – Szkoda, że nie mogę przyjść do ciebie i pocałować cię w usta.

– Niczego bardziej nie pragnąłbym na świecie.

– Ale niedługo przyjadę. Za dwa lata. I pójdziemy na kawę.

– Och, Ti! – wykrzyknąłem. – Wiesz, że nigdzie nie pójdziemy. Widzisz... ty niewiele o mnie wiesz. Nie jestem taki zdolny jak ty. Pewnie pochodzę do szkoły jeszcze z jeden semestr, tylko ze względu na mamę, a potem rzucam naukę.

– Rzucisz szkołę? Gabe! Nie wolno ci tego robić.

– To droga donikąd. Wolę zdać taki test poświadczający, że nauczyłem się wszystkiego... a każdy idiota go zda... i od razu pójść do college'u. Mama teraz ma przy sobie Cathy, a w ogóle znacznie lepiej się czuje, więc nie potrzebuje mnie aż tak bardzo.

– Wiem, że miałeś specjalne zajęcia z czytania. To nie jest brak inteligencji. Gabe, sam mi tak mówiłeś.

– A ty uwierzyłaś – spojrzałem na siebie w lustrze. Moja skóra zrobiła się krostowata, pewnie od stresu i od świństw, jakie jadłem. Zrozumiałem, dlaczego wygląd ludzi cierpiących na trądzik porównuje się często do pizzy z kiełbasą. – Za dwa lata nie będziesz tak uważać.

– Jeszcze zobaczymy, Gabe. Najpierw kawa, dobrze? – Była tak nieubłaganie praktyczna i optymistyczna. Pojechałem taki kawał do stanu Nowy Jork, dlaczego nie miałbym pojechać do Bangkoku? Moglibyśmy uciec na papierach jakichś umarlaków. Ale nawet gdybym się tam zjawił, ojciec Tian pewnie najpierw podjąłby mnie herbatą i obiadem oraz ofiarował mi jedwabną koszulę uszytą przez jego osobistego krawca, a potem wsadziłby mnie na pokład powrotnego samolotu.

Nie miałem dokąd uciec.

Włożyłem płaszcz i poszedłem posiedzieć na werandzie.

Nawet jeśli rzucę szkołę i na podstawie testu jakoś dostanę się do college'u, wciąż będę tylko szesnasto- czy siedemnastolatkiem, zależnym we wszystkim od dorosłych. A pomyśleć, że kiedy dziadzio przyjechał do Ameryki, chłopcy w moim wieku żenili się i szli do pracy. A czy ja tak naprawdę tego chciałem? Czy chciałem iść

do pracy i przewracać na patelni hamburgery w towarzystwie wymalowanych dziewczyn?

Tak strasznie użalałem się nad sobą, że nic nie słyszałem, dopóki nie wróciłem do środka, żeby pooglądać
telewizję. Mama była już zachrypnięta od krzyku; nie
wiem, ile razy mnie wołała. W ciemności nie widziałem
jej dokładnie, więc chciałem zapalić światło.

– Nie, Gabe. Nie zapalaj. Zadzwoń do babci. Szybko.

– Co się stało, mamo? Uderzyłaś się?

– Ja... idź i dzwoń. Nie, zaczekaj. Najpierw muszę ci
coś powiedzieć.

– Co?

– Zachowałam się okropnie. Choroba nie jest żadnym
usprawiedliwieniem, żeby katować najbliższych. Jestem
dla was niedobra, Gabe. Może po prostu tak bardzo się
boję własnej słabości, że wydaje mi się, że jak będę dla
was ostra, to będziecie się dobrze zachowywać. Że inaczej nie potrafię was do tego zmusić.

– To nie jest dobry sposób.

– Wiem. I dziś zasłużyłam sobie na to, żebyś mnie
znienawidził do końca życia. Proszę cię, Gabe, nie myśl
o mnie źle. Jesteś dzielny i mądry. Jesteś znacznie lepszym człowiekiem niż cała reszta świata. I dobrze. Bądź
lepszy, niż ja byłam dzisiaj. Niech mi Bóg wybaczy. Bo ja
nigdy sobie nie wybaczę.

Babcia przyjechała w ciągu piętnastu minut. W końcu
to ja musiałem wywlec mamę z łóżka, bo babcia okazała
się za słaba. Poczułem wtedy ostrą, cuchnącą woń moczu.
Babcia zawiozła mamę do szpitala, a lekarz postanowił
założyć jej cewnik na dzień czy dwa, żeby zachowała siły
na formalności związane z oficjalnym rozstaniem z ojcem. Babcia spała w mamy pokoju na składanym łóżku.
Za każdym razem podczas opróżniania gumowego wo-
reczka próbowałem jak najmniej widzieć, a mama po

moim powrocie z łazienki chowała twarz w poduszkę i udawała, że śpi, dopóki babcia go nie założyła. Wychodziłem wtedy do przedpokoju.

Wiedziałem, że nie śpi.

Chciałem powiedzieć, że wybaczam jej to, że mnie prawie spoliczkowała, i to, że przestraszyła Aury. Chciałem powiedzieć, że przy naszej ulicy jest kilka domów, gdzie takie rzeczy są na porządku dziennym i nikt za to nie zabiera nikomu dzieci. Chciałem powiedzieć, że wcale nie jest potworem, tylko że to wszystko jest dla niej tak cholernie trudne.

Ale nie mogłem. Przekroczyła barierę wstydu i znalazła się na całkiem nowym terytorium. Była tam sama, a my nie mogliśmy pójść za nią.

XXVI
Pamiętnik Gabe'a

To dziadek oznajmił nam, że z punktu widzenia prawa małżeństwo rodziców należy do przeszłości. Mama nie chciała wracać z sądu prosto do domu, więc pojechały gdzieś z Cathy.

Dziadzio i babcia wrócili od razu, żeby sprawdzić, czy z nami wszystko w porządku. Oboje mieli zaczerwienione oczy, ale dziadek sprawiał wrażenie, jakby coś świętował.

– Sędzia dał mu wycisk, Gabe! Powiedział, że praca w mniejszym wymiarze i życie pełnią życia pozostają w sprzeczności z konsekwencjami prokreacji i że Leo ma czworo nieletnich dzieci na utrzymaniu, a nie jedno, a do tego dochodzi jeszcze niepełnosprawna żona, i że zdolnością zarobkowania zdecydowanie przewyższa Julieanne, niezależnie od aktualnego stanu jej zdrowia. Powiedział, że ma albo spłacić Julieanne połowę wartości domu, tego w tym jego raju, albo zrzec się swojej części kwoty uzyskanej ze sprzedaży waszego domu, a poza tym ma płacić na ciebie i na wszystkie dzieci aż do ukończenia przez was osiemnastego roku życia, i to około trzydziestu procent tego, co zarabiał na uniwersytecie, chyba że Julieanne wyjdzie za mąż, co jak wiemy... niech

Bóg da jej wszystko, co najlepsze, ale jest mało prawdopodobne. Do tego jeszcze miał dojść college, ale Julie powiedziała, że o to zatroszczył się jej własny ojciec. Leo aż poczerwieniał z wściekłości. Od razu było jasne, dlaczego żaden prawnik, do którego się zwróciłem, nie był w stanie doprowadzić do ugody, a to dlatego, że mój syn jest ipso facto fiksum dyrdum, jak się wyrazili. Przy jego wiedzy prawniczej takie zachowanie zakrawa na żart. Sędzia w końcu powiedział: „Panie Steiner, pańskie obycie w sprawach sądowych jest doprawdy imponujące, inaczej nie nakazałbym panu, żeby wykorzystał je pan w pełni po to, by zapewnić utrzymanie dzieciom, które zdecydował się pan porzucić, niezależnie od tego, czym motywuje pan fakt ich porzucenia. Jest pan w szczytowym okresie swoich możliwości zarobkowania, panie Steiner...".

W tym momencie dziadek się rozpłakał. Wziął chusteczkę i jak to robią starsi ludzie, wydmuchał nos tak głośno, że słychać go było chyba aż w Milwaukee. Potem zamilkł.

– Dziadku? – odezwałem się w końcu.

– Tak, tak. Opłakuję stratę mego syna. I jego głupotę. Raduję się z klęski własnego dziecka – rzekł, spuściwszy głowę.

– Raczej trudno byłoby się cieszyć z jego zwycięstwa, dziadku – stwierdziłem, siadając obok niego. – Ale wiesz co, może tata jeszcze się zmieni. Może wreszcie coś do niego dotrze. Nie sądzę, żeby... miał tu wrócić, ale nadal mógłby mieć dobre układy z Caroline, zabierać ją na wakacje i ferie, bo ona jest taka durna, że w końcu zaprzyjaźni się z Joy i Amosem. Aury to jeszcze dziecko. Mama mówi, że powinniśmy zacząć nazywać ją „Rory", bo tak jest normalniej... Na pewno polubi małego Amosa, a kiedy urodzi się drugie dziecko...

– Drugie dziecko?! – wykrzyknął dziadek.

– O czym ty mówisz, Gabe? – spytała babcia.

– Spodziewa się dziecka – wyjaśniłem. – Joy. Panienka taty. – Nie mogłem darować sobie tego smutku, jaki zobaczyłem na ich starych twarzach.

– Gotten Himmler – powiedział dziadek, choć nie wiem, co to miało wspólnego z historią. – A ty, Gabe? Co zrobisz? Czy gdyby, jak powiedziałeś, wreszcie coś dotarło do niego, wybaczyłbyś mu?

– Jasne.

– Kłamiesz – stwierdził dziadek.

– Tak, kłamię – przyznałem.

– To jednak twój ojciec, Gabe. Ojciec jest tylko jeden. Wszyscy nosimy w sobie jakieś dobro. Błąd może się każdemu zdarzyć. W końcu nie zabił nikogo. Postąpił źle, prawda. Ale zrobił tyle dobrego w swoim życiu, i dla mnie, i dla ciebie. Dobrze o tym wiesz.

– Owszem, wiem. Ale nie sądzę, bym mógł go kiedykolwiek zrozumieć.

– Może jak dorośniesz i sam się zakochasz – zawyrokowała babcia.

– Byłem już zakochany.

– Szczenięca miłość – westchnęła.

– Nie, babciu. Prawdziwa. To nie znaczy, że do końca życia. Pewnie nie będę miał aż tyle szczęścia, żeby być z nią tak długo. Ale wiem, co on czuje. Mimo to wystarczy, że spojrzę na Aury... czy tam Rory. Na pewno nie skrzywdziłbym jej nigdy, nawet gdyby chodziło o moje własne uczucia. A ona nie jest moim dzieckiem, tylko moją siostrą.

– Ja też zmieniam imię – oznajmiła Caroline, wychodząc ze swojego pokoju, jeszcze zaspana, w piżamie i skarpetkach, ze słuchawkami wiszącymi na szyi.

– Na jakie? Śpiąca Królewna? – spytałem. – Jest wpół do drugiej.

– Na Cat. Podoba mi się. Cat Steiner. Brzmi bardzo artystycznie. Jak imię piosenkarki.

– Kiedy to wymyśliłaś? – spytała babcia, obejmując Caroline i wichrząc jej włosy. – Dam ci grzankę albo bajgla, zanim mama wróci do domu.

– Jak byłam u taty – odpowiedziała Caroline, siadając obok okna. – Podobało mi się, że wszyscy pozmieniali sobie imiona. Oni są naprawdę wolni. Mogą robić, co chcą...

– Twój tata nie za bardzo – zauważył dziadek.

– Ale i tak będzie szczęśliwy. Będzie zbierał syrop ze swoich własnych drzew. I zbijał domki dla ptaków i półki. Może nawet zacznie robić gitary. Będzie pił wodę z własnego źródła i będzie się budził każdego ranka, i słuchał, jak Joy śpiewa. Ona ma świetny głos. Jak tam nocowałam, śpiewała dziecku „Once Upon a Dream"...

– Mama śpiewała to samo Aury – przypomniałem. – Jak Aury była mała.

– Tak, pamiętam! Ale Joy ma lepszy głos. Mezzosopran. Ja też mam mezzosopran.

– Ty to masz zanik mózgu.

– Powiedz mu coś, dziadku! – zawołała Caro, wierzgając nogą w powietrzu i trafiając mnie jednym z tych potwornych puchatych kapci.

– Nie powinieneś tak mówić, Gabe.

– Przepraszam... Cat.

– W porządku – wybaczyła łaskawie. – Wrócili już?

– Mama i Cathy miały pojechać na kawę i odebrać Aury – wyjaśniłem. – To znaczy Rory.

– Mam na myśli tatę.

– Tata nie przyjedzie tutaj.

Usiadła. Babcia poszła zrobić jej grzankę. Caroline zaczęła pilnie oglądać pasmo włosów, szukając rozdwajających się końców. Zawsze tak robiła, kiedy się nad czymś głęboko zastanawiała. I rzeczywiście w końcu rzekła:

– No więc tata przyjedzie. Po mnie.

– Nie idę z nim na żadną kolację – zapowiedziałem.

– Ja też nie idę z nim na kolację – odparła Caro, obecnie Cat. – Wyjeżdżam z nim. Wracamy razem. Szkoła już się prawie skończyła i mogę dokończyć naukę u niego. Już dwoje nauczycieli zgodziło się dopuścić mnie wcześniej do egzaminu końcowego... a tata zaczeka do końca przyszłego tygodnia.

– Na jak długo? – spytałem. – Chyba nie na całe lato. Nie dam sobie rady sam przez całe lato. To nie w porządku wobec Cathy.

– Tak też myślałam – mruknęła Caroline pod nosem. – Więc postanowiłam, że zostanę tam na stałe. Będziecie mieli o jedną gębę mniej do wyżywienia i o jedną osobę mniej w mieszkaniu, a w nowym domu jest mnóstwo miejsca, tak mówi tata, a Joy mówi, że będzie teraz miała dwie młodsze siostry. Poza tym przyda się jej pomoc przy dwójce dzieci...

– Czy tobie, kurde, całkiem odbiło? – Zeskoczyłem z kanapy, ignorując „cii" babci. Stanęła między mną a siostrą, z niebieskim talerzykiem, na którym leżał bajgiel, przepołowiony i posmarowany topionym serem. Wyglądał jak ofiara przygotowana dla jakiegoś bóstwa. – Zostawisz mamę? Będziesz mieszkać z tą suką i jej dziećmi? A co z Aury?

– Ona jest nieznośna, Gabe. Wiecznie piszczący bachor. Ciągle bierze moje rzeczy...

– Przecież to jeszcze dziecko! – Chwyciłem ją za ramię. – Czepiasz się jej, że zabiera ci błyszczyk do ust? Własnej matce nie pomożesz, jak czołga się do łazienki po zastrzyku? Bo to „obrzydliwe"? Wściekasz się na małe dziecko? A Pannie Radosnej to pomożesz przy jej dzieciach? Pytałaś już mamę o zgodę? Jeśli to zrobisz, to przysięgam...

– Nie muszę o nic mamy pytać! Mam piętnaście lat i mogę sama decydować! Tata mówi...

– Chcesz wiedzieć, co tatę tak naprawdę obchodzi, Cat? Obchodzi go tylko to, żeby nie płacić alimentów na ciebie, o to mu chodzi! Spytaj dziadka! Za kilka kiełków lucerny dziennie będzie miał bezpłatną opiekunkę do dzieci i nie będzie musiał tyle tyrać. I to mu odpowiada! Nie poczuje się zaszczuty i nie zacznie uważać, że ludzie wyglądają jak borsuki czy jeże! Myślisz, że to dlatego, że tak strasznie cię kocha? A widziałaś jego twarz, kiedy ta jego dupa otworzyła nam drzwi i zobaczył nas w progu? To nie była miłość, Caroline. To było: „O, cholera, ale wpadka!".

– Gabe, przestań – rzekła surowo babcia.

– On kocha nas – upierała się Caroline. – Bardzo chciałby zabrać też Aurorę, gdyby mu mama pozwoliła. Ale mama się nie zgodzi. Mówi, że Aurora jest za mała, żeby być z dala od matki! A tutaj i tak nikt mnie nie potrzebuje, a poza tym mam potąd szkoły. Joy będzie mnie uczyć w domu i nauczy mnie robić dżemy i tkać, i pozna mnie z dziećmi kwakrów.

– Kwakrów?! – ryknął dziadek.

– Tata i Joy nie należą do kwakrów, ale przyjaźnią się z nimi, a oni są naprawdę mili i przeciwni wojnie, i jest tam jakieś piętnaścioro dzieci w moim wieku, wszystko w tej samej dolinie. Jeżdżą do nich czasem. To naprawdę ciekawe. I nie trzeba wcale się z nimi modlić ani czuwać. Jest ekstra.

– A możesz zabrać ze sobą walkmana? Chwileczkę! Zostawisz Mallory i Justine? Zostawisz Ryana? – Zaczęło mi być niedobrze, żołądek mi się ścisnął, kiedy dotarło do mnie, że ona naprawdę ma taki zamiar, że faktycznie jest głupia jak but, że mama może stracić i męża, i dziecko, wprawdzie to nie był mój problem, ale niezłe szambo. A ja bym w nim utknął na resztę życia.

– Z Ryanem koniec, Gabe – wyjaśniła. – A poza tym będę przyjeżdżać was odwiedzać. To wcale nie znaczy, że się więcej nie zobaczymy.

– Ale ja się do ciebie więcej słowem nie odezwę.

– Dobra – burknęła, a ja zobaczyłem, jak narasta w niej wściekłość, aż puszysta żółta góra od piżamy uniosła się wojowniczo. – W porządku, nie musisz się do mnie odzywać. Do końca życia zmieniaj mamie pieluchy, ty czubku.

– Caroline, bój się Boga, co ty wygadujesz! – wykrzyknęła babcia, nieodmiennie chwytając się za serce. – Gabriel nie zmienia twojej mamie pieluch. Twoja mama nie używa pieluch.

– No to czyści jej cewnik! Sama widziałam. Nawet nikogo nie mogę przyprowadzić do tego domu. Pomyśleliby, że ma... raka albo alzheimera.

– A gdyby miała? – spytał dziadek. – Nie chciałabyś jej wtedy znać?

– Dziadku, ja kocham mamę. Kocham mamę, którą m i a ł a m. Nie chodzi o to, że ona jest chora, tylko o to, że zachowuje się... jest niedobra dla Aurory i zawsze albo w depresji, albo z kimś gada, albo czepia się, że nic nie robię. I wiecznie to samo: Caroline, zrób to, zrób tamto. Gdybym chciała być pielęgniarką, tobym poszła do szkoły pielęgniarskiej. Nie chcę mieszkać z mamą i jej psiapsiółką lesbijką. Chcę żyć w normalnym domu...

– No to jedź sobie i mieszkaj z Panną Radosną, z Easter i innymi siostrzyczkami o dziwnych imionach. Tree Frog i Sunflower. Twoim zdaniem to normalne?

– Tam jest lepiej niż tu! Wszystko jest lepsze niż tu!

Nikt z nas nie zauważył mamy stojącej w progu i trzymającej Rory za rękę. Próbowała się uśmiechnąć, ale uśmiech ten zadrżał i rozpłynął się.

– Cathy pojechała do mamy – powiedziała. – To nieładnie wypędzać ją z jej własnego domu, kiedy mam *ma petite crise*. A mam je tak często. Ale... myślę, że ten był ostatni. Wiecie co? To... śmieszne. Każą się ludziom spotkać, żeby ich rozdzielić. Każą iść do sądu, usiąść obok siebie... niektórzy idą potem razem na obiad... kiedy ich małżeństwo dzieli się na mniejsze i większe kawałki. Ten dla ciebie, ten dla mnie. Plaster tu, plaster tam. Kroisz swoje życie. Podpisujesz papiery identycznie jak w dniu ślubu. Ja, Julieanne, oddaję ciebie, Leo, na zawsze. Przy świadkach. – Twarz jej zmarszczyła się (jak buzia Rory, kiedy zbierało jej się na płacz) i nagle trysnęła struga czarnych od tuszu łez, a ona, trąc oczy, rozmazywała wszystko jeszcze bardziej. – Musiałam oddać Leo, a on powiedział: Coś taka ponura, Julieanne? Masz to, czego chciałaś. A ja na to: Nie, Lee, mam, czego ty chciałeś. A on objął mnie i pogłaskał po plecach. Tato, Hannah, jak on mógł mnie zostawić?

Caroline wstała szybko i próbowała wyminąć mamę, udając się do swego pokoju. Mama wyciągnęła ręce i przytuliła ją.

– Nie bądź na niego zła, Caro. Moja słodka córeczka. Moje śliczne słoneczko. On cię kocha. I Gabe'a też kocha. Na pewno. – Mama tuliła mocno Caro do siebie, przyciskała i przytulała głowę do jej policzka. – Nie zawsze tak będzie jak teraz, kochanie, obiecuję. Słyszałam, co mówiłaś. Najgorsze już minęło. Obiecuję ci, że będzie lepiej. Jeszcze będziemy się świetnie bawić, Caro...

– Muszę się ubrać, mamo – powiedziała Caroline. – Nie płacz.

– Dobrze – odparła mama i odwróciła się, żeby spojrzeć na nas, siedzących na kanapie jak trzy małpy zasłaniające rękami różne fragmenty głowy.

Caroline zatrzymała się w przedpokoju.

– Mamo, posłuchaj...

– Zamknij się! – wrzasnąłem do niej. Chyba w całej dzielnicy było mnie słychać. – Zamknij ten głupi dziób!

– Co? – spytała mama. – Co się dzieje? Jesteś chora, Caroline? – Cały przód białej satynowej bluzki miała zalany łzami. Leciało jej z nosa.

Nie chcę wspominać reszty wieczoru. Mama ciągle chodziła do pokoju Caroline, a Caroline się pakowała. Ona także płakała, ale uparcie wpychała haftowane dżinsy i obcisłe sweterki do wielkiego worka, tego z obozu, z wyhaftowanymi literami HCS. Słyszeliśmy błagalny głos mamy:

– Caroline, nie. Kochanie, zaczekaj. Proszę cię, przemyśl to jeszcze... tylko do lata, co, Caroline? Nie dłużej? Dobrze?

Nie mogłem się doczekać, kiedy już sobie pójdzie.

To kłamstwo.

Ja... kochałem moją siostrę. Na swój sposób. Wtedy tak.

Wciąż myślę o niej. To wszystko było naprawdę trudne, bo człowiek jest przekonany, że rodzeństwo będzie stanowić część jego życia także w przyszłości. Jakby to było gdzieś zagwarantowane. Podobnie jak to, że ojciec ma się zajmować dziećmi.

Słyszałem na temat choroby mamy wystarczająco dużo, by zdawać sobie sprawę, że postępek Caro może wywołać pogorszenie. Stres boleśnie dotyka każdego, ale dla osób chorych na SM jest szczególnie groźny. Wyobrażam sobie, ile kosztowało mamę błaganie Cat, żeby została. Z drugiej zaś strony nie było takiej rzeczy, której nie zrobiłaby dla nas, dla każdego z nas, i to wcale nie dlatego, że nie chciała, żebyśmy byli z Leo – nigdy tak nie było – ale ponieważ chciała, żebyśmy byli z nią. Uważała, że to do niej należy zajmowanie się nami i bycie rodzicem, który jest blisko dzieci, a nie tylko udziela wsparcia z zewnątrz. Następny ranek nie był wcale taki, jak powiedziała Caroline – że będzie to tak, jakby w serwisie porcelanowym babci Gillis zabrakło tylko sosjerki. Odchodząc, zrywała naprawdę wszystko.

Usiłowałem – jakby od tego zależało moje życie – przyciskać poduszkę do uszu, otulać nią głowę, żeby tylko nie słyszeć ich płaczu w tę ciągnącą się bez końca noc. Wreszcie Caroline usnęła, a około czwartej nad ranem usłyszałem pstryknięcie włączanego ekspresu do kawy i rozmowę mamy z babcią.

– ...wróci, jak tylko trochę...

– ...jak on mógł...

– ...tak głupio, bo to taki wiek. Ona się boi.

W tym momencie mama niemal zaczęła krzyczeć: „Ja też się boję, Hannah! To, że jestem dorosła, nie oznacza, że nie odczuwam strachu, że kiedy dzieci dorosną, zostanę sama albo z opiekunką, której będę płacić za to, że mnie karmi. Chcę mieć to, co mi jeszcze zostało i póki mi zostało...

– Cii, Julie, obudzisz dzieci – szepnęła babcia. Zastanawiałem się, dlaczego Caro jeszcze jest. Byliśmy jak Holiday Inn dla życiowych popaprańców. Można wpaść w każdej chwili. Wstałem i skuliłem się obok drzwi. – Masz jeszcze Cathy...

– Wiesz, że chciałabym, żeby Cathy zakochała się i miała kiedyś własną rodzinę. Wiem też, co sądzisz na... o tym, jaka jest Cathy, ale to moja najlepsza przyjaciółka...

– Nie będę się z tobą kłócić. Przyznaję, że bałam się trochę wpływu, jaki mogła mieć na dzieci.

– Ciszej. Może cię usłyszeć. Słyszałam, że wróciła.

– Ale drzwi od jej pokoju są zamknięte.

– To najbardziej lojalna przyjaciółka, jaką miałam w życiu.

– Wiem.

– Ale będzie chciała mieć własne życie i może drugie dziecko. Ma dopiero trzydzieści pięć lat. A Gabe dorośnie i pójdzie do szkoły...

– Każdy boi się zostać sam, Julie – westchnęła babcia i usłyszałem stuknięcie łyżeczki o brzeg filiżanki, kiedy dosypywała cukru.

– Co innego być samemu, kiedy można podróżować czy chodzić na wykłady, czy robić cokolwiek. A co innego, kiedy się człowiek przewróci i leży we własnych ekskrementach, dopóki nie przyjdzie listonosz.

– Zainstalujemy alarm, Julie, i beeper, jeśli będzie taka potrzeba, ale może nigdy nie będzie. Może już nie zdarzy się żaden atak.

– Ale równie dobrze może się zdarzyć. Początek choroby był naprawdę ostry. Trzeba liczyć się z faktem, że za parę lat będę musiała jeździć na wózku.

– Julie! Tym się będziemy martwić, jak do tego dojdzie.

– Jeszcze coś. Nie jestem żadną świętą, ale naprawdę uważam, że nie powinniście zrywać stosunków ze swoim synem. Nie chcę stawać między wami a Leo. Nie chcę, żebyście z powodu źle pojętej lojalności wobec wnuków i mnie utracili kontakt ze swoim jedynym dzieckiem.

– Pomału, Julie. Sprawy się jakoś ułożą. Na razie Gabe musi pogodzić się z tym, co Leo zrobił wam wszystkim. I, Julie, pamiętaj jedno. Byłaś dobrą żoną dla naszego syna. Takie z was były nieopierzone pisklaki, kiedy braliście ślub. Znam cię całe twoje dorosłe życie. Jesteś dla mnie nie tylko synową, Julie, jesteś jak moja własna...

– Wiem, ale to całkowicie pokrzyżowało wasze plany. Przyjaciele, podróże. Wszystko.

W którymś momencie musiałem zasnąć. Śniła mi się Tian, w kuchni u Connie tamtego dnia, jak mówi, że czuje się jak amerykańska księżniczka. Ależ była wysoka – to znaczy jak na Tajkę – i miała krótko obcięte włosy, które podwijały się pod spód, i ubrana była w żakiet mamy. Gabe – powiedziała, biorąc mnie za rękę i głaszcząc po ramieniu – jak miło cię widzieć! W której klasie jesteś? A ja byłem w tym samym wieku, ciągle miałem piętnaście lat. We śnie starałem się wyprostować, by wyglądać na wyższego i poważniejszego, żeby zobaczyła we mnie mężczyznę, ale ona zaczęła odchodzić, mówiąc, że musiała mnie jeszcze zobaczyć, i życzyła mi sukcesów w szkole. Że się niedługo spotkamy... ale to nie był sen. Bo naprawdę to była Caroline, skulona obok łóżka na podłodze.

– Obudź się, Gabe – szepnęła. – Chcę wyjść, póki ona śpi i Aurora śpi. Tata czeka na dworze.

Wstałem, poszedłem do łazienki i bardzo długo i starannie myłem zęby. Zdawałem sobie sprawę, że moje milczenie doprowadza ją do szału, ale nie miałem pojęcia, co jej powiedzieć.

– Gabe – szepnęła przez drzwi. – Wyjdź. Dam ci numer ich domu i Quality Inn, żebyś mógł zadzwonić do mnie, jeśli mama będzie mnie potrzebować. Poszłabym się z nią pożegnać, ale za bardzo jest teraz roztrzęsiona. Nie chcę jej bardziej denerwować.

Otworzyłem drzwi, a Caroline omal nie wpadła do środka. Minąłem ją, jakby była niewidzialna.

– Cholera jasna! – parsknęła. – Nie musisz być taki cham.

Wróciłem do swego pokoju, którego nie można było zamknąć na klucz od wewnątrz, i położyłem się do łóżka.

Choć pewnie wcale na to nie wyglądało, mój umysł pracował jak silnik na najwyższych obrotach. Czy mam starać się ją przekonać? Błagać? Przeklinać? Co będzie ostatecznie najlepsze dla nas, dla nas wszystkich, czy to, że zostanie tutaj i będzie się odgrywać na mamie, zajdzie w ciążę, zacznie palić trawkę albo gorzej? A może uspokoi się po jego wyjeździe i przestanie roić o wiosennej sielance w Dolinie Szczęścia. Wyobraziłem sobie Dolinę Szczęścia pod grubą warstwą śniegu, miejsce ponure i odcięte od świata. Pozostawała także inna kwestia: wciąż miałem przed oczami widok nas obojga skulonych na dworcu autobusowym w West Springfield, w stanie Massachusetts, zastanawiających się nerwowo, czy uda się nam wyjechać z miasta, zanim znajdą broń, przytulonych do siebie, jakby nad naszymi głowami rozpętała się burza. Tylko my dwoje. Ja i moja siostra. Nazywano nas irlandzkimi bliźniętami, gdyż urodziliśmy się w tym samym roku. Z drugiej strony wewnętrzny głos szeptał mi, że ona porzuca nie tylko mamę, która zawsze była wobec niej bardziej lojalna niż Leo, ale i mnie. Mnie, który ją uratowałem, który przeszedłem z nią całą drogę do tablicy z napisem „Pas awaryjny". Caroline – chciałem powiedzieć – jesteś durna jak but, ale jesteś częścią... I coraz mocniej przyciskałem poduszkę do głowy.

– Gabe? – usłyszałem jej głos. – Gabe? Nie pożegnasz się ze mną? – Nie chciałem się do niej odzywać. – Gabe, jesteś moim bratem. – Z drżenia w jej głosie domyśliłem się, że płacze. – Ale nie mamy obowiązku postępować tak samo. Wiem, że jesteś większy, silniejszy i lepszy. Ale ja nie jestem zła, Gabe. Nie jestem podła. Nie chcę nikogo zranić. Boję się, że ją będę ranić. Mamę. To też jest powód, dla którego wyjeżdżam. Nie tylko ze względu na siebie. – Nieśmiało docierało do mnie, że ona mówi prawdę. Po nieskończenie długim – jak mi się wydawało –

czasie poczułem jej rękę na głowie. – Napiszę do ciebie, Gabe. Zadzwonię z hotelu. Zawsze będziesz moim bratem. Przykro mi, że nazwałam cię niedorozwojem. Jesteś najmądrzejszym chłopakiem, jakiego znam. – O kurde – pomyślałem – tu już chyba przesadziła. Surrealistyczny, kurde, dowcip. Ciekawe, jak zareagowaliby na coś takiego w szkole. Wolałem nie myśleć. Steinerom należy się chyba nagroda za największą w czterdziestu ośmiu stanach transformację przeciętnej amerykańskiej rodziny. Po chwili opanowałem drżenie ust i podniosłem głowę. Jeszcze nie byłem do końca pewien, co jej powiem.

Ale jej już nie było.

XXVII
Psalm 78

ZBĘDNY BALAST
Pod red. J.A. Gillis
Rozpowszechnianie: Panorama Media

Droga J.,

za kogo Ty się masz i jakim prawem udzielasz rad, które mogą tak radykalnie zmienić całe dotychczasowe życie? Mówisz komuś, że jego małżeństwa nie da się uratować, a tymczasem wystarczy pomodlić się i przemóc własną pychę, żeby okazało się, że można być jeszcze bardzo, bardzo szczęśliwym. Tak było w naszym przypadku, kiedy mój mąż pobłądził. Wybraliśmy najniżej położone pomieszczenie w domu – łazienkę w piwnicy – i tam upadliśmy w pokorze na kolana, błagając Boga o uzdrowienie naszego małżeństwa. On nas wysłuchał. Moim zdaniem z Tobą jest coś nie tak albo po prostu nie chcesz, żeby inni byli szczęśliwi. Kim Ty właściwie jesteś? Psychologiem? Księdzem? Czy lubiącą wtrącać swoje trzy grosze mądralą?

Ciekawa z Clayvourne

Droga Ciekawa,

prawdopodobnie trafna jest odpowiedź trzecia.

Nie mam wykształcenia w tej dziedzinie, ponieważ w szko-

le, do której chodziłam, nie uczono, jak żyć. Moje własne życie też nie stanowi przykładu oszałamiającego sukcesu, zwłaszcza w niektórych dziedzinach. Ale staram się, jak potrafię. I uważnie słucham tego, co ludzie mają do powiedzenia. Czy to nie wszystko, co tak naprawdę można zrobić?

J.

Po pierwszym odejściu Leo Caroline bardzo rzadko uczestniczyła w naszym wspólnym życiu. Ostentacyjnie zresztą starała się tego nie robić. A kiedy wyjechała na dobre, jej nieobecność stała się faktem ostatecznie dokonanym. Choć byłam pewna (niemal liczyłam na to), że pojawią się kolejne symptomy choroby (sporadyczne zaćmienia umysłu tak naprawdę się nie liczą), nic takiego nie nastąpiło. Czułam się świetnie. Nigdy więcej nie powtórzyła się ta historia z czasu rozwodu, która prawdopodobnie nie zdarzyła się ot tak sobie.

Mój umysł działał brutalnie jasno. Wciąż miałam przed oczami buńczuczną minę mojej córki, kiedy sprzątałam pobojowisko pozostałe po jej huraganowym odejściu: spinki z pojedynczymi jasnymi włosami, notatki poskładane w skomplikowane ośmioboczne piramidy, w jakich konstruowanie bawią się nastolatki na lekcjach, na wpół pusta butelka eau leonie (moja). Cały czas widziałam moją Caro. Włosy skręcone i upięte, ubrana w rzeczy, które pozostały w szafie: w długą czarną wyjściową spódnicę, kurtkę i lakierki, w których jej stopy wydawały się maleńkie i zgrabne, a których oczywiście nie znosiła. Schowałam je do pudełka, przytuliwszy je najpierw do policzka, tak jak chowałam swetry mamy po jej pogrzebie. Uświadomiłam sobie, że nawet nie wiem, gdzie odesłać rzeczy Caro. W końcu dałam je Hannah, gdyż nie chciałam znać nawet numeru skrzynki pocztowej Leo.

Ogarniało mnie coraz większe poczucie własnej bez-użyteczności. Proszę bardzo, niech ktoś spróbuje wyobrazić sobie siebie w ciele kobiety, która straciła męża, dziecko i zdrowie. Moje dawne ja okazało się niczym więcej jak tylko marionetką, ożywianą poczuciem bycia Julie – żoną, matką i pisarką. Teraz zerwane zostały wszystkie sznurki oprócz jednego. Tylko jedna ręka mną poruszała, niepewnie i lękliwie. Zostali mi tylko oni dwoje: Gabe i Aury, obecnie Rory. A ja nie byłam w stanie się nimi należycie zająć, z wyjątkiem sporadycznych przypływów czułości, które nigdy w pełni nie zastąpią stałej, dającej poczucie stabilności, macierzyńskiej opieki. Patrząc na nich, ciągle widziałam zmarszczony niechętnie nos Caro. W głosie Gabe'a słyszałam te same nuty, co kiedyś u niej, i wtedy pragnęłam uciec od niego jak najdalej. Zachowywałam się... jak wredna małpa. Jednego wieczoru przeczytałyśmy z Rory cały stos książeczek dla dzieci, a drugiego spotykało ją tylko niechętne machnięcie: idź sobie i daj mi pospać. W jednym tygodniu co dzień wypakowywałam razem z Gabe'em zawartość jego szkolnego plecaka i sprawdzałam, jakie będzie miał zajęcia, a w drugim nawet nie zauważałam, czy wrócił do domu. Jennet powiedziała, że to przez te uszkodzenia, które albo coś tam robiły, albo czegoś tam nie robiły w moim mózgu, niszcząc otaczającą nerwy tkankę, przypominającą teraz spalony tost.

Gabe był twardy. Jak skała. Prawie nie okazywał emocji, był powolny w ruchach. Poruszał się jak nurek chodzący po dnie oceanu z obciążeniem.

Ale zawsze dopilnował, żeby młodsza siostra wróciła do domu.

Zawsze dopilnował, żeby zjadła i poszła wcześnie spać. Traktowałam to jak coś oczywistego. Wiedział o tym.

Jeśli chodzi o Cathy, to wywoływała we mnie poczucie

wstydu i kompletnego nieudacznictwa. Abby Sun nigdy nie opuściłaby Cathy, tak jak Caroline mnie. Witała się ze mną co rano, tuląc mnie mocno i obejmując, a ja zmuszałam się, żeby ją pogłaskać po główce. Nie była to dla mnie najlepsza pora dnia. Nie były to moje najlepsze dni. Do szału doprowadzał mnie ten uparty tępy ból, to stale powracające pieczenie w nogach, drżenie rąk i ten mój mózg, który kazał ZACZEKAĆ CHWILĘ I POMYŚLEĆ, jak coś napisać. Tak samo reagowałam na niemożność przypomnienia sobie słów, które kiedyś znałam równie dobrze jak swoje własne imię – nieraz mi się zdarzyło, że dzwoniąc gdzieś, musiałam chwilę się zastanowić, zanim się przedstawiłam. Wiedziałam, że powinnam koniecznie leżeć po południu i oszczędzać się, nawet kiedy mam przypływ energii czy sił twórczych. Często wtedy „przedobrzałam", za co płaciłam później zasypianiem w trakcie rozmowy czy bełkotaniem, jakbym była pijana. Brałam valium, żeby zapanować nad nadpobudliwością i ogarniającymi mnie lękami – czasami zwidywała mi się Caroline, jak leży martwa na poboczu, potrącona przez pijanego kierowcę, podczas gdy Leo i Joyous winem zrobionym z udeptanych osobiście winogron wznoszą toast za wydajność spermy Leo. Brałam antydepresanty, żeby mnie rano wykopały z łóżka, inaczej całymi dniami leżałam, nie myjąc twarzy, w ogóle nie dbając o to, jak wyglądam czy jak pachnę. Dzieci jakoś nigdy mi tego nie wypominały, a choć Cath robiła nieśmiałe uwagi, jakie to ważne, żeby wstać i umyć się codziennie („Jeśli weźmiesz prysznic i ubierzesz się, Jules, to wszystko potem będzie oficjalnie zakwalifikowane jako drzemka..."), o wiele prościej było umyć tylko zęby i przytaszczyć komputer do łóżka. W końcu Cathy czy Hannah i tak wyprały pościel.

Czy uważałam, iż moja abnegacja wynika stąd, że jestem biedną, chorą na SM, porzuconą przez męża kobietą?

No cóż. Tak.

Pokazałam Cathy mój wiersz „Zupa w zimie", nad którym pracowałam przez dwa miesiące, licząc starannie sylaby. Byłam z niego dumna.

ZUPA W ZIMIE

Cebula – znak miłości na części rozkrojonej,
Pod łuską dobrze widać to, co odrzucone,
Warstwy – jak słoje drzewa, na pół przepołowione,
Niby łatwo.
Więc tak robimy.
Ciemny, zgniły kawałek słowami się wycina,
A zmiksowaną ostrość smaku rozum zapomina,
Gdy z oczu łzy nie płyną, a zapach zniknie z dłoni.
Na małym ogniu podgrzana jest nie do rozpoznania,
Zapominamy, jak trudne miłość stawia wymagania.
Szybko rozpada się cebula,
Zbyt łatwe jest segmentowanie.
Jakby we wszystkim
Kryło się zmartwychwstanie.

Cathy spojrzała na mnie.

– Wiesz, to całkiem zgrabnie napisane. Ale czy chciałaś przez to powiedzieć, że miłość cuchnie?

Nie pomyślałam o tym.

Musiałam się z nią zgodzić. Niech ją licho!

– Niekoniecznie tak jest, Julie. I nigdzie nie jest napisane, że się więcej nie zakochasz. Jesteś jeszcze młoda...

– Daj spokój! – prawie krzyknęłam na nią, na moją najlepszą przyjaciółkę. – Kobiecie w moim wieku, nawet jeśli jest milionerką, bardzo trudno znaleźć sensownego partnera. A co dopiero jak się jest bez grosza, ma się neurotyczne dzieci i chroniczną, degradującą umysłowo chorobę! Nie są to warunki na randkę stulecia.

Mówiąc to, uderzałam dłońmi w blat stołu, aż mnie rozbolały. Na koniec ją przeprosiłam.

– Zdaje się, że choroba rzuca mi się na głowę, i to w sensie dosłownym. Nigdy nie miałam takich huśtawek nastroju. – Spodziewałam się, że Cathy pośpiesznie zaprzeczy. Nie zrobiła tego, a we mnie otworzyła się zimna, czarna dziura.

Całkiem możliwe, że miałam to, co nazywają zaburzeniami intelektualnymi – innymi słowy, uszkodzenia mózgu.

Doszłyśmy z Jennet do wniosku, że w pewnym sensie uważam Leo za winnego pogorszenia mojego stanu – przez to, że mnie zostawił. Czasami wydawało mi się, że gdyby Leo wrócił, to – jak na taśmie filmowej puszczonej od końca – wszystkie sznurki połączyłyby się na nowo, jeśliby tylko mnie kochał. A jednak, mimo że tak bardzo kochałam Leo, moje fantazje na jego temat miały charakter morderczy, nie erotyczny. Wyobrażałam sobie, że przychodzi do mnie przemarznięty na kość i zakrwawiony, a ja zamykam mu drzwi przed nosem, mimo że na dworze szaleje śnieżyca. Właściwie taki miałam sen, więc nie była to moja wina. Zdaniem Jennet w obrazie Leo, zimnego i zagrażającego mi, nie było nic niezwykłego. Uważała, że to normalne. A ja wyjęłam jego listy do mnie i album z miesiąca miodowego i patrząc na nasze twarze, gładkie, szczupłe, młode i zmysłowe, myślałam sobie: gdzie tkwi klucz do zagadki? Gdzie jest to ziarno, z którego wyrósł Leo taki, a nie inny? Czy to jego arogancja? Niecierpliwość? Byłam sto razy bardziej arogancka i niecierpliwa, nawet zaraz po ślubie. Ale nigdy, przenigdy nie potraktowałabym obrączki jak śmiecia i nie uciekłabym od odpowiedzialności. Jennet wciąż mnie wypytywała, starając się odnaleźć słaby punkt, to miejsce w moim małżeństwie, które wykazało się najmniejszą odpornością, a ja naprawdę nie byłam w stanie jej go wskazać. Wciąż upierałam się, że miliony ludzi przeżywają szaleństwa wieku średniego i wracają potem do domu, machając potulnie ogonem. Nie – zaprzeczała Jennet. To nieprawda. Ci, którzy wdają się w dłuższe romanse, trenują przed rozwodem, tak jak samobójcy próbują najpierw płytkich cięć. Ależ on był takim dobrym ojcem – protestowałam. Podobnie jak wielu mężczyzn regularnie bijących żony – ripostowała Jennet. Wielu z nich nigdy palcem nie tknęło dzieci.

– Niech ci będzie! – wrzasnęłam na nią któregoś dnia. – Wiedziałam, że głupio robię, puszczając go na ten fotograficzny wyjazd! Wiedziałam, że to nic dobrego nie wróży i że w ostatecznym rozrachunku to ja dostanę po głowie! Ale gdybym mu zabroniła, odszedłby wcześniej, jasne? To by tylko przyśpieszyło sprawę. Szybciej by się wymeldował.

– A czy tak by było gorzej niż to, co się stało? – spytała cicho.

– Kochałam go! – krzyczałam. – Byłam do niego przyzwyczajona. Byliśmy świetnie zgrani. Chcesz powiedzieć, że szybkie, ostre cięcie, oddzielające dzieci od ojca, byłoby lepsze niż te ostatnie dni, które spędziliśmy razem... bo mimo wszystko było nam dobrze... aż do jego ostatniej wyprawy?

– Tak – rzekła Jennet. – Właśnie to chcę powiedzieć.

– Czemu?

– Ponieważ rozstanie rozegrane zostało w sposób podstępny i podły, a rany Gabe'a i Caroline będą goić się latami. Przykro mi, że ja ci to mówię.

– I to ma być moja wina?

– Chwileczkę – podniosła rękę. – Tego nie powiedziałam. Nie winię cię za to, że zamykałaś oczy na coś, co dla mnie od razu było oczywiste, ale ty nie jesteś mną, a ja nie jestem jego żoną. Dziwne zachowanie, pogłębiające się stopniowo, jak to miało miejsce w przypadku Leo, pomału staje się czymś znanym i zwyczajnym, a coś zwyczajnego zawsze wydaje się o wiele lepsze od czegoś nieznanego. Jak na przykład samotne życie. Czy utrata córki. Ale łączenie postępowania Leo z twoim zdrowiem, Julieanne, to już myślenie magiczne. Zdarzają się przypadki czysto przypadkowe. Nie chciałabym urazić twoich uczuć religijnych, ale myślę, że większość wydarzeń jest przypadkowa. Inaczej mówiąc, gdyby nie zaszły wyjątkowe... Gdybyś na przykład prosiła Boga o dowód na Jego istnienie i gdyby tego dnia nic „nadprzyrodzonego" się nie wydarzyło, to nawet byś nie zapamiętała tego dnia.

– Więc co mi pozostaje?

– Przepracowanie w sobie złości.

– Zabrzmiało to strasznie analitycznie. Przepracowanie złości.

– Może. Ale musisz przyznać się dzieciom, że jesteś wściekła na ich ojca, musisz przestać ciągle kazać im „szanować" go, wmawiać im, że pewnego dnia jeszcze będą chciały go „pokochać". Zostaw im wybór. Najwyżej możesz pomóc im szanować wspomnienia o tatusiu, mimo że postąpił podle. I musisz przestać myśleć o sobie jak o ofierze. I przestać wyglądać jak ofiara, w tych workowatych spodniach i za dużych bluzach. Zacznij żyć, Julieanne.

Łatwo jej było mówić.

Ratowały mnie tylko rozmowy z Mattem. Mały Matthew MacDougall, mój cichy wielbiciel z siódmej klasy, teraz wielki chirurg z Bostonu. Na początku czułam się mile połechtana, że przeczytał mój wiersz i że w dodatku mu się spodobał.

Po całej tej historii z Leo i po rozwodzie życie wcale nie było zabawne. Rozmawianie o moich przeżyciach z kimś, kto był inteligentny, zabawny i wolny (owdowiał – smutne, ale i tak jej nie znałam), dawało poczucie, że wyrównałam rachunki z Leo. Matt stracił żonę w wypadku samochodowym, który na szczęście przeżyło jego dziecko. Jednak najwyraźniej związane z moją osobą wspomnienia sprzed ćwierć wieku wciąż były dla niego ważne. Więc z mojej strony był to rodzaj odwetu. Nieszkodliwego. Masz instruktorkę ćwiczeń Pilatesa, która smaży dżemy? A ja mam chirurga plastycznego, lekarza z prawdziwego zdarzenia! Nastawia szczęki, a nie zbiera jagódki. Ratuje dzieciom twarze, a nie robi sto powtórzeń na macie.

Ale tak naprawdę nie „miałam" Matta ani nie chciałam go „mieć".

Zapamiętałam Matthew MacDougalla jako karykaturalnie niskiego chłopaka, takiego krasnoludka – ja byłam na swój wiek wysoka i w tańcu rozmawiałam właściwie z przedziałkiem na jego głowie – w którego granatowych oczach malowało się bezgraniczne uwielbienie dla mnie i który dawał mi ściągać na klasówce z matematyki. Kiedy miał się odbyć po latach zjazd absolwentów naszej szkoły, ledwo go pamiętałam – nie zwracałam nigdy na niego większej uwagi. Jego żona Susan, która zginęła w wypadku, kiedy ich dziecko było jeszcze małe, była pierwszą zmarłą osobą z naszego pokolenia, nie licząc tych z Wietnamu. Napisałam więc do niego na moim papierze listowym z inicjałami JSG, którego teraz używam do sporządzania list zakupów. Zrozumiałe, że dla mnie publikacja i spory czek (pięćdziesiąt dolarów) za wiersz w „Pen, Inc." były naprawdę dużym przeżyciem, ale jakim cudem wielki lekarz czytał „skromne" (naprawdę skromne) pisemko poetyckie?

Zastanawiałam się też, co tak naprawdę kryło się za jego prośbą, żebym się odezwała, i dlaczego to zrobiłam.

Byłam samotna.

Chciałam mieć kogoś, kto by mnie nie mógł zobaczyć. Chciałam, aby mnie chciał ktoś, kto mnie nie mógł widzieć ani wiedzieć, że się potykam i zataczam, kto by nie słyszał, jak bełkoczę i się jąkam.

– Co robiłeś dzisiaj?

– Och, mnóstwo fajnych rzeczy – odpowiedział. – Pojechałem umyć samochód, a potem kupiłem nową powieść Elmore'a Leonarda. Wracając do domu, wstąpiłem na kawę, choć wiem, że jestem już za stary i że nie będę potem mógł zasnąć przez całą noc.

– To znacznie więcej, niż ja zrobiłam przez cały tydzień.

– Przesadzasz. Znajomi twierdzą, że jestem najnudniejszym facetem pod słońcem. Chodzę na siłownię, kupuję jedzenie na wynos, idę spać po dzienniku. W zeszłym miesiącu usiłowałem przyciąć krzewy w ogrodzie, żeby nadać im ozdobne kształty. Pomyślałem, że fajnie byłoby zrobić z nich delfiny. Wziąłem specjalną książkę z biblioteki. W końcu jestem chirurgiem, czyż nie? Co w tym trudnego? A jednak. Ogród wyglądał, jakby przeszli się po nim nastoletni wandale. Nie, jakby przeszedł po nim Ku-Klux-Klan.

Dzięki temu, że opowiadał o krzakach, o kominku, o swoim kumplu Shawnie i drugim kumplu Louisie z Nowego Jorku, poznanym w Nigerii, nawiązałam kontakt z normalnym światem, światem zwykłych ludzi robiących zwykłe rzeczy dla przyjemności. Zeszłej jesieni wszyscy trzej postanowili wybrać się na polowanie na bażanty. Ojciec Shawna pożyczył im broń. Pojechali do rezerwatu myśliwskiego i okazało się, że właśnie tego dnia leśniczy przywieźli nową zwierzynę. Bażanty zeskakiwały z ciężarówki, a potem stały nieruchomo, patrząc na Matta i jego przyjaciół, w ogóle nie próbując odlatywać. Nie było zatem mowy o ich podchodzeniu. Panowie tylko wymienili spojrzenia i bez słowa schowali broń do futerałów. „Tak wyglądał mój sezon myśliwski – opowiadał Matt. – Za kilka tygodni wyjeżdżam na urlop, więc rozpocznie się sezon wędkarski. Głowę dam, że żaden pstrąg nie znajdzie się w niebezpieczeństwie. Potem pewnie nastąpi sezon gitarowy".

Słuchając go, uśmiechałam się.

Ale po wyjeździe Caroline, kiedy zaczęło się długie, apatyczne lato, byłam zbyt wyczerpana, żeby rozmawiać z Mattem, czy choćby z Cathy lub Gabe'em. Moja córka „Cat" przysłała mi kilka, wyraźnie z poczucia obowiązku napisanych kartek o przygodach w osadzie kwakrów, o łowieniu ryb, o tym, że Amos zaczął raczkować; po kilku takich listach czułam się tak, jakby wtykała mój nos, niczym szczeniakowi, w nowe życie jej ojca. Mimo to raz na tydzień dzwoniłam do niej na komórkę i zostawiałam wiadomość, jeśli nie odbierała. Rzadko oddzwaniała. Kiedy się to zdarzało, była podejrzanie wesoła. „Cześć, mamo. Świetnie. Tak. Całuski". Nie potrafiłam do niej dotrzeć. Urodzinowa kartka do Gabe'a, którą wyrzucił, a ja wyjęłam ze śmieci, podpisana była „Cat Steiner".

Skończyło się już ubezpieczenie Leo, obejmujące nas wszystkich przez pierwsze lata po jego odejściu z uniwersytetu. Wyrokiem sądu nowym ubezpieczeniem zostali objęci Gabe, Caroline i Rory (więc Gabe w końcu trafił na terapię ze swoim problemem nauki mowy i języka), a ja musiałam dalej płacić za moje lekarstwa, tych moich małych strażników chroniących mnie przed ciemnością, co do których skuteczności nikt nie miał pewności, ale wszyscy twierdzili, że przerwanie kuracji byłoby zbyt ryzykowne. Żadne ubezpieczenie nie pokrywa kosztów leków na SM, ponieważ każde leczenie „nieuleczalnej" choroby jest eksperymentem. Udało się załatwić, dzięki drobnym machlojkom Cathy, że przynajmniej koszty mojej rehabilitacji pokrywało państwo. Sprzedałam ostatnie sztuki cennej porcelany po mamie i jej mały szkic Renoira. Przyjrzałam się krytycznie swojej garderobie i zdecydowałam, że potrzebne mi będą tylko trzy zimowe i trzy letnie zestawy. Pewna miła pani dała mi tysiąc sto dolarów za dwa naręcza kostiumów i sukienek – część moich, część mamy. Hannah ofiarowała mi pudło szali z rękawiczkami do kompletu, tak że w sumie mogłam zaprezentować się całkiem szykownie.

Po wyprzedaniu wszystkiego, co w domu niepotrzebne, mając w sumie siedemnaście tysięcy dolarów na koncie, poczułam się bogata – dopóki nie zorientowałam się, że moje lekarstwa kosztują ponad siedem tysięcy dolarów rocznie. W końcu więc i tak będę musiała mieć pełne ubezpieczenie. A to oznaczało konieczność znalezienia pracy na cały etat. Ale jaka firma zatrudni dziennikarkę, która często musi przez dwie godziny dziennie leżeć? I która ma dziwną chorobę.

Musiałam znaleźć sposób, żeby pracować więcej i żeby jakoś rozmnożyć pieniądze. Robiłam więc drobne oszczędności. Choć Cathy płaciła za większość zakupów spożywczych, rozpoczęłam eksperymenty, jak tu z ryżu i fasoli przyrządzić coś naprawdę ciekawego. Postawiłam na warzywa i gotowałam w kółko zupy: zupy z makaronem, makarony z zupą i do tego fasola.

Leo byłby w siódmym niebie.

Tak wtedy wyglądało moje życie. Jeśli trafiały się publiczne wystąpienia, to przeważnie gdzieś dalej, ponieważ rubrykę przedrukowywały gazety w różnych czę ściach kraju. Ale cenę biletu samolotowego doliczano mi często do wynagrodzenia, które śmiało podniosłam do dwóch tysięcy dolarów. Kiedy Cathy wyjeżdżała, zajmowałam się Abby – chyba że był to akurat tydzień po zastrzyku, wtedy zajmowała się nami Hannah lub Connie – więc kiedy mnie nie było, ona chętnie brała pod opiekę Aurorę. Czasami odnosiłam wrażenie, że Aurora uważa Cathy za matkę, ale kiedy tylko moje myśli zaczynały niebezpiecznie dryfować w tym kierunku, usiłowałam się pocieszyć, że to dobrze, iż ma taką dobrą zastępczą mamę. Nie znosiłam zbyt dobrze podróży w cieplejsze rejony, na przykład do Atlanty, a także gorącego lata w północnym Wisconsin, ale poważniejszych problemów nie miałam. Wszystko było w porządku, jeśli tylko mogłam się trochę zdrzemnąć, a nauczyłam się zasypiać w jednej chwili i w każdym pojeździe, czy to na tylnym siedzeniu samochodu, czy to w samolocie. Coraz częściej korzystałam z którejś z lasek ojca. Wszyscy myśleli, że to taka moda, zwłaszcza w przypadku jednej, ze srebrnym pawiem, którą dostał od jakiegoś angielskiego czy szkockiego lorda.

W nielicznych wolnych chwilach bawiłam się w pisanie wierszy, próbując różnych form, i usiłowałam dociec, czy jestem wściekła, czy tylko mam złamane serce. Kiedy na urodziny dostałam od Cathy szkła kontaktowe, skroiłam i uszyłam kostium nietoperza dla Aurory. Trwało to dwa miesiące, szyłam wieczorami.

Wtedy zdarzyły się niemal jednocześnie dwie katastrofy.

Pewnego piątkowego wieczoru, kiedy lekkie drżenie upalnego sierpniowego mroku zwiastowało zbliżającą się jesień, do mojej sypialni wszedł Gabe. Leżałam, gapiąc się na wentylator na suficie i licząc obroty na minutę. Rory, która błyskawicznie przyzwyczaiła się do nowego imienia, wdrapała się na łóżko i wtuliła we mnie, wetknąwszy palec do buzi.

– Najbardziej zakazana książka w historii szkół publicznych? – rzucił Gabe.

– Zaczekaj – starałam się zyskać na czasie. – Mhm, no tak. Książka Judy Blume?

– O Bogu, Margaret i pierwszej miesiączce*, nie – odparł.

– Daj mi jeszcze jedną szansę.

– Nie ma dwóch szans. To *Władca much*.

– Jak mam udowodnić swoje, leżąc tutaj? Wiesz, *Władca much* przypomina mi tę pierwszą komunę ojca. – Jennet zalecała, żeby nie ignorować istnienia Leo: miałam o nim mówić.

– To prawda.

– Bardziej niż ta książka o wrestlingu.

– Tak. No dobra – kontynuował, ułożywszy się wygodnie w nogach łóżka. – Najlepszy dżingiel dwudziestego wieku?

– Na pewno Barry Manilow – stwierdziłam autorytatywnie. – „I wish I were an Oscar Mayer wiener". Nie, chwileczkę. To będzie „Winston tastes good like a cigarette should".

– Mamo, nie ma dżingli reklamujących papierosy.

– Kiedyś były.

– Myślę, że umysł... płata ci figle.

– N i e, Gabe. Były reklamy papierosów w telewizji z wielkimi gwiazdami, które śpiewały o papierosach. Był taki Marlboro Man, symbol wielkiego macho. Umarł od palenia. Zanim umarł, zrobił reklamę „Oto co ze mnie zostało. Zanim to obejrzycie, będę zakochany".

– Chciałaś powiedzieć „zakopany".

---

* Chodzi o książkę Judy Blume *Are You There God? It's Me, Margaret.*

– Masz rację.

– W takie reklamy papierosów to wierzę.

– Zajrzyj do Internetu, mądralo. Tak czy owak ta była najlepsza.

– Znowu pudło – oznajmił Gabe. – Chodzi o „You deserve a break today"*.

– Dobra, niech ci będzie – ściszyłam głos, zauważywszy, że Rory zasnęła. – Nie jadam świństw, więc skąd miałam wiedzieć. Tak czy owak częściowo miałam rację. Barry Manilow ją napisał.

– Ty naprawdę umiesz przegrywać.

– Teraz moja kolej. Który aktor telewizyjny powiedział „Nano, nano"?

– Mamo, tylko bez tych głupot z lat siedemdziesiątych. To musiało być, jak mawia dziadek, gdy ustąpiły fale potopu.

– No dobra. To wymień trzynaście kolonii – poddałam się.

– Cofamy się o dwa wieki?

– No to co? Tyle chyba wiesz po dwóch latach w szkole średniej.

– Niech będzie. Nowy Jork. New Jersey. New Hampshire. Północna Karolina. Południowa Karolina.

– To są wszystkie ze słowem Nowy oraz północna i południowa, ale i tak naliczyłam tylko sześć.

– I wystarczy. Niedługo już pobędę w drugiej klasie.

– Tak? Przeskakujesz rok wyżej?

– Nie. W ogóle rzucam.

– Zanieś Rory do łóżka – poleciłam, ponieważ już raz jakieś dziwne elektryczne wyładowanie w moim ciele prawie ją obudziło i zaczęła popiskiwać. – I posadź ją najpierw na nocniku.

---

* Słynna reklama McDonalda.

– Chodź, bąku – powiedział Gabe, biorąc bezwładne ciałko w ramiona. – Może spać w tym? Rano ją przebiorę.

– Mhm – mruknęłam, myśląc: „Cathy, Cathy mu to wyperswaduje. To tylko takie odreagowanie gniewu. Rodzaj niechęci. Nie może znieść myśli, że będzie miał znów do czynienia z panią Kimball, czemu trudno się dziwić. Załatwię mu zmianę nauczyciela. Jak zaczną przychodzić czeki, znajdę sposób, żeby zapłacić za naukę w domu. Co dobre dla Caro, dobre też dla Gabe'a". Kiedy wrócił do sypialni, miałam gotowe argumenty. Zamiast je wytoczyć, wybuchnęłam płaczem i chwyciłam jego wielkie łapsko.

– Nie dobijaj mnie, błagam. Gabe, ja nie chcę cię wpędzać w poczucie winy. Nie dodawaj mi i tego krzyża. Proszę.

– Nie myśl o tym w ten sposób – odrzekł łagodnie. – Ja chcę się uczyć. Mam zamiar dalej czytać. Ale nienawidzę tego miejsca...

– To znajdziemy inną szkołę...

– Tak. Na przykład Sojourner Truth? Mamo, ja nie chcę chodzić do szkoły z takimi, co to robią sobie tatuaże spinkami do włosów. Może to i fajni ludzie, ale w zimie noszą czarne skórzane kamizelki i nic pod spodem, a włosy farbują na fioletowo. Jestem cudakiem, ale nie takim. Jestem po prostu zwykłym oryginałem. – Westchnął. – Wiem, że po tym wszystkim, przez co przeszłaś, to niemal jak gwóźdź do trumny. Ale mam szesnaście lat i nie jestem takim sobie zwykłym szesnastolatkiem. W dodatku na razie nie dostajesz jeszcze czeków od Leo. A ja mógłbym pójść do pracy...

– N i e, Gabe – błagałam. – To nie na twoje siły. Pomyślę o jakimś innym rozwiązaniu. Bo jak raz zrezygnujesz z nauki, nigdy do niej nie wrócisz.

– Niektórzy sławni ludzie wrócili. Lekarze. Steve Jobs.

– On przerwał studia, Gabe. Porwało go.

– Co go porwało?

– Idea... Wizja... To zupełnie co innego. No i był geniuszem.

– Wiem, że nie jestem geniuszem, ale też nie chcę wylądować przy kopaniu rowów. Pójdę na studia. A do La-Folette będę chodził jeszcze dokładnie jeden semestr. Mam zamiar odejść w styczniu, bo lubię skończyć, jak coś zacząłem. I na tym koniec.

Coś do tego czasu się zmieni – pomyślałam. Musi się zmienić. Nie może tak być, żeby to pasmo nieszczęść ciągnęło się w nieskończoność. A właściwie to dlaczego biorę to do siebie, uważając, że wszystko, co tylko zaczyna się dziać, głównie dotyczy mnie biednej? Chłopak stracił ojca, który i tak przez ostatnie dwa lata prawie się nim nie interesował, stracił siostrę i w zasadzie stracił najlepszego przyjaciela, jedyne, co kiedykolwiek miało dla niego jakiś sens w szkole. W tym roku Luke był w stosunku do Gabe'a jeszcze bardziej chłodny... pewnie już na zawsze zostanie przyjacielem tylko na lato, a tego Gabe nie mógł dłużej znosić. I utracił też swoją miłość. Tian. O całym tym galimatiasie myślałam jak o wielkiej katastrofie morskiej, zatonięciu zacnego okrętu „Julieanne". Sam statek płonął, lecz załoga jak jeden mąż była na pokładzie, zwarta i gotowa. Ludzie miewali gorsze problemy. Wystarczyło poczytać te listy, na które odpowiadałam poza łamami pisma. Listy, w sprawie których dzwoniłam do profesjonalistów i pilnowałam, żeby profesjonaliści skontaktowali się z ich autorami. Listy od nastolatek, których ojcowie zakradali się do ich sypialni w nocy, a których matki karały je, kiedy próbowały prosić o pomoc. Od żon, które „niechcący wpadły na kuchenną szafkę" albo „przewróciły się" i szły do pracy z ręką na temblaku.

Od księży, których przełożeni nie słyszeli wyznawanych im grzechów. Od matek, którym odebrano dzieci z powodu tego, co im zrobiły one lub co im zrobili „wujkowie", i które nigdy więcej nie zobaczyły tych dzieci. Pisały kobiety z nawrotem raka piersi po ośmiu latach. Ludzie ze... stwardnieniem rozsianym, którzy nie mogli chodzić i nastawiali timer podczas zebrania w biurze po to, żeby wiedzieć, kiedy przestać mówić; kobiety, których mężowie musieli robić im lewatywę i karmić owsianką po łyżeczce.

– Gabe – wzięłam syna za rękę. – Nie mam do ciebie pretensji. Nie pochwalam tego, ale nie mam do ciebie żalu.

– Mamo, proszę cię, posłuchaj. Naprawdę było ciężko i bardzo mi pomogłaś przebrnąć przez to wszystko. Jednak już dłużej tak nie mogę. A nie stać nas na prywatnych nauczycieli. Poza tym za dużo jest roboty w domu. Przecież nie możemy w kółko jeść wegetariańskiego chilli i kotletów z soi.

– Wkrótce przyjdą czeki. Przed Bożym Narodzeniem wszystko zostanie ustalone, podział majątku i cała reszta. – Słuchał cierpliwie, a ja wiedziałam, że nie zmieni zdania. Ponad połowa uczniów, którzy przerwą naukę, nigdy do niej nie wraca, a ci, co wracają, mają szansę nauczyć się połowy tego, co normalni absolwenci. Ale on był moim nieodrodnym synem. Popychanie go byłoby równoznaczne z przypieczętowaniem wyroku.

– Rory też mnie potrzebuje – tłumaczył. – Ciebie często nie ma, poza tym przez kilka dni jesteś wyłączona ze wszystkiego.

– Jest znacznie lepiej. Z każdym miesiącem się poprawia.

– Mamo! Ja przez trzy godziny pracuję w domu, żeby zrobić to, co inni zrobili w klasie. Byłoby inaczej, gdybym mógł używać laptopa. Ale nie stać nas na laptopa dla mnie, a gdybym tylko spróbował usiąść do szkolnego, to musiałbym najpierw pokonać co najmniej trzech psycholi udających samurajów. Dla zabawy stłukliby mnie na kwaśne jabłko za samo zapytanie się, czy mógłbym przez chwilę z niego korzystać. A potem jeszcze to mnie by za to zawiesili, nie ich. Musi istnieć gdzieś taka szkoła, gdzie mógłbym pokazać, co umiem, bez konieczności ręcznego pisania. Przecież to moje głupie pismo wygląda jak rysunki Rory. Musi być gdzieś szkoła, w której można nosić ze sobą komputer i żaden debil nie rzuca nim zaraz pod sufit.

Co robić z prawdą, kiedy nie można jej znieść? Co robić, kiedy powody niewłaściwego wyboru brzmią tak rozsądnie, i to pod wieloma względami, że nie da się z nimi walczyć? I kiedy nie da się już nic więcej zrobić, bo wszystkiego się już próbowało? Musiała być taka szkoła i moim obowiązkiem było ją znaleźć. Wyszukać Gabe'owi college i przypilnować, żeby brał korepetycje przed egzaminem wstępnym. Może mógłby zacząć w wieku siedemnastu lat. Jego iloraz inteligencji nie był bardzo wysoki, ale tak naprawdę nigdy nie przeszedł wiarygodnego testu. Okazałoby się pewnie, że jest równie wysoki jak mój.

Marzenia, w które się wierzy odpowiednio silnie, mogą się w końcu ziścić.

– Mam nadzieję, że zmienisz zdanie, ale jeśli nie, to jednak liczę, że w przyszłości pójdziesz na studia – poddałam się wreszcie. – A jak nie pójdziesz, to przejmiesz po mnie kącik porad, będziesz żył oszczędnie i mnie utrzymywał. – Tylko częściowo żartowałam. Moim zdaniem spokojnie mógłby pisać dla nastolatków. Miał duże wyczucie słowa, przynajmniej w mowie. Oboje roześmialiśmy się i przytuliłam go odrobinę dłużej, niż może by

378

sobie życzył. Nasz śmiech cichł z wolna, aż wreszcie zasnęłam, a on wyszedł z pokoju.

Kiedy zadzwonił telefon, słuchawkę podniosłam przy akompaniamencie kakofonii podzwaniających o siebie butelek z lekarstwami i pustych szklanek. Byłam pewna, że już jest północ i że Hannah dzwoni ze szpitala z wiadomością, że Gabe Senior miał zawał i że to też jest moja wina. Byłam wściekła, kiedy okazało się, że to nie ona.

– Julieanne – odezwał się męski głos, ciepły, łagodny i tchnący pogodą. – Leżysz już?

– Odczep się, zboczeńcu! – warknęłam. – Zadzwoń gdzie indziej!

– Czy to Julieanne Gillis? – Głos natychmiast stał się bardziej oficjalny, wręcz ugrzeczniony.

Matthew.

– O mój Boże! – Aż usiadłam. – O mój Boże, Matthew. Ojej. Myślałam, że to jakiś szaleniec, który zobaczył moje zdjęcie w gazecie i postanowił mnie zabić. Która godzina?

– W Bostonie jest dziewiąta trzydzieści. To u ciebie pewnie ósma trzydzieści.

– Ósma. Trzydzieści? Dopiero ósma trzydzieści? Myślałam, że to środek nocy.

– Ciężki dzień?

– Tak. Nie mogę wprost uwierzyć, że zasnęłam. Tak, Matt, to był wyjątkowo ciężki dzień.

– Na to wygląda, sądząc po twoim głosie. – Sprawiał wrażenie zaskoczonego i jakby zażenowanego.

– Przepraszam cię. Dawno nie rozmawialiśmy. Ostatnio mówiłam ci, że jestem w separacji z Leo? No to – wzięłam głęboki oddech – już jest po rozwodzie. A on ma dziecko. I jego panienka spodziewa się następnego. A...

– Jezu, Julie...

– ...moja córka Caro przeprowadziła się do mego męża i jego panienki, która tka z alpaki, jest instruktorką gimnastyki, ma dwadzieścia pięć lat i mieszka w stanie Nowy Jork, a mój piętnastoletni syn, który jest miły i kochany, ale ma trudności w nauce, właśnie zapowiedział, że jak tylko skończy szesnaście lat, rzuca szkołę... Mówię ci, cyrk na kółkach...

– Boże, ja...

– Fajnie, co? Nie pomyślałbyś nigdy, na jakie psy zejdzie genialna córeczka Ambrose'a Gillisa.

– To wprost potworne. – Nawet nie miał pojęcia, jak potworne, pomyślałam. – Biedna, biedna mała. Nie mogę uwierzyć, że jeszcze trzymasz się na nogach. – Nie mógł się domyślać, jak bliski był prawdy. – Po tym, co przeszedłem z Susan, myślałem, że nigdy nie dojdę do siebie, że nie będzie ani jednego dnia w moim życiu, który byłby całkiem wolny od bólu. Wiem, że nie jest to dobry czas na kazania. Ale to minie, odczekaj półtora roku. Gwarantuję ci, że nadejdzie dzień, kiedy okaże się, że się uśmiechasz. Nie obiecuję ci, że nie będziesz się czuć z tego powodu winna. Ale się uśmiechniesz.

– Chyba nie w moim przypadku, Matt. Za półtora roku wciąż będą te same problemy. – Nagle postanowiłam mu powiedzieć. A co tam! Miał taki miły głos. Korespondowałam elektronicznie z osobami chorymi na SM. Może znał jeszcze kogoś, do kogo mogłabym pisać. Gotowa byłam wyjść z ukrycia.

Tymczasem on zmienił temat.

– Dzwonię, Julieanne, ponieważ jadę do Milwaukee na konferencję, więc może mógłbym wpaść i zobaczyć się z tobą. To wprawdzie dopiero w listopadzie...

– Ojej, to chyba nie będzie możliwe! – wykrzyknęłam, wspominając to ulotne, rozkoszne uczucie bycia obiektem zalotów. – Choć bardzo chciałabym cię zobaczyć.

– Pewnie dla ciebie to za szybko, ale zawsze jest szansa, że do tego czasu poukładasz w sobie wiele spraw. W końcu ty i Leo dość długo byliście małżeństwem.

– To skończone – odrzekłam głucho. – Nieodwołalnie. Nie o to chodzi.

– Może nie jesteś jeszcze gotowa na...

– Masz na myśli randkę, Matt?

– A co? Czy prawo zabrania coś takiego zaproponować? Od szesnastu lat jestem wdowcem. Przez cztery lata byłem w trwałym związku, ale nigdy nie osiągnął on takiego etapu, bym mógł poważniej go potraktować, choć ona była świetna, naprawdę świetna. Wysportowana, wesoła.

– Skoro była taka świetna, to może nie wszystko stracone – powiedziałam, zazdrosna i wściekła, ponieważ w jego głosie zabrzmiała wyraźna nutka „to były dobre czasy". Dlaczego, do cholery, rozmawiam z tym facetem? Na twoim miejscu cały czas byłabym z kimś tak świetnym, chciałam powiedzieć. Ale on zaraz wyjaśnił: podstawowym problemem było drażliwe usposobienie jego ukochanej i graniczący z obsesją kult własnego ciała, wręcz bliski anoreksji. Spojrzałam na moje ciało spuchnięte od sterydów. Nie byłam gruba, ale kiedyś zawsze uważałam, że mogę uchodzić za młodszą Katherine Hepburn. Cóż, teraz byłam dwa razy taka jak chłopięco szczupła młoda Katherine Hepburn. No tak, pomyślałam sobie. Lubi chude i nawiedzone.

– A gdybyśmy nie traktowali tego jak randki, ale, powiedzmy, jak wizytę? – zaczął. – Jak chcesz, mogę przynieść ze sobą hamburgery. – Pomyślałam sobie, że najprawdopodobniej ma nadal pięć stóp cztery cale, a do tego pewnie teraz jest łysy. I pewnie nosi paski ze srebrnymi klamrami w kształcie wieloryba, ponieważ opowiadał, że żeglował przy Cape Cod. Niemodnie ubrany facecik, który czyta niezbyt popularne czasopisma. Ale czemu mam nie pozwolić sobie na nowego przyjaciela? Traktując to jako początek nowego życia, życia w celibacie.

– No, dobrze – zgodziłam się. – Ale powinieneś wiedzieć, Matt, że jest duża szansa, że mogę zapomnieć, co mówisz, jeszcze zanim skończysz. Albo po głupią kanapkę będę musiała iść z laską. Mam stwardnienie rozsiane.

– Wiem.

– Skąd wiesz? Nikt o tym nie wie.

– Od twojego teścia. Opowiadał mi, jaka byłaś dzielna. Podobno walczyłaś jak tygrysica...

– Kiedy rozmawiałeś z moim teściem?

– Zadzwoniłem w którąś sobotę, a ty byłaś na zajęciach, więc sobie pogadaliśmy. Miły człowiek. I bardzo cię lubi. Nie mogę się nadziwić, że jeszcze chodzisz na balet. Ja tam w mig załatwiłbym sobie kręgosłup, gdybym jeszcze grał w piłkę. Pamiętam cię, jak tańczyłaś w rewii. Mogłaś zostać zawodową tancerką. – W głowie miałam mętlik. Ciekawe, od kiedy on wie o mojej chorobie. I czy przypadkiem coś jeszcze nie jest z nim nie tak, poza łysiną i paskiem (obecnie w mojej wyobraźni był to wielki turkus w srebrze). Ciągnie go do chorych kobiet?

Zboczony Matt MacDougall.

A taki był miły i kochany.

– To dlatego nie nadaję się... do żadnego związku. Teraz już wiesz.

– Nie rozumiem ciebie – odparł.

– Czego nie rozumiesz?

– Co ma wspólnego przewlekła choroba z możnością lub niemożnością bycia w związku, niekoniecznie ze mną, ale... Dajmy na to, że masz cukrzycę. I co? Nigdy więcej nie umówisz się z facetem?

– To nie to samo, Matt. Jesteś lekarzem. Wiesz, że z powodu stwardnienia rozsianego cierpi także najbliższe otoczenie, a cierpienie to zniosą jedynie urodzeni męczennicy, z długim i wiernym małżeńskim stażem.

– Jedna z moich pacjentek ma SM. Trafiła do mnie, ponieważ cierpi na... no nieważne, to nie ma nic do rzeczy. Dwadzieścia sześć lat, chodzi z balkonikiem, co nie przeszkadza jej spotykać się z chłopakiem, na którego punkcie ma kompletnego fioła.

– To raczej on ma fioła – zauważyłam gorzko. – Matt, nikt przy zdrowych zmysłach, nie ujmując nic twojej pacjentce, nie zaangażuje się w taki związek.

– Dlaczego uparłaś się, żeby o tym decydować?

XXVIII
Pamiętnik Gabe'a

W tym semestrze po raz pierwszy od początku mojej szkolnej gehenny dostałem dobre świadectwo. Jedna piątka, cztery czwórki. Wysłali mamie wyniki mailem i, cholera jasna, zanim zdążyłem wywalić je z komputera, przeczytała i rozpłakała się. Odkąd zaczęła się remisja, coraz trudniej przychodziło mi kontrolowanie jej. O wiele lepiej orientowała się we wszystkim, co się dzieje. No i oczywiście zaczęła błagać, bym jeszcze raz przemyślał sprawę.

Stopnie te sporo mnie kosztowały. Traktowałem je jak dziejową misję. Udowodnić Kimball, że nie jestem opóźniony w rozwoju. No i w ogóle prawie nie robiłem nic innego. Zmuszałem się, żeby zapisywać każde, kurde, słowo, jakie każdy, kurde, nauczyciel napisał na tablicy. Posłusznie, kurde, wypełniałem arkusze prac domowych, przepisując odpowiedzi z książek. Po nocach śnił mi się skandal Teapot Dome[*]. Leżałem na łóżku Rory i czytałem jej na głos *Zabić drozda*, stronę za stroną, tak że zapamiętałem każde słowo, i tak jak mama o mało się nie porzygałem, jak facet opuścił salę sądową. A na końcu Rory zapytała mnie:

---

[*] Wielka afera korupcyjna w Ameryce w latach 20. XX wieku.

– A co się stało z ptaszkiem?

Pomalowałem dziadkom mieszkanie, a za zarobione pieniądze zapłaciłem jednej takiej z młodszej klasy, żeby odrabiała za mnie lekcje z geometrii. Opłaciło się. Nazajutrz po nadejściu wyników przyniosłem mamie do podpisu podanie o zakończenie nauki.

Sporo mnie to kosztowało. Ale mimo wszystko postawiłem na swoim.

Aż się trzęsła od płaczu. Następnego dnia obszedłem wszystkich nauczycieli, którzy nie byli z gruntu złymi ludźmi, tyle że bezmyślnymi i bez wyobraźni. Na deser zostawiłem sobie panią Kimball.

Spuściła w dół okulary. Powinna była sprawić sobie takie okulary-połówki, specjalnie do tych swoich spojrzeń.

– No cóż, Gabe – zaczęła.

– No cóż, proszę pani – odparłem.

– Jakie masz plany? – spytała.

– Naprawdę panią to interesuje?

– To chyba nie była mądra decyzja.

– Chyba nie. Ale jestem jeszcze dzieckiem. Nie jestem mądry. Tutaj nikt mnie nie uczy, jak być mądrym. Uczę się, jak być ofiarą. I uczę się nienawidzić tego, co kocham.

– A co kochasz?

– Ja wiem...? Czytać. Pisać.

– Gdybyś napisał połowę tego, o co cię prosiliśmy, mógłbyś być piątkowym uczniem, Gabe. Czy zamierzasz przystąpić do GED? A może chcesz iść do wojska?

– Tak jest, proszę pani. Zamierzam wstąpić do wojska. Nie, oczywiście żartuję. To była zamierzona ironia. Czy naprawdę uważa pani, że ktoś przy zdrowych zmysłach chciałby znaleźć się ze mną w okopie? Ze mną, który tak często jest rozkojarzony?

– No, to dużo szczęścia.

– Naprawdę mi pani życzy?

– Czego?

– Szczęścia.

– Mam na myśli to, że będzie ci potrzebne szczęście.

– Ja też życzę pani szczęścia. Teraz, kiedy nie jestem już pani uczniem... – Zobaczyłem, że rozgląda się czujnie na prawo i lewo, czy nie ma odciętej drogi wyjścia. – Niech się pani nie boi. Nie mam broni schowanej pod kurtką. Chciałbym tylko poprosić panią o jedną rzecz.

– Co takiego? – Zaczęła pstrykać w długopis kciukiem, jak zawsze wtedy, gdy przerywała program specjalnego nauczania, żeby zwrócić się ironicznie do mnie: panie Steiner...

– Niech pani nigdy więcej nie robi tego żadnemu innemu uczniowi. Niech pani nie wybiera sobie jednego i nie sprawia, żeby się czuł jak najgorszy śmieć. Niech pani nie szydzi z tego, z czym on nie potrafi dać sobie rady. Niech go pani raczej zachęca i wspiera. Proszę dostrzec w nim to, co dobre. Jak Boga kocham, mówię to w dobrej wierze...

– Fakt, że... nie powodziło ci się tutaj najlepiej, nie ma nic wspólnego ze mną, Gabe. Wiesz dobrze. To była twoja decyzja, twój wybór.

– Ale pani mogła mi pomóc podjąć lepszą decyzję. – Długo nad tym myślałem. Zrobiłem sobie nawet notatki w punktach. – A więc ma to z panią wiele wspólnego. Przecież może pani poprowadzić ucznia za rękę, nie dosłownie oczywiście, tylko powiedzieć mu, że jest dobry, i zapewnić mu pomoc, gdyby to tylko panią cokolwiek obchodziło.

– To ucznia musi obchodzić, nie mnie.

– A skąd pani wie, czy go nie obchodzi?

– Mam zaraz lekcję, Gabe. Idź już, proszę.

Co tak naprawdę chciałem powiedzieć Kimball?

Czego się po niej spodziewałem? Że powie, że nie jestem wcale śmieć? Że przykro jej, że nam się nie udało? Że naprawdę ją obchodzi mój los? Że choruje na lou gehriga i umrze powolną śmiercią? Że przykro jej z powodu mojej rodziny? A czy w ogóle coś wiedziała o mojej rodzinie? Wręczyła mi plik formularzy i broszur na temat GED. Po drodze do drzwi ostentacyjnie wrzuciłem go do kosza. Nie poszło to tak, jak myślałem. A czego można było się spodziewać? Po takiej pani Kimball i po takim, jak ja?

Czego od niej oczekiwałem tak naprawdę? Specjalnej pomocy od specjalnej nauczycielki? Żeby rzeczywiście otoczyła mnie specjalną troską?

Co takiego dawało mi odejście ze szkoły, czego nigdy nie dało mi chodzenie do niej?

Po raz ostatni wychodziłem z Sheboygan LaFolette przez salę gimnastyczną. Spotkałem Mallory, koleżankę mojej siostry, która właśnie szła na lekcję.

– Gabe! – zawołała. – Nie mogę się już doczekać, kiedy Cat przyjedzie na długi weekend na Halloween. Nie cieszysz się?

– Jak cholera – odpowiedziałem. W ogóle nie miałem pojęcia, że ona przyjeżdża. Ani gdzie się zatrzyma.

– Dobrze się czujesz?

– Tak. Nie przejmuj się, Mallory. Rzuciłem dziś budę.

– To super – stwierdziła. – Mnie by moi starzy zabili.

– Mnie moi też.

– No i?

– Pozdrów moją siostrę i powiedz, że u nas wszystko w porządku.

– Nie będzie mieszkać u was?

– Wiesz przecież, że nie. Chyba że nie wpadłaś na to. Założę się, że będzie u dziadków. Nie chce się widzieć z mamą. Myśli, że mama nienawidzi jej za to, że się wyprowadziła. Ale to nieprawda. I wiesz co, Mallory? Możesz jej to powiedzieć.

– Ma superchłopaka. Osiemnaście lat, a Leo i Joy pozwalają mu zostawać u niej na noc...

– Nie interesuje mnie to. – Zrozumiałem, że nie powinienem był wdawać się z nią w pogawędkę.

– Ależ to najbardziej naturalna rzecz na świecie, Gabe. Nie chcą, żeby swoje pierwsze doświadczenia seksualne przeżywała w samochodzie czy z jakimś gnojkiem. Tak mają pewność, że jest zabezpieczona, a przedtem poznali jego rodziców...

– Mnie to naprawdę nie interesuje. I mamy też nie. Cześć, Mallory.

– Cześć, Gabe. Podobno twoja mama jest chora.

– Podobno.

– A ty idziesz do wojska?

– Do piechoty morskiej – odparłem. – Siły specjalne.

– Super.

Kiedy otworzyłem drzwi, z sali wyszli Luke i cała kadra jego bractwa piłkarskiego. Mówili o tym, komu „się dostało" w czasie ostatniego weekendu, kto z kim poszedł na randkę, jakim strasznym dupkiem jest Burke od matematyki. Spojrzałem na Luke'a. Odpowiedział mi spojrzeniem prosto w oczy. Potem udał, że przygląda się czemuś na podłodze, kiwnął ledwo dostrzegalnie głową i odwrócił się.

Też zacząłem się odwracać, kiedy powiedział:

– Głąbie?

– Co, głąbie?

– Może pójdziemy gdzieś w niedzielę? – spytał bardzo cichym głosem.

– Może – odparłem.

XXIX
Daniel

ZBĘDNY BALAST
Pod red. J.A. Gillis
Rozpowszechnianie: Panorama Media

Droga J.,
na wiosnę poznałam faceta, który okazał się wymarzonym
księciem z bajki. Od razu zaiskrzyło między nami. Mądry, za-
bawny, troskliwy i bardzo mną zainteresowany. Gotów zrobić
dla mnie wszystko. Listy, kwiaty, starannie zaplanowane, a ni-
by niespodziewane randki – nawet kurs tańca! Po bardzo dłu-
gim okresie posuchy pod tym względem poczułam się tak, jak-
bym znalazła się w raju! Jednakże w miarę upływu czasu
stawał się coraz bardziej zajęty i coraz bardziej się ode mnie od-
dalał. Wiedziałam, że kończy doktorat, więc dałam mu spokój.
Od czasu do czasu wpadał na kolację i zostawał na noc, ale
zawsze myślami był gdzie indziej. W końcu powiedział mi, że
za tydzień kończy doktorat, potem obrona, a potem, już po
wszystkim, chciałby znaleźć dla siebie jakieś miejsce na ziemi.
Oczywiście pewna byłam, że myśli o miejscu dla nas obojga,
więc zaczęłam przygotowywać się do odejścia z pracy. Dwa dni
po obronie ubrałam się w piękną nową sukienkę, zapakowałam
do samochodu wino, ciasto i kwiaty i pojechałam do niego. Dom

był pusty. Na podwórku stała tablica z napisem: „Na sprzedaż". Poza tym żadnej wiadomości. Telefon odłączony. Po powrocie do domu natychmiast siadłam i napisałam ten list. Byliśmy tacy zakochani! Co ja mam o tym wszystkim myśleć?

Roztrzęsiona z Hoboken

Droga Roztrzęsiona,
czy masz jeszcze to ciasto i wino? Usiądź spokojnie. Zjedz całe ciasto. Wypij tyle wina, ile możesz, nie szkodząc sobie. Wyśpij się porządnie. A potem padnij na kolana i podziękuj bóstwu, w które wierzysz, że nie rzuciłaś pracy ani nie poczyniłaś żadnych innych radykalnych zmian w swoim życiu dla kogoś, kto najwyraźniej w najlepszym razie jest niepoważny, a w najgorszym razie czymś znacznie gorszym. Badania wykazują, że większość ludzi, między którymi za pierwszym razem „iskrzy", to socjopaci. Wiedzą, czego chcesz, i dają to – ale tylko dopóki sami tego chcą. I nigdy się na nic nie oglądają. Najwyraźniej jesteś przyzwoitą osobą, więc lepiej nie oglądaj się na niego.

J.

Droga J.,
mój chłopak, z którym jesteśmy razem już dwa lata, w zeszłym tygodniu powiedział mi, że jego zdaniem powinniśmy zakończyć nasz związek. Naturalnie spytałam, dlaczego. On na to, że już nie czuje się przy mnie tak, jak powinien się czuć, żeby się dobrze spisać. Z pewnością czuł się tak rok temu – co najmniej dwa razy w nocy! Ale ilekroć planowałam wyjście ze znajomymi w weekend, zawsze narzekał. Zachwycał się swetrem, który mu zrobiłam, a potem go nie nosił! Miał coraz więcej pracy i coraz więcej czasu w niej spędzał, w co ja wierzyłam. A potem okazało się, że cały czas bywał u naszej wspólnej znajomej, która jest uważana za największą flirciarę w mieście!

Ślicznotka z Nantucket

Droga Ślicznotko,

żałuję, że jako pierwsza muszę Ci powiedzieć coś, o czym Twoja mama powinna była Cię uprzedzić. Uroda u dziewczyny nie gwarantuje wierności chłopaka. Smutna to prawda, jeśli chodzi o męską naturę, że myśliwy nie ma zamiaru jeść zwierzyny, za którą się nie nachodził – jeśli można to tak określić. Następnym razem, gdy się zakochasz – a na pewno Ci się to zdarzy – przyjmij pewną zasadę. Za każdym razem, kiedy masz do niego oddzwonić, wstrzymaj się dwadzieścia cztery godziny, choć serce się wyrywa. Najatrakcyjniejsza jest dziewczyna mająca mnóstwo zajęć, kursów, spotkań, przyjaciół – która zawsze właśnie wychodzi z domu. Tak, to niemądre, wiem. Ale to gwarantowana recepta na idyllę – albo przynajmniej na osiągnięcie tego, na czym Ci w danej chwili zależy. Już jaskiniowe matki, gdyby mogły, pisałyby na ścianach: „Nie dzwoń do niego".

J.

Usłyszałam, że drzwi się otwierają, i wiedziałam, że to Gabe. Siedziałam akurat przy biurku ojca. Wyprostowałam się i skupiłam uwagę na ekranie komputera. W gruncie rzeczy odgrywałam komedię, udając, że jestem całkowicie pochłonięta moją pracą. Nie wiedziałam, czy przyjdzie do mego pokoju, ale gdyby przyszedł, chciałam wyglądać na tak zaabsorbowaną, że niby nie zauważyłam jego powrotu. Przyszedł. Niemal c z u ł a m wyraz jego twarzy. Rzucił torbę na podłogę i oznajmił:

– Trzeba to będzie uprać. Oddałem już wszystkie książki, mamo.

Od razu wiedziałam, że to zrobił.

Oddychałam głęboko, mając nadzieję, że nie za głośno. Dotąd w duchu liczyłam na to, że skoro udało mu się dowieść, iż jest w stanie odnieść sukces, nabierze chęci do pozostania w szkole przez te głupie dwa lata, jakie mu zostały. Ale dla osoby w wieku i o temperamencie Gabe'a dwa lata to wieczność. Dla każdego to wieczność, jeśli się je spędza w czyśćcu.

Z drugiej strony musiał istnieć jakiś limit rodzicielskiej wyrozumiałości. Mógł uzurpować sobie prawo do części mojej roli, ale to ja nadal rządziłam. Wiedziałam zresztą, że on w gruncie rzeczy przejmuje się tym, co ja myślę.

– Jeśli oczekujesz ode mnie czegoś w stylu „w porządku, syneczku, bardzo dobrze", to nie ten adres – powiedziałam. – Mam coś dla ciebie. – Wręczyłam mu plik ogłoszeń o pracy, które zebrałam podczas wyprawy do miasta, do banku, do lekarza, na rehabilitację. – Czas na dorosłe życie, chłopie. Znajdź sobie pracę.

Gabe sprawiał wrażenie, jakby się zapadał coraz głębiej w materac na łóżku. Westchnął głośno.

– Umiesz przegrywać z uśmiechem – stwierdził. – I okazać współczucie.

– Opiekę społeczną wzywają właśnie do takich rodziców, którzy przegrywają z uśmiechem – odparłam ostro. – Takich, co to mówią: może papieroska? Oczywiście, synusiu, możesz pić piwo, ale tylko w domu. To nie ja, Gabe. Zdrowa czy chora, samotna czy z facetem, jestem tą samą matką, którą zawsze byłam. Cholera, dziesięć lat życia poświęciłam na przepychanie cię przez... no zgoda... głupotę i nietolerancję szkoły publicznej...

– Tak, i bardzo mi pomogłaś. Ale niczego to nie zmieniło.

– Przepraszam, że nie umiałam zmienić świata, Gabe. Spróbuję zabrać się do tego w przyszłym tygodniu.

– Myślałem, że najpierw się trochę rozejrzę – zmienił temat Gabe. – A poza tym już pracowałem. W końcu, hm, pisałem do gazety, o ile sobie przypominam. I to za darmo.

– Mogę ci to zaliczyć na poczet noclegu i wyżywienia – zasugerowałam. Dla mnie samej zabrzmiało to kwaśno jak cytryna. – Wiesz, że dzieci utrzymuje się, dopóki się uczą. Czy zdajesz sobie sprawę, że twój ojciec będzie mógł teraz płacić mniej na twoje utrzymanie?

– Czy musimy mu powiedzieć?

– Nie potrzebujemy tego robić, skarbie. Caro na pewno ma swoje źródła informacji. – Nie wiedziałam, czy to jest tak do końca prawda. Ale zasłużył sobie. – Jeśli natomiast zgodzisz się na naukę w domu, plus praca, to cała sprawa mogłaby wyglądać inaczej.

– Nie przyszło mi do głowy, że stracisz przeze mnie pieniądze – powiedział, zrzucając z nogi but. – Wycofam się, jeśli tak.

Nie chciałam, żeby mu się upiekło tak łatwo.

– W porządku. Wracaj do ukochanej szkoły. Albo zapisz się do innej. Umiesz prowadzić, możesz dojeżdżać. To nie musi być Sojourner Truth. – Spojrzałam na niego. Czyżby schudł? Nie bardzo mógł sobie na to pozwolić. – No dobrze, nie mówmy już o tym – westchnęłam. – Ale nie wyobrażaj sobie, że to początek długich, beztroskich wakacji. Co za matka by była ze mnie?

– Strasznie trujesz – mruknął.

– Takie życie. A ty za dużo sobie pozwalasz.

– Przepraszam. Ale trudno z tobą dyskutować, odkąd nie trzeba cię na siłę wywlekać z łóżka.

– Wolałbyś, żeby było... tak jak przedtem? – wyciągnęłam rękę, która zadrżała posłusznie. – I tak nadal nie nadaję się do biatlonu, Gabe.

– Ja też jestem wykończony, mamo. Nie był to najlepszy okres również dla mnie. Na przykład mam po dziurki w nosie bycia surogatem ojca.

Mimo wszystko dumna byłam, że poprawnie użył słowa „surogat".

– A mamy jakieś wyjście? Przecież nie oddamy jej cioci Jane na wychowanie. Ani tym bardziej nie wyślemy do Słonecznej Pipidówki, do małych Sternów czy Steinerów.

Gabe westchnął jeszcze gwałtowniej niż ja przed chwilą.

– Kocham ją. Nie zrozum mnie źle. Ale ja... nie chcę być tatusiem dla Rory. A ona tak zaczyna mnie traktować.

– Co wobec tego proponujesz? Tak konkretnie? To nie było w planie...

– Przede wszystkim niech więcej czasu spędza u dziadków. Nie pracują, ciągle dzwonią i proszą, czy mogą ją zabrać i czy mogą zabrać Abby. Puść ją czasami. Nie będę musiał wtedy wozić jej wszędzie, sprawdzać jej torby szkolnej, kupować wyklejanek i kolorowych papierów.

W tym momencie czułam do niego niechęć. I zero współczucia. Miałam ochotę opowiedzieć mu ze szczegółami, jak to jest, kiedy ma się założony cewnik.

– Sama potrafię wychowywać swoje dziecko, Gabe – oświadczyłam sucho. Ale on nie odpuścił, choć oboje powinniśmy byli odpuścić w tym momencie.

– Wiesz, mamo, tu naprawdę nie chodzi o ciebie, więc nie rób z siebie dumnej matki – męczennicy Julieanne Gillis. Musisz przyznać, że się nam w życiu znacznie pogorszyło. Nie przychodzą już do nas goście. W okresie Bożego Narodzenia nasz dom nie jest domem otwartym jak kiedyś. Jesteśmy tylko lokatorami w naszym dawnym domu. Ty, ja i to biedne dziecko, którego tata nawet nie chciał. Zupełnie jakbyśmy wynajmowali własne życie z miesiąca na miesiąc. Koledzy nie zapraszali mnie na nocowanie, a ty nie byłaś na kolacji z nikim oprócz Cathy i Stelli, odkąd tata wyjechał w tę swoją zakichaną podróż. Wiesz, co się mówi o przyciągającej magii sukcesu? Że to działa w obie strony.

– Sugerujesz, że jesteśmy... życiowymi nieudacznikami? – Sięgnęłam do szuflady i wyjęłam jeden z numerów „Pen, Inc." – Zaraz się przekonasz, że jestem także poetką, której wiersze się publikuje. A to nie jest takie łatwe. Zgoda, nie zapłacili mi wiele, ale staram się robić coś nowego, coś innego niż dotąd.

– Jeden wiersz w pisemku drukowanym przez faceta w garażu nie oznacza, że cokolwiek jeszcze będzie tak jak kiedyś.

– Dzięki za pokładane we mnie zaufanie, Gabe.

– Tak twierdzi Jennet. Musimy być optymistami, ale realistycznymi.

– Gdybym nie była niepoprawną optymistką, dawno bym się powiesiła.

– Rozumiem twój punkt widzenia. A poza tym to naprawdę, naprawdę nudne. Mam na myśli to, że Caroline hasa sobie po lesie i robi, co jej się żywnie podoba, a poczciwy Gabe tkwi dzielnie na posterunku...

Próbowałam spojrzeć na tę sytuację oczami Gabe'a. Nie było to takie trudne. Udźwignął niezwykły jak na nastolatka ciężar odpowiedzialności. Może potrzebna mu była przerwa, czas, żeby pospać dłużej, posiedzieć do późna, oglądając bzdury w telewizji, jak to lubi większość nastolatków. Może potrzebował ogłupiającej pracy na część etatu, na przykład przy pakowaniu siatek w supermarkecie. Może potrzebował trochę laby. Poczułam się upokorzona, zapragnęłam wyciągnąć rękę i dotknąć go. Moja wielka nadzieja macierzyńskiej dumy – przynajmniej dopóki nie podrośnie Rory, na razie zawsze nienaturalnie onieśmielona w kontakcie z nieznanym światem – przeżywała, jak by powiedziała moja mama, ostatnie chwile szczęścia. To ja chciałam, żeby Gabe uzyskał dobry wynik na ACT[*] – żeby przytrzeć nosa Leo. To ja

---

[*] American College Test.

chciałam, żeby podrzucał swój beret akademicki w powietrze – w nagrodę dla mnie, za cały mój trud i wysiłek.

– A czego ty sam chcesz, Gabe? – spytałam w końcu, opuszczając rękę z powrotem na kolana.

– Odpocząć – odparł. – Kilka tygodni spokoju, żeby zastanowić się, co robić dalej.

– Zgoda.

– Coś sobie wynajdę do roboty. – Pomyślałam, że to równie prawdopodobne w jego przypadku, jak oddzielanie prania białego od kolorowego. Ale kiwnęłam głową, a on powlókł się do swego pokoju. Szkolna torba została na podłodze.

Rory nie przestała chodzić do przedszkola. Pewnie mogłabym ją stamtąd zabrać, oszczędzając w ten sposób Gabe'owi konieczności wożenia jej, ale to już byłaby przesada. Wtedy wszyscy w moim życiu, spieprzonym totalnie przez Leo, otrzymaliby *coup de grâce* od mojej choroby.

Nie mogłam do tego dopuścić.

Następnego dnia znalazłam ogłoszenie w gazecie. W ciągu czterech dni sprzedałam ślubną obrączkę mamy sympatycznej młodej parze z Milwaukee. Za otrzymane pieniądze kupiłam Gabe'owi starą toyotę corollę, bez rdzy i wgnieceń, razem z poduszkami powietrznymi (Gabe Senior dopilnował zakupu nowych opon i dorzucił się do nich), i zadzwoniłam do jednego z ośrodków przetrwania w Minnesocie, gdzie młodych ludzi gania się po świeżym powietrzu, urządzając marsze wokół Jeziora Górnego albo na terenie Everglades, z ekwipunkiem ograniczającym się do paczki zapałek i łyżki. Gabe mógłby tam dojść do siebie, a przynajmniej nabrać trochę tężyzny fizycznej.

Znalazłam w Internecie rozpoczynający się w kwietniu trzytygodniowy obóz, na który mnie jeszcze było stać, dla młodzieży z normalnych środowisk, nie patologicznych. Wyjechałby na tydzień z grupą podczas ferii wiosennych, a przez następne dwa tygodnie kontynuowałby naukę „solo" z terapeutą, co do którego miałam nadzieję, że nie okaże się pedofilem.

W obu tych kwestiach postawiłam go przed faktem dokonanym.

Kiedy zobaczył samochód, do oczu napłynęły mu łzy.

– Nie zasłużyłem sobie. Za te wszystkie androny, które wygadywałem, i za to, że rzuciłem szkołę.

– Zasłużyłeś. Musisz się czymś poruszać. I mieć czym wozić Rory do dziadków. A o te androny, które wygadywałeś, to sama się prosiłam.

Uśmiechnął się.

– I muszę czymś jeździć do pracy.

– Tak. Ale na część etatu.

– Mamo, nie stać cię.

– Zostaw to mnie, dobrze?

Ustaliliśmy, że znajdzie pracę i wtedy poszukamy nauczyciela uczącego w domu, który przygotowałby go do egzaminów na studia i zapoznał z podstawami biologii, geometrii i czego tam jeszcze będzie potrzeba. W sumie byłoby to kilku nauczycieli akademickich, po dziesięć dolarów za godzinę, bo na tyle było mnie stać – tak że mógłby albo dostać dyplom szkoły średniej na podstawie mego oświadczenia, że przerobił w domu odpowiednik czteroletniego programu zajęć matematyczno-przyrodniczych oraz języka angielskiego (prawo na to zezwalało), albo zdawać GED.

– Cztery godziny lekcji dziennie?

– A mogą być dwie?

– Gabe, czego ty się nauczysz przez dwie godziny dziennie?

– W szkole tyle tak naprawdę zajmuje nauka – przekonywał. – Reszta to bójki z kolegami, słuchanie głupot dyrektora, apele i tak dalej.

– No dobrze, dwie godziny. Ale potem masz jeszcze sam popracować.

Na tym stanęło. Przytulił się do mnie mocno, tak jak dawniej, kiedy był mały.

– Strasznie mi się podoba samochód, mamo. Jest super. Jakim cudem go kupiłaś?

– Sprzedałam powieść i dostałam zaliczkę... jakieś sto tysięcy dolarów.

– To ekstra. Może w takim razie kupimy też domek nad jeziorem.

– Sprzedałam obrączkę babci Gillis.

Zrobił minę, jakby samochód zamienił się w coś śmierdzącego. Położył kluczyki na kuchennym stole.

– Posłuchaj – powiedziałam. – Dla Caroline mam obrączkę, którą dostałam od twego ojca. Co do Rory, to liczę, że wyjdzie bogato za mąż. No, a ty będziesz musiał dać swojej żonie...

– Taką z automatu w sklepie spożywczym, z jaja-niespodzianki – zaśmiał się Gabe.

– I tak nie masz szans u dziewczyn.

– Wiem.

– Właśnie że nic nie wiesz, smutasie. Musisz nauczyć się tańczyć, żeby poderwać dziewczynę.

– Może innym razem.

– Nie, bo jutro mam zastrzyk, a potem co najmniej jeden dzień będę rośliną. Zaczniemy naukę dzisiaj.

– Nic z tego, mamo. Wystarczy mi to, co umiem.

– Znasz krok swinga? Wiem, że znowu się go tańczy. Widziałam w telewizji.

– Boże jedyny, błagam, nie zmuszaj mnie.

– Tańczymy! – zawołała Rory, podkręcając kompakt do stu pięćdziesięciu decybeli. Gabe podbiegł i chwycił ją. Dłuższą chwilę przeglądałam płyty, aż znalazłam tę kupioną niedawno w supermarkecie. Musiałam złamać opakowanie o kant kuchennego blatu.

– Ostrożnie! – krzyknął Gabe. – Wiesz, że to nie nasz dom.

Nastawiliśmy muzykę. Gabe, bezradny i zażenowany, wyraźnie czuł się niezręcznie w moich objęciach, kiedy ustawialiśmy się w odpowiedniej pozycji.

– A teraz uważaj. Krok opiera się na zasadzie: w prawo, w lewo, w tył, w przód. O, świetnie. Jeszcze raz. – Oczywiście nie wyszło. – No dalej, Gabe. To przecież proste. W prawo, w lewo, w tył, do przodu. – Rory uchwyciła już rytm i podrygiwała wesoło w piżamce ze stopkami. Nie wiem, co to była za piosenka, jakiś stary jive z lat czterdziestych chyba, choć szczerze mówiąc, powinnam była ją pamiętać. Wreszcie Gabe zaskoczył i przez kilka minut pracowaliśmy nad krokiem podstawowym. – No dobrze, a teraz spróbuj okręcić mnie, ale nie za szybko... potem w przód z wyciągniętymi ramionami, i znowu bok, bok, tył, przód. Dobra?

– Dobra – odparł Gabe, śmiejąc się cicho. Puściłam piosenkę od początku i właśnie wychodziliśmy z obrotu, kiedy zauważyłam, że Rory stoi w otwartych drzwiach w przedpokoju z wysokim, ciemnym mężczyzną w oliwkowym trenczu.

– Rory! Co to ma być! Mama mówiła ci, że masz nigdy, ale to nigdy nie otwierać sama drzwi!

– Ale on pukał! A wy nie słyszeliście! – zawołała Rory żałośnie. Podbiegła do mnie, wepchnęła kciuk do buzi i schowała się za szeroką zasłoną moich spodni. Odgarnęłam włosy ze spoconego czoła.

– Słucham pana.

– To jeden z najpiękniejszych widoków w moim życiu – odezwał się wysoki mężczyzna, który miał mnóstwo zmarszczek wokół dużych zielonkawych oczu i gęste ciemne włosy. Podeszłam w jego stronę, licząc na to, że w razie czego mam przy sobie Gabe'a. Facet był, bądź co bądź, wyższy od mego syna, który liczył sześć stóp i dwa cale.

– Proszę pana – zaczęłam – cokolwiek pan sprzedaje...

– Julieanne – przerwał mi. – Jestem Matthew. Jestem Matt MacDougall.

– Ależ... ty urosłeś! – wykrzyknęłam jak ostatnia idiotka.

– Miałem na to trzydzieści lat! – Pochylił się i uścisnął mnie lekko.

– No wiesz... – rzekłam z zakłopotaniem – ...nie uprzedzałeś, że przyjedziesz...

– Trzy razy zostawiałem wiadomość na sekretarce.

– Mamo? – wtrącił pytająco Gabe.

– Gabe, to jest Matt, stary znajomy z Nowego Jorku. Mój absztyfikant z ósmej klasy. Czy z siódmej?

– Może po trochu z obu.

– Matt, a to mój syn Gabriel Steiner i moja córka Aurora Steiner.

– Gabe Gillis – przedstawił się Gabe, wyciągając rękę do Matta. Otworzyłam usta, chcąc zaprotestować, ale zamknęłam je.

– Wiesz, nawet nie mam w domu nic do jedzenia. Nie umyłam głowy. Nie mógłbyś przyjść jutro?

– Jasne – odparł. – Nie ma sprawy.

– Ale przyjechałeś tu taki kawał drogi z konferencji?

– Mogę pojechać z powrotem.

– Może chociaż napijesz się kawy?

– Przywiozłem szampana. – Był to cristal. Straszną miałam na niego ochotę.

– Wolno mi pół kieliszka. Jak małej dziewczynce w Boże Narodzenie. Ale kawy się napijesz?

– Mamo – zwrócił uwagę Gabe. – Czy możemy ściszyć muzykę?

– O rany, jasne. – Uświadomiłam sobie, jak koszmarnie muszę wyglądać z pozlepianymi włosami, spocona, z tuszem rozmazanym od potu i śmiechu, w starej bluzie od dresu Leo i luźnych spodniach khaki, w dodatku na bosaka. No, ale on przecież nie przyjechał tu uderzać w konkury. Przyjechał... z ciekawości. Teraz go już poznawałam. Miał dołeczek w prawym policzku. Kiedyś umiał rysować konie. Bez przerwy rysował konie.

– Czy masz konie? – spytałam.

– Dwa. Czemu pytasz?

– Rysowałeś je na lekcjach rysunku.

– Jeszcze pamiętasz...

– A może zabrałbym Rory do Culver's Custard i zajechał po drodze do dziadków? – wtrącił Gabe. Przez chwilę myślałam, że chce mnie zostawić sam na sam z Mattem, ale zaraz przypomniałam sobie, że przecież nie miał jeszcze okazji wypróbować nowego samochodu.

– Dobrze – zgodziłam się. – Rory nie idzie jutro do przedszkola. Ty też nie idziesz do szkoły. Więc jedźcie. Ale nie na długo. I włóż jej długi płaszczyk na...

– Wiem, mamo. – Gabe już wciągał Rory kurteczkę przez głowę.

– I nie zapomnij o jej foteliku!

– Mamo!

– Nowy samochód – wyjaśniłam Matthew. – Na szesnaste urodziny.

– Piękna sprawa. – Uśmiechnął się, a zmarszczki wokół oczu wyraźniej się zarysowały. Dziwne, wyglądał na starszego ode mnie, ale nie tak steranego życiem. Jakby znacznie więcej czasu spędzał na słońcu. I jakby się tym w ogóle nie przejmował.

Gabe ucałował mnie.

– Będę zatrzymywać się na wszystkich światłach. Słowo. Posadzę Rory z tyłu.

– Idź już – jęknęłam i zwróciłam się do obcego mężczyzny stojącego w moim przedpokoju: – Mogę wziąć twój płaszcz? Czy jeszcze pada śnieg? Czy mogę zostawić cię na chwilę i pójść umyć twarz?

– Idź – rzucił swobodnie z bostońskim akcentem, zdejmując ostrożnie płaszcz i przewieszając go przez ramię. – Sam powieszę płaszcz. Zaczekam na ciebie.

Zrobienie czegokolwiek sensownego z twarzą zajęłoby mi co najmniej pół godziny. Więc tylko wtarłam w policzki krem koloryzujący i położyłam na włosy trochę pianki Gabe'a. Zmyłam tusz i nałożyłam nowy, zaledwie kilka pociągnięć. Podwinęłam rękawy koszuli. Miałam wrażenie, że to wszystko trwało godzinami, ponieważ bardzo starałam się nie ubabrać sobie tuszem także powiek. Po kilku minutach Matt zawołał:

– Mogę zrobić kawę. Mam taki sam ekspres. Tylko powiedz mi, gdzie ją trzymasz.

– W lodówce! – odkrzyknęłam. – A młynek jest w szafce nad ekspresem.

Na koniec włożyłam zimną myjkę między piersi i zmusiłam się do paru głębokich oddechów. Spojrzałam w lustro. Wyglądałam jak bardzo zarumieniona Cyndi Lauper z napompowanymi przez steroidy policzkami. A co tam – pomyślałam. Słyszałam, jak Matt nuci, przerzucając kompakty. Kiedy wróciłam do salonu, właśnie włożył płytę i po chwili ją puścił. Oczywiście „God Only Knows".

– Zatańczymy? – spytał, a jego rumieniec był przy tym jeszcze bardziej wyrazisty niż mój.

– Teraz jesteś wyższy niż ja – zauważyłam.

– I już umiem prowadzić.

Potem usiedliśmy przy stole w kuchni i rozmawialiśmy o dawnych znajomych i o tym, co się z nimi działo.

Jego siostra była w klasie Jane, podobnie jak Suzie, jego żona. Tylko szybkie spojrzenie w bok zdradziło jego emocje, kiedy opowiadał o najtragiczniejszej chwili w swoim życiu, gdy czekał w szpitalnej kostnicy, aż odsuną zasłonę i będzie musiał zidentyfikować żonę po tej części twarzy, która nie zderzyła się z kierownicą. W tym czasie na górze chirurg usiłował jego córce nastawić złamaną szczękę i załatać płuca.

— Przez moment ogarnia człowieka szaleńcza nadzieja, że może to nie ona, może to jej przyjaciółka wiozła gdzieś Kelly. I że to wszystko to jakieś straszliwe nieporozumienie. A wtedy odsuwają zasłonę, i nigdy już potem nie można zapomnieć tego suchego, obcego trzasku. Leżała tam, nakryta aż po szyję prześcieradłem. Zaczesali jej włosy do tyłu, umyli twarz, a młody policjant cały czas trzymał mnie za łokieć, żebym się nie przewrócił. „Suzie?" — powiedziałem tylko. Jakby mi mogła odpowiedzieć. Była w czwartej klasie szkoły pielęgniarskiej, a ja odbywałem praktykę. Wszyscy nasi znajomi — to były podobne pary, pielęgniarka i praktykant. Pracowałem na dermatologii. Chciałem mieć dużo dzieci, marzyło mi się spokojne, uporządkowane życie. Tydzień później, po tym, jak się napatrzyłem, ile to trwało, zanim zrekonstruowano Kelly szczękę i podniebienie, przeniosłem się na chirurgię i zrobiłem specjalizację z chirurgii twarzy. Karmiłem ją przez słomkę, a ona płakała i prosiła, by mamusia zrobiła coś, żeby tak nie bolało.

— A jak jest teraz? — spytałam. — Czy ma trwałe...?

— Blizny? Nie. Miała wtedy dwa latka. Nic nie pamięta. Tylko jakieś migawki z wypadku, ale sama nie wie, czy to wspomnienie, czy sen. Jeden z naszych koni skacze. To jest jej pasja. Strasznie mnie prosi, żebym jej pozwolił wziąć urlop na jeden semestr, bo chce spróbować wystąpić w reprezentacji Ameryki i podobno ma szansę. Ja jednak podchodzę do tego ostrożnie. Uważam, że przede wszystkim ważna jest szkoła. Ona wie o tym.

Wolny semestr, żeby wystartować w drużynie olimpijskiej. Ciekawe, co by powiedział na temat Gabe'a, który rzucił szkołę w dziesiątej klasie, mając zaledwie szesnaście lat.

– To trochę tak jak wtedy, kiedy ja czekałam na wyniki badań i diagnozę – zauważyłam.

– Tobie doszła do tego jeszcze ta historia z Leo. Tak nieprzyjemna i trudna, że wszyscy skupili się na niej, zapominając o tobie. A ty cierpiałaś, bo to przecież twoje małżeństwo się rozpadło. Każdy by cierpiał. Ja też cierpiałem z powodu tej straszliwej pustki po odejściu mojej Suzie i chciałem, żeby się to jak najszybciej skończyło. A potem znajduje się przypadkiem coś, co należało do niej, albo słyszy się piosenkę...

– To prawda – pokiwałam głową. – Mnie czasem trzyma przy życiu moja własna wściekłość.

– Czy myślisz, że udałoby ci się zapomnieć, gdybyś była szczęśliwa?

– Wiesz, Matthew? Na ten temat to ty chyba wiesz więcej niż ja.

– Może i tak.

– Ale mam nadzieję, że kiedyś się tego dowiem.

– Skoro mowa o nadziei, to wyjrzę na dwór. – Matt otworzył drzwi i wybuchnął śmiechem człowieka z natury radosnego i pozbawionego cynizmu. – Chyba macie tu jakiś Holiday Inn. Spójrz tylko. – Na ziemi leżało z osiemnaście cali śniegu. – Przecież to dopiero drugi listopada, Julieanne. Jak wy tutaj możecie żyć?

– Daj spokój. Ja za to nigdy normalnie nie wyleciałam z Bostonu. Mgła jest tam zjawiskiem stałym. A to tylko pierwszy puch. – Podniosłam garść śniegu ze schodów. Był lekki jak wata. – Do rana zniknie. Zaczekaj chwilę. –

Podeszłam do telefonu i spojrzałam na zegarek. Była dziewiąta trzydzieści.

– Hannah – rzuciłam z ulgą w słuchawkę, kiedy odebrała telefon. – Wiem, że Gabe jest tam z Rory. Czy mogą zostać na noc? Nie chcę, żeby prowadził w taką pogodę.

– Oczywiście – zgodziła się Hannah szybko, ale w jej głosie dało się wyczuć jakąś dziwną nutę. – Oni są tutaj.

– Coś się stało? – Przyszło mi do głowy, że Gabe opowiedział o wizycie Matta i że jest to jej reakcja na nasze sam na sam. – Cathy niezadługo wróci z próby do domu. Abby śpi dzisiaj u swojej babci.

– Nie o to chodzi, Julie. Widzisz... są tutaj wszyscy. Caroline też. Ona... chce z tobą porozmawiać. – Kompletnie mnie zatkało. Wreszcie wykrztusiłam: – Nie teraz. Teraz nie mogę.

– Przyjechała z tym chłopcem.

– Aha.

– Leo pozwala, żeby z nią sypiał.

– Co nie znaczy, że ty też musisz na to pozwalać. – Mój mózg fikał koziołki. Piętnastoletnia Caroline z kochankiem. Moja mała córeczka, maleńka pod każdym względem, małe stopy, małe piersi, talia, którą niemal mogłam objąć dłońmi. – Od dawna jest u ciebie?

– Od dwóch dni. On śpi na kanapie. Przyzwoity chłopiec. To znaczy taki, który mówi „proszę" i „dziękuję". Ale wiesz, Julieanne, nie jest mi łatwo, a Gabe wprost nie może znieść...

– Rozumiem. A Gabe... co robi?

– Ogląda na dole telewizję z dziadkiem. W milczeniu.

– Może powinien w takim razie przywieźć Rory do domu?

– Rory jest cała szczęśliwa. Świetnie się bawi.

– No nic. Zajmę się tym rano. Jeśli uda mi się wyprowadzić samochód.

– Dobrze – zgodziła się Hannah niepewnie. Miała siedemdziesiąt osiem lat. Dla niej był to jeszcze bardziej obcy świat.

– Będzie dobrze – pocieszyłam ją. – Przyjadę jak najwcześniej.

Odłożyłam słuchawkę i odwróciłam się do Matta.

– Kilka ulic stąd jest Quality Inn, ale możesz zanocować tutaj. Pościelę ci na łóżku Gabe'a.

– Pozwól w takim razie, że odgarnę śnieg. Żebyś mogła jutro wyprowadzić samochód. Gdzie jest łopata? – Wytłumaczyłam, gdzie ją znajdzie. Zbierając z podłogi skarpetki Gabe'a i otwierając okno, żeby pozbyć się zapachu nastolatka, przypominającego woń mokrego psa, usłyszałam jego śmiech na dworze. Wyjrzałam. Płatki śniegu pływały w powietrzu lekko jak małe białe piórka.

– Jaki puszysty! – zawołał do mnie Matt. – Od lat nie odgarniałem śniegu. Zabawne. Czuję się, jakbym grał w filmie Franka Capry.

– Przecież macie śnieg w Bostonie – stwierdziłam, podając mu ręcznik, kiedy wrócił do domu.

– Mój podjazd odśnieża facet pługiem. Wcześnie rano wyjeżdżam do szpitala. – W wilgotnym powietrzu włosy skręciły mu się w pierścionki. Był taki... modelowo przystojny. Wielki, pogodny facet z Nowej Anglii. Wiele czasu upłynęło. Już zapomniałam, jak to jest z mężczyzną w domu.

– Czy mogę wziąć prysznic?

– Oczywiście. Ja też wezmę.

Dałam mu ręczniki i czysty szlafrok Gabe'a.

– Niestety, nie zaproponuję ci piżamy. Te Leo byłyby kilka numerów za małe, a poza tym obawiam się, że je wywaliłam.

– I tak nie śpię w piżamie – odparł Matt, a ja poczułam kolejny nieznany dreszcz, szarpnięcie w brzuchu.

Pół godziny później wyszliśmy spod pryszniców. Próżna aż do końca, po wysuszeniu włosów podmalowałam się.

– No proszę – orzekł Matt. – Ta sama dziewczyna, którą znałem kiedyś.

– Niezupełnie – odparłam. – Ale miło, że tak mówisz.

Nie pozostało mu nic innego, jak tylko mnie pocałować. Poddałam się temu pocałunkowi, wiedząc, że nie będzie nic więcej, i to nie tylko na razie, ale najprawdopodobniej nigdy. Jakby to była najnaturalniejsza rzecz na świecie, sięgnął w dół i rozwiązał pasek od mojego szlafroka.

– Nie – powstrzymałam go.

– Nie bój się – rzekł Matt. Dotknął mego policzka, przesunął dłonią po karku i po skraju piersi, od biodra do krzyża. – Nie mam zamiaru niewolić uwięzionej przez śnieg kobiety.

Spokojnie mógł to zrobić, bobym mu na to pozwoliła.

Udaliśmy się do swoich łóżek, a ja, choć w domu było zimno, zrzuciłam kołdrę na podłogę. Pogładziłam szyję, która już zdążyła zapamiętać jego dotyk.

XXX
Przysłowia

ZBĘDNY BALAST
Pod red. J.A. Gillis
Rozpowszechnianie: Panorama Media

Droga J.,
spełnił się najgorszy senny koszmar mego życia. Moja córka zaszła w ciążę. Ma siedemnaście lat i uparła się, że ze swoim tak zwanym chłopakiem, który – o ile mi wiadomo – nigdy w życiu nigdzie nie pracował, razem będą wychowywać dziecko. Rzuciła szkołę i zatrudniła się jako hostessa w restauracji. Chodzi do technikum wieczorowego. Ten związek nie ma żadnych szans. Ciągle jej to powtarzam. Wciąż jeszcze ma czas, żeby załatwić sprawę. Czy nie powinnam przekonać jej, że rujnuje sobie życie? Nie mówiąc o moim? Mieliśmy z mężem inne plany co do naszego dziecka!

Zrozpaczona z Fitchville

Droga Zrozpaczona,
nie powinnaś jej przekonywać. Masz szansę zostać albo matką, która jest wielkim oparciem dla własnego dziecka, albo eksmatką. Jeżeli jest to najgorsza rzecz, jaka Ci się w życiu przytrafiła, to możesz uważać się za osobę szczęśliwą.

J.

Telefon zadzwonił rano, dwa dni po wizycie Matta. W końcu wtedy nie pojechałam do Hannah i nie widziałam się z Caroline, ponieważ Gabe zjawił się pięć minut po odjeździe Matta. Choć nic się nie stało, zdjęłam pościel ze wszystkich łóżek, uprałam ją, a potem pogadałyśmy sobie z Cath od serca. Zostało mi jeszcze parę godzin do zastrzyku. Rory, jak co dzień od dwóch tygodni, uparła się, żeby włożyć swój kostium nietoperza, i dopiero na pół godziny przed zastrzykiem zdążyłam powiedzieć Gabe'owi, że fajnie było pogadać ze starym kumplem, spytałam, czy raczy odgarnąć śnieg... a tak à propos: jak tam twoja siostra?

– Zadzwoni – odparł i w tym momencie telefon zadzwonił. – Sama ci powie.

Podniosłam słuchawkę.

– Mamo – odezwał się cichy, nieśmiały głosik.

– Caroline – odpowiedziałam spokojnie, a oczy napełniły mi się łzami.

– Chętnie przyjechałabym zobaczyć się z tobą. Chcę, żebyś poznała chłopaka, z którym mieszkam. Dominica. Zgadzasz się?

– Na co? – spytałam. – Na twoje przyjście tutaj? Czy na mieszkanie z chłopakiem? Masz dopiero piętnaście lat, Caro.

– Cat – poprawiła.

– Seks nie jest dla piętnastolatków, Cat.

– Ależ, mamo, to normalne. Tata i Joy mnie rozumieją.

– Przyjedź do mnie, ale sama. Poproś dziadka, żeby cię przywiózł. Dzisiaj biorę zastrzyk, potem możemy napić się herbaty. Ziołowej, obiecuję. I porozmawiamy jak kobieta z kobietą. – W słuchawce rozległa się seria stłumionych pisków i szelestów.

– Dominico mówi, że jeśli jego nie chcesz zaakceptować, to znaczy, że mnie też nie akceptujesz – oznajmiła w końcu Caroline.

– Mogę go zaakceptować najwyżej jako twojego kolegę, natomiast ty jesteś moim dzieckiem, więc ciebie zawsze będę akceptować. Nie akceptuję tego, że tak bardzo ryzykujesz. – Musiałam trzymać słuchawkę obiema rękami, żeby nie drżała. – Po pierwsze, czy się zabezpieczasz? A po drugie, czy wiesz, z iloma dziewczynami on przedtem...?

– Mamo, nie można ot tak zadawać komuś takich pytań – naburmuszyła się.

– Owszem, można. Nawet trzeba. Możesz zarazić się nawet bez stosunku, podczas samych pieszczot. Na przykład złapać wirusa, który spowoduje upośledzenie twego dziecka, jeśli kiedyś zechcesz mieć dziecko, albo uszkodzi twój mózg. Ludzki wirus brodawczaka może doprowadzić do raka szyjki macicy. Konsekwencje będziesz ponosić do końca życia.

– Wiem o tym doskonale.

– Twoje emocje znacznie wyprzedzają to, do czego gotowy jest twój umysł i ciało, Caro. Instynkt seksualny...

– Nie mów do mnie jak do swoich czytelników, mamo.

– Mówię do ciebie jak twoja matka.

– Tata o wszystkim rozmawiał z Dominikiem.

– Oo. I może dał mu twoją rękę?

– Możemy przyjść?

Moja córeczka, mój skarb jedyny, szukała mnie. Moja córka, której pierwsza balowa sukienka i pierwsza dziecinna książeczka, przewiązane wstążką, spoczywały w cedrowej szkatułce w mojej szafie. Dziecko, które co dzień rano przez pierwszych pięć lat życia prosiło o jajko i pewnego dnia powiedziało mi, że kocha mnie tak jak „jajećko siadzione". Tak, była bardziej córką Leo niż moją. Ale była też moja! Kiedyś prałyśmy swetry z angory i Caroline, może wówczas ośmioletnia, chciała bardzo pomóc mamusi i wysuszyła je w suszarce. Suwaki też się zbiegły i nawet na lalkę nie dało się później tych sweterków wcisnąć. Jeśli nie zobaczę się z nią, będzie zła. Z natury była porywcza. Z drugiej zaś strony, w ten sposób wyraziłabym swoje przyzwolenie. Lęk i niepokój przeszywały moje ciało jak wyładowania elektryczne.

– Nie rób tego, kochanie, bardzo cię proszę. To nieodpowiedzialne – powiedziałam, myśląc o delikatnym, a jednocześnie pełnym niedopowiedzeń dotknięciu Matta na moim nagim ciele. – Nawet w moim wieku byłoby to nieodpowiedzialne. – Poszukałam wzroku Cath, oczekując wsparcia, kiwnęła głową, a oczy jej zwilgotniały. – To nie jest trwały związek, Caroline. Zaledwie pół roku temu odeszłaś z domu. Seks jest dla ludzi, którzy są ze sobą związani...

– My jesteśmy, mamo. On nie spotyka się z nikim innym.

– Proszę cię, przyjdź do mnie sama, Caroline, i porozmawiamy. Kocham cię. Bardzo chcę cię zobaczyć.

– Przyjdę tylko z Dominikiem.

– W takim razie – ze wszystkich sił starałam się, żeby nie było słychać bólu w moim głosie – lepiej nie przychodź. Kiedy wyjeżdżasz? Zastanów się. Może jeszcze zmienisz zdanie.

– Nie zmienię zdania. Właśnie dlatego wyjechałam z domu. Bo ty nie rozumiesz niczego, co nie zgadza się z ustalonymi przez ciebie regułkami. Podobnie jak babcia i dziadzio, a Gabe nawet nie podał Dominicowi ręki. Wydaje ci się, mamo, że znasz odpowiedź na wszystko.

– Nie! Wcale nie! Po prostu wiem, że to, co robisz, jest złe. Złe z każdego punktu widzenia. Ile... lat ma Dominico?

411

– Osiemnaście – rzekła gładko.

– W takim razie jest to nielegalne.

– Nic mnie to nie obchodzi.

– Cóż, trudno oczekiwać, żeby cię obchodziło. On cię jednak wykorzystuje. A twój ojciec jest prawnikiem, Caroline. Pracował jako kurator. Czyżby kompletnie mu na mózg padło? Jesteś jeszcze dzieckiem, Caro.

– Fajnie, że zawsze jesteś taka wyrozumiała, mamo – parsknęła Caroline. – Dzięki za dobre słowo.

– Caro... to znaczy Cat, zaczekaj. Porozmawiajmy. I może rzeczywiście porozmawiam z Dominikiem.

– Nie potrzebujemy dziennikarki, której się wydaje, że jest terapeutką. Gdybyś nie była taka... przemądrzała, może tata nigdy by nie odszedł.

– Przestań! Nie mieszaj do tego mnie i ojca. To nie ma nic wspólnego.

– Tylko że przez ciebie on musi pracować sześć dni w tygodniu. Bo ty jesteś biedna i słaba, a Gabe to skończona oferma. Musi robić to, czego przez całe życie nie znosił. Sporządza akty notarialne i jest obrońcą z urzędu. A wszystko po to, żebyś ty dalej paradowała w butach od Kennetha Cole'a...

Nie mogłam już więcej nosić butów od Kennetha Cole'a. Obcasy były tak wysokie, jakbym chodziła na małych, niewygodnych drapaczach chmur.

– To krzywdzące i okrutne, co mówisz! Na twoim ojcu spoczywa odpowiedzialność za Rory, podobnie jak za ciebie i... Amosa, i... Jak się nazywa to drugie dziecko?

– Scarlett.

– Jezu! – wykrzyknęłam.

– Co, nie dość mieszczańsko-amerykańskie dla ciebie? – parsknęła Caro. – A ty jak byś ją nazwała? Gertruda czy Matylda? Dla ciebie liczą się tylko ci, co przypłynęli na „Mayflower".

– Wiesz, że to nieprawda. Nikt z mojej rodziny nie przypłynął na „Mayflower" – obruszyłam się. Drobne kłamstwo. Korzenie nowojorskiej rodziny mamy sięgały aż tak głęboko. – Nie jestem snobką. Nawet ty sama spytałaś, kiedy urodziła się Rory, co to za imię. Nie pamiętasz?

– Owszem, ale nie miałam wtedy racji. Rory? Boże, zmieniliście jej imię i nawet nie powiedzieliście tacie.

– Tata też nic mi nie powiedział, jak miał dziecko z inną kobietą.

– Jesteś taka małostkowa.

– Nie mów do mnie w ten sposób.

– Nie możesz znieść prawdy.

– Może. Może rzeczywiście byłam małostkowa. Może nie dostrzegałam, jak bardzo ojciec pragnął odmienić swoje życie. Nie sądzisz, że nie myślałam o tym setki razy? Ale teraz nie jestem małostkowa. Jestem praktyczna, Caroline.

– To inna rzecz, której u ciebie nienawidzę. Wszystko w beżu. Kartki z podziękowaniem i pończochy dobrane do butów.

– Przestań. Nie wszystko to moja wina.

– I tak byś tego nie przyznała.

– Przyznałabym, gdyby to była prawda. – Czy rzeczywiście?, pomyślałam. Może jednak powinnam była jechać z Leo do tego lasu czy też na polanę, jak chciał na początku dla nas wszystkich? Zrezygnować z pracy i nauczyć się robić przetwory. Czy zapobiegłoby to rozbiciu naszej rodziny, oszczędziłoby goryczy Gabe'owi, obroniło Rory przed strachem i zagubieniem? Zapobiegłoby moim własnym bolesnym wątpliwościom?

– Mogłabyś mieć wszystko, co my mamy, gdybyś nie była taka sztywna i taka staroświecka.

– Może – odparłam znowu, ze smutkiem. – Ale chyba

413

nie chciałabym tego, co macie wy. To nie dla mnie. Są rzeczy, których nie można się wyrzec, nawet dla dobra małżeństwa.

– Ty nawet nie próbowałaś! Tata mi mówił! Jak bardzo starał się przekonać cię, że nasze życie jest po prostu głupie!

– Nie uważam, żeby to było głupie życie. Pamiętaj, Caroline, że on sam kiedyś chciał takiego życia. Pomógł je zbudować. Z własnego wyboru.

– Tylko dlatego, że nigdy nie pozwalałaś mu robić tego, co naprawdę chciał. Wszystko musiało być tak, jak zarządziła Julie.

– Caroline, przyjedź i porozmawiamy. Albo spotkajmy się w kawiarni. Siądziemy spokojnie... – Mówiłam do pustej słuchawki.

Od dłuższej chwili.

Caroline chciała mieć poczucie, że przynajmniej podjęła starania, żeby zobaczyć się ze swoją biedną, nierozumiejącą niczego matką. Nie sądzę, żeby w ogóle miała zamiar przyjeżdżać do mnie. Chciała tylko zademonstrować swoim koleżankom, że jest w pełni dojrzała seksualnie. Ukryłam twarz w dłoniach.

– Zrobiłaś sobie kuku? Mały nietoperz podmucha. – Rory podeszła do mnie i oderwała mi palce od oczu. Posadziłam ją sobie na kolanach. Sprawiała wrażenie tak delikatnej i kruchej, jakby jej kosteczki były w środku puste. Chudzinka, podobnie jak Caroline.

– Mamusia kocha swojego małego nietoperza – powiedziałam do niej.

– Czy ona przyjedzie?! – zawołał Gabe z drugiego pokoju.

– Nie.

– Założę się, że chciała tu przyprowadzić tego swojego kolejnego geniusza. On nie umie sklecić jednego zdania do końca, żeby nie wtrącić: „Wiesz, o co biega, stary?". Dupa wołowa. Cieszę się, że ona nie przyjdzie.

– Gabe, to twoja siostra. I nie ona jedna na świecie podjęła złą decyzję. Spójrz w lustro. – Gabe udał, że strzela z rewolweru.

– Bingo! Wiesz co, mamo? Zacznij się szykować do bycia babcią. Nie miałbym nic przeciwko temu, żeby Caroline tu przyszła, ale on?

– Co on?

– Najchętniej bym go odstrzelił – wyznał. – Fleja i pasożyt. Śmierdzi. Caroline najwyraźniej odziedziczyła gust do mężczyzn...

– Uważaj! – ostrzegłam.

– Przepraszam.

– Nadal kocham waszego ojca. I nie żałuję, że mieliśmy was. A kiedyś naprawdę dobrze nam było razem.

– Albo tak ci się wydawało.

– Albo tak mi się wydawało.

Telefon zadzwonił znowu i był to Matthew. Tym razem podniosłam słuchawkę, kiedy usłyszałam głos na sekretarce.

– Julieanne! – wykrzyknął. – Muszę zaraz iść umyć się przed zabiegiem, ale przedtem koniecznie muszę cię o coś spytać. Czy ty mnie unikasz? Czy przekroczyłem zakazaną linię?

– Nie, jesteś wręcz wzorem dżentelmena. Ja po prostu nie wiem, czy potrafiłabym czuć cokolwiek do kogoś innego niż Leo. Przynajmniej na razie.

– Więc nadal coś czujesz do Leo?

– A ty nie czujesz nic do tej kobiety, którą kochałeś nie tak dawno temu? I do Suzie?

– Bardziej czuję coś do tych chwil, które spędziliśmy razem, niż do nich samych. Do takiego wniosku doszedłem tamtego wieczoru po naszej rozmowie. To już zamknięty rozdział, Julie. Nie można robić ze swojego życia kapliczki przeszłości.

– Ja nie robię.

– Hm.

– Cieszę się, że zadzwoniłeś.

– Ale nie chciałabyś się spotkać ze mną. Po prostu spotkać się.

– Tego nie powiedziałam.

– Jeszcze za wcześnie?

– Wiesz, sama nie wiem – wyznałam uczciwie. – To by zależało od tego, czego się spodziewasz.

– To by zależało od tego, na co mi pozwolisz mieć nadzieję. Julie, muszę już iść. Jeszcze tylko jedno. Czy wiesz, że byłaś pierwszą dziewczyną, z którą się całowałem? Kiedy zostałaś wybrana gospodynią klasy. – Zapomniałam o tym. Ale teraz wydało mi się, że coś sobie przypominam. Słodki, pachnący miętą oddech. Zaciśnięte usta. Moje plecy oparte o ścianę korytarza pod szkolną biblioteką.

– Rzeczywiście, tak. Pamiętam.

– Dwadzieścia pięć lat czekałem, żeby to zrobić ponownie. Przez całą szkołę średnią, przez całe studia. Dopóki nie poznałem Suzie...

– Nie wydaje ci się, że po prostu chcesz wrócić do tych cudownych czasów, kiedy jeszcze człowiek nie wie, że wszystko, co dobre i niewinne, psuje się z czasem?

– Ależ to nieprawda, Julie! – Usłyszałam, jak mówi do jakiejś kobiety, że zaraz przyjdzie. – Nie wszystko, co zostawia ślad na całe życie, tak jak moje wspomnienie o tobie, ma wartość tylko dlatego, że człowiek był wtedy młody i głupi. Czasami są to rzeczy obiektywnie cenne.

– Jesteś romantykiem. Musisz mi wybaczyć, ale w tej chwili nie potrafię być taka.

– Julie, pozwól mi przyjechać do ciebie znowu...

– No, nie wiem, czy to taki świetny pomysł.

– Pozwól mi przyjechać i wtedy oboje zdecydujemy. Niezobowiązująco. – Cathy kiwała głową. Tak. Wzruszenie ramion. Czemu nie?

– Już sama propozycja przyjazdu jest zobowiązująca.

– No dobrze – westchnął.

Jednocześnie usłyszałam własny głos:

– No dobrze.

– Co dobrze?

– Dobrze. Przyjedź i zobaczymy. To kiedy? Po Bożym Narodzeniu?

– Myślałem o przyszłej sobocie – powiedział.

XXXI
Pamiętnik Gabe'a

Przed Świętem Dziękczynienia dostałem list od Leo. Zapraszał mnie do siebie na świąteczny weekend i proponował, że przyśle bilet na samolot. Ponieważ miałem jeszcze trochę czasu przed lekcją z moją nową nauczycielką, miłą starszą panią, która bardzo poważnie traktowała swoje zadanie i pilnowała, żebym przez dwie godziny miał co robić, postanowiłem od razu odpowiedzieć na ten list.

Drogi Leonie – napisałem. – *Muszę odrzucić Twoje zaproszenie z powodów osobistych, a to takich, że Cię szczerze nienawidzę. Nie chcę być niegrzeczny. Ojca powinno się kochać i podziwiać. Dla terapeutki mamy próbowałem zrobić listę wszystkich rzeczy, które w Tobie podziwiałem. Podziwiałem Twój sposób wyrażania się. Podziwiałem to, jak pomagasz dziadkom. Podziwiałem Twoją wiedzę na temat rozgrywek bejsbolu. I koniec, Leonie. Zdaje się, że wypadałoby zrobić listę dziesięciu rzeczy, które podziwia się u swego ojca, a w Twoim przypadku skończyło się na trzech. Więc skoro można ich wymyślić trzydzieści w przypadku wychowawczyni w przedszkolu własnej siostrzyczki, to znaczy, że albo nie jesteś godny szacunku w moich oczach, albo że jestem wciąż zbyt zły na Ciebie, żeby się z Tobą widywać.*

Podpisałem *Gabe Gillis*, dodając PS: *Nową rzeczą w naszej tak zwanej rodzinie jest zmiana imion i nazwisk. Postanowiłem to kontynuować. Po długim zastanowieniu zdecydowałem się zostawić Steiner jako drugie imię, ponieważ nie chcę zranić uczuć dziadka. Dziadek to świetny gość. Zabawna rzecz te geny, co?*

Wysłałem list od razu, po drodze do nauczycielki, ponieważ bałem się, że inaczej nigdy tego nie zrobię. Albo zabraknie mi odwagi, albo zapomnę.

Zaraz po Halloween ten cały Matthew znowu przyjechał zobaczyć się z mamą. Poszli na kolację, a ona wyglądała ślicznie i kwitnąco w sukience pożyczonej od Cathy. Sama odpisywała teraz na większość listów, tylko czasem prosiła mnie, żebym jej coś sprawdził albo gdzieś zadzwonił – za co płaciła mi dziesięć dolarów za godzinę – więc nie miałem okazji szperać w jej plikach i papierach. Raz mi się udało, gdy Rory spała. I znalazłem kolejny wiersz, tym razem z kopertą, w której miała go wysłać – właściwie z dwiema kopertami. Jedną do czasopisma „Urbane" (słaba szansa – pomyślałem), drugą znów do „Pen, Inc."

Za pomocą jej kopiarki zrobiłem odbitkę.

LAMENT OWADZI

Czemu biedronka odleciała daleko,
Gdy dom jej stanął w płomieniach,
A dzieci się rozpierzchły?
Czy żadne nie zostało,
Choć jeden żuczek niezwęglony,
Ostatni klejnot jej piersi?
Czy naprawdę musiała całować spopielałą skorupę,
Błogosławić swego gniazda wspomnienia?
Wstąpiła do piekła biedronek.

A nie lepiej było zimną szkocką sobie walnąć?
Czy lodowatą tequilę?
W oprószonej solą wannie i zasnąć?
Czy sczepić się z ćmą na łóżku w zapluskwionym hotelu?
Topiąc ból całopalenia.
Wszyscy przecież zginęli.
Dlaczego nie poleciała do Belize?
Gdzie żuczki pławią się wśród ametystowych fal?
Czemu nie robiła nic, by ukoić żal?
Czemuż tyle cennego czasu daremnie straciła?
Przepadłby nam wiersz, gdyby biedronkiem była.

Pomyślałem, że jest zabawny i lekko nieprzyzwoity, ale dreszcz mnie przeszedł na myśl o tym, co sądzi o mężczyznach. Zastanawiałem się, czy ma na myśli wszystkich, łącznie ze mną, czy tylko ojca. Raczej nie brała pod uwagę tego całego Matta, który po tym, jak zabrał ją na kolację, przyszedł rano i zaprosił nas wszystkich na brunch w wielkim hotelu w Milwaukee. Pomyślałem sobie: Aha, droga do serca prowadzi przez dzieci. Ale mało zwracał na mnie uwagę, opowiedział mi tylko, jak to się stało, że wybrał sobie chirurgię plastyczną twarzy jako specjalizację. Naprawdę smutna historia. Mówię to bez ironii. Cały czas pilnie wpatrywał się w mamę, jakby była jakimś szczególnie cennym obrazem. Pomyślałem sobie, że musi być jej miło, że ktoś, kogo tak dobrze zna, uważa ją za ładną. A on sam był też całkiem miły. Pokazał Rory zdjęcia swojej córki na klaczy Divie. Ma na imię Kelly. Była w college'u w Nowym Jorku, w New School. Chce być dziennikarką albo zawodowym dżokejem, albo weterynarzem. Albo trenować konie. Ekstradziewczyna. Miała najdłuższe blond włosy, jakie widziałem u osoby normalnej, nie nawiedzonej. A on miał wielką farmę między Bostonem a Cape Cod – wielką dla kogoś, kto kisi się w takim mieszkaniu jak nasze – chyba ze dwanaście akrów. Dojeżdżał do pracy i sporo podróżował, ucząc innych lekarzy, jak robić taką jedną rzecz, którą sam wymyślił, żeby operować rozszczep podniebienia.

Poszedłem z nim po samochód z wypożyczalni, ponieważ mama starała się nie chodzić za dużo, zwłaszcza przy obcych. Wciąż bała się, że się przewróci i naje się wstydu, choć z jej równowagą było teraz znacznie lepiej.

– A ty co robisz, Gabe? – spytał.

– Domowy program nauczania – powiedziałem. – Mam trudności z przyswajaniem materiału.

– Duże?

– Chyba tak. Powiedzieli, że jeszcze jeden chromosom i byłbym kompletnie durnowaty.

– Ale ty przecież jesteś całkiem niegłupi. Można z tobą porozmawiać.

– Nie powiedziałem, że jestem głupi.

– Chciałbyś pójść do szkoły?

– Może. Jeśli będzie warto.

– Ludzie dojrzewają do nauki w różnym wieku. Może twój czas przyjdzie, gdy będziesz po dwudziestce.

– Może – odparłem. Musieliśmy przejść spory kawał, minąć dwie przecznice. – Czy mama była taka jak teraz, kiedy była młoda?

– Tak – odrzekł. – Niemal identyczna. Mądra. Piękna...

– Przemądrzała.

– Tak.

– Powinna z tego wyrosnąć.

– W jej przypadku to nie jest przemądrzałość w dosłownym tego słowa znaczeniu, Gabe. To znaczy nie znam jej teraz tak dobrze. Ale kiedy była młoda, było to raczej poczucie własnej godności.

– Może i tak. Bo dziadkowie byli super, tyle że trochę

popijali, a jej się to nie podobało. Zawsze lubiła mieć pełną kontrolę nad sobą, tak mi mówiła.

– Dlatego pewnie ta choroba jest dla niej tak trudna – zauważył.

– Proszę mi wierzyć – westchnąłem. – Byłaby trudna dla każdego. Ale z nią i tak jest o wiele lepiej teraz niż kiedyś.

– Czy miałbyś coś przeciwko temu, żebym się z nią umawiał?

– A umawiacie się?

– Nie – odparł, kiedy wsiadaliśmy do samochodu. – Ale chciałbym. Nie wiem tylko, czy ona tego chce.

– Dużo pan wie o stwardnieniu rozsianym?

– Tyle tylko, co przeczytałem. I miałem pacjentkę z deformacją twarzy, która na to chorowała.

– Jezu, dwa w jednym.

– Tak, ale radziła sobie świetnie. Nic nie było w stanie jej pokonać. Nawet to, że musiała używać balkonika. Tańczyła z balkonikiem.

– Chryste, mam nadzieję, że mama nie będzie musiała.

– Dla ciebie byłoby to bardzo obciążające.

– Nie chodzi o mnie. Raczej o to, co pan powiedział o jej godności. Wtedy by już w ogóle nie chciała wychodzić z domu.

– Myślę o niej poważnie – wyznał. – Zawsze myślałem. Ale trzeba było ustawiać się w kolejce, żeby dostąpić zaszczytu przebywania w towarzystwie Julieanne Gillis. – Próbowałem wyobrazić sobie mamę jako ekstralaskę i tych chłopaków, co to zabijali się o to, żeby tylko się z nią umówić na randkę. Fakt, że miała sławnego ojca i mieszkała w luksusowym apartamencie. Ale i tak z trudem mi to przychodziło. – Wydawało mi się jednak, że mnie lubi. Ale nie byłem na jej poziomie. Nie dorównywałem jej ojcu.

– A teraz pan jest?

– Nie wiem. Może.

– SM. Wyrównuje wszystko.

Zatrzymał samochód.

– Nie – powiedział. – To trochę nie tak. Teraz jestem lekarzem. Ludzie bardzo szanują ten zawód. A wtedy byłem biednym chłopakiem, który chodził do publicznej szkoły, bo nie miał wyboru, nie tak jak twoja mama, która chodziła do publicznej szkoły, ponieważ jej rodzice byli liberałami i nie chcieli wypaść na takich, co to się boją, żeby ich córka zadawała się z pospólstwem.

– Nie miałem nic złego na myśli – mruknąłem.

– A ona w pewnym sensie była przemądrzała – powiedział, śmiejąc się. – Pewnego razu poszedłem do niej do domu, na przyjęcie...

– Był pan u moich dziadków? – ucieszyłem się i nagle zatęskniłem do nich. Nie umiałem już przywołać w pamięci obrazu twarzy mojej babci, a jedynie byłem w stanie przypomnieć sobie jej głos, jak woła: „Ambrose, najwyższy czas na nas!".

– Tak, to było wtedy, kiedy szła do szkoły panny Jakiejśtam, i były pokojówki i...

– ...kanapki z ogórkiem – dokończyłem za niego.

– Tak! Dla dzieci.

– Cali dziadkowie.

– A jej było autentycznie wstyd. Chciała, żebyśmy poszli puszczać latawce do Central Parku. I w końcu tak zrobiliśmy. Wciąż ją widzę, jak wspina się z latawcem na skałę i rozwija sznurek. Była naprawdę wysportowana. Silna.

– Balet.

– Tak – przyznał Matt i znowu zapalił samochód. – Myślałem, że będzie tańczyć zawodowo.

– Była za gruba i za wysoka – wyjaśniłem mu. – Bała

się, że wpędzi się w tę całą anoreksję. Mówi, że tancerki żywią się głównie wódką, czekoladą i papierosami.

– Ona jest cudowna.

– Powinien pobyć pan z nią trochę, jak wpadnie w ten swój nastrój „a teraz wszyscy wynocha stąd".

– Wiesz co, Gabe? Taki właśnie mam zamiar.

XXXII
Psalm 37

ZBĘDNY BALAST
Pod red. J.A. Gillis
Rozpowszechnianie: Panorama Media

Droga J.,
nie mogę powiedzieć o tym nikomu. Mąż mnie bije. W zeszłym tygodniu byłam tak posiniaczona i spuchnięta, że nie
poszłam do pracy. Pracuję jako pielęgniarka. Pewnie pomyślisz,
że jestem głupia. Codziennie w gabinecie zabiegowym spotykam osoby w podobnej sytuacji jak moja. Ale mimo to boję się
odejść. Po pierwsze, wiem, że mnie znajdzie i zabije. A po drugie, jest wspaniałym ojcem. Jest dobrze znany w naszej dzielnicy. Nikt mi nie uwierzy. A dzieci mnie znienawidzą. Jak mam
go powstrzymać? Za każdym razem przeprasza, jest mu naprawdę przykro. Mówi też, że to nasze wymagania, to znaczy
moje i dzieci, oraz stres w pracy wykańczają go.

Maltretowana z Manhattanu

Droga Maltretowana,
ja Ci wierzę. Inni też uwierzą. Obiecuję. Jeśli powiesz komuś, a ten ktoś wyrazi wątpliwości, powiedz następnej osobie.
Radzę, żebyś napisała sobie plan działania. I pomału zacznij

425

się pakować, tylko to, co naprawdę potrzebne Tobie i dzieciom na początek. Dobra pielęgniarka wszędzie znajdzie pracę. Zmień nazwisko, a jeśli zajdzie taka potrzeba, także datę urodzenia. Bardzo łatwo jest człowieka znaleźć po dacie urodzenia. Posłuż się datą kogoś, kto już jej nie potrzebuje (szczegóły podaję w mojej poufnej odpowiedzi). Na początku dzieci mogą mieć żal do Ciebie. Dzieci zawsze złoszczą się na rodziców, kiedy ci muszą wprowadzić w życiu radykalne zmiany. Ale bez porównania gorsze jest pozwalanie na to, by wierzyły, że życie, jakie mają na co dzień, jest czymś normalnym. Uciekaj, póki jeszcze możesz. Kup komórkę i natychmiast dzwoń pod 911, jeśli wpadnie na Twój trop. Gdy zajdzie potrzeba, kup nawet broń. I uciekaj. Nie staraj się mu pomóc. Jemu nie można pomóc. Tobie tak. Jeszcze.

J.

Początek drugiego początku mojego życia nadszedł niespodzianie, podobnie jak to się dzieje w przypadku wielu rzeczy. Nie zrezygnowałam z planowania swego życia, choć wiedziałam, że jest to sprawa beznadziejna. Postanowiłam też cieszyć się wszystkim tym, co przy moich ograniczeniach mogłam robić, i przestać rozpaczać nad tym, czego nie mogłam robić – w takim stopniu, w jakim było to możliwe w przypadku osoby takiej jak ja, która miała zawsze prezenty gwiazdkowe kupione i popakowane już we wrześniu.

Zaczęłam spotykać się z facetem, który występował w jednym przedstawieniu z Cathy. Był miły, ale chyba zbladłam nieco, gdy przyznał się, że jest prawnikiem; okazało się, że był prawnikiem First Gear, dużej firmy produkującej sprzęt i akcesoria sportowe, co, nie wiedzieć czemu, odebrałam jako zagrożenie.

– Więc – zagaiłam rozmowę, kiedy pierwszy raz poszliśmy na kolację – starasz się uwolnić firmę od odpo-

wiedzialności, kiedy jakiś dzieciak spadnie z waszej de-
skorolki i uszkodzi sobie mózg?

– Prawie dobrze to ujęłaś – odparł. – Z tym że raczej
staram się załatwić rekompensatę dla poszkodowanego
dziecka w takiej wysokości, żeby nie puścić firmy z torbami. Wiesz, jacy teraz są ludzie; nie wierzą, że cokolwiek
złego może się stać, a jeśli już się stanie, to koniecznie
ktoś musi za to zapłacić.

Ale po kilku miesiącach, w czasie których widziałam
Matthew dwa razy, a Dennisa niemal co tydzień, w naturalny sposób zrezygnowałam z Dennisa.

Był całkiem miły, ale nie nadawał się, nawet dla mnie.

Do tej pory uważałam, że będę wdzięczna jak pies
każdemu, kto okaże mi najlżejsze choćby zainteresowanie. Okazało się jednak, że kiedy „Urbane" przyjęło mój
wiersz i zapłaciło tysiąc dolarów, to przede wszystkim
Mattowi chciałam o tym powiedzieć, i to jeszcze zanim
powiedziałam Cathy czy Gabe'owi.

Matt był wniebowzięty. Obiecał, że kupi egzemplarze
dla całego personelu szpitalnego i wszystkich swoich
przyjaciół, a miał wielu przyjaciół. Zaproponowałam mu
wtedy, że przyjadę na weekend do Bostonu, żeby się
z nim spotkać, ale okazało się, że wyjeżdża na mecz. Poczułam się dotknięta i zlekceważona. Przez następne dwa
tygodnie nie podnosiłam słuchawki, kiedy dzwonił.
W końcu przysłał mi dwa tuziny białych róż w srebr-
no-niebieskim pucharze. Na kartce napisane było: *Czy to
mnie nie lubisz, czy Patriots*? Zadzwoniłam więc do niego,
a tydzień później przyszło zaproszenie na wielkie przyjęcie w domu Matthew MacDougalla, które miało odbyć
się za dwa tygodnie.

Nie chciałam jechać. To znaczy chciałam jechać, ale

---
* Znana drużyna futbolu amerykańskiego.

427

bałam się, że coś takiego się stanie w obecności jego znajomych z pracy i ich żon, co na zawsze pozbawi mnie odwagi, by ponownie przekroczyć granicę stanu Massachusetts. W końcu jednak pomyślałam sobie, że to tylko przyjęcie. Czy to taka wielka filozofia siedzieć na kanapie i rozmawiać z normalnymi ludźmi? Przecież sama byłam kiedyś normalnym człowiekiem.

Pomyślałam też, że przy okazji mogłabym pojechać i zobaczyć się z Cat. Minęło już kilka miesięcy bez żadnej wiadomości od niej. Przysłała Rory na Gwiazdkę szmaciane laleczki, ale Rory tylko się wystraszyła, bo miały jedynie oczy, a brakowało im ust i nosów.

Mogłam pożyczyć samochód i pojechać do tej miejscowości, której nazwy już nie pamiętałam, tak często z Gabe'em mówiliśmy na nią Dolina Szczęścia. Nie powinno być problemów. Cathy zajęłaby się Aury, a Gabe by sobie poradził, mając Cathy na podorędziu. Kiedy poruszyłam temat, okazało się, że na ten sam weekend Gabe wybiera się z dziadkami na Door County, żeby przygotować domek do sezonu letniego. Jak powiedział, chciał połowić ryby, dopóki jest jeszcze zimno. „Czuję się wtedy jak marynarz. W lecie byle kto potrafi żeglować".

Przygotowywałam się starannie. Przez kilka dni pakowałam ubrania, sztuka po sztuce. Obcisłą czarną sukienkę ze spódnicą wydłużoną z tyłu, która szumiała wokół nóg, gdy szłam, a falowanie materiału, jak mi się zdawało, maskowało moje ruchy – zwłaszcza te niezamierzone. Szerokie, lejące się spodnie i satynową bluzkę. Śmieszne duże sztuczne perły na żyłce. Dżinsy i dwa grube swetry. Parę wysokich butów i tenisówki. Gabe spytał, czy się wyprowadzam.

Kilka dni przed moim wyjazdem zadzwoniła redaktorka z „Urbane". Zapytała, czy może dać mój adres e-mailowy wydawcy, który wyraził zainteresowanie moją „poezją gniewu". Nie wiedziałam, że to aż taka poezja, ale na wszelki wypadek zgodziłam się. Może przy okazji wpadnie parę dolarów? Pisałam wiersze dla własnej, nieco perwersyjnej przyjemności, a opublikowanie ich było czymś o wiele więcej, niż wyobrażałam sobie w najśmielszych snach. W życiu bym się nie spodziewała, że zostaną zaliczone do jakiejkolwiek kategorii. Nawet Gabe mówił na nie „te twoje tak zwane wiersze".

Napisała do mnie niejaka Amanda Senter, które to nazwisko wydało mi się dziwnie znajome. Pytała, czy może zadzwonić.

– Julieanne Gillis? – zapytała, kiedy podniosłam słuchawkę.

– Tak.

– Kiedy cię ostatnim razem widziałam, chowałaś się pod fortepianem. – A więc to było to. Krąg znajomych taty. – Dawno, dawno temu, kiedy byłam młoda, przez bardzo krótki okres byłam agentką twojego ojca. Potem przeszłam na drugą stronę biurka. Widziałaś mnie pewnie ze dwa razy w życiu. Przeczytałam twój wiersz. Pomyślałam sobie, że Ambrose'owi byłoby miło, że poznałam się na twórczości jego córki.

– Dziękuję – odparłam. – To właściwie taka trochę zabawa.

– A co masz w zanadrzu? – spytała.

– W zanadrzu?

– Czy masz wystarczająco dużo wierszy na zbiorek? W twojej twórczości widzę coś w rodzaju triumfu kobiecości, odrzucenie dotychczasowych męskich rządów... One są nawet zabawne, te twoje wiersze. Świetnie nadają się do czytania, kiedy akurat jesteś·wściekła na faceta. – Nie miałam pojęcia, o czym ona mówi. Wiersze, które napisałam, to wiersze, które napisałam. Cztery. Nie było żadnych schowanych głęboko w szufladzie skrawków papieru z pośpiesznie skreślonymi słowami o porażającej sile, które dzieci mogłyby odnaleźć po mojej śmierci, co przyniosłoby zapierające dech w piersiach konsekwencje.

– Prowadzę kącik porad w gazecie – powiedziałam. – Nie jestem poetką.

– Pozwól mnie to ocenić. Mam teraz swoją własną oficynę wydawniczą. Robię bardzo niewiele rzeczy...

Stanęło na tym, że mając pełną świadomość stanowczego i pełnego aprobaty spojrzenia mego ojca z góry, posłałam jej dwa wiersze. Jeden z nich napisałam zaraz po naszej rozmowie, w ciągu jakichś dwudziestu pięciu minut.

JEDNE DNI SĄ LEPSZE, INNE GORSZE

Nic się ze mną nie dzieje takiego,
Na co nie pomogłoby nowe ciało.
Może nowy płyn kręgowy?
W pięknym kolorze by się chciało.
Nic się ze mną nie dzieje takiego;
Potrzebne mi tylko nowe nogi, rozmiar osiem,
Żeby wreszcie było bezpiecznie.
Drobna regulacja krtani i przepony, nowe oczy,
Sprawne dłonie, mózg, co z niczym głupim nie wyskoczy,
I jeszcze obietnica, że się nie pogorszy.
Tylko tyle. Ot całe zamówienie.
Czekam. Cierpliwie i grzecznie.

Następnego ranka odpisała mi, że popłakała się, czytając je. Pomyślałam sobie, że chyba coś jest z nią nie tak. Mówiła o hierarchii wartości i obrazowaniu, o wyznaczaniu granic i ich braku.

– Chwileczkę, panno Senter – zaoponowałam w końcu.

– Amanda – odparła.

430

– A zatem, Amando, proszę mówić jaśniej.

– Otóż poezja nie jest najlepiej sprzedającym się towarem. Natomiast na świecie jest mnóstwo kobiet, które zostały porzucone lub które mają podobne doświadczenia. Uważam, że moglibyśmy wydać zbiorek twoich wierszy, będący wyrazem wsparcia i solidarności...

– Zbiorek?

– Niestety, nie możemy zbyt wiele ci zaproponować.

– Ale ja nie mam tylu, żeby było na zbiorek! Ile to miałoby być wierszy?

– Jakieś dwadzieścia cztery. Już to widzę... Elegancka, niewielka książeczka, jak taka grubsza karta świąteczna...

– Dwadzieścia cztery wiersze musiałabym pisać z pół roku!

– Może być za rok. Teraz jesteśmy w stanie dać ci pięć, a pięć po przyjęciu maszynopisu. – Mówiła o tysiącach. Wdzięczna byłam losowi, że akurat siedzę. Moja roczna kuracja! A nawet trochę więcej! Nie miałam pojęcia, co powiedzieć, więc nie powiedziałam nic.

– Przykro mi, że tak skromnie, Julie.

– Ale i tak miło, że moje wiersze zostaną wylane.

– Słucham?

– To znaczy wydane. Naprawdę się cieszę.

– A więc się zgadzasz? Świetnie. Podasz mi namiary na swojego agenta?

– Tylko się z nią najpierw sama skontaktuję. – Koniecznie trzeba było szybko coś wymyślić. Najlepiej przypomnieć sobie jakąś starą (również w sensie dosłownym) znajomą ojca, do której mogłabym zadzwonić i spytać o nazwisko kogoś, kto się zajmuje takimi sprawami. Nikt taki nie przychodził mi do głowy. Kiedy znałam ich wszystkich, byłam małą dziewczynką w szkolnym mundurku. Zadzwoniłam więc do Cathy do pracy. Byłam zbyt spięta i podniecona, żeby poprosić ją po nazwisku.

- Chciałabym rozmawiać z psychologiem.
- Ma teraz sesję.
- To proszę, żeby do mnie oddzwoniła.
- Ma pani myśli samobójcze?
- Nie! - wybuchnęłam śmiechem. - Mówi... Julieanne Gillis. Mieszkamy razem. Chodzi o Cathy Gleason.
- Och! Bardzo przepraszam, pani Gillis.

Razem z Cathy przez cały wieczór przeglądałyśmy książki ojca z dedykacjami od autorek. Wytropiłyśmy jedną, co do której mogłyśmy mieć nadzieję, że jeszcze żyje i jest w miarę sprawna umysłowo. W podziękowaniach znalazłyśmy nazwisko jej agentki i kiedy zadzwoniłam, okazało się, że doskonale mnie pamięta. Entuzjazm w jej głosie był ekwiwalentem szeroko otwartych ramion. Bardzo, bardzo chętnie zaprosi mnie na kolację, gdy następnym razem będę w Nowym Jorku (gdy następnym razem będę w Nowym Jorku?). Orzekła, że ojciec na pewno byłby ze mnie dumny. Uznała, że zaliczka jest trochę skromna, i odgrażała się, że wykluczy z umowy prawa zagraniczne.

- Wyciągniemy trochę pieniędzy ze sprzedaży praw za granicę - zapowiedziała. Równie dobrze mogłaby mówić po aramejsku. Używała słów, jakie słyszałam z ust ojca, ale wtedy nie zwracałam na nie większej uwagi.

Wydanie moich wierszy było jak nagłe otwarcie się nowych drzwi. Bałam się, że światło wpadające przez powstałą szczelinę oślepi mnie. Bałam się, że przyniosę wstyd ojcu. Bałam się, że świat zobaczy to, co mnie samej przypominało karteczki z gryzmołami, jakie Aurora kreśliła przy stole podczas kolacji. („Baldzo psieplaszam - mówiła. - Ale napisialam poladę"). Nagle podróż do Bostonu nie była już powodem do strachu. Myślałam o niej z ulgą i nadzieją.

Matthew spotkał mnie przy odbiorze bagażu, miał ze

sobą transparent Patriots ze słowami *Witamy Julieanne Gillis*.

– Starczy już tych kpinek ze mnie i Patriots – zapowiedziałam całkiem serio. – Jak daleko jest stąd do ciebie?

– Około dwudziestu minut, jeśli nie ma korków.

– Każdy zawsze tak mówi. – Naraz wydało mi się to bardzo zabawne.

– Co takiego?

– To znaczy każdy mówi zawsze: to jakieś dwadzieścia minut stąd.

– I wszystkie zegarki na wystawach nastawione są zawsze na ósmą dwadzieścia.

– Czy to nie dlatego, że wtedy zginął Abraham Lincoln?

– Nie – odparł. – Myślę, że wtedy po prostu lepiej widać wskazówki.

– Ja myślę, że to z powodu Lincolna. I nie kłóć się ze mną. To ja jestem specjalistką od takich rzeczy. I wiesz co? Nie uwierzysz. – Wcześniej przećwiczyłam tę kwestię. Miałam być dziewczęca i zalotna. Dumna, a jednocześnie zdumiona. Zaskoczona, lecz pewna siebie. – Wydadzą mój tomik wierszy.

– Julieanne! – Jego reakcja okazała się inna, niż się spodziewałam. Zupełnie nie w stylu kibica piłki nożnej. Cicha aprobata. Dumne, władcze kiwnięcie głową. Przejechaliśmy przez centrum małego miasteczka o nazwie Briley i skręciliśmy w wiejską drogę. Kiedy zwolnił przy domu z kolumnami, pomyślałam, że zatrzymujemy się, by kupić jajka.

– Moje skromne progi.

– Ależ to, kurczę, pałac! – wykrzyknęłam. – Przepraszam za mój język, ale sporo przestaję z szesnastolatkiem. Do głowy by mi nie przyszło... – Kiedy przejeżdżaliśmy, bułany koń popatrzył na nas uważnie swoimi łagodnymi, mądrymi oczami.

– To ukochana pupilka mojej córki, Diva. Mój koń nazywa się Krajczy. Kelly mi go dała. Uznała, że imię w sam raz odpowiednie dla konia chirurga. Bardzo poczciwy zwierzak.

– Kiedyś też jeździłam – przyznałam się, wspominając Central Park i mamę w butach do konnej jazdy.

– Możemy się jutro przejechać – zaproponował Matt z wyraźną ochotą.

– Chyba już nie mogłabym wsiąść na konia.

– Nie byłbym taki pewien. Wystarczy, że pozwolisz Krajczemu prowadzić.

– Matt, czy ty zawsze musisz postawić na swoim?

– Chyba tak – przyznał, wyjmując moją walizkę z bagażnika. – Czy to źle? Stoję spokojnie cały dzień i wykonuję rękami bardzo ograniczone ruchy. Więc w wolnym czasie lubię zrobić coś z większym rozmachem. Chyba ma to jakiś sens.

– A gdzie tu rozmach z kobietą, która wprawdzie kiedyś umiała wyskoczyć na trzy stopy w górę, ale teraz z trudem pokonuje trzy stopnie?

– Życie to coś więcej niż skakanie – odparł, otwierając drzwi.

Wnętrze domu obudziło moje wspomnienia Toskanii z czasów, kiedy miałam dziewięć czy dziesięć lat. Jasnożółte ściany i grube zielone dywany. Meble z drewna w czerwonawym odcieniu, pasiaste poduszki i żyrandol, który wywoływał skojarzenia z barką Kleopatry. Zapadłam się w kanapę, z której miałam widok na długi stół z wiśniowego drewna, prosty i lśniący, oraz kuchnię z malowanymi kafelkami i warkoczami czosnku.

– Gratulacje dla twojego dekoratora.

Matt kiwnął głową, po czym wzruszył ramionami.

– Część rzeczy wybrałem, bo mi się kolory spodobały. A żyrandol kupiłem, kiedy Peter Mangan wyprzedawał wyposażenie restauracji w Seattle, do której chciałbym cię zabrać.

– Czy to znaczy, że sam urządzałeś dom?

– Widzisz, sam nie znoszę samotnych mężczyzn, którzy mieszkają wśród białych ścian i granatowych mebli...

– Ja też, ale jak tego wszystkiego dokonałeś?

– Mam tylko jedno dziecko, które jest w college'u. Niczego specjalnie nie planowałem. Nawet gdy pracuje się w szpitalu, zawsze można wygospodarować trochę czasu. Więc urządza się dom. Bierze się lekcje fortepianu. Ja wiem, co jeszcze...? Oboje z Suzie dużo jeździliśmy. Nigdy nie... Zawsze chciałem mieć jeszcze jedno dziecko. Nadal chcę. Nie śmiej się. Ludzie w naszym wieku mają dzieci.

– Nie śmieję się. Sama mam trzylatkę. Ludzie myślą, że zwariowałam.

– Napijesz się herbaty?

Skinęłam głową.

– Wiesz, jak Anglicy mówią na herbatę, którą piją po południu? Pokrzepienie sił. Ładne, prawda?

– Podoba mi się. Moi rodzice należeli do kościoła episkopalnego i zawsze lubiłam jedno słowo, też odnoszące się do mniej więcej tej pory dnia. Nieszpory.

Podczas gdy piliśmy herbatę, światło na dworze z wolna zamierało, a lampy w domu Matta i światełka zainstalowane wśród drzew, najwyraźniej włączane automatycznie, rozjarzyły się łagodnym blaskiem.

– Kiedy przychodzą goście? – spytałam. – Chętnie bym się trochę położyła, może wzięłabym prysznic. Pokażesz mi, gdzie będę spała?

Zaprowadził mnie krótkim korytarzem do pokoju z łożem, do którego przydałyby się jeszcze trzystopniowe schodki. Miałam zamiar poleżeć tylko chwilę, ale kiedy się obudziłam, w pokoju było czarno. Odruchowo zawołałam: „Pomocy!". I natychmiast poczułam Matta przy sobie, jego czysty zapach. – Przepraszam. Było tak ciemno. Myślałam, że oczy płatają mi figle.

– Czy to się często zdarza?

– Zdarzało się.

– Ale teraz nie?

– Nie.

– A widzisz, co tam jest? – Po drugiej stronie holu zobaczyłam świece i śnieżnobiały obrus na lśniącym stole, a ponieważ już mi wróciły wszystkie zmysły, poczułam też zapach przypieczonego czosnku.

– Goście już są? – spytałam szeptem. – Muszę się ubrać...

– Nie śpiesz się – odparł. – Naprawdę nie ma pośpiechu.

Zapalił światło w łazience – wanna miała schodki – i zostawił mnie samą. Wykąpałam się, przeczesałam palcami głupio krótkie włosy, co do których zaczęłam mieć mieszane uczucia, i włożyłam czarną sukienkę. Maznęłam się lekko różem i umalowałam usta szminką, bardzo bladą, najlepszą dla starszej osoby, jak mi powiedziała dziewczyna w drogerii. Wyglądałam dobrze. Teraz buty. Otworzyłam torbę. Buty sportowe. Buty wysokie. Usiadłam na łóżku i omal się nie rozpłakałam. Oczyma duszy zobaczyłam je dokładnie tam, gdzie były. Na krześle przy moim biurku, każdy z nich w osobnym bawełnianym woreczku.

– Matt! – zawołałam. Grała muzyka. Coś przyjemnego, starego. Julie London. Zabawny facet. – Matt! – Nie słyszałam, żeby przepraszał gości, ale po chwili zjawił się z butelką wina w ręku. – Zapomniałam wziąć buty.

– Jesteś taka... słodka i delikatna...

436

– Cicho! Bo jeszcze ktoś usłyszy! Nie mogę wyjść stąd w rajstopach!

– Ależ nie ma sprawy... Chyba że ci zimno w stopy.

– Co twoi goście sobie pomyślą?

– Nie ma żadnych gości.

– Ale przecież zaproszenie...

– Jesteś jedynym gościem. Chodź. – Stół nakryty był na dwie osoby. W bulgoczącym paprykowym sosie czekał na nas włoski makaron. Nalał mi wina do kieliszka, dokładnie połowę.

Stałam na kafelkach posadzki. Nic mądrego nie przychodziło mi do głowy.

– Nie wściekaj się – poprosił.

– Nie wściekam się. I nie boję się. Nie zrozum mnie źle. Ale trudno znaleźć mi odpowiednie słowo na to, co czuję.

– Szok?

– Nie.

– Uważasz mnie za palanta?

– Nie – zaczęłam się śmiać. – Nie, nie uważam cię za palanta. I nie jesteś też klasowym brzydalem, Matt. Jesteś całkiem, całkiem.

– Trzydzieści lat czekałem, żeby porwać Julieanne Gillis na kolację. I zrobić to jak należy.

– Nie bierz więc sobie do serca mojego gderania.

– Dobrze.

– Wszystko sam przygotowałeś?

– Prawdę mówiąc, to jedyna potrawa, jaką umiem zrobić. Ale za to może sobie czekać całą noc, jak będziemy rozmawiać, i cały czas smakować będzie tak samo. Masz najpierw ochotę na sery?

– Myślałam, że pokażesz mi resztę domu.

– Dobrze – odparł z wyraźnym ożywieniem i odstawił kieliszek. Jak policzyłam, schody, wznoszące się w głównym holu niczym potężna fala, miały siedemnaście stopni. Spojrzałam na Matta.

– Pozwól, że ci pomogę.

– Nie jestem małą bezradną kobietką.

– A ja już nie mam pięciu stóp i cala, skarbie. – Ten „skarb" załatwił sprawę. Coś we mnie pękło i rozpłakałam się.

– Co ja zrobiłem?

– Powiedziałeś do mnie: skarbie.

– Nie miałem nic...

– Nie, nie. Widzisz, poczułam się taka... sama nie wiem... szczęśliwa, że ktoś się o mnie troszczy. Dawno już się tak nie czułam. – Mówiąc to, uświadomiłam sobie, że „dawno" oznacza lata. A on wniósł mnie na górę po tych siedemnastu stopniach, ani razu nie zatrzymując się dla złapania tchu. Zaniósł mnie do swego pokoju, delikatnie położył na łóżku.

– Matt, musisz wiedzieć, że ta choroba niszczy zakończenia nerwów. To może trwać wieki...

– Właśnie taką miałem nadzieję – rzekł.

XXXIII
Pieśń Salomona

ZBĘDNY BALAST
Pod red. J.A. Gillis
Rozpowszechnianie: Panorama Media

Droga J.,
mam 51 lat i jakiś czas temu owdowiałam. Jestem dość atrakcyjna i zgrabna. Mam dwoje dzieci, kochanych i niesprawiających żadnych kłopotów. Dwa lata po śmierci męża zapisałam się do internetowej agencji matrymonialnej. Moja przyjaciółka, która zajmuje się zawodowo pisaniem, przygotowała mi ofertę. Jestem bibliotekarką. Uwielbiam tańczyć. Uwielbiam motocykle. Mam sporo znajomych. Umawiam się na randki. Ale jak tylko Mike zaczyna pyskować albo Cheryl, moja córka, rzuca buty i torbę z książkami na środku pokoju, czy też wykłóca się ze mną o kluczyki do samochodu, wizyty panów od razu ustają. Mężczyźni nie chcą komplikacji. A to przecież moje rodzone dzieci, które powinny stanowić wartość dodatkową. Chyba już nie ma porządnych facetów na świecie. A jeżeli są, to albo zajęci, albo geje. Nie mam zamiaru wdawać się w romans z żonatym mężczyzną. Co mam robić?

Zniechęcona z Philly

Droga Zniechęcona,

sama nienawidzę, jak ludzie mówią „wiem, co czujesz", po-
nieważ przeważnie tego nie wiedzą, albo mówią tak dlatego, że
nie chcą dłużej słuchać. Wiem dobrze, co masz na myśli. Gdy
byłam po czterdziestce, mąż rzucił mnie dla dziewczyny, która
mogłaby być moją córką. W dodatku wtedy jeszcze nie wie-
działam, że mam stwardnienie rozsiane. Więc skoro ja mogłam
znaleźć dobrego człowieka, to każdy może. A znalazłam. Są
tacy. Tańcz dalej, siostro. Szczęście sprzyja tym, którzy są
w ruchu.

J.

Obudziłam się samotnie w wielkim łożu Matta Mac-
Dougalla i zaczęłam się dziko śmiać. Dopiero gdy stanął
w progu, usłyszał mnie i zobaczył, że macham w powietrzu nogami, wyjąc ze śmiechu. Omal nie upuścił przy-
niesionych na górę kubków z kawą.

– Nie mogę w to uwierzyć. Przez ostatni rok wyprze-
dawałam co lepsze ciuchy i czułam się jak robak pełznący
po ścianie, który nigdy więcej nie zobaczy słońca. A teraz siedzę w pałacu zbudowanym przez mojego tancerza
z ósmej klasy. Spałam z tobą, kochaliśmy się i udało się,
Matt! Nie myślałam, że jeszcze kiedykolwiek będę to
robiła!

– Czy zawsze budzisz się taka radosna? – spytał, rzucając się na łóżko obok mnie.

– Nie, czasami budzę się przerażona, że nie będę widzieć na lewe oko. Albo że tego dnia mam wziąć zastrzyk. I zawsze jestem sama. Chyba że Rory przyjdzie
w nocy do mnie do łóżka. Następnym razem, kiedy tak
będzie, przypomnę sobie tę noc. Była naprawdę dla mnie,
Matt. Chcę ci podziękować za to, że ofiarowałeś mi tak
cudowny ranek.

– Julie...

– Nie, nie zwariowałam, Matt. Naprawdę chcę ci podziękować.

– A nie jesteś głodna?

– Och, przecież zapomnieliśmy o kolacji! Twój makaron. Tak się starałeś. I moje pół kieliszka wina!

– Wstałem i sprzątnąłem. Możemy zjeść dziś wieczorem. Za szybko zasnęłaś!

– Tak bywa, gdy człowiek jest szczęśliwy i zaspokojony. Jesteś taki troskliwy. – Sięgnęłam po kawę, podtrzymując nadgarstek drugą ręką. – Kurczę, moja ręka się trzęsie. Cholera jasna! Nie! Tylko nie to! Uspokój się, cholerna ręko!

– Nie przejmuj się, Julie. Wyjaśnijmy sobie coś od razu. To bez znaczenia. Ty znaczysz dla mnie tak wiele, że nic poza tym się nie liczy. – Pocałował mnie w usta, średnio świeże po nocy, a potem pomógł mi otulić się w swój wielki frotowy szlafrok i zejść ostrożnie po schodach prowadzących z nieba do rozsłonecznionej kuchni.

– Siadaj. Dziś wypijemy kawę w najlepszej porcelanie mamy.

Usiadłam. Przy moim talerzyku stała filiżanka i cukiernica ze szczypcami.

– Czy zawsze odprawiasz taki rytuał w niedzielny poranek?

– Chyba żartujesz. Musiałem włazić na strych i wygrzebać to wszystko spod zabawek na choinkę.

– Jak elegancko, brązowy cukier.

– I srebrne szczypce. Nie po mamie. Dostałem je od Kelly, gdyż stwierdziła, że branie cukru palcami to nieszczególny widok. Proszę zatem, zrób wszystko jak należy.

Na bryłkach cukru leżał pierścionek.

Zupełnie jakby jeden z brązowych kawałków został

przez dżina z bajki zmieniony w kryształ. Był wielki. Prosty szlif i prosta oprawa, za to wielkości góry Rushmore.

Ominęłam go i wzięłam kawałek cukru.

– Masz mleko? – spytałam.

– Wyjdziesz za mnie? – spytał on.

– A dostanę mleko?

– Pewnie uważasz mnie za wariata.

– Uważam, że to naprawdę ładny gest z twojej strony. W życiu nie widziałam takiego pierścionka, nie mówiąc o noszeniu.

– No to przymierz.

– Matt...

– Czyżbyś się rozczarowała co do mnie?

– Ależ skąd! Było nam razem cudownie.

– I co? Zepsułem wszystko, proponując, żebyś została moją żoną?

– Nie widzieliśmy się blisko trzydzieści lat! Mieliśmy w sumie sześć randek. Raz się kochaliśmy. No, dwa.

– Prawie rok pisaliśmy do siebie i godzinami rozmawialiśmy przez telefon. Spotykałaś się z innymi mężczyznami. Ja też widywałem się z innymi kobietami. Dobrze wiesz, że cię kocham. I mam nadzieję, że ty mnie też kochasz. W pracy na co dzień mam do czynienia z dolegliwościami znacznie poważniejszymi niż symptomy twojej choroby. No, więc jak będzie? Dopóki śmierć nas nie rozłączy?

– A jak stracę wzrok? Albo będę poruszać się na wózku? Nawet nie zabierzemy Aurory do Disneylandu. Pomyśl o tym, Matt. Pamiętaj, Suzie chodziła po górach, żeglowała i Bóg wie co jeszcze. Ja nie będę w stanie tego robić. Przynajmniej nie zawsze.

Usiadł i splótł wielkie, czyste dłonie. Ich widok sprawił, że zadrżałam.

– Nie myśl, Julie, że nie rozważyłem starannie tego wszystkiego. Doskonale zdaję sobie sprawę, że twój obecny, w miarę dobry stan może trwać do końca życia, a może też się zdarzyć, że będziesz niepełnosprawna. Mimo to chcę spróbować.

– A jeśli choroba odbierze mi wszystko? Łącznie z rozumem?

– Dostąpię przywileju bycia prawdziwą podporą i pomocą dla kogoś, kto tego rzeczywiście potrzebuje. To bardzo wiele. Julie, kiedy człowiek jest zakochany, nie zadaje sobie pytań w rodzaju: A co ja zrobię, jeśli po osiemdziesiątce moja żona będzie mieć zaburzenia mowy? Albo będą się jej mylić słowa? Na razie mamy po czterdzieści parę lat. No i co? Przecież równie dobrze to mnie może dopaść demencja.

– Powinieneś sobie wszystko dobrze przemyśleć, zanim zdecydujesz się na stałe związać z kobietą niepełnosprawną...

– Czy to oznacza twoją zgodę na związek z kobietą niepełnosprawną?

Kiedy wkładał mi na palec pierścionek, czekałam na czerwone ostrzegawcze światełko, które przywróci mi rozum.

Nie zapaliło się.

Ogarnął mnie jedynie błogi, wszechogarniający spokój. Pomyślałam o nocach, takich jak ta ostatnia, o poczuciu bezpieczeństwa, jakie dawał ten dom. Ten dom! Wspólne życie z Mattem, człowiekiem ogarniętym wielką ciekawością świata. Z kimś, kto nie nienawidził swojej pracy, ale traktował ją jak pasję. Z silnym, przystojnym mężczyzną, mającym wielu przyjaciół! Kochał mnie taką, jaką byłam kiedyś i jaką byłam teraz. Oczy wezbrały mi łzami. Aż zabrakło mi tchu na moment. Wreszcie mogłam znowu być... sobą. U boku porządnego, uczciwego

443

człowieka. Pierwszy pocałunek i ostatni. Pełna symetria. Realna szansa na szczęście. Kochający, dający wsparcie mężczyzna i ta jego obecność przy mnie w noce ciche i szalone. Gdy szaleją demony i, jeszcze lepiej, kiedy nie szaleją. Matthew MacDougall, mężczyzna dobry, cierpliwy i – jak się przekonałam – zmysłowy.

Czy przyszła mi do głowy myśl o ubezpieczeniu zdrowotnym? Nie zaprzeczam; nie jestem głupia ani zakłamana. Podobnie jak myśl o wspaniałym domu dla Rory i o takim dla niej ojcu. A Gabe mógł zyskać mądrego przyjaciela, który pomoże mu wyleczyć się z cynizmu i odzyskać wiarę w szlachetność rodzaju męskiego. Czy bardzo byłam szalona?

Nie.

Szaleństwem byłoby odrzucenie jego propozycji.

Byłam nieludzko wprost szczęśliwa.

Miałam opuścić progi tego domu z pierścionkiem lśniącym jak gwiazda. Możliwość wydania książki, najbardziej radosna rzecz, jaka mi się od lat przytrafiła, zbladła w porównaniu z rysującym się w perspektywie szczęściem. Wiązało się ono w dodatku z realną pomocą, wynagradzającą z nawiązką wszystkie trudne przejścia. Niosło spokój i bezpieczeństwo. Nie oszukiwałam siebie. Bardzo w tej chwili potrzebowałam Matta. Miałam też świadomość, że w miarę upływu czasu coraz bardziej będę go potrzebować.

Któż z nas bowiem nie potrzebuje innych?

Ludzie potrafią popełniać znacznie większe szaleństwa w o wiele mniej poważnych sprawach.

Przez resztę dnia Matt co chwila mnie pytał:

– No i jak się czuje zaręczona kobieta?

Bardzo nie chciałam od niego wyjeżdżać, ale w końcu kiedyś musiałam pojechać do Vermont. Wiedziałam, że będzie nalegał, aby mnie zawieźć, i że powinnam odmówić, ale w końcu uległam, i to bez większych oporów! Miał jechać ze mną. Mój życiowy partner! Przeszedł kolejny dzień i kolejna noc, i choć z największą niechęcią myślałam o wyjeździe, z drugiej strony nie mogłam się doczekać, kiedy ogłoszę rewelację Gabe'owi i Cath. Taki dom! Chodziłam po nim, podziwiając słoneczny salon oraz ogromny pokój z wielkim bilardem i telewizorem wielkości Montany! Gabe'owi strasznie by się tu podobało. Uważnie oglądałam szklane klamki i stolik na wygiętych nóżkach, z rzeźbą przedstawiającą Posejdona wśród morskich fal.

Nie miałam pojęcia, jak zareaguje Gabe. Czy poczuje żal, ulgę czy radość. Przypuszczałam, że wszystkiego po trochu.

Przynajmniej odtąd będzie miał swobodę wyboru.

Wtedy pomyślałam o moich teściach.

Nie ma róży bez kolców.

Czy mogłam ich zostawić? „Dokąd ty pójdziesz". Może dałoby się ich przekonać do wyjazdu, ale wszyscy ich znajomi mieszkali w Sheboygan albo w Door County. Z drugiej strony podróż samolotem w obie strony wcale nie była taka straszna.

Trzy godziny jechaliśmy do Pitt w stanie Vermont. Niedaleko granicy stanu Nowy Jork zatrzymaliśmy się w pensjonacie, o którym opowiadali Gabe i Cat. Kupiliśmy dla właścicielki piękny kwiat w doniczce. Przedstawiłam się, kim jestem. Doskonale pamiętała moje dzieci; jej twarz stężała lekko na wspomnienie ich przejść, ale bez żadnych dodatkowych komentarzy wytłumaczyła nam, jak dojechać do Słonecznej Doliny. Jechaliśmy w milczeniu, droga zmieniała się ciągle, jakby dostosowując się do mego nastroju. Miałam zostać żoną lekarza. Mają opublikować moje wiersze! Byt moich dzieci będzie zabezpieczony.

Za chwilę miałam ujrzeć moje ukochane dziecko, które miało się też stać jego dzieckiem. Moją małą córeczkę, która zbyt szybko dorosła. Kiedy wreszcie, przejechawszy wysadzaną klonami drogę, skręciliśmy w lewo, naszym oczom ukazał się nowy dom, surowy jeszcze, ale z ogromnymi, lśniącymi oknami od południa i aż po kalenicę porośnięty najróżniejszymi pnączami. Ścisnęłam Matta za ramię. Kim był człowiek koło mnie? Kimś zupełnie obcym. Z wielbicielem z siódmej klasy miałam stanąć na progu miłosnego gniazdka Leo! Co ja robię? Trzeba było to przemyśleć!

Gdybym chwilę pomyślała rozsądnie, w życiu nie zrobiłabym czegoś takiego.

Teraz już było za późno.

Weszliśmy na kamienne schody, prowadzące do domu mego eksmęża. Drzwi otworzyła Caroline. Odruchowo rzuciła mi się w ramiona. Miałam ochotę ją zjeść. Po chwili jej szyja mokra była od moich i jej łez.

– Rozumiem, że znasz dobrze tę młodą osobę? – Szorstkość głosu świadczyła o tym, że Matt poczuł się skrępowany tą czułą sceną.

– To moja córka! Moja ukochana córeczka, Cat Steiner! – wykrzyknęłam. – Cat, to jest Matt. Boże, jak to idiotycznie brzmi. Cat, to jest, no... mój facet.

– Mamo, naprawdę?! – wykrzyknęła Cat, jak zawsze traktując poważnie istotne sprawy.

– Obawiam się, że jak najbardziej i że jest dokładnie tak, jak przypuszczasz – odparłam. – No co? Grom z jasnego nieba?

– Och, mamo! Tak bardzo się cieszę!

– Kochana! A czy u ciebie wszystko... dobrze? – Przez jej twarz przemknął cień. Zaryzykowałabym twierdzenie, że wręcz chmura.

– Super! – zapewniła, a ja pomyślałam, że jest wykapaną córką swojej matki. Żyje w zaprzeczeniach, a nie w realności. – Taty akurat nie ma... W domu jest tylko Joy.

– To z tobą przede wszystkim chciałam się zobaczyć. Przyjechałam tylko na jeden dzień. Cat, przyjedziesz na nasz ślub?

– Cat! – rozległ się głos z wnętrza domu.

Odkrzyknęłam, że wszystko w porządku.

– Miałaś wyjąć białka! – domagał się głos.

– A jak nauka? – spytałam.

– Całkiem nieźle – odparła. – Ale nie mam zbyt wiele czasu na naukę przy dwójce dzieci... A tata pracuje bardzo dużo... – Wtedy dopiero dostrzegłam z niepokojem sine cienie pod oczami Caroline. Szybko zmieniła temat.

– A ty dobrze się czujesz, mamo?

Okręciłam się na pięcie.

– A co, nie widać, że się czuję świetnie?

– Owszem – odparła Cat, w zamyśleniu opierając się o framugę. Prawdziwa chmura przykryła słońce. Cat zadrżała. – Wyglądasz ekstra. A jak tam Gabe i Rory?

– Nieźle. Gabe rzucił szkołę, ale prawie jest już gotów przystąpić do GSED...

– Nie miej o to do niego żalu, mamo. Nie wiesz, czym szkoła była dla niego.

– Nie mam żalu.

– Naprawdę?

– Owszem, dawniej miałam, ale teraz już nie. Nie wszyscy muszą robić to samo, jak mi powiedziałaś kiedyś przez telefon. Jak tam Dominico?

– To już skończone. Sypiał z trzema innymi dziewczynami. Straszny gówniarz. – Dosłownie zamarłam, a Cat szepnęła: – Zrobiłam badania. Na szczęście w porządku. Ale palant, co?

447

– Tak mi przykro, córeczko.

– Naprawdę ci przykro? – zesztywniała nieco. – Przecież wyszło na twoje.

– Wolałabym się mylić niż patrzeć, jak cierpisz.

– Mamo, to super, że jesteś szczęśliwa. Byłaś taka marna... to znaczy nie w tym sensie...

– Masz rację, byłam marna. Byłam marną matką. To prawda. Ale to dlatego, że bardzo cierpiałam.

– Nie potrafiłam ci pomóc. Dlatego lepiej, że odeszłam.

– Nigdy tak nie uważałam.

Odwróciliśmy się, słysząc samochód na podjeździe. Była to półciężarówka. Stary dodge. Natomiast dziecinny wózek stojący przed domem miał wszystkie możliwe bajery, z wyjątkiem masażu stóp. Leo wolno wysiadł z samochodu i osłaniając plikiem papierów oczy od słońca, usiłował dojrzeć, co to za nieznajoma, w towarzystwie wysokiego mężczyzny, rozmawia z jego córką. W końcu mnie rozpoznał i ramiona mu opadły, jakby się wystraszył.

– Julie... – zaczął niepewnie.

– Cześć, Lee – wyciągnęłam do niego rękę. – Mazeł tow. Słyszałam, że masz córeczkę.

– Tak – odparł. – Joy się spisała. Dziewczynka jak laleczka, zupełnie jak jej mama. A ta tutaj laleczka jest moją wielką pociechą i podporą. – Tu kiwnął w stronę Caroline. Przestąpił z nogi na nogę i przełożył dokumenty pod drugie ramię. – Leo Steiner – przedstawił się, wyciągając rękę do Matta, który uścisnął ją niedbale (co sprawiło mi perwersyjną wprost uciechę). – Z kim mam przyjemność?

– Matt MacDougall.

Leo uśmiechnął się odrobinę złośliwie.

– Zupełnie jak aktor. I wygląda pan jak aktor. Czy jest pan jednym ze znajomych Cathy?

– Jestem chirurgiem – wyjaśnił Matt.

– Aaa – Leo sprawiał wrażenie nieco rozkojarzonego. Zauważyłam, że rzucił niespokojne spojrzenie w stronę okien domu.

– Myślałam, że zanim wyjedziemy, moglibyśmy zabrać Cat na obiad.

– Świetnie, Jules, każdego innego dnia. Ale ona ma swoje obowiązki i całe mnóstwo lekcji, a dziś sobie akurat na to zupełnie nie zasłużyła.

– Zgódź się, proszę – nie ustępowałam. Zarejestrowałam kolejne szybkie spojrzenie w stronę domu. – Wiesz, Gabe... radzi sobie nieźle. Ale rzucił szkołę.

– Ojciec mi mówił. Trudno mu będzie. Im dłuższa przerwa, tym mniej prawdopodobne, że wróci do nauki, więc postaraj się wpłynąć na niego, żeby...

– Mówisz, jakbym nie próbowała wiele razy – przerwałam. – Sam spróbuj z nim pogadać.

– Mówisz, jakby mnie słuchał – odrzekł Leo, a ja nie mogłam się nie uśmiechnąć.

– Nie przedstawisz nas Joy? Ożeniłeś się z nią? Hannah i ojciec nic... Nie mówią mi zbyt wiele na jej temat.

– Aa, nie – odparł Leo. – Jeszcze się do tego nie zabraliśmy. – Przystanął w progu. – Wyglądasz cudownie, Julie. Promienna jak gwiazda. Jak tancerka.

„Przesiąknięty deszczem mężczyzna". Poczułam kłucie pod powiekami.

– Jestem szczęśliwa, Lee. Choć dużo przeszłam. Nie, nie myśl, że to ma być wyrzut. Matt i ja właśnie się zaręczyliśmy. Znamy się od szkoły podstawowej, z tym że mieliśmy dwudziestopięcioletnią przerwę.

– Wychodzisz z a m ą ż, Julie?

– Czy to nie wspaniała wiadomość?

– No tak, tak.

Matt objął mnie, a ja oparłam głowę na jego szerokiej piersi. Leo spojrzał na mnie. No nie... A jednak tak, na pewno, sprawiał wrażenie, jakby nagle nieco posmutniał.

– Pozwól mi zabrać Caroline. Tylko na obiad.

– Nie mogę. Nawarzyła piwa dziś rano i musi je wypić.

– To dobrze, że wyznaczasz jej granice. Jednak jako prawnik wiesz dobrze, że mam prawo do widzenia się z córką. Zachowałam prawa rodzicielskie, chyba że chcesz wytoczyć sprawę...

– No, już dobrze. – Nagle poszarzał i przygasł. – Możesz iść, Caroline.

Poszliśmy do małej restauracji, gdzie podawali pyszne zapiekanki.

– Naprawdę jesteś tu szczęśliwa, skarbie? – zapytałam Caroline.

– Jasne – odrzekła.

– Wyglądasz na zmęczoną.

– Mam sporo pracy. W takiej społeczności wszyscy zależą od wszystkich. Nie może być słabego ogniwa.

– Dziecko to nie jest słabe ogniwo – zauważyłam.

– Wiele się ode mnie oczekuje. Ale za to mam dużą swobodę. – Spuściła głowę i włosy opadły jej na twarz.

– Możesz wrócić do domu, Caroline.

– Cat. Nie mogę. Wszystkim naopowiadałam, jak świetnie mi się tu żyje. I to prawda. Jest w porządku. Tyle że akurat teraz jest dość ciężko.

– Czy Joy jest niemiła dla ciebie?

– Wszystko jest w porządku, mamo – burknęła. – Kto jak kto, ale ty powinnaś być zachwycona. Zawsze chciałaś, żebym miała w domu jakieś obowiązki.

– Wiesz, bierzemy z Mattem ślub. Przeprowadzam się

450

pod Boston. To bardzo blisko stąd. Nie musisz mieszkać cały czas z tatą.

– Jeszcze zobaczymy. Tata naprawdę mnie potrzebuje – odparła Caro, zjadając najpierw przypieczoną skórkę, tak jak to zawsze robiła. Jej głos zdradzał, że nie jest przekonana do tego, co mówi.

– Ja też cię potrzebuję, i to wcale nie ze względu na chorobę.

– Mama naprawdę cię kocha – wtrącił Matt. – Jesteś dla niej trochę jak ta księżniczka uwięziona w wieży. Mogłabyś więc się uwolnić.

– Właśnie tak zrobiłam. Wyjeżdżając z domu.

– Czy nie chcesz być z nami, bo to nie będę tylko ja? Bo będziesz musiała przyzwyczaić się do kogoś nowego? Ale Rory też tam będzie. I bardzo tęskni za tobą – powiedziałam.

Caroline odłożyła widelec.

– Ja też za nią tęsknię. Nie mogę już więcej. Najadłam się.

– Mogłabyś pójść – spojrzałam na Matta – do szkoły z internatem.

– Do internatu? O nie, dzięki. Tu przynajmniej mam swoje miejsce.

– Ale jeśli nie jesteś szczęśliwa... – zaczęłam.

– A kto mówi, że nie jestem szczęśliwa? Trudno po paru tygodniach decydować o całym przyszłym życiu.

– Minęło już pół roku, Caro.

– Cat. Poza tym ja nie podejmuję decyzji pochopnie. – Spojrzała wymownie na mój pierścionek. – Pewnie to nabyta umiejętność.

– Nie chciałabyś porozmawiać ze mną w cztery oczy?

– Mogłabym? – spytała Caroline Matta. Uśmiechnął się i kiwnął głową.

– Oczywiście.

Siedziałyśmy we dwie po jednej stronie aluminiowego boksu, a ja niemal fizycznie czułam szalejącą w niej burzę. Milczała. W końcu to ja się pierwsza odezwałam:

– Wiem, jak trudna była dla ciebie moja choroba. Ale rozumiesz chyba, że nie ma w tym mojej winy. Przecież nie chciałam chorować. Nikt nie chce. Mamy przed sobą całą przyszłość i wiele jeszcze może się zmienić. Ale na pewno będzie to znacznie bardziej pewne i stabilne życie niż do tej pory...

– Skąd ta pewność, mamo? Skąd wiesz, że on też cię nie zostawi?

Wzdrygnęłam się, jakbym dostała cios.

– Nie wiem tego, Caroline. A czy ty możesz mieć pewność, że ojciec nie zostawi Joy?

– Są szczęśliwi. To nie jest tylko na pokaz – rzuciła jadowicie, ale w jej oczach błysnęły łzy. – Są naprawdę razem. Poza tym tata nie zostawiłby dzieci.

– Rory też była dzieckiem.

– Zawsze musisz mieć rację, mamo! Zawsze! – zawołała Caroline, zrywając się. – Dlaczego wszyscy są winni, tylko nie ty?!

– No już dobrze, dobrze. Zapomnijmy o tym, co powiedziałam. Dajmy spokój przeszłości, pomówmy o przyszłości. Bardzo chciałabym, żebyśmy miały wspólną przyszłość. Kocham cię. Jesteś moją małą córeczką.

– Nie, mamo – odpowiedziała Caroline smutno. – Już dawno temu przestałam być twoją małą córeczką.

Matt musiał mi pomóc wsiąść do samochodu, a Caroline usiadła z tyłu, cały czas szlochając. Kiedy dojeżdżaliśmy do domu Leo, próbowałam doprowadzić się do porządku. Wytarłam twarz wilgotną chusteczką i nałożyłam trochę pudru.

– To ci dopiero rodzicielski sukces, co? Witamy w ro-

dzinie – powiedziałam do Matta, starając się jakoś zała-
godzić tę niezręczną dla niego sytuację.

Ale on wcale nie czuł się niezręcznie.

– Obie was przytłacza ogromny ciężar. To widać. Miłość. Twoja i jej. Po prostu musi minąć trochę czasu, zanim ustali się, jak to dalej rozegracie. W przypadku moim
i Kelly życie także nie było usłane różami. Niełatwo być
samotnym rodzicem. Ale chyba jeszcze trudniej być
dzieckiem samotnego rodzica.

Spojrzałam we wsteczne lusterko i zobaczyłam, że Cat
uśmiecha się do niego z wdzięcznością.

„Zadowolony z siebie jak kot, zbyt szczęśliwy na to,
by być nieszczęśliwym, tak jak ja byłam – pomyślałam. –
Oto cały mój mężczyzna".

Gdy skręciliśmy w stronę domu, zobaczyłam, że Leo
podaje dziecko przez próg stojącej w środku kobiecie.
Dostrzegłam jedynie głowę tonącą w lokach i nic więcej.
Caroline szybko pocałowała mnie na pożegnanie i weszła
do domu. Leo niemal tanecznym krokiem zbiegł ze schodów, a potem odprowadził nas do samochodu. Znów zachowywał się jak zadziorny kogucik.

– Dbaj o nią, Leo. Nasza córka przechodzi trudny
okres.

– Dojrzewanie.

– Coś więcej. Myślę, że mnie potrzebuje. Zachęć ją,
żeby do mnie przyjechała.

– Spróbuję, Jules. – Już odwrócił się, żeby odejść, i nagle się zatrzymał. Chrząknął.

– Jules, wszystkiego dobrego. Szczerze.

– Wiem, Lee. Dzięki.

– Ja... na myśl mi nigdy nie przyszło, że będziesz
z kimś innym. Czy to nie zabawne?

– Zabawne. Owszem.

– Jest pan wielkim szczęściarzem, panie MacDonald.

– MacDougall.

– Przepraszam.

– Nie szkodzi. Owszem, jestem szczęściarzem. Cieszę się, że zdążyłem w ostatniej chwili. Nim ktoś inny porwał mi ją sprzed nosa – powiedział Matt.

– Pozwoli pan, że pocałuję pannę młodą? – spytał nagle Leo. Zanim Matt zdążył zareagować, Leo pochylił się i na dłuższy moment przytulił policzek do mojego, a potem dotknął ustami moich ust. Podobno tonącym przesuwa się całe życie przed oczami. Tak się nie stało, ale przypomniałam sobie następujące rzeczy: Leo w czarnej skórzanej kurtce pod salą prób. Dzień naszego ślubu – dwoje szczuplutkich dzieciaków w ogromnym apartamencie pod ukwieconym baldachimem ślubnym. Narodziny Gabe'a. Triumfalny okrzyk Leo, kiedy pierwszy raz zobaczył swego syna. Dumnie wyprostowany Leo, wręczający akt notarialny domku swoim rodzicom. Leo w stroju akademickim na rozdaniu dyplomów, szukający mnie wzrokiem w tłumie. I wtedy powiedziałam: dość. Zapanowałam nad obrazami podsuwanymi przez mózg i wróciłam do rzeczywistości.

– Powodzenia, Leo.

Caroline wyszła do nas, włosy miała uczesane, oczy suche. Wsunęła się pod ramię Leo.

– Napiszę do ciebie, skarbie.

Kiwnęła głową.

– Powodzenia! I uważaj na siebie.

– Och, mamo! – Caroline znów była sobą. – Nie jestem dzieckiem. Ty też uważaj na siebie.

Wsiedliśmy z Mattem do samochodu i wolno odjechaliśmy wąską drogą. Po chwili usłyszeliśmy bębnienie żwiru o samochód. To Caroline biegła za nami.

– Mamo – poprosiła – przeproś Gabe'a ode mnie.

Kiwnęłam głową.

– Będzie wiedział, o co chodzi – dodała.

Odjechaliśmy, a ona została na drodze, z ciasno splecionymi na piersi rękami. Widziałam ją, dopóki nie skręciliśmy, a potem jeszcze jakiś czas jej postać migała między drzewami. Stała nieruchomo i patrzyła za nami płonącym wzrokiem. Dopóki nie straciłam jej z oczu, ani razu się nie poruszyła.

XXXIV
Pamiętnik Gabe'a

No więc Matt okazał się wielkim facetem, którego stać było na wielkie gesty, z czego kilka mu się nawet udało. Nie przeszkadzała mi jego obecność w domu. Po zaręczynach przyjeżdżał w każdy weekend. Trochę to było dziwne, biorąc pod uwagę małżeńskie doświadczenia mamy, że tak szybko chce się znowu wydać. Ale najwyraźniej miała ochotę spróbować jeszcze raz, a w końcu ja i tak nie mogłem być z nią zawsze.

Od razu dałem niedwuznacznie do zrozumienia, że nie szukam wcale nowego tatusia, ale on się tak łatwo nie poddawał. Szybko się jednak połapał, że nic z tych rzeczy, więc rozmawialiśmy o filmach, samochodach, książkach i muzyce. Nie zachęcałem go ani nie zniechęcałem. Nawet nie znałem faceta. Kręcili ze sobą zaledwie od pół roku, kiedy postanowili, że ma być z tego coś więcej. Ale w końcu żadnemu z nich nie zostało już zbyt wiele czasu. Oboje byli dobrze po czterdziestce.

Tuż przed ślubem pojechaliśmy z Mattem do dziadków. Było to po tym, jak zostałem przyjęty w Milwaukee na kurs dla młodzieży zdolnej, acz trudnej, a także po zaliczeniu trzytygodniowego obozu przetrwania, do czego zmusiła mnie mamuśka.

Matt ciekaw był moich wrażeń. Babka, z którą był przed mamą, uwielbiała wspinaczki i wędrówki, więc on też coś nieco o tym wiedział.

– Spróbowałbyś robić pompki za dodatkowego naleśnika. Siedzieć na deszczu, gdy zapomniałeś zamknąć namiot na suwak. A, i jazda na rowerze. Co byś powiedział na jakieś czterdzieści mil dziennie?

– Wcale nie wygląda na to, żeby ci te atrakcje zaszkodziły – zauważył z błyskiem w oku.

Rzeczywiście, nabrałem tężyzny fizycznej. Już w pierwszym tygodniu obozu wszystkie grubasy potraciły po dwadzieścia funtów. Mnie przybyło dziesięć, a w dodatku przez wiosnę i lato urosłem trzy cale. Mama stwierdziła, że wyglądam jak dziadek Gillis. Po powrocie z obozu jakoś już nie mogłem wrócić do dawnego lenistwa i bałaganiarstwa. Wprost mnie nosiło, kiedy nie mogłem trochę pobiegać albo pogimnastykować się, czy też pojeździć na rowerze, i to co najmniej kilka razy w tygodniu. Dowiedziałem się także czegoś więcej na temat emocji zwanej gniewem. Ale akurat z tego nie miałem zamiaru zwierzać się Mattowi.

A było to tak. Jak tylko dotarliśmy na miejsce, kazano nam opróżnić wielkie plecaki na aluminiowych stelażach z całej kontrabandy, jak odtwarzacze CD, papierosy, czy nawet książki. Dostawało się nóż. Dostawało się butelkę z wodą. Dostawało się jakieś koszule, spodnie i buty, i śpiwór. Nic takiego, żeby przypadkiem nie było za miękko pod tyłkiem. Do jedzenia dostawało się suszone wegetariańskie chilli. I gorącą galaretkę. W niedzielę były naleśniki za dodatkową pracę fizyczną albo za pomoc innym. Polegała ona na przykład na tym, żeby asekurować kogoś podczas wspinaczki na skałę albo nareperować komuś rower. Jedzenie za usługę. Klasyczny motyw przewodni cywilizacji. Potem reszta grupy życiowych sierot wróciła do swoich zapadłych mieścin, a ja zostałem jeszcze na dwa, kurczę, tygodnie, podczas których to rozbijałem obóz, to zwijałem obóz, a wszystko z niejakim Leifem, jednym z instruktorów, który wprawdzie sięgał mi pod brodę, ale mógł bez najmniejszego problemu podnieść mnie i podrzucić dziesięć stóp w górę. W życiu nie widziałem silniejszego faceta. O sobie mówił niewiele. Ja też. Ale po jakimś czasie, jak, kurde, nie było co czytać i nie było kogo posłuchać, poza paroma totalnymi czubkami, zapytałem go:

– Dlaczego właściwie to robisz?

– Taka praca – odparł.

– Chodzi mi o to – tłumaczyłem z anielską cierpliwością – skąd ci, kurczę, przyszedł do głowy pomysł, żeby się włóczyć po głuszy z porąbanymi młodzieńcami?

– Bo od czasu do czasu trafia się jeden tylko na wpół porąbany.

– Ile jest takich przypadków?

– Jeden na pięciu. Co do reszty, rodzice na nowo zaczynają ich psuć, kupując im wszystko, czego ci sobie tylko zażyczą.

– To właśnie ja.

– Z tobą jest trochę inaczej.

– A jak jest z tobą?

– Nienawidziłem ojca. Porzucił mnie, kiedy miałem siedemnaście lat.

– To mamy coś wspólnego. Mój też mnie porzucił.

– Jak w przypadku połowy chłopaków, którzy tu przyjeżdżają.

– Zostawił mamę ze stwardnieniem rozsianym.

Leif sięgnął po źdźbło trawy i zaczął je żuć. Był mistrzem milczenia. W końcu potrząsnął głową i klasnął językiem o podniebienie.

– Mój umarł.

– Umarł? – Omal się nie zakrztusiłem. – I ty to nazywasz porzuceniem?

– Bo przeważnie nie mam okazji dodać więcej. Samobójstwo.

– O Boże! – jęknąłem, zdając sobie sprawę, że moja sytuacja jest jednak zdecydowanie lepsza, niż gdybym znalazł Leo wiszącego na belce. – W moim przypadku bezstresowo wybrał szczęście.

– Naprawdę tak uważasz? – spytał Leif. – Że się z tego cieszył? A czy wiesz, że nawet jeśli się tak zachowywał, to tak naprawdę wcale nie był szczęśliwy?

– Był. I to bardzo.

– Jesteś pewien?

– Tak.

– Czy czasami myślisz o nim i o czasach dzieciństwa?

Zacisnąłem pięści. Pierwsza, kurczę, rzecz, jaka mi zawsze przychodziła do głowy, to ten cholerny domek na drzewie.

– Nie – odparłem.

– Ściemniasz – rzucił przyjaźnie.

– Wiesz co, zmieńmy temat.

– Nie lubisz być przyparty do muru, co, Gabe? Boisz się, że powiesz za dużo.

– Szczerze mówiąc, nie chcę przytruwać. Dla mnie ojciec, właściwie eksojciec, stanowi najniższą formę życia na Ziemi.

– Trudno mi coś powiedzieć, nie znam człowieka. Ale wiesz co, stary? Strasznie dużo energii wkładasz w nienawiść do niego. Zaglądałem do waszych dzienników, kiedy oddaliście je z wpisami z pierwszego tygodnia... – Pisanie dziennika było obowiązkowe. Taka obozowa dokumentacja.

– Wiesz, że nie umiem dobrze pisać. To znaczy chodzi mi o pismo.

– Nieważne, jak napisane, czy brzydko, czy ładnie. Ważne, że wszystko jest z cyklu „Leo odszedł" albo „Leo zrobił nas w bambuko".

– No i?

– Zupełnie jak mały chłopczyk. Tatuś cię zostawił, a ty nie możesz tego przeboleć.

– Kompletne pudło – odparłem drwiąco.

– Aha.

Kolejna, kurczę, długa cisza.

W końcu Leif zapytał:

– A zastanawiałeś się czasem, jak silną on ma władzę nad tobą?

– Nie ma nade mną żadnej władzy.

– Dopóki go nienawidzisz, trzyma cię za jaja, Gabe. Pomyśl tylko. Energia, którą wkładasz w nienawiść do podłego ojca, co to zostawił biednego Gabusia na pastwę losu, wystarczyłaby do oświetlenia całego Minneapolis. A jak mu wybaczysz, staniesz się wolny. Nie będzie miał więcej nad tobą władzy.

– Wybacz, kolego, ale pieprzysz.

– Jesteś jeszcze bardzo młody, więc nie oczekuję, żebyś to załapał – odparł. – Ale w końcu przychodzi taki czas, kiedy trzeba zacząć żyć o własnych siłach.

Trzy dni później zostawił mnie samego, na tak zwanej próbie samotności. Nie miałem najmniejszego zamiaru wylewać tęsknot mojej duszy na kartkach podniszczonego notatnika, który mi kazali wziąć. Próbowałem rysować Tian. Zebrałem mnóstwo głogu na herbatkę dla mamy. A na koniec ściąłem kilka gałązek młodego drzewka i uplotłem dla Rory tak zwanego łapacza snów. Siatkę w środku obręczy zrobiłem ze starych sznurowadeł – trzeba było przywieźć ze sobą sześć par. Potem spałem jakieś czternaście godzin i obudziłem się dopiero, gdy w rosnące obok drzewo rąbnął piorun. Wstałem i spróbowałem wyżąć cholerny śpiwór. Zupełnie jakbym wyżymał książkę telefoniczną. Owinąłem się ponczem i usiadłem na otwartej przestrzeni, żeby piorun we mnie nie strzelił. Liczyłem na to, że zaraz przyjdzie po mnie Leif. Ale się przeliczyłem. Zostało mi jeszcze dwadzieścia z czterdziestu ośmiu godzin, które według niego powinienem przeżyć, mając jedynie puszkę fasolki i nóż. Każdy na moim miejscu zacząłby krzyczeć. Więc wyłem wniebogłosy, starając się zgrać moje wrzaski z uderzeniami pioruna, na wypadek gdyby Leif był w pobliżu i mnie słyszał. „Leo! – darłem się. – Cholerny sukinsynu! Wybaczam ci, Leo! Jesteś dla mnie zerem! Nie istniejesz! Jesteś skończonym palantem! Nieudacznikiem i kłamcą! Masz mnie w dupie!" W pewnym momencie zagalopowałem się, zupełnie jak Rory, aż myślałem, że zwymiotuję. A kolejne fale krzyku przychodziły same. „Dlaczego mnie w ogóle miałeś, Leo? Dlaczego? Czy w ten sposób chciałeś sobie udowodnić, że jesteś mężczyzną? A może po prostu zwykły z ciebie świr? Leo? Tato? Tato? Słyszysz mnie, tato? Dlaczego nas zostawiłeś? Dlaczego wtedy patrzyłeś na mnie, jakbym był karaluchem? Dlaczego to Cat namówiłeś do wyjazdu, a nie mnie? Kurde, kochałem cię. Kurde, kurde! Chciałem, żebyś do nas wrócił". Darłem się, dopóki deszcz nie ustał, a potem osunąłem się na ziemię kompletnie wyczerpany. Gdy się obudziłem, Leo... nie, Leif obejmował mnie ramieniem.

– Dobra robota, stary – powiedział.

Nienawidzę takich tekstów.

Kiedy mama przyjechała po mnie, wyglądała wręcz kwitnąco – cała zaróżowiona i promienna. Od razu domyśliłem się, że coś się stało.

Ale w życiu do głowy by mi nie przyszło, że będzie to coś takiego.

Sama historia z tomikiem wierszy już była niezła, ale żeby facet... Była taka podniecona tym wszystkim, że nawet nie zauważyła żadnej zmiany we mnie. Ani brody (no dobra, szczeciny), ani całej reszty. Całą drogę w samolocie gadała jak najęta. Co chwila wyrywała mnie z odrętwienia. W ogóle nie dostrzegła, że we mnie zaszło coś, co nie miało charakteru fizycznego. A może wcale nie zaszło. Może tak mi się tylko wtedy wydawało, bo byłem wykończony, albo też czułem się jak nie wiadomo czyj zakładnik. Na pewno byłem inny niż przedtem, ale trudno by mi było określić precyzyjnie, pod jakim względem. Ani jak długo ten nowy stan potrwa.

Jednak pewne rzeczy nadal były ważne.

Po powrocie w domowe progi ucałowałem Rory, zjadłem dwie ogromne pizze i walnąłem się do wyra.

Kiedy się obudziłem, on już był.

Matt.

Wolałbym wejść z powrotem w moje własne życie sam, bez asysty. On jednak okazał się w porządku gość. Przedtem spotkałem go zaledwie kilka razy, a teraz zobaczyłem go w zupełnie nowym, w dodatku dziwnym dla mnie świetle. Domyśliłem się, że skoro został u nas na noc – choć nie spali w jednym łóżku, co stwierdziłem rano na podstawie pościeli przeznaczonej do prania – to znaczy, że mama czuje do niego niezłą miętę. Nigdy przedtem nie brałem pod uwagę możliwości ponownego wstąpienia przez nią w związek małżeński, zważywszy na jej lojalność wobec Leo jako człowieka (która w zasadzie trwa do dziś). Dziadkowie mieli coś dla mamy, więc Matt musiał do nich wpaść. Poprosił, żebym z nim pojechał. Najpierw wzruszyłem ramionami. Nalegał. Po drodze, kiedy już wypytał o obóz przetrwania, zadał niespodziewane pytanie, czy moim zdaniem to dobrze, że żeni się z mamą.

Odparłem, że to jej życie, nie moje.

Pomyślałem sobie jednak, że to facet z klasą, skoro zapytał.

Zabraliśmy to coś od babci dla mamy, taki jakby kapelusz z koronek ręcznie wydzierganych przez babcię mojej babci, który mama miała włożyć do kremowego koronkowego kostiumu. I miałem nic mamie nie mówić, dopiero w przeddzień ślubu.

W drodze powrotnej zatrzymaliśmy się, żeby zjeść kanapkę, i Matt spytał, czy wybieram się do szkoły i czy nie brałem pod uwagę wschodniego wybrzeża. Powiedziałem, że na razie wolałbym zostać z dziadkami. Nie wyraził sprzeciwu.

Kiedy wróciliśmy, mama nagle zaczęła płakać. Powiedziała:

– Jesteś tak wysoki jak Matthew.

Spojrzałem mu prosto w oczy. To była prawda.

Potem trzeba było jechać do Connie po medalik, który mama miała założyć pod kostiumem. Matt znowu nalegał, żebym się z nim wybrał.

– Co twoim zdaniem myślą dziadkowie o naszym ślubie? – spytał pod drodze.

Powiedziałem mu prawdę; trudno wyczuć, co dziadkowie sądzą, że mama wychodzi za niego. Smutno im, to zrozumiałe. Na pewno trochę żałują. Wprawdzie nie tracili jej na zawsze, ale zamykał się pewien rozdział w ich życiu, ten, w którym byli częścią rodziny Julieanne nie tylko przez nas, swoje wnuki. Teraz pozostanie im głównie kontakt z Leo. W rodzinie Steinerów nie było rozwodów od czterystu lat. Zamyśliłem się nad tym wszystkim i zapadłem w milczenie.

– A jeśli chodzi o samochód, to jest bity – oświadczył Matt ni stąd, ni zowąd. – Ten twój.

– Ale da się nim wszędzie dojechać, gdzie trzeba –

odparłem. – Nie wiesz nawet, ile nas to kosztowało, żeby go zdobyć. Ile to mamę kosztowało.

– A jaki jest samochód twoich marzeń?

– Realny czy coś jak ferrari?

– Realny.

– Sportowy wózek, najlepiej cztery na cztery...

– Subaru?

– Chwytasz, w czym rzecz.

– Bo kocham samochody. Sam mam explorera, jak na lekarza przystało, ponieważ przez pół roku droga przy domu jest prawie nieprzejezdna, a ja muszę zdążyć rano do szpitala. Ale gdybym tylko miał czas, to na pewno bym sobie sprawił takie właśnie autko.

Wyskoczyłem przy domu Connie, a ona wspięła się na palce, żeby mnie ucałować. Dała mi medalik.

– Teraz tylko potrzebne będzie coś niebieskiego, żeby ją dobrze wydać za mąż – orzekła. To pewnie jakieś babskie zabobony, pomyślałem i zauważyłem głośno, że nie rozumiem, dlaczego sami nie dadzą jej tych wszystkich rzeczy.

– Ja też nie rozumiem – poparł mnie Matt. – Ale może gdyby obdarowali ją oficjalnie przed ślubem, nie byłoby w tym żadnej magii. Te różne fatałaszki i błyskotki ma się na sobie tylko raz, w dniu ślubu.

– A skoro o tym mowa, to gdzie ten ślub?

– Wszystko w swoim czasie, Gabe – rzekł tajemniczo. – Przed nami jeszcze dwa tygodnie. Na razie potrzymam moje asy w rękawie.

Ale ja już wiedziałem, co to za asy.

Jedną niespodzianką było to, że zamierzał namówić Cat na przyjazd. Pisała do mnie listy, na które od czasu do czasu odpowiadałem krótko mailem. Byłem nawet zadowolony, że przyjedzie, ponieważ mama będzie szczęśliwa.

Trzy dni przed ślubem Matt przyjechał z Bostonu z walizką wielkości mojego łóżka. Otworzył ją już w przedpokoju i wyjął bilety na samolot: dla babci, dziadka, Cathy, Connie, a także dla Stelli i jej męża. Potem foldery z apartamentami, jakie zamówił dla nas w hotelu Bellagio w Las Vegas, a także zdjęcia kaplicy, w której miała odbyć się uroczystość (zasłonił cenę, ale mimo to zobaczyłem – starczyłoby na dwa śluby gdzie indziej).

– No dobra. A teraz szczegóły. Lecimy jutro samolotem o czwartej.

Wiedziałem, że Cath musi być obecna. Ale nie miałem pojęcia, że do tego dojdzie połowa cholernego Sheboygan, nawet Klaus i Liesel, plus znajomi Matta z żonami oraz jego córka. Było to niemal upokarzające.

Swoim poobijanym dostawczakiem – przez lato dorabiał sobie malowaniem – przyjechał Luke.

– Co się tu, kurna, dzieje, stary?

Nie dostał stypendium sportowego, na które liczył, częściowo z powodu wzrostu, a częściowo ze względu na ciągle odnawiającą się kontuzję kolana. W ten sposób miałem pójść do college'u rok wcześniej niż on. Po raz pierwszy w życiu byliśmy sobie równi.

Na podjeździe przed domem, obok zaparkowanych samochodów i innych gratów, stała tablica z informacją o mieszkaniu do wynajęcia. I plątał się właśnie facet z firmy przeprowadzkowej z umową w ręku.

– I wszystko to z powodu jakiegoś tam ślubu? – spytał Luke.

– Imprezka z rozmachem, koleś. Matt robi wszystko na wielką skalę. Ślub w Las Vegas.

– Nie tutaj?

– Wspomnienia.

– On jest ze wschodu? Nie stąd?

– Z Bostonu. Ale uparł się na Vegas. Zdaje się, jakieś sentymenty. Miał żonę, która umarła.

Luke kiwnął głową.

– Wyjeżdżam z nimi na trochę, a potem wracam pomieszkać z dziadkami, dopóki nie zacznie się szkoła. No i wiesz. Możemy się wybrać do Cape.

– Mam teraz prackę codziennie, w weekendy też. Kiedy się zaczyna?

–. Co?

– Twoja szkółka.

– Pewnie w styczniu.

– Będziesz mieszkał na stałe w Milwaukee? – spytał Luke. Stał na podjeździe, który niedługo miał przestać być nasz. – W samym mieście?

– Nie, tutaj. U dziadków. Chybabym nie wytrzymał... w internacie. Za wesoło. Walki na ręczniki i podkradanie majtek.

– A oni tam nie pojadą? Dziadkowie? Żeby być bliżej małolaty i ciebie?

– Zastanawiają się jeszcze. Może za jakiś czas. Robią się coraz starsi. I to byłoby nie fair wobec Leo, albo przynajmniej tak uważają. No i mają ten swój ukochany domek. Mimo to mogliby do mamy jeździć. Na lato. Oni strasznie ją kochają.

– Ładnie z ich strony. Nie myśl, że mówię to cynicznie, stary. Coś się Julie od życia należy.

– Matt zaprosił, kurde, pół miasta. Dziwię się, że ciebie nie.

– Nie odmówiłbym. W Vegas są świetne laseczki.

Luke uśmiechnął się szeroko. Ja też. Stary, poczciwy Luke, straszny głupol, ale serce miał złote. Nawet się cieszyłem, że jakiś czas obaj zostaniemy w Wisconsin. Podobnie jak ja był uczniem przeważnie trójkowym (z minusem) i nie miał pojęcia, co chce ze sobą dalej robić. A ponieważ nie musiał już mnie ostentacyjnie unikać, żeby utrzymać odpowiedni status w dominującej grupie, nie miałem więcej powodu czuć do niego niechęci. I podczas naszych spotkań nie wypominałem mu tych czasów, kiedy w szkole byłem dla niego niewidzialny. Gorycz zżera masę energii, dzięki ci, Leif. Bardzo szybko zostaliśmy znowu kumplami, tak jak dawno temu, kiedy pisaliśmy w moim pokoju *Upper West Side Story*.

Widząc, że ciągle ktoś przyjeżdża i odjeżdża, wrócił jeszcze tego samego dnia, zupełnie jakby co weekend nocował u nas, jak to było w siódmej klasie. Był umyty, uczesany i z mamusią. Przykleiła się do mamy i powiedziała wylewnie:

– Będzie nam ciebie brakowało. Bardzo, bardzo.

– Życie niesie z sobą zmiany, Peg – odrzekła mama. – Trzeba się przystosować i też zmieniać. Mnie również będzie ciebie brakowało. Wielu rzeczy będzie mi brakowało. Gazety, Cathy... ach, bardzo. Teściów. I wprost szaleńczo będzie mi brakować Luke'a. Cieszę się, że on i Gabe znowu są przyjaciółmi. – Śmieszne. Mama była taka zwyczajna, dokładnie taka jak dawniej, kiedy jeszcze mama Luke'a często wpadała do nas, zanim przestała poznawać moją mamę na ulicy, gdy Luke stał się gwiazdą sportu, a mama rozwiedzioną kaleką. Życie niesie zmiany. Trzeba się przystosować. Odpuścić sobie to, co jest w nim do chrzanu, ponieważ takie rzeczy tylko człowieka zżerają.

Trzeba mamie przyznać, że zachowała się z klasą.

I wtedy na podjazd wjechał wrx sti. Wiedziałem, że to model z zeszłego roku. Był klasycznie czarny, ze srebrnymi wykończeniami i skórzaną tapicerką. Facet, który nim przyjechał, zadzwonił do naszych drzwi.

– Gabe Gillis? – spytał, kiedy otworzyłem. W ręku trzymał papiery, a na sobie miał koszulę z naszywką Mellony Motors.

– Owszem – odparłem niepewnie.

– Ua – skomentował Luke. –Trafiło się ślepej kurze...
Odwróciłem się i wszedłem z powrotem do domu.

– Słuchaj, nawet nie ma mowy – oznajmiłem Mattowi, który cały czas wisiał na telefonie, konferując z facetami od cateringu, z kwiaciarnią czy kimś tam jeszcze. – Słuchaj, przestań gadać chociaż na chwilę. – Powiedział, że zaraz zadzwoni jeszcze raz i odwrócił się do mnie. – Ordynarna łapówa – stwierdziłem. – Naprawdę nie musisz. To z nią się żenisz, nie ze mną.

– I tu się mylisz, Gabe. – Tym mnie zaskoczył.

– To znaczy?

– Samo życie, jak u Edwarda Everetta Hale'a* – stwierdził Matt. – Żenisz się z kobietą, żenisz się z jej rodziną. Taka prawda.

Luke wszedł za mną.

– Napęd na cztery koła i turbodoładowanie. Wie pan co, chętnie dałbym się panu zaadoptować.

– Możesz go odesłać albo zatrzymać – powiedział Matt. – Córce kupiłem klasycznego mustanga. Też ekstra.

– Nie jestem twoim synem.

– Ale jesteś jej synem. A to oznacza, że jestem ci coś winien. Za to, że się nią opiekowałeś. Z tym że jeśli ma ci być głupio, to powiem facetowi, żeby go zabierał.

Przemyślałem to sobie. Możliwe, że za prezentem coś się kryło, ale i tak nie obyłoby się bez zobowiązań wobec Matta. Więc równie dobrze mogłem mieć tę frajdę.

– To rzeczywiście wózek moich marzeń, Matt. Miło mi powitać cię w rodzinie – zgodziłem się i uścisnąłem mu dłoń, a on niezgrabnie mnie przytulił.

– Mnie również jest miło – dodał Luke.

Kurczę, jeździliśmy po mieście aż do północy. Nawet

---

* Edward Everett Hale (1822–1909) – autor noweli *The Man Without a Country*.

468

dawni kumple Luke'a, siedzący w swoich samochodach i wsuwający frytki, pod lodziarnią, gdzie kiedyś był sklep mego dziadka, pozielenieli z zazdrości. Nie było wcale źle.

Następnego ranka panował chaos nie do opisania. Mama spakowała nas oboje. Kurtka. Biała koszula. Krawat. Dżinsy. Kąpielówki. Zapomniała o butach. Dopakowałem czerwone wysokie trampki. Drobny odruch buntu, lecz jakże ważny – pomyślałem. Zastanawiałem się, co też włoży na siebie Caro. Próbowałem wyobrazić sobie szatki utkane nad Hudsonem. Starsi pewni byli, że niczego się nie domyślam. Ale podsłuchałem szepty o „niej" i „jej samolocie". Byłem gotów przez weekend zawiesić działania wojenne ze względu na spokój mamy. Babcia i dziadek przyjechali rano już przed dziewiątą, żeby, broń Boże, niczego nie stracić. Siedzieli i ciągle pytali, czy to już nie czas jechać na lotnisko. Matt spytał mamę:

– A pamiętałaś o butach?

– Idź do diabła – odcięła się i zachichotała jak mała dziewczynka. Oboje się zaśmiewali. Najwyraźniej był to dowcip zrozumiały tylko dla nich dwojga.

Cath spakowała suknię dla siebie i identyczną sukieneczkę dla Abby Sun. Jakieś piętnaście minut przed przyjazdem limuzyny babcia przypomniała sobie, że zapomniała aparatu, który na noc zakładała sobie na zęby.

– Daj już spokój, Hannah – zrzędził dziadek.

– Będę miała migrenę przez cały weekend – prawie na niego krzyknęła.

Zgłosiłem się na ochotnika, że pojadę po ten aparat. W końcu miałem samochód dopiero przez jeden wieczór. Jakoś wreszcie dotarliśmy z naszymi manatkami do samolotu.

W hotelu była fontanna tańcząca w rytm piosenek

Franka Sinatry. Po drugiej stronie ulicy stała, kurczę, wieża Eiffla.

– Trochę się tu zmieniło – stwierdził Matt. – Taki Disneyland dla dorosłych.

– Tu jest wręcz nieprzyzwoicie – oświadczyła mama, rozglądając się po holu, który przypominał jednocześnie muzeum, wodospad i ogród z rzeźbami. – W totalnie wariacki i bardzo piękny sposób.

– Nie, tu jest bajkowo – sprostował Matt. – A to całkiem co innego. Bajkowo to nic złego.

– Grunt, że jest klimatyzacja – ucieszyła się mama, biorąc go pod ramię. Zauważyłem, że zszarzała nieco na twarzy, aż nie byłem pewien, czy nie zaczęła się wahać co do całej tej historii... w końcu w jej wieku to niezłe wariactwo... czy też po prostu musiała się przespać. – Chwila przerwy, moi drodzy – oznajmiła. – Idę na górę.

I zamiast skorzystać z fryzjera i masażystki w hotelowym salonie piękności, co zafundował jej Matt, mama przespała wigilię swego ślubu, nie dlatego, że była chora, ale dlatego, że jak mi powiedziała, sen dodaje urody kobietom po czterdziestce. A Matt, Cathy i trzydziestu paru znajomych Matta oraz mój własny dziadek, który okazał się nie do zdarcia, do drugiej nad ranem grali w blackjacka. Dziadek kompletnie zwariował. Wygrał dwa tysiące, ale nie byłby sobą, gdyby w pieniądzach nie widział przede wszystkim tego, co można za nie kupić, czyli nowego pomostu do domku, więc przestał grać. Pozostali byli tym zniesmaczeni.

Rory już się oczy kleiły, ale zabrałem ją, żeby obejrzała pokaz Cirque de Soleil zatytułowany „O". Paru kompletnych wariatów płci obojga, o boskich ciałach, nurkowało, skakało i unosiło się nad sceną, która albo była napełniona wodą, tak żeby przy skokach nie stwarzać zagrożenia dla kręgosłupa, albo wody było ledwie po kostki.

– Czy to bogowie? – spytała potem Rory.

– Tak – odparłem. Siedzieliśmy na balkonie i patrzyliśmy na fontanny grające „Deszczową piosenkę".

– Zmęczona jesteś, pączuszku? – zapytałem. Do balkonu dolatywała mgiełka rozpylonej wody. Spojrzałem na siostrzyczkę. Spała z głową opartą na żelaznym stoliku. Wziąłem ją na ręce i zaniosłem do pokoju, szukając po drodze elektronicznego klucza w kieszeni. Cathy zapakowała Rory do łóżka.

– Jak się bawisz? – spytałem.

– Trochę tu bogato – odparła.

– Myślę, że właśnie o to chodziło Mattowi. Stara się, jak może.

– Tak – odparła Cathy. – To dobrze, że chce dla niej jak najlepiej. A Julie wie, ile trudu włożył w to, żeby Caroline przyjechała. I choć usiłuje tego nie okazać, przeżywa, że się nie udało. Pewnie dlatego poszła spać. – Kiwnąłem głową, uśmiechając się półgębkiem. Wiedziałem dobrze, że Matt na ogół dostaje to, czego chce. – Przynajmniej wypocznie, ma czas do jutra do trzeciej. A jak tam twoje plany? Matt chciał się z tobą zobaczyć...

Miałem zamiar położyć się do łóżka i pooglądać jakiś film.

– Specjalnie prosił mnie, żebyś zajrzał do niego, zanim się położysz – dodała.

No to niech robi dalej te swoje niespodzianki – pomyślałem. Zszedłem na dół do kasyna. Matt szalał na całego, koszulę miał rozpiętą pod szyją, a dziadek siedział tuż obok i zagrzewał go do walki. Byli zdrowo narąbani. Dochodziła druga nad ranem.

– Hej – powiedziałem. – Podobno chciałeś coś ode mnie.

– Zaglądałem właśnie do twojej mamy – odparł. – Czuje się dobrze. Tylko trochę jest przemęczona i smutna z powodu twojej siostry.

– Cathy mi mówiła. A w ogóle to jest ekstra. Też byłem na górze. Nie nawykła do hałasu. A poza tym, Matt, ten hotel powaliłby każdego. To ci dopiero noc przedślubna! Pewnie to dziwnie zabrzmi w ustach nastolatka, ale jestem oczarowany. A teraz muszę się trochę przespać, bo jutro wydaję matkę za mąż.

Spojrzał na zegarek.

– Nie tracisz matki, natomiast zyskujesz jednego wariata w rodzinie. Już powinno być gotowe. – Dał mi jakiś klucz. – Załatwiłem ci inny pokój. Z widokiem. – Jakby uważał, że niespodzianki powinno się robić co trzy kwadranse.

– Ale ten mi całkiem odpowiada. I mam już w nim swoje rzeczy.

– Chociaż go zobacz. – Przypomniałem sobie subaru i wzruszyłem ramionami. Z kluczem powędrowałem ociężale na dziewiętnaste piętro. Nagle mnie olśniło. Tam była Caroline. Stojąc pod drzwiami, ledwo się trzymałem na nogach z niewyspania, skołowany do imentu przez te wszystkie hece, i tylko marzyłem, żeby jak najszybciej mieć to poza sobą. Otworzyłem. Była tam. Chyba o cały cal wyższa. Siedziała na łóżku, miała na sobie dżinsy i miękką jedwabną bluzę, i nie odrywała oczu od tańczących fontann.

Faktycznie pokój z widokiem.

Tian.

XXXV
Pamiętnik Gabe'a

– Właśnie przyjechałam, Gabe – powiedziała, zeskakując z łóżka i podchodząc do mnie na palcach. – Pewnie myślałeś, że więcej nie przyjadę, co? A ja jestem. Spójrz tylko! – otworzyła drzwi szafy. – Moja sukienka z naszego balu. I jeszcze na mnie dobra. A z lotniska przyjechałam limuzyną. Wszystko załatwił Matt. On chyba naprawdę chce, żeby wszyscy byli szczęśliwi.

A mnie zatkało. Wyciągnąłem do niej rękę. Nie zważając na mój gest, rzuciła mi się w ramiona i pocałowała namiętnie. Przed oczami przesunął mi się przedostatni rok. To był kłopotliwy prezent, to umieszczenie nas tylko we dwoje w pokoju hotelowym w Vegas, gdyż niewiele mogliśmy zdziałać. Ojciec Tian oczekiwał, że będę ją traktował z należytym szacunkiem, a ja wiedziałem, że mama spodziewała się tego samego. Tymczasem Tian wiła się na łóżku jak złota rybka i bluza szybko podziała się nie wiadomo gdzie, a ja zobaczyłem i dotknąłem najpierw góry jej piersi, a potem wspaniałej całości, i mając wrażenie, że zaraz umrę, przyłożyłem do nich usta. Wsunęła mi ręce pod koszulę i przycisnęła mnie mocno do siebie.

– Tak bardzo za tobą tęskniłam – szepnęła.

– Od miesięcy o niczym innym nie myślałem, Tian, choćby nie wiem jak bardzo było źle – szepnąłem prosto w jej włosy. – A było naprawdę fatalnie.

– Wiem. Biedny, biedny Gabe.

– Ale teraz jest dobrze.

Nasze usta szybko stały się obolałe, a jej broda wyglądała, jakby ją ktoś otarł druciakiem. Była niesamowicie piękna, jej włosy jak czarna szklana wstęga oplatały się wokół ramion.

– Musimy wyspać się przed ślubem – przypomniała.

– Jasne – odparłem. – Jak długo zostaniesz?

– Trzy dni! – pisnęła. Poczułem, jak mój żołądek sięgnął dna. Trzy dni? I wspominać je potem do końca życia?

– Świetnie – odparłem. Było to lepsze niż nic.

Spałem jak zabity, obudził mnie telefon. Cathy.

– Mama chce cię widzieć. – Pomyślałem: Nie, Boże, nie dopuść, żeby miała jakiś cholerny nawrót. Ale Cathy wyjaśniła szybko, że to nie to. Powiedziała też: – Widziałam Bena Afflecka w holu. – Dla mnie było to kompletnie bez znaczenia. – Właśnie kupiłam sukieneczki na ślub dla dziewczynek. Zielone jak moja kreacja. Ze stroikami na głowy. Po dwieście dolarów za sztukę. Nie mogłam się oprzeć... Gabe, kochanie, jak tam niespodzianka? Chodzi mi o Tian.

– Sen nocy letniej – odparłem. – Choć wcale nie twierdzę, że było łatwo.

– Czy wy...?

– Nie, Cath. I to nie...

– ...jest moja sprawa. Wiem, że zachowałeś się odpowiedzialnie...

– Cii. Daruj sobie kazania. Ojciec Tian nasłałby na mnie tajską mafię.

– Ale jesteś szczęśliwy? – drążyła Cathy.

– Nic się nie zmieniło, Cathy. Wciąż czuję to samo. Kocham ją.

– I obyś nigdy nie przestał jej kochać, Gabe. Ale ona mieszka w Azji, skarbie.

– Idzie do Yale. Za rok.

– Och, Gabe. Jesteś najsłodszy na świecie! – wykrzyknęła Cathy. – A teraz lepiej leć do mamy.

– Skarbie! – zawołała mama, wyciągając do mnie ręce. Siedziała w niebieskim fotelu. Wymierzyła we mnie palcem jak z pistoletu i uśmiechnęła się szeroko. – Mam cię! – I uśmiechnęła się jeszcze serdeczniej. W tym momencie nagle wydała się taka młoda i taka smutna. – Czy dam sobie radę?

– To będzie kaszka z mlekiem – zapewniłem ją.

– Wiesz, jest jedna dziwna rzecz – wyznała. – Jestem naprawdę szczęśliwa. Byłabym jeszcze bardziej... gdybym mogła mieć przy sobie Caroline. A także... wiem, że tego nie zrozumiesz... ale żałuję, że nie ma tu Leo.

Miała rację. Nie rozumiałem.

– Teraz kocham twego ojca, tak jak kocham Janey. Nie chcę dzielić z nim życia. Ale dobrze mu życzę.

– Ty jednak jesteś nie z tej ziemi, mamo – powiedziałem.

Wtedy weszły babcia i Connie. Przyprowadziły balkonik, taki jakich używają starsze panie.

– Zabierajcie to stąd natychmiast! – ofuknęła je mama. – Wczoraj tylko trochę upał mnie zmęczył, to wszystko. Czuję się świetnie. Naprawdę. Tyle że czeka mnie intensywny dzień.

– Udekoruję go jakoś, Julieanne. Na wszelki wypadek. Przezorny zawsze ubezpieczony – upierała się babcia.

Weszła Tian.

– Pani Connie!

Padły sobie w objęcia. Potem Tian niemal siadła mamie na kolanach.

– Nie wygląda pani na chorą! Wygląda pani jak modelka! – Tian spojrzała na balkonik. – Musi pani z tego korzystać?

Mama pokręciła przecząco głową.

– Pomysł mojej teściowej, kochanie. Jej zdaniem może mi być potrzebny – wyjaśniła. – Tian, wprost napatrzeć się na ciebie nie mogę! Bardzo nam ciebie brakowało.

– A mnie pani. I tak mi smutno, że pani jest chora. I cieszę się bardzo, że jest pani szczęśliwa. I nie chcę, żeby pani była chora.

– Powiem ci coś w tajemnicy – szepnęła mama. – Nie jestem wcale taka chora, jak im się wydaje. Byłam, to prawda. Ale już nie jestem. Na pewno bez problemu dojdę do ołtarza. Chyba że nawa będzie strasznie długa.

Pochyliłem się i pocałowałem ją w policzek. Zadałem sobie poważne pytanie w kwestii czerwonych trampek, czy nie zostaną odebrane jako brak szacunku. Ale moje wahania trwały krótko. W końcu to miejsce było dość cudaczne. Potem weszła Cathy, olśniewająca w zielonym kostiumie i ufarbowanych na zielono butach, co zaraz głośno zauważyłem, a Cathy zarumieniła się i wygoniła nas wszystkich z pokoju.

– Nie można oglądać panny młodej przed ślubem – oznajmiła. – A poza tym Julie musi się teraz ubrać.

– Chyba nie chcecie zapeszyć? – ofuknęła nas Connie, wnosząc kolorowe kwiatowe dekoracje, którymi miała zamiar przybrać balkonik.

– Connie! – Usłyszałem gniewny głos mamy, kiedy zamykałem drzwi. – Przestań! Zupełnie jakbyś kładła kwiaty na moim grobie! Nie potrzebuję tego!

– Przezorny zawsze ubezpieczony – odpowiedziała uparta Connie.

Matt był na dole, przemierzał hol dużymi krokami jak bohater starego filmu, oczekujący narodzin pierwszego dziecka.

– Stary! – wykrzyknął na mój widok. – Mam czterdzieści osiem lat. Pewnie nie przypuszczałeś, że zachowam się jak nerwowy młody żonkoś.

– Ze ślubem to się raczej nie da otrzaskać na tyle, żeby się w ogóle nie przejmować. Chyba że się żeni po raz ósmy.

Matt był dosłownie na skraju wyczerpania nerwowego.

– Co ona tam robi tak długo? – pytał bez przerwy. Miałem się jeszcze dowiedzieć, że chirurdzy są jak kowboje i bardzo lubią rządzić. Matt przyzwyczajony był do usłużnych, wpatrzonych w niego jak w tęczę pielęgniarek – takich jak te w telewizyjnych szmirach, co to pokazują statki pływające do Gwatemali i Wietnamu, żeby reperować dzieciom twarze. Potrafił się wściekać, kiedy sprawy nie układały się po jego myśli. A to, jak wiedziałem, działało niczym czerwona płachta na pannę Julieanne Gillis, która była dokładnie taka sama.

Poszedłem do pokoju i włożyłem smoking, starając się przy tym nie pognieść go łapskami, które nagle stały się sztywne i niezgrabne.

Potem zapukałem do drzwi Tian, a następnie poszliśmy razem do mnie i wylądowaliśmy na moim łóżku, przy włączonym głośno jakimś idiotycznym filmie, oboje sztywni, jakbyśmy kije połknęli, starając się nie pognieść mojego stroju. Było po drugiej, kiedy Tian powiedziała:

– Gabe. – A potem głośniej: – G a b e! Muszę iść się ubrać. I przypudrować nos.

Wróciłem pod pokój mamy. Cathy wystawiła głowę przez drzwi i uśmiechnęła się. Matt ciągle chodził w kółko, ale teraz był już w czarnym smokingu, a towarzyszyło mu trzech jego kolegów – dosłownie jak trzy klony – w identycznych smokingach. Wyglądali jak parada kelnerów.

– Gdzie byłeś? – spytał, ale spokojniej niż przedtem.

– Wyluzuj, Matt. I tak niczego nie przyśpieszysz – pocieszyłem go i udałem się do swojego pokoju. Zadzwonił telefon. Babcia dzwoniła z holu i pytała, jak tam mama, a także powiedziała, że telefonowała Cat i poprosiła, czy mógłbym do niej oddzwonić. Postanowiłem być szlachetny: zadzwoniłem i natknąłem się na głupią automatyczną sekretarkę. „Jesteśmy wśród kwiatów – rozległ się głos Joyous. – Ale cieszymy się z twojego telefonu. Wszystkiego dobrego".

– Hm... tu mówi Gabe Gillis – powiedziałem szybko. – Moja siostra Caroline Steiner, alias Cat, dzwoniła do mnie do Bellagio w Las Vegas. Powiem mamie, że Cat o niej myśli. Ale trochę później.

Przez następne czterdzieści pięć minut siedziałem na miejscu, starając się nie pocić. Nie udało się. W końcu zadzwoniłem do babci, która przybiegła mi na pomoc w takiej sukience z paciorkami, jakie noszą starsze panie, i w kapeluszu z woalką. Zawołała jednego z niezliczonych pokojowych tego hotelu, nieodparcie kojarzącego się z filmami gangsterskimi, i ten wyprasował mi smoking. Babcia zawiązała mi muszkę, którą, skubiąc nerwowo, szybko przekręciłem do pionu, i tym samym mazidłem, którym traktowała sińce pod oczami, posmarowała moje pryszcze.

– Gabe – powiedziała. – Wiem, że zaczesujesz włosy prosto. Ale wybacz, wyglądasz jak Hitler. – Więc zmoczyłem je trochę i zburzyłem, licząc na efekt *à la* Brad Pitt.

No i potem babcia musiała suszarką wysuszyć mi gors koszuli. W tym momencie znowu zacząłem się pocić, wydzielając takie ilości wody, że nie powstydziłaby się ich Zapora Hoovera. W ostatniej chwili jeszcze zdjąłem skórzane lakierki, dołączone do smokingu, i włożyłem czerwone trampki.

Wszyscy mniej więcej w tym samym czasie zeszliśmy do holu. Matt był już na dole i przegrupowywał swój oddział. Jego drużbą był wspólnik z kliniki, Louis. Asystował także brat Louisa, Joe. Druhnami mamy były Connie i Stella. Obrączki podawała Tian, a dziewczynki miały na sobie zielone sukienki i korony ze sztucznych kwiatów na włosach. Kręciły się w kółko tak szybko, że w końcu Abby Sun klapnęła pupą na podłogę. To był jeden jedyny raz, kiedy słyszałem, jak Connie krzyczy na nią. Aż się biedulka nie mogła podnieść z wrażenia.

W końcu Connie otworzyła drzwi i wtedy nadbiegł jeden z hotelowych boyów z wózkiem inwalidzkim.

Mama usiadła na wózku. Na mój widok w jej oczach pojawił się dziwny wyraz.

– Wygląda na to, że nie jesteśmy w Sheboygan, Toto[*]. Za duży luksus.

– Cóż, mamusiu, twój ukochany dał mi nawet samochód z okazji imprezki. Ale nie wiem, czy wiesz, że to dzień jego ślubu. Stara się, jak umie, zrobić ci frajdę. Nie wie, że wolałabyś po prostu pójść do ratusza.

Fontanny podskoczyły w takt melodii „Memory". (Mama uwielbia tę piosenkę, i szczerze mówiąc, nawet ja gotów byłem jej teraz wysłuchać, pod warunkiem, że był to ostatni raz w moim życiu). Mama uśmiechnęła się do mnie. Wyszło słońce i rozświetliło wodę dokładnie w momencie, kiedy trysnęła w górę, zupełnie jak na filmie.

---

[*] Aluzja do kwestii Dorotki z filmu *Czarodziej z Oz*: „Myślę, że nie jesteśmy już w Kansas, Toto".

– No nie – pokręciła głową mama. – Jest naprawdę świetnie. Prawda, kochanie? – Niemal przewierciła mnie wzrokiem na wylot.

– Super, mamo.

Zebrała fałdy sukni, żeby nie ocierały się o gumowe koła wózka, babcia upięła to coś z koronki na jej włosach, ale wyszło trochę na bakier. Connie dyskretnie poprawiła i sięgnęła po przystrojony kwiatami balkonik. Wziąłem za ręce Abby i Rory i weszliśmy do kaplicy. Zabawne było, że widok weselnego orszaku z dwiema Azjatkami (jedną szesnastolatką, drugą całkiem smarkatą), starszą żydowską damą w niebieskim kapeluszu z woalką i panną młodą na wózku inwalidzkim przyciągał znacznie mniej spojrzeń, niż miałoby to miejsce w Sheboygan. Po prostu nie podnosi się głowy i nie patrzy znad stolików do gry w kości. Wwieźliśmy wózek do przedsionka kaplicy, tak urządzonego, że przypominał morskie dno, a tu czekał kolejny as z Mattowego rękawa. Podczas chwili przerwy my staliśmy, tylko mąż Stelli i reszta gości usiedli. Wyglądało to jak normalny kościół, z tą różnicą, że z przodu, na bocznym stoliku nakrytym zwieszającym się do ziemi obrusem, przystrojonym kokardami, stał tort wielkości wieży Eiffla, tej z drugiej strony ulicy.

– Czy w Ameryce zawsze tak się bierze ślub? – szepnęła Tian.

I wtedy się zjawił.

Najprawdziwszy Elvis.

Jak żywy, a serenada Elvisa w jego wykonaniu brzmiała rewelacyjnie. Facet około dwudziestki, z głosem jak dynamit, i nawet nie przesłodził zanadto. Był to Elvis w skórzanej kurtce, nie Elvis-grubas w złotym garniturze i ciemnych okularach. A śpiewana przez niego piosenka, że tylko głupcy się śpieszą, ale i tak na miłość nie ma rady, sprawiła, że mama odrzuciła głowę mocno do tyłu, żeby się nie rozpłakać i żeby jej makijaż nie spłynął. Zobaczyłem, jak córka Matta, Kelly, wysoka blondynka o ciele siatkarki plażowej, puszcza do Elvisa oko. On też to zauważył i został potem z nami, a normalnie pewnie by się zmył co prędzej.

Potem puszczono z płyty piosenkę, którą Rory nazywała Kanonem Taco Bell.

Babcia chciała pomóc mamie wstać.

Ale mama oparła ręce na poręczach wózka i posłała mi chytre spojrzenie, zupełnie jak Rory, kiedy szykuje się, żeby coś zmajstrować.

– To był tylko taki zwód! – szepnęła. I zwróciła się do babci i do Connnie: – Pozwoliłam wam się tu przywieźć tak dla draki. Dzięki za przejażdżkę. – Wstała i uniósłszy brwi, dyskretnie odepchnęła balkonik za rząd krzeseł. Wyciągnęła do mnie rękę. – Pora ruszać, Gabe – oznajmiła. I zrobiła pierwszy krok. Zachwiała się lekko. – Nie przejmuj się – pocieszyła mnie. – To nie choroba, tylko dwucalowe obcasy i nerwy.

Potem przybrała dzielną minę Gillisów, zebrała się w sobie i mocno ścisnęła mnie za ramię. I doszła do ołtarza jak koń wyścigowy, prosto w objęcia Matta.

To koniec powieści. Ale nie koniec historii.

XXXVI

Psalm 65

ZBĘDNY BALAST
Pod red. J.A. Gillis
Rozpowszechnianie: Panorama Media

Drodzy Czytelnicy,
    właśnie minęło kilka spędzonych wspólnie lat i nadeszła
w końcu trudna chwila pożegnania. Bardzo ciężko przychodzi
mi rozstanie z tą rubryką, a jeszcze trudniej jest się rozstać
z Wami, Drodzy Czytelnicy. Zapewne uważacie, że pisałam do
kącika porad głównie po to, żeby Wam pomóc. Z pewnością bardzo tego pragnęłam i ciekawa byłam, czy mi się uda. Tymczasem okazało się, że to Wy mi pomogliście – kto wie, czy nie bardziej niż ja Wam – przetrwać najgorszy okres mego życia.
Pomagaliście mi, pisząc do mnie o swoich problemach, przy
których moje – walka ze stwardnieniem rozsianym, niewier-
ny, choć w sumie nie taki zły mąż i borykanie się z samotnym
wychowywaniem trójki dzieci – od razu stawały się mniej
straszne. Dzięki Wam mogłam żyć dalej i wierzyć, że zawsze
jest nadzieja, dopóki oddycham, cieszę się piękną muzyką i słyszę śmiech mego dziecka. Byliście moim kołem ratunkowym.
Wkrótce rubryka ta będzie ukazywać się tylko raz w miesiącu,

ale mam nadzieję, że nadal będziecie ją czytać. Jeśli moje rady
na coś się przydały, to jestem ogromnie szczęśliwa. Pamiętajcie
jednak, że to Wy pomogliście mi odzyskać moją godność.

Szczerze oddana

Julieanne Gillis

To był pomysł Gabe'a, aby połączyć nasze pamiętniki i zrobić z nich powieść.

Nie miałam pojęcia o jego pamiętniku ani o tym, z jakim trudem przychodziło mu skupienie się na tym, żeby wszystko napisać. Oczywiście on przeczytał mój dokładnie.

Myślicie pewnie, że odtąd żyliśmy długo i szczęśliwie. Jednak w życiu tak się nie dzieje. W końcu w mojej garderobie stanął balkonik, podobny do tego ustrojonego kwiatami, i zdarzało się, że musiałam z niego korzystać. Były dni, które musiałam spędzać w łóżku. Były dni, kiedy nie odważałam się odwozić Rory do szkoły, ale były też i takie, że czułam się, jakbym mogła wystartować w wyścigu Indy Racing League. Jak dotąd nie miałam naprawdę poważnego ataku choroby. Ale rok po roku traciłam nieco swojego terytorium. Na szczęście kości mam mocne i nie poddam się bez walki. Wiele zależy ode mnie i łatwo nie ustąpię.

Matt popijał trochę więcej niż trochę.

Nie był alkoholikiem.

Jego rodzice pili.

Moi też, a więc to mieliśmy wspólne. Następstwa mogły pójść w dwóch kierunkach. Ja nie piłam dużo. On tak, ale tylko wtedy, gdy picie z niczym nie kolidowało. Nigdy w pobliżu sali operacyjnej, a chirurgiem był naprawdę świetnym.

W końcu mu to wypomniałam. A on, zamiast się bronić, przystopował. Zgodził się ze mną, że jest człowiekiem żonatym i ojcem dla Rory, więc znacznie ograniczył popijanie podczas meczów. Dzisiaj cała jego dawka to kieliszek merlota, podczas gdy ja wypijam moje pół. Bardzo szybko się nauczył, że nie jestem jedną z jego pielęgniarek czy stażystek i że nie może sam ustalać planów na nasze życie, czy choćby nawet na weekend, i łaskawie wyznaczać mi w nich miejsca. Kosztowało nas to kilka długich i niezbyt romantycznych wieczorów, kiedy oboje, znacznie przesadzając, demonstrowaliśmy sobie nawzajem swój iście irlandzki upór. Tak naprawdę, idąc do ołtarza w Las Vegas, nie znaliśmy się wcale. Nie wiedziałam, że on kieliszki zmywa ręcznie. On nie wiedział, że myjąc twarz, potrafię zalać całą podłogę w łazience.

I kiedy braliśmy ślub, pewnie nawet nie byliśmy w sobie zakochani.

Moim zdaniem Matt wierzył, że żeni się z dziewczyną, której zawsze pragnął. Z Julieanne Gillis, panną z dobrego domu. Ja uważałam, że trafiło mi się coś cudownego, co dawało niezwykłe poczucie bezpieczeństwa. Ale bardziej niż wielka namiętność ważne dla mnie było to, że pasowaliśmy do siebie. Sądziłam, że będziemy dla siebie dobrymi towarzyszami życia. Że będę bezpieczna. A on będzie ze mnie dumny.

Czy to źle?

Daleka jestem od idealizowania rzeczywistości. Taka jest prawda.

Stał się moim przyjacielem. Sprawdzał się w każdej sytuacji. Sprawdzał się, kiedy potykałam się na czymś i wyładowywałam złość na nim, i mówiłam mu, że musi być chory na umyśle, skoro uparł się żenić z kobietą, która na trzy dni w miesiącu zmienia się w figurę woskową. Zaciskał tylko zęby i następnego ranka przynosił mi kawę do łóżka. I stukaliśmy się kubkami w toaście. Trwaliśmy dalej. Jeśli tracił cierpliwość w te dni, kiedy nie mogłam sobie przypomnieć, czy chcę mój laptop, czy suszarkę do włosów, nie okazywał tego. Dawniej nieustannie urządzał przyjęcia i bale. Teraz wydajemy tylko jeden bal, na Boże Narodzenie, ponieważ dla mnie to zbyt duży wysiłek.

Uważa, że to, jaką mogłabym być gospodynią, w pełni rekompensuje mu to, jaką jestem towarzyszką życia i powiernicą. I wiecie co? Ma rację.

Nie widziałam się więcej z Leo, porozumiewamy się listownie i mailami.

Kiedy Rory podrosła trochę, pojechała do niego w lecie na kilka tygodni. Wróciła wściekła, twierdząc, że Joy jest apodyktyczna i niedobra dla Caroline. Z krwawiącym sercem napisałam do Cat, błagając ją, żeby przyjechała do nas do Bostonu. Ale ona postanowiła jechać do Nowego Jorku, poważnie zająć się baletem i zamieszkać z siostrą Joy. Pisuje do mnie, a ja mam zamiar odwiedzić ją w przyszłym roku w lecie. Nie wiem, jak to będzie. Wiem, że Caro nie przestała mnie kochać, ale jest równie uparta jak ja w jej wieku. Ciężko będzie się jej przyznać, że pomysł zamieszkania z Leo, choć tatuś bardzo ją kocha, okazał się całkiem kiepski.

Jestem pełna nadziei, ponieważ będziemy mogły porozumieć się przez taniec.

Zawsze mogłyśmy. Mam nadzieję, że ona pozwoli nam sobie pomóc i że pomału, pomału wśliźnie się tylnymi drzwiami do nowej rodziny. Więc mam zamiar chwalić moją córkę tancerkę i wybaczyć mojej córce marnotrawnej. Wzrost Caroline nie przekracza pięciu stóp i dwóch cali i zdziwiłabym się, gdyby osiągnęła wagę większą niż sto funtów. Obrót miała zadziwiający już jako mała dziewczynka, a jej *grand jeté* nawet Leah wprawiło w zdumienie.

Mogła coś zdziałać. Miała szansę na sukces.

Czekało ją trudne życie. Ale obfitujące w momenty niezwykłych wzlotów.

Jak by powiedział Gabe, normalna sprawa w życiu każdego człowieka.

Po moim ślubie Gabe oznajmił z lekko urażoną dumą, że skoro ułożyłam sobie życie, to on nie musi spędzać już ze mną tyle czasu. Znałam moje dziecko na tyle dobrze, żeby przewidzieć taką reakcję. W to pierwsze lato zaczął coraz częściej wychodzić z domu i teraz on i Matt są najlepszymi kumplami.

Matt chciał mieć ze mną dziecko.

Powiedziałam mu, że nie ma mowy. Oboje byliśmy dobrze po czterdziestce, a agencje adopcyjne nie palą się do niepełnosprawnych, starzejących się matek, mając do dyspozycji całe rzesze młodych i w pełni sił. Mimo to pewnego letniego wieczoru przyniósł do domu zdjęcie dwuletniej Wietnameczki, córki prostytutki, która urodziła się z rozszczepieniem podniebienia dochodzącym aż do jamy nosowej. Odłożyłam zdjęcie, nie chcąc nawet na nie patrzeć. Ale potem wzięłam je do ręki. W rozmowie telefonicznej z Cathy doszłyśmy wspólnie do wniosku, że to szaleństwo. Byłam gotowa oznajmić to Mattowi następnego ranka, a tymczasem podpisałam papiery.

Matt nie operował twarzy własnej córki. Ale asystował przy jej jedenastu operacjach.

I właśnie wtedy, kiedy zobaczyłam Matta po wyjściu z sali po pierwszej operacji, z oczami zaczerwienionymi nad maską, którą szybko zerwał, i z uśmiechem, który dzielnie próbował przywołać na twarz, kiwającego ręką, że wszystko poszło dobrze, naprawdę się w nim zakochałam. Albo też zdałam sobie sprawę, jak bardzo jest mi bliski, co na początku ukrywałam głęboko w sercu. Dopiero teraz dałam dojść do głosu swoim uczuciom.

I pamiętam, że z autentyczną paniką pomyślałam, jak straszne by to było, gdyby ożenił się z kimś innym. W samą porę zwariowałam na punkcie własnego męża. Idąc w jego ślady, zaczęłam inwestować w drobne gesty w naszym małżeństwie. Matt z „dobrego człowieka" stał się „najmilszym towarzyszem i największym wsparciem".

Stał się moim sercem. Nasza córka ma już cztery latka. Nazwaliśmy ją Pamela Lang, ponieważ Matt uparł się, żeby nosiła moje imię. Zakonnice w sierocińcu szpitalnym nazwały ją pieszczotliwie „Lang". W języku wietnamskim znaczy to dosłownie „słodki kartofelek". Tak opisały charakter naszego dziecka, pogodny jak słońce mimo przeżyć, które były jej udziałem. Teraz mała szczebiocze cały dzień, a po angielsku mówi tak, jakby wychowała się w Marin County. Rory bez wysiłku nosiła ją na rękach, czym Lang była zachwycona. Z pewnością jestem najstarszą matką w przedszkolu – no, może nie jest to tak do końca prawdą, a poza tym z pewnością nie wyglądam na swój wiek. Oj tak, tak, próżność przeze mnie przemawia, ale to prawda! Za to na pewno jestem jedyną matką, która chodzi z laską.

Pamela to moje prawdziwe imię.

Oczywiście nigdy nie lubi się swego imienia.

Julieanne jest najładniejszym imieniem, jakie udało mi się wymyślić. Do książki. Tej książki.

Nie mieszkaliśmy w Sheboygan w stanie Wisconsin. Nigdy nawet nie byłam w Sheboygan. Mieszkaliśmy na środkowym zachodzie, w małym miasteczku położonym wśród sosen. Gabe naprawdę ma na imię Daniel. I ma duszę Daniela. Musieliśmy zmienić imiona i nazwy miejscowości, żeby chronić niewinnych oraz – jak by powiedział mój Gabe (będę nazywać go tu Gabe, żeby uniknąć nieporozumień) – żeby nie robić reklamy winnym. Nie zdradzę prawdziwego imienia Caroline. Pewnego dnia może zobaczycie ją na scenie, a ból, który sobie wzajemnie zadałyśmy, a który być może wtedy będzie już zaleczony, jest naszą głęboko osobistą sprawą.

Zmiana imion i nazw nie oznacza, że cała reszta nie jest prawdą. Mój ojciec był pisarzem, mój eksmąż prawnikiem. Prawdziwa była bolesna i trudna podróż, którą podjęły dzieci, a co do której do dziś żywię podejrzenia, że znam jej złagodzoną wersję. Mimo to jest to wersja prawdziwa. Wszystko tam jest prawdziwe. Czasami można, a nawet trzeba pominąć pewne fakty, żeby powiedzieć prawdę.

Cath nadal jest moją najlepszą przyjaciółką. Kiedy zmarł Klaus, a Liesel wróciła do Europy, Cathy kupiła nasz stary dom. Cały czas jest sama, ale za to jej poradnia prosperuje doskonale. Zatrudniła nawet jeszcze jednego psychologa. Mówię jej, że swój sukces zawdzięcza mnie i udostępnieniu jej przeze mnie łamigłówki z dziedziny rodzinnej dysfunkcji. Abby Sun ma małą siostrzyczkę. Co najmniej raz w roku jadę zobaczyć się z nimi i wtedy, w możliwym dla mnie zakresie, urządzamy wielkie babskie przyjęcie: Stella, Rory, Abby z siostrzyczką, Lang i ja. Obie z Cath idziemy na zajęcia baletu, które nadal prowadzi Leah, i przeważnie udaje mi się, znacznie częściej niż nie, oprzeć nogę na poręczy i dotknąć czołem kolana. I mimo że nie mogę zrobić wyskoku czy piruetu, nadal umiem wykonać podwójne *pas*, co mi w zupełności wystarcza.

Tomik wierszy spełnił przewidywania agentki. Była to kartka z dobrymi życzeniami dla rozżalonych i rozgoryczonych kobiet, a więc kupują ją i dają sobie wzajemnie. Powieść, ze względu na dziwne powiązania autorów i wątków, odniosła sukces umiarkowany. Kiedy się ukazała, Gabe i ja wystąpiliśmy w telewizji w znanym porannym programie, z miłym prezenterem, którego nazwisko kojarzy się z urządzeniem domu. Mieliśmy świetną zabawę, pozdrawiając z drugiej strony szklanego ekranu mieszkańców naszego rodzinnego miasta. Tego wieczoru poszliśmy zobaczyć Briana Stokesa Mitchella w *Człowieku z La Manchy*. Wzięłam zastrzyk i następne dwa dni spędziłam w łóżku.

I tak toczy się nasze życie.

Wciąż mam stwardnienie rozsiane.

A Gabe nadal ma trudności z przyswajaniem materiału.

Odpadł po pierwszym semestrze w college'u. Był wykończony. Kaput. Załatwiony na amen. Twierdził, że od traktowania go jak śmiecia przeszli do traktowania go tak, jakby potrzebował psa-przewodnika. Wściekłam się i spytałam, czy jest coś obraźliwego w tym, że ktoś potrzebuje psa-przewodnika. Albo na przykład balkonika. Był wtedy cały skruszony. Zawstydził się. Po roku spędzonym z dziadkami i na malowaniu domów z Lukiem zapisał się do szkoły dziennikarstwa na Columbii. Nauka trwała jeden semestr. Potem znalazł specjalny kurs w Bostonie dla pisarzy mających trudności w nauce, taki college w college'u. Była to dość droga impreza, ale Matt go poparł. Pieniądze to dobra rzecz: zatrudniliśmy na cały etat prywatnego nauczyciela, który uzupełniał to, czego Gabe uczył się w college'u. Gabe jakoś sobie radził, a dzięki specjalnemu programowi dla małych dzieci, pomagającemu skoordynować połączenie mózg-ręka, wkrótce stał się na tyle dobry, że pisał coraz lepiej, i to nie gubiąc wątku.

Rok później wyjechał na staż do redakcji gazety w Connecticut. W drugi weekend swojego tam pobytu, po wprowadzeniu się do pokoju w domu starszej pani, która miała – jak nam powiedział – pięć czy sześć golden retrieverów, wybrał się do Yale. Nie wiedział, co go tam spotka. Z wyjątkiem kilku krótkich kartek od dnia naszego ślubu nie miał od Tian żadnej wiadomości. Serce mi się ścisnęło na myśl o tym, co, moim zdaniem, czekało go zaraz na wstępie: o amerykańskim chłopaku Tian, wyluzowanym, swobodnym, co to jest za pan brat ze wszystkimi. Pierwszego dnia nie miałam od niego żadnej wiadomości. Drugiego dnia też nie.

Ostatecznie matka kwoka zwyciężyła, więc zadzwoniłam i zostawiłam wiadomość na jego komórce.

Kiedy oddzwonił tego wieczoru, moje pierwsze słowa brzmiały:

– No i jak, Gabe?

A on na to:

– Ciekawie.

Są razem. Tian za rok skończy college, podobnie jak Gabe. Ma przed sobą osiem lat ciężkich studiów medycznych, i będzie to prawdziwy cud, jeśli im się uda. Gdy się na nich patrzy, siła ich czystej miłości przyprawia o zawrót głowy. Myślę wtedy o parze dzieciaków, które znałam kiedyś, dzieciaków, które nie umiały czekać. Teraz już pewnie umieją.

W końcu w moim życiu zdarzyły się jeszcze dziwniejsze rzeczy, na przekór wszelkiemu prawdopodobieństwu. Jestem w pełni świadoma tego, jak ogromne miałam szczęście. Może oni też je będą mieli. Gabe jest typem faceta, który zakochuje się na amen, kiedy spotka tę jedną jedyną. A on znalazł swoją, kiedy miał czternaście lat.

Miriady rozstań. Tak zatytułowałam mój tak zwany tomik wierszy dla rozgoryczonych. Jest w nim odbicie mego życia, czy też raczej jego metafora. Kiedyś wiodłam życie tak układne i grzeczne jak jedna z moich koszul *à la* Katherine Hepburn, włożona w idealnie zaprasowane spodnie. Potem, kawałek po kawałku, w miarę jak otoczka chroniąca nerwy niszczy się i łuszczy w ciele chorym na stwardnienie rozsiane, życie zaczęło odrywać się ode mnie, wielkie fragmenty od całości, pozbawiając mnie córki i męża; funkcja i forma wymykały mi się z rąk i nie miałam jak ich pochwycić, dopóki wszystkie elementy nie stały się przypadkowym zbiorem części rozrzuconych w różnych miejscach, przestając być spójną całością. I pomyślałam sobie: „No właśnie, moje życie i życie moich dzieci już nigdy nie złożą się razem na nic więcej niż zaledwie ułamek tego, co było kiedyś".

Ale wolno, kawałek po kawałku, bardziej dzięki Cathy i Gabe'owi niż mnie samej, poszczególne części zaczęły znowu składać się w całość, nabierającą coraz większego sensu. Nie jestem wcale pewna, czy to pierwsze życie było pod jakimkolwiek względem życiem fałszywym. Nie było totalnym niepowodzeniem, ale miało swój okres trwałości. Życie obecne należałoby uznać za znacznie lepsze. Ma wszelkie znamiona przedłużonej trwałości.

Nie każda kobieta, która zapadła na tę straszną chorobę, ma tak wiele wsparcia, ile otrzymałam ja. Jestem otoczona medycyną – jest Kelly, córka Matta, studiująca medycynę, jest Tian, jest mój mąż. Większość chorych dostała o wiele gorsze karty w rozdaniu, bez żadnej szansy na jakikolwiek atut. O tym teraz mówię, kiedy wygłaszam przemówienia, o potrzebie niesienia pomocy i prowadzenia badań. A także o tym, jak ważny jest hart ducha, by – jak mi zaleciła Jennet dawno temu – wstać i zacząć żyć. Jestem wprawdzie skromną osobą, ale za to wygadaną. Może, jak powiedział raz Leo, byłam kiedyś za bardzo zachwycona sobą i zasłużyłam na karę. Ale nikt nie zasługuje na taką karę. Podobnie jak nikt nie zasługuje na tak cudowną odmianę losu. W przeddzień naszego ślubu, przy stole do blackjacka, papa Steiner – niech mu Bóg da wszystko, co najlepsze, cały czas jest jak zawsze świetny – powiedział Mattowi: „Teraz ty wygrywasz, a ktoś inny obrywa. Następnym razem możesz oberwać ty".

Czasami w nocy, kiedy miałam trudny dzień – dzień kulawych słów i przewróconych krzeseł, i śmietanki przelewającej się przez brzeg filiżanki z kawą, podczas gdy ja bezradnie patrzę, jak moja nieposłuszna ręka wciąż ją nalewa, dzień, kiedy wysłałam Lang do jej pokoju, choć to ja sama powinnam była tam pójść, albo dzień, gdy nie mogłam pojechać na mecz, w którym grała Rory – śni mi się, że tańczę. Śni mi się, że zapaliły się światła, a ja jestem Odettą, królewną łabędzi. Frunę na scenę, wyciągam ramiona, podnoszę stopę na wysokość czoła w *grand battement*. Moje podskoki są lekkie, wykonuję je bez najmniejszego wysiłku, nie tak jak na jawie. Lecz moje ręce skrzyżowane w pozycji łabędzia są boleśnie ludzkie. Patrzę na publiczność i jest tam Leo, kiwający głową z niesmakiem, kiedy nie mogę wyprostować ciała i uwolnić się z tej skulonej pozycji. Narzuca na ramiona kurtkę i wychodzi z sali, nie oglądając się nawet. Budzę się, a moje ręce drżą, ponieważ całą noc mam dreszcze, czasami tak intensywne, że nie mogę spać.

Wtedy budzę Matta, nawet jeśli wiem, że rano ma operację. Potrząsam nim i mówię:

– Czy ciągle jesteśmy małżeństwem?

A on mruczy:

– Tak, Julieanne. Jesteśmy małżeństwem. Śpij. Jesteśmy małżeństwem. Jestem przy tobie.

Jeśli mam szczęście, zapadam w lekki sen, pełną potu i drżeń namiastkę nocnego odpoczynku. Trzymam się kurczowo nogi Matta, żeby mieć pewność, że nie poszedł gdzieś, gdzie ja nie mogę pójść.

A kiedy budzę się rano, czuję zapach świeżo zaparzonej kawy. On wciąż jest przy mnie. A ja przy nim. Jeszcze jeden ranek.

4 lipca 2004 roku
Cape Cod, Massachusetts